TOMORROW, AND TOMORROW, AND TOMORROW

LLE ZEVIN

トゥモロー・
アンド・
トゥモロー・
アンド・
トゥモロー

ガブリエル・ゼヴィン

池田真紀子 訳

早川書房

・アンド・トゥモロー・アンド・トゥモロー

KROW,
OW

Translated by
Makiko Ikeda
First published 2023 in Japan by
Hayakawa Publishing, Inc.
This book is published in Japan by
arrangement with
Sterling Lord Literistic, Inc.
and Tuttle-Mori Agency, Inc., Tokyo.

装幀／田中久子

いつものとおりH・Cに――仕事でも、遊びでも

愛こそすべて
それこそ人が愛について知るすべて
愛さえあれば足りる
その荷が溝と釣り合っているのなら

――エミリー・ディキンソン

目次

I 病室の子供たち

1

　メイザーとなって世に出る前、メイザーはサムソン・メイザーだった。サムソン・メイザー（Mazer）になる前は、サムソン・メイザー（Masur）だった。アルファベット二文字の変更は、ユダヤ系の姓を持つおっとりした少年を一躍プロの〝ワールド・ビルダー〟に変えた。さらにその前、少年時代を通して、彼は基本的にサムだった。おじいちゃんの店にある〔ドンキーコング〕のハイスコア画面では〈S・A・M〉だが、それ以外ではもっぱらサムだった。

　二〇世紀が残りわずかとなったその年、一二月も終わりに近づいたある午後、サムが地下鉄を降りると、エスカレーターロへと人を運ぶ流れは滞っていた。乗降客がそろって足を止め、壁の広告を見つめていた。このままでは遅刻してしまう。サムは大学の指導教授と面談の約束をしていた。一月《ひとつき》以上も前からずるずる先延ばししてきた面談、最悪でも冬休み前には終えなくてはと誰もが口をそろえる面談だった。人込みは苦手だ。そこに混じるのも、気が大きくなった集団の愚かさも。しかし、この人込みは避けて通りようがなかった。地上の世界に出たいなら、これを押し分けて進むしかない。

　サムは紺色のウールの不格好なピーコートを着ていた。ルームメートのマークスが一年生のときに軍の放出品を扱う店で買った中古品を譲り受けたものだ。マークスが買ったときのビニール袋に入ったまま学期の初めからずっと放置されていたのを、サムは学期の終わり近くになってようやく借りてもいいかと尋ねた。その冬は、寒さがとりわけ厳しかった。それまで寒風に身を縮こまらせながらもどうにか耐えていたサムのプライドは、四月の嵐（四月に大雪！　マサチューセッツの冬ときたら、どうかしている！）の前についに白旗を掲げ、サムは忘れられたコートの件をマークスに切り出した。サムはコートのデザインが気に入ったふりを装い、マークスはサムの予想どおり、コートはおまえにやるよと言った。軍放出品はたいがいそうだが、コートはカビと埃と、死んだ若者の汗のにおいを放っていた。サムはそのコートが余剰品になった理由に思いをめぐらすまいとした。ピーコートは、入学したときサムがカリフォルニアから持ってきたウィンドブレーカーより格段に温かかった。加えて、サムとしては、大きめのコートが体型をごまかしてくれるものと思っていた。実際には、やたらに大きなサイズがサムをよけいに小柄に、ますます子供っぽく見せていたのだが。

つまり二十一歳のサム・メイザーの体格は人を押したりかき分けたりするのには向かず、そこでしかたなく人のあいだをすり抜けることにした。アーケードゲーム〔フロッガー〕の、車やワニがいっぱいの道路や川を渡らなくてはならないカエルの気分だった。「すみません」などとは思っていないのに、無意識のうちに「すみません」と繰り返していた。これぞ脳を駆動するプログラムの真価だ。本当は「邪魔なんだよ、どけよ」と言いたいところで、「すみません」と言えるのだから。小説や映画、ゲームのキャラクターなら、信頼できない人物、あるいは狂信者や悪党であるとわかりやすく提示されていないかぎり、その言動は額面どおりに受け取られる。言動の総体がそのままそのキャラクターだ。しかし、生きた人間は違う。平凡な人々、まっとうで元来正直な人々は、頭で考えていることや本心、ときには行動までもが口で言っていることと食い違ってもかまわないとするプログラムが脳に組みこまれていなかったら、一日を切り抜けることさえできないだろう。

「ぐるっと回ればいいだろ？」黒と緑のマクラメ編みの帽子をかぶった男がサムに怒鳴った。

「すみません」サムは言った。

「ああもう。あとちょっとで見えたのに」ベビースリングで赤ちゃんを抱っこした女が、すぐ前を横切ったサムに向かってつぶやいた。

「すみません」

ときおり誰かが急ぎ足で離れていき、人込みに空白ができる。サムがそこへ逃れようとするたび、チャンスとばかり進路を変えた別の誰かに先を越されてしまう。

エスカレーターの乗り口までもう少しというところでサムは振り返り、人々が見ているものを自分も見上げた。地下鉄駅が大混雑していたとあとでマークスに話したら、きっとこう言われるからだ。「混雑の理由を確かめようと思わなかったのか？　世の中には人やものがあふれてるんだぞ。人間嫌いをたまには返上して、周りを見てみろって」人間嫌いなのは事実だが、マークスにはそう思われたくなかった。だから振り向いた。そして子供時代の親友、セイディ・グリーンの姿を見つけた。

あのころから今日まで、一度も顔を合わせなかったわけではない。二人とも科学オリンピックやアカデミックゲームをはじめ、多種多様な競技会（弁論、ロボット工学、文芸創作、プログラミング）の常連だった。ロサンゼルス東部の二流公立学校の生徒（サム）であろうと、西部の裕福な家庭の子女が通う私立校の生徒（セイディ）であろうと、ロサンゼルスの学業優秀な生徒の交友関係は重なっていた。優等生でいっぱいの部屋の向こうとこちらで目が合ったりはした——ときには緊張緩和《デタント》を裏づけるかのようにセイディが微笑むこともあった——が、セイディはチャーミングで頭のよいほかの子供たちの、欲深いハゲワシじみた群れにまもなくのみこまれた。サムと似ていなくもないが、サムより裕福で、白人らしい外見をして、ちゃんとした眼鏡と歯並びのきれいな口もとをした少年や少女の群れ。サムはセイディ・グリーンに群がる貧相で冴えないガリ勉の一人になりたくなかった。セイディを悪者に仕立て、セイディにひどいことをされたんだぞと自分に思いこませることもあった。あのときそっぽを向かれた。あのとき目をそらされた。どれもただの想像だった。とはいえ、実際にそうされたほうがおそらくましだったろう。

セイディがマサチューセッツ工科大学《MIT》に進んだのは知っていたから、自分のハーヴァード大学進学が決まったとき、大学の近くで偶然会うこともあるかもしれないなと思った。それから二年半、そういう偶然を無理に作り出そうとしたことは一度もなかった。それはセイディにしても同じだった。

ところがいま、すぐそこに本物のセイディ・グリーンがいる。彼女を見て、サムは思わず泣きたくなった。何年ものあいだ数学の証明問題を解けそうで解けずにもがいていたのに、充分な休息のあと新鮮な気持ちで取り組もうとした瞬間、拍子抜けするほど明らかな解法がふいに視界に浮かび上がるのに似ていた。セイディだ。セイディがいる。

名前を呼ぼうとした。が、声にならなかった。最後に二人きりで会ってからどれだけの時間が流れたかを思うと、胸が詰まった。世間からすればまだ子供みたいな年齢なのに、これほどたくさんの時間を経験しているなんて、そんな矛盾があっていいのだろうか。それに、自分はセイディを軽蔑しているのに、どうしてこうもあっさりとそれを忘れてしまうのか。時間とは不可解なものだ。しかしそう考えたのは一瞬のことで、サムはすぐに感傷を押しのけた。時間は数字で説明できる。不可解なのは、人の心——心と呼ばれる脳の働きだ。

セイディは人々が見つめているものから目をそらし、レッドラインのダウンタウン方面行き乗り場に向かって歩き出した。

サムは声を張り上げた。「セイディ！」入ってくる電車の音はもちろん、駅はいつもどおりの人々の営みが発する音であふれていた。十代の少女が、チップ目当てでペンギン・カフェ・オーケストラの曲をチェロで弾いている。クリップボードを抱えた男が通りすがりの人を呼び止めては、スレブラニツァのムスリム人難民について話を聞いてくださいと言っている。セイディのすぐ隣には六ドルのフルーツシェークの売店があった。サムが最初に名前を呼んだとき、ちょうどブレンダーが大きな音を立てて回転を始め、地下の湿気《しっけ》たにおいを押しのけて柑橘類とイチゴの香りが広がった。「セイディ・グリーン！」サムはもう一度声を上げた。セイディにはまだ聞こえていない。サムはできるかぎり足を速めた。急ぎ足になるといつも、直観に反して二人三脚の出場者の気分になる。

「セイディ！　セイディ！」周囲の目が気になった。「**セイディ・ミランダ・グリーン！　あなたは赤痢で死にました！**」

ようやく彼女が振り返った。人込みにゆっくりと視線を走らせ、サムを見つけた。その顔に笑みが広がる様子は、サムがむかし高校時代の物理学の授業で見た、花を開くバラをとらえたタイムラプス動画のようだった。美しい笑顔だった。どことなく作りものめいていて、不安をかき立てはしたが。セイディがこちらに来る。笑顔はそのままだ――右の頬にえくぼが一つ、前歯二本のあいだに小さな隙間。セイディのために人の海が分かれて道ができていく。世界はサムのためには道を空けようとしないのに。

「赤痢で死んだのはお姉ちゃんだってば、サム・メイザー」セイディは言った。「私はね、疲労で死んだんだよ。その前にヘビにも咬まれたし」

「あとは、バイソンがかわいそうで撃たなかったせいで」

「だってもったいないでしょ。あんなにたくさんの肉、あっても腐るだけ」

セイディはサムに両腕を回した。「サム・メイザー！　そのうちばったり会えないかなと思ってた」

「番号なら電話帳に載ってるよ」サムは言った。

「それはそうだけど、自然に会えたらいいなと思ってたの。願いが叶ったよ」

「ハーヴァード・スクエアに何しに？」サムは尋ねた。

「何って、マジック・アイを見に来たに決まってる」セイディは冗談めかして言い、目の前の広告のほうを指し示した。このとき初めてサムは、乗降客がゾンビの群れに変わった原因——一・五×一・二メートルのポスターを見た。

世界の新しい見方
今年のクリスマスにみんなが待っているプレゼント
マジック・アイ

クリスマスらしいエメラルド色とルビー色、それに金色が混じったサイケデリックな画像が印刷されたポスターだった。その画像をしばらく凝視していると、脳がだまされて、模様に隠された3D画像が見える。オートステレオグラムと呼ばれる仕組みで、そこそこのスキルを持ったプログラマーなら簡単に作れる。これを見に？　みんながおもしろがるものを見に、わざわざ？　サムはうめいた。

「くだらない？」セイディが言った。

「こんなの、大学の寮のどの部屋にも貼ってある」

「だけど、これは見たことないでしょ、サム。これは特別——」

「ボストンじゅうの駅にあるよ」

「アメリカじゅうの、じゃなくて？」セイディは笑った。「魔法《マジック》の目で世界を見てみたいと思わないの、サム？」

「僕はいつだって驚き《マジック》の目で世界を見てる。子供じみた好奇心の塊だからね」

セイディは六歳くらいの男の子を指さした。「ほら、あの子のうれしそうな顔！　見えたんだね。でかした！」

「きみは見えたの？」サムは訊いた。

「まだ」セイディは負けを認めるように言った。「次の電車には絶対に乗らなくちゃ。授業に遅れちゃう」

「まだ五分くらいはあるよね。なんといっても魔法の目で世界を見られるんだよ」

「また今度にする」

「いいじゃないか、セイディ。授業なんてこれからいくらでもあるんだから。周囲の人がみんな同じものを見てる、少なくとも全員の脳と目が同じ現象に反応してるって確信を持って一緒に何かを見るチャンスなんて、めったにないよ。僕ら全員が確かに同じ世界にいると裏づける証拠は、そうそう手に入らない」

セイディは切ない笑みを作って、サムの肩を拳でそっと突いた。「それって究極にサムっぽい発言」

「だって僕はサムだから《サム・アイ・アム》」

電車が出発し遠ざかって行く音が聞こえて、セイディは溜め息をついた。「コンピューター・グラフィックス上級ゼミを落としたら、サムのせいだからね」向きを変えてポスターをまた見つめる。

「一緒に見てよ、サム」

「はい、先生」サムは姿勢を正し、まっすぐ前を見た。セイディにこんなに近づいたのは何年ぶりだろう。

ポスターの説明書きには、目をリラックスさせて一点を見つめていると、秘密の画像が浮かび上がってきますとある。うまくいかないようなら、ポスターにいったん近づいてから、ゆっくり後ろに下がってみてください。しかし地下鉄駅にそんなスペースはない。いずれにせよ、秘密の画像を確かめてみたい気持ちはサムにはなかった。どうせクリスマスツリーか天使だろう。星かもしれないが、おそらくダビデの星ではない。クリスマスらしくて、手垢がついていて、広く好まれる図案、マジック

・アイ製品の売上増に直結しそうな何か。サムはオートステレオグラムで3D画像が見えたためしがなかった。眼鏡をかけているからではないかと自分では思っている。強度の近視を矯正する眼鏡のせいで目がリラックスできず、脳が立体画像を認識しないのではないか。だから、それなりの時間（十五秒）努力をしたのち、ポスターの絵に隠された秘密の画像を探すのをあきらめて、代わりにセイディを観察した。

彼女の髪は前より短くスタイリッシュなスタイルになっていたが、マホガニーを思わせる色味やウェーブは昔と変わっていない。鼻の周りの薄いそばかすも変わっていないし、クリーム色の肌も変わっていないが、カリフォルニアでの子供時代に比べるとだいぶ青白く見え、唇は荒れていた。瞳の色も、金色まじりの茶色のままだった。サムの母親のアナもやはり二色が混じった瞳をしていて、これは虹彩異色症というのだと息子に教えた。病気みたいな名前だ、お母さんはその病気で死んでしまうのではとサムは不安になった。セイディの目の下は、三日月の形にうっすら黒ずんでいる。隈《くま》は子供のころにもあったが、それでもセイディは疲れているように見えた。そうやって観察しながら、サムは思った。まるでタイムトラベルだな。誰かを見て、現在のその人と過去のその人が同時に見えるなんて。その時間旅行が可能になるのは、相手を相当に長いあいだ知っている場合だけだ。

「見えた！」セイディが目を輝かせる。サムの記憶にある十一歳のセイディと同じ顔をしていた。

サムはあわてて視線をポスターに戻した。

「サムは見えた？」セイディが訊く。

「見えたよ」サムは答えた。「見えた」

セイディが探るような目を向ける。「何が見えた？」

「決まってるだろ」サムは言った。「すごいよね。いかにもクリスマスらしい画像だ」

「ね、ほんとに見えたの？」セイディの口角はひくつきながら持ち上がろうとしていた。虹彩異色症の目は、からかうような表情をしている。

「ほんとさ。だけど、まだ見えてない人の楽しみを奪いたくない」サムは周囲の人々を身振りで示した。

「そっか」セイディは言った。「それが思いやりってものだよね、サム」

セイディは、サムには見えていないと察している。サムはセイディに微笑む。セイディもサムに微笑む。

「不思議じゃない？」セイディが言った。「ずっと会ってなかったなんて思えない。この地下鉄駅に毎日一緒に来てこのポスターを見てるみたいな気がする」

「深いところで通じ合ってるから」

「そうだね、心と心で通じ合ってるから。さっき言ったこと、取り消す。いまのほうが究極にサムっぽい発言」

「究極のサム《サムエスト・アイ・アムエスト》。ここは――」そこまで言ったところで、フルーツシェークのブレンダーがまた作動した。

「え？」セイディが訊き返す。

「スクエア違いだろ」サムはもう一度言った。

「〝スクエア違い〟？」

「ここはハーヴァード・スクエアだ。きみがいるならセントラル・スクエアかケンダル・スクエアのはずだ。だって、ＭＩＴに入ったって聞いてる」

「ボーイフレンドがこの近くに住んでるの」セイディは言った。その話題にはこれ以上立ち入ってもらいたくないという含みが感じられた。「ね、どうして〝スクエア〟って言うのかな。どの広場《スクエア》もかならず正方形《スクエア》をしてるわけじゃないのに」ダウンタウン方面行きの次の電車が近づいてきた。「次の電車がまた来た」

「電車って次々来るものだからね」

「たしかに。電車が来て、次の電車が来て、また次の電車が来る」

「だとすると、唯一僕らがいますべきなのは、コーヒーを飲むことじゃないかな」サムは言った。

「コーヒーなんて古くさいっていうなら、きみの好みに合わせる。チャイ。抹茶。スナップル。シャンパン。知ってた？　僕らの頭上には、飲み物を無限に選べる世界が広がってるんだよ。あのエスカレーターに乗るだけでいい。それだけで好きな物を好きなだけ飲める」

「そうしたいところだけど、この授業にはどうしても出ておかないと。テキストを半分しか読んでないの。単位を落としたくなければ、出席点を稼ぐしかない」

「それは大げさだな」サムは言った。セイディほど頭のよい人はほかに何人も知らない。

セイディはまたサムを軽く抱き締めた。「会えてよかった」

それから電車のほうに歩き始めた。どうしたら引き留められるだろう。これがゲームなら、ポーズボタンを押せるのに。リスタートして次は違うことを、正しい台詞を、言い直せるのに。インベントリを開け、セイディをつなぎ止めるアイテムを探せるのに。

電話番号さえ交換していないのだ。サムはすがるような気持ちでそう考えた。一九九五年のいま、誰かを探すのに使えそうな手段をひととおり思い浮かべた。昔なら――サムが子供のころなら、誰かと別れたきり二度と会えなくなることも珍しくなかったが、いまはそういう時代ではない。相手を法則に基づく推測を予測不能な生身の人間に変換したい気持ちさえあれば足りるようになってきている。どんどん小さくなる旧友の後ろ姿を目で追いながら、サムはこう自分に言い聞かせた――グローバリゼーションやら情報スーパーハイウェイやらで、世界じゅうが同じ方向に進んでいる。セイディ・グリーンを探し出すのは簡単だろう。メールアドレスは推測がつく。ＭＩＴの学生には同じパターンのメールアドレスが割り当てられる。あるいは、ＭＩＴの学生名簿をオンライン検索してもいい。ＭＩＴの情報科学科――セイディが在籍しているのはきっと情報科学科だろう――に問い合わせる手もある。セイディのカリフォルニアの実家に電話して、父親のスティーヴン・グリーンと母親のシャリーン・フリードマン＝グリーンに尋ねるのもいいだろう。

反面、サムは自分をよく知っていた。電話しても嫌がられないと一〇〇パーセント確信できないかぎり、サムは自分から電話したりなどしない。サムの脳は、どうしようもないほどマイナス思考だ。セイディの態度は冷たかった、あの日本当は授業なんかなかったのだ、単にサムから逃げたかっただけに違いない――連絡しない言い訳をいくらだってひねり出すだろう。サムの脳は、セイディがサムにまた会いたいと思っていたなら、連絡先を渡したはずだと言い張るだろう。そしてサムはこう結論する――セイディにとってサムは過去のつらかった時期を象徴する存在で、また会いたいと思うわけがないと。あるいは、これまでもたびたび頭をよぎったように、セイディにとってサムは大切な存在でも何でもなく、金持ちのお嬢様の社会奉仕にすぎなかったのだと。サムは、セイディがハーヴァード・スクエア近くに住むボーイフレンドの話を持ち出した意味をくよくよ考えるだろう。セイディの電話番号、メールアドレス、住所を調べるだろうが、行動に移そうとはしないだろう。だから、地球ほどの重みをもって、セイディ・グリーンに会うのはこれが最後になりそうだとサムは思い定め、その重みに押しつぶされかけながら、一二月の極寒の日、地下鉄駅を遠ざかっていく彼女のすべてをつぶさに記憶に刻みつけようとした。ベージュのカシミアの帽子、ミトン、マフラー。絶対に軍の放出品を買ったのではない、キャメル色の七分丈のピーコート。だいぶくたびれたブルージーンズは、ブーツカットの裾がところどころほつれている。白いストライプが一本入った黒いスニーカー。斜めがけにしたコニャック色のメッセンジャーバッグは体の横幅と同じくらい大きく、ものがぱんぱんに詰めこまれていて、脇からクリーム色のセーターの袖が片方だけはみ出している。髪は――艶やかで、少し湿っていて、肩甲骨のすぐ下まで届く長さだ。いま見えているセイディは真のセイディではないとサムは思う。地下鉄駅にあふれている身ぎれいで頭のよい女子学生の誰とも区別がつかない。

後ろ姿が見えなくなる寸前、セイディが向きを変えて駆け戻ってきた。「サム！　まだゲームやってる？」

「もちろん」サムは勢いこんで答えた。「やるよ。しょっちゅうやってる」

「これ」セイディは三・五インチのディスクを彼の手に押しつけた。「これ、私のゲーム。超忙しいだろうけど、暇があったらやってみて。感想を聞かせてもらえるとうれしい」

セイディは走っていって電車に乗りこみ、サムはそのあとを追った。

「待って！　セイディ！　どうやって連絡すればいい？」

「ディスクにアドレスが入ってる」セイディが答えた。「Readmeファイルを見て」

電車の扉が閉まり、セイディをMITのあるスクエアへと運んでいった。サムはディスクを確かめた。ゲームのタイトルは〈ソリューション〉。ラベルに手書きの文字が並んでいた。いつどこで目にしても、セイディの筆跡は見分けられる。

その夜、アパートに帰ってからもすぐには〈ソリューション〉をインストールせず、パソコンのディスクドライブの隣に置いておいた。セイディのゲームは後回しにするという選択は思いがけず強力なモチベーションになって、サムは第三学年論文計画書の作成に没頭した。計画書の提出期限はもう一カ月も過ぎていて、いっそクリスマス休暇明けに先延ばしだと開き直っていた。さんざん悩んだ末にサムが絞り出したテーマは、〈選択の公理の不在におけるバナッハ・タルスキーのパラドックスへの代替アプローチ〉で、計画書を書くだけでも退屈きわまりなく、実際に論文を書く段になったときのことを考えると気分がどんよりした。サムに数学の才能があるのは明らかだったが、格別の興味があるかとなると微妙だと自分でも思い始めていた。数学科の指導教官で、フィールズ賞候補の呼び声が高いアンデシュ・ラーションからも、その日の午後の面談でその点を遠回しに指摘された。面談の最後にこう言われたのだ――「きみはすばらしい才能に恵まれているね、サム。だが、何かが得意だからといって、それを心から好きかどうかはまた別の話であることを忘れないように」

夕飯はマークスと一緒にテイクアウトのイタリア料理ですませた（マークスの旅行中、サムが残り物で食いつなげるよう、マークスはとても食べきれない量をわざと注文した）。マークスは、コロラド州テリュライドへのスキー旅行にまたしてもサムを誘った。「いいからおまえも来いって。スキーができなくたって心配はいらない。ほとんどずっとみんなでロッジに入り浸《びた》ってるだけだから」サムはお金がなくてクリスマス帰省すらできない。マークスから遊びに誘われては断るというのが季節ごとの恒例行事になっていた。夕飯のあと、サムは道徳的推論（若き日のウィトゲンシュタインの哲学、すなわち自分はすべてについて間違っていたと断じる前のウィトゲンシュタインの哲学を学ぶ講義）の課題を読み始め、マークスは旅行の支度をした。荷造りがすむと、マークスはサムに宛てたクリスマスカードを書き、五〇ドル分のビール券と一緒にサムのデスクに置いた。ディスクに目を留めたのはこのときだった。

「『ソリューション』って？」マークスはそう訊き、緑色のディスクを手に取ってサムに差し出した。

「友達が作ったゲーム」サムは答えた。

「友達？」マークスが訊き返す。一緒に住んで三年目になるが、サムから友達という言葉が出たことはほとんどなかった。

「カリフォルニア時代の友達だよ」

「プレイしないのか」

「そのうちやる。きっとつまらないだろうし。頼まれたから軽く試してみるだけ」セイディを裏切るようだが、きっとつまらないに決まっている。

「どんなゲーム？」

「知らない」

「でも、タイトルは格好いいな」マークスはサムのパソコンの前に座った。「まだちょっと時間がある。やってみようぜ」

「いいよ」サムは一人になってからプレイするつもりでいたが、マークスとはふだんからよく一緒にゲームをやっていた。二人とも格闘ゲームが好きだった。〈モータルコンバット〉〈鉄拳〉〈ストリートファイター〉。たまにテーブルトークRPG〈ダンジョンズ&ドラゴンズ〉のキャンペーンを再開することもある。サムがダンジョンマスターを務めるキャンペーンは、すでに二年以上続いていた。〈ダンジョンズ&ドラゴンズ〉を二人でプレイするのは、ほかにはない親密な経験で、キャンペーンの存在は二人の秘密になっている。

マークスがディスクを挿入し、サムはパソコンのハードドライブにゲームをインストールした。

数時間後、サムとマークスは〈ソリューション〉を最後まで終えた。

「いやはや、すごかったな」マークスが言った。「おっと大遅刻だ。アジダの家で待ち合わせしてるんだ。この分じゃ殺されちまう」アジダというのはマークスの最新のガールフレンドだ。トルコ出身、身長一八〇センチ、スカッシュが得意、ときおりモデル業——マークスの恋人としてごく標準的なスペックだ。「五分だけのつもりだったのに」

マークスはコートを着た。セイディのと似たキャメル色のコートだった。「おまえの友達、猛烈に悪趣味だな。けど、たぶん天才だよ。で、そいつとはどういう知り合いだって？」

2

サムと初めて会った日、セイディは姉のアリスの病室から追い払われていた。アリスは十三歳の少女らしく不機嫌だった。というより、ガンで死が間近に迫っているかもしれない病人らしく、いつでも不機嫌だった。母親のシャリーンは、アリスを大目に見てあげなくちゃと言う。体は一つなのに、思春期と病気という二つの嵐に同時に見舞われているのだからと。この場合の〝大目に見る〟は、アリスの怒りが鎮まるまでセイディは待合ロビーに行っていなさいという意味だ。

アリスを怒らせてしまった原因が今回は何なのか、セイディにはよくわからなかった。『ティーン』誌で見つけた赤いベレー帽をかぶった女の子の写真を見せて、〝これ、お姉ちゃんに似合いそう〟というようなことを言っただけだ。自分がどう言ったか正確に覚えていなかったが、なんにせよアリスは怒り出し、いきなりこうわめき散らした。「ロサンゼルスでそんな帽子かぶってる人、見たことない！　だからあんたには友達がいないんだよ、セイディ・グリーン！」アリスはバスルームにこもって泣いた。絞め殺されかけているみたいな声が漏れ聞こえてきた。そんな声なのは、鼻が詰まり、喉が炎症を起こしているせいだ。ベッド脇に置いた椅子で眠っていたシャリーンは、落ち着きなさいとアリスをなだめた。具合が悪くなってしまうわよと。もうとっくに具合が悪いんですけど、とアリスは言い返した。このときにはセイディも泣き出していた。友達がいないのは本当だけど、だからってわざわざ言わなくたっていいじゃない。シャリーンは、待合ロビーに行っていてとセイディに言い渡した。

「それって不公平じゃない?」セイディは母親に言った。「だってあたし、何もしてないのに。わけわかんないこと言ってるのはお姉ちゃんのほうなのに」

「そうね、不公平ね」シャリーンはうなずいた。

ロビーで、セイディは頭を絞った。どうして追い払われなくてはならなかったのか。アリスに赤い帽子が似合いそうだと思ったのは事実だ。けれどいま思い返すと、帽子の話はアリスの耳に、化学療法で薄くなった髪の毛のことを言っているように聞こえたのではないか。もしそうなら、そもそも帽子の話を持ち出した自分が悪かったのだ。セイディは病室に戻ってドアをノックした。アリスに謝りたかった。しかしガラスの小窓越しに、シャリーンが口の動きだけで伝えてきた。「またあとで。アリスが眠ってる」

お昼時、セイディは空腹を感じた。アリスに悪いことをしてしまったという罪悪感はその分だけ減り、自分のほうがよほどかわいそうだと思えた。理不尽な態度を取ったのはアリスなのに、なぜセイディが罰を受けるのか。何度も言われているとおり、アリスは病気だけれど、いますぐ死ぬわけじゃない。アリスが診断されたタイプの白血病は寛解率が高かった。治療もちゃんと効いていて、予定どおり今年の秋から高校に通えそうだった。今回の入院も二泊だけで、母親によれば〝転ばぬ先の杖〟だ。セイディは〝転ばぬ先の杖《アバンダンス・オブ・コーション》〟という言い回しが気に入った。カラスの群れ《マーダー・オブ・クロウズ》、カモメの群れ《フロック・オブ・シーガルズ》、オオカミの群れ《パック・オブ・ウルヴス》といった表現を連想させる。セイディの頭のなかで〝転ばぬ先の杖〟が生き物の一種に変わった——たとえばセントバーナード犬とゾウを足して二で割ったような。大きくて、知的で、人なつこい動物、死の危険や何かからグリーン姉妹を守る頼りになる動物。

見るからに健康そうな十一歳の少女が大人の付き添いなしでいることに気づいた看護師が、セイディにカップ入りのバニラプディングをくれた。その看護師は、入院している子供の放っておかれているきょうだいだと察したのだろう、ゲーム・ルームを使ってもいいよと言った。ファミリーコンピュータがあって、平日の午後はだいたい空《す》いている。ファミコンならセイディの家にもあるが、シャリーンと一緒に車で家に帰るまでの五時間、ほかにやることがなかった。夏休みで、その日持ってきた唯一の本『マイロのふしぎな冒険』はもう二度も読んでしまった。アリスが怒り出していなければ、姉妹はいつもどおりの一日を過ごすはずだった。お気に入りの朝のクイズ番組『プレス・ザット・ボタン！』や『ザ・プライス・イズ・ライト』を観たり、『セヴンティーン』誌を読んで、お互いに性格テストをしたり、アリスが勉強の遅れを取り戻すために買ってもらった重さ一〇キロ近くもあるノートパソコンにプリインストールされていた「オレゴン・トレイル」あたりの学習用ゲームを一緒にプレイしたり。姉妹が一緒に時間をつぶす手段はいくらでもあった。友達は多くなくても、セイディはさみしいと思ったことがない。アリスを超える人はいないからだ。アリスより頭のいい人はいないし、勇敢な人、きれいな人、スポーツが得意な人、一緒にいて楽しい人はいない。どんな条件で比較したって、アリス以上の人はいないのだ。アリスの病気は治ると何度聞かされても、アリスがいなくなった世界を想像してしまうことがある。二人だけに通じるジョークのない世界。音楽やセーターやパーベイクのブラウニーを分かち合えない世界。毛布の下で、暗闇で、ふとした瞬間に触れた姉の肌のぬくもりが伝わってこない世界。セイディの無垢な心の奥底にしまいこまれた秘密や不名誉の記憶の番人がいなくなった世界。セイディはほかの誰よりもアリスを愛していた。父や母よりも。おばあちゃんよりも。アリスのいない世界は、月面に下り立ったニール・アームストロングをとらえた粗い写真のように荒涼としている。その世界を想像すると夜も眠れなかった。しばしファミコンの世界に逃れられたら、きっと慰めになるだろう。

ところがゲーム・ルームには先客がいた。男の子が一人、「スーパーマリオブラザーズ」をプレイしていた。男の子自身が病気なのだろうとセイディは思った。セイディと違って、入院中の子供のきょうだいではなさそうだ。真っ昼間だというのにパジャマ姿でいるし、座っている椅子の横の床に松葉杖が置いてある。左足はアンティークの鳥かごみたいな装置で固定されていた。年齢はセイディと同じ十一歳か、一つ二つ上だろうか。もつれにもつれた巻き毛は黒く、鼻はパグのそれみたいで、眼鏡をかけ、頭はアニメのキャラクターみたいにまん丸だった。セイディは学校の美術の時間に、絵を描くときは対象物を単純な形に分解しましょうと教わっていた。この少年を描くには、円がいくつかあれば足りそうだ。

　セイディは少年の隣の床に腰を下ろしてプレイをながめた。巧かった——各面のゴールでマリオをポールのてっぺんに着地させられるのだ。セイディにはまだ一度もできたことがない。自分がプレイするのも好きだが、上手な人のプレイを見ているのも楽しかった。まるでダンスを見ているようだ。少年は一度もセイディのほうを見なかった。それどころか、セイディがいることに気づいていないかのようだ。少年が最初のボスを倒し、〈でもピーチ姫がいるのは別の城だよ！〉というメッセージが画面に表示された。セイディのほうを見ないまま、少年が言った。「この自機《ライフ》の残り、やる？」

　セイディは首を振った。「ううん、いい。すごく上手だね。あなたが死ぬのを待ってるよ」

　少年はうなずいた。少年がプレイを続け、セイディはそのプレイを見続けた。

「さっきの。ごめん、あんな言い方して」セイディは謝った。「あなたがほんとに死んじゃうんだとしたら、ごめん。ほら、ここは子供の病院だし」

　少年はマリオを操り、コインがざくざく取れる雲の上のボーナスステージ目指してツタを登っていった。「ここは世界だからさ、誰だってみんな死ぬんだよ」

「そうだね」

「でもぼくはまだ死なない」

「ならよかった」

「きみは死にかけてる？」少年が訊いた。

「ううん」セイディは答えた。「まだ」

「じゃあ、なんで病院に？」

「お姉ちゃん。お姉ちゃんが病気なの」

「お姉ちゃんは何の病気？」

「赤痢」ガンだとは言いたくなかった。言えば、せっかくの自然な会話がそこで終わってしまいそうだった。


少年は続けて何か訊こうとしているようにセイディの顔を見た。けれども質問はせず、コントローラーを差し出した。「代わって。親指が疲れた」


セイディはマリオをパワーアップし、残機を一つ増やしてその面を無難にクリアした。

「やるじゃん」少年が言った。

「うちにファミコンがあるんだけど、週に一時間しかやっちゃいけなくてさ。けど、最近はあたしが何してたって誰も気にしない。お姉ちゃんのアリスが病気に……」

「赤痢にかかったから」少年がすかさず言う。

「そう。夏休みはスペース・キャンプでフロリダに行くはずだったんだけど、アリスの話し相手がいたほうがいいからって、親からうちにいるように言われた」セイディは、「スーパーマリオ」にぞろぞろ出てくるきのこ形の敵キャラ、クリボーを踏みつけた。「クリボーに同情しちゃう」

「ただの子分キャラだよ」

「だけど、自分には関係ないトラブルに巻きこまれただけのことじゃない？」

「子分キャラなんてそんなものさ。あ、そこの土管に入って」少年が言う。「下でコインがたくさん取れる」

「知ってる！　いま行くところだった。アリスは何かとあたしに八つ当たりするんだよね。だったらどうしてスペース・キャンプに行っちゃ行けなかったのかって。泊まりがけのキャンプは初めてだったし、一人で飛行機に乗るのも初めてだった。たった二週間のことなのに」その面のゴールが見えてきていた。「ポールのてっぺんに飛びつくのって、どうすればできるの？」

「移動ボタンを押しっぱなしにして、落ちそうなぎりぎりでしゃがんでジャンプ」

セイディ／マリオはゴールポールのてっぺんに飛びついた。「ほんとだ、できた。ところで、あたしセイディ」

「ぼくはサム」

「交代」セイディはコントローラーを返した。「ね、どこが悪いの？」

「交通事故に遭った」サムは言った。「足が二十七カ所折れてる」

「すごい数。それ、大げさに言ってるの、それともほんとに二十七カ所折れてる？」

「ほんとに二十七カ所だよ。数字にはこだわるほうだから」

「あたしも」

「数字はときどき増える。どこかを治すのに、別のところを折らなくちゃいけないときがあるから。お医者さんからは、切断しなきゃだめかもって言われてる。こっちの足には全然体重をかけられない。もう三度も手術したのに、足なんてとても呼べないよ。皮膚の袋に骨のチップが詰まってるだけ」

「なんかおいしそう」セイディは言った。「あ、ごめん。グロかったね。でもいまのでポテトチップスが思い浮かんじゃった。お姉ちゃんが病気になってから、食事が出てこないこともあるから。あたしが餓死しても誰も気づかないんじゃないかと思う。今日だってカップ入りのプディングを一つ食べただけだし」

「きみは変わってるね、セイディ」サムは言った。おもしろがっているような声だった。

「よく言われる。足、切断しないですむといいね、サム。ところで、うちのお姉ちゃんはガンなんだ」

「赤痢じゃなかったの？」

「ガンの治療で赤痢になった。お姉ちゃんとあたしのあいだでは赤痢にかかったっていうのがジョークなの。〔オレゴン・トレイル〕ってPCゲーム、知ってる？」

「たぶん」サムは知らないと正直に認めなかった。

「学校のコンピューター室に行けばあると思う。あたしの一番好きなゲームかな。ちょっと退屈だけどね。一八〇〇年代の人たちが出てくる。幌《ほろ》馬車を雄牛に牽《ひ》かせて東海岸から西海岸に向かうの。仲間が誰も死なずに西海岸に着けばクリア。食料が足りないとだめだし、速く進みすぎてもだめ。必要な物資もあらかじめ買っておかなくちゃいけない。それでも仲間の誰かが死んじゃったりする。自分が死ぬこともあるよ。ガラガラヘビに咬まれたり、飢えたり――」

「赤痢にかかったりして」

「そうそう！　誰かが赤痢で死ぬたびにアリスと一緒に笑っちゃう」

「でも、赤痢って何？」サムが訊いた。

「要するに下痢」セイディは声をひそめた。「あたしたちも最初は知らなかった」

サムは笑った。が、すぐに笑うのをやめた。「ぼく、まだ笑ってるからね。でも笑うと痛いんだ」

「じゃあ、笑えることはもう言わないって約束する」セイディは棒読みのような奇妙な声音で言った。

「やめろよ！　そんな声出されたらよけい笑っちゃうだろ。だいたいそれ、何のつもり？」

「ロボット」

「ロボットはこういう風にしゃべるんだ」サムはロボットの真似をして言い、二人はまた爆笑した。

「笑っちゃだめなんでしょ！」

「だから笑わせないでよ。で、赤痢って死ぬ病気なの？」

「大昔はそうだったんじゃない？」

「墓石にそう書いたと思う？」

「ふつう墓石に死因まで書かないと思うけど、サム」

「ディズニーランドのホーンテッドマンションでは書いてあったよ。いまの時代に赤痢で死にたい気もするな。そうだ、〔ダックハント〕、やる？」

セイディはうなずいた。

「光線銃に替えなくちゃ。あ、ここにある」セイディは光線銃型コントローラーを探してゲーム機に接続し、サムに渡した。

「ゲーム、すっごくうまいよね」セイディは言った。「おうちにもファミコンあるの？」

「ない」サムは答えた。「でも、おじいちゃんがやってる店に〔ドンキーコング〕があって、ただで好きなだけプレイできるんだ。ゲームってさ、どれか一つがうまくなると、ほかのゲームもうまくなる。そういうものだよね。反射神経の良し悪しと、パターンを見抜けるかどうかで決まる」

「言えてる。でもほんとなの？ サムのおじいちゃん、アーケード版のドンキーコング持ってるってこと？ すごい！ 古いアーケードゲームって大好き。何のお店？」

「ピザの店」

「え？ あたし、ピザ大好き！ 世界で一番好きな食べ物。もしかしてピザもただで好きなだけ食べられるの？」

サムはうなずき、カモを二羽撃ち落とした。

「それ、あたしの夢そのままだよ。サムはあたしの夢の暮らしをしてるんだね。あたしも連れてってよ、サム。お店の名前は何て言うの？　もう行ったことあったりして」

「ドンとボンのニューヨークスタイル・ピザの店。ドンとボンはおじいちゃんとおばあちゃんの名前だよ。コリア系によくある名前。英語でいえばジャックとジルみたいな」サムは言った。「お店はKタウンのウィルシャー・ブールヴァード沿いにある」

「Kタウンって？」

「セイディって、ほんとにロサンゼルスの人なの？　Kタウンはコリアタウンだよ。知らないなんて信じられない。Kタウンは誰だって知ってる」

「コリアタウンなら知ってる。Kタウンって呼ぶのは知らなかった」

「きみはどこに住んでるの？」サムが訊く。

「フラッツ」

「フラッツって？」

「ビヴァリーヒルズの平らな地区《フラット》」セイディは言った。「Kタウンのすぐ近くだよ。ね、サムだってフラッツが何だか知らなかったじゃん。ロサンゼルスの人って言っても、自分の家がある地区のことしか知らないんだよ」

「そうみたいだね」

サムとセイディは、なんということもない会話を交わしながらバーチャルなカモを数世代分殺しまくって夕方まで過ごした。「カモが人間に何かしたわけじゃないのにね」

「ぼくらはカモを撃ってデジタルな食料にしてるんだよ。デジタルなぼくらは、バーチャルなカモがないと餓死するんだ」

「それでもやっぱりカモがかわいそう」

「さっきクリボーのこともかわいそうって言ったよね。きみは誰のこともかわいそうって思うんだな」

「そうだね」セイディは言った。「〈オレゴン・トレイル〉のバイソンもかわいそうだと思うし」

「どうして?」サムが訊いた。

そのときセイディの母親がゲーム・ルームに顔をのぞかせた。セイディに話したいことがあるとアリスが言っているという。それはつまり、セイディのことをもう怒っていないと伝える暗号だ。「どうしてなのかはまた今度」〝今度〟があるかどうかさえわからなかったが、それでもセイディはサムにそう答えた。

「またね」サムが言った。

「新しいお友達? 誰?」ゲーム・ルームを出ながらシャリーンが訊いた。

「知らない男の子」セイディが振り返ると、サムはもうゲームに向き直っていた。「でもいい子だよ」

アリスの病室に戻る途中、セイディはゲーム・ルームに行ってごらんと提案してくれた看護師にお礼を言った。看護師はセイディの母親に微笑みかけた。きょうび、マナーをわきまえた子供は希少な存在になりつつある。「やっぱり誰もいなかった?」

「ううん、男の子が一人いました。サム……」ラストネームを聞いていなかった。

「サムに会ったのかい?」看護師がふいに関心を露《あらわ》にし、その顔を見てセイディは、病院にはゲーム・ルームを使いたい病気の子供がほかにもいるのに独占してはいけないという規則でもあって、自分はそれに違反してしまったのだろうかと思った。アリスにガンの診断が下って以来、セイディの日常は規則だらけになっていた。

「はい」セイディは言い訳がましく答えた。「おしゃべりをして、ファミコンで遊びました。あたしがいても嫌がってないようだったから」

「サムだよね？　髪の毛がくるくるで、眼鏡をかけてる子。そのサムだよね？」

セイディはうなずいた。

看護師はシャリーンに、二人だけでお話しできますかと尋ね、シャリーンはセイディにアリスの病室に先に戻っていてと言った。

セイディは不安な気持ちでアリスの病室のドアを開けた。「何か叱られるのかも」

「今度は何をしでかしたわけ？」アリスが言った。セイディは思い当たる罪状を打ち明けた。「でもゲーム・ルームに行ってたらって向こうから言ったんでしょ」アリスは冷静に状況を分析して言った。「だったらセイディは悪くないんじゃない？」

セイディはアリスのベッドに座った。アリスがセイディの髪を三つ編みにする。

「看護師がママと話したいって言った理由はきっと別にあるんだよ」アリスは続けた。「あたしのことかも。どの看護師？」

「わからない」

「心配しないの、セイディ。もしも叱られたら、泣いてこう言えばいいよ、お姉ちゃんがガンなんですって」

「さっきごめんね」

「さっきって？　ああ、さっきあれ。いけなかったのはあたし。どうして怒っちゃったんだろう」

「白血病がいけないんだよ、きっと」

「赤痢だってば」アリスが正す。

帰宅の車に乗るまで、シャリーンはゲーム・ルームのことに一言も触れずにいた。だから、もうその話は忘れられたんだとセイディは安堵した。ラジオのNPR局から自由の女神像の百周年行事の話題が聞こえてきて、セイディは、自由の女神が生きた女性だったら気の毒だなと思った。自分の体のなかに人が入ってくるのだ。侵害されたように感じるだろう。人が病原菌やアタマジラミやガン細胞のように思えるだろう。そう考えたら居心地が悪くなって、シャリーンがラジオを消したとき、セイディはほっとした。「今日、あなたが話してた男の子」

うわ、来た――セイディは思った。「うん」小さな声でそう答えた。車はちょうどKタウンを通り過ぎるところで、セイディはドンとボンのニューヨークスタイル・ピザの店を目で探した。「あたし、叱られるようなことした?」

「いいえ。どうして叱られると思うの?」

このところ何かと叱られてばかりいるからだ。十一歳で、重い病気の姉がいたら、誰の前でも非の打ちどころのない言動を維持するなんて絶対に無理だ。言ってはいけないことを言ってしまったり、はしゃぎすぎたり。以前はふつうに与えられていた以上のものを求めているつもりはなくても、多くを求めすぎたり(時間、愛情、食事)。そんなことで叱られてばかりいる。「別に理由はないけど」

「看護師さんから聞いたんだけど、サムは大きな交通事故に遭ったんですって」シャリーンは言った。「事故で怪我をして六週間たつけれど、そのあいだ、誰と話をしても、はいとかいいえとか、それくらいしか言ったことがないそうなの。怪我はとてもひどくて、このあとも長い期間、入院と退院を繰り返すことになりそうだって。だから、サムがあなたとおしゃべりをしたのは大事件なわけ」

「それほんとなの? だって、サムはすごくふつうに見えたよ」

「心を開いてもらいたくて、みんないろいろ試してみたそうよ。セラピストも、お友達も、家族も。今日はどんな話をしたの?」

「どんなって言われても。大したことは話してない」セイディはサムと何を話したか思い出そうとした。「ゲームの話、かな」

「これはあなたしだいなんだけど」シャリーンは続けた。「看護師さんは、また明日病院に来てサムと話をしてもらえないかなって言ってた」セイディが答える前に、シャリーンは付け加えた。「ほら、来年のバトミツバ（ユダヤ教で女の子が十二歳になると行われる成人式）に向けて社会奉仕をしなくちゃいけないでしょ？　これもそのうちに入ると思うの」

誰かと一緒にゲームをするリスクは決して小さくない。自分を解放し、さらけ出し、傷つく覚悟が必要だ。犬で言えば、寝転がって腹を見せるようなもの――〝傷つけたりしないよね、その気になれば傷つけられるってわかってるけど〟。人の手を口でくわえても咬まない犬と同じだ。信頼と愛がなければ一緒にプレイはできない。この何年も先、有名ゲームブログ『コタク』のインタビューに応えたサムの発言が議論を呼んだように、「セックスを含め、ゲームをプレイする以上に親密な行為はほかにない」のだ。この発言に対するネットの反応はこうだった――満たされたセックスの経験があれば、そんなことは言わないはずだ、サムには重大な何かが欠けているらしいな。

翌日、セイディは病院に行った。その翌日も。さらにその翌日も。その後も、サムが入院していて、かつゲームをプレイできる程度に元気なときは毎日。二人は最高の遊び友達になった。競い合うこともあったが、危険に満ちたゲームの世界を行くバーチャルな誰かの旅路を少しでも楽にする方法を、ああでもないこうでもないと言い合い、コントローラーやキーボードを受け渡ししながら、一つのプレイヤーキャラクターを交代で操作するのが楽しくてしかたがなかった。プレイしているあいだ、まだ大して長くないそれぞれの人生で経験したことを語り合った。やがてセイディはサムを隅から隅まで知り、サムはセイディを隅から隅まで知るようになった。少なくとも、当人たちはそのつもりだった。セイディは学校で習ったプログラミング言語（ＢＡＳＩＣと、Ｐａｓｃａｌを少々）をサムに教え、サムはセイディに丸と四角だけではない絵のテクニック（クロスハッチング、遠近法、明暗法）を教えた。十二歳ですでに、サムのデッサンの腕は群を抜いていた。

事故以来、サムはＭ・Ｃ・エッシャー風の精緻な迷路を描き始めた。体と心に負った大きな傷と向き合う助けになるのではと精神分析医から勧められたのがきっかけだった。迷路を描くのは、現在の状況から脱する道筋を立てるための前向きな刺激になると精神分析医は期待した。しかしその期待は裏切られた。サムが迷路を描くのは、いつだってセイディのためだった。セイディの帰り際に、迷路を彼女のポケットにすべりこませる。「これ、きみにと思って描いた」サムはそう言う。「大したものじゃないけど。次に来るときに持ってきて。解けたかどうか知りたいから」

後年サムは、そのころ描いた迷路はゲーム制作の初期の試みだったと話した。「ビデオゲームを究極まで純化したものが迷路だ」確かにそうなのだろうが、それは歴史の修正であり、自己の美化でもある。迷路はセイディのために描かれたものだった。ゲームを作るのは、やがてそれをプレイする人を想像することだ。

病院を訪ねて帰るとき、セイディは看護師の誰かにこっそりタイムシートを渡してサインしてもらった。友情は原則として数値化できないものだ。しかしセイディのタイムシートは、サムと友達として過ごした正確な時間の記録簿だった。

二人が友達になって数カ月後、セイディの祖母フリーダが、セイディの〝社会奉仕〟は本当に社会奉仕なのかという疑問を初めて話題に出した。フリーダ・グリーンはセイディがサムに会いに行くとき、よく車で病院まで送ってくれていた。アメリカの自動車メーカーの赤い小型コンバーチブルに乗っていて、天気がよければ（ロサンゼルスではたいがいよかった）幌を開け、シルクの柄物スカーフを頭に巻いた。身長は一五〇センチに届くかどうかで、十一歳のセイディより二センチか三センチ高いだけだったが、毎年パリであつらえている服をいつもおしゃれに着こなしていた。アイロンの利いた白いブラウス、柔らかい灰色をしたウールパンツ、ブークレかカシミアのセーター。どこに行くにも六面体の小ぶりなレザーバッグ、真紅の口紅、金無垢《きんむく》の華奢《きゃしゃ》な腕時計、チュベローズの香水、真珠のアクセサリーで武装していた。セイディは、おばあちゃんを世界一スタイリッシュな女性と思っていた。セイディの祖母であるのに加えて、ロサンゼルス不動産業界の大物でもあり、取引交渉ではつねにおそろしいほど堅実な人物と評価されていた。

「私の《マイン》セイディ」フリーダは西から東へ向けて車を走らせながら言った。「あなたを病院に送り迎えできておばあちゃんもうれしい」

「ありがと、おばあちゃん《バッビ》。感謝してる」

「でもね、あなたの話を聞くかぎり、その男の子はどちらかというと本物のお友達のようにおばあちゃんには思えるの」

　数学の教科書から水に濡れた社会奉仕のタイムシートがはみ出していた。セイディはページのあいだにはさみ直した。「言い出しっぺはママなの」セイディは自己弁護した。「看護師さんやお医者さんも、あたし、役に立ってるって。先週、サムのおじいちゃんがハグしてくれて、しかもマッシュルームのピザを一切れくれた。何がいけないのかわからない」

「そうね。でも、お友達のほうはそんな取り決めがあるなんて知らないんでしょう」

「うん。一度も話に出たことがない」

「あなたが話題に出さないのは、何か理由があると思う？」

「サムといるときは忙しいから」セイディはぎこちなく答えた。

「セイディ、もしあとになってわかったら、お友達を傷つけてしまうかもしれない。あなたにとって自分は慈善の対象でしかなくて、本物の友達じゃないんだと受け止めたとしたら」

「その二つは両立できないの？」

「友情は友情、慈善は慈善よ」フリーダは答えた。「子供のころ、おばあちゃんがドイツにいたのは知ってるわね。そのころの話も何度もした。だからまた繰り返したりはしない。でも、施しをしてくれる人は、決して友達ではないのよ。友達から施しを受けるなんてありえないの」

「そういう風には考えたことなかった」

フリーダはセイディの手をそっとなでた。「かわいいセイディ。人生ってね、逃れられない道徳上の落とし穴でいっぱいなの。わかりやすいものから避けて通らなくちゃ」

おばあちゃんの言うとおりだ。それでもセイディは、タイムシートにサインをもらうのをやめなかった。その儀式めいた習慣が気に入っていたし、看護師や、ときには医師、あるいは両親やシナゴーグの人たちから褒められるのも気分がよかった。タイムシートに数字を記入するのさえちょっとした楽しみだった。それはセイディにとってはゲームの一つだった。そのゲームとサムは関係ないと思っていた。それを欺瞞《ぎまん》だとは思わなかった。社会奉仕のことをサムに隠しているつもりはなかったが、長く続くにつれ、どんどんサムに話しにくくなっていった。タイムシートがあるせいで隠れた動機がもう一つ存在するように思われかねないとわかってはいたが、セイディにとって真実は誤解のしようがなかった——セイディ・グリーンは褒められるのが好きで、サム・メイザーはこれまで生きてきたなかで一番の親友だ。

セイディの社会奉仕プロジェクトは一年と二カ月続いた。予想されていたとおり、サムがタイムシートの存在を知った日、プロジェクトは突然の終了を迎えた。二人の友情は六百九時間——プラス、タイムシートに記録されなかった初日の四時間——続いた。テンプル・ベス・エルでバトミツバを受けるのに必要なのは二十時間だった。セイディはハダーサ慈善団体から優れた実績を表彰された。

3

ゲーム制作上級ゼミは週に一度、木曜の午後二時から四時まで行われる。定員は十名で、応募制で選抜される。指導教官は二十八歳のドーヴ・ミズラーで、大学の開講講座一覧にはラストネームが記載されていたが、ゲーム業界ではファーストネームの〝ドーヴ〟で知られていた。〔コマンダーキーン〕や〔ドゥーム〕を手がけたアメリカのゲーム界の神童、二人のジョン（ジョン・カーマックとジョン・ロメロ）を合わせて一人にしたような天才ともっぱらの評判だった。黒に近い茶色の豊かな巻き毛が印象的で、ゲームショーにはかならずタイトなシルエットのレザーパンツで現れる。ゲーム〔デッド・シー〕――当初PCゲームとしてリリースされた水中ゾンビアドベンチャー――はもちろん、海底の光と影をリアルに描写するため自ら開発した革新的なグラフィックスエンジン〔ユリシーズ〕でも知られていた。世の五十万のゲームオタクの一人であるセイディも、ゼミ開講前の夏に〔デッド・シー〕をプレイしていた。授業で引き合いに出されたのをきっかけに遊んだゲームはあったが、授業と関係なく楽しく遊んだゲームのクリエイターのクラスを取るのは初めてだった。セイディも含め、ゲーマーはみな〔デッド・シー〕の続篇を心待ちにしていた。開講講座一覧でドーヴの名前を目にしたとき、ゲームデザイナーとしての輝かしいキャリアを中断してまで大学で教えるのはなぜなのかと不思議に思った。

「あらかじめ言っておく」ゼミの初日にドーヴは言った。「きみらにプログラミングを教えるつもりはない。これは天下のMITのゲーム制作上級ゼミだ。プログラミングはとうに身についているのが大前提だ。仮にまだなら……」ドーヴは出口を指し示した。

セミナーの構成は、文芸創作講座のそれと似ていなくもなかった。毎週、学生のうち二人がゲームを提出する。時間の制約のなかでプレイ可能なレベルまで仕上げてあれば、ミニゲームでもいいし、もっと長いゲームの一部でもいい。ほかの学生はそのゲームをプレイし、批評する。学期の終わりまでに、一人二ゲームずつ作らなくてはならない。

ゼミの女子学生はセイディのほかにハナ・レヴィン一人だけだった（MITではどのクラスも男女比はこれくらいだ）。ハナは、どのプログラム言語を使ったらいいかとドーヴに尋ねた。

「言語なんか何だってかまわない。どれも同じだ。どれが来たって俺のペニスをしゃぶらせてやるよ。これはたとえじゃない。どの言語を使うにせよ、ペニスをしゃぶらせられるくらい意のままに扱えなくちゃだめだ。言語が人を操るんじゃない。人が言語を操るんだ」ドーヴはハナを見やった。「きみにペニスはなさそうだ。クリトリスとでも読み替えてくれ。自分がイキやすいプログラム言語を選べばいい」

ハナは弱々しく笑ってドーヴの視線を避けた。「Javaでもいいわけですね」ハナはおずおずと訊いた。「Javaを下に見る人もいるのは知ってますけど——」

「Javaを下に見る？　まじめな話、そんなことを言う奴はクソでも食わしておけばいい。俺をイかせるプログラミング言語を選べ」ドーヴはいった。

「はい。でも、お好みがあるなら」

「きみ、名前は？」

「ハナ・レヴィンです」

「ハナ・レヴィンか。少し頭を冷やせ。俺はゲームの作り方になんかいちいち口出ししない。言語を三つ使ったってかまわないぞ。俺はそうしてる。ちょっと書いて、行き詰まったらしばらく別の言語で書いてみる。コンパイラーはそのためにあるんだ。ほかに質問がある奴は？」

下品で不快な男だとセイディは思った。だが、どことなくセクシーでもある。

「肝心なのは、プレイした奴がぶっ飛ぶようなゲームを作ることだ」ドーヴはいった。「俺のゲームのバージョン違いなんか作るな。俺がプレイしたことのあるゲームの焼き直しもだめだ。グラフィックスがきれいなだけの薄っぺらなゲームもだめだぞ。たとえコードが流れるように美しかろうと、それが描き出す世界がつまらなけりゃ本末転倒だ。俺は退屈が嫌いで嫌いで嫌いで嫌いで大嫌いだ。俺を驚かせろ。俺を怒らせろ。俺を怒らせるのは不可能じゃない」

講義のあと、セイディはハナに近づいた。「ハナ、私はセイディ。さっきはちょっときつかったね」

「いいえ、だいじょうぶ」ハナが言った。

「『デッド・シー』、もうやった？　あれすごいよね」

「『デッド・シー』って？」

「教授が作ったゲーム。私がこのゼミを取る動機はそれだった。全篇、小さな女の子の視点で進むの。その子一人を残してその世界の住人は――」

ハナがさえぎった。「あとでチェックしてみる」

「ぜひ。ふだんはどんなゲームをやるの？」セイディは尋ねた。

ハナは眉を寄せた。「悪いけどちょっと急いでるの。これからもよろしくね！」

声なんかかけるんじゃなかったとセイディは思った。数で圧倒されているとき、女は女同士で結束したがると思われがちだが、そんなことはないのだ。女は伝染病の一種で、近づいてうつったりしたくないとでもいうようだった。女同士で交わらずにいれば、多数派に、つまり男に、さりげなくこう伝えられる――私はほかの女と違うのよ。セイディはもともと一人を好むが、それでも女の体でMITに通えば孤独を感じた。セイディがMITに入学した年、全新入生に占める女子の割合は三分の一強だったが、なぜかそれよりさらに少数派と思えた。このまま何週間も女子学生と一人も会わないのではと思うこともあった。男子学生は、少なくとも大半の男子学生は、女子は頭が悪いと決めつけているせい、あるいは頭が悪いとまではいかなくても、自分たち男子より知的に劣っていると決めつけるせいかもしれない。男子学生は、MITの入試では女子が優遇されているという前提でものを考えている。たしかに、受験者数を基準とした合格率を見ると、女子が男子より一〇パーセント高い。しかし、高くなる理由はいくらでも考えられた。たとえば、MITに出願する女子は、男子に比べ、自分に求める水準が高いとか。MITに入学する女子は能力で男子に劣っている、本来は合格に値しないはずだったというのは誤った結論だったが、それでも現実には、その結論に落ち着いているように思えた。

セイディはその学期、幸か不幸か、七番目にゲームを提出することになった。どんなゲームにするか、なかなか決められなかった。将来はこんなゲームデザイナーになりたいと宣言するようなものを作りたかった。既視感のあるゲーム、マイナーなジャンルのゲームにはしたくない。グラフィックスの面でも遊びという面でも単純すぎるものはいやだ。しかし、ほかの学生の作品が次々とドーヴの酷評でずたずたにされるのを見て、どんなゲームを作っても結果は同じだと開き直った。ドーヴはとにかくあらゆるゲームを嫌った。「ダンジョンズ&ドラゴンズ」の変種を嫌い、ターン制RPGゲームを嫌った。ゲーム機を毛嫌いしているわりに「スーパーマリオ」だけは例外らしい一方で、プラットフォームゲーム一般を嫌った。スポーツゲームを嫌い、かわいらしい動物キャラを嫌い、原作のあるゲームを嫌った。誰かに追跡される、あるいは誰かを追跡するのを主眼とするゲームが世の中にあふれている事実を嫌った。しかしドーヴが何より嫌っていたのはシューティングゲームだ。つまり、プロであれ学生であれ世のデザイナーが作るゲームの大半、よく売れているゲームのかなりの割合がドーヴに嫌われていることになる。ドーヴは言った。「俺に兵役経験があることは知ってるな？　アメリカ人は銃にやたらに幻想を抱く。戦争の現実を知らないから、つねに包囲下にあるとはどういうことか知らないからだ」

そのとき俎上に載せられていた工学科の痩せた男子学生、フロリアンが言った。「ドーヴ、僕はアメリカ人ですらないんですが」フロリアンが作ったゲームにしても、シューティングゲームではなかった。彼自身がポーランドでアーチェリーの競技会に出場していた経験を生かした、アーチェリーのゲームだった。

「そうだったな。だが、きみはアメリカの価値観に染まっている」

「〔デッド・シー〕にもシューティングの要素はありますよね」

〔デッド・シー〕にシューティングの要素など微塵《みじん》もないぞとドーヴは主張した。

「そんなことないですよ」フロリアンが言う。「だって、主人公が丸太で男をぶっ飛ばすじゃないですか」

「それをシューティングとは呼ばない」ドーヴは言った。「バイオレンスだ。小さな女の子が丸太で乱暴な略奪者を殴りつけるのは格闘のうちだし、現実に即した描写だ。だが、片方の手だけしか画面に表示されない男が相手キャラの素性も確かめずに次から次へと射殺していくのは、現実に即していない。言っておくが、俺が嫌っているのは暴力描写じゃない。人生で唯一できるのは何かを銃でやっつけることだと言わんばかりの手抜きゲームだよ。そういうのは手抜きだ、フロリアン。きみのゲームはシューティングゲームだからだめだと言ってるわけじゃない。プレイして楽しくない点が問題なんだ。一つ答えてくれ。きみは自分でプレイしてみたか」

「もちろんしました」

「わくわくしたか」

「アーチェリーはわくわくする競技じゃないと思います」フロリアンが答えた。

「なるほど。おもしろいかどうかはこの際考えないことにしよう。プレイして、実際にアーチェリーをやってるみたいだったか」

フロリアンは肩をすくめた。

「俺はアーチェリーをやってる気分になれなかった」

「何がおっしゃりたいかわかりません」

「だからこれから説明する。シューティングのメカニクスに遅延があるな。照準がどこに合ってるのかつかみにくかった。きみは弓の弦を引く感覚を知っているはずだが、それがまるで再現されていない。緊張感がゼロだし、ヘッドアップディスプレイは邪魔なだけで役に立っていない。総じて弓と的の絵が表示されているだけのゲームだ。アーチェリーらしさを表現できていないし、きみらしさも感じられない。そのうえ、物語らしい物語がまったくないな。きみのゲームの問題は、シューティングゲームであるという点じゃない。おもしろくないシューティングゲームであること、個性がないことだ」

「そこまでけなさなくても、ドーヴ」フロリアンの顔からは完全に血の気が引き、頰だけが鮮やかなピンク色に染まっていた。

「フロリアン」ドーヴは親しげな手つきでフロリアンの肩を叩いたあと、ふいに彼を引き寄せて力強いハグをした。「また頑張れ。失敗を次に生かせ」

セイディは一つ目のゲームを作るに当たって、何ならドーヴの気に入りそうかまったく見当がつかなかった。そもそも気に入られる必要があるのか疑問にも思い始めた。何を作ったってどうせドーヴは満足しない。だったら、せめて自分でおもしろいと思えるものを作ったほうがいい。時間切れが迫り、セイディは苦しまぎれにエミリー・ディキンソンの詩を題材にしたゲームを作った。タイトルは〈エミリー・ブラスター〉にした。画面のてっぺんから落ちてくる詩の断片を、画面の最下部を左右に移動する羽根ペンの先から発射されるインクの弾で撃ち落とし、エミリー・ディキンソンの詩を完成させるゲームだ。詩の数節を完成させてレベルをクリアするごとにポイントが与えられ、それを使ってアマーストにあるエミリーの生家の一室の飾りつけができる。

私が
ぴゅん
死を見て
ぴゅん
立ち止まれ
ぴゅん
なかったので

ゼミの全員から酷評された。最初に感想を述べたのはハナ・レヴィンだった。「うーん……グラフィックスの一部はきれいだけど、ゲームの出来としては最低に近いと思う。無意味に暴力的なくせに、無意味にのどかな雰囲気で。それにドーヴからシューティングゲームは作るなって言われてたのに、インクを撃つペンはやっぱり銃のうちよね?」ほかの学生の感想も似たり寄ったりだった。

フロリアンの発言のなかに、プラスの評価といえそうなコメントが一つだけあった。「詩の一節に弾が命中すると、黒インクがはじけるのはいい演出だと思った。破裂音を加えたのもいいね——インクが当たったときの効果音がいい」

ハナ・レヴィンが反対意見を言った。「あの音、私には――失礼な表現だったらごめんなさい――おならみたいに聞こえた」ハナは自分がおならをしてしまったかのように口もとを覆った。

イギリス人のナイジェルが口をはさんだ。「厳密に言うと、あの音は屁《クイーフ》だね」

爆笑が起こった。

「待って」ハナが言った。「〝クイーフ〟って何？」

ふたたび教室が沸いた。セイディも一緒になって笑った。

「効果音にはもう少し凝りたかったんだけど、時間が足りなくて」セイディは詫びるように言ったが、誰にも聞こえていないようだった。

「おいみんな、静かに。俺もこのゲームはどうかと思った」ドーヴは言った。「だが、もっとひどいゲームはほかにもあったよな」ドーヴは、彼女の存在に初めて気づいたかのようにセイディを見て（ゼミ開講からもう四週が過ぎていた）、手もとの名簿に目を落とした。セイディの名前を確かめているのだ。四週目でようやくであろうと、セイディはうれしくなった。「『スペースインベーダー』のパクリではあるが、銃ではなくペンを使っている。なんにせよ、これと同じパクリをプレイしたことがないのは確かだよ、セイディ・グリーン」

ドーヴは「エミリー・ブラスター」をもう一度最初から最後までプレイした。それも賛辞のうちなのだとセイディにはわかった。「なかなかおもしろいな」ドーヴは独り言のように、しかし教室の全員に聞こえるようにつぶやいた。

二つ目のゲームでは、もっと大胆になってよさそうだし、ならなくてどうするとセイディは思った。今度はコンセプトに悩むことはなかった。

新しいゲームの舞台は、モノクロで描かれたこれといった特徴のない工場で、そこでは何かの機械の小型パーツが製造されている。パーツの組み立てが一つ完了するごとに、プレイヤーはポイントを獲得する。セイディはゲームのメカニクスを〔テトリス〕に似せて設計した。ドーヴは以前からよく〔テトリス〕を絶賛していた。（ドーヴが〔テトリス〕を褒めそやす理由は、まったく新しい発想に基づいているから――ピースを整然と組み合わせて積み上げるゲームはそれまでなかったからだ。）セイディのゲームでは、レベルが上がるにつれてパーツの種類が増え、組み立て工程も複雑になる一方、完成させるための時間は短くなっていく。プレイ中のさまざまなタイミングで吹き出しが表示され、獲得済みのポイントと引き換えに工場や製品に関する情報を入手したいかと尋ねられる。ただし、工場に関する情報を受け取った場合、ハイスコアから小幅な減点がある。どれだけの情報を入手するかはプレイヤーの選択にゆだねられる。

ゼミの規則どおり、翌週のゼミまでに各自プレイできるよう前もって三・五インチのディスクを全員に配った。説明として、「えーと、今度のゲームのタイトルは〔ソリューション〕です。祖母の体験をもとに作りました。プレイしてみてください。きっといろんな感想が出ると思います」

その週末、ハナ・レヴィンからセイディにメールが届いた。〈親愛なるセイディ、あなたの〝ゲーム〟をやってみました。言葉に窮しています。プレイする人の人格を否定するような不愉快なゲームね。あなたは病んでる。このメールはドーヴにもCCしてます。次のゼミに出席するかどうかわからない。それくらい傷ついた。このゼミはもう、私にとってセーフスペースじゃなくなった。ハナ〉

このメールを読んでセイディは微笑んだ。時間をかけて返信を書いた。〈親愛なるハナ、私のゲームに腹が立ったと聞いても、本心から申し訳ないとは思いません。プレイする人の気持ちをかき乱すことを狙いにしたゲームだからです。教室でも話したとおり、祖母の体験がもとになっています。〉

ハナから返事があった。〈あんたって最低ね、セイディ。〉

その二時間後、ドーヴから返信が届いた。宛名はセイディ一人になっていた。〈セイディへ。まだ

プレイしていない。これからやってみる。ドーヴ〉

翌日、ドーヴから電話がかかってきた。「ハナ・レヴィンは救いようのないバカ女だな」

その直前の一時間、ドーヴはハナと電話で話していたという。ハナはセイディを大学の懲戒委員会に告発すべきだと主張した。〈ソリューション〉がヘイトスピーチを禁じた大学の倫理規範に違反しているというのがその根拠だった。「どうにかなだめたよ」ドーヴは言った。「あの手の人間にはまったくうんざりだ。相手をするだけ時間の無駄だよ。しかし、お手柄だね、セイディ・グリーン。きみのゲームはあの女の神経を大いに逆なでした」

「そんなところを褒められても」

「ハナはナチス呼ばわりがお気に召さなかったようだ」

「先生もプレイしたんですか」

「当然だろう」ドーヴが言う。「やってみないわけにいかない」

「勝ちましたか」

「全員がかならず勝つ。このゲームの天才的なところはそこだ。違うか？」

「全員がかならず負けるんです」セイディは言った。「人道の罪への加担がモチーフですから」天才的。ドーヴは天才的と言った。

〈ソリューション〉では、漫然とパーツ製造を続けるのではなく、疑問を抱いて情報を入手すると、最終スコアはその分低くなるが、自分が働いている工場が製造しているパーツは第三帝国に納品されるものであるという真実を知ることができる。それを知ったプレイヤーには、生産ペースを落とすような行動が可能になる。たとえば帝国に気づかれないよう生産数を少なくするとか、思いきって生産を完全に停止するとか。疑問を抱かないプレイヤー――〝善意のドイツ人〟――は、稼げるかぎりのポイントを稼いでハイスコアを獲得したあげく、エンディングで工場の実態を知らされる。

ドイツ文字《フラクトゥール》で、こんなメッセージがでかでかと表示されるのだ。〈おめでとう、ナチ党員！　あなたの活躍が第三帝国を勝利に導きました。あなたの生産性の高さは表彰に値します。〉そしてリヒャルト・ワグナーの曲がＭＩＤＩファイルで再生される。ポイントを稼いでゲームに勝つほど、道徳の上では敗北する――〔ソリューション〕のコンセプトはそれだ。

「きみのゲームが気に入った。実に痛快だ」

「痛快？」プレイヤーの精神にダメージを食らわせるようなゲーム、不安をかき立てるゲームのはずなのに。

「俺のユーモアのセンスは、かなりダークだからな」ドーヴは言った。「まあいい。コーヒーでも飲みながら話さないか」

二人はドーヴのアパートに近いハーヴァード・スクエアのコーヒーショップで待ち合わせた。ハナの告発について話し合うためかとも思ったが、最後までハナの名前さえ出なかった。セイディは〔デッド・シー〕は本当にすばらしかったと伝えた。〔ユリシーズ〕エンジンの光のレンダリングについてかなり技術的な質問もできた。ドーヴはセイディの質問に答え、〔デッド・シー〕開発の裏話を明かし、着想の源は自分の溺死恐怖症だったと話した。ドーヴの口ぶりはまるで同業者と話すようで、セイディは有頂天になった。〔ソリューション〕を作ったせいで懲戒委員会に呼び出されたってかまわないと思った。ドーヴのような人とこんな風に話ができただけで、元は取れた。

ドーヴがテーブルの向こう側から手を伸ばし、セイディの唇についたコーヒーの泡を拭った。

「困ったことになったな」ドーヴが言った。

「ハナのせいで？」

「ハナ？　誰だ？」ドーヴは訊き返した。「ああ。あのバカ女の話か。いや、困ったことになったというのは、きみをアパートにお持ち帰りしたくなったからだよ。それはいけないことなのに」

「どうしていけないの？」セイディは言った。「どんなところに住んでるのか、見てみたい」

大人の恋愛は初めてだった。もちろん、ドーヴは指導教官でもあった。しかし教官と生徒の関係だったときより、男女の関係になってからのドーヴのほうがはるかによい教師だった。セイディは多くをドーヴから学んだ。朝から晩まで講義を聴いているかのようだった。ドーヴは「ソリューション」をもっと改良するよう勧め、ゲームエンジンの設計を通じて身につけたテクニックをセイディに教えた。「どうしてもというときを除いて、他人のエンジンを使ってはいけない」ドーヴはそう言った。「あまりに多くをその他人に譲り渡すことになる」ドーヴとゲームをプレイするのは楽しかった。セックスも。自分のアイデアを話すのも。セイディはドーヴという人を愛した。

既婚者だと知ったのは、交際開始から四カ月ほど過ぎたころ、二年次の終わり近くになってからだった。いま以上に真剣な交際に発展する前に話しておきたいことがあるとドーヴから言われた。セイディは夏休みをドーヴのアパートで過ごす約束になっていた。

出身地のイスラエルに妻がいるとドーヴは打ち明けた。すでに別居している。だからＭＩＴに来た。互いに結婚生活から距離を置きたかった。

「じゃあ、奥さんは私のことを知ってるのね？」セイディは尋ねた。

「ちゃんと説明したわけじゃないが、きみのような相手がいるだろうとは思っている」ドーヴは言った。「心配するな。何も後ろ暗いところはない」

そう言われてもやはり後ろ暗かった。セイディはドーヴの言い分を完全には信じなかったし、彼にだまされて不道徳な行為に誘いこまれたのだと思った。初めからそうと知っていたわけではないにせよ、自分は軽率にも既婚男性と関係を持ったのだと改めて思った。いや、正直に認めれば、最初から気づいていたのかもしれない。「ソリューション」をプレイする人と大差ないのかもしれない。答えを知りたくなかったから、適切な質問、十分な数の質問をしなかったのかもしれない。

それでもその夏は予定どおりドーヴと過ごした。彼を愛していたし、すでに彼との関係に軽い依存症のようになっていた。ボストンのセラー・ドア・ゲームズ社でインターンシップに参加したが、ドーヴと交際していることは誰にも話さなかった。ゲームデザイナーのあいだでドーヴは有名人だ。巡り巡ってドーヴの奥さんの耳に入るようなことがあってはいけない。ドーヴとの関係を隠すのに忙しくて（そして交際そのものに忙しくて）、セラー・ドア側にすればきっとセイディの印象は薄かっただろう。自分がクリエイティビティを発揮できている気がしなかったし、定時を過ぎるといつも一番に退社した。

セラー・ドアの同僚に交際相手を明かさなかった理由は、ドーヴを守るためだけではなかったことは言うまでもない。自分を守るためでもあった。ゲーム業界はMIT以上に女性が少ない。まだキャリアを歩み始めてもいないうちから自分の手足を縛るような真似をしたくなかった。不公平な話ではあるが、業界に大きな力を持つ男と寝ているという評判は、魅力的な若い女にとって足枷《あしかせ》にしかならない。相手と別れたとたん、何を言っても耳を貸してもらえなくなる。セイディは、〝ドーヴ・ミズラーの十代の愛人〟という裏の肩書きを背負ってゲーム業界での第一歩を踏み出したくはなかった。ドーヴを愛してはいても、彼のいない未来を早くも想定した行動を取り始めていた。

三年に進級してすぐの秋学期、セイディは人工知能の講座を取った。少人数グループに分かれての補習授業で、ハナ・レヴィンとふたたび一緒になった。ドーヴのゼミ以来、ハナとは顔を合わせていなかった。「根に持たずにいてくれるといいんだけど」セイディは授業の終わりにハナに声をかけた。「あなたを傷つけるつもりはなかったの」

「何言ってるのよ。あんなゲームを作っておいて、怒らせるつもりはなかったなんて言っても通用しない」ハナは言った。「告発しなかったのは、あなたのボーイフレンドに説得されたから。説得を振り切って告発したら、あとでしっぺ返しを食らいそうだったから。それだけ」

「あのときはまだボーイフレンドじゃなかったんだけど」セイディがそう言ったときにはもう、ハナは教室を出て行くところだった。

ドーヴとつきあい始めて以降、セイディは自分のゲームを作っていなかったが、ドーヴのゲーム開発はときおり手伝っていた。自分の作品を作るより、ドーヴと一緒に、ドーヴの作品のために、手を動かすほうがなぜか気楽だった。ドーヴの仕事ぶりに比べると、自分の作品は初歩的でつまらないものに思えた。実際、初歩的でつまらないものだった。セイディは二十歳の誕生日を迎えたばかりだった。二十歳では、誰が何を作っても初歩的でつまらないだろう。しかしドーヴといると、自分の二十歳の脳や、その脳が出してくるアイデアがもどかしくてたまらなかった。

地下鉄駅でサムに遭遇したのは、ドーヴと交際を始めて十カ月が過ぎたころだった。サムがセイディに気づくずっと前に、セイディはサムに気づいていた。少年らしさが抜けきらない体に似合わない大きすぎるコート、左右アンバランスだが揺るぎない足取り、まっすぐ前を見据えた目。まさか振り返ってセイディに気づいたりはしないだろうと思った。その姿を見て、セイディはうれしくなった。サムは何も変わっていなかった。純粋なままだった。セイディがしてきたようなことをサムは一つもしていない。サムに比べると、自分がひどく老いて枯れているように思えた。もしも言葉を交わしたら、サムは彼女の内面の腐臭を感じ取るだろう。ところが、どういうわけかサムは振り向いた。サムが自分を呼ぶ声が聞こえても、セイディは歩き続けた。

しかし、サムはもう一度叫んだ。**「セイディ・ミランダ・グリーン！　あなたは赤痢で死にました！」**

サムは無視できた。だが、二人だけに通じる子供じみた引用は無視できなかった。それはゲーム開始の合図だ。

セイディは振り返った。

冬休みにイスラエルに帰る前に、向こうにいるあいだはあまり連絡できないかもしれないとドーヴは言った。「家族の行事で忙しいから。想像がつくだろう」セイディは気にしないでと答えたが、そう言ったそばから自信がなくなった。もちろん、気にしないようにする以外にない。わきまえた女は、疎遠になったはずの妻と冬休み中に会うつもりなのかと恋人を問い詰めたりするわけがない。わきまえた女でいなければ、ドーヴはセイディとの関係を終わらせるかもしれず、セイディはそれに耐えられそうになかった。すっかりドーヴに依存するようになっていた。いま思うと、ドーヴと出会う以前のMITでの一年半はおそろしく孤独だった。友達が一人もいないところからドーヴという友人を得て、セイディの大学生活は激変した。まばゆく暖かな光がふいに日常にあふれたかのようだった。自分が光り輝いているよう、スイッチが入ったかのように思えた。ゲームを語り合うのに、ドーヴ以上の相手はいなかった。自分の思いつきにドーヴ以上の意見を言ってくれる人はほかにいなかった。セイディは彼を愛していた。そして彼が好きだった。彼といるときの自分が好きだった。

少し前から、彼の関心を失いかけているのではないかと疑い始めていた。だから彼の関心を引こうと努めた。服装に気を遣い、髪を切り、レースの下着を買った。夕飯のテーブルで知的な会話ができるよう、ワインの解説書を読んだ。もっと年上の女ならワインにも詳しいに違いないと思った。何かの折にドーヴがユダヤ系アメリカ人はイスラエルについて知らなすぎると言ったことがあって、セイディはイスラエル建国に関する本も読んでその話題に備えた。だが、そういった努力に効果はないようだった。

ドーヴが自分の粗探しをしているように感じることもあった。セイディが小説に没頭していると、こう言うのだ。「きみくらいの年齢のころ、俺は四六時中プログラミングをしていたものだがな」ドーヴから振られた仕事がなかなか終わらないと、こう言われる。「きみは非凡な人間だが、怠け者だ」セイディはドーヴのゲーム開発を手伝うほかにも大学の授業がある。しかしそう訴えると、ドーヴはこう言う。「不平不満は絶対に口にするな」またはこうだ。「これだから学生は使えない」セイディがすごいと言ったゲームを自分では高く評価していないと、ドーヴはそのゲームのどこがよくないかを一つひとつ数え上げた。ゲームだけではない。映画も、本も、美術品も同じだった。しまいにセイディは、何についても自分の感想を先に言うのをやめた。代わりにこう切り出す習慣をつけた。

「あなたはどう思った、ドーヴ？」

だから、わきまえた女でいようと思う。愛人はそういうものだからだ。愛人。他人のゲームをプレイするのになんだか似ていると考えて、思わず小さな笑い声が漏れた。自分の選択だと思いこんでいるだけで、実際には他人の言うなりになっている。

「非凡な人間がなぜそんな風にさみしげに笑う？」ドーヴが訊いた。

「ただなんとなく。帰ったら電話して」セイディは答えた。

クリスマスから新年にかけてカリフォルニアに帰省しているあいだ、セイディはずっとふさぎこんでいた。風邪でも引いたように体が重く、時差ぼけを引きずったままで、倦怠感が取れなかった。結局、休暇の大部分は、子供時代のベッドで色褪せたバラの柄の羽根布団に潜りこみ、眠ったり、思春期に愛読したぼろぼろのペーパーバックを読み返したりして過ごした。「どうしちゃったの？」アリスから訊かれた。「みんな心配してるよ」アリスはカリフォルニア大学ロサンゼルス校《UCLA》メディカルスクールに進学したばかりだった。

「なんでもない」セイディは答えた。「飛行機で何かウィルスをもらっちゃったみたい」

「私にうつさないでよね。休んでる暇ないんだから」アリスはこれ以上は一日たりとも病気で失いたくないのだ。

家族にはドーヴのことを相談できそうにない。たとえ相手がアリスでも。とりわけアリスには。アリスは祖母と同じで、生きているかぎり避けられない善悪のグレーゾーンを忌み嫌っている。

アリスはセイディの顔をまじまじと見た。おでこに手を当て、次にセイディの目をのぞきこむ。

「熱はないみたいだけど、〝平気〟じゃなさそうだよね」

セイディは話題を変えた。「そうだ、ハーヴァード・スクエアで誰に出くわしたと思う?」

セイディの社会奉仕プロジェクトのことをサムに話してしまったのはアリスだった。自分ではないと本人はいまだ言い張っているが、セイディは嫉妬からしたことだろうと思うようになっている。ただ、病院で社会奉仕をするのをアリスが快く思っていないのは秘密でも何でもなかったし、セイディがシナゴーグで表彰されたときも不満げだった。

セイディのバトミツバの三カ月前、アリスは病院で偶然サムと出会った。アリスは治療後、一年ほど小康状態を保っていて、その日は定期の血液検査を受けに病院に行っていた。サムのほうはまたも足の再手術で入院中だった。二人は互いをよく知っているわけではなかったし、アリスは、人づてに噂を聞くかぎり、サムにあまり好感を持っていなかった。セイディとサムの交流を疑いの目で見ていた。それに関してはセイディにも責任がある。できたばかりの友達に会ってみたいとアリスから言われたとき、サムは友達というほどの存在ではないと言ったのだ。二人の関係の慈善の側面を強調し、サムは〝すごく軟弱な子〟だと話した。アリスにサムのことを知られたくないという気持ちが心のどこかにあった。セイディのほかの友達やクラスメートについてアリスは遠慮のない意見を言う。サムについて同じように言われたくなかったのだ。アリスは頭がいい。その頭のよさは思いやりの欠如と紙一重の種類のもので、白血病と診断されてからの数年でその傾向はいっそう顕著になっていた。鋭敏でときに容赦のないアリスのレンズを通してサムを見られたくなかった。

そんな背景があったから、サムを病院で見かけたとき、アリスはとっさに彼を無視した。

「セイディのお姉ちゃんですよね」サムが声をかけた。「ぼく、サムです」

「知ってる」

そこに大勢いるサムの主治医の一人である小児整形外科医が来て、アリスをしじゅう病院に来ているセイディと勘違いして言った。「やあ、サム！　やあ、セイディ！」

「ティボルト先生」サムが言った。「セイディじゃないんだ。お姉さんのアリスだよ」

「おっとそうか！　よく似てるな、きみたちは」

「はい」アリスは言った。「あたしのほうが二つ上だし、髪の毛もまっすぐです。でももっと簡単に見分けるポイントは、タイムシートを持ってるかどうかですけど」

会話はそこまでになった。アリスが看護師から血液検査の準備ができたと呼ばれたからだ。

「またね、サム」アリスはそう言って処置室に入った。

その夜、サムからセイディに電話がかかってきた。「病院でお姉ちゃんに会ったよ」

「うん、アリスは病院の日だった」セイディは言った。「ごめん、行かなくちゃ。バトミツバの講習があるんだ。ね、いま目の前に何があると思う？」

「何？」

「〔キングズクエストⅣ〕。バッビがバベッジズに連れてってくれてね、そうしたら発売日までまだ一カ月もあるのに、もう棚に並んでた。見つけた瞬間、叫んじゃったよ。前作よりグラフィックスが段違いにすごくなってる。〔ゼルダ〕よりいいかも」

「ぼくが一緒にやれるまで待っててくれるって言ったじゃん」

「まだ始めたわけじゃないよ。インストールしただけ。あ、あとね、音楽もよくなってた」

セイディは受話器をパソコンのほうに向け、サムにＭＩＤＩの音楽を聴かせた。

「よく聞こえないな」サムは言った。「それよりセイディ、アリスが変なこと言ってたんだけど……」

「無視、無視。アリスはいつもそうだから。あんなに態度の悪い人、ほかにいないよね！」セイディはアリスに聞こえるようにわざと大声で言った。「退院したあと、足がそんなに痛くなかったら、今度の日曜におじいちゃんのドンヒョンに車で送ってもらってうちに来ない？　一緒に〈キングズクエストⅣ〉やろうよ。行きはドンヒョンが送ってくれたら、帰りはパパに頼んで送ってもらうから」

「どうかな。今回は退院は早くても一週間後くらいになりそうだから。もっと先かもしれない」

「わかった。じゃあ、ディスクを持っていくから、ゲーム・ルームの――」

「セイディ、アリスはさ、きみがタイムシートだか何だかを持ってるって言ったんだ」

セイディは一瞬黙りこんだ。いつかこの日が来るとわかっていたのに、答えを用意していなかった。

「セイディ？」

「大したことじゃない」セイディは言った。「病院に行ったら書かなくちゃいけない書類があるんだよ。みんな持ってるはず」

「ふうん」サムは言った。「そっか……だけど、うちのおじいちゃんやおばあちゃんは持ってない」

「そう？　変だな。ほんとは持ってるのに、サムが気づいてないだけじゃない？　それか……子供が子供のお見舞いに行くときだけの書類かも」

「そうかもね」

「安全のために」セイディは即興でそう付け加えた。「シャリーンが呼んでる。ごはんだって。あとでかけ直していい？」サムのほうからかけ直されると困る。ところが、サムがセイディの家に電話をかけてもいいのは午後九時までだったが、九時五分前にまたかかってきた。セイディは父親に頼んで居留守を使おうかと一瞬迷った。

「でもさ、セイディ、アリスはタイムシートって呼んだんだ」

「うん、タイムシートって呼ぶ人もいる。どのくらいの時間病院にいたか、あれを見ればわかるの。

どうしてそんなにこだわるの？　今度の週末のこと、ドンヒョンに訊いてみた？」

「何時間いたかなんて、どうして知りたいわけ？」

「それは……」セイディは言いよどんだ。「あらゆることを記録に残したいからとか？」

長い間があった。「セイディは看護助手のボランティアとかなの？」

「それなら赤と白のボランティアの制服を着てるよ。あたしが着てるのなんか見たことないでしょ」

「制服は着てないだけとか」

「サムソン、こんな話つまんない。ほかのこと話そうよ」

「ぼくはきみにとって社会奉仕プロジェクトか何かだったわけ？」サムが訊いた。

「違うってば、サム」

「ぼくらは友達？　それともぼくをかわいそうに思っただけ？　それとも、ぼくは宿題か何かなの？答えてよ、セイディ。何だったの？　教えてくれよ」

「友達だよ。どうして疑うの？　サムはあたしの一番の親友だよ」セイディの目に涙があふれかけた。

「違うだろ」サムは言った。「ぼくを友達だと思ったことなんかないくせに。きみは気まぐれにボランティアをやってみただけのビヴァリーヒルズのお金持ちのお嬢様だ。ぼくは足が不自由で心が病気な貧乏人の子供だ。もうこれ以上あわれんでもらわなくてけっこうだよ」

「サム、巧く説明できないけど、でも、あれはあなたとは関係ないの。あたしにとってあの書類はゲームだった……時間がどんどん加算されていくのがうれしかっただけ」どう言えばサムにわかってもらえるか、ふいに閃《ひらめ》いて続けた。「ハイスコアを狙ってたんだ。シート上では六百九時間だったけど――」

「きみは嘘つきだ。根っからの悪人だ……」その程度では足りない気がした。「きみは……きみは……」過去に耳にした一番痛烈な悪罵を探して頭のなかをかき回す。「……魚臭いんだよ」小さな声でそう言った。その言葉を口にしたのは初めてで、外国の言葉か何かのように異質だった。
「え？」セイディは訊き返した。
女を〝魚臭い〟と罵《ののし》ったらあとがないことをサムは知っていた。母のアナと交際していた男が口論のさなかにそう口走ったのを聞いたことがあった。その瞬間、アナは凍りついたようになった。その夜を最後に、サムは二度とその男を見なかった。〝魚臭い〟は何か魔法のように大きな力を持っているのだ。相手との関係を永遠に断ち切る力。いまサムが求めているのはそれだった。セイディ・グリーンなんかとは出会ったことを忘れたかった。彼女は友達だなどと思いこむほどみじめで愚かだった自分を忘れたかった。「きみは魚臭い」サムは繰り返した。「二度と会いたくない」そう言って電話を切った。

　セイディはバラの柄の羽根布団の上に座ったまま、火を噴きそうに熱い頬に受話器を押しつけていた。〝魚臭い〟はサムがふだん使う語彙に含まれていなかった。そしてそう言ったときの甲高い声は、セイディの耳にどこか滑稽に聞こえた。つい笑ってしまいそうになった。セイディはクラスの人気者ではないが、忍耐強く、ちょっとやそっとのことではくじけない。どんな言葉で侮辱されようと、いつもなら何とも思わない。ブス、うざったい、オタク、ビッチ、うぬぼれ屋。何と言われようとびくともしなかった。しかしサムの言葉はこたえた。電話がやかましい音を鳴らし始めたが、受話器を架台に戻すことさえできなかった。〝魚臭い〟がどういう侮辱なのか、それさえよくわからない。それでも、自分がサムを傷つけたことはわかった。だから何を言われてもしかたがないのだということも。

　翌日、セイディは父親の車で病院に行った。ナースステーションでサムに面会に来たと告げた。看護師がサムを呼びに行ってくれたが、会いたくないと言っていると伝えられた。「残念だけど、セイディ」看護師は言った。「今日は虫の居所が悪いみたいだね」セイディはロビーに座り、母親が二時間後に迎えに来るのを待った。サムと一緒に勉強中だった初歩のＢＡＳＩＣ言語を使ってサムに手紙を書いた。

```
10 READY
20 FOR X = 1 to 100
30 PRINT “I'M SORRY, SAM ACHILLES MASUR”
40 NEXT X
50 PRINT “PLEASE PLEASE PLEASE FORGIVE ME. LOVE, YOUR FRIEND SADIE
MIRANDA GREEN” 60 NEXT X
70 PRINT “DO YOU FORGIVE ME?”
80 NEXT X
90 PRINT “Y OR N”
100 NEXT X
110 LET A = GET CHAR ()
120 IF A = “Y” OR A = “N” THEN GOTO 130
130 IF A = “N” THEN 20
140 IF A = “Y” THEN 150
150 END PROGRAM
```

手紙を二つ折りにし、外側に〈README〉と書いた。サムが手紙のとおりにパソコンに入力してプログラムを実行すれば、画面は〈ごめんね、サム〉という文言で埋め尽くされるはずだ。そして謝罪を受け入れれば、プログラムはそこで終了する。拒否すれば、受け入れてくれるまでプログラムは繰り返し実行される。

　看護師は手紙をサムの病室に届けに行ったが、まもなく戻ってきた。手紙の受け取りも拒否された。その夜、セイディが自分のパソコンにプログラムを入力してみると、致命的な構文エラーでうまく動かなかった。

　一週間後、その日は祖母のフリーダがセイディを車で病院に送り届ける番だった。何があったか、フリーダには打ち明けたくなかった。フリーダが正しかったと認めたくなかった。小児病院まで黙って車に乗っていた。病院に着いても、セイディは降りなかった。

「どうしたの、かわいいセイディ」フリーダが訊いた。

「ひどいことしちゃったの」セイディは泣きそうな声で言った。「あたし、最低なの」フリーダに怒鳴られるかと心配だった。そらごらんと言われるだろうと思った。行ってサムに謝りなさいと。でも、謝っても無駄なのはわかりきっていた。大人はみな、子供の問題は自分たちが解決できると思っている。

　しかしフリーダは無言でうなずき、セイディを抱き寄せた。「ああ、かわいいセイディ。さぞかしつらいだろうに」フリーダは巨大な携帯電話でどこかに連絡し、午後の予定を全部キャンセルしたあと、セイディを連れてお気に入りのイタリア料理店に向かった。ビヴァリーヒルズにある隠れ家レストランで、ウェイターはみなフリーダにごまをすった。二人はセイディが大好きなチキン・パルミジャーナと、デザートにアイスクリームサンデーを注文した。フリーダが初めてサムの話題に触れたのは、精算の段になってからだった。「世の中にはセイディみたいな人、おばあちゃんみたいな人がいる。何か悪いことが起きても乗り越えていける。私たちは頑丈にできてるから。でもセイディのお友達みたいな人は、ことのほか優しく扱ってあげないと、壊れてしまうことがある」

「あたし、何か乗り越えたかな、バッビ？」

「お姉ちゃんの病気を乗り越えた。セイディはとても強かったよ。お母さんもお父さんも、もっとセイディを褒めなくちゃいけなかったのに、何も言わなかった。でもね、おばあちゃんはちゃんと見てた。セイディは自慢の孫娘だよ」

セイディはくすぐったくなった。「おばあちゃんが経験したことを考えたら、何でもないと思うけど」

「誰かの妹でいるのは簡単なことじゃないっておばあちゃんにはわかってる。それに、あの男の子と友達になったのも偉かったね。終わりはちょっと悲しかったけど、あの子のため、自分のために、セイディはすばらしい行いをした。あの男の子は友達が一人もいなくて、たいへんな怪我をして、ひとりぼっちだった。セイディは完璧な友達ではなかったかもしれない。それでもあの子の友達だった。あの子には友達が必要だった」

「きっとこういうことになるって、おばあちゃんは教えてくれたのにね」

「あんなの」フリーダは言った。「おばあちゃんの知恵。迷信みたいなもの」

「あたし、サムに会いたい」セイディは涙をこらえた。

「きっとまた会える」

「そうかな。もう完全に嫌われちゃったんだよ、バッビ」

「覚えておきなさい、かわいいセイディ。生きているかぎり、人生はとても長いの」

それはトートロジーだとセイディにもわかった。けれど、真実を喝破していた。

∵

大学のあるケンブリッジに戻ってからも、ドーヴは連絡してこなかった。帰ってくる予定の日が過ぎ、一月も半ばにさしかかり、大学の授業もそろそろ始まろうとしていた。セイディは自分から連絡するのは気が引け、彼のアパートを訪ねるのも無作法だろうと思った。そこでメールを送ることにし、文面を何度も書き換えた。そのくせ最終版は平凡な出来に落ち着いた。〈こんにちは、ドーヴ。「クロノ・トリガー」をやり始めたところ。なかなかおもしろい要素が詰まってる。〉

ドーヴの返信は丸一日たってようやく届いた。〈それならもうやった。でも話がしたいな。今夜、うちに来ないか？〉

今夜は自分の葬儀だと思い、黒ずくめの服を選んだ。黒いワンピース、黒いタイツ、黒いドクターマーチンのブーツ。セクシーに決めたかった。もったいなかったと彼に後悔させたいが、その意図が見え見えにならないよう気を遣った。地下鉄でハーヴァード・スクエアに向かった。駅にはまだあのときと同じマジック・アイの広告があったが、いくつか落書きがされていて、左右の端から剝がれかけていた。クリスマスが終わったとたん、世間はマジック・アイに関心を失ったらしい。セイディはドーヴのアパートに行くのをほんの少し先延ばしして、画像を見つめた。〈ポスターにいったん近づいてから、ゆっくり後ろに下がってみてください。目の焦点を画像の少し奥に合わせるのがコツ。〉

セイディは魔法の世界へ運ばれた。意識が澄み渡った気がした。ドーヴからどんな話をされても言い返しちゃだめと自分に言い聞かせた。言い返さず、泣かず、文句を言わないこと。

ドーヴのアパートに着いた。合鍵は持っていたが、使わなかった。ブザーを鳴らす。ドーヴがアパートのエントランスまで迎えに下りてきた。セイディの頰にキスをし、コートを預かろうとした。セイディは、大学入学直後の秋にフィレーンズ・ベースメント百貨店でフリーダに買ってもらったカシミア混のウールの鎧を手放したくなかった。あのときはこのコートは分厚すぎるのではと心配だったが、フリーダは「かわいいセイディ、東海岸の冬は思っている以上に寒いの。おばあちゃんを信じてこれにしなさい」と言った。

「着たままでいさせて」セイディは言った。ドーヴの目を見つめ、胸の前で腕を組む。平気、怖くなんかない。そう思った。

「バティアとやり直すことになった」ドーヴは言った。「すまない」MITは休職し、荷造りをして――そう言われて気づいたが、部屋は段ボール箱だらけだった――アパートは転貸する。合鍵を返してもらわなくてはならない。イスラエルに帰って《デッド・シーII》の制作を続ける。

セイディは泣くまいとした。「連絡がなかったから、きっとそんなことだろうと思ってた」台本を読むような抑揚のない声で言った。わきまえた態度を貫いて、と自分を励ます。セイディの脳は、わきまえた態度を貫く理由を必死で探していた。たとえば大学院に進むなら、ドーヴに推薦状を書いてもらうこともあるかもしれない。彼がかつて仕事をしたことのある会社に就職するかもしれない。いつかドーヴとゲームを共同制作することになるかもしれない。ドーヴと連名でゲームコンテストに応募したり、ドーヴがコンテストの審査員を務めたりすることがあるかもしれない。サムと同じで、セイディには自分の未来を思い描く力が備わっている。頭に描き出された未来図のなかで、セイディはドーヴの恋人ではなかったが、仕事の同僚や部下、友人ではないとは言いきれない。ここで落ち着いて対処しておけば、けっして無駄にはならないはずだ。生きているかぎり、人生はとても長いのだから。

「恨みごと一つ言わないんだな」ドーヴが言った。「かえって申し訳なくなってくる。泣いたり叫んだりしてくれたほうが気楽だ」

セイディは肩をすくめた。「奥さんがいるのは知ってたから」本当に？　そう、もっと前から知っていた。自分に対しても、ドーヴに対しても知らないふりをしていたが。ゼミを取る前、開設されたばかりのゲーム専門サイトで彼の略歴を確認していた。二年次に進む前の夏休みに《デッド・シー》をプレイしたあと、ネットでドーヴのことを調べた。既婚で、息子が一人いると書かれていた。名前までは載っていなかったから、奥さんは〝キャラクター〟として印象に残らなかったが、だからといって存在しないわけではない。ドーヴの口から二人の話が出たことはなく、セイディはこう自分に言い聞かせて彼との関係を正当化していた――彼のほうから打ち明けないかぎり、私には関係ない。

「いけなかったのは、私」セイディは言った。

「おいで」

セイディは首を振った。触れられたくなかった。「やめてよ、ドーヴ」

セイディがわきまえた女らしく引き下がるとはっきりしたからだろう、ドーヴの目の表情がやわらいだ。そこにセイディへの愛と後悔の念が浮かぶ。彼のこの表情を記憶にとどめたいとセイディは思った。そしてゆっくりと出口に向かった。

「セイディ、まだ帰らなくてもいいだろう。タイ料理の宅配でも頼もう。同僚から、ヒデオ・コジマの新作のレビュー用コピーをもらった。発売は一年か、もっと先かもしれない」

「〔メタルギアⅢ〕?」

「いや、〔メタルギアⅢ〕じゃなくて〔メタルギアソリッド〕になるそうだ。コジマは〔メタルギア〕前二作のアメリカでの売れ行きに満足していないようでね、続篇扱いにしたくないらしい」

「二作ともすごくよかったのに」

「賢明な判断だよ。今度こそヒットすると思っているならな」ドーヴは言った。「優秀なプログラマーとか優秀なデザイナーであるだけじゃ足りないんだよ、セイディ。商売人かつショーマンじゃなくちゃいけない。きみにもそのうちわかるだろう」

彼から教わりたい気分ではないのに、セイディは無意識のうちにコートを脱いでいた。

「いいね、そのワンピース」ドーヴが言った。

ワンピースで来たことをすっかり忘れていた。一時間前のセイディが――自分を単なる物体とみなしてワンピースを着せた自分が――哀れになった。セイディはドーヴのデスク前に座った。ドーヴがゲームを起動し、コントローラーを差し出した。

「メタルギアソリッド」はステルスゲームだった。敵から身を隠し、いかに戦闘を避けるかで成否が決まるゲームの一ジャンルだ。プレイ中の大半の時間を、プレイヤーは手持ち無沙汰《ぶさた》で過ごす。隠れて待っている時間がどうしたって長くなるからだ。「メタルギアソリッド」のその相対的な単調さが心地よいとセイディは思った。箱や壁や戸口の陰でキャラクターをしゃがませて待ちながら、いまこのタイミングで自分が取るべき戦略は〝ステルス〟ではないかと気づいた。ドーヴと一緒にここに、彼の部屋にいながらも、そうするほかにないという瞬間が訪れないかぎり、彼を誘ったり挑発したりせずにおこうと思った。

ゲームが進み、女のノンプレイヤーキャラクターが下着姿でエクササイズしているところをプレイヤーキャラクターが盗み見る場面に来た。ノンプレイヤーキャラクターの名はメリル・シルバーバーグで、セイディはそれもちぐはぐだと思った。

「冗談だよね」セイディは言った。「メリル・シルバーバーグ？　下着姿でエクササイズ？」

「コジマはユダヤ系の女が好みなのかもな」

このシーンに高ぶるゲーマーは多いのだろうか。男の視点に立たなければゲームを理解できない局面は少なくない。ドーヴはよくこう言う。「これまでと違って、ただの一ゲーマーとしてプレイしていてはだめだ。きみは世界を構築する側なんだからな。世界を構築する者がどう思うかより、プレイするゲーマーがどう思うかが優先される。ゲーマーの心理をつねに想像しなくてはならない。ゲームデザイナーほど共感力の高いアーティストはほかにいない」ゲーマーとしてのセイディは、このシーンを性差別的だし、とってつけたようだと感じた。反面、世界を構築する者としてのセイディは、このゲームを作ったのはゲーム業界でもっともクリエイティブな人物であると信じている。この当時、セイディのような若い女は、ゲームのなかに限らず、性差別一般を受け流すことに慣れていた。わきまえた女は、そういうことに気づいたとしても、いちいち指摘しない。男の子と遊びたいなら、男の子が恐れずに何でも言えるようにしてやらなくてはならない。きみのゲームの効果音は屁《クィーフ》みたいだと言われても、笑って聞き流さなくてはならない。しかしこの夜のセイディは、笑う気になれなかった。

「こんなのやりたくない。こんなどこかの男の妄想の寄せ集めみたいなゲーム」

「おいおい、セイディ、そんなことを言っていたらゲームの九九パーセントはプレイできないぞ。ただ、このおっぱいはちょっとやりすぎだ。その点はきみの言うとおりだな。こんなにでかくて、よく転んだりしないよな」ドーヴは言った。「しかし、コジマは天才だよ」

「たしかに」セイディはキャラクターを操作して通気孔にもぐりこんだ。

タイ料理が届いた。ドーヴはふだんと変わらない夜であるかのように、二人の最後の晩餐などではないかのように雑談をした。セイディは食欲がなかった。ドーヴが注いでくれたワインを少しだけ飲み——もともとお酒は強くない——めまいとかすかな吐き気を感じた。とはいえ酔ったわけではなかった。せっかくワインの勉強をしたのに、めまいがひどくて気の利いたコメント一つ言えなかった。

「きれいだ」ドーヴがテーブルに身を乗り出してセイディにキスをする。セイディには、自分から別れを切り出したんでしょう、せめて最後のセックスなしで解放してよと抵抗する気力はなかった。自分はわきまえた女ではあるが、そこまでわきまえてはいない。本心をぶちまけたら腹が立つだろう。あるいは悲しくなるだろう。ここまでそのどちらの落とし穴にもはまらずに耐えているのに。

「ドーヴ」やめてと言いたかった。けれど、口はそう言うのを拒んだ。最後にはこう観念した——いまさら何が変わるの？　これまで何度も彼とセックスをしてきた。それにセイディはドーヴとのセックスが好きだった。

彼はセイディのタイツとワンピースと下着を脱がせ、売却予定の土地を確かめる農場主のように彼女の全身に手を這わせた。「さみしくなるな」ドーヴは言った。「これが恋しくなると思う」セイディは、自分の体から抜け出して「メタルギアソリッド」の世界に戻った空想をした。「メタルギアソリッド」でプレイヤーが操作するメインキャラクターはソリッド・スネーク、敵キャラクターはリキッド・スネークだ。二人の遺伝形質はまったく同じだ。セイディはこの設定の深遠な意味にようやく思い至った──自分の最大の敵は自分自身に決まっている。ドーヴを責めるなら、それ以前にまず自分を責めるべきではないか。セイディをアパートに連れ帰るのはいけないことだと言われたのに、それでも行くと言ったのはセイディなのだから。トラブルになると言われたら、その言葉を信じて距離を置くべきなのだ。

タクシーが到着して、ドーヴはアパートのエントランスまで見送りに来た。

「恨みっこなし？」彼が言った。

「もちろん」セイディは応じた。促される前に合鍵を返した。

ドーヴは彼女をハグし、タクシーに乗せてドアを閉めた。

マサチューセッツ・アヴェニューを行くタクシーのなかで、冬のコートは暑く、息苦しかった。運転手に断ってウィンドウを下ろした。ウィンドウから、ニューイングランド・コンフェクショナリー・カンパニー工場の屋上にそびえる給水塔が見えてきた。その少し前に塗り直された給水塔は、ネッコ・ウェハーロール──聖体拝領のホスティアみたいな円盤形のパステルカラーをした味の薄いお菓子──のパッケージにそっくりの色にペイントされていた。工場に近づくにつれ、砂糖の匂いが濃く漂ってきて、セイディは食べたことさえないお菓子がなぜか恋しくなった。

4

クリスマスの翌日、サムはセイディにメールを送った。〈やあ、久しぶり。きみのゲームを二度やってみたよ。このゲームについてぜひ話したい！　休暇明けに帰ってきたら会おう。旧友カリフォルニアには僕からよろしく伝えてくれ。サム。追伸：この前はばったり会えてうれしかった。〉返信はすぐには届かなかった。サムはとくに気にしなかった。この当時、学外ではメールをチェックできないことも少なくなかったからだ。

一月の半ばになってもまだ返事はなく、自分のメールが届いていないのかと不安になったサムは、もう一通送ることにした。

返事を待つあいだに「ソリューション」をもう一度プレイした。このころには一人だけで三度プレイしていた。一度目は、情報をまったく入手せず、ひたすらポイントを稼いだ結果、〈ナチスの偉大なる協力者〉の称号を得た。そこで二度目は可能なかぎり情報を手に入れつつ、各レベルをできるだけ短時間でクリアした。ランクは〈積極的な協力者〉だった。三度目は、情報をすべて入手したうえで、ゲームオーバーにならずにすむ範囲で各レベルにできるかぎり時間をかけた。このときのランクは〈良心的拒否者〉だった。コードを見て確認したわけではないが、おそらくこの〈良心的拒否者〉が「ソリューション」で獲得できる最良のランクだろう。

サムはプレイ中にメモを取り始めた。とても巧みなゲームだとは思ったが、細かな改良点もいくつかありそうだった。反面、細かなところまでよく考え抜かれているのもまた事実で、かつて一番の親友だった立場から、どれほどの手間をかけて制作したか、自分は気づいていると伝えたかった。細かなフィードバックをスプレッドシートにまとめ、〈サウンド〉〈遅延〉〈メカニクス〉〈ストーリー進行〉〈グラフィックス〉〈ペース〉〈ヘッドアップディスプレイ〉〈コントロール〉〈そのほかちょっとした思いつき〉に分類した。このファイルをセイディに渡すかどうかはまだ決めていなかった。

ただ、俯瞰《ふかん》した視点からこのゲームについてぜひ二人で議論したかった。もっと複雑さを持たせてよいはずだと伝えたい。［ソリューション］は、思考の実験として最高に優れている。だが、プレイヤーが道義をわきまえた道を選択した場合、その後の展開ががらりと変わるといったことがあってもいいのではないか。ポイントを犠牲にしてわずかでも情報を入手すれば、謎の答えはゲーム序盤で見当がついてしまい、そこからは同じ作業の単調な繰り返しになる。道徳重視のプレイヤーが特定のレベルに到達したら、製品の輸送ルートを変更するなど、何か対策できてもいいのでは？　具体的な行動を起こせないのでは、シミュレーションとして不完全だとサムは感じた。セイディのゲームを終えたときプレイヤーの胸に残るのは、虚無感だけだ。セイディの狙いは十分に理解できる。しかし大勢を感心させるだけでなく、大勢に愛されるゲームを作りたいなら、これでは足りない。

そうやってセイディのためにあれこれ考えていると、わくわくした。〈選択の公理の不在におけるバナッハ・タルスキーのパラドックスへの代替アプローチ〉に取り組むときにはない興奮を覚えた。アンデシュ・ラーション教授の言葉が蘇った――「何かが得意だからといって、それを心から好きかどうかはまた別の話」。［ソリューション］をプレイして、自分が心から好きになれるものは何なのかわかった（しかもそれは得意なものも兼ねていそうだ）。セイディ・グリーンと一緒にゲームを作ったらどんなに楽しいだろう。セイディの返信が届いたら、共同でゲームを作ろうと説得しよう。

また一週間が過ぎたが、返事はなかった。ハーヴァードの試験勉強期間は終わった。全科目の試験も終わり、次の学期がまもなく始まろうとしていた。ふだんのサムならこのあたりで察して、地下鉄駅でセイディ・グリーンに偶然会った記憶ごと忘れただろう。しかし〔ソリューション〕がそれを許さなかった。セイディがゲームを渡してきたことには何か意味があるはずだ。セイディと話さないままでは気がすまない。たとえ彼女と話すのはこれが最後になるとしても。Readme ファイルには確かにセイディのメールアドレスがあった。だがそれだけでなく、住所も書かれていて（電話番号はなかった）、番地を見るかぎりセイディのアパートは、ケンダル・スクエアとセントラル・スクエアの中間地点、コロンビア・ストリートにあるようだ。となると、最寄りの地下鉄駅からアパートまで楽に行く手段がない。駅から五〇〇メートル近い距離を歩くしかなさそうだった。それは骨のかけらが詰まった袋のような左足を引きずりながら行くにはかなりの距離だ。しかもいまは冬のさなかだ。ケンブリッジ界隈の凸凹《でこぼこ》だらけの通りは凍結している。タクシーで行こうかとも考えたが、そんなお金のゆとりはない。気温は低いが雨や雪の気配はなく、ほかに予定もなかったから、思いきって徒歩で行ってみようと決めた。ステッキはめったに使わないが——足の状態を思えば使ったほうがいいのだが、ボードゲーム〔モノポリー〕のミスター・モノポリーの二十一歳バージョンよろしく紳士を気取っているように見えるのがいやだった——このときはステッキを持っていった。これは、そう、仕事の話なのだから。

セイディのアパートに着いてブザーを鳴らした。その瞬間になって、セイディの Readme ファイルにあったのは一つ前の住所だったりしたらと不安が湧き上がった。ここまで来た苦労が水の泡になってしまう。

五分ほどたって、ルームメートが玄関を開けた。セイディに会いに来たと告げると、ルームメートはいぶかしげな視線をちらりとサムに向けたが、危険な人物ではないと思ったようで、「セイディ！」と大声で呼んだ。「なんか男の子が会いたいって来てるけど」

セイディが自室から現れた。もう午後の二時だが、サムが来てようやく起きたのだとわかった。

「サム」寝ぼけた声だった。「どうしたの」

シャワーを浴びていないようだ。ＭＩＴのロゴ入りスウェットシャツには赤っぽい染みと白っぽい染みがついている。スウェットシャツはだいぶサイズが大きいとはいえ、その下のセイディの体は異様なくらい細い。髪の毛は脂じみてもつれ、長いあいだ野生で暮らした動物のようだった。それに——無視はできない——体臭が漂ってきた。一日寝坊しただけの結果ではないなとサムは思った。

「だいじょうぶ？」サムは尋ねた。六週間前に会ったときは元気そうだったのに。

「平気」セイディは答えた。「何の用？」

「えっと……」セイディの様子が衝撃で、用件をすぐには思い出せなかった。「メールを送ったんだ。〈ソリューション〉のことで話したくて。覚えてる？　ディスクをくれたよね——」

セイディが深い溜め息でさえぎった。「ねえ、サム、今日は都合が悪いの」

サムは帰ろうとしたが、すぐに思い直した。「ちょっと入れてもらえないかな。セントラル・スクエアの駅から歩いてきたんだ。座って少し休ませてもらえるとありがたい」

セイディは彼のステッキと足を見た。それから疲れた声で言った。「どうぞ」

サムはセイディの寝室に入った。カーテンはぴたりと閉ざされ、脱いだ服や何かで部屋じゅうが散らかっていた。サムの知るセイディと同一人物とは思えない。何かあったのかとサムは尋ねた。

「どうして知りたいの？　私たち、もう友達じゃないんだよ。忘れた？」セイディはサムの視線を受け止めた。「それに、あらかじめ電話もしないで他人のアパートに押しかけるなんて、失礼じゃない？」

「ごめん。番号がわからなかったから。メールの返事もくれないし」

「メールに返事を書いてる時間がないの、サムソン」セイディはまたもベッドにもぐりこみ、毛布を頭からかぶった。「眠くてたまらない」毛布越しの声はくぐもっている。「帰るときは勝手に帰って」

サムはデスクチェアから衣類をどかしてそこに座った。

毛布から顔を出さないままセイディが言った。「そのコート、みっともないよ」まもなく規則正しい寝息が聞こえてきた。

サムは室内を見回した。ベッドの上の壁にドゥエイン・ハンソンの『ツーリスト』のポスター、ドレッサーの上に葛飾北斎《かつしかほくさい》の浮世絵。そしてデスクの上の壁に、小さな額入りの絵が飾られていた。ロサンゼルス市街を描いた迷路だ。繊細な彫刻の施された竹の額は左にかたむいていた。サムはまっすぐに直した。デスクの上にはディスクが一枚あって、セイディの筆跡で「エミリー・ブラスター」と書かれていた。サムはそのディスクをコートのポケットにしまい、セイディのアパートを出た。

招待状が届いたのは九月、セイディの社会奉仕プロジェクトのことを知ったサムの〝魚臭い〟発言から一カ月ほどたったころだった。封筒には美しい飾り文字で〈ミスター・サムソン・A・メイザー〉と宛名が書かれていた。〈シャリーン・フリードマン＝グリーンとスティーヴン・グリーンは、娘、セイディ・ミランダのバトミツバの儀に貴殿を招待いたしたく……式は十時開始、その後に昼食会……お返事を……〉

招待状の用紙に装飾はなかった。さほど高級そうに見えない。クリーム色の厚手のカード、浮き出し印刷の文字、封筒の上質な羊皮紙の内張。サムはもう、一見シンプルな品物ほど高価である場合が多いと知る年齢になっていた。招待状を鼻に近づけ、上質な紙の香りをしばし楽しんだ。お金のにおいだとは思わなかった。お金は汚い。それよりも、豊かで清潔な香りがした。書店で買ったハードカバーの本のように。セイディのように。

招待状をデスクの奥側に置き、封筒だけを手に取ってながめた。紙の誘惑に抗しきれなくなった。蛇口からお湯を出し、その湯気でのりを剝がして、封筒を平らに広げた。愛用のステッドラーのマルスルモグラフ鉛筆を取り、元の平らな姿に戻った紙に迷路を描き始めた。何を描くか決めずにいきなり描き始めることも少なくない。このときは円や曲線を思いつくまま描いているうち、気づくとロサンゼルス市街になっていた。迷路の始点はサムが住んでいるイーストサイドのエコーパーク、終点はセイディが住んでいるビヴァリーヒルズのフラッツ地区だった。曲がりくねった線は、ウェストハリウッドを通り抜け、ハリウッドヒルズをスタジオシティへと登り、ハリウッドヒルズをふたたび下ってイーストハリウッドからロスフェリズ、シルヴァーレークを通って、最後にコリアタウンとミッドシティに至っていた。迷路を描く手もとに完全に集中していて、ドンヒョンが部屋に入ってきたことにまったく気づかなかった。夜が遅く、ドンヒョンはいつもどおりピザのにおいをさせていた。

「おお、いい出来だ」ドンヒョンは言い、サムのデスクにある招待状のほうに手を伸ばした。「見てもいいかな?」サムの祖母ボンチャと違い、ドンヒョンはサムの持ち物に手を触れる前にかならず許可を求めた。

サムは溜め息をついた。「どうしてもって言うなら」

「何かに招待されるのはうれしいね」ドンヒョンは招待状に目を走らせてからそう言った。セイディと会わなくなって以来ふさぎこんだままのサムを、祖父母は心配していた。セイディは自分が思っていたような人ではなかったと言っただけで、サムは詳しい経緯を何一つ話さずにいた。

サムは鉛筆を置いてドンヒョンを見上げた。「ほんとに、ぼくは行きたくないんだ。セイディの友達は誰も知らないし」

「自分がセイディの友達だろうに」ドンヒョンが言った。

サムは首を振った。「違うよ。セイディは親切なふりをしてただけなんだ」

数週後、セイディから電話がかかってきた。話すのは二カ月ぶりで、セイディの声はうわずっていて不自然だった。「サムが来るのか、パパが確かめたいって。出欠の返事がまだ届いてないから」

「わからない」サムは言った。「その日は別に予定があるかもしれない」

「そう。じゃあ、わかったら連絡してもらえる？　食事を何人分用意するのかとか、そういう準備が必要だから」

「わかった」

「サム、いつまでも怒ってたってしかたないじゃない？」

サムは電話を切った。

キッチンの電話でその会話をこっそり聞いていたボンチャは、翌日、出席の返事を送った。サムに新しいカーキのパンツと青いオクスフォードシャツ、花柄のコットンのネクタイ、バスのローファーを買った。別の孫、アルバートから、いまどきの十四歳がちゃんとしたパーティに行くならどんな服を着るか教えてもらったのだ。パーティ当日の朝、ボンチャはサムに新しい服を渡し、バトミツバに行く支度をしなさいと言った。

「なんでこんなこと！」サムは怒鳴った。「ぼくは行かないからな！」

「でもほら、サム。セイディにプレゼントも用意したのよ」ボンチャは贈り物用の袋を開けた。セイディの家から三人が暮らす家までの迷路が額装されていた。

サムは平手で壁を叩いた。「勝手なことするなよ！　他人に見せるためのものじゃないのに！　だいたい、セイディがこんなものほしがるわけがないだろ！」

「セイディのために描いたんでしょう？　とてもすてきな絵だわ、サム」ボンチャは言った。「セイディも喜ぶに決まってる」

サムは両手で額を取って頭上に持ち上げた。床に叩きつけようとしたが思いとどまり、テーブルにそっと置いた。

急ぎ足で階段を上って――まだ階段を駆け上がるのは無理だった――自分の部屋に入り、ドアを叩きつけるように閉めた。

しばらくして、ドンヒョンがドアをノックした。「おばあちゃんは、おまえのためにと思ったんだ。おまえを心配してるんだよ」

「行きたくない」サムは言った。「無理に行かせようとしないでよ」いまにも泣いてしまいそうだった。絶対に行くもんかと思った。

「どうして？」ドンヒョンが訊く。

「わからない」たった一人の友達は、実は友達ではなかったのだとドンヒョンに打ち明けるのは決まりが悪かった。

「勝手に返事をしたりして、おばあちゃんもよくなかったな」ドンヒョンは言った。「だが、やってしまったものは取り消せない。これでおまえが行かないと、セイディが悲しい思いをするかもしれない」

「セイディが悲しもうが、ぼくの知ったことじゃない。どのみち悲しんだりなんかしないよ。大きなパーティなんだ。金持ちの友達が大勢集まる。親の金持ちの友達も。ぼくがいなくたって気づかないよ」

「気づくと思うぞ、おじいちゃんは」

サムは首を振った。ドンヒョンが人生の何を知っているというのだ？「足が痛い」サムが足について弱音を吐いたことは一度もなかった。だから足が痛いと言えば、ドンヒョンも無理強いはしないだろうとわかっていた。「いつもずっと痛いんだ。行くのは無理だ」

ドンヒョンはうなずいた。「おまえさえよければ、私がプレゼントを会場に届けておこう。おまえとおばあちゃんが作ったプレゼントをセイディはきっと喜ぶと思う」

「親に言えば何だって買ってもらえるんだ。ぼくが封筒の裏に描いたつまらない絵なんか、喜ぶわけがない」

「どうかな」ドンヒョンは言った。「親に何でも買ってもらえるからこそ、喜ぶんじゃないかとおじいちゃんは思うよ」

∵

愛こそすべて
ぴゅん
それこそ人が
ぴゅん
愛について知るすべて

サムが〝愛〟を撃ち落とそうとしているところにマークスが入ってきて、食事に行こうと誘うつもりだったらしいが、「それは何だ？」と尋ねた。

「友達が作った別のゲーム。〔ソリューション〕ほどの出来じゃないけど、まあまあおもしろい」サムは答えた。

マークスはサムと並んで座った。サムはキーボードを渡してプレイを譲った。

私が
ぴゅん
死を見て
ぴゅん
立ち止まれ
ぴゅん
親切にも死のほうが

インク壺の一つに火がついた。マークスがフレーズを撃つ順序を間違えたため、自機を一つ失ったのだ。「詩がテーマのゲームで、こんなバイオレンスなやつは初めてだ」マークスが言った。

「詩のゲーム、ほかにやったことがあるのかよ」

「そう言われると、ないな。きみの友達は才能があるね。かなり変な奴みたいだけど」

マークス・ワタナベとサムは二人とも一九七四年生まれで、一九九七年卒業予定の同期生より一つ年長だった。マークスは入学前の一年を遊学期間とし、父親の投資会社で働いていた。サムが一年遅れたのは、もちろん、入院していて学校に通えなかった期間があるからだ。一見したところ二人に共通点はほとんどなく、入学当初に寮の同じ部屋に割り当てられた理由はおそらく、生まれ年が同じというだけの理由だろう。

ウィグルズワース寮の二人部屋は、一人部屋二つとしても使える——この場合は片方がもう一方の通り道になる——し、一角を共用のリビングルームとして一つの部屋を二人で使うようにもできた。社交好きのマークスは、サムと顔を合わせる前、共用エリアを設ける使い方にしようと新しいルームメートを説得するつもりでいた。そのほうが友達を呼びやすい。

先に部屋に到着したのはサムで、マークスは、サム本人と会う前にサムの荷物と対面することになった。片面にサンフランシスコドラマ『ドクター・フー』の、反対面には「ダンジョンズ&ドラゴンズ」のステッカーが貼られた、年季の入ったデスクトップパソコン一台。アメリカンツーリスター製のベビーブルーの使いこまれた大きなハード型スーツケース一つ（あとで荷ほどきをすると、北東部では役に立たない薄手の服ばかり詰まっていた）。黒いステッキ一本。ゾウ形の植木鉢に植わった小さな竹。マークスは瞬時に悟った――一人部屋二つのパターンだな。

ようやく部屋に戻ってきたサムを一目見て、マークスは微笑まずにいられなかった。丸っこい童顔、淡い色をした目、白人とアジア系の両方の特徴。まるでアニメのキャラクターだった。鉄腕アトム《アストロボーイ》。あるいは、漫画の主人公の、知ったような口を利く弟とか。服や髪型は、〝アートフル・ドジャー〟期のオリヴァー・ツイストといった雰囲気だった――南カリフォルニア出身で、スリではなく下っ端のドラッグ密売人のオリヴァー・ツイスト。黒い巻き毛を真ん中分けにし、肩のすぐ上で切りそろえてあった。安っぽいメタルフレームのジョン・レノン風眼鏡をかけ、メキシコで売られているような、ざらりとした手触りのヘンプストライプのパーカを着ていた。ブルージーンズは穴だらけで、色が抜けてほとんど白になっている。足もとは厚手のスポーツソックスにテバのサンダルだった。「サムだ」そう自己紹介した声は、息がうまく吸えていないかのようにやや甲高い。「マークスだね？　シーツやタオルを安く買える店を知らないかな」

「心配しなくていい」マークスは、アニメから抜け出してきたような青年に微笑んだ。「何でも予備を持って来てるから」

「ほんとに？　いいの？」サムは言った。「迷惑じゃない？」

「今日からルームメートなんだぜ。俺のものはきみのものだ」

万事がそんな調子だった。マークスはあらゆる面でサムに手を差し伸べた――手を差し伸べているようには見えないやり方で。ビニール袋に入った冬のコートもその一つで、それは魔法のように出現し、借りてもいいかとサムのほうから言い出すのをじっと待った。サムが帰省できない休暇前には、レストランの商品券がさりげなく部屋に残された。二人が入居している寮の階段の上り下りにサムが苦労していて、しかもエレベーターはまともに動く日のほうが少ないと判明するや、マークスはキャンパスの外にアパートを借りて引っ越そうと思うんだがと言い出した。ハーヴァード大学では、寮に入居していない学部生はほとんどいない。だからマークスは、サムが寮に残るというなら、その意思を尊重すると言い添えた。しかしエレベーターがついた新居の家賃は寮費より大幅に高くなる。マークスは、自分が広いほうの部屋（といっても、大して広いわけではなかった）を使わせてもらうから、サムは寮費と同額を負担すればいいから一緒に引っ越そうと言った。（せまいほうの部屋からはチャールズ川が一望できた。）サムがロサンゼルスの祖父母にほとんど電話をしていないことに気づくと、マークスは自分が代わって老夫妻に電話をかけた。「もしもし、おばあちゃん《ハルモニ》、おじいちゃん《ハラボジ》」マークスは韓国語でそう挨拶をした。「サムは元気でやっていますよ」（マークスの父親は日本人で、母親はコリア系アメリカ人だ。）

やや不快な印象を与えがちな風変わりな青年に、マークスはなぜそこまでするのか。それはサムが好きだからだ。子供のころから裕福で、おそらく才気煥発な人たちに囲まれてきたマークスは、真に非凡な頭脳はめったに見つからないことを知っている。大学から同室を割り当てられたとき、サムは自分が責任を負うべき存在になったのだとマークスは受け止めた。だからサムを守り、少しでも暮らしやすい環境を整えた。それを負担だとはまったく感じなかった。充分以上に恵まれた生活を送ってきたマークスは、周囲を尊重し気遣うのは当然と考えるような人々の一人だった。そしてこの場合、サムの親友になるという報酬がついてきた。

サムはマークスからの援助にすっかり慣れきっていて、もう少し感謝の念を抱いてもいいのではと思われるほどだったが、サムからマークスに何かを求めるのはまれ、あるいは過去一度もないことだった。求めるものがアドバイスとなればなおさらだ。

「おまえはどんな場面でも最適な対処を知ってるよな」マークスがエミリー・ディキンソンの詩を次々と撃ち落としているのを見ながら、サムは言った。「人づきあいに関して」

「人づきあい以外のことじゃ役立たずって言いたいのか？」マークスが冗談を言った。

サムはアパートを訪ねて見たセイディの様子を説明した。

マークスは、サムが考えていたとおりのことを言った。「おまえの友達、鬱《うつ》っぽいな」

「そうだとすると、何をしてやったらいい？」

マークスはゲームを一時停止し、真剣なような、おもしろがっているような目をサムに向けた。サムはたまに、二十一歳という年齢よりずっと幼く思えることがある。「両親に連絡するか、その子の大学の誰かに相談するか」

サムはマークスの手からキーボードを取ってゲームを再開した。〈希望〉という語に照準を合わせる。「そこまでの状態かどうかわからないし、プライバシーの侵害だって気もする」

マークスはサムの言い分を思案した。「おまえの大事な友達なんだよな」

「一番の親友だったこともあるけど、喧嘩してそれきり」

「なら、俺のアドバイスは〝その子のアパートに何度でも通え〟だな」マークスは言った。「俺ならそうする。その子が俺の友達だったら」

「僕に来てもらいたくないみたいなんだよ」サムは少し考えてから続けた。「来るなって思われてるところに押しかけていくのは苦手だ」

「そんなこと気にしてる場合じゃないだろ。おまえの側の問題じゃないんだし。いいから毎日行って、様子を確かめてやれって」

「僕と話そうとしなかったら?」

「おまえが来たってことだけわかってもらえばいい。できたら、クッキーや本、映画のビデオなんか持っていけ。友達ってのはさ」マークスは続けた。「たまごっちにちょっと似てる」キーチェーン型〝携帯ペット〟たまごっちはこの年、世界中で大流行した。マークスは、クリスマスにガールフレンドからプレゼントされたたまごっちを少し前に死なせてしまっていた。ガールフレンドはそれをマークスの人間性にひそむ欠陥と解釈した。「シャワーを浴びさせて、軽く話をして、散歩に連れ出せ。できたら窓を開けるといいな。それでもよくならなかったら、医者に診せたほうがいい。それでもよくならないようなら、さすがに両親に連絡しなくちゃだめだ」

マークスの提案はサムにとってまるで気の進まないことばかりだったが、それでも翌日の放課後、とぼとぼと歩いてふたたびセイディを訪ねた。アパートに着くころには足が痛み始めていた。階段を上り、ドアをノックした。「セイディ、昨日の子、また来たよ」ルームメートが大きな声で言った。

セイディの大きな声が返ってきた。「留守って言って」

やはりセイディを心配してきたルームメートはドアを大きく開けてサムを招き入れた。サムはセイディの寝室に入った。別のスウェットシャツを着ている以外、セイディは昨日と何も変わっていなかった。一瞬だけサムを見た。「サム、お願いだから帰って。私は平気だから。寝てれば治るから」そう言って毛布をかぶった。

サムはセイディのデスクチェアに腰を下ろした。コアカリキュラムで選択しているアジア系アメリカ人の歴史の授業の課題図書を取り出して開いた。

数時間後、サムは一九世紀から二〇世紀にかけての中国移民に関する課題図書を読み終えた。当時の中国系移民は、飲食や清掃など、特定の職業にしか就けなかった。現在でも中国系アメリカ人が経営する料理店やクリーニング店が多いのはそれゆえ、つまり社会構造上の人種差別ゆえだ。サムはK

タウンに店をかまえるコリア系アメリカ人の祖父母に思いをはせた。孫息子がハーヴァード大学に合格したとき、二人は心の底から誇りに思ってくれた。ハーヴァードのロゴ入りアイテムがそこらじゅうにあふれた。それぞれおんぼろの車にバンパーステッカーを貼り、ボンチャは〈私たちの最愛の孫サムソン、ハーヴァード大学1997年卒業予定クラスへ入学おめでとう〉と書かれたバナーを手縫いしてその夏の終わりまで店に飾り、ドンヒョンは穴が開くまで大学のロゴTシャツを着て毎日店に出た（祖父に替えのTシャツを買って送ったのはマークスだった）。サムはそんな祖父母に電話一つせずにいることを後ろめたく感じ、次に数学科でめぼしい成績を上げていないことが——それを言ったらハーヴァード大学に入って以来何一つ成し遂げられていないことが申し訳なくなった。

「まだいるの？」セイディが訊いた。

「いるよ」サムは答えた。

ベーグルが入った紙袋をバックパックから取り出し、迷路が飾られている真下のデスクに置いて、部屋を出た。正直な話、また来る気になったのは迷路があったからだった。セイディはこれだけの歳月、あの迷路を捨てずにいたうえ、アメリカ大陸を横断して大学に入学するときも、学生寮からアパートに移るときも持ってきた。次に祖父母に電話したとき、このことを伝えようとサムは思った。

〝おばあちゃんたちの言うとおりだったよ。セイディはプレゼントを気に入ってくれたんだ〟

三日目、サムは少し前に読んでおもしろいと思った小説、リチャード・パワーズの『ガラテイア2・2』を図書館で借りて持っていった。

四日目、しばらく前のクリスマスにマークスからもらった「ドンキーコング」オリジナル版の携帯バージョンを持っていった。

「どうして毎日来るのよ」セイディが訊いた。

「だって《Because》……」サムはそう答えた。〝この語をクリックすると、たくさんのリンクが現れるよ。リンク先に理由が書いてある。たとえば、きみは僕の一番古い友達だから。僕が人生のどん底にいたとき、きみが僕を救ってくれたから。きみがいてくれなかったら、僕は死んでいたか、小児精神科に入れられていたかもしれないから。きみに大きな借りがあるから。きみがそのベッドから出てくれたらだけど、きみと二人で最高のゲームを作ってる未来が見えるから。勝手な想像だけど〟。

五日目、セイディは部屋にいなかった。サムはルームメートにセイディはどうしたのかと尋ねた。

「大学のクリニックに行くって」ルームメートはそう答え、サムをハグした。「でも、ずいぶん顔色がよくなってたよ」

翌週、大学のラモント図書館でのアルバイトが入っている日を除いて、サムは毎日午後からセイディに会いに行った。マークスのアドバイスにしたがって、行くたびにちょっとした贈り物を持っていき、セイディの部屋でしばらく過ごしてから、また自分のアパートに帰った。

十二日目、セイディが訊いた。「ねえ、『エミリー・ブラスター』、くすねなかった？」

「借りただけだ」サムは答えた。

「そのまま持ってていいよ。コピーがあるから」

十三日目、サムはセイディのデスクの前に腰を落ち着けた。迷路を描くのは何年かぶりだったが、セイディに新しいものを作ろうと思った。いまセイディの部屋に飾ってあるものを描いて以来、デッサンの腕前は数段上がっている。いまの実力をセイディに示しておきたい。新しい迷路には、チャールズ川に面したサムのアパートから、ネッコの菓子工場近くのセイディのアパートまでのルートを描いた。

セイディはベッドを抜け出し、サムの肩越しに手もとをのぞきこんだ。「ここに来るの、時間がかかったんじゃない？」

「人並みの時間しかかかってない」

「明日は来てもらっても、あたしいないかも」セイディは言った。「いまからでも授業に出席して課題を提出すれば、留年しないですむって学部長に言われた」

サムは立ち上がり、迷路と鉛筆をそっとバックパックに戻した。「もう会いに来るなって意味？」

セイディは笑った。セイディが心の底から楽しそうに笑う声を聞いたのはいつ以来だろう。セイディのいろんなところが変わってしまったが、笑い声は――おとなになった分、声の高さはわずかに変わったとはいえ――大枠で変わっていないことにサムはほっとした。こんなにすてきな笑い声の持ち主はそういない。相手に自分が笑われていると感じさせないような笑い声。〝私はおもしろいと思うんだ、だからぜひ一緒に笑ってよ〟。「違うよ、おばかさん。今度からちゃんと約束して会おうって話。せっかく来てくれたのに私は出かけてる、みたいなのはいやだから」

「だから約束しよう。こんなことはもう二度としないって」セイディは続けた。「約束して。何があろうと――きっとつまらないことで相手を怒らせたりするだろうけど、それでも――六年も絶交するようなことは二度としないって。何があっても私を許すって。私も何があろうとサムを許すって約束するから」それは、言うまでもなく、若者が気軽に交わす種類の約束、人生がどんな運命を用意しているか知らないからこそ交わせる約束だった。

セイディはサムに手を差し出した。セイディの声は力強かったが、目は心細げで疲れていた。サムは彼女の手を握った。その手は氷のように冷たいのに、汗ばんでいた。どこを病んでいたにせよ、それはまだ治りきっていないのだ。

「僕の迷路を取っておいたんだね」サムは言った。

「まあね。さてと、〔ソリューション〕をプレイした感想を聞かせて」セイディは部屋の窓を開け放った。さわやかな風はひんやりと冷たく、まるで薬のようだった。「ただし、手加減してよね、サム。ちょっと鬱気味だから。気づいたとは思うけど」

II 影響力

1

〔イチゴ〕――このときはまだ〔イチゴ〕と呼ばれてはいなかったが――の制作は、楽勝のはずだった。三年生と四年生のあいだの夏休みだけで完成できるはずだった。

セイディと一緒にゲームを作ろうという思いつきは、一二月に〔ソリューション〕をプレイして以来ずっとサムの脳裏にこびりついていたが、ようやくセイディにその話を切り出したのは、三月になってからだった。そんな遠慮はサムらしくなかったが、焦ってはいけないと直感的に察していた。そのころセイディは、暗黒の一月分の勉強の遅れを取り戻すのに忙しかった。鬱の原因は何だったのか、サムは知らない。セイディは「失恋」の一言で説明を片づけた。それだけではないだろうとは思ったものの、セイディの気持ちを尊重して、サムはそれ以上深入りしなかった。二人の友情にはプライバシーの余地がたっぷり保たれていた。そもそも二人が無二の親友になったのは、セイディが好奇心にまかせてサムの悲しい身の上を無理に聞き出すような真似をしなかったおかげだ。だから、同じようにセイディを気遣うのがせめてもの恩返しだとサムは思った。

サムが深追いせずにいた理由はもう一つある。復活した交友が楽しくてしかたがなかったからだ。二人の友情はすぐさまかつてのリズムを取り戻し、週に何度か会っては映画を観たり、食事をしたり、ゲームをプレイしたりした。セイディといると、それだけで強くなれる気がした。思考も言葉も研ぎ澄まされる。ニューイングランド地方の冬の骨身にしみる寒さも、セイディと離れていた過去二年ほど心身にこたえなかったし、鈍いものとはいえ、つねにある足の痛みもさほど気にならなかった。セイディと一緒なら、玉石敷きの通りを歩くのもそこまで怖くなかった。ふだんのサムは、自分の体に障害があると意識していないが、玉石敷きの道、凍結した歩道、そこを行くときの氷河並みのスピードだけは例外だ。雪が降ろうものなら、教室の場所にもよるが、いつもより四十五分早く家を出て、まるで老齢の教授のようにおぼつかない足取りでキャンパスを横断しなくてはならないときもある。カリフォルニアにいたころは不自由を感じたことがなかったから、北東部の大学への進学を決めたときは、そういった周辺事情をまったく考慮に入れていなかった。

いま振り返れば、セイディと絶交したのはたいへんな誤算だったとわかる。あのときは、世界はセイディ・グリーンであふれている――セイディのような人はどこにでもいると思っていた。それは大きな間違いだった。サムが通った高校には一人もいなかった。ハーヴァード大学ならと望みをつないだが、これに関してハーヴァードはとりわけ期待はずれだった。頭脳明晰な学生は大勢いる。二十分程度ならちゃんと会話が成り立つ相手にも不自由しなかった。しかし、六百九時間話してもまだ話し足りないような相手は、まず見つからない。マークスは誠実で、クリエイティブで、並はずれて頭がよいが、そのマークスでさえ、やはりセイディとは違う。

一緒にゲームを作ろうとセイディを説得するデッドラインは三月だ。ハーヴァードやMITのような大学に来る成績優秀な学生は、その年の夏休みの予定を遅くとも三月までに決める。足もとの事情もあって、やるなら今年の夏しかないとサムは思っていた。多少の前後はあるにしても、あと一年ほどで学費ローンの返済が始まる。ハーヴァードの合否は学力のみで決まり（ハーヴァードを進学先に選んだ大きな理由がそれだ）、しかもかなり手厚い奨学金を受けているとはいえ、それで大学生活のすべてをまかなえるわけではない。借りている額はそこまで多くはないが、ドンヒョンやボンチャに返済を手伝ってほしいとは口が裂けても言えないし、ハーヴァードに進んだのは、貧乏な人生を送るためではない。アンデシュ・ラーション教授の忠告の重みをじわりと痛感し始めていた。サムは高等数学を愛してはいない。サムの未来にフィールズ賞はなかった。借金を増やしてまで数学の学位にこだわる意味はなさそうだ。いまのままいけばきっと、ＩＴ、金融、あるいはそれに関連したコンサルティング会社に就職するしかないだろう。周囲の学生の進路はだいたいそうだった。だからマークスにこんな風に話した——「何かでかいことをしたいなら、今年の夏が最後のチャンスだと思う」。

アーティストとして、そしてビジネスマンとして、のちのちサムの強みとなる特性の一つは、ドラマや舞台装置がどれほど大きな意味を持つかを熟知している点だった。一緒にゲームを作ってくれないかとセイディを誘う舞台は、特別な場所でなくてはならなかった——二人のクリエイティブな可能性に満ちた未来が一つになった瞬間を、忘れがたいものにしたい。セイディに話をする前からすでに、二人でゲームを作れば、しかもサムが思い描いているような作品に仕上げられれば、サム・メイザーとセイディ・グリーンが一緒にゲーム制作に取り組もうと決めた日の物語は、末永く語り継がれることになると信じて疑わなかったのだ。サムの頭のなかで〝サムとセイディの伝説〟は早くも形を成しつつあったが、ゲームそのもののアイデアはまだ影さえなかった。とはいえ、それはサムにはよくあることだった——明日を生きることで、ときに耐えがたくなる今日をどうにか乗り切るすべが身についていた。

サムのシナリオは、セイディにプロポーズするも同然だった。片膝をついてこう言うのだ。「僕と一緒にゲームを作ってください。きみの時間を僕にください。その時間は決して無駄にならないという僕の勘を信じて。二人一緒ならすごいものが作れると信じて」サムはもとより傲慢なくらいの自信家ではあるが、それでもやはり、セイディがイエスと答えるという一〇〇パーセントの確信は持てなかった。

グラス・フラワーズを推薦したのはマークスだった。ハーヴァードで一番印象的な場所といえばどこだろうとサムはマークスに尋ねた。マークスはハーヴァード・ヤードのツアーガイドを務めた経験があったが、たとえそうでなかったとしても、世界中を旅してきた彼は、どんな街であれ最大の見どころを即答できたからだ。

ハーヴァード大学自然史博物館のウェア・コレクション・オブ・ブラシュカ・グラス・モデルズ・オブ・プラント、通称グラス・フラワーズには、吹きガラスに色づけして作られた、本物と見まがう精巧な植物標本がおよそ四千点収蔵されている。一九世紀初め、大学の依頼により、ドイツ人のブラシュカ父子の手で製作されたものだ。ガラスの植物標本は、ある問いに対する回答だった——保存が不可能な物体をどうすれば保存できるか。これは、どうすれば時間と死を止められるかという問いにも等しい。のちに〈アンフェア・ゲームズ〉と呼ばれることになる会社の出発点として、これほどふさわしい場所がほかにあるだろうか。

二〇一一年に『ラヴレスの末裔』ブログのインタビューで、セイディはその日のことをこう語った。

セイディ・グリーン（以下SG）：私がMIT時代にゲームを二つ作った経験があることはメイザーも知っていました。といっても、まだミニゲーム程度のものでしたけど。そのうちの一つ〔ソリューション〕はちょっとした注目を集めました。

ラヴレスの末裔（以下DL）：ホロコーストのゲームですね？　あやうく退学になるところだったとか。

SG：（うんざりした表情で天を仰ぐ。）サムの悪い癖ね。何かと話を大げさにするの。実際には、学生が一人文句を言った程度のことでした……なのにサムは——あっとごめんなさい、〝メイザー〟って呼べってサムから言われてるのに、つい忘れちゃう。メイザーは〔ソリューション〕をものすごく気に入って、これが私の成功のきっかけになると考えたんです。でも私には「ソリューション」の次のゲームを作るモチベーションがありませんでした。だいぶ燃え尽きてしまっていたから。でも三年生の終わりごろ、サムに誘われたんです。「グラス・フラワーズ、行ってみない？」って。断りたいところでした。まるで興味がなかったし、私はＭＩＴの近くに住んでいて、ハーヴァード大学自然史博物館まで行くのは面倒くさかったし。でも、行きました。サムは――じゃない、メイザーは、何か手に入れようと決めたら絶対に譲らないところがあるから。みんな知ってると思うけど、メイザーはいつでも何かしら手に入れようと決めてるんです（笑い）。ところが、はるばる行ったのに、休館日でした。棚卸しだか清掃だかの日に当たっていて。グラス・フラワーズの入口にポスターが貼ってあって、たぶんみんな同じ感想を抱くと思いますけど、展示されてるガラスの標本の写真なんか見ても何がすごいのかさっぱりわからない。だって、標本はどれも本物と区別がつかないくらい精巧に作られてるから、ポスターはただの花の写真にしか見えないんです。

ちょっと腹が立ちました。だって、そもそも見たいわけでもないのにはるばる行って、結局ガラスの花を見られないなんて。それにサムにも腹が立ちました。前もって博物館に電話すれば休館日だってわかったでしょって。サムはベンチに腰を下ろしました。長距離を歩いて、少し息が上がっていました。そしていきなり言ったんです。「今年の夏の予定は？」

私は「いったい何の話よ」って訊き返しました。

サムは言いました。「今年は帰省しないでよ。夏休みの三カ月を使って、僕と一緒にゲームを作ろう。カーマックとロメロは、いまの僕らと同じ年で『ウルフェンシュタイン３Ｄ』と『コマンダーキーン』を作った。マークス［『イチゴ』のプロデューサー、マークス・ワタナベのこと］のアパートをただで使わせてもらえる。もう了解をもらったんだ」

サムとは子供のときからずっと一緒にゲームをプレイしていました。でもそう言われるまで、サムがゲームを開発したいと思ってるなんてまったく知らずにいました。サムは昔から秘密主義なところがあって。そのころの私は、ゲームデザイナーを本気で目指すのか、それともあきらめるのか、岐路にさしかかっていました。サムはすごく頭のいい人だし、一番古い友達でもありました。だから思ったんです——まあ、やってみて損はないかもって。うまくいったら万歳だし、仮にだめでも、夏休みを友達と楽しく過ごしたと思えばいい。マークスのアパートもすてきだったし。ハーヴァード・スクエアのすぐ近く、ケネディ・ストリートにあって、窓からチャールズ川が見えるの。

その場では考えさせてって答えたけど、私がやる気でいるってサムが確信しているのはわかりました。

帰ろうと歩き出したところで、サムが大まじめな顔で私を見て言いました。「セイディ、いつか今日のことを話すときが来たら、僕はガラスの花の展示室で話を切り出したことにして。閉館日だったのは内緒にして」伝説、物語《ナラティヴ》、どう呼んでもかまわないけど、サムが何より大事にしていたのはそれでした。だから、この話をしてる時点で、私は彼を裏切ったことになりそうです。

三十代も半ばにさしかかり、あれから一生分の時間が何度も過ぎたような気がし始めたころ、ついにグラス・フラワーズを再訪したセイディは、思いがけず心を揺さぶられることになった。ガラスの花がとびきり美しかったのはもちろんだが、セイディの胸をそれ以上に強く打ったのは、ブラシュカ父子の手になる腐敗しかけの果実の標本だった。果実の変色や傷は、永久にその状態で保存される。不思議なものだとセイディは思った。昔、腐敗をガラスで再現し、それを博物館に展示した人がいたのだ。人間って奇妙で美しい。そしてはかない。セイディが訪れた朝、もう一人見学者がいた。その二年前に亡くなったフリーダに似た雰囲気の上品な年配女性だった。（カシミアのカーディガンを羽織り、チュベローズの芳香豊かなロベール・ピゲのフラカの香りを漂わせた）その女性は、セイディの少し後ろから展示を見て回っていた。出口に来たところで、女性はセイディに声をかけた。「とてもきれいでしたね。でも、ガラスの花はどこで見られるのかしら」標本があまりにリアルだから、どれも生花だと女性は勘違いしたのだ。

セイディはこの話をサムに聞かせたいと思った。しかしこのころ二人は絶交していた。

2

〔イチゴ──海の子供〕冒頭のカットシーンで登場する〝イチゴ〟は、幼い子供で──セイディとサムは、イチゴを性別のない存在と設定した──言葉もほんのわずかしか知らず、文字はまだ読めない。イチゴはひなびた漁村の浜に座っていて、すぐそこに両親の慎ましい家が見えている。イチゴの髪は黒く艶やかで、男女を問わずアジア人の子供に多いおかっぱにしている。膝小僧まで届くワンピースのような丈のお気に入りのスポーツジャージ（背番号は15）を着て、木の草履を履いている。イチゴが小さなバケツとシャベルで遊んでいるところに、ツナミが押し寄せる。

イチゴがはるか沖へ流されてしまったところから、ゲームはスタートする。限られた語彙しか持たないイチゴは、バケツとシャベルだけを駆使して家に帰る道を探さなくてはならない。

アーティストが創作に苦しんだとき、心を慰める手垢のついた金言に、〝最初のひらめきこそがベスト〟がある。〔イチゴ〕はサムとセイディの最初のひらめきではなかった。おそらく千番目くらいのアイデアだった。

難しさはそこにこそあった。サムとセイディは二人とも、ゲームの好みが定まっていた。また、ちょっとプレイしてみれば、おもしろいゲームとつまらないゲームの見きわめもついた。ただセイディの場合、そういった知識がかえって邪魔をした。ドーヴと過ごした月日とゲーム一般を研究した歳月が、評価のバーを押し上げていたせいだ。どんなゲームについてもよくないポイントを正確に指摘できる能力は身についているが、では、どうすればすばらしいゲームを一から作り上げられるのかはまだ知らない。駆け出しのアーティストにはかならず、審美眼に自分の能力が追いつかない時期があるものだ。そこから抜け出すには、とにかく創作を続けるしかない。サム（またはサムのような誰か）がこの時期のセイディを後押ししてくれていなければ、セイディは優れたゲームデザイナーにはなれていなかったかもしれない。それどころか、ゲームデザイナーになっていなかったかもしれない。

作りたいのはシューティングゲームではないことはわかっていた。とはいえ、人気を得やすいのはシューティングゲームだった。（それでもやはり絶対に避けたかった。骨の髄までドーヴの教え子であるセイディは、シューティングゲームは不愉快で、道徳に反しているし、未熟な社会が生んだ悪性の病だと思っていた。一方のサムは、シューティングゲームが好きだった。）だが、たった二人のチームで一夏のあいだに完成させようとなると、やれることには限りがある。ゲーム機向けのゲームを作る考えは二人になく、NINTENDO64時代の『ゼルダ』や『マリオ』のようなフル3Dアクションゲームを制作する資金もなかった。時間と資金の制約内で制作可能なのは、PCゲーム、しかも2Dか、よくて2・5Dゲームだろう。これから作るゲームに関してセイディにわかっていたのは、長いあいだそれだけだった。

夏休み直前の数週間、セイディとサムは、頭に浮かんだアイデアを端からホワイトボードに書き連ねていった。長いリストができた。ホワイトボードは、サムが大学のサイエンス・センターから失敬してきたものだった。足は悪くても、サムはなかなか凄腕の泥棒で、ときおりちょっとした盗みをした。サイエンス・センターに行ったのは、ラーション教授との最後の面談のためだった。帰り際、廊下に放置されているキャスター付きのホワイトボードを見かけ、それを引きずって建物を出た。そのままずっと、がらがらと引きずっていった——途中ですれ違った大学見学ツアーの高校生たちに手を振りながらハーヴァード・ヤードを横切り、ハーヴァード・スクエアを突っ切り、ケネディ・ストリートをずんずん歩いて、アパートのエレベーターに押しこんだ。うまく泥棒するコツは、堂々とふるまうこと、それに尽きるとサムは思っている。その週の後半には、大学生協からホワイトボード用マーカーの多色セットを万引きした。マークスからもらった巨大なコートの巨大なポケットにすべりこませ、何食わぬ顔で生協を出た。

ホワイトボードのリストのなかに重要なアイデアが埋もれているようには思えないまま時間が過ぎていった。ゲームを作るのは初めてだ。二人のオフィスはサムの裕福なルームメートのアパートだ。それでも、自分たちの作品がどんなものになろうと、それは未来の古典になるはずだと信じるだけの若さはあった。サムはよくセイディにこう言った。「すごいものになると自分で思えないものを作ったって意味ないよ」

注目すべきは、〝すごい〟の定義がサムとセイディでそれぞれ微妙に違っていたことだ。誤解を恐れずに言えば、サムにとって〝すごい〟とは売れると同義だった。セイディにとってはアートだった。

五月、サムがくすねてきたマーカーが早くもインクが尽きかけてきいきい音を立てるようになったころ、これだと二人の意見が一致するようなアイデアは永遠に出ないのでは、実際にゲームを作る時間がなくなってしまうのではと、セイディは不安に駆られた。そうでなくても二人のスケジュールは、〝おそろしく〟どころか〝ありえない〟くらいタイトだった。

ブレインストーミングの結果が虹のようにカラフルなインクで書きこまれたホワイトボードを、二人はそろってにらみつけた。「このなかに何か埋もれてるはずだよ」サムは言った。

「何もないかもよ」セイディが言う。

「そうしたらまた何か考えればいいさ」サムはそう言ってセイディに微笑みかけた。

「なんでそうにこにこしていられるのかわからない」

セイディはこの優柔不断の日々にストレスをためこんでいたが、サムのほうは少しもストレスに感じていなかった。この期間の最高にいいところは、あらゆる可能性がまだ残されていることだ、くらいに考えていた。それは当然と言えば当然だった。サムはすばらしく精密な絵が描けたし、ゆくゆくはすばらしいプログラマー兼レベルデザイナーにもなるが、この時点ではまだゲーム制作の経験がまったくなかったからだ。たとえつまらない作品であろうと、ゲームを作るのに何が必要かを知っているのはセイディだったし、いざプログラミングの段階に入ってから、ゲームエンジンの構築をはじめ、負荷のかかる作業の大半を引き受けることになるのもセイディだった。

サムは身体接触による愛情表現を好まない。何年ものあいだ入退院を繰り返してさんざん体を触られた結果だった。それでもセイディの肩に両手を置き――セイディのほうが三センチほど背が高かった――彼女の目をのぞきこんだ。「セイディ、僕がどうしてゲームを作りたいかわかる？」

「もちろん。バカみたいな動機でしょ。それでお金持ちの有名人になれるとか」

「違うよ。単純な話さ。人を幸せな気分にさせるものを作りたいんだ」

「ずいぶんと月並みな動機」セイディは言った。

「僕はそうは思わないな。だって、あんなに楽しかったろ。忘れた？　僕らは昼から夕方までずっとゲームの世界で遊んでただろう」

「忘れてなんかいないよ」

「我慢できないくらい足が痛むときもあった。それでも僕が死にたいと思わずにすんだのは、自分の体を抜け出して、どこも悪くない別の体で――そうだな、どこも悪くないどころじゃない、他人の完璧な体で、他人の問題を解いて遊べたおかげだ」

「自分じゃゴールポールのてっぺんに下りられない。でもマリオならできる」

「そういうこと。自分はベッドから出るのもやっとなのに、お姫様を救えた。もちろん金持ちになりたいし、有名にもなりたい。僕は野心と欲求の底なし沼だからね。だけど、何か人のためになるものを作りたい気持ちだってあるんだよ。僕らみたいな子供が現実の悩みをしばらく忘れたいとき遊べるようなゲームを作りたい」

サムの言葉はセイディの心を動かした。サムと知り合って長いが、彼が自分の体の痛みを話題にしたことはほとんどなかった。「わかった」セイディは言った。「わかった」

「よし」まるで何かで意見が一致したかのように、サムは言った。「そろそろ劇場に行こう」

今夜は作業を休んで、マークスが出演する学生演劇『十二夜』をアメリカン・レパートリー・シアターで観る予定だった。メインステージで上演される芝居に出演できただけでも快挙だ。今年の夏はマークスのアパートを使わせてもらうのだから、二人そろって観に行くのが礼儀だろうとサムは考えた。

なぜなのか自分でもよくわからないが、サムはそれまでセイディとマークスを引き合わせないようにしていた。二人のそれぞれについて何か思うところがあるからではない。サムには病的なほど用心深い面があって、情報の流れを自分がコントロールできる状況を好む。要するに、二人が意見交換をし、陰でサムの悪口を言うようになったらと心配だったのだ。それにもう一つ、二人がサムより相手を好きになったらという不安も心の奥底にあった。サムの見たところ、セイディとマークスは誰からも満遍《まんべん》なく好かれる。一方のサムは、サムを好きになる義務のある人々からしか好かれない。たとえば母親（もう死んでしまったけれど）、祖父母、セイディ（本人は違うと言うが、病院で社会奉仕をしていた）、マークス（ルームメートに指名された）。だが、マークスのアパートを借りる以上、セイディとマークスは近いうちにかならず顔を合わせることになる。『十二夜』の主要登場人物の一人、オーシーノ公爵を演じるマークスからは、セイディも観劇に誘えと言われていた。終演後は、息子の舞台を観にわざわざボストンまで来たマークスの父親も交えてチャールズ・ホテルで食事をする約束になっている。「セイディは来週引っ越してくるんだろう？　発つ前に食事くらいはしておきたい」マークスは今年、ロンドンの投資銀行でインターンをすることが決まっていて、戻ってくるのは夏休みの終わりごろの予定だった。

マークスは四年間の大学生活のうち三年は学生演劇に参加していたが、俳優を志望しているわけではなかった。俳優になれそうなルックスに恵まれてはいる。身長は一八〇センチ、肩幅が広く、ほっそりとしたウエストや腰が服のラインを優雅に見せていた。意志の強そうな顎とよく響く声。姿勢がよく、肌はなめらかで、オールバックにした黒い髪は豊かで美しい。学生演劇に長く携わってきて文句をつけたい点があるとすれば、人情味に欠けたワンマン指導者や取り澄ました侯爵の役しかもらえないことだった。現実のマークスは、人情味に欠けてなどいないし、取り澄ましてもいない。よく笑い、思いやりがあって精力的で、ふざけてばかりいる。なのにそんな役ばかりあてがわれるのは——つまり周囲が彼をそういう風に見ているという事実が——どうにも解せなかった。自分に何か原因があるのだろうかと不思議だった。『ハムレット』を上演したときの打ち上げで、マリファナ煙草を何本か吸ったあと、マークスは友人でもある監督に尋ねた。「俺の何がいけないのかな。どうして俺はレアーティーズで、ハムレットじゃないんだろう」

訊かれた友人は、気まずそうな顔をして言った。「おまえの資質だな」

「俺の資質って？」マークスは重ねて訊いた。

「おまえのカリスマとかさ」

「俺のカリスマって？」

友人は肩で笑った。「なあ、この状態の俺に訊くなよ。だいぶハイなんだ」

「ほんとに知りたいんだよ」

すると友人は両手の人差し指を左右の目尻に当てて横に引っ張った。アジア人の目の細さを揶揄《やゆ》するしぐさだ。友人がそうしていた時間は一秒にも満たず、すぐに手を離した。それから、申し訳なさそうに低い声で笑った。「許せ、マークス。俺はいますごくハイなんだ。自分でも何やってるんだかわからない」

「いまのはひどいよ」マークスは言った。

「おまえってきれいだな」友人はそう言ってマークスの唇にキスをした。

しかしマークスは、その差別的なジェスチャーをした友人にある意味で感謝した。それでよくわかった。彼の不可解で、理解しにくく、ベールに包まれていた怪しげな資質とは——じゃじゃーん——アジア系であることだ。その資質は未来永劫変えられない。そして学生レベルの演劇でさえ、アジア系の俳優が演じられる役柄はほんの一握りしかない。

マークスの母親はアメリカ生まれのコリア系で、父親は日本人だ。母親の意向で、マークスは世界各地から集まった生徒にまじって東京のインターナショナルスクールに通った。おかげでアメリカの人種差別をほとんど経験せずにすんだ。しかし日本にも外国人差別がないわけではなく、とくにコリア系に対する差別意識はそれなりに肌で感じた。たとえば、東京の大学でテキスタイルデザインを教えているコリア系アメリカ人の母親は、何年も東京で暮らしていたのに、友達らしい友達を最後まで作れなかった。もちろん、日本人の外国人嫌いが理由だとは言い切れない。母親の控えめな性格が災いしたのかもしれないし、日本語が達者でなかったせいかもしれない。しかしマークスは、子供時代の大半をアジア圏で過ごしたおかげで、アジア系がアメリカで経験するような差別からほぼ完全に守られた。ハーヴァード大学に入るまで、アメリカには——学生演劇の世界だけでなく——アジア系の人間に演じられる役割がこれほど少ないと知る機会がなかった。

打ち上げパーティの翌週、マークスは大学の専攻を英語（ハーヴァードでは演劇専攻にもっとも近い）から経済に変更した。

サムは数学を愛していなかった。しかしマークスは学生演劇を愛していた。舞台に立つのも快感だったが、それ以上に、みなで芝居を作り上げていく過程が好きだった。短期間のことであれ、芸術を作るという共通のゴールを目指す仲間の一員であることが楽しかった。一つの公演が終わるたびにマークスは喪失感に打ちひしがれ、新しい公演で役をもらえば胸を高鳴らせた。大学生活の短い季節を象徴するのは、それぞれで関わった演目だった。一年生――『マクベス』『ベティとブーの結婚』。二年生――『ミカド』『ハムレット』。三年生――『リア王』『十二夜』。

『十二夜』は難破で幕を開ける。脚本では時化《しけ》そのものは描かれていないが、この公演の演出を担当した、学生ではなくプロの監督は、嵐を忠実に再現することにし、学生演劇の演出を引き受けてもらうために大学が提示した多額の予算のかなりの額をこの場面に注ぎこんだ。プログラムで動くレーザー光とスモークが描き出す波が空中をうねり、波が砕ける音や雷鳴、雨音が鳴り渡る。ひんやりとしたもやが客席に流れてきて観客は驚き、子供のようにはしゃいで拍手した。出演者はみな、ジュールズは嵐にしか興味がないんだなと陰口を叩き、きっと本当は『十二夜』ではなく『あらし《テンペスト》』を演出したかったのだろうとささやき合った。

そんなゴシップがあったとは知らないセイディは難破のシーンに魅了され、サムの耳もとでこうささやいた。「私たちのゲームも難破から始めようよ。それか、嵐から」そう口にすると同時に、〝難破〟や難破につきもののもろもろの要素を考えると、ゲームは夏休み中にはとても完成できないと直感した。

「それだ」サムがささやき返す。「嵐で子供が海に流される」

セイディはうなずいてまたささやいた。「幼い女の子――二つか三つの子供が波にさらわれて遠くに運ばれちゃう。家族のところに帰りたいんだけど、自分のラストネームさえ知らない。電話番号も、言葉も、十以上の数も知らない」

「なんで女の子？」サムが訊く。「どうして幼い男の子じゃないの？」

「さあね。『十二夜』の主人公が女性だから？」

近くの席の観客が「しーっ」と言った。

「男女どっちでも通るキャラクターデザインにしよう」サムはいっそう声をひそめた。「その年ごろじゃ、どのみち性別なんてあんまり関係ないし。それに、そうすればプレイする人がそれぞれ〝彼または彼女〟に自分を投影しやすくなる」

セイディはうなずいた。「それだね。それでいこう」

オーシーノ役のマークスが舞台に登場し、芝居の最初の台詞を口にした。「音楽が恋の糧《かて》であるならば、続けてくれ」しかしこのときセイディはもう、ゲーム制作のスポンサーたるマークスも、芝居も、見てはいなかった。自分がこれから作る嵐の夢を見ていた。


芝居がはねたあと、マークスの父親が宿泊しているホテルのレストランで四人そろって食事をした。

「父さん、サムはもう知ってるよね。こちらはサムのパートナーのセイディ・グリーン」マークスは二人を紹介した。「僕がプロデュースするゲームを作ってるのがこの二人だよ」

マークスが今度のゲームにプロデューサーとして名を連ねることを、サムはまだセイディに話していなかった。もちろん、ゲームのタイトルすらまだ決まっていないし、クレジットは一行たりとも書かれていない。セイディにはサムの思考の過程が見えるようだった――マークスはゲーム制作のためにアパートを提供する予定で、それは資金提供とほぼ同義だ。それでも、あらかじめ相談してくれなかったサムに腹が立って、それからの数分間、テーブルの会話に集中できなかった。

リュウ・ワタナベは、意外にも、息子が出演した芝居にはあまり興味がないようだったのに、まだ生まれてもいないゲームには大いに関心を示した。プリンストン大学で経済学を研究していたワタナべさんは、マークスの誕生を機に学術の世界を離れて投資家になり、成功を収めた。ワタナベさんの投資先にはコンビニエンスストア・チェーン、中規模の携帯電話会社をはじめ、さまざまな世界企業が含まれている。一九七〇年代に任天堂に投資しておくんだったといまも悔やんでいるよと彼は言った。「そのころ任天堂はまだ、かるたのメーカーにすぎなかった」そう言って自嘲気味に笑った。「花札を作っていたんだ。おばさんや小さな子供の遊びだよ」〔ドンキーコング〕を発売する以前の任天堂の最大のヒット商品は花札だった。

「ハナフダって何ですか」サムは訊いた。

「プラスチックでできたカードでね。小さくて分厚い。花や自然の風景が描いてある」ワタナベさんが言った。

「ああ、あれか！」サムは言った。「それなら知ってますよ！　昔よく祖母と遊びました。でも、ハナフダとは呼んでなかったな。〝ゴーストップ〟って言ってたような」

「同じものだよ」ワタナベさんは言った。「日本では、〝こいこい〟という遊び方が一般的でね。〝こいこい〟とは、日本語で……」

「来い来い《カム・カム》」マークスが口をはさむ。

「いいぞ」ワタナベさんは言った。「日本語を完全に忘れたわけではないようだ」

「不思議だな。あれは韓国の遊びなんだとずっと思ってました」それからサムはセイディのほうを向いた。「ほら、ボンチャがよく病院に持ってきただろう？　花を描いた小さなカード」

「うん」セイディは上《うわ》の空《そら》で答えた。このときもまだ、マークスをプロデューサーとしてクレジットする件を考えていて、何に〝うん〟と答えたのかさえわかっていなかった。話題を変えることにした。セイディはマークスの父親に向き直った。「ミスター・ワタナベ、今夜のお芝居のご感想は？」

「嵐の演出」ワタナベさんは答えた。「あれはすばらしかったな」

「公爵じゃなくて、か」マークスが言った。

「私も嵐がよかったと思います」

「子供のころを思い出したよ」ワタナベさんは言った。「私はマークスとは違って、都会っ子ではないんだ。日本の西側にある海辺の小さな町で生まれた。毎年、夏に来る雨の季節の備えが必要だった。父は漁船を何隻か持っていてね、子供のころ、私や父が何を一番恐れていたかといえば、船が海に流されてしまうことだった」

セイディはうなずき、サムと視線を交わした。

「おや、何を企んでいるのかね」ワタナベさんは微笑んだ。

「僕らのゲームは」サムが答えた。「いまのお話のとおりのシーンから始まるんです」

「子供が海に流されるの」セイディも言った。そうやって口に出してみると、それ以外の設定は考えられないという気がしてきた。「そこからゲームが始まって、その子をどうにかして家に帰らせなくちゃいけない」

「なるほど」ワタナベさんはうなずいた。「古典的な物語だね」

セイディは、マークスと父親の関係は良好とは言えないとあらかじめサムから聞いていた。サムによれば、父親は厳格で、ときにマークスを見下すような態度を取ることもあるらしい。しかし、セイディの目にはそうは映らなかった。ミスター・ワタナベは朗らかで、話していて楽しく、理解がある。

他人の親は、たいがいうらやましく思えるものだ。


翌日、サムはセイディの荷造りを手伝った。節約のためにセイディはマークスの部屋に移り、自分のアパートは又貸しすると決めていた。「絵は倉庫にしまっておく？」サムは訊いた。セイディの部屋に来ると、飾られているアートに心安らぐ思いがした。まるでセイディの一部のようだ。北斎の波の浮世絵、ドゥエイン・ハンソンの『ツーリスト』、サム・メイザー作の迷路。

　セイディは荷物をまとめるのを中断し、腰に手を当てて北斎の浮世絵を見上げた。荷造りを始めて三時間が経過したところで、セイディはすばらしい人間ではあっても、荷造りとなるとまったくだめらしいとサムは悟った。何か決めようとするたびにいちいち時間をかけて悩み始めるのだ。どの服を持っていく？　ケーブルはどれとどれ？　パソコンの周辺機器はどうする？　それほど大きくもない書棚の本のどれを持っていくかを決めるだけで九十分もかかった。ねえサム、『カオス』をずっと読もうと思ってるんだけど、この夏休み、ようやく読む時間が取れると思う？　サムは読みたい？　いや、もう読んだよ。そうなんだ、じゃあ念のために持っていこうかな、サムが読んだのがまだあるなら、そっちを読んで、これは保存版にする。そうかと思えば、『ホーキング、宇宙を語る』を手に取って、愛おしげに表紙をなでる。夏休み中にこれ、もう一度読もうかな。次には――『ハッカーズ』。これはもう読んだ、サム？　すごくよかったよ。一つのセクションまるごとウィリアムズ夫妻の話を書いてるの。ほら、シエラ・オンラインのウィリアムズ夫妻。〈キングズ・クエスト〉。〈レジャー・スーツ・ラリー〉。昔プレイして、楽しかったよね。いっそ全部まとめて持っていったほうが話が早いのではとサムは思い始めた。

「セイディ」サムは優しく言った。「絵はみんな持ってくれば？　壁に飾っても、マークスは何も言わないと思うよ」

　セイディは北斎の大波を見つめたまま何も言わない。

「セイディ」

「サム、これ見て」セイディはサムをそっと押し、同じ角度から浮世絵を見上げられる位置に立たせた。「私たちのゲーム、こういうイメージにしようよ」

　セイディの部屋に飾られている北斎の浮世絵――『富嶽三十六景 神奈川沖浪裏』――は、メトロポリタン美術館の展覧会のポスターだった（英語では〝神奈川の大波（The Great Wave at Kanagawa）〟というシンプルなタイトルだが、日本語タイトルにある〝浪裏〟はわずかに不穏な気配を感じさせる）。『神奈川沖浪裏』は、ほぼ間違いなく世界一有名な日本の美術品で、サムにはそのよさがまったく理解できないマジック・アイのポスターほどではないにせよ、一九九〇年代にはMITの学生が暮らす部屋にはかならずといっていいほどあった。『神奈川沖浪裏』に描かれた波は本当に巨大で、三艘の漁船や富士山が豆粒のように見える。すっきりとした無駄のない表現は、サクラ材に彫って無限に複写する木版画ならではだった。

限られた時間、限られた資金でビデオゲームを作るには、表現に制約を設けるのが一番だとセイディは知っていた。（『ソリューション』をモノクロで作ったのは、そのためだった。）一八三〇年代に北斎の浮世絵が複写可能だったのと同じ理由から（限られた色数、一見単純な言語形式）、セイディはこのスタイルをCGでも再現できるはずだと確信していた。

サムは北斎の大波を注視した。後ろに下がり、眼鏡のレンズを拭いて、もう一度見つめた。それから言った。「なるほど」それは二人の共同作業の歳月にほんの何度かだけあった、言葉を介さずとも意思疎通が成立した時期の一つだった。そういうときは、何を決めるにも瞬時に合意が成立した。

「主人公の子供は日本人？　マークスのお父さんみたいに？」

「ううん」セイディは言った。「そこは伏せる。という言い方は違うか。その点はぼやかす。とくに強調しない。でも、考えてみたら、出身地なんかどこだっていいわけじゃない？――本人はしゃべらないんだから。まだ言葉をほとんど知らないし、文字も読めない。その子にとって母語も外国語みたいなもの。つまり、ゲームする人はどのみち子供の出身地を知りようがない」

ただし、北斎の浮世絵に似た表現を採用すれば、ほかのすべての要素もおのずと日本風になる。このあと、〝子供〟のキャラクターデザインの過程で、二人は〝日本的なもの〟に繰り返し惹きつけられることになる。奈良美智の子供の絵。『魔女の宅急便』『もののけ姫』など宮崎駿のアニメ映画。サムが大ファンの『ＡＫＩＲＡ』や『攻殻機動隊』といった、どちらかといえば大人向けのアニメ作品。北斎の『冨嶽三十六景』シリーズのほかの浮世絵。

一九九六年のころ、〝文化盗用〟という語は二人の頭に一度たりとも浮かばなかった。いま挙げたような作品に惹きつけられたのは、それが大好きだから、そしてクリエイティビティを刺激されたからにすぎない。当時の二人に、他者の文化から盗もうという意図はなかったが、いまならそう言われてもしかたがないだろう。

たとえば二〇一七年、発売二十周年を迎えた〈イチゴ〉がニンテンドー・スイッチに移植された際、ゲームブログ『コタク』に掲載されたインタビューで、メイザーは次のような発言をしている。

コタク：オリジナルの〈イチゴ〉は、史上最高にグラフィックスが美しい低予算ゲームと言われますが、文化盗用ではないかとの批判もあります。それについてどう思われますか。
メイザー：ノーコメント。
コタク：そうですか……仮にいま作るとしたら、同じゲームにすると思いますか。
メイザー：思わない。あのときの僕といまの僕は別の人間だから。
コタク：いや、日本文化の引用という意味で、です。イチゴの見た目は、奈良美智が描く子供のようです。世界観は北斎の浮世絵に似ている。アンデッドのレベルは例外ですが、村上隆にも通じる雰囲気ですよね。音楽は黛敏郎に……
メイザー：セイディと僕が作ったゲームに関して謝罪するつもりはないよ。（長い沈黙）僕らはあらゆるものから引用した――ディケンズ、シェイクスピア、ホメロス、聖書、フィリップ・グラス、チャック・クローズ、エッシャー。（またも長い沈黙）〝文化盗用〟がいけないとなると、世界はどうなる？
コタク：さあ。
メイザー：文化盗用が禁じられた世界では、アーティストは自分が属する文化からしか引用できない。
コタク：それは問題を単純化しすぎでは。
メイザー：文化盗用が禁じられた世界では、ヨーロッパ系の白人は、ヨーロッパ系白人文化からの引用だけでヨーロッパ系白人しか出てこない芸術を作る。〝ヨーロッパの白人〟をアフリカ系に入れ替えても同じだ。アジア系、ラテン系、何だっていい。その世界では、誰もが自分の文化や実体験以外のすべてに目をふさぎ、耳をふさぐ。そんな世界、僕はいやだな。そんな世界、僕は怖いし、そこで暮らしたいとも思わない。それに、両親の人種が《バイレイシャル》異なる僕は、その世界には文字どおり存在しない。父は、ほんの何度かしか会ったことがないけど、ユダヤ系だった。母はアメリカ生まれのコリア系だ。僕はロサンゼルスのコリアタウンでコリア系移民の祖父母に育てられた。バイレイシャルの人はみな同じことを言うと思うよ——〝半分〟を二つ合わせても決して〝1〟にはならない。ちなみに、ユダヤ系とコリア系の血を引いてるからといって、僕はユダヤ文化やコリア文化にとくに詳しいわけじゃないよ。けど、仮に「イチゴ」がコリア系だったら、文化盗用なんて話はそもそも出なかったんじゃないか。

サムと母親のアナ・リーがロサンゼルスに移り住んだのは、一九八四年の七月だった。ロサンゼルス・オリンピックの年、アメリカで五十年ぶりに開催された夏のオリンピックの年だ。街は希望と熱狂に包まれていた。ロサンゼルスは、とくに遠くから見たとき、決して美しい街ではないが、美しく装おうと思えば装えた――たった二週間のこととはいえ。美とは、多くの場合、それを見る角度と意思で決まる。都心部の改造計画はタイムラプス動画を見るように急ピッチで進められた。スタジアムが建設され、ホテルは改装され、老朽化したビルは爆破解体され、植物が植えられ、見た目のよろしくない在来植物は排除され、道路は舗装され、バスのルートが新設され、ユニフォームが新しく作られ、ミュージシャンが雇われ、企業スポンサーはあらゆる平面にロゴを貼りつけ、落書きは塗り消され、ホームレスの人々は目立たぬように立ち退かされ、コヨーテは安楽死させられ、賄賂が渡された。人種間、階級間の分断は一時棚上げされた。なんといっても世界中からゲストがやってくるのだから！　ロサンゼルスは、未来志向の明るくモダンな街、パーティの催し方を心得た街に生まれ変わった。何もかもを自分に結びつける子供の例に漏れず、この〝模様替え〟は自分とアナを迎えるためのものであるかのようにサムは錯覚し、ロサンゼルスでの最初の数カ月のできごと、街がレッドカーペットを敷いて自分を出迎えたことを思い出すたび、彼の胸は愛情で満ちあふれた。

二人はアナの両親、ドンヒョン・リーとボンチャ・リーのエコーパーク地区にあるクラフツマン・スタイルの黄色い家に身を寄せた。エコーパークは、二十年ほどのちにヒップスターが多く暮らす活気に満ちた街に変身するが、このころはまだにぎわいに欠けていた。ドンヒョンとボンチャは、近くのコリアタウンにある二人の名を店名にしたピザ店で朝から晩まで働いていた。サムはこの夏の大半を、その店で過ごした。〝Kタウン〟の様子はあらかじめアナから聞いていたが、実際に目にした街の大きさにサムは目をみはった。ニューヨークのチャイナタウン――漢方薬局や土産物店、レストランが軒を連ねる二ブロックほどの界隈――か、たまに母親とショーのあとプルコギや惣菜《パンチャン》を食べに出かけたマンハッタンの韓国料理店が集まる三十三丁目の一角を想像していた。ところがロサンゼルスのKタウンは巨大だった。街のど真ん中に、コリア系の人やものや店が密集したエリアが何キロも続いていた。道路沿いの大型看板にはコリア系の顔が並んでいて、そのコリア系の人々はみなセレブリティだった。サムが知らない顔ばかりだったが、それを言ったらコリア系のセレブリティが存在するなんて考えたことさえなかった。店先には丸っこいハングルがあふれていた。英語よりハングルのほうが多かった。ハングルが読めないと、Kタウンでは読み書きができないも同然だ。コリア系の書店やブライダルサロンが並んでいた。食料雑貨品店は、白人を相手にする食料雑貨品店に負けない大きさで、個別包装された梨や徳用サイズのキムチ、なめらかな肌を約束する韓国製の化粧品、蛍光カラーとパステルカラーを多用した分厚い韓国漫画《マンファ》本が売られていた。焼き肉店は、毎日別の店で食べたとしても全部制覇するには一年以上かかりそうなくらいたくさんあった。ボンチャのアンテナがとらえるコリア系テレビ局は二つもあった。それに、言うまでもなく、人がいた。サムはあれほど大勢のアジア系の人が一つところに集まっているのを初めて見た。そして首をかしげた。自分は世界を、そこで暮らす人々のことを、完全に誤解していたのだろうか。もしかして、この世界にはアジア系しかいないのか？

驚きだったのは——そしてのちにセイディと作るゲームに通底するテーマになったのは——世界の変化の速さだ。そのときいる土地によって、人の自己認識はがらりと変わる。セイディは後年『ワイアード』誌のインタビューでこう語っている。「ゲームのキャラクターは、人のアイデンティティと同じように、状況によって変化します」コリアタウンでは、サムをコリア系と見る人はいなかった。マンハッタンでは、サムを白人と見る人はいなかった。ロサンゼルスでは〝白人っぽい子〟、ニューヨークでは〝中国系の子〟だった。それでもKタウンにいると、自分はコリア系なのだと、かつてないほど強く意識した。より正確を期すなら、コリア系であるという事実を強く意識し、しかもそれはかならずしもネガティブな感覚ではないどころか、中立でさえなかった。コリア系であるという意識は、次のような考えにつながった——異人種のあいだに生まれたおかしな外見をした子供の居場所は、世界の端っこだけでなく、中心にも見いだせるのではないか。

ロサンゼルスに来たとたん、サムには祖父母ができ、おばやおじ、いとこができ、しかもその全員がサムとアナの人生の変化のドラマに一枚噛もうとした。どこに住む？　どこの教会に通う？　サムはコリア系の学校に入るのか？　アナはテレビドラマで主演するのか？　ニューヨークに見切りをつけたのはなぜ？　そういった問題のすべてについて親族一同が等しく悩んだ。アナは有名人扱いだった。なんといっても白人にまじって成功を収めたコリア系の若い女だ。『コーラスライン』に出演した経験があるのだ。ブロードウェイのミュージカルに！　祖母のボンチャはサムをむやみにかわいがり、韓国のカードゲーム〝ゴーストップ〟の相手をし、韓国餃子《マンドゥ》を食べさせ、教会に連れていってやりなさいとアナに懇願した。「神様なしのままおとなになってしまうよ、アナ。迷える大人になってしまう」ボンチャはそんな風に言った。

「サムはとてもスピリチュアルな子よ」アナは言った。「宇宙について二人でよく話をしてる」

「アナ」ボンチャはあきれ顔をした。

その年の夏、サムにとって最高にスピリチュアルな体験は、祖父母のピザ店での〔ドンキーコング〕との出会いだった。アーケードゲームが大流行した一九八〇年代初頭にドンヒョンが販売促進用に設置したものだ。ゲーム機が店に届くと、ドンヒョンは大量のはがきを配った――〈ドン＆ボンに〔ドンキーコング〕来る《きた》！　ご家族みなさんでお食事とゲームをお楽しみください！　当店自慢のニューヨーク風ピザ一枚ご注文ごとに、プレイ一回を無料サービス！〉。はがきには、任天堂の使用許可を得ないでボンチャが描いた、ピザ生地を宙に投げ上げているドンキーコングのイラストが印刷されていた。一九七二年に店の名を決めたとき、ドンヒョンは、自分と妻のあまりにも平凡で古めかしいコリア系の名前から〝ヒョン〟と〝チャ〟を削って〈ドン＆ボン〉とすると、白人の人々はその響きをおもしろがるだろうと思った。〔ドンキーコング〕の販促キャンペーンに伴ってそのコミカルな店名が広く知られるようになり、Kタウンの外から――つまり裕福な白人層の――大勢の客を呼ぶきっかけになるのではと期待した。当時、その戦略は大当たりした。

サムがロサンゼルスに移り住んだころにはアーケードゲーム熱は冷め、店のゲーム機でハイスコアを競う相手は皆無だった。ドンヒョンはゲーム機をフリーモードに設定して、サムが好きなだけ遊べるようにした。祖父母のピザ店で「ドンキーコング」をプレイしているあいだ、サムの心は安らぎに包まれた。小さなイタリア系アメリカ人の配管工を操ってタイミングよくジャンプさせたり階段を上らせたりできると、宇宙を自在に操れそうな気がした。完璧なタイミングをとらえられそうな気がした。シンクロニシティを感じた。アムステルダム・アヴェニューのアパートの上階から女性が降ってきてサムと母親のすぐ足もとの路面に激突した、あの凍るように寒い冬の夜とは正反対の何かを感じた。彼女の顔、傘の取っ手のようなおぞましい角度にねじれた彼女の首。母親がいつもつけているチュベローズの香水の香り、彼女の血の大地と銅のにおい。あの女性は、毎晩のようにサムの夢に現れた。救急車で運ばれていったあと、あの人はどうなったのだろう。何という名前だったのだろう。サムが母親の前であの女性の話を持ち出すことはなかった。ニューヨークを離れるきっかけはあの女性だとわかっていた。「カリフォルニアに行けば、悪いことはもう二度と起きないわ」母親はそう請け合った。

オリンピックの女子体操個人総合でメアリー・ルー・レットンが金メダルを獲得した日は、サムの十歳の誕生日に当たっていた。祖父母が開いてくれたパーティでは、サムの誕生日を祝うと同時にメアリー・ルーの演技を見られるよう、テレビが音声を消してつけっぱなしにされていた。招待客の目がテレビに釘付けになっていても、サムは気にしなかった。サム自身も、メアリー・ルーが金メダルを獲得できるかどうかリアルタイムで見たかった。サムは十本のキャンドルの火を吹き消し、少し離れた競技場でメアリー・ルー・レットンはゆかで十点満点を出した。きっかりあの瞬間に自分が十本の火を消したおかげで、メアリー・ルーは十点満点を獲得したのだと思えた。宇宙は複雑怪奇なマシンなのだと空想した。あのときサムが九本しか吹き消せていなかったら、メアリー・ルーではなくルーマニアの選手が優勝していたのかもしれない。

翌日、サムとアナは二人で昼食に出かけた。母親と二人きりになるのはずいぶん久しぶりに思えた。まだたった十年しか生きていないのに、さびれかけたマンハッタン・ヴァレー地区の安アパートやテイクアウトの中華料理、二人で築いた日常を思い出して郷愁に浸った。近くのテーブルで、スーツを着た男の二人組が轟《とどろ》き渡るような声で前日の体操競技の結果をあれこれ議論していた。

「ロシアがボイコットしていなかったら、金メダルは獲れていなかっただろうね」一人が言った。

「最強のチームが参加していない大会で勝っても本当の勝利とは言えない」

サムは母親の意見を尋ねた。あの大きな声で話している人の言うとおりだと思うか。

「そうねえ」アナはアイスティーをひとくち飲み、頬杖をついた。それはアナが哲学的思索をするときのポーズだとサムは知っていた。アナは話をするのが上手で、世界とそこにある謎について母親と議論するのは、サム少年にとって大きな楽しみの一つだった。サムの意見や疑問をアナ以上に真剣に受け止めてくれる大人はほかにいない。「あの人の言うとおりだったとしても、優勝は優勝だと私は思うわ」アナは言った。「だって、メアリー・ルーは昨日の大会に集まった選手たちと競い合って一番になったわけでしょう。ほかの選手も参加していたら何が起きていたかなんて、誰にもわからない。ロシアの女子選手の誰かが勝ったかもしれないし、時差ぼけでミスをしていたかもしれない」そう言って肩をすくめる。「どんな競技《ゲーム》にも同じことが言える。その競技は、行われているその瞬間にしか存在しない。俳優の仕事だって一緒。人は現実に行われたゲームのことしか知りようがないし、自分が知る世界のことしか知りようがないのよ」

サムはフライドポテトを咀嚼《そしゃく》しながら思案した。「これ以外にも世界はあるの？」

「きっとあると思うわ」アナは言った。「確かな証拠がないだけで」

「どこかの世界で、メアリー・ルーは金メダルを獲らなかったのかも。表彰台にも上がっていないかも」

「ありえるわね」

「メアリー・ルーは好きだな」サムは言った。「努力家って感じがする」

「そうね。でも昨日の大会に出ていた選手はみんな努力家なんじゃないかしら。メダルを獲れなかった選手もみんな」

「メアリー・ルーは身長一四六センチしかないって知ってた？　ぼくより五センチ高いだけだよ」

「サム、ひょっとしてメアリー・ルー・レットンに恋しちゃった？」

「そんなんじゃないって」サムは言った。「事実を話してるだけ」

「年の差はたった六歳よ」

「ママ。やめてよ、気持ち悪い」

「いまはずいぶん年上に思えるだろうけど、あと何年かしたら、大した差じゃなくなるわ」

そのとき、スーツの男の一人が二人のテーブルに近づいてきた。「アナ？」大きな声で話していたほうの男だった。

アナが振り返った。「あら、こんにちは」

「やっぱり、きみだと思ったよ」男はさっきと同じ大きな声で言った。「元気そうだ」

「ジョージ、あなたはお元気？」アナは言った。

声の大きな男はサムのほうを向いた。「やあ、サム」

見覚えのある顔ではあったが、一瞬、誰だかわからなかった。この男と最後に会ったのは三年前だった。十歳の子供にとって三年前は遠い昔だ。だが、ジョージと呼ばれた男が誰だったか、サムはすぐに思い出した。「こんにちは、ジョージ」ジョージは仕事仲間と握手を交わすように打ち解けた様子でサムの手を握った。

「ロサンゼルスに来ているとは知らなかったよ」ジョージが言った。

「来たばかりなの」アナが言った。「落ち着いたら連絡しようと思ってた」

「とすると、ずっとこっちで暮らすつもりなのか」

「ええ、そういうことになりそう」アナは答えた。「エージェントからも、パイロット版のオーディションを受けてみないかってずっと言われてたし」

「パイロット版の放映は毎年春だ」

「そうね」アナは言った。「もちろんそれは知ってる。でも、サムの学年が終わるのを待って引っ越してきたの。来年の春に向けて、いつでもオーディションを受けられる」

ジョージはうなずいた。「そうか。会えてうれしかったよ、アナ」ジョージはそう言って立ち去りかけたが、ふいに向きを変えてまた戻ってきた。「サム。時間があれば、今度ランチでもどうかな。きみの都合を伝えてくれれば、私のアシスタントのミス・エリオットが手配するから」

サムは、父親のジョージ・メイザーとラ・スカラで食事をした。ラ・スカラはロサンゼルスにある、いい塩梅《あんばい》に古びて居心地のいいレストランで、名前から想像するほど気取った店ではない。ジョージとは、彼が仕事でニューヨークに来た折に、これまで五回か六回しか会ったことがない。会うときはいつも、ニューヨーク市の〝観光ツアー〟に出るか、離婚した父親と息子がいかにもしそうなことを一緒にするかだった。有名玩具店のFAOシュワルツ、ザ・プラザ・ホテルのアフタヌーンティー、ブロンクス動物園、マンハッタン子供博物館、ロケッツのダンス公演。そういった外出を通じて父と子の絆《きずな》が深まることはなく、サムがジョージに親しみを覚えることもなかった。たとえば、サムはジョージをパパとは呼ばず、かならずジョージと呼んだ。ジョージのことは、母親のアナのかつてのセックス相手だとしか見なかった。といっても十歳のサムにセックスの仕組みが完全に理解できているわけではなかったが。

ジョージはウィリアム・モリス・エージェンシーのエージェントだが、母が契約しているエージェントは、ウィリアム・モリスではないことをサムは知っていた。ミュージカル『フラワー・ドラム・ソング』のリバイバル公演の楽屋をジョージが訪れ、アナが歌った『アイ・エンジョイ・ビーイング・ア・ガール』が最高の出来だったと褒めちぎったことも知っている。ジョージと六週間ほど交際したのち、アナのほうから曖昧《あいまい》な理由で別れたことも。別離からさらに六週間が過ぎたころ、アナが妊娠に気づいたことも。アナは中絶を考えた。サムは中絶とは何か知っていた。アナにはジョージと結婚する気が初めからなかったこともサムは知っていた。アナから妊娠を打ち明けられたジョージは一万ドルの小切手を書いたが、アナはお金がほしいなどひとことも言っていなかったことも。その一万ドルは、サムの名義で開設された信託基金に入金されたこと、ジョージはそれ以降、基金に一ドルたりとも資金を追加していないことも。サムがそういったことを知っているのは主に、アナが通っていた俳優養成教室の友人のゲイリーから聞いたからだ。アナが仕事で留守にするとき、たまにゲイリーがサムのベビーシッターを引き受けることがあって、ゲイリーはやかましいほどのおしゃべりだった。

ジョージはサマーウールの高級スーツを着ていた——サムが思い浮かべるジョージは、いつもスーツ姿だ。ジョージは握手を求めて手を差し出した。「こんにちは、サム。時間を作ってくれてありがとう」

「どういたしまして」サムは応じた。

「こうして会えてうれしいよ」

サムはどの料理がおすすめかとジョージに尋ね、ジョージは〝この店の名物のチョップト・サラダ〟を提案した。出てきたサラダは水っぽかった。二人はオリンピックの話をした。Kタウンの家族や親戚のこと、ニューヨーク市とロサンゼルスの暮らしぶりの違いについても話した。

「私はユダヤ系だから」ジョージは言った。「きみも半分ユダヤ系ってことになる」

「そうなの？」

「そうは思えないだろうがね、きみの半分は私なんだよ」

サムはうなずいた。

「きみとはめったに会えないが、それは私の選択の結果ではない」

サムはまたうなずいた。

「アナのせいだと言いたいわけじゃないが、きみのお母さんには、わざと事を面倒にするようなところがある。妊娠したとき、ロサンゼルスに移ってくるよう言ったんだがね、アナに断られた。ロサンゼルスで子育てするなんて考えられないと言っていたよ。なのに、結局はこっちに来たわけだ」ジョージは肩をすくめた。「人間以上に不可解な生き物がいるか？」期待のまなざしをサムに向けた。

「人間です」サムは六十歳の老人のような調子で言った。ジョージが求めている反応はそれだろうと思った。

「そう、人間だ。ところで、マリブに家を持っている」ジョージは言った。「いつか〝ブー〟に遊びに来てくれるだろうね」

「はい」サムは礼儀正しく答えたが、マリブに行ってみたいとはとくに思わなかった。「遠いんですよね、その……ブーは」

「そうでもないさ。私のガールフレンドに会ってみたいだろう？　とても美人でね。自慢するわけじゃないが、まあ、きみが頭のなかに絵を描きやすいように説明するとすればそうなる。相手が想像しやすく話すのは大事だよ。それができれば競争で有利な立場になれるからね、サム。ともかく、私のガールフレンドはとても美しい女性だ。ジェームズ・ボンド映画は知っているね？　私のガールフレンドは、シリーズ最新作でボンドの第二の秘書を演じた。ボンド映画で秘書を演じてもボンド・ガールとは呼べないと言う人もいるが、私はりっぱにボンド・ガールだと思っている」ジョージはサムを見つめた。「きみはどう思う？」

「えーと」サムは答えた。「それについてとくに意見はないです」

ジョージは精算の合図をし、ウェイターが伝票を持ってきた。支払いをすませてまたサムの手を握った。それから名刺をくれた――〈ウィリアム・モリス・エージェンシー、映画タレントエージェント、ジョージ・メイザー〉。

「何かあったらこの番号に連絡してくれ。ミス・エリオットが最初に電話に出るが、彼女は私がどこにいるかいつでも知ってるし、すぐに連絡がつかなければ伝言を預かってくれるからね」

二人は店を出た。あと数分でボンチャが迎えに来るタイミングだった。

ジョージは腕時計を確かめた。

「一緒に待ってくれなくていいですから」サムは言った。

「いやいや、心配するな」

「いつも一人だから平気です」そう言ってから、それでは母親を遠回しにけなすことになるのではと気づいた。「その、いつもってわけじゃないですけど」

きっかり一時、ボンチャの車が来た。車長より三〇センチ広いかどうかのスペースにバーガンディ色のMGを手際よく駐める。ボンチャの運転は正確無比で勇ましい。ドンヒョンとロサンゼルスに移住してまもないころは、近くの引越会社で運転手をしていた。家族や親戚のあいだでは、縦列駐車の達人の誉れが高い。サムはいつも、おばあちゃんの運転はテトリスみたいだと言っていた。

サムはジョージに手を振って車に乗りこんだ。「さよなら、ジョージ」

「さよなら、サム」

サムはドアを閉めた。ボンチャは頭にスカーフを巻き、ドンヒョンから贈られた運転用グローブをプロのレーサーのようにはめていた。車内はいつもどおり清潔そのものだった。運転席には木のビーズのカバーがかかっている。マッサージ効果だか血行促進効果だかがあるらしい。リアウィンドウの際からまん丸の招き猫がゆっくりと手を振っている。バックミラーに聖母マリアの形をしたエアフレッシュナーが下がっていた。香りはとうに薄れているが、ラベルによるとマツの香りだったようだ。サムはよくこんな風に言っていた。「おばあちゃんの車に乗れば、おばあちゃんがどんな人か、何もかもわかる」

「あんたのお母さんからは口止めされてるんだけれどね、あの男はどうにも好きになれない」ボンチャは言った。

「マリブの家に遊びにおいでって言われた」

「マリブの家」ボンチャは苦々しげだった。「あんたのお母さんはきれいだし、才能もある。でも、男の趣味は最悪だわ」

「でも」サムは言った。「ぼくの半分はジョージなんだってジョージは言ってた。半分がジョージなら……」

ボンチャは自分の過ちに気づいた。「おばあちゃんの大事なサムは、一〇〇パーセント完璧ないい子よ、コリアン・ボーイ」

信号待ちのあいだに、ボンチャはサムの頭を軽くなで、おでこにキスをし、ユダヤ系の仏陀《ぶっだ》のような丸くてかわいらしい左右の頬にもキスをした。サムは反論せずにボンチャの嘘を受け入れた。

3

七月の第一週、マークスからサム宛にメールが届いた。インターンシップを切り上げて帰国するという。〈ダンジョンマスター・メイザーへ。今週土曜にロンドンから帰る。今回のインターン先は最低だった――詳しくはまた。おまえとミス・グリーンがそれでよければ、俺はソファで寝るよ。雑用は引き受けるし、プロジェクトを円滑に進めるために〝プロデューサー〟が果たすべき役割も果たす所存だ。ははは。おやじはきみら二人にいたく感心してたよ。ゲームの完成が待ち遠しいな。タイトルはもう決まったのか？　レベル9のパラディン、マークス拝〉

サムが土曜にマークスが帰ってくると伝えると、セイディはむっとした表情で言った。「どこかよそに行ってもらってよ」

「無理だよ」サムは答えた。「あいつのアパートなんだから」

「それはわかってる。だからプロデューサーとしてクレジットに載るわけだし。でも、ふだんどおりここで寝起きするなら、プロデューサーのクレジットをあげる理由もなくなるよね」

「そんなことはない」

「ようやくいい感じで進み始めてるのに」

「マークスは頼りになる」サムは言った。「いてくれればきっと役に立つ」

「何の役に立てるのよ?」セイディはマークスを、容姿に恵まれたお金持ちの子息で、関心の幅はやたらに広いが、突出したスキルは持ち合わせていないに等しいと思っている。セイディが通ったクロスローズ高校では、クラスの男子の半分はマークスだった。

「僕らにできないこと全般で。まあ見てろって」サムは言った。「貴重な人材になる。あとは僕らの使いようさ」

すでに決まったこと、いまさら何を言っても無駄と察し、セイディは作業に戻った。

名前はまだ決まっていないが、主人公のキャラクターデザインはかなり固まっていた。セイディは子供の服をひととおり描いていた。丈が長すぎてワンピースのように見える父親のスポーツジャージ。木の草履。髪型はさらさらのおかっぱ頭に決まっていた。見た目を二人とも気に入っていたし、実益もあった。北斎の浮世絵を思わせるにぎやかな背景に重ねると、ヘルメットのような髪型は見分けやすくて好都合だった。

子供のデザインが完成したところで、セイディは子供の動きに磨きをかけた。母鳥のあとを追いかけるカモのひなのように、弾むような、しかしどこか頼りなげな歩き方をさせたかった。サムと二人で書き上げた仕様書にはこうあった——〈子供の体は、痛みを感じた経験はおろか、痛みという概念をまだ知らないかのように動く〉。仕様書とはいかに野心的なものであることか。

セイディは数日かけて子供を歩かせる課題に取り組んだ。歩幅をせまくし、ペースを速くして、鳥のそれのような足跡が地面についていては次々消えていくようにした。それでも充分に思えたが、プレイヤーが直進のボタンを押しているあいだも、子供がときおりよろめいて何歩か左右にそれるようにしてみたところ、ますますそれらしくなった。

セイディはサムに出来映えを見せた。「いいね」サムは画面上で子供をあちこちに歩かせながら言った。「でも、これって僕じゃない？　これは僕の歩き方だ」

「違うよ」

「僕はもっと遅いけどね。でも、僕もまっすぐ進んでるつもりで、いつのまにか斜めに歩いてる」サムは言った。「高校にいやな奴がいて、〝サム歩き〟って言われた」

「子供って残酷」セイディは言った。「私は産みたくないな」サムの手からキーボードを取り、画面のなかの二人の子供を動かす。「たしかに、ちょっとサムに似てるかも」セイディはそう認めた。

「だけど、サムに似せようとしてプログラムしたわけじゃないよ」

そのとき、どこかから爆発音のようなものが立て続けに聞こえた。「何の音？」セイディは床に伏せた。サムが窓から外をのぞく。遠くに花火が見えた。二人はすっかり忘れていたが、その日は七月四日、独立記念日だった。

帰国したマークスに、二人は最初のレベルのデモを見せた。「まだ完成にはほど遠いんだけどね」セイディは言った。「ライティングも音もまだ。でも、どういう見た目を目指してるのかはわかると思うし、ゲームプレイの感触もわかってもらえると思う。嵐のシーンもまだ手をつけてない」

サムはコントローラーをマークスに渡した。画面のなかの子供は海の真ん中に浮かんでいて、周囲を瓦礫《がれき》が漂っている。マークスはゲーム慣れしているほうだが、それでも操作の感覚がなかなかつかめず、何度か子供を死なせてしまった。「ふむ、なかなかハードだな」

『イチゴ』の最初のレベルのゴールは、溺死せずに泳いで陸にたどりつくことだ。途中でバケツとシャベルを見つけて拾わなくてはならない。リズムゲームと――子供をうまく泳がせる操作法を習得する必要がある――アクションアドベンチャーを合わせたようなゲームプレイだった。世界観は完全に主人公の視点から形成されている――手がかりらしい手がかりはほとんどなく、文字情報はゼロだ。何度か挑戦して、マークスはようやく浜にたどり着いた。子供が歩き出すなり、マークスはうれしそうに言った。「リトル・サムだ！」

「お願いだからそう呼ばないで」セイディは訴えた。

「ほらな」サムがセイディに言う。

マークスは子供を操作して浜辺を歩き回った。

「レベル2はまだないからね」セイディは訊かれる前に言った。

「いや、リトル・サムを後ろから見てみたかっただけだ」

「だからそう呼ばないでって」セイディは言った。

「ジャージの背中にある〈14〉って何？」マークスが訊いた。

「とくに意味はない」サムが答えた。「この子のお父さんが好きなスポーツ選手の背番号か何か。まだ考え中」

「ジュウヨン」マークスが言った。

「何だよ、ジュウヨンって」サムが訊く。

「日本語で14だ」マークスは答えた。「この子の名前はまだ決まってないって言ってたね。背中の数字を見て、彼をジュウヨンって呼ぶ人が出てきそうだよな」

「なるほど」サムは言った。

「その子は彼じゃないし、〝ジュウ〟って響きはいやだな。ユダヤ人《Jew》と結びつきやすい」セイディは言った。「アメリカ人にはどうしたってそう聞こえるよね」

「じゃあ、〝イチヨン〟は？　数字をばらばらに読んで、イチ、ヨン。この子は十までしか数えられないから、〝ジュウヨン〟って表現はまだ知らないって設定にする」マークスが言った。

セイディはうなずいた。「それ、いいアイデア。ただ、もっと歯切れのいい感じにしたいな」

「イチヨンよりもっと印象に残りやすい数字か。じゃあ、1と5でイチ・ゴはどう？　この子の名前は〝イチゴ〟」マークスが言った。「ゲームのタイトルもそれでいけそうだね。ちなみにイチゴにはストロベリーって意味もある」

「イチゴ」サムは試すように言った。「〝ゴ〟の勢いがいいな。ゴーゴー、イチゴ、ゴー」

「『マッハＧｏＧｏＧｏ』じゃないんだから」セイディは一蹴するように言った。

「まあね。でも悪い連想じゃないと思う」サムは言った。

「決めるのはきみたちだ」マークスが言った。「俺はこのゲームのデザイナーじゃないからね」

セイディは思案した。そうでなくてもマークスに腹が立つのに、たったいま、サムとセイディのゲームに彼が名前をつけたようなものだった。「イチゴ」ゆっくりと発音する。悔しいけれど、響きが楽しい。「いいんじゃない？」

それから何年もセイディは認めようとしなかったが、その夏、マークスは信じられないほど頼りになる存在だった。もちろんマークスはゲーム開発の門外漢だ。セイディのように優秀なプログラマーではないし、サムのように絵が描けるわけでもない。しかし、ほかのあらゆることを二人に代わって引き受けた。素人目線の意見から本質をついたアイデアまで、さまざまな形で貢献した。マークスが作業の流れを管理したおかげで、セイディとサムは、相手が何をどこまでやったのか、次に何をしたらいいのか、つねに把握できた。また、マークスは調達すべき備品の長々としたリストを作った。支払いには自分のクレジットカードを気前よく使った。セントラル・スクエアにある大型パソコン店に、その夏だけで五〇回は買い物に行っただろう（メモリーカードやストレージはいくらあっても困らなかったし、グラフィックスカードは頻繁にオーバーヒートした）。銀行に口座を開設し、有限会社ゴー・イチゴ・ゴーを設立した。二人の納税の手続きを整え（おかげで備品を無税で購入でき、短期的にはお金の節約になった）、いつか人を雇わなくてはならなくなったときのために——マークスは近くそうなると確信していた——必要な準備を整えた。全員がきちんと食事と水分を取り、（多少なりとも）睡眠時間を確保できるよう気を配り、作業スペースの掃除と整理整頓もした。経験豊かなゲーマーでもあり、信頼の置けるテスター兼デバッガーにもなった。のちに話題になった「イチゴ」の〝海中〟レベルを構想したのもマークスだったし、村上隆や藤田嗣治《つぐはる》の作品に二人の関心を向けたのもマークスだった。セイディとサムが作業をしている背景に、ブライアン・イーノやジョン・ケージ、テリー・ライリー、マイルス・デイヴィス、フィリップ・グラスのCDを流したのも、前衛インストゥルメンタル音楽好きのマークスだった。『オデュッセイア』や『野性の呼び声』『海をおそれる少年』を再読するよう促したのもマークスだし、子供の言語能力の発達を論考した『言語を生みだす本能』を勧めたのもマークスだった。言葉を習得する前のイチゴを本物らしく見せたい、子供が成長過程で経験するはずのことを再現したいとマークスは考えていた。「イチゴ」はふるさとへの帰還の物語であるだけでなく、言葉の物語でもあると受け止めていたからだ。言語を持たないとき、人はどうやって世界と意思疎通を図るのか。マークスにとってその物語は、描かれなくてはならないものだった。理由の一つは、母親は最後まで日本語を完全には話せなかったことにある。そして母親が成人してからの人生の大半を孤独に、ときにはふさぎこんだまま過ごした理由はそれだとマークスは思っているからだ。商品としての「イチゴ」をいち早く理解したのもマークスだった。すばらしいゲームを作り上げるだけでは足りない。売り出すには、それがなぜすばらしいゲームなのかを第三者に言葉で伝えられる人物がかならず必要になる。

商品版の「イチゴ」は十五のレベルから構成されたが、八月の半ば、セイディとサムはそのうちの六レベルまでをおおよそ仕上げていた。そこまで漕ぎ着けられたのは、マークスの管理能力ゆえだ。ある意味マークスにとって、セイディとサムのプロデューサーを務めることと、サムのルームメートであることに大きな違いはなかった。自分が何をしているか相手に悟らせずに、生活や仕事がしやすい環境を整える。大きくならないうちに火を消し止める。必要なもの、障害になりかねないものをめざとく見つけ、先回りして解消する。プロデューサーの役割とはまさにそれだ。マークスはプロデューサーとしてすこぶる優秀だった。

しかし、マークスの一番の貢献はこれだった――二人を信じたことだ。マークスはイチゴを愛した。サムを愛した。やがてセイディをも愛することになる。

「で、おまえとセイディってさ、どうなってるの？」八月初めのうだるように暑い夜、マークスはサムに尋ねた。室内はコンピューター機器の発する熱でただでさえ暑いのに、アパートのエアコンは切られていた。少しでも涼もうと、マークスもサムも上半身裸にボクサーショーツという格好で、冷えたボトルを額に押し当てていた。三人が部屋にそろっていない日はめったになかったが、この日セイディは、ボストンに遊びに来ていた高校時代の友人と会うために――加えて、おそらく機器の熱からしばし逃れるために――出かけていた。

「一番の親友だけど」サムは答えた。

「それは知ってる」マークスは言った。「見てりゃわかる。だけど、その――変なこと訊くけどさ――恋愛感情はあるのか？　過去にあったのか？」

「ないよ。僕らは……それ以上のもので結ばれてる。恋愛よりずっといいものだよ。友情だ」サムはそう言って笑った。「だいたい、恋愛なんてしてる場合じゃないだろ？」

「そうともかぎらない」マークスは言った。「俺がこんなこと訊いてるのはたぶん……なあ、俺がセイディを誘ってもかまわないよな」

サムはまた笑った。「セイディ・グリーンを誘う？　まあがんばれよ。断られるのが落ちだ」

「どうして」

「どうしてって……」セイディはおまえを嫌ってるから。サムはそう言いたかった。おまえを馬鹿だと思ってて、おまえがいないほうがやりやすいのにと思ってるから。「おまえがいろんな相手とデートしてるのを知ってるから」

「なんで知ってる？」

「だって、国家機密でも何でもないだろ。おまえはいつも誰かとつきあってるけど、いつも二週間と続かない。こうして考えてみると、おまえがセイディを誘うのには反対だな。僕がセイディにそういう感情を抱いてるからじゃなくて、僕らは同僚だから。そうだろ？　「イチゴ」の邪魔になるようなことはごめんだ」

「そうだな、おまえの言うとおりだ」マークスは言った。「この話は忘れてくれ」

〝二週間と続かない〟とサムは言ったが、それは大げさだ。マークスの交際はいつもだいたい六週間は続いた。マークスは一時の恋の相手として理想的で、別れたあと彼に利用された、傷つけられたと感じる女性は一人としていなかった。マークスには関係を終わらせたのは自分のほうだと相手に思わせる天賦の才能があり、おかげで元恋人はその後かならず友人になった。彼女たちが「もしかして、私がマークスに振られたのかも」と気づくのは、数週間、数カ月、ときには数年が過ぎてからだ。それでも、マークスがハーヴァード・スクエアに足を踏み入れればかならず元ガールフレンドの誰かと遭遇し、しかもその相手は決まって彼との再会を喜んだ。

二十二歳のマークスに何か問題があったとすれば、あまりにも多くのものごとや人を引き寄せてしまうことだった。マークスの口癖は〝おもしろそう〟だった。この世界は、まだ読んでいないおもしろそうな本、まだ観ていないおもしろそうな芝居や映画、まだプレイしていないおもしろそうなゲーム、まだ味わったことのないおもしろそうな食べ物、まだセックスしていない、ときにはまだ恋に落ちていないおもしろそうな人であふれている。マークスに言わせれば、可能なかぎり多くのものを愛さないとしたら、そのほうが愚かだ。マークスと知り合ってからの数カ月、セイディはサムの前でだけマークスを〝恋するディレッタント〟と呼んでけなした。

しかしマークスにとって世界とは、アジア諸国の五つ星ホテルの朝食に似ていた。種類と量が多すぎて、どうしたって目移りしてしまう。パイナップルスムージー、肉まん、オムレツ、野菜の漬物、寿司、抹茶味のクロワッサン。誰だって全部食べたいに決まっている。

マークスのハーヴァード入学後にデートした大勢の女の子たちは、マークスが本気で愛している相手はサムだけだと、ときに苦々しげに言い合った。マークスがサムを愛しているのは事実だが、サムとセックスをしたいとは思わない。サムは弟みたいなものだ。死んでも守ってやるつもりだった。

しかしセイディは……彼女はまた別だとマークスは思う。セイディはサムと似ているが、サムではない。そこが大きな魅力だった。マークスの目にセイディは、彼がふだんデート相手に選ぶような女の子と比べ、もっと奥行きがあって、もっとおもしろそうで、もっと複雑な何かを備えているように映った。マークスは愚かではない。彼女が自分を好いていないらしいと察していた。それはめったにないことだ。マークスはこの世の全員から好かれるのだから！　セイディに好かれていないと知っていてもなお、仮に好かれたらと想像せずにいられなかった。サムと話すときと同じように自分とも話してもらいたかった。マークスは手当たりしだいの本を読んできた。セイディはもしかしたら、何度でも読み直したくなるような本、読むたびに新しい発見があるような本なのでは。だが、マークスが惹かれる人はほかにも数えきれないほどいたから、セイディを恋愛相手と見るなとサムから言われても、さほど落胆しなかった。

4

セイディが嵐のカットシーンにようやく取りかかったのは、八月も半ばを過ぎてからだった。嵐は〔イチゴ〕の世界でプレイヤーが最初に目にするものだ。迫真の出来にしなくてはとプレッシャーを感じた。それに、セイディとサムは秋にはそれぞれ大学に戻ることを考えると、それまでに完成させられそうなのはあと一つ、嵐のシーンだけになりそうだった。

二人のあいだでその話が出たことはまだ一度もなかったが、九月までにゲームを仕上げるのは無理だとわかっていた。自分たちはよいものを――〝よい〟以上のものを――作っているという自信はあった。だが、夏休みの終わりまでに――それはサムが設けた締め切りだった――完成させられそうにないという事実を言葉にした瞬間、二人の共同制作にかかっていた魔法が解けてしまうと恐れていたのかもしれない。つねに優秀なプロデューサーであるマークスは、それとなく切り出そうと何度か試みたが、二人のいずれもその話題に触れたがらなかった。サムとセイディは現実を見て見ぬふりをきめこみ、ひたすらキーボードを叩くことに没頭した。

二十歳なら当然だろうが、セイディは高度なグラフィックス物理エンジンを開発した経験がなく、〔イチゴ〕のエンジン開発に苦労することは目に見えていた。サムとセイディが目指したのは、水彩画のように軽やかで透明感のあるグラフィックスだったが、セイディが何をどうやってみても望むとおりの軽やかさを出せなかった。たとえば、イチゴが走る場面では、固体らしさを消して液体のような揺らぎを演出したかった。二人が作成した野心的な仕様書には、イチゴの走る様子は（歩き方とは対照的に）〝スピードと美しさ、それに動く水の危うさを併せ持つ。イチゴが走る姿はまさに波だ。ジャンプする姿は台風だ〟と書かれている。セイディが最初に開発したエンジンでは、イチゴの姿がぼやけて見えなくなっただけだった。〝動く水〟とは似ても似つかない。一方で、見た目がうまくいくと、今度はゲームがほぼ間違いなく突然クラッシュした。しかしセイディのエンジンの真の弱点が露呈したのは、嵐のカットシーンを作り始めてからだった。

嵐って何？　セイディは思案した。水、光、それに風でもある。考えなくてはいけないのは、その三つの要素が物体にどう接触するか。その強さはどのくらい？

セイディはカットシーンの最初のバージョンをサムに見せた。サムは意見を言う前に二度繰り返して見た。

「セイディ。気を悪くしないでもらいたいんだけど、これでいいとはまだ言えないよ」

これでいいと言えないことはセイディもわかっていた。それでもかちんと来た。「どこがだめ？」強い口調で訊いた。

「何一つリアルに見えない」

「背景が木版画なんだよ。リアルに見せようがないでしょ」

「そうだね、〝リアル〟って表現はよくなかった。これを見ても、何も感じないんだよ。怖いと思わない。何も……」サムはまたカットシーンを再生した。「ライティングだな。ライティングが不自然なんだ。それとテクスチャー。水のテクスチャーが……水が、濡れてるように見えない」

「そんなに簡単だと思うなら、自分が嵐を作ればいいじゃない！」サムは自分の部屋に入ってドアを叩きつけた。一人きりになると、目から嵐が自然とあふれ出した。

セイディは疲れきっていた。［イチゴ］を自分がだめにしてしまいそうで怖い。仕様書に並んだアイデアはどれもすばらしかった。サムが描くビジュアルデザイン画もすばらしい。それをゲームに落としこむのはセイディの役割だ。外装のすばらしいイラストを見て期待したのに、実際にプレイしてみるとコンセプトアートとは別物でがっかりさせられるようなゲームをセイディは嫌っていた。

それに、サムが嵐を気に入らなかったというだけではなかった。サムの批評がゲームのグラフィックスに隠れたより大きな問題を結果として指摘しているというだけでもない。この三カ月、セイディはろくに眠らず、シャワーも浴びずにいるのに、それでもゲームはまだ完成しそうにないなんて！二人は膨大な作業量をこなしてきた——全レベルを細部まで組み立て、ストーリーを結末まで書き、背景やキャラクターのビジュアルをデザインしたのに、それでも……それでもやらなくてはならないことがまだまだ山のようにある！　セイディはパニックを起こしそうになった。マークスのナイトスタンドの引き出しを開けた。そこに几帳面に巻かれたマリファナ煙草が大量にあると知っていた。セイディは一本吸った。

サムがドアをノックした。「入っていい？」

「どうぞ」セイディは言った。気持ちよくハイになりかけたところだった。

サムはセイディと並んでベッドに腰を下ろした。セイディは煙草を差し出したが、サムは断った。セイディやマークスはたまにマリファナを吸うが、サムはそのにおいを嫌って、このときも窓を開けた。二十二歳にしてサムは完全な禁ドラッグ主義者だった。アルコールは一滴も口にせず、アスピリンさえのまなかった。唯一のんだことがあるのは病院で投与された鎮痛剤で、それも頭がぼんやりしてうまく考えられなくなるのがいやでしかたがなかった。サムの体のなかで、どんなときもちゃんと機能するパーツは脳だ。せっかくのその性能を低下させたくない。その経験があるおかげで、いくらかでも緩和すればよかったような、そして緩和しようと思えばできたような痛みをあえて我慢するときが少なくなかった。

「問題はエンジン」セイディが乾いた口調で言った。「私が作ったライティングとテクスチャーのエンジン。あれがだめなの」

「どこがだめなの？」

「どこって……」セイディは口ごもった。「わたしがだめなんだよ……エンジンを作れるほどの実力がないの」

「きみなら何だってできる」サムが言う。「僕はきみを信じてる」

サムの信頼はセイディの心に重くのしかかった。ベッドにもぐりこみ、毛布を頭からかぶった。

「ちょっと寝るから」

セイディが休んでいるあいだに、サムはゲームエンジンのリサーチを開始した。別の会社からゲームエンジンを借りることは可能だと知っていた。求めている条件をひととおり備えたものが見つかれば、別のデザイナーのゲームエンジンを使って作業負荷を軽くし、また長期で見れば費用も削減できる場合がある。セイディとその可能性を話し合ったことはあったが、セイディが別のデザイナーのエンジンは使いたくないと思っているのは明らかだった。当初から、すべてのプログラミングを自分たちでやるべきだと言っていた。そうしないと、できあがったゲームを自分たちのオリジナルと呼べなくなるし、エンジンを開発した人物に権利（と、たいがいは利益の）一部を譲らざるをえなくなる。もちろん、その意見はドーヴの受け売りだ。

それでもサムはその午後いっぱいを使って、自分とセイディとマークスが持っているゲームをひととおり確認した。ほぼ独学のプログラマーであるサムは、何かを学びたいときはゲームを分解する。テクノロジーの世界ではリバースエンジニアリングは当たり前に行われているが、サムは祖父を見てそのやり方を学んだ。レストランの備品が何か壊れると――キャッシュレジスターから、外の看板を照らす照明器具、ピザを焼くオーブン、公衆電話、食器洗浄機まで——ドンヒョンはそれを丁寧に分解し、古いテーブルクロスを広げた上にすべての部品を整然と並べた。たいがいは故障した箇所を修理できた。たとえば腐食したガスケットを持ち上げてこう言う。「こいつめ！　おまえが犯人だな！金物屋に行けば、新しいのを九九セントで買えるぞ！」それからまた部品を一つずつ元に戻していく。サムの祖父の核をなす信念は二つあった。一つ、あらゆるものごとは誰にでも理解できる。二つ、焦らずに壊れた箇所を探せば、どんなものも修理できる。サムも同じ信念を持っていた。

ほかのゲームを分析して、理想に近いライティングやテクスチャーを実現できそうなエンジンを探すことにした。分解できるものならゲームを分解し、そこから学べる／盗めるものがあれば学び／盗み、成果をセイディに報告する。

セイディのゲームの山の一番下に〔デッド・シー〕があった。名前は聞いたことがあったが、サムはまだちゃんとプレイしたことはなかった。

セイディが起きていくと、マークスとサムは並んでサムのパソコンをのぞきこんでいた。「これ見て」サムが言った。「嵐のシーンのビジュアル、こんな感じで行きたいよね。だろ？」

セイディはドーヴとの関係をサムに一度も打ち明けていなかったし、〔デッド・シー〕をプレイしたかどうかも尋ねたことがなかった。すました顔でパソコンの前に行き、すでに数えきれないくらい何度も見た元恋人のゲームをまるで初めて見るかのようにのぞきこんだ。「私が考えていたのより少し暗い感じだけど」

「もちろん」サムは言った。「これとまったく同じにしようってわけじゃない。でもほら見て、この光の質感。水中で屈折してるの、わかる？　それにこの透明感。空気感」

「わかる」セイディはサムの隣に座った。「あ、そこの丸太を拾って」ゲームをプレイしているマークスに言った。「それであのゾンビをぶん殴る」

「そっか、ありがとう」マークスが言った。

「ちなみに、このエンジンの名前は〈ユリシーズ〉」セイディは言った。「彼が自分で開発した」

「彼って？」サムが訊く。

「このゲームのデザイナー兼プログラマー。名前はドーヴ・ミズラー。一時期知り合いだったことがある」

「どんな知り合い？」サムが訊いた。

「指導教授だった」セイディは答えた。

「さっそく連絡してみようよ」サムは言った。「その、きみがまだエンジンの開発に苦労しそうなら……」

「そうだね」セイディは言った。「連絡してみたほうがいいかな」

「何かアドバイスをくれるかも」サムが言う。「うまくいけば、その人のグラフィックスエンジンを使えるかも」

「気が進まないよ、サム」

「こう考えてみてよ。僕らはこのゲームにものすごい労力を注いできた。プログラムの隅から隅までオリジナルじゃなくちゃだめだなんて僕は思わない。きみは完全オリジナルにこだわってるけど、正直言って、そんなこと誰も気にしないよ。アートに純度一〇〇パーセントなんてないんだ。完成までのプロセスがどうだったかなんて、作品の価値とは関係ない。僕らのゲームは完全なオリジナルだよ。僕らが作るんだからね。有用なツールが使えるなら、利用しない手はない。僕らのゲームは〈デッド・シー〉とはまったく別物になる。だったら、エンジンを借りたところで何が変わるわけでもない」

翌朝、セイディはドーヴにメールを送った。ドーヴはケンブリッジに戻ってきていた。この秋は大学でゲーム・ゼミを担当しながら〔デッド・シーⅡ〕を完成させるつもりだという。スタジオにおいでと言われて、セイディは出かけていった。

ドーヴのスタジオで、セイディは彼に手を差し出した。ドーヴは彼女を引き寄せて抱き締めた。

「メールをもらえてうれしいよ、セイディ・グリーン！　こちらからメールしようと思っていたが、忙殺されててね。〔デッド・シーⅡ〕がそろそろ完成するんだ。続篇は二度と作りたくないね。元気だったか」

セイディは〔イチゴ〕のことを話した。

「いいタイトルだ。きみは自分がやるべきことをやっているわけだな」その声にはかすかに尊大な響きが混じっていた。「きみは自分でゲームを作るべきだ」

セイディは、サムが描いたコンセプトアートをメッセンジャーバッグから取り出してドーヴに見せた。「おお、いかしてるな」ドーヴは言った。次にセイディはノートパソコンを取り出し、最初のレベルをドーヴにプレイさせた。「こりゃ最高だ」ドーヴが心にもない褒め言葉を口にすることはない。セイディは涙が出そうになった。彼に認めてもらえるかどうかでいまだに一喜一憂するなんて、我ながら情けない。「気に入ったよ」ドーヴはセイディを見つめた。コンセプトアートをデスクに置く。それからセイディの目をのぞきこみ、うなずいた。「さては〔ユリシーズ〕を使いたいって話だな」

セイディはとっさに否定しようとした。自分でエンジンを開発するにあたってアドバイスがほしいのだと言おうとした。しかし正直に認めた。「そうなの。〔ユリシーズ〕を使いたい」

「俺はいつも言ってるよな、自分のエンジンは自分で開発しろと」

セイディはうなずいた。

「だが、〔ユリシーズ〕は、きみと――共同制作者の名前は何だっけ？」

「サム・メイザー」

「〔ユリシーズ〕は、きみとミスター・メイザーが目指しているものにぴったりだと俺にもわかる。それにだ、俺のセイディに助けを求められて、どうして断れる？」

話はそれで決まった。ドーヴは〔ユリシーズ〕エンジンの使用を許可し、引き換えに〔イチゴ〕のプロデューサー兼スポンサーに名を連ねる。これでドーヴは、ビジネスのうえで永遠にセイディと結ばれることになった。

〔ユリシーズ〕導入作業のためにドーヴがアパートを訪れた日、マークスは即座にドーヴに反感を持った。レザーパンツ、タイトな黒いTシャツ、ごついシルバーアクセサリー、きちんと整えられた山羊ひげ、曲折アクセント符号の形から微動だにしない眉、頭のてっぺんで一つに結んだ髪。「あれ、クリス・コーネル気取りかよ」マークスは小声でサムに言った。コーネルは、グランジバンドのサウンドガーデンのリードシンガーだ。

「クリス・コーネル？」サムは言った。「それよりサテュロスっぽくないか？（ギリシャ神話の精霊。つねに勃起している姿で描かれる）」

だが、マークスが何より気に入らなかったのはドーヴの香水だった。安物のコロンではないが、ドーヴが入ってくるなり部屋にそのにおいが充満した。帰ったあとも残り香は強烈で、アパートの窓という窓を開け放ってもなお消えなかった。部屋じゅうに妖しい麝香《じゃこう》のにおいが停留し、マッツとパチュリ、シダーのにおいが嗅覚を痛めつけた。男くささを煮詰めたようなにおい、デートドラッグの香水版のようだった。

ドーヴはまた、セイディに無用の身体接触を繰り返しているように見えた。セイディのパソコンの前に座っているあいだ、ドーヴの手は用もないのにセイディに触れ、彼女のパーソナルスペースに侵入した。その手は彼女の肩に置かれ、ももへと漂い、キーボードやマウスに添えられた。セイディの奇妙に甲高い笑い声。彼女の目に落ちてきた髪をそっと払いのけるドーヴ。あのなれなれしさは元恋人同士のそれだなとマークスは思った。

マークスはサムを寝室に引っ張っていった。「セイディがドーヴとつきあってたなんて、俺は聞いてないぞ」

サムは肩をすくめた。「僕だって知らなかった」

「なんで気づかなかったんだよ」

「セイディとそういう話はしないから」サムは答えた。

「けど、あいつは指導教官でもあったわけだよな。とすると、職権の濫用だ。あいつはプロデューサーになるわけだろ、それって大問題じゃないか？」

「別にいいさ。セイディもおとななんだし」

「そうとも言えない」

マークスは寝室から首を突き出し、引き続きセイディとドーヴの様子をスパイした。話しているのはおもにドーヴだった。「俺なら」ドーヴは言った。「次の学期は休学するね」

セイディは黙ってうなずいている。

「きみも、きみの仲間も。こいつはきっと売れる」ドーヴは続けた。「本気でそう思うよ」

「でも学校が……」セイディが蚊の鳴くような声で言った。「親に何て言えば……」

「そんなこと気にしてる場合じゃないだろう。きみが親の言うことを聞くいい子ちゃんかどうかなんて、いまさら誰も気にしちゃいないんだよ、セイディ。そういう古くさい観念は金輪際捨てていい。きみがこれまで勉強してきたのは、いまきみがやっているとおりのことをするためだ。勢いに乗っているうちにプログラミングを一気に片づけてしまえ。そのあと来年の春から夏にかけて大学に戻って、音響やデバッグをやりながら足りない単位を取ればいい」

セイディはあいかわらず黙って聞き、うなずいている。

「元指導教官の俺に命令されなくちゃできないのか？」

「そうかも」

「俺も手を貸すよ」ドーヴが言った。

「ありがとう、ドーヴ」

「いつでも飛んでくるからな、天才くん」

ドーヴは毛むくじゃらの腕で彼女を抱き寄せ、彼女の顔を自分の胸に押し当てた。よくあのにおいを我慢できるよな、とマークスは思った。


二週間後、嵐のカットシーンができあがった日、セイディは、次の学期は休学してゲームを最後まで仕上げるとサムやマークスに宣言した。〈ユリシーズ〉を使うことが決まって、これまでの作業分の大半をやり直さなければならないし、いまの勢いを逃したくない。「だからって二人も休学してよなんて言わない」セイディは付け加えた。「私はそうするというだけで」

「実はそう言ってくれないかなと思ってた」サムが言った。「僕もそのつもりだったから。それでいいよな、マークス」

「サム、本気かよ」

サムはうなずいた。「本気だよ。問題は、これからもこのアパートを使わせてもらえるかってことだ」

「言うまでもないけど、マークスは元の部屋を使って」セイディは言った。「私は別に寝泊まりするところを探すから。でも、作業はここで続けさせてもらえるとうれしい」

「どこに移るつもり？」サムが訊いた。

「ドーヴのところ」セイディは言った。淡々とした声だった。「彼もプロデューサーなわけだし、空き部屋を使ってかまわないって言ってくれてる」それは嘘だと三人とも知っている。

その秋、大学に戻ったのはマークス一人だった。プロデューサーの仕事を優先し、入学してから初めて丸一年、どの芝居にも参加しなかった。マークスの時間の大半を占めていたのは実のところ学校の授業ではなく、演劇だった。

5

サムが地下鉄駅でセイディに遭遇した日からほぼ一年後、〔イチゴ〕は完成した。サムが想定していた期日より三カ月半遅れての完成だった。ドーヴの〔ユリシーズ〕エンジンに大いに助けられ、セイディとサムは、指から血がにじむまでノンストップで〔イチゴ〕のプログラムを書いた。サムの場合は文字どおり血がにじんだ。指先がかさかさに乾き、ひび割れて、キーボードに血がつかないようバンドエイドを貼った。しかしバンドエイドを貼っていると入力スピードが落ちるとわかり、すぐに剝がした。もっと大きな苦痛にも慣れているサムにとっては、無視できる痛みだった。

しかし、身体の不調はそれだけではすまなかった。ハロウィーンのころ、画面の見過ぎでセイディの右目の小さな血管が破れた。それでも病院にさえ行かなかった。マークスにドラッグストアで目薬と鎮痛剤を買ってきてもらい、作業を続行した。感謝祭の前の週、サムは乾電池の六本パックを大学生協に買いに行った帰りに気絶した。ふだんなら買い物はマークスにまかせるが、この日マークスは授業に出ていて、サムは待ちきれなかった。高級食料品店の前の道ばたで、文字どおり気を失った。体に合わない大きすぎるコートを見て、通りがかりの人々はホームレスだろうと考えて素通りした。次に目を開けたとき、元指導教官のアンデシュ・ラーションがザ・ノース・フェースのジャケットを着た金髪のイエスといった風情でサムを見下ろしていた。アンデシュなら、サムに気づいて立ち止まるはずだ。スウェーデン生まれの彼はまっすぐで誠実な人物で、路上生活者の苦難を前に見て見ぬふりなどできない。「サムソン・メイザー、大丈夫かい？」

「あれ、アンデシュ。どうしてこんなところに？」

「きみこそどうしてこんなところに？」

抵抗もむなしく、サムはアンデシュに連れられて大学のクリニックに行った。栄養失調と診断され、点滴を受けた。

「あれからどうしていた？」アンデシュが訊いた。点滴が終わるまで付き添うと言って聞かなかった。

「実はゲームを作ってるんですよ！」サムは「イチゴ」やセイディのことをとりとめもなく話し、ゲーマーではないアンデシュは、ぽかんとした顔で、しかし根気強く耳をかたむけた。「どうやらきみは愛せるものを見つけたようだね」

「アンデシュ、あなたほど愛を語る数学者はほかに知りません」

一一月になると、マークスは作曲家――彼の綺羅星のごとき元ガールフレンドの一人、ゾーイ・カドガン――に依頼して、その夏三人がずっと聴き続けていた前衛作曲家の作品群から着想した音楽を書き下ろしてもらった。サムはよくこんな風に言ってマークスをからかった。「マークスは天才を見ると寝ずにいられなくなる」この十年後、ゾーイは女声だけで構成した『アンティゴネ』のオペラ版の作曲でピューリッツァー賞に輝くことになる。しかし報酬を得て作曲をしたのは「イチゴ」が最初で、その後も略歴にはかならず「イチゴ」の実績を入れた。

音楽の録音が完了したあと、マークスはアダムズ・ハウス寮のゾーイの部屋に行った。夕飯を食堂ですませてセックスをした。マークスにとって元ガールフレンドとのセックスは楽しみの一つだ。この晩も例外ではなかった。最後に愛を交わして以降の自分の体の変化、相手の体の変化に気づかされて、たいそう興味深い。ほろ苦い感傷に包まれた。それは久しぶりに訪れた母校で、教室に並んだ机が記憶にあるよりずっと小さかったときに湧き上がる郷愁に似ていた。

「私たち、どうして別れたんだっけ？」ゾーイが訊いた。

「きみが僕を振ったんだ。忘れたの？」

「そうだった？　じゃあ、私なりによほどの理由があったのね。でも何だったか思い出せない」ゾーイはマークスの胸にキスをした。「あなたのゲーム、好きよ。見たり話に聞いたりした範囲でだけど」

誰かが「イチゴ」をマークスのゲームと呼んだのは初めてだった。「俺のゲームってわけじゃない」マークスは異議を唱えた。「あれはセイディとサムのゲームだよ」

「あのエンディング。感動的だった。だいぶ年を重ねたイチゴを見て、両親は娘だと気づかなかった」ゾーイはいったん口をつぐんだ。「ごめん、もしかしてイチゴって男の子？」

「サムとセイディはどっちでもないと言ってる」

「そうなんだ。じゃあ、両親は自分たちの子だと気づかなかった。あの場面は『オデュッセイア』そのものだった」

「イチゴ」の設定でとりわけ悩ましかったのは、物語の終わりでイチゴが何歳くらい成長しているのかという問題だった。ゲームのキャラクターの年齢はたいがい変化せず、外見は――シリーズの観点で見れば別だが――一つの作品の初めと終わりで大きく変わらない。たとえばマリオや「トゥームレイダー」シリーズのララ・クロフトがわかりやすいだろう。見た目を変えない理由は単純だ。ブランディングのため、そして作業量を減らすためだ。しかしセイディとサムは、長旅の経験をイチゴの外見に反映させたいと思った。イチゴは成長し、作中のできごとから負った傷、歳月による変化が積み重なり、およそ七年後にようやく我が家に帰り着いたとき、家族でさえそれがイチゴだとは気づかない。海で、街で、ツンドラで、黄泉《よみ》の国での戦いをくぐり抜け、十歳で帰郷したイチゴは疲れきってやつれている。我が家の戸口に立ち、扉をノックしようとするが、その手は不安で震えている。やがて母親が扉を開けるが、母親はそれが我が子だと気づいていない。それでも、その子はおなかを空かせていて、愛情に飢えているようだと気づき、自らも子供を失った経験があるゆえに、家に招き入れるのだ。そして訊く。「名前は何ていうの？」

「イチゴ」子供は答える。

「変わった名前ね」母親は言う。

ここでイチゴの父親が部屋に入って来て言う。「15番か。マックス・マツモトの背番号だね。私が好きなサッカー選手だ。昔、それとそっくりなジャージを持っていたが、ずいぶん前になくしてしまったよ」

エンディングテーマが静かに流れ始め、ゾーイの友人の音響デザイナーが作った環境音が重なって、ケネディ・ストリートのアパートの一同は、ゲームが格段にグレードアップしたように感じた。セイディはマークスに言った。「もしかしたら売れるかもって気がしてきた」

「売れるに決まってる」マークスの声には伝道者の熱意がみなぎっていた。

セイディはヨーロッパ風の気取ったしぐさでマークスの左右の頬にキスをした。マークスは熱烈なサポーターだ。どんな共同制作にもかならず必要な存在だ。

プログラムがついに書き上がると、次はデバッグだ。バグが見つかるたび――大量のバグが見つかった――盗んできたホワイトボードに、ほかの改善点とともに書き留めた。完了したタスクから順に消去された。来週から冬休みというころ――若い三人にとって、月日の区切りを示すのはこのときもまだ学期だった――ホワイトボードは空っぽになった。文字を消したあとのパステルカラーのにじみが、二人の仕事ぶりの証人だった。

「もしかして、完成？」セイディはサムに訊いた。カーテンを開けた。朝の五時、窓の外を雪がちらほら舞っていた。

「ああ、完成だと思う」

「疲れた」セイディはあくびをした。「今夜はここまでにしよう。明日また確認してもやっぱり完成だって思えたら、正式に完成って宣言する。じゃあ、ドーヴの家に帰るね」

「送っていくよ」サムが言った。

「本気？　だって道、きっとすべるよ」サムの足が心配だった。少し前から痛みがぶり返しているのをセイディも知っていた。

「そう遠くないし。いい気分転換になる」

街は空っぽだった。物音一つなく、雪の片が地面に落ちる音まで聞こえた。ドーヴのアパートに行くには、ハーヴァード・ヤードを突っ切るのが一番近い。学期の終わりに近づき、一年生はみな眠っている。夜明けを前にほのかに明るくなり始めた空と雪の組み合わせは幻想的だった。まるでスノードームのなかに、二人だけの小さな世界にいるようだった。セイディは腕をサムの腕にからめ、サムは彼女に軽くもたれかかった。二人とも疲れていたが、それは心地よい疲れ、プロジェクトに全力を注いだあとの疲れだった。このあと二人はいくつものゲームを共同で制作することになるし、オフィスの規模や抱える人員は想像を超えて大きくなる。しかしサムとセイディがこの朝のことを忘れることはなかった。

「サム」セイディが言った。「一つ訊いていい？　正直に答えて」

彼女の口調を耳にして、サムはいくらかうろたえた。「どうぞ」

「去年の一二月、マジック・アイのポスター。ほんとに見えた？」

「セイディ、まさか疑ってるわけ？」サムは怒ったふりをして大げさに叫んだ。

ころで振り返った。

「だったら、何が見えたか言ってみてよ」

「断る」サムは言った。「答えるに値しない質問だ」

セイディはうなずいた。ドーヴのアパートのエントランスに着いた。セイディは鍵を差しこんだと

「これからどうなろうと、ゲーム制作に誘ってくれてありがとう。あなたを愛してるよ、サム。私を愛してるって言ってくれなくていい。そういう感情表現がすごく苦手なのはわかってる」

「すごく」サムは言った。「ものすごく、ね」それから微笑んだ。大きな笑みだった――いつも気にしている歯並びの悪さが丸見えになるくらいの。そしてぎこちないお辞儀をした。サムが僕もきみを愛していると言う前に、セイディは建物に消えていた。しかし、言いそこねたことを無念には思わなかった。サムが彼女を愛していることをセイディは知っているし、セイディが知っていることをサムは知っているのだから。セイディは、サムがマジック・アイの画像を見ていないと知っているのと同じように、サムが自分を愛していることを知っている。

朝日が顔を出し、雪はほぼやんでいた。サムは家に向けて歩き出した。寒くても、心は温かかった。こうして生きていることに、感謝の念があふれた。そしてあの日、セイディ・グリーンがゲーム・ルームに現れたことにも。宇宙は公平だと思えた。少なくとも、釣り合いは取れている。それは母親を奪うかもしれないが、代わりの誰かを遣わす。角を曲がってケネディ・ストリートに入ったあたりから、頭のなかで詩を暗唱し始めた。どこかで聞いたことのある詩だが、どこでだったか思い出せない。

「愛こそすべて　それこそ人が愛について知るすべて　愛さえあれば足りる　その荷が溝と釣り合っているのなら」〝荷〟って？　〝溝〟は何を指す？　その詩の謎めいた言葉選びが愉快な気分を呼び、それが持つリズムは実に軽快だったから（線路を快調に飛ばす列車の音のようだ）、サムは柄にもなく浮き立って、いつしか軽くスキップ――サム・メイザーがスキップ！――していた。歩道から下り

るのに足もとをよく確かめなかったのは、そのせいだった。足がすべり、サムは転倒した。痛みにはもう慣れきっている。痛みらしい痛みは感じなかった。気絶したのはこの冬二度目だった。

「今度からちゃんと約束して会おうな」誰にともなくそうつぶやく。

痣《あざ》のできた頬を凍りついた玉石の枕に預けて横たわるサムの前に、母親の幻影が現れた。足首まで届く大きな白いパーカを着て、凍った路面に倒れたサムを見下ろしている。アナはゴジラくらい巨大だった。母のパーカのテントに守られているからだいじょうぶだとサムは思った。コリア系アメリカ人の母親が日本語で言った。「だいじょうぶよ、サムちゃん」


サムの母親が西海岸移住を決めたのは一九八四年だった。サムが九歳、アナが三十五歳のときだ。ニューヨークを離れようと考え始めたのはその十二年前——つまり、ニューヨークで暮らし始めてからずっと考えていたことになる。その思いがいっそう強くなったのは、サムが生まれてからだった。どこか遠くにある名もない街でのそれより安上がりで、より清潔で、より健康で、より満たされた暮らしという物質主義の幻想が頭から離れなかった。サムのための裏庭、保護施設から引き受けた雑種の薄茶色の犬、ウォークイン式のクローゼット、コインランドリーではなく自宅での洗濯、上にも下にも他人が住んでいない家。そういった暮らしを空想した。ヤシの木や温暖な気候、プルメリアの花の香り。そういう町に引っ越して、詰め物入りの体に合わないコートを無造作にごみ袋に押しこんで、救世軍のチャリティショップに寄付してしまいたい。その一方で、ニューヨークでの暮らしこそ最良なのではとも思えた。いったん離れようものならニューヨークの扉は閉ざされて鍵がかけられ、力がなく視野のせまい自分はそれきり受け入れてもらえないのではないか。仮にもう一人のアナ・リーが天から降ってきたりしていなければ、アナはその逡巡のウロボロスに永遠にとらわれていただろう。

もう一人のアナ・リーと遭遇した夜、アナとサムは劇場を出て、流行に取り残されたマンハッタン

・ヴァレー地区の安アパートに帰る途中だった。チタ・リベラとライザ・ミネリ主演のローラースケート・ミュージカル『ザ・リンク』にアナの俳優養成教室の友人が出演しており――ちなみにアナは何年も前、その友人と悪くはないがお義理のようなセックスをしたことがあった――プレビュー公演の無料チケットをもらったのだった。その友人はこう言っていた。「不入りですぐ打ち切られるとは思うが、どちらかというと芸術家肌の九歳の少年にはおもしろいんじゃないかな」アナはそのサム評に笑ったが――自分の子が他人の目にどう見えているのか、親は興味深く聞き、ときには驚くものだ――友人の勘は当たっていた。サムはそのミュージカルに目を輝かせ、アナは、ニューヨーク市にいなくては得られない豊かな文化体験に触れさせる善き母親の気分を味わった。まるで魔法のようにふたたびニューヨークと恋に落ち、やはりこの街からは離れられないと思い直した。そんなことをぼんやりと考えながら、サムを連れてアムステルダム・アヴェニューの暗い界隈を歩いていると、サムがアナのコートの袖を引いて言った。「ねえ、ママ。あれ何？」

街灯の明かりを透かして、地上六階あたりのバルコニーの金属の手すりにちょこんと止まった生物の輪郭が見えた。「大きな鳥かしらね」アナは言った。「それとも……ガーゴイル？　彫像？」

彫像は飛び下り、奇跡的に仰向けの状態で地面に落ちた。衝撃音が響き、飛び散った真っ赤な血は、自殺というよりジャクソン・ポラックの描きかけの絵画を連想させた。女性の両手足はありえない角度にひしゃげていた。アナもサムも悲鳴を上げたが、ここはニューヨーク市だ。誰も気づかず、誰も気に留めなかった。

彫像が手すりを離れた瞬間、それは間違いなく人間の女性だとわかった。アジア系の、ひょっとしたらよりによってアナと同じコリア系の女性だ。その女性はその夜のうちに死ぬことになるが、この時点ではまだ死んでいなかった。サムは笑った。冷酷な子供だからではない。その女性は母親にそっくりだったからだ。それに、十歩と離れていない場所に身の毛のよだつ光景がふいに出現したのだ。

笑うほかにどうしていいのかとっさにわからなかった。生き物が死ぬ瞬間を見たことがなかったから、その女性が死にかけているのかどうかさえ判断がつかない。それでも意識の奥底のどこかでこの人は死ぬのだと悟り、それは洞察につながった——これは死だ、自分もいつか死ぬし、母親もいつか死ぬ、知り合った人、愛した人のすべてがいつかかならず死に、しかもその死は老いてから訪れるのかもしれないし、もっと早いかもしれないのだ。その新しい知識は耐えがたいものだった。その事実は大きすぎて、九歳の心にはとても収まりきらなかった。アナは拳固に力をこめてサムを小突き、笑うのをやめさせた。「ごめん」サムはかすれた声で謝った。「なんで笑ったんだろ」

「気にしないで」アナは言った。それから通りの向かい側の小さな食料雑貨店を指さした。「お店の人に九一一番に通報してもらって」

サムはためらった。「行きたくない。動けないよ。足が動かない。氷にくっついちゃった」

「くっついてなんかいないわ、サム。氷なんかないし、足はくっついてない。行って！　ほら、早く！」アナはサムの背中を押して店のほうに行かせた。サムは走りだした。

アナは女性の傍らに膝をついた。「心配しないで。助けを呼びましたから」そう言って女性を安心させようとした。「ところで、私はアナです。救急車が来るまでそばにいます」アナは女性の手を取った。

「私もアナなの」女性が言った。

「私はアナ・リー」アナは言った。

「私もアナ・リーなの」女性は苦しげに息を吸い、不自然な弱々しい咳をした。首が折れているのだとアナは思った。女性の体のどこかに開いた穴から——一つではなく、いくつもの穴かもしれない——おびただしい量の血液が流れ出していたが、どうすれば止血できるのか、見てもわからなかった。アナの真っ白なテニスシューズ、真っ白に保とうとふだんから余念がないテニスシューズに血が染みていく。もう一人のアナ・リーは全身が血にまみれていこうとしていたが、アナの目には、艶やかな黒髪にマドンナ風に巻いた大きくてひらひらしたピンク色のレースのリボンはとりわけ真っ赤に染まっているように見えた。

「そうよね」アナは軽い調子で言った。「世の中はアナ・リーだらけだもの。〝リー〟は世界一人数の多いアジア系の姓なんですって。組合に加入するとき、アナ・Q《エクィティ》・リーに名前を変えなくちゃならなかった。同姓同名の組合員は一人しか登録できないから。私は俳優組合の七人目のアナ・リーなの」

「エクイティって？」

「舞台俳優の組合」

「女優さんなの？」女性は言った。「あなたのお芝居を私、観たことあるかしら」

「そうね」アナは言った。「アジア系の女性の役はひととおり演じてきたけれど、一番大きな役は『コーラスライン』のコニー・ウォンね」

「それなら初演の年に観たわ。あなた、すばらしかった」

「ブロードウェイ公演では私は三代目のコニー・ウォンで、全国ツアーでは二代目のコニー・ウォンだった。だから、あなたが観たのは私じゃなさそう。あなたが観たのはたぶんバイヨーク・リーよ。またリーね」アナは笑った。「世の中はリーだらけ」

「〝Q〟は何のイニシャル？」

「何でもないの」アナは言った。「組合に登録するためだけのイニシャル。でも、こんな話をしてる場合じゃないのかも」アナはもう一人のアナ・リーの目をのぞきこんだ。同じ金色がかった茶色の目、同じ虹彩異色症の目だった。「どうして……ごめんなさい。立ち入った質問だったかしら」

「ほかにどうしたらこの街を出て行けるかわからなかったから」もう一人のアナ・リーは答えた。肩をすくめようとしたが、ちょうどそのとき体が痙攣《けいれん》を始め、長い九十秒を経て、彼女は息絶えた。アナは立ち上がった。もう一人のアナ・リーの死体を見下ろしていると、めまいがし始めた。自分の体から抜けだそうとしているような感覚だった。救急車が来るまで、もう一人のアナの死体に付き添っていてやるべきなのはわかっていたが、路上は凍るように寒い。もう一人のアナとこれ以上一緒にいたら自分は死んだのだと思いこんでしまいそうで怖かったし、サムのそばにいたくてたまらなかった。

食料雑貨店に入って息子を探した。通路をすばやくのぞいていったが、サムはどこにもいなかった。

「息子が来ませんでしたか」アナは言った。心に入りこんできた被害妄想じみた空想を無視しようとした――もう一人のアナ・リーの死は、サムの誘拐をもくろむ邪悪な人間がしかけた陽動だったのでは？

「あの子のお母さんですね」店主が言った。「やれやれ。子供が見ていいものじゃないのに」

「まだこちらにいるんですよね」

「ええ、いますよ。ただ、ずいぶん取り乱していたので、小銭を渡してやったんです。奥のゲーム機で遊んでいなさいと言って。子供はゲームが大好きでしょう。ゲームを置いていても、最近じゃ前ほど儲からなくなりましたが」

「ご親切にありがとうございます」アナは言った。「いくらお返ししたらいいかしら」

店主は手を振った。「いいんですよ。そうでなくたって子供が子供らしくいられない時代なのに、ビルから女性が降ってきたんですからね。で、その人は――？」

アナはかぶりを振った。

「やれやれ」店主も首を振った。

店の奥に行くと、〔ミズ・パックマン〕の巨大でカラフルなゲーム機の陰にサムがいた。アナが知るかぎり、〔ミズ・パックマン〕は〔パックマン〕とほとんど同じゲームだ。違うのは、前者は大きなリボンをつけていて、〝ミズ〟と呼ばれていることくらいだ。そして一九八四年に〝ミズ〟の敬称をつけて呼ばれるのは、フェミニストだけだった。

「ここにいたのね」

「ママ」サムは顔を上げずに言った。「見ながら待っててよ。この自機《ライフ》が終わるまでプレイするから」

「命《ライフ》あるかぎり戦う――いいモットーね」アナはゲームに集中し、もう一人のアナ・リーの死体を搬送しに来た救急車のサイレンを聞くまいとした。

「フルーツを食べると」サムが言った。「短時間だけゴーストを倒せるようになるんだ。でもタイミングをはずすと、ゴーストが急に向きを変えて、こっちが倒されちゃう」

「おもしろいのね」アナは言った。もう一人のアナ・リーの死体が運び去られるまで、この店にいようと思った。

「たまにおまけの自機をもらえることがある。でもおまけをもらおうとして、逆に倒されちゃうこともある。やめておいたほうがいいときもあるってことだよ」

「上手ね」店を出られるようになったら、アパートまではあと一〇ブロックくらいの距離だが、タクシーを奮発しよう。

「まだそうでもないよ。もっと練習する時間があればうまくなれそうだけど。あ！」ミズ・パックマンの悲しげな断末魔の悲鳴が聞こえた。「最後の自機だった」サムは用心深い目をアナに向けた。

「さっきの人、どうなった？」

「いま救急車が来てる。病院に運ぶところよ」

「助かる？」

「きっと助かるわ」アナは言った。それはかならずしも嘘ではない。彼女は助かる。死は救いだ。

サムはうなずいたが、母親の舞台はもう何度も観ているから、嘘をついていればそうとわかる。母親のことはよく知っているから、嘘をつく理由も察しがつく。サムが嘘をつくのも同じ理由からだった。耐えがたい現実から母親を守るためだ。「なんであんなことしたのかな」

「そうね……」アナは言った。「すごくブルーになっちゃったんじゃないかしら。きっと何か悩みごとがあったのよ」

「ママもブルーになったりする？」

「するわよ。誰にだってブルーになることはある。でも、ママがあんなことをするほど落ちこんでしまうことはないわ。だって、あなたがいるもの」

サムはうなずいた。「もしぼくらの上に降ってきてたら、あの人、助かったと思う？」

「どうかしら」

「ぼくらは死んだと思う？」

「どうかしら」

「もう少し速く歩いてたら、途中でバナナを買ったりしてなかったら、あの人がまともに落ちてきて、ぼくらは死んだかもしれないよね」

「死んだりしてなかったと思うわ」

「だけど、エンパイア・ステート・ビルディングから一セント玉を落としたとして、誰かにぶつかったらその人は死ぬ。そうでしょ？」

「そんなの迷信よ」アナは言った。「それにあの人が飛び下りた建物は、六階までしかなかった」

「でも、人の体は一セント玉より重たいよ」

「もう一ゲームやったら？」アナはバッグから二五セント硬貨を探してゲーム機に入れた。ミズ・パックマンの命は小銭で買えて、しかも何度でもやり直せる。

サムはプレイし、アナはその様子を見守りながら、これからどうしようかと考えた。

一番いいのは、生まれ故郷のロサンゼルスに移り住むことだ。これまでロサンゼルスに帰ろうとしなかったのは、帰郷は負けを認めるのと同じに思えたからだ。それに仕事のことを考えても、ロサンゼルスには劇場らしい劇場が一つもない。つまりニューヨークにいるよりずっと仕事を得るのがむずかしくなる（ブロードウェイがあるニューヨークでさえ、いつも仕事があるわけではない）。よくても刑事もののドラマや映画のアジア系娼婦の役にありつけるかどうかだろう。各種〝アジア系〟の訛《なまり》に磨きをかける必要もある。〝アメリカ人〟の役は未来永劫回ってこないだろうから。コマーシャルやナレーションの仕事、モデルの仕事はたまに見つかるかもしれないが、それにはもうアナは年齢が行きすぎている。いっそ俳優はやめてしまおうか。コンピューターのプログラミングを勉強するとか、不動産販売でもやるか、美容師になるか。インテリアデザイナーやエアロビクス教室のインストラクター？　脚本でも書こうか。それとも、お金持ちの夫でもつかまえるか。ロサンゼルスの元俳優がやるような仕事を探すしかない。一方で、両親に会えるのは楽しみだし、サムが祖父母をよく知る機会にもなる。しかもサムの父親はロサンゼルス在住だ。父親としてまるで頼りにはならないが、父と子の絆を育めたらサムのためになるだろう。それにアナ・リーたちが天から降ってきたりしそうにない街に暮らすのはきっと安心だ。高層ビルが集まった一角がぽつりぽつりとあるとはいえ、ロサンゼルスには三階建て以上の建物はほとんどない。それにこのアナ・リーは——アナ・Q・リー、舞台俳優組合に所属する七人目のアナ・リーは——もう一人のアナ・リーのようには絶対になりたくない。このアナ・リーは、この街を出る手段をほかにも知っている。

「ゴーストを倒すのが本当に上手になってきたわね」アナは言った。

「まあまあかな」サムは言った。それからアナのほうに顔を向けた。「ママもちょっとやってみる？」

6

一九九六年の世界では、人は一瞬で行方知れずになった。

一〇時少し過ぎにセイディがマークスのアパートに行くと、部屋は空っぽで、聞こえるのはときおりかすかに響くハードディスクの作動音だけだった。サムとマークスは一緒に朝食でも取りに出かけたのだろうか。二人そろって留守とわかって、セイディは、それなら心配いらないと思った。サムに何かあってもマークスがついていれば安心だ。一時ごろ、マークスが一人で帰ってきて、朝からずっとサムに会っていないと言ったとき、初めて心配になった。「きみと一緒にいるものと思ってた」マークスは言った。「きみたちはいつも一緒だから」

サムは携帯電話を持っていなかった。当時はまだ誰も持っていなかった。（セイディの知り合いのなかで携帯電話を持っていたのはドーヴと祖母のフリーダだけだった。）二人にできるのは、ハーヴァード大学のメールサーバーにサムが最後にログインした時刻と場所を確認することくらいだった。その日の午前三時三分にアパートのIPアドレスでログインしたのが最後だった。

セイディとマークスはアパートのリビングルームに座り、サムが行きそうな先を冷静に挙げていった。図書館で眠りこんでいるとか？　そろそろ必要だと話していたハードディスクを買いに出たとか？　聖地巡礼のごとく、グラス・フラワーズを見に行っているとか？　アンデシュとランチ？　万引きでついに逮捕された？

　そんなやりとりをしているうち、マークスがホワイトボードに気づいた。「何もない」

「完成したんだ」セイディは言った。

「おめでとう」マークスは少し考えてから言った。「少なくとも、私とサムはそのつもり」

「だったら、プレイしてみようかな。どうせサムのことはまだどうしようもないし。あいつだって大人なんだし、連絡がつかないといってもまだ短時間だ」

　セイディは思案した。「そうだね。プレイしてみて。それがいい。私はサムを捜してみるから」

「一緒に行ったほうがいい？」

「ううん。マークスはここにいて。サムから電話があるかも」

　セイディはハーヴァード・スクエア周辺でサムがよく行く場所をひととおり回った。映画館、図書館、大学生協、メキシコ料理店、ガレージ・ビル内のビデオ店、書店、もう一軒の書店、さらにもう一軒の書店、ベーグル店。そのいずれでも見つからないと、今度はセントラル・スクエア周辺を回った。コミック専門店、コンピューター用品店、セイディが前に住んでいたアパート、インド料理店。ふたたびハーヴァード・スクエアに戻り、ラドクリフ・クワッド寮、大学警察署を確かめたあと、絶望的な気持ちで大学のクリニックに行った。人に尋ねるにも、サムの写真一枚持っておらず、サムの特徴を何度も繰り返すことになった。大きすぎるコート、ろくに散髪に行っていない巻き毛、片方の足を引きずる歩き方。欠点や弱点の羅列。サム本人に聞かれずにすむのが幸いだった。どのみち、セイディの説明と一致する若者を見かけた人はいなかった。セイディはふたたびハーヴァード・スクエアに戻り、声が嗄《か》れるまでサムの名前を呼んだ。女性が一人、セイディを呼び止めて訊いた。「どんなワンちゃん？　気をつけて見ておくわ」セイディはその朝サムと一緒に歩いたルートを逆向きにたどった。あのとき世界はソフトフォーカスがかかったように美しく、無限の可能性に満ちていた。同じ道筋がいまは陰鬱で危険に見える。世界がこれほど短時間に変わってしまうなんてと思った。思考は自ずと暗いほうへと向かった。サムが誘拐されたり暴行されたりしていたら。サムは華奢で動きがのろい。力で押さえつけるのは簡単だろう。サムは死んでしまったのだとしたら。そんなはずがないとは思うが、死んでしまったのだったら。自分にとってサムがどういう存在なのか、きちんと言葉にできない。アリスやフリーダやドーヴとは違う。その三人との関係には即座に名前をつけられる。姉、祖母、ボーイフレンド。サムは友達だ。しかし〝友達〟というカテゴリーはあまりに広すぎた。〝友達〟という言葉は使われすぎて、いまや何の意味も持たない。

セイディは真夜中ごろアパートに戻った。マークスは完成版〔イチゴ――海の子供〕のプレイを半分ほど終えたところだった。

「どうだった?」マークスは画面を凝視したまま訊いた。

「どこにもいない」セイディは沈んだ声で答えた。ソファにどさりと腰を下ろす。「サムに何かおそろしいことが起きたんじゃないかって予感がする」

マークスが立ち上がって彼女の肩に腕を回した。「無事に帰ってくるさ。まださほど時間はたってない」

「だけどサムらしくないよね。だっていったいどこにいるの? 警察で訊いたら、行方不明者届は明日にならないと受けつけてくれないって。ひどいよね。この半年、朝から晩までずっとサムと一緒だった。十分に一度は何かしら話をしてた。なのに、ゲームが完成した日の朝に消えちゃうなんて、どうして?」

マークスは首を振った。「俺にもまるでわからない。でも、サムとはもう三年半も一緒に住んでる。おそろしく秘密主義で強情な奴だ。自動車事故に遭ったたってわかったのは、一緒に暮らし始めて二年もたってからだった。なんでああなったのか、何年も首をかしげてた。だって、理由なんていくらだって考えられるからね。何気なくその話を持ち出してみたりもした。いろいろ支障があるのがわかったから、できるかぎり手を差し伸べた。向こうからSOSを出してきたことは一度もなかったけど。それでも俺は知りたかったから、話すきっかけを何度も作った。ふつうなら、自分がどういう状態にあるか、一緒に暮らしてる相手には、その、何と言うか……わかってもらいたいと思うだろうに、サムは違う。秘密を秘密のままにしておきたがる。だから、俺も心配はしてるけど、そこまでは心配してない」

「事故のこと、ついに話すきっかけは何だった？」セイディは尋ねた。

「サムからは聞いてない。ボンチャから聞いた」

セイディは笑った。「私なんか、六年も口もきいてもらえなかったんだから」

「きみは何をしちまったんだ？」

「ひどいことといえばそうなんだけど、つきつめればただの誤解だった。マニアックでつまらない話なの。うまく説明できない。それに私はまだ十二歳だったんだよ！」

「あいつの執念深さは半端じゃないときがある」

セイディは自分を責めるように首を振った。「今朝、ドーヴの部屋まで送ってくれたんだけど、断ればよかった」

「セイディ、心配するなって。サムは無事だ。きっと何か事情があるんだよ。あとでみんなで腹を抱えて笑えるような事情が」マークスは立ち上がった。「最高のゲームの途中だった。一気に終わらせちまいたい。きみさえよければだけど」

セイディはうなずいた。サムの部屋に入り、サムのベッドにもぐりこんだ。ドーヴに電話して、今夜は帰らないと伝えた。

「どうして？」ドーヴは言った。「何の情報もないいんだろう。きみがそこにいても何もできない。心配しても無駄だ。帰っておいで」

「サムから電話があるかもしれないから、ここで待ってる」

ドーヴは笑った。「つい忘れてしまうが、きみはまだ子供なんだったな。友達や仕事仲間を家族と勘違いするような年齢だ」

「そうだよ、ドーヴ」セイディはむっとした気持ちを押し隠して言った。

「子供ができてみろ、友達を心配する暇なんかなくなるぞ」

「疲れた」セイディは言った。「もう切るね」

セイディは受話器を置いた。サムの毛布を頭からかぶり、まもなく眠りに落ちた。

目が覚めたのは翌日の夜八時だった。セイディが長々と眠っているあいだに、マークスは〈イチゴ〉の初回プレイを終えていた。サムから連絡があったか訊こうとリビングルームに行くと、マークスは真っ暗な画面を見つめ、何か大きな秘密を知ったかのように、一人小さな笑みを浮かべていた。

「マークス？」

セイディが来たことに気づくなり、マークスは彼女に駆け寄り、いきなり彼女を抱き上げて、部屋中をぐるぐる踊り回った。

「マークス！」セイディは抗議した。

「すごかった」マークスは言った。「それしか言うことがない」それから、舞台俳優の轟き渡るような声で叫んだ。**「俺は彼女を愛してる！　俺は〈イチゴ〉を愛してる！　サムの奴はいったいどこだ？」**

マークスの直訴に世界が応えたかのように、電話が鳴り出した。セイディとマークスは同時に飛びついたが、電話のそばにいたセイディのほうが早かった。

「サムから」セイディはマークスに言い、電話に向き直った。「いったいどこ行ってたのよ？」

サムは足首――悪いほうの足の足首を骨折していた。足の状態がそもそもよくなかったため、緊急手術を受けたのだという。いまいるのはボストンのマサチューセッツ総合病院で、もう一晩入院しなくてはならないから、明日の朝、迎えに来てもらえないか。

「どうして連絡しなかったのよ」セイディは訊いた。

「心配させたくなかった」サムは答えた。

「あのね、こっちは連絡一つないから心配したんだよ」緊張が一気にほぐれて、セイディの目に涙があふれかけた。「死んじゃったと思ったよ、サム。死んじゃったんだと思った。ゲームが完成したから……だから何なのかよくわからないけど」

「セイディ。セイディ。だいじょうぶだって」サムが言った。「僕は無事だ。明日会えばわかる」

「今度同じことしたら、殺してやるからね」

「わかったって。次は電話するから。おーいセイディ？　聞いてる？」

セイディは洟をかんでいた。マークスが電話を替わった。

「念のために言っとくが、俺はおまえが無事だってわかってた。ゲーム、やってみたよ。おまえたちは天才だ。二人とも心から愛してる。言いたいことはそれだけだ」

セイディはマークスから受話器を受け取った。

「初めて最初から終わりまでハングせずにプレイできたわけだ」サムが言った。「ってことは、完成かな」

「そう思う」セイディが言う。「ほぼ完成。いくつか手直ししたいところはまだあるけど」

「僕もいくつかある」

「会いたいよ」セイディは言った。

「面会はたしか九時までだ」サムが言った。もう八時一五分だった。「せっかく来ても、社会奉仕のタイムシートを新しくもらうだけで時間切れになりそうだよ」

「すごくおもしろい冗談」

「まじめな話、いまからじゃ間に合わない」

「しかたないね、サミー」セイディは言った。「愛してる」

「ものすごくね」サムが言う。

「明日朝一番で行くからね」セイディは電話を切った。

またも病院のベッドに逆戻りした(ただしチャールズ川を見晴らせる病室は初めてだ)サムは、深い孤独を感じた。自分に小さな憐憫《れんびん》も抱いた。麻酔の副作用で吐き気がしたし、この二日間、まともに食事を摂っていなかった。相当量の鎮痛剤を投与されていても、まだ痛みは消えなかった。麻酔が切れたらきっと猛烈に痛むだろう。今回のちょっとした災難の代償はいったいいくらになるだろうと心配だったし(銀行口座は空っぽも同然だった)、入っている健康保険でまかなえるのか不安だ。診てくれた専門医によると、サムの足の状態はかなり悪く、足首の骨折がきちんと治るかわからない。

「足をもとどおりにくっつけられる回数には限りがある。最悪の場合、別の方法を検討せざるをえなくなるよ」医師はそう言った。別の方法とは、昔流の解決手段を指す。よくても二カ月くらいは松葉杖生活だろう。そうなると、マークスやセイディにいま以上に負担をかけてしまう。病院で意識を取り戻してすぐ二人に連絡しなかったのは、恥ずかしかったからだ。転倒のダメージがさほどのものでなくすみますようにと願ったが、やはり被害は大きかった。応急処置とバカ高い鎮痛剤を処方される程度ですぐに帰れますように、二人に迷惑をかけずにすみますようにと祈った。弱っているのは事実でも、弱っている姿を見られたくなかった。弱くて、壊れやすくて、孤独で、やつれきった姿。こんな体にはもううんざりだ。ささやかな喜びの表現すらろくにこなせない、信用ならない足にも。ゆっくりとしか動けないこと、いつも用心していなくてはならないことにも。人並みにスキップくらいさせてくれ。ああ、イチゴになりたいと思った。サーフィンをし、スキーをし、パラセールをし、空を飛び、山やビルを登りたかった。イチゴのように何度でも死にたい。今日、どれほどの傷を負ったとしても、明日目が覚めるときは新品の体でいたい。イチゴの人生がうらやましい。まっさらな明日が果てしなく続いているような人生が、失敗と無縁で、生きている実感に満ちた人生がほしい。イチゴになるのが無理なら、せめてあのアパートに戻りたい。セイディやマークスと「イチゴ」を作っていたい。

そうやって気分が落ちるところまで落ちたころ、ドアの小窓にセイディとマークスの顔が浮かんでいるのが見えた。まるで蜃気楼のようだった。二人ともまぶしいほど美しかった。

たった十五分でも面会できるならと、セイディとマークスはタクシーを拾って病院に駆けつけた。「ゲーム第一作の完成を祝えるのは、一生に一度だぞ」マークスはセイディにそう言い、二人は途中で酒店に寄ってシャンパンとプラスチックのシャンパングラスを買った。

二人が来たのに気づいて、サムの胸に恥ずかしさとうれしさが一度に押し寄せた。情けない有様だという自覚はある。足と足首は不格好なギプスに覆われていた。人生で百個目くらいのギプスだ。頬や額にはマルチカラーの痣ができていた。対照的に、友人二人は美しくて強い。外の寒さでピンク色に染まった頰、カシミアのコート、艶やかな髪。三人が一緒にいるところを見た人はきっと、サム一人は別種のひ弱な生き物なのだと思うだろう。しかし、サムは自分にこう言い聞かせた――この二人は単なる友達じゃない、仕事のパートナーでもあるんだ。二人を共同事業者にしたのはサム自身だ。そう思うとなぜか心が慰められた。「イチゴ」が二人とサムを永遠の絆で結びつけたのだ。

マークスがサムのグラスに少しだけシャンパンを注いだ。「薬の効果を邪魔しないといいけどな」

「いったい何があったわけ？」セイディが訊いた。

サムはなりゆきをおもしろおかしく語ろうとした。スキップしながら詩を暗唱したこと、ゲームが完成してとにかく幸せでうれしかったこと。母親の幻覚を見た部分は省いた。「この詩、知ってる？　愛こそすべて、みたいな詩なんだけど」

「ビートルズだな」マークスが言った。「オール・ユー・ニード・イズ・ラブ、ラブ……」

「違うんだ。まだ先があるんだよ。〝荷〟と〝溝〟が釣り合ってるとか何とか」

「それならエミリー・ディキンソン」セイディが言った。「〝その荷が溝と釣り合っているのなら〟。〔エミリー・ブラスター〕に使ったフレーズ」

サムは笑った。「〔エミリー・ブラスター〕！　それだ！　それだよ！　妙な表現だよな、どういう意味だろうって考えてるうちに、縁石から足を踏み外したらしい」

「とすると、おまえはエミリーに撃ち落とされた《ブラステッド》わけだ」マークスが言った。

「あのゲーム、クラスの全員からぼろくそに言われた」セイディが言う。

「なあマークス、〔エミリー・ブラスター〕を試したとき、おまえ何て言ってたっけ」

「詩がテーマのゲームでこんなバイオレンスなやつは初めてだって言ったかな。あと、こんなゲームを作る奴はかなりの変人だみたいなことも」

「褒め言葉と受け取っておく」セイディが言った。

「さて、完成した〔イチゴ〕を次はどうする？」マークスが言った。

「ドーヴに見せて、意見を聞こう」サムが言った。

六十代でそろそろ定年退職間近の当直看護師は、夜中の一二時まで面会を黙認した。三人の笑い声が耳に心地よく、軽口を叩いたりからかったりしている様子が微笑ましかった。彼女はよく暇つぶしに患者と面会者の関係を推測するゲームをやる。それぞれの人となりや関係性を想像し、それぞれに呼び名を考えるのは楽しい。怪我をした若者は〝タイニー・ティム〟だ。ファッションモデルか昼ドラの若き恋人役が似合いそうなアジア系の青年は〝キアヌ〟。太い眉と利かん気そうな鉤鼻をした小柄で焦げ茶色の髪のきれいな女の子は〝オードリー〟。タイニー・ティムはほかの二人よりほんの少し年下に見えた。オードリーとキアヌは恋人同士ではないらしいが、キアヌのほうはまんざらでもなさそうだ。どういうわけか、タイニー・ティムは二人の息子と言われてもそれなりに納得がいきそうだが、年齢差から見てそうではないだろう。タイニー・ティムはどちらかの弟とか？　オードリーとタイニー・ティムの組み合わせがカップル？　タイニー・ティムから水を飲みたいと頼まれたときのキアヌの対応は、それは優しかった。とはいえ、オードリーとタイニー・ティムのあいだに漂う信頼感は、そのまま目に見えるようだ。キアヌは椅子に座っているのに、オードリーはタイニー・ティムと並んでベッドに横たわり、指先を自然に触れ合わせている。互いに何の遠慮もなくふるまえる関係なのだろう。オードリーはまるでタイニー・ティムの一部のようだし、その逆もまた同じだ。あれは愛だと看護師は思った。そしてゲームの最後にいくばくかの失望とともに出した結論は、〝あの三人はどの組み合わせでも恋愛関係にない〟だった。

　怪我をものともせず、サムとセイディはその月の残りをゲームの手直しに費やした。一月下旬にはドーヴに見せられるところまでこぎつけた。ドーヴは開発途中のゲームを何度もチェックして膨大な量のアドバイスをくれていたが、まだ通しでプレイしたことは一度もなく、全体像を描けていなかった。セイディは完成版を収めたドライブをドーヴのアパートに持って行った。ドーヴはさっそく初回の通しプレイを始め、セイディは隣でそわそわしながら、機を見るや攻略のヒントを出したり各場面の解説を試みたりした。ドーヴの反応が不安だったが、自分の作品が誇らしくもあった。サムと自分がこだわり抜いた細部を一つたりとも見逃してほしくなかった。

「セイディ、黙っててくれ。横でやいのやいの言われてると集中できない。自分のペースでやりたいんだ」ドーヴが言った。

「わかった」セイディは言った。「もう黙ってる」

ドーヴはレベル7まで進んでいた。氷と雪の世界でイチゴが初めてゴミバコ――迷子を奴隷にする幽霊モンスター――と出会うレベルだ。「きみの視線を感じる。息遣いが聞こえる」ドーヴはセイディの手をつかんで寝室に引っ張っていった。

「ここでいい子にしていろ」

「だけど……」

「口答えするのか？」

「いいえ、ドーヴ」

「そうだよな」ドーヴはセイディをにらみつけた。「服を脱げ」

「いやだよ」セイディは言った。「だってドーヴ、この部屋ものすごく寒いんだよ」

「服を脱げと言っただろう。俺に逆らうとどうなるかわかってるな」

セイディは服を脱いだ。

最初の交際期間、ドーヴはS＆Mプレイに一度も関心を示さなかった。それが始まったのは、秋によりを戻してからだ。初めのうちこそセイディも興奮をかき立てられたが、まもなくかすかな嫌悪を覚えるようになった。いいものとは思えなかったし、なぜそんなプレイが必要なのかわからなかった。ドーヴは無理強いはしなかった。かならず同意を求めた。しかし手錠などのややこしい小道具を使ったり、セイディに命令して従わせたりするのが好きだった。服を脱げと命じ、ときには緊縛したり猿ぐつわをはめたりした。尻を手や道具で叩いたり、髪を引っ張ったりするのも好きだった。セイディのアンダーヘアを剃るのも好きで、芸術作品に取り組むように細心の注意を払い、時間をかけて仕上げた。一度などセイディに向けて放尿したりもしたが、セイディがやめてと言うとすぐにやめ、それきり二度と同じことはしなかった。セイディに痛い思い――怪我というほどのことではない――をさせたあとは、罪滅ぼしのようにかならず優しく気遣った。

ドーヴは自分が叩かれるのも好きだったが、セイディはまったく楽しいと思わなかった。ドーヴの三十歳の誕生日の夜、顔を平手で叩いてくれと言われた。「もっと強く」

セイディは命令に従った。

「もっとだ」

セイディは従った。

ようやく強さに満足すると、ドーヴは涙を流し、真っ赤な頬をしたまま、イスラエルに残してきた息子に電話をかけた。まだ幼い息子と話す優しい声、鳥の歌を思わせる抑揚のあるヘブライ語がセイディにも聞こえた。セイディもヘブライ語を習ったことはあるが、バトミツバの準備教室どまり、大祭日レベルでしかなく、セイディに聞き取れた言葉はヘブライ語でさえなかった。ドーヴの息子の名前だった。テレマコス。ドーヴはふだん〝テリー〟と呼んでいた。テリーは三歳だ。

またつきあってほしいと言われた夜、ドーヴはセイディにワインを注ぎ、妻がようやく離婚に同意してくれたと言った。

「それはよかった」セイディは用心深く言った。「結婚生活に不満があったなら」

「そりゃ不満だったさ。離婚は面倒だし金もかかるが、その甲斐はあったとのちのち思えるだろう」

二人は同時に口を開いた。

「つきあわないほうがいいと思うの」セイディは言った。「あくまでも仕事の関係にとどめたい」

「きみとよりを戻したい」ドーヴは言った。

「この一年、あなたと離ればなれだった」セイディは言った。「また別れることになったら、次は耐えられそうにない」

「次なんてないさ」ドーヴは言った。「約束する」

さて、ドーヴが初めて「イチゴ」を通しでプレイした夜。

すみやかで、満足のいく、しかも小道具の登場しないセックスのあと、ドーヴはナイトスタンドの抽斗《ひきだし》から手錠を取り出すと、一方の輪をセイディの手首に、もう一方をベッド枠にかけた。一瞬のできごとで、抵抗する暇もなかった。

「俺が〔イチゴ〕をプレイし終わるまで、ここでおとなしくしていろ」

「だけどドーヴ」セイディは声を張り上げた。「エンディングまであと十三時間くらい残ってるよ」

ドーヴはその訴えを無視して寝室のドアを閉めた。

手錠でベッドにつながれていても、ナイトスタンドの電話機には手が届いた。セイディはサムに電話した。

「もう終わったの？」サムが勢いこんで訊いた。

「ゴミバコに遭遇するあたり」セイディは答えた。

すべてはドーヴの反応にかかっていると言っても過言ではない。ドーヴは業界にコネと影響力を持っている。もし気に入れば、懇意にしている販売会社《パブリッシャー》か、似たようなパブリッシャーに紹介してくれるだろう。セイディやサム、マークスにはとうてい不可能なスピードで〔イチゴ〕に注目を集められる。

「じゃあ、いったんこっちに戻ってくれば？」サムが言った。「映画でも観に行こうよ。ソニー・フレッシュ・ボンド劇場で今夜、『マーズ・アタック』をやってるってマークスが言ってた」

「その足で出かけられるの？」

「たまには外にも出なくちゃ。タクシーで行けばいい。ゆっくり歩けばだいじょうぶだよ」

「スキップなし？」

「スキップなし。詩の暗唱もなし。約束する」

セイディは手錠を見た。「やっぱりここにいる。ドーヴに何か訊かれるかもしれないし」

読む本もなく、トイレは少し前に行ったばかりで安心だったが、すでに喉が渇き始めていた。シーツでできるかぎり体を覆って眠ろうとしたが、疲れを感じなかったし、片腕を頭上に伸ばした姿勢では眠りにくかった。

〔ユリシーズ〕エンジンが必要だったことに疑問の余地はないが、借りたのは本当によかったのか。ドーヴは〔イチゴ〕のプロデューサーに名を連ねているし、彼は有名だ。〔イチゴ〕はセイディの作品なのに、ドーヴの作品だと思われるのではないか。どこまでがドーヴの仕事で、どこからがセイディの仕事か、他人には区別がつかないのではないか。

これは決して杞憂ではなかった。たとえば〔デッド・シーⅡ〕発売直後に『ゲームデポ』ブログがドーヴに行ったインタビューからそれがうかがわれる。

ゲームデポ：今年は〔イチゴ〕も大ヒットしていますね。〔イチゴ〕はあなたが開発した〔ユリシーズ〕を効果的に使っています。〔イチゴ〕に関わった経緯を教えていただけますか。

DM：セイディ〔〔イチゴ〕のプログラマー兼デザイナーのセイディ・グリーンのこと〕はMITでの教え子でね。すばらしい才能の持ち主だ――初《しょ》っぱなからそうだったよ。俺は売るためにゲームエンジンを開発してるんじゃない。ほかの〝デザイナー〟連中に俺のツールを売ろうって気はないんだよ。こう思うのは俺だけかもしれないが、同じエンジンを使うと、クリエイティビティに自主規制がかかりがちだ。手抜きになる。どのゲームもだいたい似たような見た目、同じメカニクス、同じ物理特性になりがちだ。しかし、セイディとサミー〔〔イチゴ〕のプログラマー兼デザイナー、サム・メイザーのこと〕がやろうとしていることを見て、俺には何か特別なものに思えた。これに関わりたいとね。〔ユリシーズ〕が活きるだろうと思った。だからって、〔ユリシーズ〕がセイディやサミーの代わりをしたわけじゃない。あの二人は驚くべき量の作業をこなした。若者が二人いて、PCが二台あれば、どれほどのことを成し遂げられるか、大学の講義でもよく好例として二人の話をする。ゲームスタジオは巨大になりすぎて、人間味を失った。テクスチャレイヤに十人、モデリングに十人、背景に十人。また別の誰かがストーリーを書いて、さらにまた別の誰かがダイアログを書く。互いに口を利くことさえない。まるでゾンビの集団だよ。パーティションの陰に隠れて、PCから顔を上げようともしない。あんなのは××ったれな地獄だね。

ゲームデポ：とはいえ、〔イチゴ〕をプレイすれば、あなたの影響は明らかです。たとえば冒頭の嵐のカットシーン。

DM：どうかな。影響があると言えばあるし、ないと言えばない。そのつもりで探せば、見つかるといったところか。

ようやく〔イチゴ〕の最初の通しプレイを終えて寝室に戻ってきたとき、ドーヴは目に涙を浮かべていた。「感動しちまったよ、セイディ」

「いい出来ってこと?」セイディは訊き返した。彼の口からはっきり言ってほしかった。

「いい出来?」ドーヴは言った。「きみの才能に恐れ入ったよ。ここまでとはな。驚いた。こんな小さくてかわいらしい生物が、あんなものを作れるとは」涙があふれて頬を伝い落ちたが、ドーヴは拭おうともしなかった。ドーヴの涙を見て、セイディまで泣けてきた。もともと〔イチゴ〕ファンであるマークスの感想を聞いたときとはまた別の感慨だった。ドーヴに気に入ってもらえたとわかってあふれ出したのは、安堵だった。去年の三月、サムから一緒にゲームを作ろうと誘われて以来の十カ月間、片時もほどけなかった緊張がきれいに溶け出していった。〔イチゴ〕の今後はまだわからない。シェアウェアとしてひっそりとリリースされることになるのか、大きなパブリッシャーから発売されることになるのか。だが、そんなことはどうだっていい。ドーヴ・ミズラーの心を動かすようなゲームを作り上げたのだ。いまはその事実だけで充分だ。

ドーヴのところに行きたかったが、まだ手錠でベッドにつながれていた。セイディは裸のままベッドの上に膝をついて座り、自由なほうの手を差し伸べた。ドーヴがその手を握って言った。「愛してるよ」

「愛してる」セイディも言った。

「ついでにイチゴも愛してる。明日の朝一番にサミーやマークスと打ち合わせがしたいな。俺たちはそろって大金持ちになるぞ」ドーヴは「イチゴ」の販売戦略をあれこれ数え上げた。競売人のような早口だった。部屋のなかを歩き回り、片方の足で跳ね、大げさな身振りを繰り返した。何かにこれほど興奮しているドーヴを見たのは初めてだった。

「ねえドーヴ。それよりこれ、どうにかしてもらえない……？」セイディは手錠をがちゃがちゃと鳴らした。

Ⅲ　アンフェアなゲーム

1

〈アンフェア・ゲームズ〉と命名したのは誰だったか、三人の誰にも確かなことは言えなかった。が、めいめいのタイミングで三人とも自分だと主張した。マークスは、シェイクスピアの『あらし』からお気に入りの台詞を引用したのだったと思うと言った――「王国を二十も手に入れるためのことなら、それも〝きれいなやり方《フェア・プレイ》〟と言うわ」セイディは、それは筋が通らないと思った――ミランダの台詞は〝フェア〟〝プレイ〟であって〝アンフェア〟〝ゲームズ〟ではない。それよりも、セイディが子供のころ何かの一つ覚えのように繰り返していた「それって不公平《アンフェア》」が由来だと言い張った。何かにつけて「それって不公平」だったから、次から一度言うごとにお小遣いを二五セント減らしますよと母親から言い渡されたくらいだった。そしてサムは、自分こそが名付け親だと確信していた――足首を骨折して運ばれた病院で目を覚ましたとき、ゲームのどこがいいといって、人生よりよほど公平《フェア》なところだと思ったのを覚えているからと。「イチゴ」のようなゲームは、クリアするのは簡単ではないが、公平だ。しかし不公平《アンフェア》なのは生きることそのものだ。病室のベッド脇にあったメモ用紙にその名前を書きつけたとサムは言い張ったが、その紙片はいまも発見されていない。それに、手柄の帰属に関してサムが語る逸話はたいがいがでっち上げか、控えめに言ってもリバースエンジニアリングの産物だった。

2

「イチゴ」の販売戦略についてアンフェア・ゲームズと打ち合わせをする前に、ドーヴには一つ解消したい疑問があった。「イチゴは男の子だよな？」

「いや、僕らはあの子をそう《they》は見ていません」サムが答えた。

「〝they〟？」ドーヴは訊き返した。

「あの年ごろの子に性別は関係ないというのがサムの意見なの。ちなみに私も同じように考えてる。だからイチゴの性別は当初から決めてない」セイディが答えた。

「なるほどな」ドーヴは言った。「しかし、それは通用しないと思うね。ウォルマートみたいに全国津々浦々に店舗がある会社で扱ってもらいたいだろう？　アメリカ中部とか、保守的な地域でも店頭に置いてもらいたい。そうだろう？　マークス、きみは実務家肌だ。きみの意見は？」

「セイディとサムの考えているとおりでいいと思います」マークスは言葉を選びながら義理堅く答えた。「それに、プレイ中も俺はとくに意識しませんでした。俺は男だから、イチゴも男のつもりでプレイしましたけど」

「ほらな！」ドーヴは言った。「まさにそこだよ。俺が言いたいのはまさしくそれだ。イチゴは男じゃなくちゃいけない。なあいいか、きみらのクリエイティビティは尊敬に値する。しかし、ハーヴァードの学生がいかにも卒業論文に選びそうなテーマを振りかざして、わざわざ損することはないだろう。どのみち誰も問題にしないようなことなのに」

「ドーヴ。どうして男の子じゃなくちゃいけないの？　女の子じゃだめな理由が何かある？」セイディは言った。

「主人公が女のゲームは売れにくい。きみだってよく知ってるよな」

「でも、「デッド・シー」のメインキャラは女でしょ」セイディは反論した。「それでも売れた。百万本くらい？」

「全世界ではな。それより多いかもしれない。しかし、アメリカではたったの七十五万本だった」

「大ヒットだよね、それ」セイディは言った。

「レイスは女って設定にしてなけりゃ、その倍は売れたはずだ。だが、あのときの俺には俺というアドバイザーがいなかった」

セイディは破り取ったノートのページを細かくちぎり、断片を几帳面に積み上げていた。ドーヴはその手に自分の手を重ねてやめさせた。

「なあいいか。こいつは俺のゲームじゃない。きみたちしだいだよ。俺はアドバイスするだけだ。どうしても〝性別なし〟でいきたいって言うなら、それでいい。イチゴは女の子だって言うなら、それもかまわない。きみらの強みは、これはすごいゲームだってこと、だからきみらには選択の自由があるってことだ。議論はいったん棚上げして、販売元の意見を聞いてから決めようって言うなら、それでもいい」

販売契約を結びたいとくに熱心にオファーしてきているパブリッシャーは二つあった。一つはセイディが可もなく不可もないインターンとして勤務した経験のあるセラー・ドア・ゲームズ。もう一つは、テキサス州オースティンに本社を置くパソコンメーカー、オーパス・コンピューターズのゲーム事業子会社オーパス・インタラクティブだ。

セラー・ドア社はイチゴの性別を問題視しなかった。MITを卒業したばかりの若者グループが経営する設立まもない会社で、性別のないイチゴを〝エッジーでクール〟と受け止めた。前払いの額は控えめだが、利益分配率は高く、アンフェア・ゲームズの次回作にも前金を支払うと言ってきていた。しかも次回作は〔イチゴ〕の続篇でなくてもかまわない。「単に〔イチゴ〕を販売する以上のことを考えています」二十九歳のCEOジョナス・リップマンは言った。「その、そちらの……おたくの今後のビジネス全体に関わりたいんです。すみません。気持ちの悪い言い方でしたね。そちらの会社に名前があるのかどうかもまだ知らないので」

オーパス・コンピューターズ社がオファーした前金ははるかに――五倍も――高額だった。ゲーマー向けの新型ノートパソコン〈オーパス・ウィザードウェア〉の発売を控えており、一九九七年のクリスマス・シーズンに販売される〈オーパス・ウィザードウェア〉のすべてに〔イチゴ〕をプリインストールしたいという。グラフィックスやキャラクターのスタイリッシュでクリーンなデザインと〔イチゴ〕のファミリー向けの感動的なストーリーは、おもしろいゲームはゲーム専用機でしかプレイできないと固く信じている層にゲーム用ノートパソコンを売りこむのに威力を発揮するだろうと考えていた。翌九八年のクリスマス・シーズン向けに〔イチゴ〕の続篇を作れるなら、倍の金額を支払う用意があるとも言ってきていた。テキサス州に本拠を置く買収チームのメンバーは全員が男性で、当然のこととして〔イチゴ〕は男の子だと思っている――それ以外の可能性が頭をかすめたことさえない。

セイディはセラー・ドアと契約したいと思った。条件がゆるめなところがいいし、正直なところ、オーパスの人たちを好きになれなかった。オーパスは交通費を負担して四人をテキサスに招待し、ゲーム事業部の幹部と引き合わせた。社長のアーロン・オーパス――年齢は五十歳、カイゼル髭をたくわえ、カウボーイハットにカウボーイブーツ、ループタイ、雄牛の角の彫刻をあしらった銀のバックル、デニムの上下で装った男性——がミーティングの場に現れて、その場の全員を驚かせた。ホテルに戻ってからセイディは、アーロン・オーパスはオースティン空港からの道沿いで何軒も見かけた納屋サイズのカウボーイ・ウェア販売店のどれかで買い物を全部済ませているような人物だったねと感想を述べた。ところがドーヴはアーロン・オーパスをほれぼれするような人物と見ていた。「いかにもアメリカ人って感じでいいじゃないか」

「あれはコスチューム」セイディは異議を唱えた。「オーパスはコネティカット州出身なんだよ。大学はイェールだし」

「それでも最高に格好いいよ！　帰る前に俺もどれかの店に寄ってみるかな」ドーヴは言った。「男なら、少なくとも三種類の死んだ動物の革を着ていなくちゃ」

「うわ気持ち悪い」セイディは言った。

ミーティングで、アーロン・オーパスはまず、疲れた顔に見えたら申し訳ない、〔イチゴ〕をプレイして二日も徹夜をしたせいだと言った。「あなたを知らない者はいませんよ、ミスター・ミズラー」ドーヴにはそう言った。それからサムのほうを向いて尋ねた。「きみがプログラマーかな」

「プログラマーの一人です」サムは答えた。「プログラムの大半を書いたのはセイディです」

「〔イチゴ〕は二人で作ったんです」セイディは言った。

アーロン・オーパスはうなずいた。サムの顔をまじまじと見、次にセイディの顔をまじまじと見たあと、サムに向き直った。

「あの坊や——イチゴ——はきみにそっくりだね」オーパスはそう言い、何か考えているように何度かうなずいた。「ふむ。このゲームの顔はきみだな」

ケンブリッジに帰ってから、四人は二社のオファーを隅々まで検討した。セイディはセラー・ドアがいいと主張した。続篇を要求してきていないし、セラー・ドアのほうが相性がよさそうに思うからだ。サムは、オーパスがあれだけの額をオファーしているのだから、セラー・ドアなど考慮に入れる必要さえないと言った。ドーヴは、いずれのオファーも悪くないが、方向性がまったく異なるから、三人が何を重視するかで決めればいいと言った。そして利益分配率はセラー・ドアのほうが高いから、長い目で見ればセラー・ドアと契約したほうが儲かるかもしれないと付け加えた。マークスは、創作の自由という点ではセイディと同じくセラー・ドアを選びたいが、「イチゴ」をより大きな成功に導いてくれそうなオーパスも捨てがたいと言った。オーパスは、新製品オーパス・ウィザードウェアの数百万ドル規模の広告キャンペーンの目玉に「イチゴ」を据えると確約している。もくろみどおりに売れたら、アニメ化も視野に入るだろうし、メーシーズ百貨店の感謝祭パレードの巨大バルーンのキャラクターにも選ばれるだろう。また、キャラクター商品もいくらでも売り出せる。セラー・ドアはいまのところ、そういった実績も資金も持っていない。

その夜の終わりには、マークスとドーヴとサムの三人がオーパス支持を表明していた。セラー・ドアを推しているのはセイディ一人になっていた。

「いいか」サムは言った。「オーパスと契約すれば、一生食うに困らないぞ」

「食べるのに困らないとしても、「イチゴ」の続篇にまた一年も費やすのはいや」

「気持ちはわかるよ」マークスは言った。「セイディがどうしてもって言うなら、俺はセイディの意見を尊重する。実際にゲームを作るのはきみたち二人だ。だからきみたち二人が決めたほうがいい」

サムはバルコニーで二人だけで話そうとセイディを誘った。まだギプスが取れていなくて、動きが制限されている。そうでなければセイディと二人で散歩に出たいところだった。歩いているときのほうが頭がよく働くし、説得力のある話ができるとふだんから思っている。

先に口を開いたのはセイディだった。「セラー・ドアの前金だって充分な額だし、私たちが作りたいゲームのことをよく理解してくれてる。しかも、これからの一年をまったく新しいゲーム、もっといいゲームを作るのに使えるんだよ。それにイチゴの性別の件。よくそう簡単に信条を曲げられるよね。サムにとっても大事なことなんだと思ってたのに」

「大事なことだよ。だけど、あれだけの額を提示されたらさ」サムは言った。

「どうして急にお金にこだわるの？　まだ二十二歳だよ。そんな大金、何に使うの？　それにお金がほしいなら、ゲーム開発なんかやってる場合じゃなかったでしょ。ハーヴァード大卒らしく就職活動に励んで、同級生と同じように年俸六桁の仕事に就けばよかったのに。ベアー・スターンズあたりの投資銀行とか」

「きみにはわからないんだよ。お金に困ったことがないから」サムはそこでためらった。自分の弱みをさらけ出すのには抵抗がある。たとえ相手がセイディであっても。「僕は学費ローンを抱えてる。救急で診てもらった分や足の手術代も支払わなくちゃならない。おじいちゃんやおばあちゃんに請求が行っちまう。いま僕の銀行口座の残高はマイナスだ。返済が遅れたら、おじいちゃんやおばあちゃんに負担してもらってるし、食費はクレジットカードの残高を気にしながらどうにかまかなってる。セラー・ドアと契約したら、次のゲームを作るあいだの生活費にも困るんだ。すぐに金がほしいんだよ、セイディ。でもそれだけじゃない。オーパスのオファーのほうが有利だと思う。『イチゴ』をベストセラーに押し上げられそうなのはオーパスだ。もちろん、きみだってそれはわかってるはずだね。きみがオーパスを嫌がる本当の理由は、僕が『イチゴ』のプログラマーだって勘違いされたことじゃないかな」

　セイディはバルコニーに座りこんだ。オーパス社の幹部たちはどうにも好きになれない。彼らのために『イチゴ』の続篇を作ると思うと、手足を縛られ、目隠しをされ、猿ぐつわをはめられ、ダッフルバッグに押しこまれて海の底に沈められようとしているように苦しくなった。

　サムはセイディと並んで腰を下ろそうと格闘していた。セイディは手を貸したが、それでもサムは軽く尻餅をついた。サムがセイディの首筋に頭をもたせかけた。荷は溝にぴたりと釣り合った。

「きみが決めていいよ」サムは言った。

「わかった」セイディは言った。「オーパスにしよう」


イチゴは男の子と決まったとたん、イチゴとサムのアイデンティティはますます不可分になっていった。アーロン・オーパス以外の人々も、サムはイチゴそっくりだと言い出した。たしかに、似ていなくもなかった。世間はサムの波乱と悲劇に満ちた半生に魅了された——子供時代に大きな怪我をし、無敵になりたくてゲームをプレイし、コリア系の祖父が経営するピザ店には〈ドンキーコング〉のアーケード機がある。サムとイチゴのバックグラウンドにみなが目をこらして共通点を探した。二人とも、幼少期に両親と離ればなれになっている。サムはアジア系の血を引いていて、イチゴははっきりとアジア系の外見をしている。一九九七年当時、日系とコリア系の区別がつく人はおらず、サムが〝アジア系〟であるというだけで充分だった。「イチゴ」にはセイディではなくサムと結びつく要素が多かったから、プレイした人はみな——ゲーム評論家も、ゲーマーも、オーパス社のマーケティング部門も——自然と「イチゴ」そのものをセイディではなくサムと結びつけ、「イチゴ」のクリエイターはサムだと思われるようになった。(サムとセイディはきょうだいではなく、結婚／離婚したカップルでもなく、交際もしておらず、過去に交際していたこともないため、世間は二人の関係を自分たちの理解を超えたものととらえ、それ以上の詮索をあきらめた。)

販売促進の一環として、オーパスはサムをあちこちのゲームショーに登場させた。当時のショーは、いまに比べて開催規模が小さかった。セイディも一緒に行ってもよかったのだが、アンフェア・ゲームズの新しいオフィスで過ごすほうが有益だろうと考えた(蛍光灯と業務用カーペットの没個性なオフィスだったが、マークスのアパートのリビングルームを間借りしているのに比べれば進歩だった)。

〔イチゴ〕続篇の制作を監督しつつ、MIT卒業に向けて学業にも励まなくてはならないという事情もあった。加えて、セイディよりサムのほうが目立ちたがりだった。セイディは注目を浴びるサムをうらやましいとは思わなかった。一方のサムはインタビューに喜んで応じ、聴衆の前で長々と話をし、写真撮影も嬉々としてこなした。どのみち誰かがその役割を引き受けなくてはならない。セイディは作品について語るのが苦手だった。作品そのものがすべてを語り尽くしていると思っていた。〔イチゴ〕が発売されたときセイディは二十二歳で、人前でどうふるまえばいいのかよくわからなかった。（そもそも自分がどういう人間なのかさえわかっていなかった。）名の知れた女のゲームデザイナーはまだほんの一握りしかおらず、女のゲームデザイナーとはどうあるべきか、参考にできるお手本も少なかった。とはいえ、オーパス社の人々も、セイディが前面に出ることを期待してはいなかった。オーパス社の男たちは、〔イチゴ〕の顔にサムを望んでいたし、サムもそれを望んだ。ほかのあらゆる業界と同じく、ゲーム業界も、天才青年をもてはやす。

それでも、心の内ではこう認めずにはいられなかった。サムのほうがプロモーション活動を好むというだけではない。サムのほうがセイディよりそれに向いているのだ。ゲームの発売前に、フロリダ州ボカラトンで開かれた販売会議に二人で招かれたことがあった。五百人もの聴衆の前で話すのは初めての経験だった。サムは緊張していたが、セイディはまったく緊張しなかった。ステージに呼ばれる寸前まで、サムは間に合わせの控え室をうろうろ歩き回っていた。

「緊張して吐きそうだ」サムは言った。

「だいじょうぶだって」セイディはサムの手を握り、グラスに水を注いだ。「たかがホテルの宴会場だし、集まってるのはたかが数百人」

「人前に出るのは苦手だ」サムは言い、フロリダの湿気でアフロのようにちりちりになった髪をかき上げた。

ところが演壇に上がったとたん、サムの緊張はどこかに吹き飛び、世界一話のおもしろいトークショーのゲストに変身した。質問されると——たとえば「お二人はどうして知り合ったんですか」——セイディは無駄のない答えを返す。長くても文二つで答える。「二人ともロサンゼルス出身だし、二人ともゲーム好きなので」

しかしサムは、自分の答えを短篇小説のごとく語り出す。十五分もかけて、子供時代のエピソードなどに脱線しながら長々と話すのだが、聞かされている側は少しも退屈しないようだった。「セイディと初めて会った日まで、僕は六週間も誰とも口を利いていませんでした。でも、いまは関係のない話だから、もっと親しくなれたころにまたゆっくり話しますよ。いまここで押さえておいてもらいたい事実は、セイディはマリオをゴールポールのてっぺんにしがみつかせる方法を知らなかったことです。まだインターネットがない時代の話でしたから、チートはできなかった。やり方を知ってる友達に教えてもらうしかなくて……」サムが話し始めると、聴衆はそろって身を乗り出し、ジョークに笑い、誰からともなく拍手をした。不自由な足は目立たなくなった。話す声は、温かくて自信に満ちていた。それまでの歳月、サムに足りなかったものは聴衆だったとでもいうようだった。セイディはサムの変身ぶりに驚嘆した。いつもの内向的なサムはどこへ？　この話し上手はどこから？　この道化者はいったい誰なのだ？

サムと並んだ自分がかすむのが目に見えるようだった。

3

〔イチゴⅡ――ゴー・イチゴ・ゴー〕が発売されたのは、〔イチゴ――海の子供〕からおよそ一年後、一九九八年一一月だった。続篇は、イチゴの妹ハナミがまたも嵐の海にさらわれ、十一歳になったイチゴはハナミを捜して連れ戻さなくてはならないというストーリーだ。続篇の売れ行きはオリジナルをいくらか上回ったとはいえ、オリジナルの評価の高さと販売の好調さが追い風になっただけと見る向きが多かった。セイディとサムも同意見だったが、評論家の大半が独創性の面ではオリジナルより退歩したと評価した。決してつまらないゲームだったわけではない。しかし、オリジナルから変わり栄えしないという印象が強かった。〔イチゴⅡ〕は、キャラクターの新たな一面を紹介したわけではなく、またグラフィックスや技術、ストーリーがめざましい進歩を見せたわけでもなかった。

〔イチゴⅢ〕は作りたくないとセイディが宣言したのは、マークスとサムが一カ月にわたる〔イチゴⅡ〕のプロモーションツアーから戻った夜のことだった。すべてが始まった夏以来、三人がそれだけの長い期間、離れて過ごしたのはそれが初めてだった。「このシリーズは役割を終えたと思う」セイディは言った。「これ以上新しいものを生み出せる気がしない」三人は、そのころもまだサムとマークスが共同生活を送っていたケネディ・ストリートのアパートで夕飯をともにしていた。

「じゃあ、代わりにどんなゲームを作りたい？」マークスが訊いた。

「アイデアは二つ三つある」セイディは答えた。「でも、それはまた別の機会に話し合ったほうがいいと思う」

「ホワイトボードなら、いつでも出してこられるよ」

「ちょっと待って」ここまで黙って二人のやりとりを聞いていたサムが言った。「『イチゴ』をこれでおしまいにするわけにはいかないよ、セイディ。『イチゴⅡ』を納得のいくものにできなかったのは、オーパスが決めた期限に間に合わせなくちゃいけなかったからだ。文句なしの三作目を作ってやろうって気はないの？」

「そのうちね」セイディは言った。

「だって、イチゴは僕らの子供だろ」サムが言う。「くだらない続篇を作っただけで見捨てるなんてできっこない」

「サムソン」セイディは警告を含んだ調子で言った。「それでいいって言ってるでしょ」

　サムは顔をしかめて立ち上がった。

「だいじょうぶか」マークスが訊いた。

「疲れただけだ」サムは答えた。「セイディ、次作をどうするか、きみ一人で勝手に決めないでくれ。僕は『イチゴⅢ』を作るべきだと思うけど、仮に作らないとしたら代わりをどうするのか、アイデアは出してもらわないと」

「サム、血が出てるぞ。ソックスに染みてる」マークスが言った。

「知ってる。しばらく前からだ」サムはこともなげに言った。

「医者に診せないと」

「マークス、足のことは放っておいてくれ、いいな？　自分でどうにかするから」自分の足の状態を話題にされるのはたまらなくいやだった。

「マークスに八つ当たりしないの。また道ばたで気絶したりしたらって心配して言ってるんだよ」セイディは言った。

「いや、いいんだ」マークスが言う。「俺は気にしてない」

「謝りなよ」セイディは言った。

「ごめんよ、マークス」サムの口調はいかにも口先だけといった風だった。それからすぐにセイディのほうに向き直って言った。「アイデアがあるなら聞かせてよ。きみと僕はパートナーだろう」

セイディは皿を集めて重ねた。「みんな食事がすんだなら、お皿を洗っちゃおう」

「いいよ、置いておいて」マークスが言った。

「私はお客さんだもの」セイディは言った。「それくらいさせて」

マークスも立ち上がってセイディを手伝った。

セイディはキッチンに行った。サムが足を引きずりながら追ってきた。「アイデアがあるなら聞かせてよ。きみと僕はパートナーだろう」

「こっちだって聞いてもらいたかったよ」セイディは感情を抑えた声で言った。汚れた皿をシンクに置く。「ここにいなかったのはサムじゃない」

「一緒に来ればよかっただろう」サムは言った。「一緒に来てって僕は何度も頼んだよ」

「二年も全員で休暇旅行ってわけにいかないでしょ」

「休暇じゃない。仕事だよ、セイディ」サムは言った。

「私だって仕事はした。くだらない続篇を作らなくちゃならなかった」

「そうだね、それは事実だ」サムが言う。

「ねえ、サム。お願いだからもう放っといて」セイディは言った。

「友人よ、ローマ市民よ、わが同胞よ」マークスが言った。「落ち着けって」

セイディは玄関を出て、ドーヴと同居しているアパートにまっすぐ帰った。ドーヴは妻と息子に会いにイスラエルに行っていて留守だった。もう二年もたつのに、二人の離婚はまだ成立していなかった。

アパートに入ると電話が鳴っていたが、セイディは出なかった。かけてきた人物は留守電のメッセージを残さなかった。きっとサムかドーヴだろう。いまはそのどちらとも話したくない。

ほかに方法がないわけではない。サムが「イチゴⅢ」にこだわるなら、セイディがアンフェア・ゲームズを辞めればいい。アンフェア・ゲームズはオーパスとの契約を履行したし、セイディとアンフェア・ゲームズとのあいだに雇用契約はない。三人とも雇用契約を結んでいなかった。セイディにサムやマークスは必要ない。独立して、自分だけで新しいゲームを作れる。電話がまた鳴り出した。今度は留守番電話が作動した――「おーいセイディ、ドーヴだ。出てくれ」

セイディは電話に出た。日常の雑事を話したあと、セイディは言った。「仮に私一人で――サムなしでゲームを作るとしたら、とんでもない間違いだと思う?」

「何があった?」ドーヴが訊いた。

「別に何も。ちょっと喧嘩しただけ」

「セイディ、それはしごくふつうのことだ。最良のチームでは、喧嘩は日常茶飯事だ。それも仕事の一部なんだよ。喧嘩一つ起きないとしたら、仕事に本気で取り組んでいない奴がいるってことさ。言いすぎたって謝って、次に進むだけだ」

言いすぎたとは思っていないと説明するのも面倒くさかったし、ドーヴは質問に答えてくれていない。「そうだね」セイディは言った。「ありがとう、ドーヴ」

一一時半、セイディはパジャマに着替え、歯を磨いて歯間フロスを使い、あとは寝るだけになっていた。世の中の二十三歳は、金曜の夜を同じように過ごしているのだろうか。四十歳になったとき、もっといろんな人とセックスしておくんだった、もっとパーティ三昧しておけばよかったと悔やむだろうか。しかし、大勢が集まる場は苦手だし、パーティに行けばかならずすぐにでも帰りたくなる。ときおりマリファナ煙草くらいは吸ったが、お酒に酔った感じは嫌いだった。ゲームをプレイしたり、外国の映画を観たり、おいしい食事をゆっくり味わったりするほうが好きだ。早寝早起きが好きだ。仕事が好きだ。仕事で能力を発揮できるのが楽しいし、それで高い報酬を得ていることが誇らしい。物事に秩序があると安心する——いっさい無駄のないプログラム、どの服や靴やバッグもしかるべき位置に並んでいるクローゼット。一人きりの時間、刺激的で独創性に富んだ頭脳を使って考える時間が大切だ。心地よいものが好きだ。ホテルの客室、厚手のタオル、カシミアのセーター、シルクのドレス、オクスフォードシューズ、ブランチ、質のよい筆記用具、お高いコンディショナー、ガーベラのブーケ、帽子、切手、アートに関する本や論文、マランタの鉢植え、ＰＢＳ局のドキュメンタリー、ハーラ（ユダヤ教の安息日に食べるパン）、ソイワックスのキャンドル、ヨガが好きだ。慈善団体に寄付して、記念のキャンバス地のトートバッグをもらうとうれしくなる。（フィクションとノンフィクションの区別なく）本は好きだが、新聞はアート面以外は開いたことがなく、それを後ろめたく思っている。ドーヴからはよく、きみはブルジョワ趣味だなと言われる。軽蔑をこめてそう言っているのだろうが、自分でもたしかにそのとおりだと思う。両親はブルジョワ趣味だった。その両親にかわいがられて育った自分は当然、ブルジョワな大人になった。犬を飼いたいが、ドーヴのアパートはペット飼育禁止だ。

セイディがブルジョワ趣味を貫く理由は、ブルジョワ趣味ではない作品を作るためだ。ふだんからもの選びにこだわっていれば、作品づくりに妥協が入りこむ余地も自然となくなる。

オートロックのブザーが鳴った。

無視した。

下の通りから、サムの甲高い声が聞こえてきた。「**セイディ・ミランダ・グリーン、部屋のライト**

がついてるのが見えるぞ」

やはり無視した。

「セイディ、外は死ぬほど寒い。また雪が降ってきた。きみの一番古くて一番大事な友達を部屋に入れてくれ」

それでも無視しようとした。たとえ凍えて死のうとサムの自業自得だ。

セイディはカーテンの隙間から通りをのぞき見た。サムはステッキを手にしていた。このところステッキに頼る頻度が増している。持っていないところを最後に見たのはいったいいつだっただろう。

セイディはオートロックを解除した。

「何の用?」

「次作のアイデアを聞きたいんだ」サムは言った。「どうしても聞きたいんだ。きみのアイデアを聞くのは大好きだからね。ほかの何よりその時間が好きだ。それに、続篇を作りたくないなら無理強いする気もない。きみは僕のパートナーだ。オーパスと契約したとき、きみが僕の意見を優先してくれたことだって忘れてない。僕はいまもイチゴが大好きだよ。きみと一緒に生み出したイチゴが大好きだし、ほかにも大勢がイチゴを愛してくれてる。いつかイチゴに最高傑作を作ってやるべきだと思う。でも、いまはイチゴから解放されたいという気持ちもよくわかる」

「『イチゴⅢ――サヨナラ・イチゴちゃん』とか」セイディは言った。

サムは笑った。「いいね、それ」

サムはいいほうの足に体重をかけて立っている。サムの立ち姿はこのところそうやってどんどんかたむいていっていた。セイディの胸に愛情と心配が同時に押し寄せた――だが、その二つに区別はあるだろうか。愛していない相手を心配してもしかたがない。相手が心配でないのなら、それは愛ではない。「せめてタクシーで来たよね?」

「もちろん。おかげさまでタクシー代くらいは出せる身分になったから」

「この寒いのに、よくマークスに引き留められなかったね」

「マークスは僕の番人じゃない」

「マークスは分別があるのに」

「マークスに責任を押しつけるなよ。僕が出かけたってあいつは知らないんだ。ゾーイのところに行ってる」

「まだゾーイとつきあってるってこと？　マークスにしては長いね」セイディは言った。

「本気で愛し合ってるらしいよ」サムは、愛なんて馬鹿げていると言いたげだった。

「サムは認めてないってこと？」

「マークスは年がら年中誰かと愛し合ってる。感情界の売春婦だよ。あんなにたくさんの人や物事を愛せるなら、愛なんてずいぶん軽いものなんだなと思うよ」

「でもマークスって最高じゃない？」セイディは言った。「運のいい人なんだと思うよ」

「運なんてものは存在しない」サムは言った。

「あるに決まってる。ほら、〈ダンジョンズ&ドラゴンズ〉で巨大な多面サイコロを振るでしょ。あれが運」

「何だよそれ」サムは言った。「ところで、ドーヴは？」

「早めの冬休みで帰省してる」

サムは探るような目をセイディに向けた。彼は彼女の内心や本音を探るエキスパートだ。「まだ愛してるの？」

「そもそも愛したことがあるかって質問？」セイディは言った。

「辛辣《しんらつ》だな」

「彼のことは尊敬してる。殺したいとも思う。それがふつうだよね。単純じゃない」セイディは言った。「ドーヴの話はしたくない」セイディはあくびをし、ソファの上で体をずらしてサムに場所を作った。「どうせもう来ちゃったんだし、このまま泊まっていけば。こんな天気のなか追い出したら、私がマークスに殺されちゃう」

サムはセイディと並んで腰を下ろした。セイディがテレビをつけ、二人はしばらくデイヴィッド・レターマン司会のトーク番組をながめた。視聴者が連れてきたペットの芸を披露するコーナーになると、セイディは音をミュートした。サムが彼女に向き直り、口を開くのを待った。セイディはサムの満月のような顔を見つめた。すっかり見慣れた顔だった。まるで自分を見ているよう――自分の過去のすべてを見通せるマジックミラーを介して自分を見ているかのようだった。サムに目を向けるとき、目に映るのはサムだったが、そこにはイチゴやアリス、フリーダ、マークス、ドーヴも見えた。過去に犯してきたあらゆる過ちも見えた。ひそかに恥じていること、不安に思っていることも見えたし、過去にしてきた最高にすばらしいことも見えた。サムを好きと思えないことさえときにはあったが、しかし、自分の思いつきに追求する価値があるかどうか、サムの脳味噌を通してみるまでは判断できないのもまた事実だ。サムの口から――わずかとはいえ変更を加えられ、改良され、組み替えられ、整頓されたものとして――自分のアイデアを改めて聞いて初めて、それがよいものなのかどうかがわかる。新しいアイデアを話せば、その瞬間、それはサムのアイデアになった。そしてその瞬間、新郎新婦が通路を進み、これから手に手を取って困難を乗り越えていくと誓ってグラスを割るように、新たな共同作業が始まる。セイディは大きく息を吸いこんだ。「次に作りたいゲームのタイトルは、『ボース・サイズ』」

4

〔ボース・サイズ〕の着想が芽生えたのは、サムが行方不明になった夜だった。以来、セイディは頭のなかでそれをためつすがめつ眺めていた。着想の小さなかけらが小声でささやく概念の、かすかなきらめきのようなもの。あの希望に満ちた夜明け、来た道を逆向きにたどり直したとき、まったく同じルートなのに、前とまったく違って見えることにセイディは気づいた。ついさっきまでサムはちゃんといて、ゲームは完成し、世界は新たな可能性に満ちていた。ところがわずか十二時間後、サムは行方不明で、ゲームはセイディの頭から消え、世界は非情で残忍な顔つきをしていた。世界は前と変わっていない。私が変わっただけ。ううん、変わったのは世界のほうで、私は変わっていないのかも。一瞬、自分の体や現実から切り離されかけているような心地がした。その場に座りこんで地面がまだちゃんとあることを確かめた。それから気を取り直してサムの捜索を再開した。

以前にも同じ感覚に襲われたことがある。高校を卒業する年、かつて仲よしだった友達が摂食障害で亡くなった。その子が摂食障害を患っていると知るはるか前、セイディはときどきその子と〝ダイエット・ゲーム〟をした。今日は「レタスの日」「グラノラバーの日」「缶入りスープの日」「マッツォー（ユダヤ教のクラッカー）の日」などと友達が決めたら、そのあと二十四時間、二人ともその食べ物しか口にしない。十四歳のセイディは、ただの遊びのつもりでいた。一種類の食べ物しか口にしないゲームは、整理好きで潔癖なセイディの性格に合っていた。そのゲームに別の意味があったとは――のちに友達の命を奪う力を隠していたとは――まるで気づかずにいた。忠告したのはアリスだった。「体によくないからやめなよ、セイディ。一日レタスしか食べないなんて」ゲームはそれからまもなくおしまいになって――少なくともセイディはゲームに参加しなくなって、友達ともやがて疎遠になった。

友達の葬儀のとき、棺の蓋は開いていた。そこに横たわる友達と対面したセイディは、自分を見ているような錯覚にとらわれた。自分が死んだはず、自分が死ぬはずだったのに、なぜか友達と入れ替わってしまったかのようだった。動揺のあまり、やつれ果てた友達の両親への挨拶もそこそこに葬儀場を飛び出した。

サムを捜した夜、この世はすべて不変と見えて実はそうではないのだと思った。子供じみた遊びが命を奪うかもしれない。友達が消えてしまうかもしれない。どれほど必死に自分を守ろうとしても、もう一つの結果になるおそれはつねに背中合わせだ。人は誰でもせいぜい人生の半分しか生きていない。ふとそんな風に思った。これまでの選択の積み重ねとしての人生がある。そしてもう一つ、捨てた選択肢が積み重なった人生がある。ときおり、そのもう一つの人生の存在が、いま現実に生きているほうの人生と同じくらいリアルに感じられることがある。ときおり、たとえばブラットル・ストリートを歩いているときなどに、もう一つの人生に思いがけず迷いこむことがある。ウサギ穴から不思議の国に落ちたアリスのように。いつのまにか別のバージョンの自分になって、どこか別の街にいる。ただしそこは不思議の街ほど奇妙な場所では決してない。どういうところなのか初めから薄々知っていたからだ。そこでは安堵を感じる。もう一つの人生はどんなだろうかとつねづね想像を巡らせていたからだ。そしてセイディはそのとおりの場所に来ていた。

サムにはその話はしなかった。

「『コロッサル・ケーヴ・アドベンチャー』って聞いたことある?」セイディはそこから話を始めた。

「あるよ。プレイしたことはないけど。だいぶ古いゲームだよね」

「おそろしく古いゲーム」セイディは言った。「テキストだけで、グラフィックスがまったくない」

「テキストだけのゲームを作ろうとか言い出さないよな」

「まさか。ただ、どうしても忘れられないことがあって。そのゲーム、全部の洞窟《ケーヴ》を探検しないとクリアできないわけ」

「まあそうだろうね」

「初めはものすごく面倒くさかった。必要なアイテムを取りに、いちいち山小屋まで戻らなくちゃいけなかったから。それで、洞窟から山小屋に簡単に戻れるように、プログラマーは〝ジジー〟っていう特殊なコマンドを導入した」

「ジジー？」

「そう。スペルはX－y－z－z－y。ジジー・コマンドを使うと、二つの地点を魔法みたいに行き来できる」

「チートっぽいな」サムは移動の手間を極端に省こうとするゲームを嫌う。

「チートじゃない」セイディは言った。「それどころか天才的な思いつきだよ。このゲームの最高にいいところはそこだから。ゲーム中の世界は現実の世界とは違いますって宣言するも同然じゃない？そこは現実の世界じゃないから、現実の世界と同じように移動する必要はない。次に作るゲームはそういう風にしたいと思ってるの。ジジーなゲームにしたい。ただし、「アドベンチャー」みたいに二つの地点を行き来するんじゃなくて、二つの世界を行き来する。たとえば一つの世界ではごくふつうの日常を生きてるふつうの人だけど、もう一つの世界ではヒーローだとか。その両面《Both Sides》をゲームでプレイできるわけ。細かい設定はこれから考える。まだ単なる思いつきの段階だから」

サムは眼鏡を取ってコーヒーテーブルに置いた。「なるほどね。二つの世界の見た目は変えたほうがいいし、ゲームのメカニクスもがらりと変えたほうがよさそうだ」

「そうそう」セイディは言った。「そういうこと。ドロシーがいつでも自由に行き来できるオズ王国とカンザスみたいな」

「一方は〔ゼルダ〕の新作みたいな雰囲気でグラフィックスも3D、一人称視点で、ハードディスクの容量を圧迫しまくるような高画質。もう一方はシンプルにする。八〇年代のアーケードゲーム風じゃなくて、シエラ・オンラインの〔キングズクエストⅣ〕とか、あのくらいの加減のシンプルさがよさそうだ。こっちは三人称視点にする。オンラインでも充分プレイできそうなシンプルな感じ」

「いいね」セイディが言った。

「ストーリーは?」

「主人公は女の子かな。家庭に問題がある。学校ではいじめられてる。でももう一つの世界では——」

「ちょっと待って」サムがさえぎる。「メモするから」

翌日の午後、サムはタクシーでケネディ・ストリートのアパートに帰った。徹夜でセイディと語り合って疲れてはいたが、心は満たされていた。〔イチゴ〕シリーズのプロモーションで各地を忙しく飛び回っているあいだは、セイディと一緒に何かを作り出す喜びを思い出す暇さえなかった。セイディはプロモーション活動を休暇旅行のようなものと思っていたかもしれないが、実際は苦役に近かった。なかには楽しいこともあった。たとえば鋭敏なゲーム専門ジャーナリストの取材、オーパス社がゲーム開発者会議向けに用意したイチゴのマスコット、イチゴやゴミバコのコスプレをした子供、サム・メイザー——ゲームキャラとそっくりなゲームデザイナー!——をアイドル視する〔イチゴ〕ファン。とはいえ、プロモーション活動は基本的につらく単調なことの繰り返しだ。まるで初めて披露する話のようにふるまいつつ、同じ話を何度も何度もした。二人の子供も同然〔イチゴ〕をめぐる浅はかな論評を延々と聞き、しかも愉快で、的を射ていて、独創性に富んだ意見だと思っているふりをしなくてはならなかった。ゲームを買ってくれるかもしれない聴衆を楽しませるために、しまいこんであったトラウマを引きずり出しもした。浮ついた販売会議にもつきあった。カメラに向けて、頭痛がするまで笑顔を作り続けた。終わりのない飛行機とレンタカーの旅を繰り返した。月日が進むにつれて足の痛みはますます悪化し、サムはそれを無視しようとした。痛みを無視するのには慣れていたが、二週間前、出血が始まった。出血はそうそう無視できない。ニューヨーク市のFAOシュワルツの販促イベントに出たとき、小さな子供がサムの袖を引っ張って言った。「ミスター・イチゴ、血が出てるよ」サムは足もとを見た。その子の言うとおりだった。真っ白なテニスシューズの真ん中に大きな血の染みが広がっていた。

「ペンキだと思うな」サムは当惑ぎみにごまかした。

ホテルの部屋に戻ってから、ホテルのカーペットに血がつかないよう足に包帯を巻き、スニーカーをごみ箱に放りこんだ。

肝心なのは、誰かがゲームを宣伝しなくてはならないこと、そしてセイディはその誰かになりたくないと意思表示していたことだ。

サムはセイディと二人きりで遠大なアイデアを一から積み上げていく時間を何よりも愛していた。セイディと一つの世界を築き上げていく作業が好きだった。その日の夜もまた会おうと約束した。サムは新しい仕事が楽しみでしかたがなかった。

シャワーを浴びて上がると、足からまた出血していて、しかもすぐには止まりそうになかった。左足を形成し支えている七本の金属ロッドのうちの一つの位置がまたもやずれ、しかも困ったことに、皮膚を突き破っていた。かなりの痛みだったが、耐えられないほどではなかった。痛みよりも、面倒なことになったなという思いのほうが強かった。バスルームの床に座り、止血を試みようとしたとき、足にもう一つ穴があることに気づいた。二つ目の穴を指で探ってみると、また別の金属ロッドの先端が触れた。一瞬、不安が胸にあふれた。そこにゾーイの家に行っていたマークスが帰ってきた。

マークスはバスルームをのぞいた。サムは床にうずくまり、むき出しの足は血だらけになっていた。サムの足を目にしたのは何年ぶりかだった。サムはいつも他人の目に触れないように用心していた。一目見るなりマークスは、この足でよく歩いていたなと思った。目も当てられない状態だった――傷だらけ、血だらけでねじくれたおぞましい塊。サムはあわててタオルで足を隠した。「おい、サム。いますぐ病院で診てもらおう」マークスは言った。

「無理だよ。二時間後にセイディと会うことになってるから」サムは平然として言った。「新しいゲームの構想を話し合うんだよ。それに、今夜いきなり出血多量で死ぬなんてことはないからだいじょうぶだ。本当だよ、マークス。しばらく前からこんな感じだけど、もう慣れた。悪いけど、コットンとガーゼをもらえないかな」

マークスは薬の棚からコットンとガーゼを取って差し出した。

「サム、ちょっとまずいんじゃないか、それ」〝ちょっとまずい〟どころではないのは明らかだ。

「二、三日もあれば治るよ。いつもそうだから」サムは自信ありげにそう言ったが、一〇〇パーセントの確信があるわけではなかった。「セイディも僕も、新しいゲームの制作に向けて気分が乗ってきたところなんだよ」

昨夜の議論のあとだ。マークスは二人が次作に取り組もうとしていると聞いて安心し、どんな内容なのか聞いてみたいと思った。「わかった」マークスは言った。「ただし、病院に連絡して、明日の予約を取っておく」

整形外科の予約は翌週にずれこんだ。当日の朝、左足は改善も悪化もしていないようだったが、サムは歩くときそちらに体重をかけないようにしていたし、ここ数日は発熱もしていた。マークスは病院に付き添った。サムを確実に病院に行かせるためもあったが、一人で帰ってこられるか心配だったからだ。

サムの診察中、マークスは待合室でジョーン・ディディオンの『ホワイト・アルバム』を読んで時間をつぶしたが、読書に集中できなかった。ゾーイはカリフォルニア州への引っ越しを検討していた。映画やテレビ、コマーシャル向けの作曲の依頼が少しずつ来るようになって、ロサンゼルスに住んでいたほうが仕事が見つかりやすいのではないかと考え始めたからだ。マークスも乗り気だった。ゾーイのためもあるが、昔からカリフォルニアに住んでみたいと思っていた。西海岸は大好きだった。大学もスタンフォードを志望していたのだが、合格できなかった。ロサンゼルスが気に入っている。ひょろ長いヤシの木、朽ちかけたスペイン風の住宅、ときおり出くわすオウムの群れ、にこにこしながらつねにこちらに何かを求める人々。マークスはハイキングやランニングが好きだから、一年の大半を野外で過ごせる土地で暮らせたら楽しいだろう。仕事の面でも、西海岸、とりわけロサンゼルスにはゲーム関係者が集まっているし、広々としてしゃれていてモダンなオフィスの家賃は、ケンブリッジに比べると安上がりにすむはずだ。前の年に西海岸に出張して以来、カリフォルニアに会社を移さないかとセイディやサムにそれとなく提案はしていた。二人ともロサンゼルス出身だが、二人ともうんと言わなかった。生まれ故郷に帰るのには、どうしても敗北感がつきまとう。

三十分ほどたったころ、サムが診察室から現れた。松葉杖をつき、足は包帯でぐるぐる巻きにされ、抗生物質の処方箋を手にしていた。

「何だって?」マークスは訊いた。

サムは肩をすくめた。「とくに新しいことはなかったよ」

「じゃあ、だいじょうぶなんだな」マークスは重ねて訊いた。サムの足の惨状が目に焼きついている。

「これまでとどこも変わってないさ。仕事に戻りたい」

二人は駐車場に出てタクシーを待った。マークスは、『ホワイト・アルバム』を待合室に忘れてきた芝居をした。「すぐ戻る」

病院内に入り、本を回収したあと受付に行き、サムの主治医と話がしたいと伝えた。サムの兄だということにし、治療についていくつか質問があると言った。マークスはマークスだから――ハンサムで、チャーミングで、礼儀正しいから――看護師は先生に訊いてみますねと言った。

マークスが診察室に行くと、主治医はお兄さんと話ができてよかったと言った。自分の話をサムはちゃんと聞いているのかと心配になることが多いからだ。足の傷を消毒し、縫合し、金属ロッドの位置を可能なかぎり元どおりにしたが、一番大きな傷が化膿していたため抗生物質を処方した。だが、それで安心というわけではなかった。足は切断するしかないのではないかという。

「痛いのは我慢できると本人は言うんですけれど、さすがに無理だと思います。それに、ここまで来るともう、問題は痛みではありません。いまの状態を維持できるとは思えない。金属ロッドがこすれて、無事だった骨まで削れてしまっているし、皮膚も化膿しやすくなっているうえに治りにくくなってきています。これ以上のダメージを防ぐには、車椅子を使って、悪いほうの足にかかる負担を完全に取り除くしかありませんが、二十四歳の活動的な若者にはお勧めできません。ここで思いきった対処をしないかぎり、病院通いがずっと続いてしまう。敗血症を起こしたらたいへんだし、緊急で切断するとリスクが大きくなります。サムはまだ若いし、健康状態もいい――私がお兄さんの立場なら、その時が来たと言って説得します」

マークスが病院を出ると、タクシーが停まって待っていた。

「遅かったね」サムが意味ありげに言った。

「まあね」

「その顔を見ればわかる。やけに時間がかかったのは、何かあったからだろう。何があった？」

「待合室でおまえの主治医に出くわした。俺をおまえの兄貴か何かと勘違いしたようでね。すごく」

――マークスは適当な言葉を探した――「心配してた」

　サムの松葉杖を握る手に力がこもった。「おまえにしゃべるなんて、越権行為だよ。僕の足の状態は僕だけが知っていればいいことだ」

　俺たちは友達だろうとか、長いつきあいだよなとサムに言ったところで無意味だとわかっていた。

「サム、俺も知っておくべきことだと思うよ。仕事のパートナーだし、これから大きな手術を受けることになるなら、セイディや俺だってそのつもりで予定を立てなくちゃいけない」

「この足をどうにかしたほうがいいって、何年も前からいろんな人に言われてきた。わかってる。いいかげんに潮時《しおどき》だよな。けど、その前にセイディと新しいゲームを作らなくちゃいけないんだ」

「サム！　ゲームの完成なんてまだまだ先だろうが。まだ作り始めてもいないんだぞ。俺はプロデューサーなのに、新しいゲームのことは何一つ知らされてない。それにおまえたちはほんの一週間前まで『イチゴⅢ』を作る作らないでもめてただろう」

「その件はもう決着したよ」

「どうかしてるぞ。手術が怖いって話なら、気持ちはよくわかる。それなら――」

「怖いとは思わない。ゲーム開発を進めながら、切断後のリハビリや何かを同時にこなすのは無理っていうだけの話だ」サムは居丈高《いたけだか》に言った。「手術やリハビリや義足の調整なんかしてる暇はない。マサチューセッツはいま、冬だぞ、マークス。ただでさえ移動がたいへんなんだ」

　それきりアパートに着くまで二人とも黙りこんだ。

「この件はセイディには黙っててくれよな」タクシーがケネディ・ストリートで停まったところで、サムは言った。

マークスはうなずいた。先にタクシーから降りてサムに手を貸した。

その夜、マークスはゾーイのアパートに行き、サムの足のことを話した。ゾーイはリビングルームに置いたイカット織りのクッションにあぐらをかき、いま習得中のパンパイプを吹いていた。赤褐色の髪が垂れて乳房を隠している。身につけているのは下着だけだった。ゾーイのアパートのエアコンはいつも室温が高く設定されている。できるかぎり薄着で過ごしたいからだ。演奏する楽器の振動をじかに感じるのが好きだからとゾーイは言う。自分を支えている大地の振動、自分を取り巻いている空気の振動を感じていたい。自分と宇宙のあいだを隔てるものが何もないときだけ聞こえてくる秘密の音楽があるのだというのがゾーイの言い分だった（この場合の〝何もない〟は〝服を着ていない〟の意味だ）。初体験の相手はチェロなのとよく冗談を言っている（もしかしたら冗談ではないのかもしれない）。作曲の道に進む前、チェロの天才児と呼ばれていたころ、外に出て服を脱ぎ、一人きりでチェロを弾くのが好きだった。一度、家の裏庭でそうやって弾いているところを母親に見つかり、心理療法士のところに行かされた。（セラピストの診断は、〝ゾーイほど健全なボディイメージを持ったティーンエイジャーの少女はほかに見たことがない〟だった。）このころにはマークスもゾーイの裸体にすっかり慣れていて、いちいち興奮したりしなくなっていた。セックスの回数はまだ多く、喜びに満ちてもいたが、ゾーイの裸はその誘いではなかった。

「解決するのは簡単」ゾーイは言った。「サムとセイディを説得して、一緒にカリフォルニアに行けばいいのよ。カリフォルニアなら、冬の移動の問題もないでしょ。みんな車で移動するから、サムもいまほど歩かなくてすむ。回復も早いはず」

「俺もカリフォルニアに行くかどうかまだ決めてない」マークスは言った。

「あら、来るに決まってる。だってマークス、鏡を見てみて。カリフォルニアで暮らすために生まれたみたい。アンフェア・ゲームズにしても、次のゲームの開発はまだ始まってないわけだし、サムにはちょっとお休みが必要なんだから、会社をカリフォルニアに移すタイミングとしてパーフェクトじゃない？　あなただって何年も前からカリフォルニアに住んでみたいって言ってたんだし。サムに手術とリハビリの時間をたっぷり取ってもらって、そのあいだにあなたとセイディでオフィスを準備したり、人を雇ったりすればいい」ゾーイは手を打ち鳴らした。「決まりね」

「セイディが行くと言うかな」マークスは言った。「ドーヴはこっちにいるわけだろう」

ゾーイはうんざり顔で天井を見上げた。「マークス、セイディはドーヴと別れる口実を必死に探してる」

「いや、ドーヴを愛してるよ」

「とっくに愛想を尽かしてる。彼がいつまで待っても離婚しないから。みんな知ってることよ」ゾーイは言った。

マークスはゾーイの自信ありげな態度を笑った。サムの半分とはいえ、セイディとはもう二年半のつきあいだ。なのにマークスにとってセイディはいまも謎の存在だった。「サムはどうやって説得すればいい？」

「マークス。あなたってほんと世間知らずね。誰のことも説得しなくていいのよ。セイディには、サムのためにカリフォルニアに行こうって言えばいい。このままじゃ足が壊疽《えそ》を起こしてしまうから切断しなくちゃいけないけど、マサチューセッツで手術を受けるのはいやだと言ってるって。そしてサムには、セイディのためにって言えばいい。ドーヴと別れるきっかけを探してるからって。あの二人はお互いがいなくちゃやっていけない。相手のためなら何だってするわよ」

マークスはゾーイの唇にキスをした。シナモンティーとマンダリンオレンジの味がして、マークスはセックスがしたくなったが、まだ練習の途中なのは見ればわかった。「今夜のきみはまるでマクベス夫人だな。いまみたいな話をするのは、俺に一緒にカリフォルニアに来てほしいから？」

「それもある。でも、そうするのが一番正しいからでもある」

すべてはおおよそゾーイの言ったとおりに運んだ。サムから口止めはされていたが、マークスは先にセイディに話をし、サムの足の状態が思わしくないことを伝えた。セイディは、カリフォルニアに帰る気はなかったと言いながらも、サムと会社のためならと即座に同意した。サムの体のことを考えるとこのままではいけないのはセイディの目にも明らかだったし――サムと親しくつきあっていれば誰にでもわかっただろう――カリフォルニアに移ったほうがいろいろな対応が楽なはずだと納得した。

「実を言うと、私も冬にはちょっとうんざりしてた」

サムに話を持ちかけたときは、ゾーイのアドバイスとは異なるアプローチを取った。ロサンゼルスに移れば最新設備がそろったオフィスに入居できること、ロサンゼルスのゲーム業界はいま一番勢いがあることを話し、セイディの件はおくびにも出さなかった。〔ボース・サイズ〕のあらましはすでにサムから聞いていて、マークスもそのアイデアが気に入っていたが、次作の方針について誰もマークスの意見を期待していなかった。それでも開発規模がこれまでになく大きくなりそうな〔ボース・サイズ〕は、説得に好都合な材料となった。大勢の開発スタッフを抱えることになるから、いまより広いオフィスが必要だ。それでもまだサムは渋った。「移転には時間がかかる。有能なプログラマーをそろえるのも、オフィスを設営するのにも」

「それはセイディと俺にまかせてくれ」マークスは言った。「そうすれば、おまえはゆっくり手術を受けられる。そうだろう?」

サムは首を振った。「セイディはそうしたいって? ドーヴと別れることになるけど?」

「ああ、そのとおりだ」マークスは答えた。「実は別れたがってるんだと思うよ。ただ、きっかけがない。口実があれば切り出しやすいだろう」

かったのだ。

「わかった。やるよ」サムは言った。「セイディのためなら」

セイディとドーヴのあいだに隙間風が吹き始めていることに気づいていたのは、ゾーイだけではなかったのだ。

ドーヴがいつまでたっても離婚しないことに加え、オフィスに出勤したセイディの顔や手足に薄い痣やロープがこすれたような痕、小さなすり傷ができていることがときどきあった。あるときなど、手首を捻挫《ねんざ》していた。いつも小さな怪我が絶えなかった。決して重傷ではなかったし、傍目《はため》には気づかないようなものばかりだったが、マークスも過去に一度、どういうことなのか確かめたほうがいいと思ったことがあった。

オーパス社の担当チームとの打ち合わせのため、マークスとセイディが二人だけでオースティンに出張したときのことだ。オースティンは殺人級に暑く、ホテルに戻った二人は水着に着替えてプールに行った。セイディの脚や腕にできた無数の痣や傷がいやでもマークスの目に触れた。その夜、ホテルのバーで飲んだとき、マークスはさりげない調子で痣のことを尋ねた。二人とも大人向けの強い酒を頼んでいた。マークスはオールドファッションド、セイディはウィスキーサワー。それはささやかなジョークだった――出張中のくたびれた中年の同僚コンビごっこ。マークスはセイディの手首にできたみみず腫れにそっと指先を触れた。「何かあったの？」

セイディは、困ったときにいつも漏らす、低くてかすれた笑い声を上げた。反対の手で手首を隠す。何も話してくれないかとマークスは思ったが、まもなくセイディが口を開いた。

「ドーヴと私のゲームなの」

「ゲーム？」

「ちょっとしたボンデージ・プレイ」セイディは言った。「ドーヴは限度をわきまえてる。私がいやがることはしない」

「きみは好きでやってるの？」マークスは訊いた。

セイディはしばし思案した。酒をもう一口あおる。「そういうときもある」口の端を片方だけ上げて微笑む。目には後ろめたそうな表情があった。ドーヴとのセックスをいつも楽しんでいるわけでもないと打ち明けるのは、彼に対する裏切りだとわかって言っているというように。「でも、彼はすごくよくしてくれてる。いつもよくしてくれてる」セイディは言った。「私たち全員にね」

5

二十三歳の荷造りはあっという間だ。ドーヴが冬休みの帰省から戻ってくるまでに、あらかたすんでしまっていた。

「おい、何だよこれは？」

「その……カリフォルニアに引っ越すことになった」

アンフェア・ゲームズは瞬発力を発揮したのだとセイディは説明した。サムはすでに新たな医師団を紹介されていた。手術のスケジュールを組むため、クリスマス前に一足先にカリフォルニアに発った。今後の方針が決まるや、できるだけ早くすませてしまいたいとサムは言った。元日にはマークスとゾーイがロサンゼルスに向かい、新しいオフィスと自分たちのアパートを探し始めている。いずれもヴェニス地区でよい物件が見つかった。ＩＴ業界のイケてる若者はヴェニスに集まっているとマークスは信じていた。サムとセイディはすぐにアパートを借りる必要がない。サムは手術とリハビリがすむまで祖父母の家で世話になり、セイディはとりあえず実家に戻ってゆっくり賃貸物件を探す。

ドーヴは最後まで黙って聞いていた。すぐには口を開かなかった。やがてこう言った。「まるで夜逃げだな。いつ俺に話す気でいた？」

「急に決まったことなの」セイディは言った。「あなたがどうって話じゃない」

「決まったあとに何度も電話で話したよな」

「そうね、だけど、あなたがイスラエルにいるあいだは話しにくいから。テリーといるときはいつも上の空だし」

ドーヴはベッドに腰を下ろし、セイディが抽斗の中身を取り出すのを無言で見つめた。かすんでよく見えないとでもいうように目を細めた。それから両手で頭を抱えた。

「結婚しようと言ってほしいのか？　それが不満なのか？」

「違う。どのみち私とは結婚できないでしょ」

「いますぐ離婚しろって？　わかった」ドーヴは電話に手を伸ばした。「いまここでバティアに電話する」

「やめて」セイディは言った。「本気じゃないくせに。その気があるならとっくに離婚してたはず」

「これでおしまいなのか？」ドーヴが訊く。

「わからない」セイディはそう答えてから思い直した。「そうだね、おしまいなんだと思う」

ドーヴはセイディをベッドに押し倒した。舌が口に侵入してきた。セイディはなされるがままでいた。「わきまえた女のつもりか、え？」ドーヴは言った。

セイディはドーヴの目をまっすぐに見た。「違う。ロサンゼルスに行きたいだけ。友達の支えになって、ゲームを作りたいだけ」

「サムはきみの友達なんかじゃないぞ、セイディ。自分をごまかすな」

「私のパートナーが二人ともそう望んでるの。だからそのとおりのことをするだけ」

「パートナーか。俺がいなかったら、きみらの会社は存在さえしてなかっただろうな。俺は「ユリシーズ」を貸した。パブリッシャーや業界の人間を紹介した。俺の財産をそっくり差し出したようなものだ」

「ありがとう」セイディは言った。「財産をそっくり差し出してくれて」

「服を脱げ」

「断る」

「今度はタフな女のつもりか」

そのあとのドーヴの行動は、セイディの予想どおりだった。セイディをベッドのヘッドボードに押しつけ、ナイトスタンドの抽斗から手錠を取って彼女の手首とベッドの支柱をつないだ。これまで何度同じことをしてきただろう。セイディがそれで興奮することもあった。腹が立つこともあった。怖くなることも。しかし今回は何も感じなかった。抵抗しなかった。なりゆきにまかせた。ドーヴはスカートのなかに手を入れ、彼女の脚のあいだを探り、下着を剝ぎ取って遠くに投げた。ドーヴは同意がないかぎりセックスはしないが、セイディを辱《はずかし》めて不安にさせるくらいは遠慮なくやる。彼は出て行き、ドアを荒っぽく閉めた。向こうの部屋から、ドーヴが何かを——壁か？　ソファか？——を平手で叩く音が聞こえた。セイディは自由なほうの手で電話を取り、サムに電話した。サムのおばあちゃんが出た。

「セイディ・グリーン！　いつ帰ってくるの？」ボンチャは訊いた。

「あさってです」セイディは答えた。

「サムとずっとお友達でいてくれて、本当にうれしいわ。しかも二人そろって帰ってくるなんて。ご両親も喜んでらっしゃるでしょう」ボンチャがサムの帰郷を喜んでいるのが伝わってきた。

「はい」セイディは言った。

「どこもかしこも［イチゴ］だらけよ。サンセット大通り沿いにね、大きな看板が出てるのよ、知ってた？　写真を撮ったんだけど、サムから届いてる？」

「はい、見ました。ありがとうございます」

「いいのよ。ドンヒョンはよほど自慢みたい。サムと幼なじみのお友達が二人でゲームを作って、ものすごくたくさん売れてるんだって、誰彼かまわず言って回ってるのよ。いつかきっと二人ですごいことをやるだろうってずっと思ってたって。お店にも〔イチゴ〕の大きなポスターを貼ってる。でも、そうね、もうすぐ来るんだから見られるわね」

「はい。サムはいますか」セイディは肩の筋肉をほぐそうとしたが、腕が頭上に固定されている状態ではできない。

「ちょっと待ってね、替わるから」

「カリフォルニアはどう?」サムにつながるのを待って、セイディは訊いた。

「空気が乾燥してる。暑い。渋滞がひどい」サムは言った。「コヨーテだらけだよ。マークスが借りたオフィスは最高だ」

「それだけが楽しみ」

「ドーヴの反応は?」サムが訊く。

リビングルームからドーヴが〔グランド・セフト・オート〕を大音量でプレイしているのが聞こえていた。「予想どおり、かな」もうカリフォルニアにいるような気分だった。

「で、次作の話なんだけど」

「うん、聞くよ」サムが言った。

およそ三十分後——セイディはまだ電話でサムと〔ボース・サイズ〕の話をしていた——ドーヴが寝室に入ってきて、手錠をはずした。「電話、誰?」そう小声で訊く。

「サム」

「よろしく伝えてくれ」ドーヴはいつもどおりのビジネスライクな声で言った。「幸運を祈ってるって」

　翌日も、セイディは荷造りを続け、ドーヴはときおり思い出したように同じ話を蒸し返した。セイディには大した実力がないとドーヴは言った。セイディは何も言い返さなかった。ドーヴは謝った。セイディは無言で荷造りを続けた。ドーヴはセイディを見下す発言を繰り返した。セイディは無言で荷造りをした。ドーヴはまた謝った。セイディは無言で荷造りをした。最後に手錠を荷物に入れた。機内に持ちこむ予定の大きなダッフルバッグのファスナー付きポケットにすべりこませた。ドーヴが別の女性にもう使えないように。そのとっさの行動は連帯の気持ちから出たものなのか、それとも感傷からなのか、自分でもわからなかった。

　セイディはタクシーを呼ぶと言ったが、ドーヴは空港まで車で送っていくと言って聞かなかった。上機嫌のときでも、ドーヴは喧嘩腰で手前勝手な運転をする。中指を立て、罵倒語を吐き散らし、必要もないのにクラクションを鳴らしまくり、通行人の邪魔をし、右車線から追い越し、ウィンカーを出さずに曲がる。だからセイディは、できるだけドーヴの車に乗らずにすませていた。しかしこの朝のドーヴの運転は控えめで、ボストンを離れるのがいかに愚かしい行いであるかを滔々《とうとう》と説くことに空港までの時間を費やした。セイディの覚悟を問うかのように、ロサンゼルスの短所を芝居がかった大げさな言い回しで次々と挙げた。ロサンゼルスで生まれ育ったセイディがとうに知っていることばかりだった。地震があるんだぞ。山火事も起きる。洪水、水不足、スモッグ。ホームレスが多い。コヨーテもいる。終末が迫っているみたいな空気がつねに街にのしかかっている。ドラッグストアはなんと午後一〇時に閉まる。一〇時過ぎに咳止めシロップや乾電池やメモ用紙が必要になったらどうする？　二十四時間営業のダイナーや食料品店や宅配レストランは一つもないって知ってたか？　飯はどうするんだ？　うまいベーグルやピザは食えないんだぞ。ロサンゼルスに行ったら、アボカドとベビーリーフしか食えない。ひたすら野菜や果物の汁を搾って飲む毎日だ。あっちの水道水には発ガン物質が含まれるのは知ってたか。いいかセイディ、何があっても水道水だけは飲んじゃだめだからな！　空気がからからに乾燥してるのは知ってるか。アレルギー物質だらけだぞ。携帯の電波が届かない場所ばかりだ。ロサンゼルスの住民は本を読まないし、劇場に行かないし、時事問題に疎《うと》いと知ってたか。連中の頭には脳味噌の代わりにパルプが詰まってる。暇な時間は全部、美容整形とジムに費やしてるからだ。それに誰も歩かない。たったの一ブロックさえ歩かない。家の玄関から家の郵便受けまでだって車で行くんだ。起きている時間の大半を渋滞にはまって過ごす。四季のある暮らしが懐かしくなるぞ。向こうじゃ雨は一滴も降らない。たまに降れば土石流が起きる。雨が恋しくなるんじゃないか？

空港の一時停車場に着いたところで、ドーヴは言った。「何もかも俺がぶち壊したんだろうな。俺は天才なのに、どうしていつもいつもそうなるのかわからないが、俺は何もかもぶち壊す。そんなのはもうやめたいのに、どうすればいいのかわからない」セイディのスーツケースを車から降ろして歩道に置いた。それからセイディを抱き寄せ、彼女の頭を分厚い胸板に押し当てた。「俺は最低の人間だ。それでもきみを心から愛してる。それが俺からのはなむけの言葉だ」

マークスはカリフォルニア行きの飛行機のビジネスクラスを予約してくれていた。セイディには身分不相応に思えた。両親は裕福だったが、エコノミークラスしか使わなかった。映画俳優のマネージメントを手がけていた父親は、贅沢な旅行や離婚、レストラン経営、使ったためしのない別宅などへの浪費がもとで破産したクライアントの例をずいぶん見てきていた。

セイディはシートに腰を落ち着けた。熱いおしぼり、ちゃんとしたガラスのシャンパングラスで出されるオレンジジュース、小さなカップに入った温かいナッツをありがたく受け取った。窓のシェードを上げた。まだ午前七時にもなっていなかった。朝日が地平線にちょうど顔を出し、灰色の空が白み始めたところだった。飛行機が離陸し、セイディはしばらく見納めになりそうな氷に覆われたボストン港を記憶に刻みつけた。当面はボストンには戻らないだろう。

　着陸したとき、ロサンゼルスはやっと午前一〇時になったところだった。マークスとゾーイが空港に迎えに来ていた。ゾーイは色とりどりのガーベラのブーケをセイディに押しつけて言った。「おかえり」

　ゾーイは丈の長い真っ白なマキシドレスを着ていた。マークスは白いTシャツにブルージーンズだ。それぞれスティーヴィー・ニックスとジェームズ・ディーンみたいだった。二人ともサングラスをかけていた。「すっかりカリフォルニアに馴染んでるみたいだね」セイディは言った。「ここで生まれた私よりよほどカリフォルニアっ子って感じ」

　マークスとゾーイは車でまっすぐオフィスに向かった。運転席にゾーイ、助手席にセイディ、後部座席にマークス。セイディは飛行機の旅で疲れていたから、車中でしゃべっていたのはほとんどゾーイ一人だった。ドーヴとは対照的に、ゾーイはカリフォルニアで気に入ったものごとを次々に挙げた。ねえセイディ、グリフィス天文台って行ったことある？　ハリウッド・フォーエヴァー墓地の映画ナイトには？　シネラマ・ドームは？　グリーク・シアターは？　ハリウッド・ボウルは？　ゲティ・パヴィリオンは？　ロサンゼルス郡美術館は？　ワッツ・タワーは？　ジュラシック・テクノロジー博物館は？　ねえセイディ、マジック・キャッスルって知ってる？　会員の紹介がないと入れないんだって。グリーン・ジュースはもう飲んだ？　ドーナツの形をしたドーナツ店、行ったことある？　ホットドッグはあんまりおいしくないけど、ピンクスってホットドッグ店があるんだよ。二階建てバスで行くセレブのおうちツアーには行ってみた？　お店の真ん中に大木が生えてるレストランには？　ライブを聴くならどこのクラブが好き？　ウィスキー・ア・ゴーゴー？　パラディアム？　それともトルバドール？　ロサンゼルスのどの地域がお気に入り？　ハイキングならどこの渓谷に行く？　毎日晴れて、雨なんて一滴も降らないんだよ、それって最高じゃない？

「文化らしい文化がないって言われたけど、来てみたらおもしろいことばかりよ」ゾーイが言った。

「楽しくてしかたないらしいよ」マークスは、ゾーイのはしゃぎぶりを微笑ましく見守っている。

ゾーイが挙げたのは観光客が好みそうなものごとばかりだったが、セイディはそんなゾーイに好感を抱いた。知性豊かなのに、それに邪魔されずに純粋にものごとを楽しめる人だった。

「セイディの実家はビヴァリーヒルズなのよね」ゾーイが訊いた。

「そう、フラッツって地区」

「丘《ヒルズ》って名前の地域のなかの、平地《フラット》ってこと？」ゾーイが言う。

「平地がなきゃ、丘もないよね」セイディは答えた。

「たしかに。それは言えてる」ゾーイはセイディのほうに顔を向けた。「ところで、あなたと大の親友になるって決めたから。抵抗しないでよね。抵抗をやめるまでストーキングしてやるから」

セイディは笑った。

ヴェニスのオフィスは、アボットキニー大通り沿いにあった。現在はファッショナブルな界隈としてもてはやされている（それゆえ敬遠する人もいる）が、一九九九年のこの時点ではしゃれたブティックなどはまだ一軒もなかった。アンフェア・ゲームズの新社屋は飾り気がなく、洗面所と壁に沿って並んだ六つの個室を除いて全体が一つの大きな空間になっていた。鋼鉄枠の巨大な開き窓とコンクリート敷きの床が特徴で、マークスはそこに木の家具やラグ、観葉植物などで温かみを加えようと考えていた。手狭な旧オフィスに比べると、アボットキニー大通りのオフィスは広大に思えて、セイディは少しのあいだ、空間恐怖症に似た不安にとらわれた。口を開くと、声が反響した。「こんなところ、借りてだいじょうぶなの？」

「平気だよ」マークスが答えた。当時のヴェニス——サンタモニカと雰囲気が似ているが、ややうらぶれていた——の家賃相場はまだ低めだったし、アンフェア・ゲームズの手持ち資金は豊富だった。

「不動産屋によると、すぐそこにチャールズ・イームズとレイ・イームズのオフィスがある」

そこに個室の一つからサムが現れた。「やあ、同僚たち！」サムはセイディに訊いた。「新社屋の第一印象は？」

「〔ボース・サイズ〕のヒットを祈願したい感じ」セイディは答えた。

「屋上に上がると、太平洋が見える。といっても、ずいぶん遠いけどね」マークスの電話が鳴った。引越業者からで、ケンブリッジのオフィスの荷物が届いたらしい。「対応しないと。二人で屋上に行っててよ」

しかし行ってみると、屋上に出るには急な螺旋《らせん》階段を上らなくてはならなかった。サムには厳しい条件だ。マークスが何も言わなかったのが意外だった。「また今度にしてもいいよ」セイディは言った。

サムは螺旋階段を見上げてうなずいた。「上れるよ。しょぼいと評判の眺望を自分の目で確かめたい」

二人は慎重に階段を上った。サムはセイディにもたれたが、ほんの少しだけだ。セイディに気を遣わせないためだろう、上っているあいだ、サムはずっとしゃべっていた。「名前を思い出せないゲームがあってさ。きみが病院にノートパソコンを持ってくるようになったころのゲーム。少年がガールフレンドを救うストーリーだった」

「そんなゲーム、いっぱいありすぎてわからない」

「科学者が出てくるんだけど、脳味噌を乗っ取られるんだ。乗っ取るのは、たしか――意識を持った流れ星か何か。あと、緑色の触手を持ったキャラクターもいた」

「〔マニアックマンション〕」セイディは言った。

「それだ。それだよ。〔マニアックマンション〕。あれ、おもしろかったよな。それで思ったんだけど、いつか古い館《マンション》を舞台にしたゲームを作ろうよ」

「部屋がどれもタイムトラベルのポータルになってる」

「だから過去の歴代の住人がいまもいる」

「でもみんな恨めしく思ってる」

そこまで話したところで、階段を上りきった。

「ありがとう」サムが言った。

「何が?」

「腕を貸してくれて」

屋上に出ると、セイディは爪先立ちをして首を伸ばした。なるほど、太平洋が見えた。絶景とは言えないが、たしかに海が見える。少なくとも、海の近くにいるのだという実感が湧いた。海らしいにおいがするし、波の音が聞こえ、空気も塩を含んでいる。セイディは深呼吸をした。

マークスが選んだ物件は文句のつけようがなかった。セイディはシンプルで明るい色のものを好む。希望が胸に満ちた。カリフォルニアに来たのは正解だった。カリフォルニアは、何かを始めるのにふさわしい場所だ。ここで〔ボース・サイズ〕を作る。〔イチゴ〕よりずっといいものになるだろう。〔イチゴ〕を作ったときよりスキルが高くなっているのだから。サムの足の不安は消え、セイディはサムに対する怒りを忘れられる——〔イチゴ〕を作ったのはサムだと誤解されているのは、サムの落ち度ではない。ここから新生セイディが始まる。


その夜、セイディは父親の車を借りてKタウンに行き、ドンとボンのニューヨークスタイル・ピザの店の裏手にある路地に車を駐めた。

なかに入ると、〔イチゴ〕シリーズ二作の額入りポスターが壁に飾られていた。ほかは韓国ビールのジョクジョクのポスターだけだ。ビールのポスターは八〇年代のもので、だいぶ色褪せていた。笑顔のコリア系女性の写真と〈コリアタウン一の美女が選んだビール〉というコピーが印刷されている。

奥のほうのブース席でサムが待っていた。

ドンヒョンがカウンターの奥から出てきてセイディを抱き締めた。「セイディ・グリーン！　すっかり有名人だね！」ドンヒョンは言った。「いつものピザ？　マッシュルームとペパロニのハーフ＆ハーフ？」

「お肉は食べないことにしたんです」セイディは答えた。「マッシュルームだけで。あと、玉ねぎがあればそれもお願いします」

ドンヒョンはベルトに下げたたくさんのキーのなかから一本を選び、〔ドンキーコング〕のロックを解除した。「さあ、好きなだけ遊びなさい」

「やる？」サムが言った。

二人が〔ドンキーコング〕の筐体の前に立ったとき、ちょうどハイスコアの画面が表示された。〈S・A・M〉のスコアでいまも残っているのは一つだけ――ランキングトップのスコア一つだけだった。「サムの大記録はまだ破られてない」セイディは言った。「更新できる？」

「無理だな」サムは言った。「練習不足もいいところだ」

ピザが焼けるのを待つあいだ、二人は〔ドンキーコング〕をプレイした。サムもセイディも、大きく腕が落ちていた。

「〔ドンキーコング〕の最大の魅力は何だと思う？」セイディは訊いた。

「敵の名前がゲームのタイトルになってるところ？　樽を武器に使う斬新なアイデア？」

「ネクタイだよ」セイディは言った。「ネクタイを締めるようになったのは〔スーパードンキーコング〕でドンキーコングが悪役からヒーローに変わったとき」

「ヒーローはネクタイを着ける。そのほうが賢そうだ」

「それだけじゃない。ネクタイがなかったら、コングにペニスはあるのかっていう疑問が永遠にぶらぶらし続けてただろうから」

「たしかに」

二人は子供っぽいジョークに肩を震わせて笑った。十二歳に戻った気分だった。

ドンヒョンがピザを運んできて、二人はテーブルについた。サムは食べなかった。すでに午後七時を回っており、手術は翌朝一番に予定されていた。「ほんとに食べない？ 私が食べるのをずっと見てる気？」セイディは訊いた。

「僕のことは気にしないで」サムは言った。「それに、ピザ好きの度合いで言ったら、僕よりきみのほうが上だよな」

「子供のころの話でしょ」セイディはサムにしかめ面をしてみせた。「ほんとにいいのね？」

「まあ、ちょっとはうらやましいけど、明日から永遠にピザが食べられないってわけじゃないから」

「わからないよ」セイディは言った。「これが世界で最後の一枚かもしれない」

セイディはその朝機内食を食べたきりだったから、一枚を一人でほとんど残さず食べた。「自分でもびっくり。こんなにおなかが空いてたなんて」

八時ごろ、セイディはサムを病院に車で送った。面会時間は終わっていたから、近親者以外の病室への立入は許されなかった。しかし、セイディとの関係を看護師から尋ねられたサムは、即座にこう答えた。「妻です」

二人はサムの病室に戻った。サムはまだ眠くないと言い、二人はベッドに並んで腰かけて窓の外をながめた。見えるのは、いまいる建物と見分けがつかないほどそっくりな別の建物だけだ。

「病院を舞台にしたゲーム」セイディは言った。

「メインキャラの設定は？」

「お医者さんかな。全員を救うために戦う」

「違うな」サムが言った。「ゾンビの群れが病院を襲うんだ。病院にはガンで闘病中の少年がいる。その子が生きて病院を脱出して、ほかの入院中の子供をできるだけたくさん救おうとする」

「そのほうがいいね」セイディは言い、バッグを開けた。「これ、実家のデスクで見つけた。折を見てサムに渡そうと思ってた」水に濡れてしわしわになった紙の束をサムに手渡す。一番上にこうあった――〈社会奉仕記録：セイディ・M・グリーン　バトミツバの日付：１９８７年10月15日〉。

　何の記録なのか気づいて、サムは顔を輝かせた。書類をめくり、最終ページにあった合計時間を確かめる。「六百九時間」

「バトミツバ史上最長時間だった。前に話したっけ？　それで表彰されたんだよ」セイディは言った。

「その賞品、持ってきただろうね！」

「私を誰だと思ってる？」セイディはまたバッグに手を入れて、ハート形をした小さなクリスタルガラスのペーパーウェイトを取り出した。文字が刻まれていた。〈セイディ・ミランダ・グリーン　傑出した社会奉仕をたたえて　ハダーザ・オブ・テンプル・ベス・エル・ビヴァリーヒルズ〉。「五百時間を越えたところで表彰された。アリスはむちゃくちゃ文句言ってた。サムにばらしたのは、だからだと思う」

「すごい高級品だね」

「ハダーザ（ユダヤ女性の慈善団体）の入れこみ具合は違うからね。スワロフスキーだったか、ウォーターフォードだったか。アリスの妬《ねた》みようといったら！」

「見たら誰だってほしくなるさ」サムはペーパーウェイトをしっかりと握った。「これはもらっとく」

「どうぞ」セイディは言った。「だから持ってきたんだし」

「今夜はずいぶん感傷的だな」

「ロサンゼルスに戻った。またサムと一緒に病院にいる。新しい始まり。ドーヴはいない。新しいゲーム、新しいオフィス。そうだね、ちょっと感傷的になってるかも」

「僕が死ぬって心配してるのかと思ったよ」

「まさか。サムは死なないよ。万が一死んじゃったら、ゲームをまた初めからプレイするだけ」

「サムは死にました。二五セント硬貨を投入してください」

「最後のセーブポイントから再開する。ゲームをやめちゃだめ。いつかクリアできるから」セイディはしばし考えてから続けた。「ねえ、怖い？」

「いや、怖いより何より、ほっとしてる」サムは答えた。「ようやく片がつくと思うとうれしい。でも、複雑な気持ちだな。この足がなくなったらそれはそれでさみしいだろうから。生まれたときからずっと一緒だったわけだし、幸運の足だってことを完全には否定できない」

「幸運の足？」

「あのとき入院しなかったら、きみと知り合っていなかった」サムは言った。「友達にもなっていなかった。敵にもなっていなかった――」

「私が敵だったことなんてないよ。サムが勝手にそう思ってただけ」

「きみは僕の敵だった」サムは言い、ペーパーウェイトを持ち上げてみせた。「この記念品がその証拠だよ！」

「あげて損した。返して」セイディは手を伸ばして奪おうとしたが、サムはその手が届かないところに遠ざけた。

「返すもんか。敵同士になったあと、僕らはまた友達に戻った。もしも足を怪我していなかったら、僕らは［イチゴ］を作っていなかったし、十二年後にまた病院にいることもなかった。あのときの病院から歩いて五分のこの病院に」

「それはわからないよ」セイディは言った。「別のタイミングで出会ってたかも。だって、実家は一〇キロと離れてないわけだし、大学だって三キロと離れていなかった。大学に入ってから知り合ってたかもしれないよ。その前にどこかで会ってた可能性だってある。ロサンゼルスの成績優秀な生徒を集めたいろんなイベントで。ほら、サムがいつもおっかない顔で私をにらんでたイベント。否定しても無駄だよ――」

「だって僕の宿敵だったんだからね！」

「それは言いすぎって気がする。私は節度ある和平の期間だと思ってる。話を戻すと、私たちが知り合いになるきっかけはいくらでも――それこそ無限にあったってこと」

「僕の痛みと苦しみに意味はなかったってことか」

「そうだよ、残念でした」セイディは言った。「宇宙はサムに試練を与えたけど、それに理由なんかなかったし、これからもまたきっとサムを苦しめる。空のどこかにある巨大な多面サイコロが振られて、〈サム・メイザーに苦しみを与えよ〉って面が出たってだけのこと。私はどのみちサムのゲームにいつか登場するはずだった」セイディはあくびをした。旅の疲れが出始めていた。起床してから十八時間がたっている。しかもピザを食べ過ぎた。セイディは眠たげな笑みをサムに向けた。「ところで私、サムの奥さんじゃないんだけど」

「職場妻ではある」サムは言った。「それは認めるだろ」

「職場妻はマークスでしょ」

「妻だって言ったのは、きみがまた来られるようにだよ。病院でほしいものを手に入れるコツは、自信に満ちた声でその目的にかなった嘘をつくことだ」

セイディはまたあくびをした。「ものすごい時差ぼけ。そろそろ帰るね。車の運転はほんと久しぶりだから、ものすごく下手になってる気がする」サムと握手を交わす。それが別れ際の二人の習慣になっていた。「手術後に麻酔が切れるころ、また来るね。愛してるよ、サム」

「すごくね」サムは言った。

セイディが帰ったあとも眠気は訪れなかった。そこで最後にもう一度、壊疽しかけた足で少し歩いてみようと思い立った。左足にはまったく体重をかけられなくなっていて、松葉杖が頼りだった。それでも、左右の足がそろっている感覚を記憶に刻みつけておきたかった。自然と小児病院に向かっていた。あれだけ長い時間を過ごした病院、いまから何時間か後には切除されてしまうこの足を、あれだけの労力を注いで救おうとしてくれた病院に。

待合ロビーに女の子が一人いて、ノートパソコンでゲームをしていた。初めて会ったころのセイディより少しだけ年上と見えた。プレイしているのが「イチゴ」だったら完璧なんだがと思いながら画面をのぞいた。「デッド・シー」だった。

「そのゲーム、おもしろい？」サムは訊いた。

「ちょっと古いゲームだけど、ゾンビをやっつけるのが楽しいよ」女の子は言った。「お兄ちゃんに言われるんだ。あたし、主人公のレイスに似てるって」

自分の病院に戻る途中、ももに軽い痛みを感じた。ポケットに入れてあったクリスタルのペーパーウェイトの先端が見た目以上にとがっていて、それがももに食いこんでいた。ポケットに手を入れて取り出す。小さなペーパーウェイトを見て、一人笑った。あのころセイディにどんなに腹を立てていたことか！　その恨みがましさが消えてしまわないよう、どれだけの気力を注いできたことだろう！セイディとのつながりを断ったとき、自分も成長したものだと思った。しかしいま思えば、それは恥ずかしくなるほど幼稚な行為だった。やりすぎもいいところだった。その不和についてマークスに説明しようと試みたこともあったが、何一つ伝わらなかった。マークス、わかってないな――とサムは言った。道義の問題なんだよ。セイディは友達のふりをしてた。けど、実際には社会奉仕の時間を稼いでただけだったんだ。マークスはぽかんとしてサムを見つめた。それから言った。ふつうの人間は、相手が気の毒だからってだけの動機でその相手に何百時間も費やしたりできないよ、サム。それを思い出しながら小さなペーパーウェイトを見つめていると、サムの心にセイディへの愛があふれた。セイディは愛していると言ってくれているのに、なぜ素直になって、愛していると伝えられないのだろう。サムだってセイディを愛しているのに。世の中の人は、二人ほどには深い気持ちを抱いていなくても、互いに愛していると毎日のように言い合う。それに特別の意味などない。いや、ひょっとしたらそこが肝心なのかもしれない。サムがセイディ・グリーンに抱いている気持ちは、愛以上のものだ。〝愛〟という言葉では足りないものだ。

すぐにセイディに電話して伝えたかったが、時差ぼけで眠たそうだったから、いまごろはもう、あのミントグリーンの天蓋《てんがい》つきのベッドでバラがプリントされたシーツにくるまって眠っているだろう。廊下のすぐ先の寝室では、両親も眠っているだろう。そう考えるとうれしくなった。一番の親友が、彼のために帰郷したのだ。サムは愚か者ではない。会社ごとカリフォルニアに移ろうと言い出したときのマークスの魂胆くらい、読めていた。マークスは「ボース・サイズ」制作のため、セイディのため、マークスのため、ゾーイのための移転だとサムに思わせようとした。本当のところは違う。あの二人はサムのために西海岸に来たのだ。サムが北東部の厳しい冬を恐れていたから。サムが絶えず苦痛に耐えていたから。手術は怖いが、これ以上は先延ばしにはできないのは誰の目にも明らかだったから。三人ともサムを心配し、サムが少しでも楽に日々を送れるようにしてやりたいと考えた。だから、口実をでっち上げた――なかには納得できる理由、本物の理由もあった。しかし本当の動機はゲームのためでも会社のためでもない。サムを愛しているから、サムの友達だからだ。なんとありがたいことか。

服を脱ぎ、クリスタルのハートをナイトスタンドにそっと置いて、パジャマを着た。左足を最後にもう一目だけ見て――旧友よ、さらば《アデュー》――ベッドに入り、眠りについた。入院中の常として、その夜も母親の夢を見た。


ロサンゼルスで暮らし始めた最初の数カ月、アナはまったく仕事を見つけられなかった。映画や昼のメロドラマ、コマーシャル、ナレーションなどのオーディションを受け続けてはいたが、二次オーディションの声一つかからなかった。なぜこれほど不合格続きなのだろうと担当のエージェントに相談したが、エージェントは心配いらないと言うだけだった。「きみって人をまだよく知らないだけさ、アナ」きみは見た目が若々しいのだから、履歴書を見直して、十三歳から四十歳まで演じられると書くといいとアドバイスした。

サムの十歳の誕生日の数日後、土曜の朝に放送中の歌う小さな青いこびとのアニメ番組から再オーディションに呼ばれた。しかし、もっと少数民族っぽさの少ない俳優を起用することになったと連絡が来た。アナは一瞬、自分の声のどこが〝少数民族っぽい〟のだろうと首をひねった。アナはロサンゼルス生まれなのだから。しかし、不合格の理由を詮索しても何にもならない。不合格になったのは、アナの実力が足りないから、才能がないから、背が低すぎるからかもしれない。番組スタッフは人種差別主義者や性差別主義者の集まりなのかもしれないし、表だって認めるわけにいかない偏見の持ち主ぞろいなのかもしれない。結局のところ、アナが彼らのお眼鏡にかなわなかったのは、お眼鏡にかなわなかったからとしか言いようがない。自分を気に入らないと言っている相手に、気に入ってくれと説得しても無駄だ。

西海岸でのビッグチャンスを待つあいだ、アナはさまざまな教室に通った。演技（ボイストレーニング、オーディション対策、身体表現）、ダンス、ヨガ、コンピュータープログラミング、回想録執筆。瞑想もした。セラピーにも通った。両親のピザ店が忙しければ手伝った。銀行口座の残高はどんどん心細くなっていった。実家に身を寄せているおかげでサムと二人の生活費を節約できていなかったら、あっというまに底をついていただろう。それでも出費がないわけではなかった。どこで暮らそうと、生きるにはお金がかかる。教室に通えばそれだけお金も出ていったが、そこは必要経費と割り切った。中古車を購入した。写真を撮り直し、服も買い換えなくてはならなかった。やがてはサムと二人で暮らす家も借りなくてはならない。できれば実家のあるエコーパークよりよい学校がある学区がいい。それに、仕事が必要だった。このまま仕事をせずにいると、俳優組合の健康保険の資格を失ってしまう。そうなると、サムも保険が使えなくなる。アナはエージェントに頼んだ――どんな仕事でもいいからオーディションを受けさせて。どんな仕事だってやるから。

九月、アナはオーディションを三つ受けた。一つ目は全国を巡業する劇団のオーディションで、ミュージカル『南太平洋』のリアットという小さな役だが、主役クラスの代役を務められるかもしれないと言われた。アナは『南太平洋』は人種差別的だと思っていたし、全国を巡業するなら、一年間、サムと離ればなれの生活になる。二つ目は昼の連続ドラマ『ジェネラル・ホスピタル』の、のちに男性主人公と不倫関係に陥る〝少数民族〟のメイド役のオーディションだった。ちなみに役名は〝ヒメナ〟だったが、アナのエージェントは、番組プロデューサーはあらゆる人種の可能性を考慮していると言った。ヒメナはラトーヤにしてもいいし、メイメイでもいい。アナでもかまわない（とはいえ、本当にアナにはならないだろう。それでは〝白人っぽすぎる〟）。そして三番のドアの向こうで待っていたのが、数年前に放送が始まったばかりの『プレス・ザット・ボタン！』というクイズ番組のモデル／サブ司会のオーディションだった。長寿クイズ番組『ザ・プライス・イズ・ライト』のライバル番組として企画され、司会はチップ・ウィリンガムだった。チップは有名人だが、何で有名なのか、アナにはよくわからない。いろんな番組の司会をしているというだけの人物だ。番組では、それまで二人いたサブ司会のうち一方の代役を探していた。（厳密にはサブ司会ではない。話を振られたためしなんてほとんどないのだから。）アナはモデルには身長が足りないが（一六〇センチ強しかない）、ハイヒールを履けばそれなりにすらりとして見えるし、頬骨が高い顔立ちだから、モデルとしてぎりぎり通用する。アジア系であることに加え、「すばらしいユーモアのセンス」を備えている二十代の女性というのが番組側の条件だった。ユーモアのセンス云々はたいがい、番組内でジョークのネタにされることを意味している。どのみちアナはあまり気乗りがしなかった。クイズ番組のアシスタントは、演技の仕事とは言えない。アナはノースウェスタン大学を出ていて、イギリスの王立演劇学校にも短期留学した経験がある。それに何と言っても、ブロードウェイで舞台に立っていたのだ。アナは演技の訓練を充分に受けている。それだけの技能がある。

クイズ番組『プレス・ザット・ボタン！』のオーディションに行くと、赤いピンヒールと体にぴたりと張りつくような黒いカクテルドレスを渡され、着替えるよう指示された。女性のプロデューサーは「高級クイズ番組なのよ」と言って、何かを期待するようなまなざしをアナに向けた。

「すごい」アナは言った。「それは……」ほかに言うことを思いつかなかった。

プロデューサーは、アナにいくつかの動作課題を与えた。カーテンを適切な速さで開け、閉じる。空箱のなかを見せる。出場者をバックステージに案内する。大きな小切手を持って登場する。上品に笑い、拍手する。

「笑顔をもっと大きく、アナ」プロデューサーが大きな声で指示を出す。「歯を見せて。目でも笑って！」

アナは大きな笑みを作った。

「そう、それよ！　笑い声も大事。チップにジョークが受けてると思わせてあげることが肝心なの。

たとえジョークがつまらなくてもね。わかる？」

アナは笑った。

「その調子」プロデューサーは言った。「別の種類の笑い方はどう？　もっと心の底から笑ってる感じ。〝いやだ、パパったら！　オヤジギャグばかりね。それでも愛してるけど〟みたいな。そういう笑い声」

アナは本当におもしろがっているかのように笑った。

「その感じよ！　あなた、優秀ね。いまのは本当に本物みたいだった」プロデューサーはアナをまじまじと見た。「ちょっと小柄だけど、すごく印象がいいわ」そう言ってうなずく。「じゃあ、チップに紹介するわね。チップについてあらかじめ知っておかなくちゃいけないのは、超がつく保守的なタイプだってこと。悪い人ではないのよ。ただ、本人曰く〝ウーマンリブとかいうもの〟には理解がない。女と仕事をするのはかまわないけど、女性の解放とか、そういう話は聞きたがらない。それと、ダートマス大学を卒業してて、それにふさわしい扱いを周囲に期待する。あなたの仕事は、チップのジョークに笑うことと、美人アシスタントらしさを失わないこと、できるだけチップの邪魔をしないことだから」

プロデューサーは別のオフィスにアナを案内し、星のしるしがついたドアをノックした。「チップ。紹介したい人がいるの。アナの代役候補」

「アナは私です」アナは言った。

「あっと、ごめんなさい。先代のアシスタントはアンだった」

チップ・ウィリンガムと初めて対面したとき、これほどクイズ番組の司会者らしい人物はほかに見たことがないとアナは思った。よく陽に焼けて、バターを塗ったように艶やかで、高級なハンドバッグのようだ。頭髪はオニキスのごとき色合いと硬さを備えていた。口もとには巨大な白い長方形の歯並び。冷静に見ればさほどハンサムではないのに、なぜかハンサムな印象を与える。年齢は完全に不詳だった。チップは広い肩に載った頭を巡らせてアナの頭のてっぺんから爪先までながめ回した。

「さあほら、入って」プロデューサーはアナにそうささやき、自分は廊下に出てドアを閉めた。

「背が低いな」チップが言った。

「はい」アナは言った。

「おっぱい」一瞬の間。「小さい」またも間があった。「りんごクラス。りんごが好きな男もいるし、そうではない男もいる」

アナは〝いやだ、パパったら!〟の声で笑った。こんなオーディション、早く終わらないかと思った。運がよければ『南太平洋』の全国巡業の仕事を取れるだろう。出演料はそこそこいいし、サムに会えないのはさみしいが、アナの両親が預かってくれるから心配はいらない。

「しかし、うちの番組の最大の視聴者は女性だ。そのりんごおっぱいは、昼の番組にふさわしい」

「母にもいつも同じことを言われます」アナは言った。

「きみはおもしろいね」チップは笑わなかった。「こっちにおいで」

なぜかはわからない。しかしアナは従った。チップはアナの顔をまじまじと見た。人差し指の先で鼻筋をなぞった。

「異国風だね。このあいだまでのアシスタントもオリエンタルだったよ」

「東洋風《オリエンタル》なのは絨毯や家具だけです」アナは言った。「人を指してそうは言いません」

「家具ならシノワズリだろう」チップは言った。「あっちを向いて」

このときもまた、なぜ従うのかわからないまま、アナは向きを変えた。

「尻」チップが言う。「でかいりんご」それからアナの尻をぴしゃりと叩き、尻の肉をぐいとつかんだ。手入れされた爪の先が割れ目に食いこむ。「よく締まってる」

アナは〝いやだ、パパったら！〟の声で笑った。それから、チップの顔を平手打ちした。楽屋に戻り、私服に着替えた。泣かなかった。

帰ろうとしたところを女性プロデューサーに呼び止められた。「チップとはどうだった？」

アナは首を振った。

「どうやらチップはあなたを気に入ったらしいわ」プロデューサーは言った。「気に入らないなら、一瞬で追い出したはずだから」

「先代のアシスタントのアンはどうして降板したんですか」

「悲しい事情があるのよ。急に死んでしまったの」

「まあ」アナは言った。「まさかチップに殺されたわけじゃありませんよね」

「あなた、よほどチップと気が合ったのね」プロデューサーは軽口を叩いた。「アンはボーイフレンドの一人とマルホランド・ドライブを車で走っていて、カーブを曲がりそこねて……ロサンゼルスではよくあることでしょう。とってもいい子だったんだけど。まだ二十四歳だった。オークランド出身で」

「ラストネームは、リーじゃありませんよね？」もしもそうだったら、耐えられそうにない。

「いいえ。チンだった」

涙があふれた。もう一人のアナ・リー、ビルから身を投げたアナ・リーを思って、アナは泣いた。それからアンのために、食いこむべきではないところにチップの指が食いこんだであろうアンのために。そして自分のためにも。どうしてこんなことに？　自分がこれまで重ねてきた選択は正しかったのだろうか。高校一年生のとき学校の演劇のオーディションを受けた選択から、同姓同名という偶然以外に何一つ共通点のない女性が、凍てついた二月の夜にビルから身を投げたことをきっかけにロサンゼルスに帰郷した選択まで。プロデューサーはアナの肩をそっと叩いた。「そんなに悲しまないで。

アンは即死だった。苦しまずにすんだのよ」そう言ってティッシュを差し出した。

三日後、エージェントから連絡が来た。「すごいニュースがある！『プレス・ザット・ボタン！』の出演が決まった！　きみの〝威勢のよさ〟が気に入ったそうだ。先方はそう言ってる」

「でも、『南太平洋』は？」

「どうでもいいさ」エージェントは言った。「『南太平洋』はいやだと言っていたじゃないか」

「昼ドラは？」

「役の設定を変えるそうだよ、〝貧乏白人〟タイプに。というわけで、その話もなしだ。『プレス・ザット・ボタン！』はほかの二つよりギャラがいいし、番組が続くかぎり、息子さんをハーヴァード・ウェストレイクやクロスローズあたりの名門私立校に通わせられる。もっとおいしい話が来たら、すぐさま『プレス・ザット・ボタン！』から救い出してやれる。楽に金が手に入るんだよ、アナ」

『プレス・ザット・ボタン！』の放送開始は三年前で、一九八〇年代にごまんとあった昼のクイズ番組の一つ、ありきたりな形式を踏襲したクイズ番組の一つだった。一般人が有名人とコンビを組んで雑学クイズに挑む。ボタン・モンスターという名の燃えるようなオレンジ色の毛に覆われたマスコットがいて、演出はカーニバルのようだ。スタジオの観客が番組スタッフの合図に従い、ヒステリックな調子で「ボタンを押せ！《プレス・ザット・ボタン》」と繰り返す。何度かスタジオを訪れたサムは目を輝かせて収録の様子に見入った――ニューヨークで母親が出演していた舞台よりよほど気に入ったらしかった。

　アナの出演料は週一五〇〇ドルと、『コーラスライン』より好待遇だった。これまで磨いてきた演技力が発揮される場面はほとんどなかったが、難儀させられたのはチップ・ウィリンガムのセクハラじみたちょっかいをうまくかわすことくらいだった。アナが逃げれば逃げるほど、チップは追ってきた。アナのあしらい方があからさまになればなるほど、チップはしつこくなった。拒否されて喜んでいるらしいが、一方でアナの代わりなどいくらでもいるのだとことあるごとに言った。「アナ・リーなんて、ロサンゼルスにはいくらだっている」仕事を放り出してしまいたくなると、アナは別のクイズ番組に出ている空想をしてやり過ごした。仕事を失わないこと、それが最大の勝利だった。

〝アナ・リーなんていくらでもいる〟としても、このアナ・リーは、全米ネットワークの番組に出演している数少ないアジア系の一人であり、その事実は高い価値を持っていた。思いがけないことに、アナはKタウンのスターとしてもてはやされるようになった。さまざまなイベントに有給で呼ばれた――ミス・コリアタウン・コンテストの名誉審査員、新規開店するコリア系食料雑貨店のテープカット・イベント、韓国製美容品の広告モデル、レストランの開店イベント。ジョクジョクという韓国のビールの広告キャラクターにもなり、ウィルシャー大通り沿いに幅一五メートルの巨大看板が立てられた。キャッチフレーズはこうだった――〈コリアタウン一の美女が選んだビール〉。

アナと両親とサムは、看板の記念写真を撮りに車でウィルシャー大通りに出かけた。ドンヒョンはミノルタの三五ミリの巨大なフィルムカメラをわざわざ持っていった。目に涙を浮かべてアナの腕をそっと叩き、アメリカンドリームがどうのとつぶやいた。アメリカンドリームが具体的に何を指すのか、どんな条件を満たしたらそれを実現したことになるのかよくわからなかったが、娘の顔が大型看板にでかでかと載り、ほかのコリア系の住人にジョクジョク・ビールを宣伝するようになったら、それはきっとアメリカンドリームなのだろうと思った。違うとは誰にも言えまい。「お父さん」アナは言った。「たかが広告よ。泣くほどのことじゃない」注目されて居心地が悪かった。自分のやっている仕事が恥ずかしかった。一方で、その少し前にスタジオシティのタウンハウスの賃貸契約を結んだことは誇らしかった。サムを評判のよい公立学校に通わせられる。

「コリアタウン一の美女」ドンヒョンは感極まった様子で言った。

「広告を作った人が、ビールを売るために考えたキャッチフレーズよ」アナは言った。「本当にコリアタウン一の美女というわけじゃない」

「たしかに」ボンチャが言った。「コリアタウンに美人は大勢いるものね」

「あら、ありがとう、お母さん」アナは言った。

「ちょっと注目されただけで勘違いしたら困るもの」ボンチャが言う。

「サムに決めてもらおうじゃないか」ドンヒョンが提案した。「サムはどう思う？　お母さんはコリアタウンで一番の美人かな」

サムはアナを見つめた。「世界で一番の美人だと思うよ」このときサムは十二歳、少年からおとなの男になりかけていた。日に日にアナの理解を超えた存在になろうとしている。あれほど馴染んでいたサムのにおいでさえ、いまや未知のものになっていて、そこはかとない喪失感があった。それでもサムは、母親は世界で一番の美人だといまも確信を持っている。大きな看板に書いてあるのだから、そうに決まっている。

アナとサムはスタジオシティの新居に向けて車を走らせたが、ハリウッドヒルズで道に迷った。もしかしたらわざとドライブを引き延ばしたのかもしれない。道に迷いたかったのかもしれない。六月のカリフォルニアの暖かな夜、車をオープンにし、息子を乗せて走るのは気持ちがよかった。その車はつい最近買ったばかりだった。派手なエメラルドグリーンのスポーツカーで、アナの最初の大きな買い物だった。

「お母さんは芸術高校を出たって話したわよね」アナは言った。「その高校はこの近くなのよ」

サムはうなずいた。「知ってる」

「サムもその高校に行きたい？」

「どうかな。人前で何かするのは苦手だ」

「そうね。でもあの学校の最高にいいところは、ロサンゼルスじゅうからいろんな生徒が集まってることなの。あらゆる人と知り合いになれるのよ。サムはまだ気づいていないかもしれないけど、ロサンゼルスって、何て言うのかしら、別の集団との交流が少ない街でしょう。イーストサイドの人はイーストサイドから出ないし、ウェストサイドの人はウェストサイドから出ない。ところで、おばあちゃんとおじいちゃんの家があるあたりは街の東側《イースト》にあることになってるけど、本当は違うのよ。西側にあるの。正式には、ロサンゼルス川のどっち側にあるかで東西が決まるから」

　サムとアナは、自分が街の東側の住人か、それとも西側の住人であるかにこだわる人々をだしにして笑った。

「芸術高校に通ってたころにね、ボーイフレンドが一人いたんだけど」

「一人だけ？」サムがからかうように訊き返す。

「その一人は、映画会社の社長さんの孫だった。お金持ちのお坊ちゃんだったわけ。家は西側にあった。パシフィック・パリセーズっていう高級住宅街。ロサンゼルスの西の端っこよ。それでもいつも車でお母さんに会いに来てくれてた。来るときは本当に速いのよ。あっというまに来る。お母さんが電話するでしょ、そうしたらその七分後にはもううちに着いてるの。サムも知ってるわよね、ロサンゼルスはどこもかしこもいつだって渋滞してる。だから訊いたの。〝ねえ、どうしてそんなに早く来られるの？〟って。そうしたらその人、奇妙な目つきでお母さんを見て、それは教えられないって言った。〝秘密なんだ〟」優れた俳優のアナは、ここで芝居がかった間を置き、サムの好奇心をあおった。

「その人、秘密を教えてくれたの？」サムが訊く。

「いいえ。いやな奴でね、いつも喧嘩ばかりしてたし、そのあとすぐに別れちゃったから。だけど先週、『プレス・ザット・ボタン！』のもう一人のアシスタントのアリソンにその話をしたのよ。チップにも聞こえてたみたいで、こう言った。〝シークレット・ハイウェイを使ったに決まってる〟」

「シークレット・ハイウェイ？」

「そうよ。お母さんはいまそう言った。チップによると、ロサンゼルスが発展途上にあったころ、映画会社が協力して秘密の道路を作ったんですって。業界の人だけが知る道路。自分たちだけがすばやく移動するための道路よ。お母さんの高校時代のボーイフレンドは、映画会社の社長の孫だった。チップが言うには、シークレット・ハイウェイの存在をきっと知ってただろうって。東西を結ぶハイウェイがあったらしいのよ。シルヴァーレークとビヴァリーヒルズを結ぶ道路。あともう一つ、南北に走るハイウェイ、スタジオシティからコリアタウンに行けるハイウェイも。その魔法のハイウェイを見つけたら一万ドルやるよ、なんてチップに言われた。見つかっても、チップになんか教えないけどね」

「探してみようよ。見つかったら、おばあちゃんとおじいちゃんの家にいつでもすぐ行ける」

「そうね、探してみなくちゃ！」アナは言った。

「順序立てて探そうよ」サムは言った。「おばあちゃんたちの家に行くたび、スタジオシティに戻るルートをほんの少しだけ変えるんだ。僕が地図を描くよ。いつかきっと見つかる。かならずだ」

車は曲がりくねった道をたどってマルホランド・ドライブへと向かっていた。そのとき、毛皮の塊のようなものが車の行く手に飛び出してきた。アナはブレーキペダルを踏みつけ、急ハンドルを切った。動物は、凍りついたように動きを止めた。中くらいのサイズの犬で――ひょっとしたらコヨーテ？――毛は金色に近い茶色だ。アメリカ原産の猟犬のどれかだろうか。

犬はあわてた様子で走り去った。

「ああ、驚いた」アナは言った。「ぶつかっちゃったと思う？」

「ううん」サムは答えた。「走って行くときもふつうだったし。向こうもびっくりしただけだよ」

「犬かしらね。それともコヨーテ？」

「わからない。どこで見分けるの？」

アナは笑った。「たしかに、お母さんにもわからないわ。次に遊びに行ったら、おじいちゃんの百科事典で調べてみましょうよ」

「でも、どっちだってよくない？」

「そうね」アナは思案した。「誰かのペットを死なせてしまったとしたら、よけいに申し訳ない気持ちになりそうだから、かしら。コヨーテは誰のものでもない。コヨーテは野生の動物だもの。でも、そういう風に考えるのもよくないわね。コヨーテだって、ほかの動物と同じように生きる権利がある」

アナは気を落ち着かせようと、いったんエンジンを切った。二人は闇に包囲された。アナは買ったばかりのこの車に慣れていない。ハザードランプのスイッチを手探りしたが、見つからない。両手が震えていた。「真っ暗ね」

サムが最初に思い出すのは、光だ。丸い光が二つ。並んだ目のようなその光は、あっという間に大きく広がって、夜の底に取り残された二人に向かってくる。理屈に合わない考えがよぎったことをサムは覚えている。平気だよ。向こうの車からこっちは見えないんだから。僕らは闇に守られてるんだから。

次の瞬間、タイヤが軋《きし》む甲高い音が響いた。金属がひしゃげる音、ガラスが砕ける悲鳴のような音が続いた。

相手の車はスピードを出していたとのちに判明する。しかし事故の原因は相手のドライバーではない。このあたりの通りは幅がせまい。二台の車がすれ違うのがやっとだ。相手は大回りぎみにカーブを曲がってきた。重量のあるセダンがアナの軽量なスポーツカーのボンネットにまともに突っこんだ。衝撃の大半を運転席側とサムの左足が受けた。そんなところに車が停まっているなんて、対向車には予想のしようがなかった。マルホランド・ドライブのすぐ下に、ライトを消して停まっていると誰が思うだろう。その車に、少年とその母親が乗っているなんて、誰にわかるだろう。

サムは助手席から運転席を見た。母親の顔は相手の車のヘッドライトに照らされていた。ガラスの小さな破片が散らばっていて、母親の顔はきらきら輝いていた。ガラスの破片を払ってやりたくて手を伸ばしたが、サムの左足はダッシュボードの下にはさまれて動かなかった。痛みはなかった――それが襲ってくるのはあとからだ――が、左足に引き留められて母親の顔に手が届かない。動けないという事実が恐怖を煽《あお》った。チュベローズの香水の香りにまじって母親の血のにおいがした。ひしゃげたダッシュボードが母親の胸や腹部を押しつぶしていた。だが、何よりも怖かったのはガラスの破片だ。母親の美しい顔がガラスの破片で覆われている光景が、このときのサムを何より不安にさせた。だからまた手を伸ばして破片を払おうとした。運転席側に体を伸ばそうとしたとき、左足の骨が妙な具合に動くのを感じた。それでもやはり手が届かなくてあきらめた瞬間、体の感覚が戻ってきた。全身が激しく震え出した。息ができない。「ママ」すぐ隣の、まだぬくもりを残した体に呼びかけた。「痛いよ」首を伸ばして母親の首筋に頭をもたせかけ、目を閉じた。

突っこんできた車のドライバーが呆然とした様子でこちらに来て、二人に必死に呼びかけた。「申し訳なかった。見えなかったんだ。きみたちが見えなかった。みんな無事か？　無事だよな？　誰か生きてるか？　誰か？」

サムは目を開いた。「生きてます」その一言を最後に、六週間後にゲーム・ルームでセイディ・グリーンと出会うまで、サムは二度と言葉を発しなかった。

ゲームで何より大事なのは手順だ。ゲームを動かすのはアルゴリズムだが、プレイヤーもプレイアルゴリズムを作り出さなくては勝てない。どんな勝利であれ、手にするには手順が肝心なのだ。どんなゲームであれ、プレイするには最適な手順がある。アナの死後に訪れた沈黙の数カ月、サムは頭のなかで執拗《しつよう》にリプレイを続けた。仮にアナが『プレス・ザット・ボタン！』出演を引き受けず、お金がなくて、新しく車を購入していなかったら。新しく車は買ったが、あの日の夕食のあとまっすぐ家に帰っていたら。もう一人のアナ・リーがあのビルから飛び下りず、アナはロサンゼルスに移らないままだったら。コヨーテに遭遇したあとも停車せずに運転を続けていたら。ハザードランプのスイッチがすぐに見つかっていたら。アナがジョージと寝ていなかったら。サムが生まれていなかったら。そうやって出た結論は、こうだった——あの夜、サムの母親が死なずにすんだ手順は無限にあったが、死に至る手順はたった一つだった。

6

サムの手術の日、セイディは朝からヴェニスに行って新しいオフィスの片づけをした。テーブルや書棚など、最低限の備品はマークスが安くそろえていたから、内装が完全に仕上がるのを待たずに仕事を始められそうだ。セイディが最後に開けた箱には、すぐに参照できるよういつも手近に置いているPCゲームが詰まっていた。整理しながら棚に並べていった。プラスチックケース入りのものもあれば、書籍のように厚紙のスリーブに入っているものもある。〔コマンダー・キーン〕〔ミスト〕〔ドゥーム〕〔ディアブロ〕〔ファイナルファンタジー〕〔メタルギアソリッド〕〔レジャー・スーツ・ラリー〕〔カーネルズ・ベクエスト〕〔ウルティマ〕〔ウォークラフト〕〔モンキー・アイランド〕〔オレゴン・トレイル〕など、全部で四十本以上あった。最後に出てきたのが〔デッド・シー〕だった。そのクリエイターに対する気持ちは複雑ではあるが、〔デッド・シー〕はいまも変わらず好きだった。パッケージからディスクを取り出した。ドーヴのサインがある。〈ゲーム制作上級ゼミで一番セクシーで優秀な女子生徒、セイディへ——20歳の記念に。愛をこめて、ドーヴより〉。

ドーヴのサインのことはすっかり忘れていた。最後にこのディスクをちゃんと見たのはいつだっただろう。おそらく何年も前だ。ちらりとでも見たのは、思い出せるかぎり、マークスとサムが〔デッド・シー〕をプレイしていた日が最後だ。サムがこう言った日——〝嵐のシーンのビジュアル、こんな感じで行きたいよね〟。

　ドーヴが彼女のボーイフレンドだったことも、担当の教授だということも知らなかったとサムが言ったのをはっきり覚えている。しかし、〔デッド・シー〕をプレイするのにこのディスクを使ったのなら――このディスクを使ったのは確かだ――ドーヴのこの献辞も目にしたはずだ。これを見逃すはずがないし、もともとサムはどんなものだって何一つ見逃さない人だ。ドーヴがセイディのボーイフレンドだと知っていたのなら、〔デッド・シー〕を選んでプレイしたのは偶然だったのか、それとも意図してのことだったのか。あのとき〔デッド・シー〕の画面を見せたのは、セイディならドーヴに頼めるだろうと知っていて、ドーヴに話を持ちかけさせるためだったのだろうか。献辞を見て、セイディの鬱の原因になった〝失恋〟の相手はドーヴだと察したのに、ふたたびドーヴと連絡を取ればどうなるか、まったく気にしなかったのだろうか。ドーヴがセイディの仕事と私生活にあれほど大きな力を振るっていなかったら、この三年間はどれだけ違ったものになっていただろう。

　この推測が当たっているなら、裏切り行為以外の何物でもない。サムは自分が欲しいものを手に入れることを優先し、その結果セイディにどんな影響が及ぼうと関係ないと考えたのだ。サムは〔ユリシーズ〕を欲しがった。オーパス社との契約を欲しがったように。イチゴの性別に実はこだわりがなかったように。世間が〔イチゴ〕はサムのゲームだと誤解してもあえて訂正しなかったように。そもそも、ゲーム制作というたった一つの目的のためにセイディとの友情を復活させたように。サムは友達だとセイディが一方的に信じただけで、サムは誰の友達でもないのだ。といっても、サムは嘘をついていない。愛してるとセイディが言っても、サムが自分も愛していると返したことは一度もない。セイディはいつもサムに言い訳を与えてきた。父親が不在だから、母親を早くに亡くしたから、自分は左足に大怪我をしたのだから、家が貧しいのだから。だから、弱いところがあるのはしかたがない、と。しかし、サムにもふつうに喜怒哀楽があるつもりで接してきたことこそセイディの間違いだったのだとしたら。サムは感情や情緒を持ち合わせていないのだとしたら。

セイディは自分のオフィスのテーブルについて腰を下ろした。〔デッド・シー〕のディスクをノートパソコンに挿入した。オープニングの不穏なカットシーンは飛ばした——飛行機が墜落して炎上し、主人公のレイスがただ一人生き残る。BGMは『月の光』だ。何かを殺したい気分だったから、最初のレベルをすぐに始めた。水中世界への入口は、カジノのロビーに似ている。格子縞のシャツに革パンツのゾンビが、足を引きずりながらロビー中央に現れる。セイディはレイスを操って丸太を拾った。それでゾンビの頭を何度も殴りつけた。ドーヴの血の表現はみごとだ。たとえば、たったいま殺したゾンビが流す血の表面に、レイスの顔まで映りこむ。そういったディテールは想像を絶する作業量を要求するものだ。〔デッド・シー〕は傑作だとセイディは改めて思った。

〔デッド・シー〕をプレイしているところにマークスが顔を出した。「手術が終わったって。おじいちゃんから連絡があった。成功したって」

「よかった」セイディは言った。心は真っ黒だ。レイスは丸太を放り出し、今度はハンマーを拾った。

「いまから病院に行くけど」マークスが言った。「それって〔デッド・シー〕?」

レイスは妊娠中らしいゾンビをハンマーで殴った。ハンマーは丸太よりはるかに威力がある。

「そうだよ」レイスは試しにハンマーで窓を割る。

死んだ母ゾンビの腹から、ゾンビの赤ん坊が這い出てきた。レイスはほんの一瞬だけためらってから、赤ん坊ゾンビの頭を叩き割る。血と脳が画面に飛び散った。

「初めて〔デッド・シー〕をプレイしたときは」マークスが言った。「ここで死んだよ。赤ん坊をすぐに殺さなかったから、顔に食らいつかれた」

「たいがいはここか、犬のシーンで死ぬよね。ドーヴは同情を嫌うから」

「ドーヴはまったく底意地が悪いよな」マークスは乾いた調子で言った。「〔イチゴ〕と〔デッド・

シー」が同じエンジンを使ってるなんて信じがたい」

「水の描写で同じだってわかる。光の描写でも」セイディは言った。「どこを見ればいいか知ってれば、そこらじゅうに共通点がある」

レイスは、独特のどこか弾むような不自然な足取りで銅像の陰に行ってしゃがむ。肩で息をしながら次のゾンビを待つ。

「エンディングまでプレイしたことある?」セイディはマークスに訊いた。

「ない」

「〔デッド・シー〕のオチは、実はレイスは墜落の生存者じゃなかったってこと。レイスもゾンビなの。本人が知らずにいるだけで。つまり、ずっと自分の仲間を殺して回ってたことになる」

「ガキども、残念だったな!」マークスが冗談めかして言った。「ゾンビをぶち殺すのは一見楽しそうだが、あとで後悔する羽目になるぞ」

「ドーヴらしいよね」セイディは言った。「愉しみあるところ苦あり」

「一緒に病院に行くだろう?」マークスが訊いた。「すぐ出発したほうがいい。そろそろ渋滞が始まる」

「私はもうしばらくここにいる」セイディは画面に顔を向けたまま言った。レイスはハンマーを置いてねじ回しを拾った。ねじ回しはゾンビを殺すのには非力だが、これを持っていかないと、エレベーターを動かすためのパネルを開けられない。エレベーターに乗らないかぎり、ゲームの最初のレベルから永遠に出られない。「まだ整理したいものが残ってるから」

IV

両面
ボース・サイズ

1A

サムはシルヴァーレークとエコーパークのあいだにある祖父母の住まいの近所に――つまりロサンゼルス川を基準として東西を分けた場合の〝ウェストサイド〟の東端にあたる地域に――寝室一つの小さな家を借りた。当初はアンフェア・ゲームズ社が位置するヴェニスに家を探すつもりでいたが、回復に想定した以上に時間がかかり、祖父母の家にも、週に何度か診察とリハビリに通わなくてはならない病院にもすぐに行ける、いわゆる〝イーストサイド〟に住んだほうがいろいろと便利だと思い直した。

新居の隣人の一人――家のポーチにレインボー・フラッグを掲げ、保護団体からしじゅうピットブルを預かっている、ポパイみたいにたくましい腕をした女性――は、その界隈を〝ハッピー・フット・サッド・フット〟、略して〝ハフサフ〟と呼んでいた。そのニックネームは、すぐ先のベントン・ウェイとサンセット大通りの交差点にある足病専門クリニックの回転看板にちなんでいた。看板の両面に、擬人化された赤茶色の足が描かれている。片面の〝悲しい足《サッド・フット》〟は、親指に包帯を巻き、目を充血させ、痛みに口角を下げ、手足を使って松葉杖をついている。〝うれしい足《ハッピー・フット》〟は、足病専門医のすばらしい治療で全快している。両手の親指を立て、狂気じみた笑みを浮かべ、足に汚れ一つないハイカットのスニーカーを履いている。看板はコンフォート・インの駐車場のはるか上空にあり、コンフォート・インの一階にベジタリアン・タイ料理店と看板のクリニックが入居していた。看板は、十二秒で一回転の速度でゆっくりと回り続けていた。言い伝えによれば――安ホテル前の回転看板に〝言い伝え〟とは大げさだが――朝一番にどちらの面を目にしたかによって、その日の運勢が決まるという。

ここで暮らし始めて一年以上になるが、サムは〝サッド・フット〟しか見たことがない。反対の面を見てみようといろいろ試してはみた。看板に向かって歩く速度を変えてみた。歩いて、あるいは車で、南北東西すべての方角から近づいた。手順をどう変えてみても、やはり見えるのはかならず〝サッド・フット〟だった。ハーヴァード大学の元数学専攻でなくても、統計上ありえないとわかる。だから、宇宙が自分を嘲笑《あざわら》っているとしか思えなかった。

1B

セイディはヴェニスの有名な〝クラウネリーナ〟ビルに住まいを借りた。アンフェア・ゲームズからは徒歩六分半の距離だ。その建物の壁面にはバレリーナのチュチュとトウシューズを着けた、高さ一〇メートルもある男のピエロ《クラウン》の機械仕掛けの像が設置されている。昔は片方の足が動いて蹴るような動作をしていたのだが、潮風で歯車が錆びついたのか、モーターの音がうるさいと入居者から苦情が相次いだのか、いまは動かない。セイディがこの建物で暮らしていた数年、クラウネリーナは、赤いトウシューズを履いた右足を控えめに蹴り出したポーズで静止したまま、ふたたび踊れる日をじっと待っていた。

世間は悪趣味と言うかもしれないが、クラウネリーナがカリフォルニアの精神を体現しているように思えて、セイディは彼が気に入っていた。セイディも生まれ故郷の暮らしを初めて謳歌していた。冬のコートは慈善団体に寄付し、柔らかくて大きなつばがついた帽子をかぶってマキシドレスを着た。ゾーイと連れだってのみの市に出かけ、古いアナログレコードやロングネックレスや作家ものの陶器を買った。お香を焚き、カフェインを断った。髪を腰まで伸ばし、真ん中分けにした。ピラティスを始め、ドーヴの手錠を海に投げ捨てた。異性とデートもした。インディ・ロックバンドのミュージシャンで、だらしない雰囲気のハンサムな男。セイディはインディ映画でしか見たことがない、だらしない雰囲気のハンサムな俳優。ドットコム企業をもっと大きなドットコム企業に売却した、だらしない雰囲気のハンサムなIT長者。セイディは入念に準備したパーティをたびたび催し、まだ誰も知らない新しいバンドをいち早く知ることにプライドをかけた。カリフォルニアの空と同じ色のフォルクスワーゲン・ビートルを中古で買った。毎週日曜には、家族と一緒にブランチを楽しんだ。早起きをし、睡眠時間を切り詰め、一日十八時間働くのがふつうだった。カリフォルニアをコスチュームとして着られるのなら、チュチュとダービーハットを着けたクラウネリーナのように、難なく着こなしていただろう。

サムがなぜイーストサイドに家を借りたのか、セイディには理解できなかった。わざわざ通勤に五十分もかける生粋《きっすい》のロサンゼルスっ子がいったいどこにいる？　セイディはサムに説明を求めなかった。このころ、二人は開発中のゲームのことしか話さなくなっていたからだ。セイディはサムの行動の裏にある動機を勘ぐるのはもうやめていた。

2A

サムが冬から春、そして夏の初めにかけてゆっくりと回復に向かっているあいだ、セイディは少数精鋭のプログラマーを率いて、〔ボース・サイズ〕のメカニクスとグラフィックスを駆動するエンジン〔オネイリック〕の構築を進めた。

〔オネイリック〕はのちに、革新的なボリューメトリック・ライティング技術で高く評価されることになる。この技術は、妖気の漂う霧やもや、透けるような雲、神の光の表現に優れていた。〔ボース・サイズ〕の架空世界〝マイアランディング〟はゲームの終わりまでつねに霧で覆われている設定だったから、霧の描写に優れたこの技術がどうしても必要だった。ゲームの発売後、ある評論家はこう記した——「このゲームのもっとも優れたキャラクターは、マイアランディングの天気だ」セイディはその評に苦笑した。あらゆるメディアに共通して、才気走った評論家ほどキャラクターではないものをキャラクターに数えたがる。とはいえ、セイディがあらかじめ書いた野心的な仕様書にも、まったく同じ一文があった——「マイアランディングの天気は、まるでキャラクターの一人のように感じられなくてはならない」。

セイディは〔オネイリック〕の出来に満足した。五年前にはできなかったのに、いまは完遂できたことが誇らしかった。数カ月ぶりにドーヴに電話をかけた。

「エンジンを自分で作った」

「最高にいい気分だろ？」ドーヴは言った。

「最高にいい気分」

「な、言ったろ？　きみにはもう〔ユリシーズ〕は必要ない。どのみちだいぶ時代遅れだしな」

「そうだ、二カ月くらい前に〔デッド・シー〕をやってみて思ったんだけど、血の表面に周りのものが反射するでしょ。あれ、どうやってるの？」

「あれか。あんなのいまさらだろう」

「一九九三年には画期的だった」セイディは言った。

「いまならあそこまでやらないかもな」ドーヴは自分が使ったテクニックを説明した――アダプティブ・タイル・リフレッシュという技術を応用して間に合わせに作ったものだ。「完成までにグラフィックスカードやプロセッサをずいぶんだめにした」

「いま見てもかっこいいよ」セイディは言った。

「ところで、再来週あたりにロサンゼルスに行く予定ができた。〔デッド・シー〕の映画化の話があってね。監督が打ち合わせしたいと。そのとき会えるかな」

「いますごく忙しい」セイディは言った。「それに、その……つきあってる人がいる」

「どこのどいつだ？」

「バンドやってる人」セイディは詫びるような口調で言った。

「俺でも知っていそうなバンドか」

「フェイリャー・トゥ・コミュニケートってバンド」

「コミュニケーション不全か」ドーヴは言った。「ろくな男じゃなさそうだ」

「いい人だよ」セイディは言った。

「きみの家に泊めてくれって話じゃない。いま取りかかってるゲームを見てみたいだけで。一番成功した教え子だからな、きみは。あちこちで自慢してるよ」

「じゃあオフィスに寄って」セイディは言った。「いつもいるから」

エンジンを開発していた期間、サムはほとんどオフィスに来ていなかった。完成した［オネリック］をセイディが初めて見せたときも、気乗り薄で投げやりな態度だった。「いいね。これならうまく動きそうだ」サムのその気のない反応は、全身全霊をかたむけて［オネリック］を開発したセイディの神経を逆なでした。

サムは当初、三月には仕事に戻ると言っていたが、実際にフルタイムで復帰したのは五月になってからで、そのあとも一日の半分くらいしかオフィスにいないようにセイディには感じられた。サムは朝の渋滞が始まる前、午前七時に出社し、夕方の渋滞の前、午後四時には帰ってしまう。セイディは週八十時間ペースで働いた。午前九時から午前一時まで、ときにはもっと遅くまで仕事をした。サムがオフィスにまったく顔を出さない日もあった。いつも時間どおりには来ず、いつも渋滞にはまっていて、いつも〝いま向かっているところ〟だった。

セイディはサムの勤怠についてマークスに相談した。サムの回復はまだ万全ではないのではないかというのがマークスの意見だった。といっても、確かなところはマークスにもわからない。サムはその話題に決して触れようとしないからだ。

「サムの判断をいちいち待っていられない」セイディは言った。「いまの出勤ペースだと、判断に時間がかかりすぎる」

それなら制作プロセスを完全に分けようと提案したのはマークスだった。サムはどちらかといえば簡単な〝現実世界〟＝メープルタウン担当チームを率い、セイディは〝架空世界〟＝マイアランディング担当チームを指揮する。それなら、セイディはサムの判断を待たずに作業を進められる。マイアランディングのシーケンスはあらゆる点で手間がかかり、セイディは怒りを感じた——今回もまた自分の作業量のほうがはるかに多いのに、手柄はやはり半々なのだ。しかし、ゲームのため、サムのためを考えて、セイディはマークスの提案に同意した。

2B

五月、開発プロセスが佳境に入り、重大な変更はもう困難というタイミングで、サムは主人公の設定を変えようと言い出した。セイディの当初からのコンセプトどおり、学校でいじめに遭っている少女という設定で開発が進んでいたが、それを闘病中の少年に変えようというのだ。

「また今度も主人公が男の子なんていや」セイディは言った。

「違うよ。性別の話じゃない。たとえば、ガンと闘っている女の子だってかまわないよ。ベッドから出るのもままならなくて、痛みに苦しんでる女の子。そうすれば、もう一つの世界では全能っていう設定がいっそう際立つだろう」

セイディはしばし熟考した。「うちのアリスみたいな?」

「そう」サムがうなずく。「アリスみたいな」

「それはいい着眼点かも」セイディは言った。「だけど、いじめのほうが共感しやすくない? 病気や苦痛となると、ゲーマーのやる気を削がない?」

「いじめは心の痛みだ」サムは反論した。「身体的な病気のほうが、現実世界での主人公にとって大きな障害になるし、架空世界でのアバターとの違いがわかりやすい。せっかく二つの世界を行き来するんだ、コントラストをはっきりさせたほうがいいんじゃないかな」

二人は主人公をアリス・マー、彼女が暮らすのどかで美しいアメリカ郊外の町をメープルタウンと名づけた。アリス・マーをガンと闘っている設定にした瞬間、架空世界のイメージが生き生きと浮かび上がった。マイアランディングは中世を思わせる時代の北ヨーロッパにある村で、謎の現象に見舞われている。誰一人としてまともに息ができない。空は灰色がかった緑色の霧に覆われ、日を追うごとに暗くなっていく。海は黄色い粘液でよどんでいて、その粘液の塊があとからあとから浜辺に打ち上げられる。何もかもが息絶えようとしていた——年老いた者から先に死に絶え、やがて若い者も倒れていく。動物、自然が死んでいく。アリス・マーの分身、〝ローズ・ザ・マイティ〟は、何が（あるいは誰が）原因なのかを突き止め、マイアランディングの村を守り抜かなくてはならない。ローズ・ザ・マイティが村を救えたら、アリス・マーも肺ガンから回復できるかもしれない。二つの物語はリンクしているものの、独立した軌道を描いて進行する。一方が前進すると、もう一方も前進する。ゲームプレイはきわめて複雑で、最後にはセイディ自身がサムに提案することになった——効率よく作業するには二つの世界のプログラミングを完全に分けたほうがよさそうだと。

作業の分担が決まるや、サムは、一見したところより開発規模の小さいメープルタウン・プロジェクトに嬉々として専念した。メープルタウン総合病院は、サムが過去に入院したすべての病院を足し合わせたような場所で、アリスの闘病や治療が主となるメープルタウン側のクエストやレベルには、長期入院を経験して、病院生活がどれほど尊厳を傷つけるかをよく知っている者にしかわからないディテールが盛りこまれていた。たとえば四番目のレベルでは、大手術直後にアリスは体から抜け出してしまい、ピーターパンと影のように、自分の肉体を取り戻そうと病院中を探し回る。この乖離は、サムが実際に何度も経験したことだった。病に冒された体はもはや自分のものではないような感覚に陥る。

サムはメープルタウンをさらに二つの別々の世界に分けた。一つは病院で、もう一つは病院以外のすべて——メープルタウンそのものだ。サムはチームに指示して、メープルタウンの時刻や季節が現実のそれと連動するようにした。夜間にプレイすればメープルタウンは暗く、朝なら明るい。秋には枯れ葉が散り、冬には雪が舞い、春には桜が咲く。サムが病室から見た外の世界は、いつも泣きたいほど美しかった。生者の世界に自分だけが参加できなかったとき、生きるとはどれほどすばらしいことか、サムは初めて気づいた。病室のドアのガラスの小窓から透かし見えた友達。解いた迷路をサムに渡す十二歳のセイディの愛らしい顔。ほんの一時《いっとき》訪れていただけの世界、しかしサムが永遠に暮らしているその世界から自由に出て行ける、病とは無縁の丈夫な体をした人たち。

セイディはマイアランディングにかかりきりだったから、メープルタウンの冒頭の数レベルを最初にテストプレイしたのはマークスだった。

メープルタウンの一つのレベルは、病院外で始まる。アリスは高校の陸上チームに所属するハードル競走選手だ。画面にテキストボックスが表示され、アリスは州のトップ選手の一人で、優勝候補と目されていると説明される。観客が声援を送っている。アリスのボーイフレンドやパパ二人もスタンドから観戦している。

マークスは競走に挑んだ。アリスがハードルにさしかかるたびにジャンプボタンを押してクリアしていく。一度目は優勝できない。次もだめだ。三度目のレースでも負けた。マークスはサムのほうを向いた。「俺、やり方間違ってる？」

ゲーマーがどれほど巧みにハードルを越えても、アリスは毎度負けてしまう。肺に腫瘍ができていて、それまでと同じ実力を発揮できないからだが、本人はまだそれを知らない。アリスが負けるたびにゲーマーは、ゲームをリスタートするかと尋ねられる。しかし最初のレベルは決して勝てない。このレベルをクリアするには、どうしても勝てないレースがあると認めなくてはならないのだ。

これまでサムは何度も「負けるな」と励まされてきた。病気や怪我は、その人の弱点であるかのように。どんなにがんばっても、病や怪我には勝てない。そして苦痛は――それに捕まったら最後――形を変え続ける。メープルタウンは、現在の、そして過去の、サムの苦痛の物語だ。これほど自らの内面を色濃く反映したゲームを作ったのは初めてだった。いうまでもなく、それは一つのゲームの半分にすぎないし、制作のパートナーであるセイディは、自分の姉の物語だと思っている。

「サム」ゲームの本質を見て取ったマークスは言った。「いいね、こういうの。とんでもなく知的なゲームだ。セイディにはもう見せたのか？」

「まだ」サムは答えた。「どういう仕上がりになるか、ざっくりは知ってるはずだけど、マイアランディングで忙しいからね。迷惑をかけたくなかった」

マークスはサムの顔を探るように見た。これほど痩せたサムは見たことがない。目はわずかに充血している。口の周りから顎にかけて髭が伸びていたし、何カ月も散髪していないような頭をしていた。疲れて冴えない顔色だ。サムがセイディに〝迷惑をかけたくない〟などと言ったためしがこれまでに一度でもあっただろうか。「セイディと何かあったのか？」マークスは訊いた。

「別に」サムはマークスに微笑んだ。口もとにのぞいた犬歯が欠けていた。

3A

サムは二十五歳の誕生日を盛大に祝いたくなかった。手術以来、仕事と病院以外の予定は何一つ入れないようにしてきた。それでもマークスの説得に負けて、セイディとマークス、そしてそれぞれのパートナーと五人で食事をする約束をした。出かけようと玄関の鍵を開けたところで、すさまじい痛みに襲われた。その場に膝をつき、義足をむしり取って壁に投げつけた。壁の石膏ボードにへこみができた。

レストランに連絡しようとしたが、携帯電話の操作さえできなかった。

床に横たわって目を閉じた。体を動かさないようにした。動くとそれだけで痛みが走る。かといって眠れるわけでもない。

九時半ごろ、玄関にノックの音が響いた。「サム」マークスの声だった。「俺だ」

玄関の鍵は開いていた。サムの返事を待たず、マークスはなかに入った。その光景を見ても、内心の驚きを顔には出さなかった――投げ捨てられた義足、床に横たわったサム。「帰ってくれ」サムが声を絞り出した。マークスは汗で湿った服を脱がせてサムをベッド――といっても床にじかに置いたマットレス――に寝かせた。

「何をしてほしい？」マークスは訊いた。「何でも言ってくれよ」

サムは首を振った。

「一緒に住んでたころと違って、何をしてやればいいかわからない。どうしてほしいか言ってくれ」

サムはまた首を振った。

「しかたないな」マークスはマットレスのそばの床に腰を下ろした。テレビをつけたが、ろくな番組をやっていなかったから、サムのDVDをあさった。一九八一年に開催されたサイモン・アンド・ガーファンクルのセントラル・パーク・チャリティコンサートの録画を選び出した。

再生を始めて三十分ほどたったころ、サムが言った。「こんなDVD、持ってた覚えがない」

「俺のだからな」マークスが笑った。「というか、うちの母親のだ」

コンサートが終わるころにはサムの痛みもいくらか治まり、話くらいはできるようになった。サムはマークスのほうを向いて言った。「幻肢痛ってやつだ。僕の脳はまだ左足があるつもりでいて、義足を着けてるとき、左足が押しつぶされてるって感じちまう。骨が砕けて、肉がぐちゃぐちゃになっていくように感じる。医者は、頭のなかだけで起きてることだって言う」

マークスは少し考えてから言った。「それはどんな痛みにも当てはまるよな」

サムはベッドの上で体を起こした。「セイディには言わないでくれ」

「どうして」

「ゲームの完成まで邪魔したくない。それに、本当に痛いわけじゃないんだから、心配させたくない」

手術の直後、サムの回復は早かった。手術痕はかつてない大きさと生々しさではあったが、とくに手ごわいとは思わなかったし、幻肢痛もなかった。予定より数日早く退院し、祖父母の家で療養することになった。この調子ならすぐ仕事に戻れるだろうと思った。子供のころ使っていた寝室でさっそくネットに接続し、アンフェア・ゲームズのオフィスがあるウェストサイド――ヴェニスからサンタモニカ周辺――の賃貸アパートを検索した。セイディに電話をかけ、〔ボース・サイズ〕の複雑なレベル設計の細部を詰めた。三月一日には仕事に復帰すると伝えた。

祖父母の家での療養二日目の夜、幻肢痛が始まった。真夜中、なくなった左足をばたつかせ、悲鳴を上げながら目を覚ました。体は汗と尿でぐっしょり濡れていた。怖かった。恥ずかしかった。自分の体のコントロールを失ったように感じた。痛みがどこから来たのかわからず、どうしたら和らげられるのかもわからなかった。足があるはずの場所を何度も手で探った。祖父母が青ざめた顔で部屋に飛びこんで来て、どうしたのかと訊いたが、あまりの痛みに声も出ず、何一つ説明できなかった。吐き気がして、トイレに行こうとベッドから降りようとしたが、左足がもうないことを忘れて床に倒れこんだ。片方の犬歯が欠け、唇が切れて血が出た。膝立ちになって嘔吐した。無力感にとらわれ、子供に戻った気がした。それと裏腹に、獰猛《どうもう》な生き物、人間ではない獣になった心地もした。祖母の腕のなかで、サムはやがて浅い眠りに落ちた。

翌日、病院に行った。主治医の診断は、幻肢痛だった。「その強烈な発作ね」医師は言った。「切断者にはよくあることです」

医師が誰の話をしているのか、一瞬わからなかった。〝切断者〟と呼ばれたことはまだ一度もなかった。サムの思う切断者とは、戦争の英雄やガンのサバイバーだった。

「手術の前に説明があったんじゃないかしら」医師は続けた。

サムはうなずいた。説明を受けたのだろうが、ほとんど聞いていなかった。思いきって切断してしまえば、足の問題は金輪際解決すると思いこんでいた。

幻肢痛を克服するためのエクササイズを紹介した冊子のコピーを渡された。たとえば、切断後の断端《たん》《だん》を鏡で見て、足はもうないという事実を脳に刷りこむ。そのエクササイズはたまらなくいやだった。切断手術の前から、悪いほうの足はできるだけ見ないようにしていた。見ずにいるかぎり、状態はそこまでひどくないと思いこめた。抗鬱剤も処方されたが、サムは処方箋をもらっただけで薬を受け取らなかった。

それから数週間、幻肢痛は起きなかった。このまま二度と起きないのだろうと希望が湧いた。

義足を初めて装着したとき、なおいっそう激しい痛みに襲われた。義足が断端に加えている圧力だけではない痛みだったが、理学療法士はその圧力にすぎないと言い張り、義足をはずそうとしなかった。もうないはずの足が義足に押しつぶされているような痛みだった。めまいがした。しばらくのあいだ、何も見えず、何も聞こえなかった。口のなかに苦い味が広がった。

「ちょっと痛いかな」サムは弱々しく言った。サムのスーパーパワーは昔から、苦痛を隠して無視する能力だった。

「だいじょうぶですよ、サム」理学療法士は励ました。「その調子です。僕が支えていますから、一歩だけでも歩いてみましょう」

サムは一歩踏み出した。力なく微笑んだ。それから膝をついて嘔吐した。

心理療法、催眠術、鍼《はり》、マッサージと、さまざまな治療を受けた。それぞれ多少なりとも効果があったが、いざ幻肢痛が始まってしまうと、止める術《すべ》はなかった。痛みが起きるパターンやきっかけを探すよう言われた。きっかけは、眠ろうとしたときと歩こうとしたときの二つだった。眠らず、歩かずでは日常生活が立ちゆかない。義足に調整が加えられた。コンプレッションソックスが装着され、また取り払われた。だが最大の問題は、義足を着けるとにかく痛みがひどく、何一つ考えられなくなることだった。サムには考える必要があり、痛むあいだは自分が馬鹿に思えた。それはサムにとって初めての経験だった。

主治医はこう言った。「その痛みは頭のなかでだけ起きているの。それがせめてもの救いでしょうね」

僕は頭のなかで生きてるのに。

足はもうない。頭ではわかっている。見ればわかる。自分が経験しているのはプログラムの初歩的なエラーだと理解できる。脳味噌を開けて、バグを取り除けたらいいのにと思う。だがあいにく、人間の脳は、マッキントッシュのマシンと同じで開けられない。

最初の何カ月か、食べてもすぐ吐いてしまったし、食欲もなかった。体重が一〇キロ近く減り、祖母を心配させた。それでも痛みはだんだんと弱まっていった。あるいは、それに耐えるサムの能力が向上した。仕事に復帰した。これまでの人生で初めて、ゲームが気晴らしにも慰めにもならず、サムは不安にとらわれた。それまで架空の冒険のためだけに手つかずで確保されていた脳の領域まで、痛みに乗っ取られたかのようだった。

3B

「きみの友達は自分の誕生祝いのディナーに現れなかったわけだ。変わってるな」セイディのボーイフレンド、エイブが言った。二人はシルヴァーレークのレストランの前にいた。サムの家から近いという理由でマークスが選んだレストランで、店の真ん中に木が生えている。別れを切り出すのにイーストサイドでもっとも向いた店として有名だった。

「別に」セイディは言った。「昔はサムを心配してずいぶん時間を無駄にした。何も言わずにどこかに行っちゃうような人なの」

「まあ、そういう友達の一人や二人、誰にでもいるよな」エイブは言った。「僕のうちに来ないか？　せっかく近所に来てるんだから、見においでよ」

エイブ・ロケットは、一九九九年ごろ、面積八平方キロメートルほどのシルヴァーレークにひしめいていたバンドのうちの一つ、フェイリャー・トゥ・コミュニケートのリードシンガー兼サイドギタリストだ。セイディはサムの誕生日の一月ほど前からエイブとつきあっていたが、彼の家に行ったことはまだ一度もなかった。車で行くには遠すぎるし、エイブとの交際がそこまで真剣ではない段階では、渋滞に耐えて行くほどのことではないように思えた。知り合ってまだまもなく、エイブの生い立ちどころか、エイブ・ロケットというのが芸名なのか本名なのかさえ知らなかった。彼とはゾーイに連れていかれたコンサートで知り合った。エイブが好きなのは、優しくて礼儀正しい恋人だし（「セイディ、きみの胸に手を触れてかまわない？」）、ゲームをやらない（ビデオゲームも、駆け引きという意味でも）から、そしてセイディが住むヴェニスまで車で文句一つ言わずに来てくれるからだ。

エイブの家は整理整頓が行き届いていて、サンダルウッドの香りをさせていた。千枚くらいありそうなアナログレコードは、イケアの白塗りの棚に順序立てて並べられていた。レコードのコレクションにはLPもあったが、熱心に集めているのは四五回転のシングルレコードだった。B面が好きなのだとエイブは言った。A面とB面の歴史も気に入っている。そう言われても、セイディには何の話かわからなかった。エイブの説明によると、レコード会社は〝売りたい曲〟をA面に収録し、〝おまけの曲〟をB面に収録した。どこかの時点からレコード会社はシングルレコードを〝両A面〟と呼び始めた。バンド内での争いを避けるためだ。エイブによれば、ジョン・レノンとポール・マッカートニーは、どちらが作った曲をA面と呼ぶかでいがみ合っていた。一例が、ポールが作曲した『ハロー・グッドバイ』（A面）とジョンが作曲した『アイ・アム・ザ・ウォルラス』（B面）だ。

「実際には両A面なんて存在しないんだよ。A面の曲がやっぱりA面なんだ」エイブは言った。「腹黒いレコード会社の思惑どおりにはいかない」

エイブとセイディはマリファナを吸った。エイブがお気に入りのシングルレコードをかけた。ビーチボーイズの『神のみぞ知る』で、B面は『素敵じゃないか』だった。B面の曲がA面より有名になったエピソードがとりわけ好きなのだとエイブは言った。

「だって、信じられる？『素敵じゃないか』が『神のみぞ知る』よりいい曲だなんて、誰も思わないよな」

「なんとなくわかる気がする。『素敵じゃないか』のほうがアップビートでしょ」セイディは言った。『神のみぞ知る』なんか聴くと、自殺したくなっちゃう」

「僕はそういう曲が好きだ」エイブは言った。「午後の音楽って呼んでる。聴くタイミングが早すぎると、その日はもう何もやる気がしなくなるから」エイブはセイディに腕を回した。「きみはさしずめ午後の女だな、セクシー・セイディ。人生のあんまり早いタイミングで出会うと、ほかの人を二度と愛せなくなる」

「その台詞、別の女の子にも使ったことあるでしょ」セイディは言った。

数カ月後、エイブはツアーに出て、二人の関係は自然消滅した。セイディはエイブとの交際を後悔しなかったし、別れたことも後悔しなかった。しかしマークスのことをようやく少しだけ理解できるようになった（といっても、このころには彼はゾーイとほぼ完全に落ち着いていた）。長きにわたる交際のほうが豊かではあるかもしれない。だが、魅力的な相手との短くて浅い出会いもよいものだ。知り合った相手、それどころか愛した相手であろうと、互いを味わい尽くさないかぎりは交際する意味がないなどということはないのだ。

セイディはオフィスでマークスに会ったとき、そんな風に考えが変わったことをさりげなく話した。

するとマークスは笑い飛ばした。「俺はきみに誤った印象を与えちまったようだね、セイディ」マークスは言った。「俺は味わい尽くされるのも嫌いじゃないよ」

セイディはマークスをまじまじと見つめた。一緒に仕事をして三年になるが、ときどき、自分はマークスを完全に誤解しているのではと思う瞬間がいまだにある。「ゾーイとは味わい尽くす関係ってこと?」セイディはゾーイが好きだった。ケンブリッジ時代は気が合わなかったが、ロサンゼルスに来てすぐに大の親友になった。二十代の若者にはよくあることだ。

「俺はむさぼり食い、むさぼり食われる」マークスは言った。

「ドーヴのあとだし、私はもうむさぼるような関係はおなかいっぱい」セイディは言った。

「気持ちはわかる。でも、むさぼるような恋をあきらめるのはまだ早いとも思うよ」マークスはセイディに向かってがるると低くうなり、食らいつく真似をして、セイディの頰にキスをした。

4A

ローラ・マルドナドは、ピザ店に自分の電話番号とサム宛の伝言を残した。「ミスター・リー、あたしのこと、たぶん覚えてらっしゃらないと思いますけど」ローラはドンヒョンに言った。「サムの高校の同級生です。サムがロサンゼルスに帰ってきたって聞きました。よかったら電話をくださいと伝えていただけますか」

ドンヒョンは伝言をサムに渡した。「電話しておやり」ドンヒョンは言った。「美人さんだ。礼儀正しい子だったよ」

「いま仕事が忙しいんだ」サムは言った。

「おばあちゃんを安心させてやりなさい。おまえは仕事ばかりしていると心配していた」

「平気だよ」サムは言った。

「おじいちゃんだって心配だ」ドンヒョンは言った。「年寄りを安心させたいだろう?」

「わかったよ、お年寄り。暇を見て電話しておく」

一月後、サムはローラに電話した。ちょうどメープルタウンのバグ取りにかかる前のタイミングで、スケジュールに少し余裕があった。

「もしもし、メイザー!」ローラは弾んだ声で言った。「電話、ずいぶん待ったよ。今夜は何する？」

アークライト・シネマに『マトリックス』を観に行くことになった。ローラはもう三度も観たというが、サムはまだだった。

高校時代、ローラとサムは授業でいつも顔を合わせていた。十二年生のとき短期間だけ交際もした（誰だって卒業プロムに同伴する相手が必要だ）が、大学に進学後は疎遠になっていた（ローラはUCLAでコンピューター工学を専攻した）。ローラは頭脳優秀で冗談がうまく、タフで押しが強く、少しだけ意地悪な子だった。サムの印象に強く残っているのは頭のよさだ。セイディのような並外れた頭のよさではない。それでも頭がいいのは確かだ。

大した事実ではないが、サムの初体験の相手はローラだった。うだるように暑い九月のある日、二人で微分方程式を勉強していたときのことだ。停電が起きて、サムの祖父母の家は、カリフォルニア州で一番暑い街パームスプリングスのようになった。サムとローラは我慢しきれず服を脱いだ。「やっちゃう、メイザー？」ローラは言った。サムは思った──いいね。このころはまだ足もさほど痛まなかった。ローラを愛していたわけではないが、好意は抱いていたし、気を遣わずにすむ相手でもあった。

「初めてじゃないよね」サムは訊いた。そのころローラは十字架のネックレスをしていたし、一家がカトリックであることもサムは知っていた。自分にとって大きな意味を持たない行為が、彼女にとっては大きな意味を持ってしまってはと気になった。

「違うよ」ローラは答えた。「心配しないで」

まずまずではあるが記憶するに値しないセックスだった。サムはいとこから冗談でもらったコンドームを使った。終わったとき、サムの足は燃えるように痛んだ。

「そっちは初めてだった？」ローラは訊いた。

「いや」サムは嘘をついた。童貞を献上された女という称号を与えたくなかった。

ローラを含め、サムはこれまでに四人と関係を持ってきたが、相手が誰であれ、セックスを楽しいと思ったことはない。四人のうち一人は男で、三人は女だった。意に反した行為を強いられたわけではなかったが、セックスよりマスターベーションのほうがよほどいいと思った。他人の前で裸になるのは嫌いだし、セックスの生々しさも苦手だった——体液、音、におい。たとえば自分が大好きな相手——セイディやマークスと寝たいと思う自分は想像できない。以前に関係したことのある少年は、きっと足のせいで自尊心が低いからじゃないかなと言ったが、それは単純化しすぎだとサムは思った。たとえ体のどこにも支障がなかったとしても、サムはやはりセックスを好きになれなかったのではないか。とはいえ、少年の指摘にもいくばくかの真実は含まれていた。自分の体は苦痛以外の何も感じ取れないとサムは思っている。だから、自分以外の人々と同じようには快楽を追求できない。肉体が何も感じていない状態、それこそがサムにとって至福だった。自分の体を意識せずにすむとき——自分に肉体があることさえ忘れてしまえるとき、それが至福なのだ。

ローラは高校時代と変わっていなかった。例外はヘアスタイルだ。いまははつらつとしたボブにしている。ローラの茶色の目は大きく、小柄でも出るところは出ていて、強そうな印象を与える。赤と白のポピー柄の、上半身がタイトでスカート部分はふわりとしたワンピースを着て、メアリージェーン・シューズを履いていて、サムが知るかぎりずっと使っているシャンプーのオレンジブロッサムの香りをさせていた。鮮やかな赤い口紅をつけている以外、化粧はしていない。赤い唇は警告のようだとサムは思った——だって、自然のなかで危険なものはみんな赤い色をしていないか？

「どうだった？」映画が終わると、ローラは尋ねた。

「『攻殻機動隊』に似てる」サムは言った。「アニメ映画の。パクリと言ってもおかしくない」

「観たことないな」ローラは言った。

「『マトリックス』が好きなら、観なくちゃ」

二人はハリウッドのレンタル店に行って『攻殻機動隊』を借り、サムの家で観ることにした。新居にはまだ祖父母とマークスしか招いたことがなかった。

「メイザー、この家はいったい何なの？」

「どこか変？」

「別に。でも、シリアルキラーが住んでいそうな感じ」ローラは言った。「それか、証人保護プログラムで保護されてる証人とか。何かあったらすぐ移動できるようにしてるような。壁に絵の一枚もない。ベッドの代わりにマットレスが床に直《じか》置きされてる。大のおとな、それも成功した人間なのに、フトンで寝てるなんて。それに引っ越しの荷物も半分しか開けてない」

「まあね」サムは言った。「忙しくて」

「ポスターとか観葉植物くらい買えば。せめてここに住んでるふりくらいしなよ」

サムはDVDをセットした。ローラは靴を脱いでサムにもたれかかった。サムも身を引かなかった。昼間どれほど暑くても、ロサンゼルスの夜は冷える。

ローラと寄り添っていると心地よかった。彼女のぬくもりが自分のぬくもりと溶け合って心地いい。ロサンゼルスに来て以来ずっと、ひどく孤独だった。自分にさえ素直にそうは認められなかったが。

手術後、他人の存在をうっとうしく感じた。自分の痛みとだけ向き合いたかった。しかし数カ月が過ぎて痛みがいくらか治まると、セイディはどこに行ってしまったのだろうと思い始めた。初めは、そっとしておいてほしいというサムの意思を尊重してくれているのだと思っていたが、月日がたつにつれ、何かおかしいと感じ始めた。入院中も一度も見舞いに来なかったし、新居を見に来てもいなかった。足を切断したサムに嫌悪を抱いたのかとも考えたが、それはセイディらしくない。

サムとセイディが話すのは、仕事のことに限られている。そして会社にいても、二人は文字どおり二つの世界に分かれていた。〔ボース・サイズ〕開発に従事するスタッフは二十人ほどいて、セイディと何日もやりとりせずにすむことも少なくない。アンフェア・ゲームズは成長した。それを思えばしかたのないことではあるのだろう――それでも、ケネディ・ストリートのアパートにあった仲間意識がときどきなつかしくなる。

何年も口を利かずに過ごしたあのころより、いまのほうがずっとセイディが恋しかった。日々、すぐそこにいるからだ。その彼女は、セイディにそっくりな外見をして、セイディそっくりに話す。だが、なぜかいまはもうセイディではない。どこかが違っている。何が変わってしまったのか突き止めるのは、ゲームの開発が完了してからにしようとサムは決めた。

『攻殻機動隊』が終わった。「たしかに」ローラはうなずいた。「『マトリックス』と似てるね、でもやっぱり『マトリックス』は最高」ローラはサムのほうを向いて斜め座りをした。「ミーハーに聞こえるかもしれないけど、〔イチゴ〕は最高だった。二作ともすごくおもしろかったよ。いつもみんなに自慢してる。あたしはサム・メイザーとプロムに行ったんだよって」

「お世辞でもうれしいね」サムは言った。

「お世辞じゃないって。本心だよ」

「僕一人で作ったわけじゃない」サムは言った。「パートナーとの共作だ」

「ああ、知ってる。ロサンゼルス出身の子でしょ」

「そう」

「高校のとき会ったことがある。うちの地区のライプツィヒ家族奨学賞を獲った子だよね。最終選考に残ったもう一人はあたしだった。でもあの子に負けちゃった。賞金の五〇〇〇ドルだってあの子にはいらなかったんだろうに。頭はよかったけど、いつも何気取ってるんだろうって思ったな」

「セイディに何かされたの？」

「別に何も。冷たそうな人だと思っただけ。もう何年も前のことだし、いまの話は忘れて」

「冷たいところは確かにある」サムは認めた。「内向的なタイプだ」

「でも、すごくきれいな髪をしてたな」ローラが言った。「いかにもビヴァリーヒルズの美容院でブローしてもらいましたって感じの、つやつやの髪。ウェストサイドに住んでるユダヤ系のお嬢様はみんなああだよね」

それがユダヤ系に対する差別発言なのかどうか、サムには判断がつかなかった。「単にああいう髪なんだと思うけど」

「何もしないであんな髪をしてる子なんていないってば」ローラは身を乗り出してサムにキスをした。サムもそれに応えた。ローラの手がサムの股間を探り、血管と海綿体から成る円筒形をしたサムの陰茎(誰の陰茎も構造は同じだ)を握った。脳がサムの意識を介さずに信号を発し、神経を介してそれを受け取った海綿体が血液で満たされ、陰茎の拘束服たる白膜がその血液を陰茎内に閉じこめる。サムは体を引いた。

「どうしたのよ、メイザー?」ローラが言った。「前にもしたじゃない。いまつきあってる人はいないんだよね?」

「僕には簡単なことじゃないんだ」サムは体を起こした。「僕の足。覚えてるだろう?」

ローラは当たり前でしょというように目を回した。「前にもセックスしたんだから知ってるって、サム」

「二カ月前、ついに切断したんだ。そのあとの痛みがえげつなくて。もともと愛情表現が苦手なタイプだし」

「それは知ってる」ローラは言った。「いまは痛む? 10段階のいくつくらい?」

「6かな。動くと7かも」

「じゃあ、しかたないね」ローラはうなずいた。「気にしないで。セックスはまた今度にしよう」そう言ってサムの手を取った。「マリファナ吸う？　バッグに煙草がある」

「ドラッグはやらない。頭をすっきりさせておきたいんだ」

「痛みがあったら、頭もすっきりしないでしょ。メイザー、悪いこと言わないから。あなたほどマリファナが役に立つ人はほかにいないって」

ローラはマリファナ煙草に火をつけた。二人で交互に煙草を吸いながら『攻殻機動隊』をもう一度頭から観た。サムがマリファナを吸うのはこれが初めてで、自分の思考がふわふわとどこかへ漂っていくのを感じているくせに、マリファナに酔ってなどいないふりを装った。

「ハイになってるよね」ローラが言った。

「いや、全然」サムは否定した。

映画がもう少しで終わるというころ、ローラが言った。「見せてくれない？」

「ペニスを？」サムは腹を抱えて笑った。

「違うって。切断したほうの足」ローラは肩をすくめた。認めたくはなかったが、ローラはサムほどハイにはなっていないようだった。「何か役に立てるかも。それに、あたしは元の状態を見てるから、ビフォアとアフターを比較してコメントできる」

どういうわけか（マリファナに不慣れなせいか）、しごく筋の通った理屈と思えた。サムは靴を脱ぎ、ズボンを脱ぎ、義足をはずし、二枚重ねにしていたソックスも脱いだ。

ローラは品定めするような目で断端を観察したあと、また肩をすくめた。「思ったほど悪くない。前のほうがひどかったかもよ。いまは、少なくとも完成品っぽい見た目」温かな手で断端を包みこむ。サムが自分で触れるとき、また医師が触れるときとは違う感触だった。ローラは、きつく閉じた唇に似た赤とピンク色の傷跡を人差し指でなぞった。わずかな快さとわずかな痛みがまじった電流がサムの背筋を駆け上り、駆け下りた。ローラはかがみこんで断端に一度だけキスをした。唇の形をした真っ赤なスタンプが捺された。サムはやめてくれと言いたかったが、ハイになりすぎていて間に合わなかった。が、どのみちそれだけだった。ローラは断端を包みこんだ手にそっと力をこめたあと、体を起こした。「だいじょうぶ、ちゃんと治るよ、メイザー。あたしが保証する」

サムは泣きたくなった。代わりに笑い出した。

4B

〔ボース・サイズ〕はセイディの二十五歳の誕生日の一週間前に完成した。マークスはその二つを祝うパーティを開いた。二十二カ月かけて開発された新作ゲームは、〔イチゴ〕同様、クリスマス商戦に合わせてリリースされることが決まった。

パーティの前に、ゾーイはセイディに幻覚誘発剤のエクスタシーを渡した。「記念すべき夜だもの」ゾーイは言った。「大切な友達と盛大にお祝いしたい」セイディはマリファナくらいしかドラッグをやらないが、責任から解放されて気分が浮き立っていたから、ありがたく受け取った。

ふだん感情を抑制しがちなセイディも、エクスタシーのおかげで〔ボース・サイズ〕完成の喜びにどっぷりと浸れた。過去の作品で一番の出来だと思った。〔イチゴ〕のときとは違い、〔ボース・サイズ〕では技術面でもストーリーの面でも自分の限界を押し広げられたと実感できた。向上心がないのなら、ゲームを作る意味はない。野心と能力がついに釣り合うようになったのだと思った。ゲームの完成直後にはいつも大きな疲労感に襲われるが、持てるすべてを注いだという充実感が勝っているのは今回が初めてだった。パーティに参加した全員に愛を伝えたくなった。ゲーム開発のどんな場面でも冷静で分別をわきまえたマークスが愛おしい。心を揺り動かすドラマチックな楽曲を提供してくれたゾーイが愛おしい。自分のチームに属するデザイナーやプログラマーの全員が愛おしかった。カリフォルニアに愛を感じた。ドーヴを許し、サムに向けていた怒りを少し忘れた。

サムの仕事ぶりはセイディの期待を超えていた。ゲームのコンセプトを思いついた時点では、ゲームの主役であるマイアランディング側のストーリーが映えるよう、メープルタウン側はよけいな飾りのないシンプルな背景にするつもりだった。ところが、サムはセイディを驚かせた。サムが手がけたメープルタウンは意外な奥行きを持っていて、初めて二つの世界を行き来しながらプレイしたとき、セイディは思わず涙ぐんだ。メープルタウンがあるからこそ、マイアランディングのファンタジー世界がプレイヤーの心を揺さぶるのだと実感した。ゲーム開発の最後の数週間はあまりにあわただしくて、メープルタウンの出来映えをどれほどすばらしいと思っているか、サム本人に伝える機会がなかった。だから完成祝いのパーティでかならず話をしようと思っていた。

サムに対する怒りは完全に消えたわけではないが、〈イチゴ〉二作の開発中に比べると、〈ボース・サイズ〉では二人が衝突する回数は少なかった。セイディには、サムが意欲を喪失しているせいと思えた。オフィスにまったく顔を出さない日もたびたびあったくらいだ。喧嘩するのも面倒くさいのだろうとセイディは解釈した。しかしメープルタウンの仕上がりを見たとき、サムはセイディの意見を取り入れる以上のことをしたのだとわかった。以前なら反発していただろうに、今回はセイディの意見を受け入れていたのだ。たとえば、ちょっとした言い合いになった、あるシーンの最終版。メープルタウンの結末から二番目のシーンで、いよいよ体調が悪化したアリス・マーは、マイアランディングとはゲームであり、自分はそれをプレイしていたにすぎないと悟る。初めのころサムは、マイアランディングはゲームではなく、アリス・マーが書いていた小説か何かという設定にすべきだと主張していた。〝実はゲームでした〟というのはメタすぎ、頭でっかちすぎて、おふざけじみた無用なノイズとゲーマーにとらえられてしまうのではないかというのがサムの意見だった。しかしセイディは退かず、サムは譲歩した。最後から二番目のシーンを書き換え、アリスがノートパソコンでマイアランディングをプレイしているのがついにゲーマーからも見えるシーン（ここで初めてマイアランディングは画面のなかの画面として描かれる）で、アリスはゲームに負ける。ローズ・ザ・マイティが戦闘で死んでしまうのだ。マイアランディングの画面に、ゲームをリスタートするかと尋ねるプロンプトが表示される——〈新しい明日に挑む覚悟はありますか、パラディン？〉。アリスはセーブポイントに戻ってふたたび戦闘に挑むが、やはり負けてしまう。〈新しい明日に挑む覚悟はありますか、パラディン？〉 アリスはセーブポイントに戻り、もう一度戦闘に臨む。今回は勝利して、ゲームの最後のシーンが起動する。アリスがゲーム内ゲームで勝利する前に二度死ぬというのは、サムのアイデアだった。それはメープルタウンの冒頭のシーン、前進するにはあきらめなくてはならないシーンの倒置だ。みごとだとセイディは思った。

セイディは二週間後から［ボース・サイズ］のプロモーションツアーに出る予定だった。サムには新しくガールフレンドができ——高校時代の同級生らしい——新しく犬も飼い始めていて、当面は家を離れたくないと言ったからだ。今回は各種メディアのインタビューやイベント参加をセイディが一手に引き受ける。ツアーに出発する前に、サムとのあいだのわだかまりを解消しておきたかった。

セイディが会場でサムを探していると、ゾーイが九月下旬の夜空を見ようと言ってセイディとマークスを屋上に誘った。「壮観で、真実を告げるような星空だから」

屋上からの眺めはあいかわらずだったが、頭上の星空は冴え渡っていた。ゾーイが空を指さす。

「あれは山羊座。あっちはインディアン座。あれは白鳥座ね」

「どうやって見分けるの？」セイディは訊いた。「星座がそれらしい形に見えたことって一度もないんだけど」

「実を言うと、どれが何だか私も知らない。九月の夜空のどこかにあるはずって知ってるだけで」ゾーイが白状した。

「おっと、あれ見ろよ！」マークスが右腕を伸ばして空を指さし、もう一方の腕をゾーイの肩に回した。「スマーフ座だ！　ほら、スマーフと同じように青みがかってる」

「あれはガンダルフ座だね」セイディは調子を合わせた。「三つ並んだ星がガンダルフの帽子を表してる」

「とすると、あれがフロド・バギンズ座とビルボ・バギンズ座だな」マークスが言う。

「スミアゴル座は指輪の形をしてる」セイディは言った。

「スミアゴル座の魔法のリング」

「二人とも意地悪」ゾーイは言ったが、顔は笑っていた。

「なあこれ、最高におもしろいゲームじゃないか。あれはカート・コバーン座だな。おばあちゃんの手編みみたいなモヘアのカーディガンを着てるから」マークスが言った。

「あれはドンキー・コング座《ドンキー・コングス》」セイディは言った。

「あのすてきなネクタイが空でぶらぶらしてるのが見られるなんて、ラッキーだ」マークスが言った。

「ただし、それを言うなら〝ドンクス・コングス〟だな」

「ドンクス・コングス。ラテン語にしようとするといつも間違っちゃう」セイディは言った。

「間違いだって言ってるわけじゃないさ」

「ううん、私が間違えたら訂正してもらえるほうがいい」セイディは言った。

そのとき、ゾーイが唐突にセイディの唇にキスをした。「かまわない？」ゾーイはそう聞いてセイディの髪に指をぐらせた。

セイディはマークスのほうを向いた。「マークスはかまわない？」

マークスはうなずいた。ゾーイが言った。「私たちはお互いの所有者じゃないから」ゾーイはまたセイディにキスをした。「セイディの唇、すごく柔らかい。マークス、セイディの唇の感触を確かめてみて」

マークスは首を振り、にやりと笑って言った。「俺は見てるだけでいい」

「私がこの惑星で一番好きな二人」ゾーイが言った。「二人に狂おしいほどの愛を感じてる」ゾーイはマークスを引き寄せ、左右の手で二人の頭を抱えこむようにした。それから、人形の顔と顔をくっつけるように二人の顔を合わせ、人形たちにキスをさせた。キスは七秒間続いた。セイディにはもっと長く感じられた。マークスはミントとさっきまで飲んでいたヘーフェヴァイツェン・ビール、そしてマークスの味がした。マークスとキスをしたら奇妙な気持ちになるだろうと思ったが、実際にしてみると、いたって自然だった。まるで毎日しているかのようだ。先に身を引いたのはセイディだった。マークスは優美な長い指を口もとに当て、いつもの静かな笑い声を立てた。

「妙な気分だ」マークスが言った。

「ほんと」セイディは言った。「でも二人ともドラッグをやってるから、これはカウントされない」（マークスはドラッグをやっていなかった。）「お兄ちゃんや弟とキスしたみたいだった」（セイディにはアリスがいるだけで、男のきょうだいはいない。だいいち、兄や弟とキスしているみたいではなかった。）

「一晩寝て起きたら二人とも忘れてるさ」マークスが言った。（二人ともしっかり覚えていた。）マークスは何かを受け入れるかのように溜め息をついた。「愛してるよ、セイディ」

「私も愛してる」セイディはそう言ってからゾーイのほうを向いた。「私たち、あなたを愛してるよ、ゾーイ」

「いまこの瞬間、二人を心の底から愛してる」ゾーイは二人に腕を回した。「二人を心から愛したらどんな感じだろうって思ってたけど、これでわかった」そう言って一人うなずいた。ゾーイの目はやけに大きく潤んで見えた。と、ふいに泣き出した。

「ちょっと、ゾーイ！」セイディはゾーイを抱き寄せた。「エクスタシーをやってて泣くなんて」

「うれし涙だってば」ゾーイは言った。

5A

二〇〇〇年ごろは、評論家による評価だけがゲームの売れ行きを左右するわけではなかったとはいえ、〔ボース・サイズ〕については賛否相半ばする評価から悪い評価までさまざまだった。

メイザーとグリーンのクリエイターの新作を待ち望んでいたゲーマーのために、結論を先に言ってしまおう。〔ボース・サイズ〕は、あのチャーミングな〔イチゴ〕シリーズのファンには勧められない。

マイアランディングのグラフィックスには、どんなゲームでも見たことがないような美しいシーンがいくつかある。だがあいにくマイアランディングは、お涙頂戴のメープルタウンと空間を共有している。

場面によってはプレイを楽しめたが、プレイ時間は半分くらいで充分だったのではないか。

〔ボース・サイズ〕は自己認識の危機に陥っている。

〔イチゴ〕ファンはパスでＯＫ。

……このゲームの自我は分裂しているらしい。まるで別々の人間の手で設計されたかのようだ。不完全燃焼感だけが残った。

このゲームで一番好ましいキャラクターは、マイアランディングの天気だ。

これほど観念的なエンディングにする必要があったのか疑問だ。

女のメインキャラが活躍するゲームがもっと増えてほしい。それは誰もが思っていることだろう。しかし、アリス・マーもローズ・ザ・オールマイティも私は好きになれなかった。

〔イチゴ〕と〔ボース・サイズ〕は、同じクリエイターの作品とは信じがたいほどかけ離れている。〔イチゴ〕はメイザーの、〔ボース・サイズ〕はグリーンの個性が反映されているのか？これまでアンフェア・ゲームズの顔といえばサム・メイザーだったが、今回にかぎってはほとんど表に出ず、代わってセイディ・グリーンがプロモーションを主導している。メイザーは〔ボース・サイズ〕の失敗を予期していたのか？

ゲーマーを驚かせようという意気込みは伝わってくるが、〔ボース・サイズ〕のプレイ後に残るのは軽い頭痛だけだ。

エンディングで心を震わせてくれるだろうと期待していたが、実際に感じたのは、コントローラーを壁に投げつけたい衝動だけだった。

〈ボース・サイズ〉は最先端の技術が詰まっている。マイアランディングのパートのみごとなグラフィックス、一度耳にしたら忘れられないゾーイ・カドガンの楽曲、すばらしいサウンドデザイン、巧みだがやりすぎではないコンセプト。なのに、嫌悪しか抱けないのはなぜだ？　これ見よがしだからだ。退屈だからだ。それほど楽しめないからだ。次作に期待するよ、アンフェア・ゲームズ。

発売直後の一週間を比べると、〈ボース・サイズ〉は〈イチゴ〉のざっと五分の一しか売れなかった。それでもマークスは楽観していた。「とびきりすばらしいゲームなんだ」マークスはセイディのオフィスに来て言った。「届くべき人にまだ届いていないだけのことじゃないかな」

「みんなからけなされてる」セイディは言った。

「けなされてなんかいないさ。理解してもらえていないだけだよ。世間は〈イチゴ〉の路線を期待してた。〈イチゴ〉とはだいぶ違うって強調しなくちゃいけなかったのに、事前の広報がうまくいってなかった」マークスは言った。「俺はまだあきらめてないよ。もっと広告を出そう。もっと大勢のゲーマーや評論家にレビュー用の現物を送る。小売店は新作ときみらにまだ期待をかけてる。まだ終わったわけじゃない」

「けなされてる」セイディはデスクに顔を伏せた。「頭痛がする」

マークスはかがみこみ、セイディの顎を持ち上げた。「セイディ。まだ終わったわけじゃない。俺を信じろって」

信じられるわけがなかった。「片頭痛かも。今日はもう帰ろうかな」

「わかった。午後は休みにするといい。送っていってやりたいところだけど、〝ボーイズ〟とランチの約束がある」マークスが言った。ボーイズとは、アントニオ・〝アント〟・ルイスとサイモン・フリーマンのことだ。セイディとサムが〔ボース・サイズ〕の制作にかかりきりになっているあいだ、マークスはアンフェア・ゲームズがプロデュースする新しい才能の開拓を始めていた。最初に白羽の矢を立てたのがサイモン・フリーマンとアントニオ・ルイスで、二人ともカリフォルニア芸術大学の三年生だ。ボーイズ――とマークスは呼んでいた――は、〔ペルソナ〕シリーズのファンで、それに触発されて日本風のRPGを制作した。ある高校を舞台に、各キャラクターは高度なワームホール・システムを使ってもう一人の自分を召喚する能力を持つ。仮タイトル〔ラブ・ドッペルゲンガーズ〕は、恋愛ゲームとSFが融合したような作品だ。「一緒に来る？　サムも来られたら来るって言ってた」

「やめておく」セイディは棚にあった〔デッド・シー〕のディスクを取った。〔デッド・シー〕は、セイディの癒やしのゲームになっていた。アパートに帰り、一人でゾンビを殺しまくろうと思った。

オフィスを出て、徒歩でクラウネリーナのビルに帰った。クラウネリーナはもう動かなくなった足でセイディを嗤《わら》っているようだった。カーテンを閉め、服も靴も脱がずにベッドに入った。恥ずかしかった。全身が失敗にまみれているような気がした。誰の目にもそれが見えているし、そのにおいもわかるだろうと思った。失敗は火事のあとにうっすらと積もった灰のようだった。皮膚を覆っているだけではない。鼻のなか、口のなか、肺のなか、細胞の一つ一つのなかにまで入りこんで、セイディの一部になろうとしていた。このまま二度と追い出せないだろう。

ドーヴから電話がかかってきたが、セイディは出ず、留守電が起動した。「評論家連中の性根は腐ってる。新作はすばらしかったよ。〔オネイリック〕の霧の表現はみごとの一言に尽きる。落ちこんでいないといいが。電話してくれ」セイディはメッセージを再生し、消去した。

サムからも電話があった。このときも留守電が起動するにまかせた。「セイディ。出て。話をしよう。きみ一人で抱えこまないでくれよ」

消去。

セイディはうとうとした。十五分ほどしたころ、アパートのドアをノックする音が聞こえた。サムのくぐもった声が聞こえた。

「セイディ。入れてよ。話をしよう」

セイディは応えなかった。

「セイディ。頼むよ。こんなのどうかしてる。話をしよう。世間がくさしてるのは主に僕が担当した側だ。きみじゃない」

セイディはまだ応えなかった。

「セイディ。おーい。開けろって。いつまで意地を張る気だよ?」

セイディはベッドから出た。玄関を大きく開けた。サムが入ってきた。

5B

「話がすんだら帰ってよね」セイディは言った。

　サムはソファに腰を下ろした。「このビル、なかなかいいな。外のおかしなピエロが気に入ったよ」

「どうして放っておいてくれないわけ？　マークスに言っておいたのに。明日は仕事に戻るって」

「僕らは大きな目標を掲げた」サムは言った。「それに全力を尽くしたけど、世間には受けなかった。でもかまわない。僕は僕らの作品を気に入ってる」

「サムがそう言うのは簡単だよね」セイディは言った。「世の中の全員が〔ボース・サイズ〕は私のゲームで、サムはそれに力を貸しただけだって。サムのゲーム〔イチゴ〕はいいゲームで、私のゲームは失敗作だって誰もが思ってる」

「それは勘違いだ」

「評論家の誰かが書いてたとおり、サムにはわかってたんじゃないの、〔ボース・サイズ〕は売れないだろうって。だから私にプロモーションを任せた。売れると思ってたら、自分が主導してたでしょ」

　サムはセイディを見つめた。「ちょっと待ってよ。それどういう意味だよ」

　セイディはサムをにらみつけた。「〔ボース・サイズ〕が売れてたら、サムはきっと手柄を独り占めしたよね」一呼吸置いて続ける。「いまに始まったことじゃないけど」

　サムはセイディの仕事も自分の仕事も誇りに思っていた。プロモーションツアーに出なかったのは、足の調子が不安だったし、移動続きでは痛みの管理がむずかしいからだ。サムは事情を説明しようと口を開きかけたが、思い直した。キッチンに行き、冷蔵庫から水のボトルを取り出してグラスに注いだ。

「どうぞどうぞご自由に」セイディは皮肉たっぷりのとげとげしい声で言った。「私のものはあなたのもの。みんなに嫌われたものは、私だけのもの」

「なあ、セイディ。〔ボース・サイズ〕のプロモーションは自分がやりたいってきみが言ったんだろう」

「やりたいなんて言ってない。サムがやらないって言うから、引き受けただけ。すごくたいへんだった。私はサム・メイザーとは違うから。何もしなくても人に好かれる誰かさんとは違うの」

「こういうこと？　きみがツアーに出たら、それは仕事のうち。僕のときは、休暇旅行」

「そうね、私よりは楽にこなしてるでしょ」

「楽にこなしてるどころか、僕が得意なことと言っていいだろうね。僕は得意だけど、きみは得意じゃないこと」

「それ、私の宣伝が下手だったから売れなかったって言いたいわけ？」

「そんなわけないだろ。〔イチゴ〕のプロモーションだって仕事だったときみに認めてもらいたいだけだ。そうやっていちいち嚙みつくなよ。念のために言っておくけど、僕は何もかもをメープルタウンに注ぎこんだ。僕自身の経験をここまでゲームに注いだのは初めてだ」

「サム、何もかも注いだなんてありえない。だって、何もしなかったじゃない！」

「必死で作業したさ」サムは言った。「この一年はたいへんだったんだ。きみは知らん顔してたけど。それにしても、いったいどうしちゃったんだよ」

「どういう意味？」

「わかってるくせに、セイディ。これはきみと僕の問題だ。きみが何を考えてるのか、知っておきたい。カリフォルニアに来て以来ずっと、僕に何か不満があるんだよな」

　セイディは無言で首を振った。

「理由もなく僕を無視してたのか？　子供かよ」

「クソくらえだよ、サム」

「言えよ」サムは言った。「何が悪かったのか、わからないままのほうがいやだ」

「あんたがどう思おうと知ったことじゃない」セイディは言った。

「きみはいつもそうだ。一人で抱えこむばかりで、何が問題なのか誰にも話さない」

「それはそっちでしょ」

サムはコーヒーテーブルを平手で叩いた。「言えよ、セイディ。不公平だろ。自分が何をしちまったのか、僕にはさっぱりわからない。僕が何かしたせいで怒ってるんだろうに」

「ほんとにわからない？」

「わからない」サムは言った。

セイディは「デッド・シー」のディスクをバッグから取ってサムに放った。

「何だよ」サムが訊く。

「それはこっちの台詞」

サムはディスクを見つめた。「ドーヴのゲームだ。で？」

セイディはサムの目をまっすぐに見つめた。「ドーヴと私がつきあってたって知ってたんだよね。だからドーヴに連絡しろって言ったんでしょ。つきあってたなんて知らなかったふりで」

「知ってたとして、それが何だ？「ユリシーズ」は「イチゴ」のエンジンに理想的だった。セイディ、どうかしてるぞ」

「どうかしてるって言うの、やめて」

「だってどうかしてるだろ」

「だから、やめてって言ってるでしょ。サムは友達なんだと思ってたのに──」

「セイディ、僕は友達だよ。きみは僕の一番の親友だ。少なくとも、二年前にきみに無視されるようになるまではそのつもりだった」

「友達だと思ってたのに、嘘をつかれた。利用された」

「そんなことはしてない」

「そう？　〈イチゴ〉はサムが一人で作ったって思われても訂正しないじゃない」

「そんなことはない。マスコミが何を書くかまで僕にはコントロールできない。きみは僕のパートナーだって誰にでも言ってる。きみは最高に優秀だってみんなに話してる」

「オーパス社と契約させたのだって、自分に都合がよかったからでしょ」

「オーパスを選んだ理由はきみだって知ってるよな。ちゃんと話し合ったじゃないか」

「おかげで私は続篇を作らされた。サムが戴冠ツアーに出てるあいだ、私ひとりで作業するしかなかった」

「そんなことはなかった」

「サムの仕打ちで何が最悪だったって、〈ユリシーズ〉の件でドーヴに連絡を取らせたことだよね」

「無理強いはしてない」

「もっと時間があれば自分でエンジンを構築できるって私は思ってたのに。ドーヴに訊いてみろってあなたに言われなかったら、ドーヴとまた三年もつきあったりせずにすんだのに。ドーヴがどれほど威圧的な人か、別れるのがどれだけたいへんだったか、知ってるよね？」

「ドーヴとよりが戻ったのは、ぼくのせいじゃない。ドーヴがしたこと、きみがしたことの責任を押しつけないでくれよ。何もかも僕のせいにするなって。きみはそう思ってるみたいだけど」

「認めなさいよ、サム」セイディは言った。「〈ユリシーズ〉を手に入れたかった。私がどうなろうとかまわなかった」

「誰よりもきみを大事に思ってる」サムは言った。「じゃあ、僕は〈ユリシーズ〉を使えるように交渉してくれってきみに頼んだのを後悔してるか。金持ちになって、おかげでいまじゃ好きなゲームを作る自由、〔ボース・サイズ〕みたいなこれ見よがしでアイデア倒れの作品を作る自由を手に入れたことを後悔してるか。まったくしてない。〔ユリシーズ〕があればその自由が手に入るなら、何度だってきみに頼むよ。ドーヴと交渉して〔ユリシーズ〕を使わせてもらえるようにしてくれって」

「〔ボース・サイズ〕はこれ見よがしでアイデア倒れだと思ってるわけ？」

「〔イチゴ〕ほど売れないのは作ってるときからわかりきってたと思うよ。ただ、きみが作りたいと言った。だから僕は後押しした」

「私のせいだって言いたいの？」

「違うよ。僕のというよりはきみのアイデアだったと言いたいだけだ」

「〔イチゴ〕だって私のアイデアだった。何から何まで考えたのは私なんだよ」

「自信を持つのはいいことだし、僕を悪者にして気がすむなら、いくらでもそうしてくれていい。だけど、〔イチゴ〕を作ろうって僕がなかば強引に誘ってなかったら、きみはいまごろどうなってただろうね。エレクトロニック《E》・アーツ《A》で〔マッデンNFL〕の開発を担当する百人のプログラマーの一人くらいになれてたかな。運がよければ。うちの業界に女性は少ないからね。それか、ドーヴの下で働いてたか。ドーヴのことだ、きみを手錠でデスクにつないでたかも」

セイディは目を大きく見開いた。サムに手錠のことは話していなかった。「どうして知ってるの？」

「よせよ、セイディ。見ればわかる。手首にみみず腫れがあった。二年くらいずっとだよな。マークスとよく——」

「そこまでいやな奴だとは思わなかった。サムが心底嫌いになる瞬間がある」

踏みこみすぎたかもしれないとサムは悟った。「セイディ、いまのは忘れてくれ。頼む。きみがMITのそばのアパートで言ったこと、覚えてる？　きみはこう言ったんだ。何をしようと、何を言おうと、お互いを許すと約束しようって」

「自分が何を言ってるか、あのときはわかってなかった」セイディは言った。「若くて愚かだった」

「きみが愚かだったことなんて一度もない」

セイディはサムから顔をそむけた。「私の鬱の理由を考えたことはある？」

「それは……ボーイフレンドと別れたせいだろうと思ってた。きみのルームメートもたしかそう言ってたし。その相手がドーヴだったことまでは知らなかった」

「いまもまだ知らない」セイディは言った。「サムはいまもまだ本当のことは知らないんだよ。そう、別れた相手がドーヴだったのは事実。でも、私が鬱状態になった理由はそれじゃない」セイディは膝頭に額を押し当てた。髪が垂れて頭巾《ずきん》のようにセイディの顔を隠した。「みんな〔イチゴ〕はサムのストーリーだと思ってるよね。でも、本当は私の話なんだ」

「どういうこと？」

「〔イチゴ〕は、海にさらわれた少年の物語だけど、子供を失った母親の物語でもある。私には子供がいないけど、産んだかもしれない時期があった……」セイディはサムと反対のほうに顔を向けた。中絶の経験は誰にも打ち明けていない。ドーヴにも、アリスにも、フリーダにも。いま、サムの前でも、それを言葉にするのはつらかった。

いまでも本当にあったこととは思えない日がある。一月のある雪の日、セイディは地下鉄でバックベイのクリニックを訪れた。友達に付き添ってもらうようにと言われていたが、セイディは一人で行った。全部で一時間しかかからなかった。処置そのものは十分で終わった。看護師からは痛いかもしれないとあらかじめ言われていたが、とくに何も感じなかった。（出血も、通常の生理より少なかったくらいだ。）地下鉄で帰宅し、その晩はルームメートと飲みに出かけた。女子学生が好む甘ったるいカクテル——ホワイト・ルシアンとラム＆コーク、セブン＆セブン——を飲み、アパートに帰るとベッドに倒れこんで眠った。ルームメートは初め、二日酔いだろうと思っていたが、一週間たってもセイディはベッドにもぐりこんだままで、ついにルームメートは尋ねた。「いったいどうしちゃったの?」

「ドーヴと別れた」セイディは嘘をついた。

「よかったじゃない」

セイディが自室にこもって十一日目、サムが〔ソリューション〕の話がしたいといってアパートを訪れた。

「自分が恥ずかしかった」セイディは言った。「あのあとドーヴの性癖につきあったのは、だからかも」

「セイディ」サムの声は優しく、セイディへの愛にあふれていた。「セイディ、どうして話してくれなかった?」

「だって私たち、本当に大事な話はいっさいしないじゃない。一緒にゲームはやるし、ゲームの話もする。ゲームを作る話もするよね。でも本当は相手のことを何一つ知らない」

サムはそんなことはないと反論しかけた。僕らはほかのどんなパートナー同士よりも多くを分かち合ってきたじゃないかと。セイディがサムを知らないなら、この世の誰もサムを知らない。サムは存在しないも同然だ。しかしちょうどこの瞬間、サムは幻肢痛の予兆を感じ取った。ここ数カ月、幻肢痛は一度も起きていなかった。よりによっていま、セイディのアパートに来ているときに起きてほしくなかった。セイディにこれほど憎まれているいま、もろく弱々しい自分をさらしたくない。サムはもはや幻肢痛の予兆を見逃さないようになっていた——顎や額のこわばり、嗅覚の過敏(あらゆるにおいに敏感になる。いまなら、潮、セイディのハンドクリーム、外のくず入れの腐りかけた果物)、喉にせり上がってきた苦い味、背筋を脈打ちながら駆け上がってくる電流、失われた足の拍動するような、うずくような痛み。バックパックを開け、マリファナ煙草を取り出した。火をつけて煙を深々と吸った。

セイディは、珍しいものを見るような目でその様子を見つめた。意外なことを始めた動物を観察するような目。絵を描くゾウ、計算機を使うブタ。

「吸ってもかまわないよね」サムは言った。

「どうぞお好きに」セイディは立ち上がってガーゼのように薄いコットンのカーテンを開け、その奥の窓も開けた。クラウネリーナの向こう側に太陽が沈もうとしていた。「いつからマリファナなんか？」

サムは煙を吸いこんでから肩をすくめた。

セイディはソファに戻り、サムからできるだけ離れて腰を下ろした。煙が渦を巻いて流れてきた。不気味な何かに手招きされているように感じた。甘いもやが部屋を満たし、たったいままで尖っていたものすべての輪郭をかすませた。マリファナの煙は濃くてかぐわしく、セイディは意に反して淡い陶酔感に包まれた。

「それ何？」セイディは尋ねた。

「シンセミア（無受精の雌株を育てたもの。陶酔成分ＴＨＣが豊富）のどれか」サムは答えた。「品種は忘れた」本当は覚えていた。大麻の品種にありがちな幼稚な名前――バグズバニー、マジックキトゥン、ローラーガール――だった。栽培者は、人がマリファナを吸うのは子供じみた浮かれ騒ぎだけが目的だとでも思っているのだろうか。いまこの瞬間はその名前を口にしたくなかった。

セイディはサムのそばに座り直し、掌を上にして煙草のほうに差し出した。サムは差し出された手を見つめた。自分の手は例外として、サムはその手を誰の手よりもよく知っていた――セイディの掌の構造を支えているかのような格子状の線、ほっそりとした指、関節に透けて見える紫がかった静脈、黄みを帯びたクリームのような独特の色をした肌、華奢な手首、そこにドーヴが残したと思しきピンク色がかった半円形の痕、フリーダから十五歳の誕生日に贈られたホワイトゴールドのブレスレット。手錠のことにサムは気づいていないなんて、そんなことがあるはずがない。何時間も隣に座っていたのだから。ゲームをプレイし、ゲームを作り、キーボードの上を飛び回る彼女の手、コントローラーのボタンを押す彼女の手を見つめていたのだから。僕がきみをまるで知らないなんて、本気か？　僕はこの手を——きみの手を——正確に絵に描けるんだぞ。記憶だけを頼りに、裏も表も細部まで正確に描けるんだ。

「サム？」セイディが言った。

サムは煙草を渡した。

V 路線変更

1

〔ラブ・ドッペルゲンガーズ〕は最悪なタイトルだと誰もが思っていたが、代わりを誰も思いつかなかった。ずっとその仮タイトルで呼んでいたから単純接触効果が生まれて、みなそれも悪くないような気になり始めていた。とはいえ、よいタイトルではないという事実は動かない。サムはマークスに言った。「買ってくれる人が一ダースいれば充分っていうなら、〔ラブ・ドッペルゲンガーズ〕は最高のタイトルだろうけどね」アンフェア・ゲームズとしてそれでは困る。〔ボース・サイズ〕は振るわなかった。〔ラブ・ドッペルゲンガーズ〕の売り上げでその分を埋め合わせるしかない。

〔ラブ・ドッペルゲンガーズ〕が最悪のタイトルだと思っていない人物は一人だけいた。その仮タイトルを考えた張本人、サイモン・フリーマンだ。サイモンは学校でドイツ語を勉強した経験があり、思春期にはカフカにかぶれていた。「そこまで悪いタイトルだと僕は思いませんけど」サムに最悪と断じられ、サイモンはむっとして言った。「どうしてだめなんです？」

「ドッペルゲンガーなんて言葉、誰も知らない」サムは言った。

「いやだな、知ってる人は大勢いますって！」サイモンは自分が考えたタイトルを擁護した。

「ゲームがヒットするには、ドッペルゲンガーを知ってる人が少ないかもしれないね」マークスがサムの言葉に微調整を加えた。

セイディは、誰かがあと一度でも〝ドッペルゲンガー〟と口にしようものなら頭が爆発してしまいそうだった。

「若い連中がみんな知ってるドイツ語が一つあるとしたら、〝ドッペルゲンガー〟です」サイモンは言った。

「どこの若い連中の話だ？」サムは言った。「ＡＰクラス（成績上位者が高校在学中から大学の単位を先取りして修得できる制度）の高校生か？」

「いや、その、この機会に覚えてもらえばいいんです」サイモンは言い張った。「ジャケットに定義を書いておけばいい。こう、脚注みたいな感じで――」

「脚注？　本気か？　〈ゲームを始める前にドイツ語のお勉強をしましょう〉とでも書くか？　ジャケットに脚注だって？」サムは言った。

「偽善だな」サイモンが言った。

「おい、サイモン。落ち着けよ」アントが言う。

「だって、サムはハーヴァードを出てるんだぜ。大衆を理解してるふりなんて偽善だろ」サイモンはサムに向き直った。「だって、わかるようなわからないようなタイトルがついたゲームなんていくらでもあるじゃないですか。〔メタルギアソリッド〕〔水滸《スイコ》伝《デン》〕〔クラッシュ・バンディクー〕〔グリム・ファンダンゴ〕〔ファイナルファンタジー〕。なんとなくクールに聞こえれば、それでいいんです」

「〔ラブ・ドッペルゲンガーズ〕はクールに聞こえない」サムは言った。

「でも、このゲームはドッペルゲンガーが出てくるラブストーリーなんだし、タイトルに内容を反映しないと」サイモンが言った。「それに、誰だってドッペルゲンガーくらい知ってますって」

「だから、大半の人は知らないと思う」サムは言った。

「だったら、その大半の人たちには僕らのゲームをプレイしてもらわなくてもいいんじゃないですか」アントがパートナーの弁護を試みたものの、その主張は的を完全にはずしていた。

「いや、世の中の全員に買ってもらいたいんだよ」サムは言った。「サイモン。アント。いいか、僕らはすごくおもしろいゲームだと思ってる。きみたちが作ったゲームだ。クリエイターとしてのきみたちの判断を、僕らは一〇〇パーセント信じてる。せっかくなら百万本売れてほしい。モンタナ州の田舎町の子供だって〝ドッペルゲンガー〟が何か知ってるっていう根拠の薄い推測に頼って、自分たちが作ったゲームの脚をわざわざ切るような真似をしたいのか？」

いまのサムは、イチゴは男の子でなくては売れないと言ったあの日のドーヴそっくりだとセイディは思った。サイモンとアントが哀れになった。

ボーイズはセイディを見た。「セイディ」アントが言った。「どう思います？」

二人がサムより自分を信頼していることは知っていた。できれば二人の味方をしたかった。「そうね」セイディは言った。「アメリカ人はウムラウトを嫌うと思う。ごめんね、お二人さん」

サイモンとアントは目配せを交わした。「言えてる」アントが言った。

「わかりました」サイモンが言う。「じゃあ、何てタイトルにします？」

サムは新タイトルのブレインストーミングのための全社会議を招集し、ケンブリッジからロサンゼルスにサムと一緒に引っ越してきた、頼みのホワイトボードを転がしてきた。ホワイトボードはもはや白《ホワイト》ではなく、そこに残るマーカーの拭き残しはアンフェア・ゲームズ設立から五年の歴史そのものだった。マークスがサムにこう言ったこともある。「新しいのに買い換えてもいいんだぜ」

しかしサムは古びたホワイトボードを捨てるのに抵抗を感じた。お守りのような力が宿っているように感じていた。「〈ハーヴァード・サイエンス・センター備品〉なんて書いてあるんだぞ、手放すのは惜しい」

「まあ、それはそうか」マークスは言った。「しかも、おまえの不道徳行為の金字塔でもあるしな」
「さて」サムは集合したアンフェア・ゲームズ社員に向かって言った。「新タイトルが決まるまで、誰もこの部屋から出られないと思ってくれ。どんなにくだらない思いつきでもかまわないから、どんどん挙げるんだ」ホワイトボード用のマーカーを剣のように振るい、挙がったタイトル候補をボードに書き連ねた。

ラブ・ダブルズ
ラブ・ストレンジャーズ
ラブ・ストレンジャー・ハイスクール
ハイスクール・ラブ・ダブルズ
ザ・ドッペルゲンガー
私を愛したドッペルゲンガー
ダブルズ・ハイ
カップルズ・ハイ
ワームホール・ラブ・ストーリー
ワームホール・ハイ
ドッペルゲンガーに恋して
ドッペルゲンガーの恋物語
ラブ・トンネルズ
ダーティ・ラブ・トンネルズ
ダーク&ダーティ・ラブ・トンネルズ

ダーク&ダーティ・ハイスクール・ラブ・トンネルズ

セクシー・ハイ

ダーティ・セクシー・ハイ

ダーティ・クレージー・セクシー・ハイ

二百ほどのタイトルとそのバリエーション——あるいは劣化バージョン——が並んだ。

「目も当てられないな」ブレインストーミング開始から二時間後、サムは言った。「ポルノ映画とか、ドイツ人の新人作家の児童ポルノ小説とかのタイトルにはぴったりかもしれないが、四部作予定のビデオゲームのタイトルにするには最低だ」

その夜マークスは、ゾーイとのセックスの最中も〔ラブ・ドッペルゲンガーズ〕の新タイトルの議論が頭から離れなかった。ふと、東京でインターナショナル・スクールに通っていたころのことを思い出した。マークスはチェスクラブの部長を務めていて、あるとき東京の反対側にある別の高校のチェス部と対抗試合を行った。（マークスの高校は東京都のランキングで二位、相手の高校は一位だった。）行ってみると、その高校の校舎は自分たちの学校の校舎とそっくりだった。ただし、何もかもが左右反転していた。二つの高校はおそらく同時期に同じ設計図を元にして建設されたのだろう。チームの仲間と、校舎に入ったらきっと自分たちとそっくりな部員と顧問がいるんだよと冗談を言い張った。相手高校の部長は、四角張った態度でマークスに挨拶をした。「ワタナベ部長、私が当校の部長《カウンターパート》です」〝対になるもの《カウンターパート》〟という英単語をカタカナ英語で発音する声がいまもマークスの耳に残っている。

ゾーイとのセックスは続いたが、マークスはろくに集中できなかった。〝カウンターパート〟という語を忘れずにおきたかったが、セックスを中断して書き留めるのも気が進まなかった。ゾーイはマークスが上の空でいるのを敏感に察して言った。「もしもし、誰かいますか？」

〔カウンターパート・ハイ〕は二〇〇一年二月の第二週にリリースされ、即座にアンフェア・ゲームズのベストセラーとなった。発売三週間で〔カウンターパート・ハイ〕――ファンは略して〔ＣＰＨ〕と呼んだ――の売上本数は〔ボース・サイズ〕をはるかに超え、マークスは即座に続篇制作に取りかかるようボーイズに指示した。セイディとは違い、サイモンとアントは続篇の制作を喜び、魂を売り渡すに等しい行為とは思っていないようだった。〔ＣＰＨ〕はもともと高校の学年に対応する四部作（アメリカの高校は四年制）として構想していたのだからと言った。

〔ＣＰＨ〕は発売十週で国内売上ランキング一位になった。プレイステーションとＸｂｏｘへの移植作業も進行中で、任天堂版もそのうち出るのではともっぱらの噂だった。

その年末までに、〔ＣＰＨ〕は〔イチゴ〕第一作の累計売上本数を抜くことになる。

〔ボース・サイズ〕開発に携わったスタッフは〔ＣＰＨ２〕の制作チームに異動した。オフィスのスペースが足りなくなり、新たな物件を探すあいだ、セイディは自分のオフィスをサイモンとアントに譲り、自分は隣のマークスのオフィスに間借りした。マークスにプライバシーが必要な場面では、サムのオフィスを使うか、徒歩でクラウネリーナのアパートに帰って仕事を続けた。自分のオフィスがなくてもかまわなかった。サムとまだ次作の構想をまとめていなかったし、どのみちセイディにはさほどの仕事があるわけではなかった。サムとはときおり思いつきをやりとりしていたが、実際に作業を進めようと思えるほどのアイデアはまだ浮かんでいなかった。サムは折を見て〔イチゴⅢ〕を作らないかとそれとなく持ちかけてきたが、それは退行とセイディには思えた。五年のあいだ二人でゲームを作り続けてきて、空白の期間ができたのは初めてだった。

セイディは狭量な人間ではない。〔カウンターパート・ハイ〕のヒットを妬んだりはしなかった。会社のパートナーであるマークスの、新しい才能を見出す眼力を頼もしいと思った。〔ボース・サイズ」の不振にかかわらず、会社が二〇〇一年度は黒字になりそうなのもうれしかった。ひょっとしたら、年を取った気分ではあったかもしれない。まだ二十五歳だったが、このころまではどこに行こうとかならず自分が最年少で、それゆえの発言力を与えられていた。サイモンやアントと何歳も離れているわけではなかったが、セイディやサムとは属している世代がまったく違うように思えた。セイディと同じ不満を抱えてさえいない。何と言っても続篇を作るのが好きと来ている！　自分たちでエンジンを構築しようとは考えない。誰の手柄になろうと、誰の思いつきから始まったのであろうと、気にしない。まだおむつを着けていたころからずっとゲームをプレイしている。そんな二人を見ていると、「ボース・サイズ」の失敗もあって、自分がひどく古くさくて遅れているように思えた。

　セイディはそう見ていなかったが、「カウンターパート・ハイ」はセイディの功績でもあった。ゲームの一部はセイディのエンジンを使って作られていたし、次作「カウンターパート・ハイ——ソフォモア・イヤー」は「オネイリック」の改良版をベースに制作された。セイディが生み出したテクノロジーは、それを使ってセイディが作ったゲームより高い価値を持っていた。「カウンターパート・ハイ」に「オネイリック」を使ってはどうかとマークスから提案されて、セイディは同意した。「カウンターパート・ハイ」の趣向が気に入っていたし、サイモンとアントにも好感を抱いた。二人を好きにならずにいられるわけがない。昔のサムと自分を見るようだった。ただし、ボーイズは恋人同士でもあった。作業中の二人を傍から見ていると……言葉では表現できないものを感じた。存在しなかったものへのノスタルジア？　二人の親密さに対する嫉妬？　もしサムと恋人同士だったら、何か違っていただろうか。交際したいと思うことがなかったわけではない。しかしサムは絶対に隙を見せなかった。サムは男の子ではあったが、窓も扉もない塔でもあった。その入口をセイディはいまだに見つけられていなかった。サムの頬や額にしかキスをしたことがない。知り合ってもう十四年になるのに、意図して触れ合ったことは数えるほどしかなかった。セイディと体が触れると、サムはいつも居心地悪そうにした。ついにセイディは、恋人ではなく、サムの創作のパートナーでいるほうがいいと思うようになった。恋愛の相手はいくらでも探せるが、一緒に何かを生み出そうと思わせてくれる相手はそう多くない。それでも、サイモンとアントを見ていると、二人の関係はサムとセイディのそれに比べてリスクが大きいが、喜びも大きいのだろうと思う。

その日の仕事を終えてウェストハリウッドのアパートに帰っていく二人を見送るとき、アントがサイモンの荷物を持ってやるなど小さな気遣いを示す様子に目を留めて、こんな風に思うことがある。人生と仕事の両方を分かち合える相手がいるのは幸福に違いないと。〔ボース・サイズ〕リリース後の数カ月、セイディは孤独を痛切に感じた。だが、サイモンとアントは事情が違う。二人は男同士だ。セイディとサムが恋愛関係にあったら、世の中はセイディをサムの活躍を陰で支える存在と見ただろう。一人前のアーティストとは見なかっただろう。恋愛関係にないいまだってそう見る人は多いのだから。

セイディのエンジンが使われたこともあり、セイディも〔カウンターパート・ハイ〕制作の初期段階に関わった。ゆえにボーイズが自分を師と仰いでいることをセイディは知っていた。二人にアドバイスするのは楽しかったが、そういう面で物惜しみせずに誰かと向き合ったのは初めてだった。自分のものではない作品に自分の力や時間を注ぐのは未知の経験だ。ドーヴに改めて感謝した——彼はいつもそばにいて知識と時間を分け与えてくれた。ほかのことではともかく、彼は優れた教師だった。〔ボース・サイズ〕が売れなかったとき、セイディの世界は静まり返った。そのころ電話した一握りの知人のうちの一人がドーヴだった。そろそろまた電話して近況を報告すべきだろう。マークスが電話中だったから、セイディはサムのオフィスの電話を借りた。

「やあ、天才君！　カリフォルニアの市外局番だったから、きみからだといいなと期待して出た」

ドーヴはいま手がけている仕事のあらましをセイディに聞かせた。新作ゲームのほかに、シリコンヴァレーのＡＩ企業の顧問の仕事もしているという。仕事のことを尋ねられ、セイディはサイモンとアントのゲームをプロデュースしたことや、〔ＣＰＨ〕が大ヒットしていることなどを話した。「マークスのおかげ」セイディは言った。「あとは、サムのおかげでもあるかな。カリフォルニアの地の利を生かして、ほかのクリエイターのプロデュースを手がけたいと言い出したのはあの二人だから。〔ボース・サイズ〕は大失敗に終わるって、私より先に予見してたのかも。いまは会社全体で七作の開発とポストプロダクションを抱えてる」

「大半はきみのエンジンを使ってるんだろう？」

「いくつかはね。私も役に立ててるのがせめてもの幸い」セイディは少しためらってから訊いた。「〔イチゴ〕のヒットの兆しが見えたとき、嫉妬した？」

「いいや」ドーヴは答えた。

「まったく？」

「きみは俺の一部だと思っていたからね」ドーヴは言った。「俺はエゴの塊なんだよ。きみの成功は俺の成功だ。それだから俺はいやな奴だと言われそうだが――」

「ボーイフレンドとしては最低だったけど――」

「そう言ってくれてうれしいよ。これは嫌みじゃない」

「でも、最高の先生だった。今日、ちょうどそう考えてたところ。私の作品をちゃんと評価してくれたのはドーヴが初めてだった」

「セックスが目的だった」

「そういうこと言わないの！」

「まあ、嘘だけどな。きみは非凡な才能の持ち主だ。いまさら言うまでもないが」

セイディは黙りこんだ。サムのオフィスの棚をながめる。さながら〔イチゴ〕の歴史と関連商品の博物館だ。イチゴの帽子、本、コミック、塗り絵、Tシャツ、フィギュア、紙人形、ぬいぐるみ、食器、炊飯器、クッキー入れ、コスプレ衣装、携帯型ゲーム、ボードゲーム、首振り人形、シーツ、ビーチタオル、トートバッグ、入浴剤、ティーポット、ブックエンドなどなど。どんな品であれ、イチゴの似顔絵をスタンプのように捺せば、関連商品のできあがりだ。「助言をもらいたいことがあるんだけど」

「何だ?」

「どうしたら失敗を乗り越えられる?」

「きみが知りたいのはおそらく、〝公然の失敗をどう克服するか〟だよな。私生活での失敗は誰にだってあるから。たとえば、俺はきみに振られたが、それについてのレビューがネットに投稿されたわけじゃない。きみが投稿したなら別だがな。女房や息子にも見捨てられた。仕事の失敗なんか日常茶飯だ。そういう失敗を乗り越えたいなら、二度と失敗しなくなるまでそれについて考えるね。だが、公に向けた失敗はまた別だよ。それは絶対だ」

「で、どうしたらいい?」

「仕事に戻れ。失敗のおかげで手に入った静かな時間を最大限に生かせ。いまなら誰もこっちを見てない、パソコンの前に座って次のゲームに集中する願ってもないチャンスだと自分を叱咤し続けろ。もう一度やってみるんだ。次はもっとうまく失敗できるようになる」

「『ボース・サイズ』ほどのゲームはもう作れそうにない」セイディは言った。「あれ以上に自分をさらけ出せるとは思えない」

「やるんだよ。やればできる。俺はきみを信じてる。それに、きみは失敗してなどいないよ、セイディ。たしかに、きみのゲームは失敗したかもしれないな。だが、いま自分で言ってたじゃないか——きみの会社は黒字なんだろう。きみのテクノロジーの上に成り立っている会社なんだ。きみの判断、きみの働きの上に成り立っている会社なんだぞ。それを喜べ」

セイディはイチゴのストレスボールを手に取り、イチゴが見えなくなるまで握り締めた。

「つきあってる男はいるのか」ドーヴが軽い調子で訊いた。「気取った名前のバンドの男とはどうなった？」

「ドーヴ、それってもう百万年くらい前の話なんだけど」セイディは言った。「エイブ・ロケットとはもう何年も話さえしてない」

「エイブ・ロケット？　名前からしていけすかない野郎。で、ほかに変わったことは？　まさかゲームをしてばかりで、遊んでいないわけじゃないだろう」

このところ何に時間を費やしていただろうか。自分の作品ではないゲームに注力していた。「オネイリック」の改良に取り組んだ。自分に無関係なことが議題の会議ばかりに延々と出た。週末になると（たいがい）大量のマリファナ煙草を吸った。「グランド・セフト・オート」「ハーフライフ」「マリオカート」「ファイナルファンタジー」をプレイした。『ハリー・ポッター』など、『オプラ・ウィンフリー・ショー』の読書コーナーを見てセイディの母親が買ってきた本を読んだ。午後のど真ん中にオフィスを抜け出し、祖母フリーダと待ち合わせして、フリーダが好む〝非ユダヤ系の不運なブロンド美女〟が災難に遭うロマンチックコメディ映画を観た。どの種類の犬を飼おうかあれこれ調べたくせに、実際に飼うための行動はいまだ起こしていない。過去に売上を競った他社のゲーム、自分の作品と同時期に発売されたゲームをグーグル検索した。ネット上にある自分のゲームのレビューにすべて目を通した（が、ネットのレビューなんて見ていないと言い張った）。要するに、傷を舐めて癒やすことに執心していた。よく考えるとおかしな表現だ。だって、舐めたりしたら、傷はかえって悪化するのでは？　口のなかは黴菌《ばいきん》だらけなのだから。しかし、人は自分の傷の味に耽溺《たんでき》しがちであることをセイディは知っている。「姉の結婚が決まった」セイディはドーヴの質問に答えた。手の力を抜く。イチゴのストレスボールがふつうのサイズに戻った。

ドクター・アリス・グリーンは心臓専門科での臨床研修の最後の一年に在籍中で、当然といえば当然のことながら小児腫瘍を専門とする医師と婚約し、セイディを花嫁の付き添い役に指名した。それゆえにセイディとアリスは、こんなに頻繁に顔を合わせるのは子供のころ以来というほどしょっちゅう会っていた。結婚式の準備などセイディにとっては退屈でしかないが、気がまぎれてありがたかったし、アリスと過ごすのは楽しかった。

その前の週、姉妹はビヴァリーヒルズの文房具店に行き、オクスフォード英語辞典くらいありそうな大きなバインダーをめくって白の招待状用紙を探した。

「白だけでこんなに」アリスは驚いたように言った。

「でも見て、この白い招待状、すてき」セイディは言った。

「ほかの白い招待状と見分けがつかない。何を基準に選べばいいのよ」

それでもアリスとセイディは白い招待状用紙をどうにか選び、そのご褒美にとフリーダ御用達のイタリア料理店でランチを張りこんだ。

「そうだ！ 忘れるところだった！」アリスが言った。「セイディのゲーム、プレイしたよ！」

「感激。よくそんな時間があったね」

「妹のゲームだよ？ どんなに忙しくたってプレイするって」アリスは少し間を置いてから続けた。「実は内容を聞いて、どうかな、いやな気持ちになるかもしれないなと思った。でも、すごくよかったよ、セイディ。主人公に私の名前をつけてくれてうれしかった。メープルタウンがとくによかった。あのころ私がどういう気持ちでいたか、セイディがあそこまでよく理解してくれてたなんてびっくりした。スペース・キャンプに行きそびれたし、パパやママが二年くらいセイディをほったらかしにしてたから、私を恨んでるとばかり思ってた」

「言っとくけど、恨んでたからね。スペース・キャンプはいまでも心残り。でもね、お姉ちゃん。メープルタウンを作ったのはサムなんだ。私はそっちにはほとんど関わってない」

「そんなはずない」

「ほんとなの。メープルタウンを作ったのはサム。私はマイアランディングを受け持った」

「じゃあ、主人公の名前をアリスにしたのは？」

「はっきり覚えてないけど、たぶんサムだったと思う」

「ゲーム全体がすごくよかった」アリスは言った。「ほんとに」

「ありがと」

「自慢の妹だよ」アリスはテーブル越しにセイディの手を握った。「アリス・マーが自分のお葬式の夢を見る場面。墓石にこう書いてあったよね。〈アリスは赤痢で死んだ〉。あれを考えたのはセイディでしょ。よく二人で冗談にしてたものね」

「はずれ。あれもサム。お姉ちゃんと私の冗談を盗んだっていうか」

「そう。私が褒めてたってサムにも伝えてね」アリスは精算しながら言った。収入はセイディのほうが多いのに、アリスはいつも食事代を自分が持つと言って聞かない。「結婚式、サムも招待したほうがいいかな」

　マイアランディングよりメープルタウンがよかったと言う人はアリスだけではなかった。アンフェア・ゲームズの作品を取り上げたネット掲示板などにすべて目を通しているマークスは、マイアランディングを飛ばせるかぎり飛ばしてメープルタウンの場面だけをプレイするゲーマーもいることを知っていた。彼らは〝メープルタウナー〟を自称していた。ほとんどのゲーム評論家はマイアランディングに高い評価を与えたが、ゲーマーに好評なのはサムのメープルタウンだった。マークスはそのことをセイディには伝えなかった――が、もちろんセイディは言われるまでもなく知っていた。

2

東京行きの飛行機を予約したとき、マークスはゾーイを同伴するつもりでいた。しかし出発の二週間前、ゾーイは奨学金でイタリアに渡り、オペラを勉強すると決まった。第一候補だった学生の辞退を受けての急な話だった、カリフォルニアでの生活拠点を引き払う時間がほとんど残されていないのはそのせいだとゾーイは言った。東京行きもキャンセルするしかない。

ゾーイの出発の日、二人の家から空港まではたった二十分の距離であるにもかかわらず、マークスはかなり時間に余裕を持って家を出た。空港までの道のりを半分くらい来たところで渋滞にはまり、身動きが取れなくなった。

「フリーウェイを下りたほうがいいと思う?」マークスは訊いた。

「渋滞はすぐに解消するんじゃない?」ゾーイは言った。「時間はたっぷりあるし」

「そうだな」マークスはうなずいた。「時間はたっぷりある」

それから五分ほど、会話の間が空くたびにそのフレーズを言い合った。

「時間はたっぷりある」

「時間はたっぷりある」

十分ほどそう言い続け、同じフレーズばかり繰り返していると気づいたところから、それはジョークになった。

「時間が有り余ってる」

「時間が有り余ってる。これだけ有り余ってると、その時間を何に使ったらいいかさえわからない」

「時間なら有り余ってるから、きみは空港の真ん中でマッサージを受ける酔狂な人たちに加わることになりそうだ」

「空港のアート作品を見て回る時間だってありそう」

「ターミナルをもう一つ見物に行く時間まであるかも」

「もう一つ？　パーティバスに乗って全部のターミナルを見学しちゃうわよ」唐突に、ゾーイは泣き出した。

「どうした？」

「不安で」ゾーイは何でもないと言いたげに手を振った。「しばらく帰れないんだなと思うと不安なだけ」

マークスは彼女の手を握った。

「一般道に下りようか。空港の手前でまたフリーウェイに戻ればいい」マークスは車線を変えた。

「下りないほうがいいと思う」ゾーイが言った。「一般道はもっと混んでるかも。空港はもうすぐそこだし。ここまで来ればあと少しでしょ。それに、車線を変えても着く時間は変わらないってよく言うじゃない？　結局同じだけ時間がかかるって」

「車線を変えるんじゃない」マークスは言った。「ルートを変えるんだ。そっちも混んでたとしても、まだ時間はたっぷりある」マークスはまた車線を移動した。「次に気づいたら、きみはターミナル1でペディキュアの施術中だよ」

「シュガープレッツェルを食べながらスターバックスの列に並んでる」

「空気でふくらませる枕とスノードームを買ってる」

「私たち、別れたほうがいいと思うの」ゾーイは言った。

それを聞いた瞬間、マークスのなかですべてが符合した。この数カ月、二人のあいだに漂っていた微妙な空気は、破局の予兆だったのだ。〔ボース・サイズ〕を発売したころから、つまらない口論が増えていた。ゾーイがそんな不平を言ったためしはそれまで一度もなかったのに、あなたは会社で仕事ばかりとマークスを責めた。私よりサムを愛してるのよねとなじった。（セイディの名前は挙がらなかった。）俗物根性はいいかげんにしてと嚙みついた――デンマーク製の家具やワインの格付けにこだわりすぎると。（ダイニングルームのテーブル探しに時間をかけたのは確かだが、ワインに関しては言いがかりだと思った――マークスはビール党なのだ。）ゾーイはふいにカリフォルニアが嫌いになったらしく、文句ばかり並べた――花粉がひどくてアレルギーになったとか、人が退屈だとか、劇場が少なすぎるとか。まもなくゾーイのほうから口論を吹っかけてくることはぱたりとなくなった――始まったときと同じように唐突に。そして一月後、奨学金をもらってイタリアでオペラの勉強をすると告げた。逃すには惜しいチャンスだと言った。

「あなたは私を愛してないでしょ」ゾーイは言った。

「ゾーイ、愛してるに決まってるだろ」

「でも、充分には愛してくれてない」

「充分の基準は？」マークスは訊いた。

「基準は……自己中かもしれないけど、私は自分が愛されてる以上に愛したくない。それに、私よりもほかのものや人を愛してる人とは一緒にいられない」

「どうしてそう、なぞなぞみたいな話し方をするの？　言いたいことがあるなら言ってくれよ。俺が気づいてないことが何かあるなら、話してくれ。それに俺はきみとの生活が気に入ってる。どうして何もかも壊してしまおうとするんだ？」

「ともかく」ゾーイは服の袖で目もとを拭い、決意を示すように顎を突き出して言った。「みんな私が悪いの。最後にいがみ合うようなことはよそうよ。ずっと楽しくやってきたよね？　イタリア行きはちょうどいい冷却期間になる。それが終わってもやっぱりずっと一緒にいたいと思えたら、そのときは……」

　空港までのドライブはふだんの四倍くらい時間がかかった。それでもゾーイは予定の飛行機に間に合った。マークスが本当の別れを経験するのは初めてだった。大きなショックを受けていいはずなのに、しかし、感じたのは安堵だった。ゾーイとの関係は、気づけば過去の交際期間の最長記録を更新していた。それに終止符を打つ理由は見当たらなかった。二人で暮らしている家に帰ると、ゾーイが裸で新しい楽器を演奏している。そういう日々が色褪せて思えたことは一度もなかった。そんな充実した関係を終わらせる理由などあるわけがない。ゾーイはあらゆる面で最高にすばらしいのに、そのゾーイよりもっと深く愛せる人が別にいるかもしれないというぼんやりした期待を抱くわけがない。それは彼の人格形成において突出したできごとだった。マークスはもう、ビュッフェのテーブルに並んだ料理を端から味見したがる子供ではなかった。ゾーイとの関係を終わらせようと一度も考えなかったのは、自分が成熟したからだと思った。ただ、目移りばかりしていたかつての自分を嫌悪するあまり、一つところにとどまる理由ができてもそれを認められなくなっていた。

　日本行きの目的が家族に会うことだけだったら、旅行をキャンセルしていただろう。しかし商談もいくつか予定に入れてしまっていた。マークスはまずサムに一緒に行かないかと声をかけた。いまは旅行を控えたいとサムは断った。カリフォルニアに来て以来、それがサムのお決まりの反応になっている。マークスは次にセイディを誘った。セイディもとっさに断ろうとしたが、すぐに思い直した―

―断る理由もないじゃない？　サムとのあいだで次のゲームの話が出ているわけでもないし、日本はまだ訪れたことがなかった。マークスのほうも、ミーティングの場に制作チームの人間が同席してくれていれば話がしやすいだろうと考えた。今回の商談では、人気アニメ『大阪幽霊学園』のゲーム化に関してモリカミ・パブリッシングとの提携の可能性を探るものになる。モリカミ側はアメリカのゲーム・スタジオとの提携に関心を示しており、アンフェア・ゲームズに声をかけてきたのは、西洋と東洋の文化をうまく融合させた〈イチゴ〉シリーズあってのことだった。

　二人とも時差ぼけで東京に到着した。二、三時間の仮眠を取ったらもうそれぞれの部屋で目が覚めてしまい、夜明け前の静まり返った数時間を仕事で――すなわちゲームをしてつぶした。

　セイディは、サイモンとアントからクリスマスにゲームボーイを贈られていた。もらって以来一度も試せていなかったのだが、東京旅行中に初めて時間ができた。最初にプレイしたのは〈牧場物語〉だった。牧場を舞台にしたロールプレイングゲームで、ゲーマーは牧場主となって作物を栽培し、配偶者を探し、地域社会で友人を作る。史上初ではないかもしれないが、数ある農場経営《ファーミング》シミュレーターの走りの一本だった。その単純さは、セイディとアリスのお気に入り〈オレゴン・トレイル〉に通じるところがあった。牧歌的でほのぼのとしたゲームだ。〈デッド・シー〉のようなゲームとは対照的だ――ストーリーは箱庭のなかで進行し、悪いことは一つとして起こらない。

　そのころホテルの同階の廊下の先の部屋では、マークスがノートパソコンで〈エバークエスト〉をプレイしていた。〈エバークエスト〉は大規模多人数同時参加型オンライン・ロールプレイング・ゲーム、略してMMORPGだ。〈ダンジョンズ&ドラゴンズ〉のハイテク版で、〈D&D〉と同様に、キャラクターの育成が肝心だ。マークスは〝ヘラ・ベヒーモス〟という名のハーフエルフのアバターのカスタマイズにずいぶん時間をかけていた。サムと〈D&D〉で遊んだ日々が脳裏に蘇ったが、〈エバークエスト〉を選んだ理由はノスタルジアではなかった。〈エバークエスト〉を試してみようと思ったのは、初めて3Dグラフィックスエンジンを使ったMMORPGだからだ。〔カウンターパート・ハイ〕続篇をオンラインプレイ可能にしたかった。

午前五時ごろ（それでも朝食にはまだ早かった）、セイディがマークスの部屋のドアをノックした。午前四時四五分ごろにマークスが〔CPH2〕開発チーム向けに送信したメールをセイディも受け取っていて、マークスももう起きているとわかっていた。「〔牧場物語〕ってもうプレイした？　うちで作るようなゲームじゃないんだけど、かなり中毒性が高い」

マークスとセイディはデバイスを交換した。「ヘラ・ベヒーモスを頼むぞ」マークスは言った。セイディはベッドにマークスと並んで腰を下ろした。ホテルの朝食の時間まで、一時間ほど仲よくプレイを続けた。朝の六時、街はまだ眠っていて、聞こえるのはときおりどちらかのおなかが鳴る音だけだった。

朝食ブッフェに下り、それぞれの皿に料理を山盛りにしてダイニングルームの静かな一角のテーブルについた。

モリカミから提携のオファーがあったとして、サムとセイディが『大阪幽霊学園』のゲーム化を担当するかという話になった。「私たちでもいいけど」セイディは言った。「サイモンとアントのほうが向いてるかもよ。学園ものが得意だから」

「そうだね」マークスは静かに言った。「ただ、サイモンとアントはしばらく手が空かない」

セイディは沈んだ笑い声を漏らした。「私たちはいまや二軍だなんて、サムは気づいてないよ」

「だな」マークスは言った。

次にゾーイのことが話題になった。

「落ちこんでる？」セイディは尋ねた。

「意外にそうでもない」

「私はショック」セイディは言った。「ゾーイはロサンゼルスで一番の友達だったから」

〔ボース・サイズ〕の話もした。

「落ちこんでる?」今度はマークスが訊く。

「〝意外にそうでもない〟って言いたいところ。さっきのマークスみたいにさらっと」セイディはそこで間を置いた。「落ちこんでる。でも、それ以上に恥ずかしい。マークスやサムやみんなを巻きこんであのゲームを作ったのに。自分では本気で信じてた。絶対に売れるって確信してたの。いまはタイタニック号を造った人の気分」

「きみは造船家のトーマス・アンドリュース・ジュニアじゃない」

「いいえ、造船家のトーマス・アンドリュース・ジュニアです」

セイディとマルクスはそろって噴き出した。

「〔ボース・サイズ〕はタイタニック号じゃない」マークスは言った。「〔ボース・サイズ〕をプレイして死んだ人はいないからね」

「私の魂は死んだ。少しだけ」セイディは言った。「最悪なのは、自分を信じられなくなったことかな。自分の判断力が信じられない」

マークスはテーブル越しに手を伸ばしてセイディの手を取った。「セイディ、だいじょうぶだ。きみの判断力は鈍ってない」


東京滞在二日目、二人はマークスの父親ワタナベさんと一緒に能を観に行った。能に誘ったのはワタナベさんだった——日本人は大切な〝ガイジン〟旅行客にたいがい能を見せる。劇場では英訳された台本を渡されたが、セイディは開演前にどこかに置き忘れてしまい、内容をほとんど理解できなかった。能の様式も語りも何もわからないままだった。マークスがときおりセイディの耳もとに顔を近づけ、詩の一節のような謎めいた解説を加えた。「漁師の亡霊が殺されたのは、禁漁の川で漁をしたから」「太鼓は鳴らず、庭師は死のうとしている」

もう何もわからなくてもいいやとあきらめてしまうと、マークスの解説と芝居を楽しめるようになった。場内は暖かく、漆とお香の香りが満ちていて、まるで夢のなかにいるようだった。セイディはまだかなり時差ぼけしていたし、朝から晩まで会議続きだったから、起きているのが一苦労だった。どうしてもまぶたが下りてくる。だが、無作法な白人と思われたくなくて、寝ちゃだめと自分を叱りつけた。

観劇のあと、近くの天ぷら店でワタナベさんと三人で食事をした。セイディがワタナベさんと会うのは、もう何年も前、マークスの『十二夜』出演を祝ったあの晩以来だった。

ワタナベさんとセイディは贈り物を交換した。セイディが用意したのは、〔イチゴⅡ〕発売を記念して日本のパブリッシャーが作った〔イチゴ〕のネーム入りの木の箸だ。

ワタナベさんはお返しに、葛飾応為《おうい》の『夜桜美人図（Cherry Blossoms at Night）』がプリントされたシルクのスカーフをセイディに渡した。一人の女が短冊《たんざく》に歌を書きつけている背景に夜桜が描かれ、灯籠《とうろう》の明かりが一部の花だけを闇から浮かび上がらせている。英語のタイトルとは裏腹に、主題は桜の花ではない。創作の過程を描いた作品だ――その孤独と、そこに閉じこもって創作に取り組む芸術家、とりわけ女の芸術家の姿。女の短冊にはまだ一文字も書かれていないように見える。「北斎に触発されたんだったね」ワタナベさんは言った。「この浮世絵を描いたのは北斎の娘なんだよ。応為の作品は数点しか残っていないが、父親以上に優れた絵師だったと私は思う」

「ありがとうございます」セイディは言った。

別れ際、ワタナベさんはセイディに深々とお辞儀をした。「お礼を言いますよ、セイディ。きみとサムがいなかったら、マークスは俳優になっていたかもしれない」

「マークスはすばらしい俳優ですよ」セイディはマークスを弁護した。

「いまの仕事のほうが向いている」ワタナベさんは言った。

セイディとマークスはタクシーでホテルに戻った。「お父さん、あんなこと言ってたけど、気にしてる？」

「気にしてないよ」マークスは言った。「学生演劇は本当に楽しかった。あのころは夢中だったよ。でも、いまは違う。もしプロの俳優になってたら、途中で情熱を失っていたんじゃないかと思う。人は生涯一つのことだけを続けるわけじゃないけど、それは悲しむべきことじゃない。喜ぶべきことだ」

「じゃあ、私はゲーム作りをやめてもかまわないってことね」

「いや」マークスは言った。「きみはもう泥沼から抜け出せない。永遠にゲームを作り続けるんだよ」

東京滞在三日目の朝、商談に出かける前に、マークスはセイディを根津神社に連れていった。根津神社には千本鳥居と呼ばれる朱《あか》いゲートが連なるトンネルがある。セイディは、鳥居をくぐるのにはどういう意味があるのかと尋ねた。マークスは、神道では鳥居は俗界と神域との区切りとされていると説明した。ただマークスは神道の氏子ではないから、それ以上のことはわからない。「ティーンエイジャーのころ、悩み事があるとよくここに来たんだよ」

「マークスに悩み？　いったいどんな？」セイディは言った。

「それはまあ、思春期の子供が誰だって持つ悩みだよ。誰にも自分をわかってもらえないような気がした。僕は日本人にはなりきれないが、だからってほかの何かにもなりきれない」

「かわいそうなマークス」

「鳥居をくぐるときはゆっくり」マークスは言った。「そのほうが僕の悩みには効いた」

セイディは鳥居を一つずつゆっくりとくぐった。初めはとくに何も感じなかったが、やがて胸の奥で何かが開き、新しい空間が広がっていくのを感じた。鳥居の意味がわかった気がした。一つの場所を後にして、新たな場所に足を踏み入れる。その象徴だ。

また一つ鳥居をくぐった。

新しい考えが浮かぶ。〔イチゴ〕のあと、もう二度と失敗しないつもりになっていた。終点に到達したつもりでいた。しかし、人生は到達の積み重ねだ。どこまで行こうと、その先にまた新たなゲートがあるのだ。（もちろん、ゲートが尽きるときはいつか来る。）

また一つ鳥居をくぐる。

ゲートとはそもそも何か。

通過点だとセイディは思った。次への入口。その先に知らない世界が開けているかもしれない。扉をくぐり抜けた先で、成長のチャンスが待っているかもしれない。

最後の鳥居の前に来たとき、気持ちが固まったような気がした。〔ボース・サイズ〕は失敗した。が、それはかならずしも終点ではない。〔ボース・サイズ〕は、ゲートからゲートをつなぐ無数の空間のなかの一つにすぎない。

鳥居の先でマークスが待っていた。微笑んでいる。両腕を軽く開いて通路の真ん中に立っている。マークスが待っていると思うと、どれほど心強いことか。彼は理想の旅の相棒だ。

「ありがとう」セイディはマークスにお辞儀をした。

滞在五日目の夜、マークスの母親の家に夕食に招かれた。マークスの両親はいまだ離婚はしていないが、別居中だ。ミセス・ワタナベはテキスタイル・デザイナーで、教師でもある。ゆったりしたデザインに大胆なプリント柄の洒落た服を着ていて、髪はこざっぱりとしたボブだ。その夜着ていたワンピースの水玉柄のコットン生地は、背後のカーテンの生地とまったく一緒だった。

ミセス・ワタナベは、セイディを別人と取り違えていた。マークスが長く交際を続けているガールフレンドで、二人は明日にでも結婚すると思ったようだ。「違うよ、母さん。こちらはセイディ。ゾーイじゃない。セイディは仕事のパートナーなんだ」

ミセス・ワタナベはセイディの顔をしげしげとながめた。「ただの仕事のパートナー？」

マークスが言った。「俺は馬鹿だからセイディとは釣り合わないよ、母さん」

「そのとおりです」セイディは言った。「マークスは顔はかわいいけど、底が浅いので」

テーブルの下で、セイディは彼の手をきゅっと握った。

しかしミセス・ワタナベは納得しなかった。「いまつきあってる人はいるの、セイディ？」

「いいえ」セイディは正直に答えた。「いまはいません」

「セイディに交際を申し込みなさい、マークス。いまのうちよ」

「アメリカでは」マークスが言った。「同僚とデートする奴は白い目で見られるんだよ」

「私はアメリカ人よ、そのくらいは知ってる」ミセス・ワタナベは言った。「でも、セイディがあなたのボスなのよね？　セイディがかまわないと言えば、かまわないはずよ。あなたたち二人ならすてきなカップルになりそう」

「ミセス・ワタナベ」セイディは話題を変えた。「マークスから聞きました。テキスタイル・デザインを教えていらっしゃるんですよね。そのお話をぜひ聞かせてください」

ミセス・ワタナベはハンドペインティングやキルティング、織布一般を愛しているが、いずれの技術もまもなく消えてしまうのではと懸念していた。「コンピューターを使えば簡単にできるようになってしまったから」そう言って溜め息をつく。「画面上でささっとデザインして、遠い国の倉庫にある大きな産業用のプリンターで出力する。テキスタイル・デザイナーは一度も布に手を触れないし、染料で手を汚すこともない。コンピューターは、実験には役に立つけれど、深い思考にはまったく向かないわね」

「母さん、セイディと俺はコンピューター関連の仕事をしてるんだよ」

「たとえばウィリアム・モリスの『いちご泥棒』みたいなすばらしいテキスタイルは、芸術作品よ。でも、芸術作品を作るには長い時間がかかる。単なるデザインと片づけられるものでもない。布地の特質や適性を見きわめなくちゃいけない。染めの過程を理解して、求める色を出すにはどうしたらいいか、歳月に耐える色に仕上げるにはどうしたらいいかを考えなくちゃいけない。一つでも間違いをしたら、初めからやり直しになる場合もある」

「『いちご泥棒』は見たことがないかも」セイディは言った。

「ちょっと待ってて」ミセス・ワタナベは寝室に行き、小型のフットスツールを持って戻ってきた。張り地は『いちご泥棒』の複製だ。庭の小鳥といちごが描かれている。セイディは『いちご泥棒』というタイトルを知らなかっただけで、そのデザインは知っていた。

「これはウィリアム・モリスの庭なのよ。その庭で育てていたいちごと、庭によく遊びに来ていた小鳥たちが描かれてる。インディゴ抜染技法に赤や黄色を使ったデザイナーは、モリスが初めてだった。思いどおりの色を出せるようになるまで、何度もやり直したでしょうね。この布は、ただの布ではないのよ。失敗と根気の物語、職人の鍛錬の物語、一人の芸術家の人生の物語なの」

セイディは厚手のコットン地にそっと手を滑らせた。

翌朝、ホテルのセイディの部屋にマークスがやってきた。「一つ思いついたことが」

その思いつきがセックスだといいなと反射的に考えた自分に、セイディは驚いた。

「『いちご泥棒』の夢を見たんだ。夢というより悪夢に近いけど」夢のなかでマークスは母親の家に戻っていた。スツールを持ってきてと言われて寝室に取りに行くと、『いちご泥棒』の柄はメープルタウン風のデザインに変わっていた。リビングルームに戻ると、ミセス・ワタナベが着ているワンピースの柄もメープルタウン風の『いちご泥棒』に変わっていた。見回すと、家全体がデジタル化され、メープルタウン風の見た目になっていた。ミセス・ワタナベはメープルタウン風のかわいらしい妖精に変身していた。その頭上に吹き出しが表示された――〈テキスタイルのことを質問して〉。マークスが何もせずにいると、また別の吹き出しが表示された――〈ウィリアム・モリスは有名な『いちご泥棒』のプリントを完成させるまでに百回も染めのプロセスをやり直したって知ってた？〉

「それほんと？」セイディは訊いた。「お母さん、そんなこと言ってたっけ？」

「本当かどうかなんて知らないよ」マークスは言った。「とにかく吹き出しにはそう表示されてた」

マークスは夢の話を続けた。「ちょっと落ち着こうと思ってキッチンに行って、窓から外を見たんだ。そうしたら、窓の向こうに人間サイズのツグミがいて、いちごをついばんでた。すごく美しい光景で、わくわくしながらツグミを見てたら、そのうち鳥と目が合って、ツグミの頭の上に吹き出しが表示された。〝メープルタウンをオンライン・ロールプレイング・ゲームにするのはたいへんかって、セイディに訊いてみなさい〟。というわけで、こうして来た。夢に出てきた巨大なツグミの命令で」

セイディはマークスの質問を熟考した。はっきり言われるまでもなく、マークスの意図はわかった。〔ボース・サイズ〕から、マイアランディングという〝ガン〟を切除するのだ。メープルタウンを基本プレイ無料で開放し、維持管理費（サーバー、新規クエストやレベル）は課金分（キャラクターやアイテム、住居のアップグレードや拡張パック）で稼ぐ。人気が出れば、メープルタウンはドル箱商品になる。ファンタジー要素のない〔エバークエスト〕。箱庭の囲いが取り払われ、農場経営が主眼ではない――アメリカの住み心地のよい小さな町の日常がメインの――〔牧場物語〕。サムが創り出した美しくてどこか懐かしい世界で、自分のキャラクターを育ててもらう。メリットの多い戦略だとセイディは思った。世間はセイディではなくサムが作った世界を好む。部屋の入口に立ったマークスの顔を見て、マークスも同じように考えているとわかった。「そうでもない。作業量が膨大ってだけで」セイディは答えた。

それから何時間か、メープルタウンの再始動に向けたブレインストーミングをした。午前四時ごろ、カリフォルニアにいるサムに電話をかけた。マークスが二人の案を説明した。

長い沈黙のあと、サムがようやく言った。「アイデアはいいと思うよ。だけどセイディ、きみはそれでいいの？」

「いいよ」セイディは答えた。「オリジナルのゲームを買ってくれた人は、今後もマイアランディングをプレイできるわけだし、メープルタウンをプレイする層を広げるチャンスになると思う。仮に失敗したところで、たくさんの時間とお金を損するだけのこと」

サムは笑った。「よし、やろう」

そのあとも三人で打ち合わせを進めたあと、電話を切った。このときもまた、朝食に下りていくにはまだ早すぎた。「おなか空いた」セイディは言った。

マークスはホテルからすぐのところにある二十四時間営業のコンビニにセイディを連れていった。そこで卵サンド、チキンコロッケサンド、いちごクリームサンド、いなり寿司、ロイヤルミルクティー二リットルを買った。「俺の好物だよ」マークスの部屋に二人で戻り、ベッドにタオルを広げ、そこに買ってきたものを並べた。

太陽が昇り、東京の街を照らし出す。

「この卵サンド、いままで食べたなかで一番おいしい」セイディは言った。

「きみは何でも喜んでくれて、楽ちんでいいな」マークスは言い、セイディの口の横についた卵を拭い取った。

東京滞在の七日目の夜、マークスは高校時代の親友二人——親の一方が日本人のミドリと、両親とも日本人だがイギリス生まれのスワン——と居酒屋で会った。この三人で集まるときはいつも、大量の焼き鳥と熱燗《あつかん》を注文する。場所もその居酒屋と決まっていた。高校時代からよく来ていた店で、そのころとの違いは、大将が息子に代替わりしたことくらいだ。

セイディも誘われた。ふだんなら旧友の集まりに割りこんだりしないが、メープルタウン再始動が決まって前向きな気分になっていたのも手伝って、気持ちが大きくなってはしゃいでいた。

居酒屋に行くと、マークスの母親と同じく、ミドリとスワンもセイディをマークスの長年の恋人ゾーイと勘違いした。

「ごめんなさい」セイディは言った。「期待を裏切って。私とマークスは仕事の同僚なの」

「うそ、残念」ミドリが言った。「マークスに身を固める決意をさせた人についに会えるのかと思ったのに」

「高校時代のマークスってどんな感じだった？」セイディは言った。

「マークスのガールフレンドじゃないみたいだから、話してもだいじょうぶだな」スワンが言った。

「マークスとデートしたことがない子はいなかった」

「マークスがデートしたことない子もいなかったしね」ミドリは笑いながら言った。定番のジョークなのだろう、まるで漫才のかけあいのようだった。

「もし女の子だったら」ミドリが言った。「ヤリマンって悪口を言われただろうけど、男だから〝絶倫〟くらいですんでた」

「大学でもそうだった」セイディは言った。「やっぱりねって感じ。二人はマークスとデートしたことある？」

「学校のダンスパーティに誘われた」ミドリが言った。「デート相手としては最高。でも友達として行っただけ」

「マークスのそういうところがいいんだよな」スワンが言う。「すごく友達思いだ。だから誰からも嫌われない」

「セイディはどうなの、マークスとデートしたことある？」ミドリがセイディに訊いた。

「まさか、ないよ。友達の友達だっただけ」セイディは答えた。

「当時は好かれてなかった」マークスが言った。「いまでもあまり好かれてない」

「マークスを好きにならない人なんている？」スワンが言う。

「マークスに何をされたわけ？」ミドリが言った。

「長い話なの」セイディは言った。「夏休みのあいだ、アパートを使わせてくれるって言ったのに、結局帰ってきて、自分もずっといた」

「俺を嫌ってた理由ってそれ？　その分は十分埋め合わせたつもりだけどな」

「だって、マークスが「イチゴ」をプロデュースすることになるなんて、お父さんと一緒に食事したとき初めて知ったんだから。サムは一度も言わなかった」

「サムの奴」マークスは首を振った。それからおちょこを掲げた。「サムに！　乾杯！」

「サムに！　乾杯！」セイディ、ミドリ、スワンは声を合わせた。

「だけど、サムって誰よ」ミドリが笑いながら訊いた。

四人はさらに何本か銚子を空けた。セイディにとっては酔うほどの量ではなかったが、体は心地よく温まった。

ミドリが煙草を吸いに外に出た。セイディはそれにつきあった。「昔はマークスが真剣に好きだった」ミドリが言った。

セイディはうなずいた。どう答えていいかわからなかった。

「マークスと寝たことは一度もないけどね。それだけは絶対にしちゃだめ」ミドリは警告するように言った。「いつかマークスはあの目とあの髪であなたを見る。あなたは、この人なら悪いようにはしないだろうって思っちゃう。セクシーだし、この人となら寝てもいいなって思っちゃうの」

「マークスとは知り合って六年になる」セイディは言った。「そんな日は来ないと思うけど」

そうは言っても、セイディ・グリーンはやはりゲーマーだった。ゲームのなかで、ここを開けてはならぬと警告があるドアに限って、そこを開けることになる。それでライフを失ったら、またセーブポイントに戻ってやり直すだけのことだ。

セイディとマークスはタクシーでホテルに戻った。部屋のある二十階にエレベーターで上がった。セイディの部屋に向かって廊下を歩きながら、日本では二十という数字は重要な意味を持っている、(アメリカのように十八歳や二十一歳ではなく)二十歳になるとおとなと見なされるのだとマークスは言った。「〝ハタチ〟って言うんだ」

「マークスと知り合ったとき、私は二十歳だった」セイディは言った。

「そうだったね」

セイディの部屋の前に来た。マークスは廊下のさらに先の自分の部屋へと歩きだした。「ねえマークス」セイディは呼び止めた。「いまは誰ともつきあうつもりはないの」

「俺もだ」マークスが言う。

「だけど、私たち、一緒に寝てみてもいいんじゃないかって」セイディは言った。「ここは外国だし、旅行中にしたセックスはその場かぎりのものっていうのが私の考えだから」

「そういう習わしは聞いたことがないな」マークスはセイディの部屋に戻ってきた。

セイディは、セックスとビデオゲームには共通点が多いと思うことがよくある。クリアすべきゴールが設定されている。犯してはならないルールがある。しかるべき動きの組み合わせがあって――ボタンのコンビネーション、ジョイスティックを使った方向転換、キーストローク、コマンド――成功するか否かはそれにかかっている。ゲームを適切に進めているとわかれば喜びを感じ、次のレベルに進むと解放感がもたらされる。セックスがうまいとは、セックスというゲームがうまいということだ。

セイディはマークスとの最初のセックスのことをよく覚えていない。それでも、終わったあとの安らぎはよく覚えている。気まずい思いなどかけらもなかったことも。ごく自然に彼女の体の輪郭に重なった彼の体。彼のにおい、石鹸と清潔な肌のごくかすかなにおい。二人のあいだに心地よい距離が保たれているという安心感。俺はここに、きみと一緒にいるよ――彼の体はそう言っているようだった。それでも、きみと俺は別々の存在だとちゃんとわかってるよ。しかし途中から、その感覚はマークス自身から来るものなのか、それとも大量におなかに入れた酒と焼き鳥からなのか、あるいはアイロンの利いたホテルの寝具からなのか、わからなくなった。もしかしたら、家から一万キロも離れているせいだったのかもしれない。

つかのま目を閉じた。根津神社の朱い鳥居の下に一瞬で戻った気がした。

ゲート。ゲート。そしてまたゲート。

無数のゲートの最後の一つ、その先にマークスがいる。白い麻のシャツを着て、カーキパンツの裾をまくり上げて穿き、ローズボウルののみの市でゾーイが買った麦わらのフェドーラ帽をきざにかぶったマークス。その帽子を軽く上げてセイディに挨拶するマークス。

セイディはベッドのなかでマークスのほうを向いた。「この街、大好き」

「いつか住んでみる？」マークスが言った。

翌日、二人は帰国し、仕事を持つロサンゼルスっ子らしく、荷物引き渡しのターンテーブル前で別れた。ターンテーブルの前に立つと、自分の荷物は永遠に出てこないのではないかと誰でも心配に駆られるものだ。マークスの荷物は、合図のサイレンが鳴ってまもなく出てきた。セイディの荷物が出てくるまで一緒に待っていようかとマークスは尋ねたが、それは社交辞令にすぎなかった。マークスはシリコンヴァレーのゲームスタジオとの打ち合わせに直行する予定で、セイディはヴェニスの家に直帰するつもりでいた。つまり、空港からは正反対の方角に行く。税関の手続きとシャトルバスで長期駐車場に移動する時間を考えると、いますぐ行っても打ち合わせに間に合うかどうかぎりぎりだった。セイディは先に行ってと促した。マークスはセイディの頰にキスをした。友達だね。マークスは言った。うん、これからもずっと。セイディは言った。三十分後、セイディの荷物が出てきた。最後から二番目だった。ほかの乗客でまだ残っていたのは日本人のカップルだけで、荷物の列の最後を飾ったのは、彼らの淡い水色をしたビニール張りのスーツケースだった。

セイディは大型スーツケースを引いて税関に向かった。申告するものはありますかと尋ねられて、セイディは申告書にも記入してある品物を一つずつ挙げた。フリーダへのお土産のシルクのスカーフ、アリスへのネックレス、両親へのお菓子。税関で手続きをするたび、職員はセイディが嘘をつくのを待ちかまえているのではないかとどうしても身がまえてしまう。

「お仕事は何を?」税関職員が訊く。

「ビデオゲームを作っています」

「ああ、私もゲームは好きですよ」職員は言った。「あなたが作ったゲーム、私もやったことがありそうかな」

「『イチゴ』は?」セイディは言った。

「そのゲームは聞いたことがありませんね。レースものはよくやってるんですけど。『ニード・フォー・スピード」とか。「グランド・セフト・オート」とか。「マリオカート」か。ゲームを作る仕事って、どうやったらできるんですかね」

　セイディはこの質問に答えるのが嫌いだった。相手が「イチゴ」を知らない場合はとりわけそうだ。

「そうですね、プログラミングは中学時代に覚えました。大学進学適性テスト《SAT》の数学では八百点を取ったし、ウェスティングハウス賞とライプツィヒ賞を獲りました。高校卒業後はマサチューセッツ工科大学に進みました。ちなみに、競争率は超高いです。私みたいな卑しい女にとってもね。大学ではコンピューターサイエンスを専攻しました。在学中にプログラミング言語をさらに四つか五つマスターして、遊び論や説得的デザインを中心に心理学も勉強しました。それに、物語構造論や古典、インタラクティブ・ストーリーテリングを含めた英語学も。とても優れた教官に恵まれました。その人をボーイフレンドにしたのは間違いでしたけど。若気の至りと言うにとどめます。そのあとしばらく休学して、ゲームを作りました。一番のフレネミーに誘われたからです。そのゲームが、あなたの聞いたことがないゲームで、アメリカでは二百五十万本くらい売れました。そして現在に至るわけです……」と答える代わりに、セイディは言った。「昔からゲームばかりやっていたので、自分でも作れないかやってみようと思ったんです」

「へえ。がんばってください」税関職員は言った。

「ありがとう。あなたも」

　セイディはスーツケースを引いて外に出て、タクシー待ちの列に並ぼうとした。マークスに気づいたのはそのときだった。

「まだいたの？」セイディは訊いた。

「それが、おかしな話でね」マークスは言った。「長期駐車場まではるばる行って、車に乗りこんで出発しようとしたんだが、Uターンしてまた戻ってきた。車は一時駐車場に置いてある」

「どうして戻ろうと思ったの？」

マークスはセイディの大きなスーツケースのハンドルを受け取り、駐車場のほうに歩き出した。

「きみも家に帰る足が必要だろうと思って」

3

「セイディ！　マークス！　来いよ！　あと十分だ！」サムが声を張り上げた。

マークスはシャンパングラスを並べたトレーを持ち、新しく設置された〔メープルワールド〕サーバールームに入っていった。

「セイディは？」サムが訊く。

「その辺にいるはずなんだが」マークスは言った。「携帯にかけてみよう」実は、世情を考えるとシャンパンで祝うのは自粛すべきかと逡巡したものの、最後にはこう思った――〝かまうものか〟。〔メープルワールド〕のオンライン移行に向けてみな猛烈に働いたのだ。世の中の空気がどうあれ、盛大に祝う権利はある。

アンフェア・ゲームズは〔ボース・サイズ〕の再始動版をこう名づけた――〔メープルワールド・エクスペリエンス〕、略して〔メープルワールド〕。グラフィックス、動作環境、サウンド、メープルタウンのキャラクター・デザインはオリジナルをそのまま使えたが、MMORPG化にはセイディが当初予想した以上の作業量が必要だった。セイディはそのプロセスをこんな風にたとえた――好みの家を競り落とし、その家をボートで別の国に運び、別の国に着いたあとになって、家に使われている建材は好みだが家そのものは好みではなかったと気づき、苦労の末に家を解体してからまったく新しい家を建て直すようなもの。

移行チームは春と夏を費やしてオンライン化の作業を進めた。ゲーム内の通貨システムの構築、現実世界でマネタイズする仕組みの確立、専用サーバーの設置、新たに増員したスタッフを収容するためのオフィススペースの賃貸。追加スタッフ（まずは十名で始め、軌道に乗ったらさらに増員する）は、新しいクエストやレベル、イベントのプログラミング、ゲーム世界のモデレーション、一日二十四時間・週七日体制での運用のためのサーバー管理に専念させる。アリスが手書きした結婚式の招待状を思わせるネット広告も出稿した――〈詩人、夢想家、そしてワールドビルダーに告ぐ！ 2001年10月11日午前0時、アンフェア・ゲームズ社は謹んでみなさんを［メープルワールド・エクスペリエンス］にご招待いたします〉。新しく雇用した顧客サービス担当が〝メープルタウニー〟一人ひとりに連絡して［メープルワールド］コミュニティの初期メンバー登録を促し、印刷版の招待状を製作して〝メープルタウニー〟の家に送付した。あとはサーバーのスイッチを入れるだけだ。

正式稼働のちょうど一月前、テロ集団が飛行機を乗っ取り、高層ビルなどに突入する事件が起きた。これを受けてアンフェア・ゲームズ内で［メープルワールド］の稼働延期も検討された。悪趣味と受け取られないか。世の中の人々は、歴史を変えるような事件が起きた直後に［メープルワールド］のようなゲームをプレイしたいと考えるだろうか。世界は混乱に陥っている。市民は分断され対立している。一方の［メープルワールド］はいかにもお気楽だ。検討の末、何をするにも絶好のタイミングなどないと結論した。［メープルワールド］は予定どおりサービスを開始する。

セイディがシャンパンのケースを抱えてサーバールームに来た。ケースから取り出したボトルをテーブルに並べたあと、マークスやサム、新品のサーバーの周囲に集まった［メープルワールド］チームに合流した。

サーバー管理者がサムの耳もとでささやいた。「メイザー、サーバーをそろそろ起動しておきましょう。でないと、午前〇時きっかりじゃなくて午前〇時五分に運用を開始することになっちまいます」

「言われてみればそうだな。五分前だ、みんな！」サムが宣言した。

「あっと」セイディがつぶやいた。「コルク抜きを忘れた」階段を駆け上がっていく。

「セイディ！」マークスが叫び、一拍置いて続けた。「シャンパンにコルク抜きはいらないぞ！」

しかしセイディには聞こえなかったようだ。マークスがセイディを追って階段を上っていき、入れ違いにサイモンとアントが下りてきた。サムは二人と握手を交わした。「二人とも、来てくれてうれしいよ」

「見逃すわけにはいきませんからね」サイモンが言った。

「〔メープルワールド〕、最高にいい出来ですよ」アントが言う、「昨日、セイディに少し見せてもらったんです。僕らももちろん利用登録しますよ。〔CPH〕のコミュニティにも宣伝します」

「いますぐサーバーを起動しないと」管理者がサムに言った。「これ以上待てません。時間どおりにサービスを開始したいなら」

予定時刻にサービスを開始できなかったがために葬られたオンラインゲームのホラー話は無数にある。〔メープルワールド〕はサムの世界だ。時間に遅れるわけにはいかない。

「記念すべき役割をお願いできますか」管理者が言った。

サムは手を伸ばして電源スイッチを入れた。「神の気分だ」そう冗談を言った。「光あれ！」

疲労の色濃いプログラマー一同から歓声が上がった。サムは全員の労をねぎらった。アントがシャンパンの栓を抜いた。このときになってサムはようやく、セイディとマークスが戻ってきていないことに気がついた。

〔メープルワールド〕の作業を進めていたこの数ヵ月、セイディと良好な関係を取り戻せていると思っていた。昔に戻ったようとまではいかずとも、敵対心を露にする場面はなかった。たとえ形式上のお祝いでしかないとはいえ、サーバー起動の瞬間に立ち会わなかったマークスとセイディにいらだちを感じた。

［メープルワールド］のサポートスタッフが、生まれたばかりのゲームのモデレーション作業を開始するためそれぞれのデスクに静かに引き揚げていき、サムは階段の上り口に向かった。セイディとマークスが階段の一番上にいるのが見えた。セイディがマークスの顔に手を伸ばし、そこに落ちたまつげか何かを払ってやっていた。マークスはセイディを見て笑っている。セイディのしぐさは過剰に親しげだったわけではない。サムは二人が愛を交わしているところを見たわけでもなかった。それを言ったらキスをしているのだって見たことがないし、二人の服が乱れていたこともなかった。それでも、セイディのしぐさには愛情がこもっていて、サムの膝から力が抜け、その場に、階段の一番下の段にへたりこんだ。もうそこにはない足がうずき始めるのを感じた。幻肢痛には一年以上悩まされずにすんでいたのに。

セイディとマークスは愛し合っている。

サムは彼女のことを何一つわかっていないのだとセイディは言っていたが、恋をしているとき、セイディがどんな表情をするかくらいは知っている。目もとが穏やかになり、表情はやわらいで、身がまえたようなところが消える。手は、自分の頰を触るように当たり前にマークスの頰に触れていた。わずかにマークスのほうに乗り出した立ち姿は、肩の力が抜けてのびやかだ。セイディはいつ見てもきれいだが、恋をしているときは輝くばかりに美しい。彼女をよく知っているからこそわかる——二人の関係はいま始まったものではない。

「サムソン」マークスが階段の上から呼んだ。「もしかして、見逃したか？」意気揚々としている。二人ともだ。

「シャンパンはコルク抜きがなくても開けられるんだよね」セイディが笑いながら言った。

いまここで問いただすべきか。二人のほうから言ってくるのを待つか。いや、言葉で伝えられるまでもないのではないか。見ればわかることではないか。真剣な交際でないなら、とっくにサムに話しているはずだ。〝セイディをデートに誘おうと思うんだけどさ〟。マークスはきっとそんな風に言っただろう。〝おまえはどう思う?〟あるいはセイディから言われていただろう。〝自分でも信じられないんだけど。私、マークスとつきあうことになって。人生、わからないものだよね〟。サムにあえて伝えずにいるのは、それだけ真剣な交際だからだ。

セイディとマークスの未来が見えるようだった。セイディはおそらくマークスと結婚する。結婚式は北カリフォルニアで行われるだろう。カーメル・バイ・ザ・シーか、モンテレーか。結婚式では、セイディの祖母が同情のまなざしをサムに向けるだろう。フリーダはいつもサムを気遣ってくれたから。サムが絶望のどん底にいることを察するだろうから。フリーダは老いた柔らかな手でサムの手を取り、そっと叩いて、「人生は長いわ」とか何とか、薬にもならないおばあちゃんの教えを授けるだろう。セイディとマークスはローレル・キャニオンかパリセーズあたりに共同で家を買うだろう。そこで犬を飼い始めるだろう。大型で脚の長い雑種の犬、あるいはボルゾイ犬で、ゼルダとかロゼラとかの名前をつけるだろう。新居は自然に人が集まってくるような家になるだろう。セイディもマークスもセンスがいいから。どちらも人に好かれるから。やがて子供が生まれ、サムはやもめのサムおじさんになり、誕生日やクリスマスにはプレゼントを期待されるだろう。そして毎日、サムは会社でマークスやセイディと顔を合わせなくてはならない。二人が一緒に出勤し、一緒に帰っていくのを見て、行き帰りの車中の二人を想像する。二人だけのジョーク、人生をともにしている相手だからこそ通じるちょっとした比喩。いつしかセイディはサムの知らない誰かになるだろう。それはサムにとって災難だ。悲劇だ。仮にこんな人間でなかったら——怖がりで、肝っ玉が小さく、狭量で、自信が持てず、セックスに臆病な、弱い人間でなかったら、セイディは彼のものになっていただろう。疑いの余地はない。サムはデスクに身を乗り出して彼女にキスをし、セイディは彼の手を取ってどこか表面の柔らかいところに連れていき、二人は愛を交わしていただろう。セックス自体が大したものでなかろうと、関係ない。二人が分かち合うほかのものはセックスよりずっとよいからだ。サムはセイディを愛しているからだ。自分に関して、いつも確かに知っている数少ないことがらの一つがそれだった。これまで生きてきて最高に幸せな時間は、セイディが隣にいるときだった。二人でゲームをプレイし、あるいは新しい何かを生み出している時間。なのになぜ、セイディは同じように感じないのだろう。セイディをもう一人見つけるのは不可能なのに、このセイディを彼は失ってしまった。セイディの落ち度ではない。解決法を探す時間はそれこそ何年もあったのに、サムは彼女とゲームを作ることにその時間を費やしてしまった。自分というパズルを解く時間は何年もあった。それがいま、古いパズルは新しいパズルで置き換えられた——世界中の誰より愛している相手が別の誰かに恋をしている。僕はどうやって生きていけばいい？　誰か解法を教えてくれ。負けが決まっているゲームを最後までやらずにすむように。

「いや、まだ間に合うよ」サムはそう言って微笑んだ。だが、どうしても二人の顔を見られなかった。

階段を上って二人の脇をすり抜けた。

「どこに行くんだ?」マークスが訊く。

「すぐまた下りていく」サムは言った。

初めは自分のオフィスで頭を冷やすつもりだった。だが、それではまだセイディとの距離が近すぎると思った。そこでドライブに出ることにした。車に乗り、とくに考えることなく東に向けて、祖父母の家に向けて走り出した。前の年に引き取った迷い犬のチューズデイを預けてある。

めったにないことではあるが、道が空《す》いていれば、アンフェア・ゲームズからエコーパークまでは四十分ほどで行ける。初めて家から会社のルートを運転したとき、義足ではブレーキペダルを踏んでいる感触がわからず、パニック発作を起こした。フリーウェイから一般道に下りて、路肩に車を寄せて駐めた。ブレーキペダルを踏む力が強すぎて、足の断端が義足にぶつかり、無残な痣ができた。アンフェア・ゲームズまでの残りの道のりは一般道だけを使い、復帰初日に三十分遅刻した。翌日から丸一カ月、会社には一度も行かなかった。

車の運転の不安を解消しようと、新たなセラピーに通った。サムはセラピーが大嫌いだったが、車を運転できなければどこにも行かれない。運転恐怖症を克服する最善の方法は運転することです、とセラピストは言った。サムは終業後、夜のロサンゼルスで運転の練習をした。運転しながら母親のことを考えた。

東西と南北に走る秘密のハイウェイがあると聞いたのを思い出して、探してみることにした。ほかにやることがないし、もし見つかれば、通勤時間を短縮できる。母アナがよく聴いていた古めのロック音楽――ローリングストーンズ、ビートルズ、デヴィッド・ボウイ、ボブ・ディラン――を大音量で鳴らしながらロサンゼルス市街や周辺の丘陵地帯を走り回り、秘密の道路につながっていそうな行き止まりの道を探した。

ある晩そうやって車を走らせているとき、行く手にコヨーテが飛び出してきた。サムがロサンゼルスに戻って二度目のこの夏、コヨーテをそこらじゅうで見かけた。家の前庭で、地面に落ちたチェリモヤやビワの実をのんびり食べているところに人間が出てきて仰天しているのを見た。シルヴァーレークやエコーパークの町中をカップルや家族連れで徘徊し、サンセット大通りのベジタリアン・レストラン前で生ごみをあさったり、グリフィス公園を淡々とハイキングしたり、子供に乳を飲ませたりしているのも見た。コヨーテは有能で、ずる賢く、アニメーターのチームの手で人間の特徴を描き加えられたかのように奇妙に人間くさかった。毛はいい具合に乱れている。インディペンデント映画で薬物中毒者を演じている色気のある若手男優のヘアスタイルのようだ。サムが知っている人間よりよほど人間らしく見えた。そのころのサム自身よりずっと人間らしかった。どこへ行ってもコヨーテだらけで、街全体が危険に満ちた荒野のように思えた。都会に住んでいる感じがまるでしなかった。

サムは急ブレーキをかけた。コヨーテは立ち止まり、それきり動かなかった。サムはウィンドウを下ろした。「行けよ！」大声で叫ぶ。コヨーテがまだ動こうとしないのを見て、サムは車を降りた。コヨーテは、コヨーテではなかった。いや、もしかしたら、やはりコヨーテなのか？　サムはこのときもまだ犬とコヨーテの見分け方を知らなかった。何にせよ、この個体はまだ若かった。子犬と呼んでいいような年ごろに見えた。コヨーテのようにぼさぼさした見た目だが、ピットブルのようにたくましい体格をしている。後ろ足から血が出ていた。サムは車でぶつかってしまったかと心配になった。コヨーテ／犬は怯《おび》えた目をしていた。「抱き上げるよ」サムは優しく声をかけた。「咬まないでくれよな」

コヨーテ／犬は無表情にサムを見上げた。怖くて動けないらしい。体が震えていた。サムは格子縞のシャツを脱ぎ、小さな犬を抱き上げて後部シートに乗せた。それから急患を受け入れてくれる動物病院に向かった。

犬の後ろ足は折れていた。傷を縫合したうえで二週間ほどギプスを着けておかなくてはならない。だが、若くて体力があるからちゃんと回復するだろう。

コヨーテだったりはしますかとサムが尋ねると、獣医はあきれたように目を回し、この子はふつうの犬ですよと言った。雑種だが、ジャーマンシェパードと柴犬とグレイハウンドあたりの混血ではないか。コヨーテと犬は、膝の位置で見分けられると獣医は言った。コヨーテのほうが高い位置にある。獣医はパソコンに図を表示して見せた。コヨーテ、オオカミ、飼い犬が並んでいる。ね、一目瞭然でしょうと獣医は言った。サムには一目瞭然ではなかった。違いなどないようにしか見えない。ええ、一目瞭然ですねとサムは答えた。

サムは治療費を支払い、怪我をした小さなメス犬を連れて帰った。車でぶつかってしまった現場のハリウッドヒルズ東部一帯に犬の写真入りのチラシを配ったが、飼い主は名乗り出ず、サムはほっとした。犬のいる生活が楽しくなり始めていた。犬がいると、痛みを意識している暇がなくてすむ。一人暮らしは初めてで、サムは孤独を感じる一方で、痛みがあると他人の存在がうっとうしくなる。ぶつかったとき車で聴いていた曲にちなみ、犬を〝ルビー・チューズデイ〟と呼ぶことにした。そのうち縮まって〝チューズデイ〟になった。

足の怪我が治ると、チューズデイは眠れなくなった。サムも不眠気味だったから、チューズデイが寝ないのはサムにつきあってのことかとも考えた。チューズデイは寝室一つの小さな家を不安げに歩き回り、ときおり低く吠えた。サムはもう一度獣医に診てもらった。獣医は犬用の抗鬱剤を処方し、いまより長時間散歩をするようにと助言した。さっそく試した。見慣れた近所を離れて坂を上り、シルヴァーレーク東側を蛇行する歩道のない小さな通りを歩いた。たまにコヨーテと行き合った。どのコヨーテもチューズデイに仲間意識を示しているようだったが、それはサムの想像にすぎないのかもしれない。

チューズデイはよくコヨーテに間違われた。散歩中にすぐ隣に車が停まり、どうしてコヨーテを散歩させているのかと訊かれた。コヨーテではなくてふつうの犬ですとサムは答えた。笑われることもあれば、反論されることもあった。嘘をついたとサムに認めさせ、チューズデイはコヨーテですと言わせたいかのように、それはコヨーテだろと食ってかかる人もいた。あるいは、サムとチューズデイにおちょくられたとでも思うのか、腹を立てる人もいた。チューズデイ当人は、行く先々で自分が議論を巻き起こしていることに気づいていないような顔をしていた。「人間ってのは、な」サムは首を振りながらチューズデイに言う。チューズデイの沈黙をサムは同意と解釈した。

丘を登り、また下って、高級店やカフェが並ぶシルヴァーレーク大通りに出た。そこから貯水池沿いに北に向かい、ドッグ・パークに入った。

あるとき、チューズデイは秋田犬やスタンダードプードルと交流していた。三頭は交代で追いかけ合っていた。奥深くてすばらしい犬同士のふれあいだ。

秋田犬がチューズデイのお尻のにおいを嗅いでいるとき、女性の大きな声が響いた。「ドッグ・パークでコヨーテがほかの犬を襲ってる！　みんな！　自分の犬を手もとに！　早く！」

その日、ドッグ・パークには二十五頭から三十頭ほどの犬がいた。サムはコヨーテがどこにいるのかすぐにはわからなかったが、だからと言っていないと安心するわけにはいかない。チューズデイを呼び寄せてリードをつないだ。今度は自分が秋田犬のお尻のにおいを嗅ごうとしていたところだったから、チューズデイはなかなかサムのところに戻ってこなかった。ドッグ・パークの入口まで来たところで、コヨーテがいると警告を発した女性がチューズデイとサムを見比べるようにした。それから気まずそうに大きな声で笑った。「驚いた。まさか、おたくのワンちゃんだったの？」

その笑い声は耳障りだったし、〝まさか〟という言い方が気に食わなかった。「そうですが」

「コヨーテだとばかり思った」女性のリードにはきゃんきゃんとやかましい灰色がかった小型犬がつながれていた。ビションフリーゼだろうか。「それがほかの犬を襲ってると思った」

女性の言うそれは彼女であり、彼女は遊んでいただけだとサムは言った。

「私がいたところからだと、そうは見えなかったから。猛烈な勢いで襲ってるように見えた」女性はチューズデイの頭をなでた。「いい子ね」まるでチューズデイに祝禱《しゅくとう》でも捧げているかのようだった。

「だいいち、コヨーテと犬ってそう変わらないわよね」

サムは膝の高さがともごもご答えた。

「まあ、いまどきは用心してしすぎることはないしね」前の週に女性の犬がコヨーテに襲われそうになったと言い、そのときの様子を話した。甲高い吠え声、よだれを垂らしたコヨーテ。ヨガブロックを投げつけて追い払った。

サムは適当に相槌《あいづち》を打った。「そろそろ帰ります」

「そう、騒ぎになってしまってごめんなさいね」

自分の勘違いが原因なのに、騒ぎが勝手に大きくなったかのような言い方にサムはかちんときたが、ドッグ・パークで口喧嘩など始めたくない。女性はサムを見ている。サムのほうからもすみませんとか何とか言うのを待っているらしいが、サムには謝る気にはなれなかった。すると女性が続けた。

「少しでも怪しいときは、用心したほうが無難だものね。情報がないよりはあったほうがいい。そうでしょう？　だってその子、コヨーテと犬の雑種かもしれないわけだし」

サムの心臓は破裂せんばかりに打ち始めた。その週はチューズデイの不眠と自分の痛みが重なってろくに眠れていなかった。状況に不釣り合いな激しい怒りが押し寄せ、サムの礼儀正しいうわべに亀裂が入った。「次からはよく状況を確かめることですね。バカみたいなことを口走る前に」

「ちょっと、何なのよ、偉そうに！　人や犬や子供を守ろうとしてしたことなのよ！　コヨーテと見分けがつかないような犬なんか連れてくるんじゃないわよ！」

「偉そうなのはそっちでしょう。無知なくせに偉そうだ」サムは女性に向かって中指を立てた。そしてチューズデイを連れて家路についた。打ちのめされた気分だった。愚かしい反論が何度も頭のなかに反響した。この子の首輪に〈私はコヨーテではありません〉って札を下げておけとでも？　それなら次からはちゃんと見分けてくれるのか？　だがそれではいちいち札を読んでもらわなくてはならず、あの女は文字や本を読むのが好きそうなタイプには見えなかった。ロサンゼルスはどうしようもない馬鹿ばかりだとサムは思った。マサチューセッツの何もかもがわけもなく懐かしく思え、いますぐ戻りたくなった。

家に帰ったところで、二つのことに気づいた。あの女とやり合ってから帰宅するまで、一度も足の痛みを感じなかった。加えて、居丈高に怒鳴りつけてきたくらいだ、あの女はサムの体に障害があることを知らなかったし気づかなかったのだ。ここ何年かで、そんなことは初めてだった。これなら仕事に復帰できると自信がついた。

その話をしたとき、セイディはろくに聞いていなかったようなのに、笑った。たしかにサムは面白おかしく味つけしたし、自分が女性に向けた敵意はだいぶ和らげて話した。しかし話しているうちに、ドッグ・パークに引き戻されたかのように感じた。カリフォルニアの乾いた熱気を、あのときの自分の激しい鼓動を感じた。笑い話は、ふいに笑い話と思えなくなった。チューズデイをちゃんと見れば、誰もコヨーテだなどとは思わないはずだ。なのにあの女性はちゃんと見なかった。その不当さに殴られたように感じた。世界の表層しか見ないのに、表向き善良そうなら、それで許されるものなのか？

笑ったセイディに急に腹が立った。何がおかしいのかと訊いた。セイディは一瞬とまどった顔をした──だって、笑い話として聞かせたのでは？──が、すぐにむっとしたように言った。「そのまますサムに当てはまる話だって、自分でもわかるよね？　ドッグ・パークでキレた理由はそれでしょ。サムはチューズデイってこと。サムはすごく特別な犬で、種類分けは不可能」大喧嘩からまだまもなく、二人の関係がぎくしゃくしているころだった。

それは単純化しすぎだ、セイディの解釈はサムとチューズデイの両方に対する侮辱だとサムは言った。「あくまでもチューズデイの話だ。ロサンゼルスの話でもある。シルヴァーレークのドッグ・パークに行くような連中の話でもあるかもしれない。でも、これはあくまでもチューズデイの話だ」

「まあそうかもね」セイディは言った。「字面どおりに受け取れば」

帰りが遅くなりそうな日はいつも、チューズデイを祖父母の家に預けた。この日、祖父母の家に着いたときには午前一時を回っていたが、ドンヒョンはちょうどピザ店から帰宅したころあいだろう。サムは自分の鍵でなかにはいった。チューズデイがじゃれついてきた。温かくて柔らかい。そのすぐ後ろから出てきたドンヒョンはまだニンニクとスパイスのきいたトマトソース、オリーブオイル、ピザ生地のにおいをさせていた。

「朝まで会社かと思ったよ」ドンヒョンが言う。

「終わったんだ」サムは言った。「ぼくがいてもやることがない。何かあれば電話が来る」

「だいじょうぶか」ドンヒョンが訊いた。

「ちょっとね」

「話なら聞くぞ」ドンヒョンの老いた優しい顔をサムは見ていられなかった。

「やめておく」サムはチューズデイを膝に抱き上げた。チューズデイに頬を舐められて初めて気づいた。いつのまにか泣いていた。

「何があった？」

「僕はセイディ・グリーンを愛してる」サムは弱々しい声で言った。そんなことを言ってまるで子供みたいだと思ったが、本当だからしかたがない。

「知ってるよ」ドンヒョンが言った。「セイディもおまえを愛してる」

「そんなことない。別の誰かを愛してる」

「長続きはせんさ」

「マークスなんだよ。かなり真剣なんだと思う。僕はどうしていいかわからない。セイディとは一年くらい前に喧嘩したけど、そのうち仲直りできるつもりでいた」

ドンヒョンはピザ生地を投げ上げ続けて鍛えられた腕をサムに回した。「また誰か見つかるさ」

「ほかにもいい人は大勢いるとか言わないでよね」

「そんなつもりはなかったが、言われてみれば、そのとおり、大勢いるな。たとえばローラはどうだ？」

「いい子だよ。だけどセイディじゃない。僕をわかってくれるのは世界中でセイディ一人だって気がする」

「もっと大勢に心を開けということかもしれないな」

「かもね」

「サム、知ってたか？　おばあちゃんと私が初めてレストランを開いたときは、韓国料理の店だった」

サムは知らなかったと首を振った。

「しかし、Kタウンは韓国料理店ばかりだったから、何か別の手を考えなくちゃならなかった。ピザ店をやろうと決めたのは、だからだった。Kタウンのあの界隈にピザ店は一軒もなかったんだ。初めは怖かったよ。ピザのことなんて何も知らなかったからね。それでもピザの作り方の勉強を始めた。そうするしかなかった。赤ん坊を二人抱えて、生活していかなくちゃならなかったから。

おまえのいとこのアルバートに教えてもらったんだが、経営の世界では〝路線変更〟と言うらしい。人生だって路線変更の連続だ。とりわけ大きな成功を収める人は、考え方をとりわけ柔軟に変えられる人でもある。セイディとは恋愛関係にならないままかもしれないが、この先もずっと友達であり続けるだろう。見方を変えれば、それは恋愛関係と同じか、下手をしたらもっと価値のあるものだ」

「〝路線変更〟は知ってるよ」サムは言った。「ただ、今回のことには当てはまらない気がする」サムは小さく笑った。ドンヒョンはよく、アルバートがビジネススクールで得た知識を得意げに開陳する。それがサムにはおかしかった。

それでも、やや的はずれなたとえ話を聞いて、気持ちが少し軽くなった。携帯電話を確かめると、マークスからのメッセージが残っていた。〔メープルワールド〕チームが何か確認したいことがあって、オフィスに戻ってほしいという。サムはドンヒョンの頰にキスをし、チューズデイを連れて車に乗りこみ、アボットキニー大通りのオフィスに向かった。

ランパート大通りのフリーウェイのランプはもうすぐそこというあたり、フィリピーノタウンの近くで、サムの目は、いままで知らなかった脇道の入口に吸い寄せられた。午前二時三十分の独特の光がそこを照らしていた――幅広の、平らな、未舗装の道路。入口は花をつけていないジャカランダの木でなかば隠されていた。近づいてみると、街路表示はなかったが、代わりに深緑色の六角形の標識があって、そこに三つの点が三角形に並んでいた。文字はなかった。

∴

数学の証明では、このマークは〝ゆえに〟を意味する。しかし道路標識の場合はどういう意味があるのだろう。こんな標識は初めて見た。車を停めて、道の奥に目をこらした。果てしなく続いているように見えた。どこにも続いていないのかもしれない。一方で、どこに続いていてもおかしくないように思えた。この道を行ったら死ぬことになるのかもしれないし、思いがけずビヴァリーヒルズに出るのかもしれない。（可能性がその二つだけとは限らない。名もない通りをたどっていった先はたいがい行き止まりで、Uターンして出発点に戻ることになるのがおちだった。）「確かめてみたほうがいいかな」サムはチューズデイに意見を求めた。小さな犬は後部シートでいびきをかいていて、返事をしなかった。サムはウィンカーを出した。

VI 結婚制度

1

〔メープルタウン〕を初めて訪れた者を出迎えるのは、サムのアバター〈町長《メイヤー》メイザー〉だ。グランジ全盛期のロックスターを思わせる風貌――破れ目のあるブルージーンズに赤い格子縞のシャツ、ドクターマーチンのブーツ――をした、ジミニー・クリケットやアンディ・グリフィス、ウッディ・ガスリーのような愛嬌があって親しみやすいイメージの人物だ。サムはもうステッキを使っていないが、メイヤー・メイザーには節だらけの木のステッキを持たせた。メイヤー・メイザーはまた、サムに似せて、ややアンバランスな歩き方をする。〝サマター〟――サムのアバター――は、サムと同じ眼鏡（黒縁の瓶底眼鏡）をかけ、口髭（山形に調えられている）をはやしていた。先に髭を伸ばしたのはメイヤー・メイザーだったか、それともサムだったたか、もう誰も覚えていない

「ようこそ、友よ。私はメイヤー・メイザー」サマターはそう自己紹介する。「この町は初めてだね？　ほかのどんな町とも同じで、我が町メープルタウンに問題がないわけではない。しかし、知れば知るほど愛すべき小さな町だ。この町で生まれ、この町で育った私が言うのだから間違いない。引っ越しは物入りだろうね。新生活のために五〇〇〇メープルドルを用意した。まずは町をひととおり見て回るといい。一年のこの時期は、マジカルヴァレーの新緑が美しい。商店街はまだ小さいが、必要なものはすべてそろうはずだよ。職人の手作りチーズはおすすめだ。散策しながら、新しい隣人に

声をかけてみるといいだろう。トリュフの季節だから、気をつけて見ておくといい。虹のトリュフは超レアだ。手に入れば高く売れる。この町の住人はみな親切だ。何か困ったことがあったら、私を捜してくれたまえ。私はいつもメープルタウン・シティホールにいる」

二〇〇九年、メイヤー・メイザーは、広告業界誌『アドウィーク』が選ぶもっとも認知度の高いブランドキャラクター・ランキングの七位に選ばれた（マットレスメーカー、サータのカウンティング・シープと、コカ・コーラの北極グマにはさまれた七位）。キャラクター紹介にはこうあった。「メイヤー・メイザーをこのランキングに含めるべきか、編集部内で議論があった。ヒップスターの町（ポートランド？　シルヴァーレーク？　パークスロープ？　メープルタウンはいったいどこにあるのだ？）のヒップスターの町長は、ゲームキャラクターとブランドキャラクターの中間と言うべき存在であるが、最終的にランキング入りを決めた理由は、ハンドメイド製品販売サイト〈Ｅｔｓｙ〉に彼のイラストがついた商品が無数に並んでいるという事実だった。それに、彼こそ誰もが思い描く理想の町長ではないか？　メープルタウンでは銃の所持は禁止されている。社会主義的な政策が敷かれている。ゲーム内では環境保護が推進されている（植林しないままかえで《メープル》の木を切りすぎると罰則がある）。メープルタウンでは、現実のアメリカで合法化されるはるか以前から同性婚が合法だった。メープルタウンはおそらく、あなたのお母さんが初めてプレイしたＭＭＯＲＰＧであり、それはメイヤー・メイザーのブランド戦略に負うところが大きい。メイヤー・メイザーは親切で、リベラルで、メープルタウンのどの店に行けばお気に入りの陶器が買えるか知っていて、リビングルームでカシワバゴムノキを上手に育てるコツも知っている。もちろん、業界のほかの全員と同じように個人情報を収集しているが、まあ悪いようにはしないだろうと信じられるうちの一人だ。彼を好きな人も嫌いな人もいるだろうが、アメリカのネット民が描くユートピアと誰よりも強く結びついているのがメイヤー・メイザーなのは間違いない」

ただ、好意的に評価されるのは後年になってからだ。

サービス開始から二カ月後、［メープルワールド］の利用登録者数は二十五万人を超え、サーバーは毎日のようにダウンしていた。サイトがクラッシュすると、画面表示が切り替わってサマターが現れる。〈今日のメープルタウンはどうも空模様が怪しい。傘の用意を。まもなく戻るよ〉。ほどなく、ファンのあいだから生まれた、〝メイヤー・メイザーがメープルタウンの空模様の話を始めたときのゲーマーの顔……〟という、退屈といらだちを表現するインターネット・ミームが流行した。

サム、セイディ、マークスは、［メープルワールド］のような〝お気楽な〟ゲームがふさわしい時代なのか、迷いに迷った。実際にサービスを開始してみると、二〇〇一年秋、世間が渇望していたのはまさしく［メープルワールド］のような世界――現実の世界より秩序があり、人が温かく、理不尽が少ない仮想世界だった。

［メープルワールド］サービス開始十周年の当日だったかその前後だったか、サムはTEDトークで〈仮想世界でのユートピアの可能性〉と題する講演を行った。

「二〇〇五年一二月四日にアンフェア・ゲームズ本社であのような事件が起き、また逆の証拠も存在することを考え合わせても、アバターの仮面に隠されているのは人間の最悪の本性であると決まったわけではありません。仮想世界は現実世界よりよい場所でありうる――私は全身全霊でそう信じています。より道徳的で、公正で、進歩的で、思いやりにあふれ、違いに寛容な場所になれるのです。そしてそうなれるのなら、そうあるべきでしょう？」

2

二〇〇二年が明けてまもなく、ドーヴからセイディに電話があった。ニュースが二つ——（1）ついに離婚が成立した。（2）再婚が決まった。再婚の相手は、セイディの数学年後輩にあたるMITの元教え子で、ティブロンで式を挙げるという。

「参列してくれるかわからないが、きみとサミー、マークスを式に招待したい」ドーヴは言った。「招待状を送る前に話しておきたかった。そろって来てもらえるとうれしい」

サンフランシスコの北にある町ティブロンまでは九時間ほどの道のりで、サム、セイディ、マークスは交代で車を運転した。車内はお祝い気分とくつろいだ空気に満ちていた。〔メープルワールド〕は成功し、セイディとマークスは相思相愛だ。ただしサムには二人の関係を話していなかった。

「離婚が成立したって聞いて、むかついた？」サムが訊いた。

「むかつく？」セイディは言った。「よりを戻してくれって話かと思って、パニックを起こしかけたよ」

「あの野郎はクソったれだよな」マークスは言い、後部シートから手を伸ばしてセイディの手を握った。

「そういえば」サムは言った。「二人はつきあってるんだよな」さりげない調子だった。質問への答えにはさほど関心がないような。〝どこかで何か食べておく？〟〝ラジオ、つけてもいい？〟とでも訊くような。このとき運転していたのはサムで、ティブロンまでの道のりのなかばあたり、サンシメオンの一〇キロほど手前、パシフィック・コースト・ハイウェイの海抜が高い区画を走っていた。

マークスとセイディはオフィスでは目立たないよう心がけていたし、サムが気づいているとも思えなかった。セイディはサムに打ち明けたいと数カ月前から言っていたが、マークスは反対だった。

「あいつ、きみが思っている以上にショックを受けると思う」

「そこまでのショックはないと思うけど。サムとはデートしたことないし、恋愛関係だったとかそういうこともいっさいないんだよ。それにここ最近はもう、友達っていうより職場の同僚でしかない。マークスのほうがよほど仲がいいよね」セイディは言った。「嘘をつき続けるほうがよくないと思うよ」

「俺たちは嘘をついてるわけじゃない。まだ伝えてないってだけだ」マークスは言った。

「じゃあ、話しちゃおうよ」

「ドーヴ方式で行こう。いきなり結婚式の招待状を送ればいい」

「ドーヴはあらかじめ伝えてきたでしょ」セイディは微笑んだ。「それに私たち、結婚はしないよ」

「どうして」

「結婚って制度を信奉してないからかな」セイディは言った。

「信じる信じないの話じゃないだろ、セイディ。神やサンタクロースじゃないんだから。ケネディ大統領暗殺はオズワルド単独の犯行じゃないって陰謀説を信じるかどうかみたいな話でもない。私的な儀式、紙一枚の話にすぎない。ただのパーティ。友達を招いて――」

「本当のことを伝えたくない友達を招いて」

「サムだけだ」

「サムを知らない人はいない。私たちが知ってる全員がサムを知ってるってこと。サムに話さなくちゃいけないくらいなら、私と結婚するって話？　そういうことなの？」

「それとこれとは話が別だと思うな」マークスは言った。

最後には決まって〝様子見〟という結論が出るこの会話は、だいたい二カ月ごとに律儀に繰り返された。マークスらしくないとセイディは思った。マークスは隠し事ができない人なのだ。どこまでも正直だ。何かを好きになるととことんのめりこみ、それが何であれ周囲に隠そうとしない。そのうちセイディは、マークスが様子見を決めこむのは、浅はかではあるが、サムに対するいじらしいほどの愛情なのだと思うことにした。セイディもかつて同じ愛情を抱いていた――サムの本性を知ってしまうまでは。

ドーヴの結婚式のころには、セイディとマークスが交際を始めて一年ほどがたっていた。マークスはこのときもまだ、ゾーイと暮らしていた家を維持していたが、クラウネリーナのセイディの家で同棲しているも同然だった。近く二人で家を買おうかという話も出ていた。

「つきあってるなら、それでかまわない」サムは言った。「僕はショックで頭がおかしくなっちまったりはしない。きみたちはたぶん、それを心配してるんだろうけど。車ごと太平洋に落っこちてやろうなんて考えない」ふざけてハンドルを軽く左右に揺らす。「知っておきたいだけなんだ。といっても、見てればわかるけどね。きみたちとは長いつきあいだから、見てればわかる。どっちかって言うと、いままで話してくれなかったことのほうに傷つくな」

「私たち、つきあってるの」セイディは言った。

「彼女を愛してる」マークスは言い、セイディに向かって言った。「愛してるよ」

「私も」

サムはうなずいた。「そっか。やっぱりそうだったか。おめでとう。ところで、ハースト・キャッスル、見ていく？　このすぐ先だけど、僕はまだ行ったことがない」

新聞王ハーストの邸宅ラ・クエスタ・エンカンターダは、現実離れした観光地カリフォルニアにあってもっとも幻想的な観光ポイントだ。見学ツアーのあいだ、サムはずっと黙りこくっていた。長年の訓練の賜《たまもの》で、セイディはサムの機嫌に一喜一憂しないようになってはいたが、それでもサムの内面の動揺は伝わってきた。

見学ツアーが終わったところで、セイディはサムと二人きりで話したいとマークスに告げた。二人は太平洋を一望できる半月形のパティオに出た。午後二時、海をきらめかせる陽射しがまぶしかった。サングラスをかけていても、サムの表情はよく見えなかった。

「九歳で来たときは豪華できれいなお屋敷だって感激したけど、いまは滑稽に思える」

「どうして？　ハーストはうなるほど金を持ってた。だから自分が望むとおりの世界を造った。シマウマがいて、プールがあって、ブーゲンビリアが咲き乱れていて、ピクニックができて、誰も死なない。僕らがやってることとそう違わないよな」

「だいじょうぶ？」セイディは尋ねた。

「なんで？」

「わからない」

「たしかに、前はきみを愛してた」サムは言った。「これからも僕なりのやり方できみを愛していく。でも、僕らはうまくいかない。何年も前から気づいていた」

「そうね」

「恋人同士になるはずだったなら、とうの昔にどっちかが行動を起こしてたはずだ。そうだろう？」

「そうね」

「ただ、誰より信頼してる仕事仲間二人から隠し事をされてたなんて、妙な気分だ」サムは言った。

「僕がそこまで気にするだろうって勝手に決めつけるなんて、失礼な話だと思う」

「たぶんマークスは」セイディは言った。「サムが傷つくだろうって心配したんだよ。それに最初は、どこまで本気の交際になるのか自分たちにもわからなかった。長続きしなかったら、サムの気持ちを振り回すことになるんじゃないかと思った」

「どうやら本気だって、いまはわかったってこと？」

「〝本気〟って言葉をそういう風に言われると、伝染病か何かみたい」

「〝本気〟って言葉を先に使ったのはきみだ」

「言い方の話」

「どうやら本気だって、いまはわかったってこと？」サムは繰り返した。

「そう。いまはわかった」

セイディはサムの表情を探った。話をしているあいだに太陽の角度が変わり、いまはサムの顔が見える。サムは二十七歳で、口髭をたくわえている。だがセイディの目に映るのは病院で初めて会ったころのあの少年で、そんな彼を見ていると、心のなかのしこりが自然とほぐれていくのがわかった。大人のサムを嫌いになるのは簡単だ。しかしそのうわべのすぐ下に隠れている少年となると、そうはいかない。声は冷ややかでそっけないが、額には浅い皺が刻まれている。口もとは決意を示すように結ばれている。苦い薬をのめと言われ、不満を口にするまいと決めているかのようだ。顔の表情は、切断手術前を思わせた。病室にセイディが入ってきたことに気づかずにいたときの表情。激しい痛みをこらえているのは明らかだった。まばたきをせずにどこかを凝視し、顎をゆるめて口で静かに呼吸していた。野生の動物のようだった。一瞬、それがサムだとわからなかった。あれほどよく知っていた顔、サムのものとして記憶に刻まれている顔は、どこにもなかった。やがてセイディに気づいたサムが微笑み、まるで仮面を着けたように、瞬時にいつものサムに戻った。「来てくれたんだね！」

「あいつがきみを好きになること自体は意外じゃない」サムは言った。「前からずっときみが好きだったから。あの最初の夏、〔イチゴ〕を作ったとき、きみのことを訊かれた。僕は、セイディがおまえみたいな奴を好きになるなんてありえないって言ったよ。そうか、僕の読みがはずれたのは意外と言えるかも」

「どうしてマークスを好きにならないと思った？」訊いてはいけないと思いながらもセイディはそう訊いた。

「あいつは退屈な人間だから」サムは肩をすくめた。マークスが退屈であることに反論の余地はないというようだった。「つきあう相手がころころ替わるのは、そのせいだ。すぐに相手に飽きる。でも、問題は相手じゃない。マークスが退屈な人間だからだ」

「サムってほんといやな奴」セイディは言った。「マークスはサムを愛してるんだよ。なのにどうしてそんなひどいことばかり言えるの？」

「事実を述べるのはひどくも何ともない」

「事実じゃないでしょ。それに、事実を述べるのは残酷って場合もある」

「ハーヴァードで〈ヘレニズム文化における英雄の概念〉って授業を一緒に取ってたんだけど、『イリアス』のどの場面があいつのお気に入りだったと思う？」

「そんなの知るわけないでしょ」セイディはこみ上げてくるいらだちを押し隠しながら言った。

「結末だよ。あのおそろしく退屈な結末だ。〝こうして、なんちゃらかんちゃら、〝馬を馴らす者〟ヘクトールの葬儀が営まれましたとさ、ちゃんちゃん〟。ヘクトールは退屈な男だ。アキレウスとは違う。マークスはヘクトールなみに退屈な人間だから、すっかり心酔しちまったわけさ」

マークスがパティオに現れた。「何の話をしてる？」

「『イリアス』の結末の話」

「あれは最高だよな」マークスが言った。

「どうして最高だと思うの？」セイディが訊く。

「完璧だから」マークスは答えた。「〝馬を馴らす者〟は地道な職業だ。あの結末は、神や王でなくても敬意を払うに値する人生を送れることを物語ってる」

「ヘクトールは私たち」セイディは言った。

「そう、ヘクトールは俺たちだ」マークスが言う。

「ヘクトールはマークスだ」サムが言った。「退屈な人間だよ」咳払いをする。「マークスは名刺に〝馬を馴らす者〟って肩書きを刷っておくといいんじゃないの」

その夜はサンシメオン近くに宿を取り、残りの道のりは翌朝行くことにした。最初に見つけたホテルにチェックインした。建物は古くてエアコンなしだった。その晩はカリフォルニア中部沿岸にしては気温が高く、窓を開け放っていても客室は風通しが悪くて寝苦しかった。

翌朝、駐車場に出てきたサムは、黒い巻き毛を剃り落として丸刈りになっていた。「どうした？」マークスは訊き、サムの坊主頭をなでた。

「暑くてさ」サムは言った。

「似合うよ」マークスが言う。「な？」

セイディに向けた何らかのメッセージなのは確かだろう。しかし、いちいち頭をひねって解読なんかしていられないと思った。そう考えるのは自分勝手で狭量なのだろうが、サムの行動にはいつも何らかの思惑が隠されている。サムのやることは迷路みたいなもので、さあ解いてみろとセイディに挑んでくる。まったく面倒くさい人間だ。「うん、似合う。さっそく出発しようよ」

「美的なこだわりじゃない」サムが言った。恥ずかしがっているようにさえ見えた。「暑かったんだよ、ほんとに」

てないよ」

「たしかに」セイディは言った。「私たちの部屋も暑かったけど、二人とも髪型は昨日の夜と変わってないよ」

セイディに言わせれば、サムがすることはどれも美的なこだわりの結果だ。カリフォルニアに来てすぐ、サムは〝サムソン・メイザー（Masur）〟から〝サム・メイザー（Mazer）〟に改名する法的手続きを取った。その理由を本人はこう説明した――もともと〝メイザー（Masur）〟という名前に特別の愛着はないし、〝メイザー（Mazer）〟のほうがマスター・ビルダー・オブ・ワールドにふさわしいと思うから。一年ほど前からは、マドンナやプリンスのように、〝メイザー〟とだけ呼んでくれとセイディやマークスに頼むようになった。「プライベートな場ではサムでもかまわないけど」サムはセイディにそう言った。「公の場では〝メイザー〟で通したいんだ。いまはそれが僕の名前だから」

メイザーは〈メープルワールド〉のプロモーションに飛び回った。ショーマンの自分を愛しているようだった。熱狂するファンの前でゲームのいまについて熱弁を振るうのが好きだった。慢性の痛みから解放されたこともあって、〈イチゴ〉のころより手際が鮮やかになっていた。プロモーション期間が延びるにつれ、サムは外見をメイヤー・メイザーとは似つかない方向に変え始めた。ポケットに〈Ｍａｚｅｒ〉の縫い取りがついたデニムのオーバーオールと白いアンダーシャツが定番の衣装になった。深緑色のブレトン帽をかぶることもあった。長年、サムは足の障害を隠そうとしてきたのに、人前に出るときにはかならずステッキを持つようになった。そのステッキを、ものを指したり、人を払ったり、身振りに威厳を持たせるのに使った。少し前には歯列矯正を始め、眼鏡からコンタクトレンズに変えた。生まれて初めてウェイトトレーニングをするようになり、まるでレスラーのようにたくましい体を作り上げた。右上腕にはタトゥーも入れた――〈オンマ〉の文字（ハングルで。韓国語で〝お母さん〟という意味）と、黄色い頭とピンクのリボンのミズ・パックマン。サムが演出したメイザーのイメージは、〔メープルワールド〕でのアバター、メイヤー・メイザーと同じくゲーマーのアイコンになった。二〇〇二年ごろのメイザーは、一九九七年ごろのサムとは別人だった。

そしてついに髪の毛までなくなった。セイディが運転し、マークスは助手席で眠り、サムは後部シートに乗っていた。セイディはバックミラー越しにサムをちらりと見た。初めてサムと会ったとき、サムを描くには円だけあればいけるとセイディは思った。眼鏡、顔、髪。認めざるをえない。円を連ねたような髪の毛がないのはさびしかった。サムがセイディの視線を一瞬だけとらえたが、すぐに目をそらした。それからブレトン帽をかぶった。

セイディとマークスが交際を公にしたのを境に、セイディとサムの仕事上の関係はますます悪化した。ある意味では予想どおりと言えるだろう。争いの種はそれまでと変わらなかったが、言葉選びに遠慮がなくなった。

セイディは〔メープルワールド〕の運用にもプロモーションにもあまり関心がなかった。アンフェア・ゲームズの〝顔〟になる気はまったくないから、そういった役割を進んでサムにまかせた。そんなことより新作ゲームの制作に戻りたかった。〔ボース・サイズ〕や〔メープルワールド〕、〔イチゴ〕を軽々と追い越すようなゲームを作りたい。

サムのほうは〔メープルワールド〕の構築プロセスを存分に楽しみ、次は〔イチゴ〕の続篇を作りたいと思っていた。「世の中の全員が僕らに注目してるんだよ、セイディ。しかも、人手も資金も好きなように使えるんだ。〔イチゴ〕の新作を出すには願ってもないチャンスだよ」

「〔イチゴ〕の新作なんか、四十歳くらいになるまで作らないからね、サム。私はサムとは違うの。同じことを繰り返してもちっとも楽しくない」

「せっかくの成功をいつもそうやって切り捨てようとするのはなんでだよ？　新しいものにしか興味

を示さないのはどうして？　そこまでいくと病的だよ」

「そっちこそ、まだやったことがないものに取り組むのをどうしてそこまで怖がるの？」

どこまでいっても平行線だった。

セイディが作りたいのは〈マスター・オブ・ザ・レヴェルズ〉というゲームだった。エリザベス女王時代のロンドンを舞台に、劇作家クリストファー・マーロウ殺害の謎に挑むという内容だ。着想のきっかけは、劇場や演劇を題材にしたおもしろいゲームは一つもないという何気ない一言だった。

セイディに内容を説明された瞬間から、サムは〈マスター・オブ・ザ・レヴェルズ〉のアイデアに猛然と反発した。インテリぶっていて、一般のゲーマーにはまったく受け入れられないと思った。

それでもセイディは〈マスター・オブ・ザ・レヴェルズ〉を二人の次作にしたいと言い張った。

「本気で言ってるとは思えないな、セイディ。ふつうの人はシェイクスピアが大嫌いだ。歴史だって嫌いだ。それにきみの言う世界はダークすぎる。何をそんなにむきになってるわけ？」

「〈メープルワールド〉みたいなお子様向けのゲームばかり作っていたくない」

「〈メープルワールド〉はお子様向けじゃない。〈ボース・サイズ〉で学ばなかったのか？　あれと同じ最悪なことをまた繰り返したがってるようにしか見えないよ」サムは言った。「どうかしてる」

「ひどすぎる」セイディは言った。「それに、とにかく一般受けするゲームじゃなくちゃだめってこと？　ゲームを作る目的はそれだけなの？　答えてよ」

「売れなくちゃ意味ないだろ。何百万ドルも注ぎこむんだから。ついでに言えば、僕らの命にはかぎりがある。無限に時間があるわけじゃない」

「全部が全部、〈メープルワールド〉じゃなくたっていいはずだよ、サム。全部のゲームがこの世の全員に受けなくたっていいはず」

「こんな話、いいかげんに飽きてきたよ」

「こっちの台詞だよ」

「きみは本当に偉そうな奴だな、セイディ」

「そっちは大衆受けしか頭にない守銭奴じゃない」

このころには二人のやりとりは二階で作業している全員に筒抜けになっていた。

「どうしてもそのゲームが作りたいなら、一人でやれよ」サムが言った。

「わかった。一人で作るよ。そう言ってくれないかって実は期待してた」

「一人でやるなんて無理だって知ってるよな！　僕がプロデューサーとして承認しなくちゃいけないんだから！」アンフェア・ゲームズ社の創立に当たり、サムとセイディとマークスは、すべてのゲームについて、三人のうち最低二人の承認がなくては制作を開始できないというルールを決めていた。

「きみ一人じゃ決められないんだよ」

「マークスが承認してくれる」

「ああ、そうだろうよ」

「マークスが承認してくれるのは、これがすごくいいゲームになるからだよ、サム」

「マークスが承認するのは、何でもかんでもきみの味方をするからだろ。きみと寝てるからだ」

「出てって」

「いやだね」サムは言った。

セイディはサムを力尽くで廊下に追い出した。

「出てって！」

「馬を馴らす者の意見を聞いてみようじゃないか」サムは言った。「いますぐ決着をつけよう」

セイディはサムを押しのけ、二人はマークスのオフィスに入った。

「もう新作のアイデアは聞いてるよな」サムは言った。「〈マスターベーター・オブ・ザ・レヴェルズ」の構想」

「最低」セイディが言う。

「ああ、聞いてる」マークスが言った。

「まるで話にならないと思う」サムが続けた。「制作費を数百万ドルもかけた『エミリー・ブラスター』だよ」

「私じゃなくてほかの人のアイデアでも、そういう小馬鹿にした言い方をするわけ？」

「僕は関わりたくない。そもそもそんなゲームを作るべきじゃない」サムはマークスに言った。「金をどぶに捨てるようなものだ。おまえがどっちに票を入れるかで決まる……客観的に判断できるとも思えないがね」

「俺はいいゲームになりそうだと思う」マークスは言った。

「意外や意外」サムは皮肉めいた調子で言った。

サムは出ていき、自分のオフィスに入ってドアを叩きつけるように閉めた。

「一件落着」セイディの頰は紅潮していた。「マークスが同意してくれれば、私が次に作るのは『マスター・オブ・ザ・レヴェルズ』で決まり。サムなしでやるね」セイディは一人うなずいた。「サムにはもうつきあいきれない」

そしてセイディもマークスのオフィスを出て自分のオフィスに戻った。

どちらを追うべきか、マークスは一瞬迷った。廊下を右に進んでサムのオフィスに向かった。ドアをノックした。

「話したいことはあるか？」

「おまえはプッシーに目がくらんでるんだ」サムは言った。「僕は言ったよな、一九九六年に。セイディとつきあうのはよせって。あれは力の均衡だか何だかが崩れると思ったからだ」

「相手にしてられないな」マークスは言った。「おまえの言うことは子供じみてるし、失礼だ。アンフェア・ゲームズは俺の会社でもあるんだぞ。やる価値がないと思うなら、やろうなんて言わない。初めてセイディに聞いたときから〔マスター・オブ・ザ・レヴェルズ〕は行けるんじゃないかと思ってる。エリザベス女王時代の演劇界。クリストファー・マーロウの死の謎。奥行きのあるディテールだし、奥行きのある世界ができあがるんじゃないかと思う。セイディが構想してるようなゲームなら、たとえゲーム熱が高じた高校生二人が持ちこんだコンセプトでも、俺は興味を持ったよ。昔から演劇をテーマにしたゲームを作ってみたいと思ってたし」

サムは首を振り、溜め息をついた。「マークス、僕だって少しくらいはセイディのことを知ってるんだよ。〔マスター・オブ・ザ・レヴェルズ〕は、セイディの悪いところが全部出たみたいなゲームだ。さっきは〔エミリー・ブラスター〕みたいだって言ったけど、はっきり言って〔ソリューション〕だ」

「俺もおまえも〔ソリューション〕は気に入ってたよな」

「大学生の子供にはちょうどいいゲームだ。同級生の神経を逆なでするにはぴったりだ。しかも制作費がかからないなら」

マークスはサムの指摘にしばし考えをめぐらせた。「〔ソリューション〕に似てるとは思わないな」

「セイディはダークで知的なゲームを作りたがってる。世間に自分を認めさせたいからだ。ドーヴみたいな連中に認めてもらいたいんだよ。〔ボース・サイズ〕をけなした連中の歓心を取り戻そうとしてる。セイディを一番引き立てる色は、黒《ダーク》じゃないのに」

「それはどうかな、サム。どの色もみんな試してみる価値があるんじゃないか。これは仕事仲間としての意見だ。それに、今度のゲームはいいものになるかもしれない。最初にその話をしたときのセイディの顔を見せてやりたかったな。ものすごく興奮してた」

サムはマークスを見た。その瞬間、マークスに対して軽蔑の気持ちが湧いた。おまえなら相手はよりどりみどりだろうに、どうしてよりによってセイディ・グリーンを選んだ？

ベッドのなかの二人が脳裏に浮かぶ。クラウネリーナにいる二人。セイディが目を覚まし、向きを変えてマークスを見る。〝いいアイデアがある〟。そして「マスター・オブ・ザ・レヴェルズ」の構想をマークスに話す。気持ちが高揚しているときにいつもやるように両手をひらひらと動かし、マシンガンのように言葉を連射する。ベッドを出て部屋のなかを歩き回る。何かすばらしいことを思いついたときはじっとしていられないからだ。セイディのアイデアを最初に聞くのがサムではなかったことが、これまで一度でもあっただろうか。

「ともかく、僕はかまわないよ、マークス」サムは言った。「セイディが何をやろうと僕の知ったことじゃない」

その夜、セイディのアパートで、マークスは尋ねた――本当に「マスター・オブ・ザ・レヴェルズ」を作りたいのか、サム抜きでいいのか。

「私一人じゃ無理だと思って言ってる？」セイディは喧嘩腰に言った。

「まさか、そんな風には思ってない」マークスは言った。

「言っとくけど、サムと一緒に作るようになるずっと前から私は一人でゲームを作ってたんだよ」

「それは知ってる。ただ」――マークスは慎重に言葉を選んだ――「二人一緒に作ったゲームには、特別なエネルギーが宿るような気がするから」

「最近はろくに話もしない」セイディは言った。「たまに話しても、お世辞にもクリエイティブな会話にならない。アンフェア・ゲームズのみんなには筒抜けになっちゃってると思うけど。しばらく前から険悪な雰囲気なんだ。この状態で一緒にゲームを作るなんて無理。サムは「マスター・オブ・ザ

・レヴェルズ」のコンセプトが心底気に食わないみたいで、私のほうはすごく気に入ってるから、一緒に作業しようものなら殺し合いになりかねない。このまま喧嘩別れってことはないと思う。でも、このへんでしばらく冷却期間を置かないと、二度とお互いを好きになれないんじゃないかと思うの。もしかしたら、サムじゃなくて私の問題なのかもしれない。だけど自分一人の力で何かやってみたいの。私の作品ですって胸を張れるようなものを作りたい。結果がどうあれ、サムの作品だとは誰にも言えないような作品を」
「気持ちはわかる。俺はきみを応援するよ。〔マスター・オブ・ザ・レヴェルズ〕、セイディ・グリーン制作。広く世に伝えよ！　ただ、一つ訊いておきたいことがある。俺はずっとそばで見てるつもりだったけど、きみとサムのあいだで何があったのかちゃんとは知らない。前はあんなに仲がよかっただろう。ゾーイなんて、二人に何かさせたいなら、きみにはサムのため、サムにはきみのためって言えばいいって言ってたくらいだ」

「原因は一つじゃない」セイディは言った。「私もずっと原因は一つだと思ってたけど……何もかもが原因なの」

「でも、具体的に何かあったわけだ」マークスは引かなかった。

「話したら笑われるかも。サムに話したら頭がおかしいって言われた。ドーヴに〔ユリシーズ〕を貸してほしいって頼んだときのこと、覚えてる？　ドーヴが指導教官でボーイフレンドだなんて知らなかったってサムは言ってたけど、ちゃんと知ってたってあとでわかったの」

「知ってた？　どうやって？」

「あのときサムとマークスがプレイしてたゲームのCD。あれにドーヴがサインしてた」

セイディは自分のデスクから問題のCDを取ってきてマークスに見せた。マークスは献辞に目を走らせた。「うわあ。ドーヴって奴はマジで最悪だな」

「だよね」

「で、どういうこと？　サムが知ってると何が違ってくる？」

「サムは私の幸せより『イチゴ』の完成を優先した。何年もずっと、私はその正反対だったのに――私たちの作品も大事だけど、それ以上にサムが大事だと思ってたのに。裏切られてたんだとわかった瞬間、サムはいつだってほかの何よりもゲームとサム自身を優先してたって気づいたの」

「サムはそういう奴だ」マークスは言った。「きみたちはそう大きく違わない。ゲームのことしか頭にないのは二人とも同じだ」

「一緒にしないで。私がカリフォルニアに移ってきたのはサムのため。もちろん、ほかにもいろいろ理由はあるけど、マークスも私もカリフォルニアに移ってきた一番の理由はサムだった」

「話を蒸し返すようだけど、サムのほうもカリフォルニアに来る理由の一つはきみだと思ってた。きみを心配してた。ドーヴとの関係を……」

「そんな話、私は聞いたことがない」セイディは言った。「そんなのありえないと思うけど」

「サムと俺のあいだでは話してた」マークスが言った。「何度も」

セイディは首を振った。

「それに、セイディ、いまさら言っても何も変わらないかもしれないけど、『デッド・シー』のCD-ROMをサムは見てないんじゃないかな。あの日のことはよく覚えてる。きみは寝室で仮眠を取ってて、サムは持ってるゲームを残らず確かめて、『イチゴ』のグラフィックデザインの参考にできそうなものを探してた。サムが自分のゲームをひととおり見終わったことに気づいて、俺がきみの棚からほかのゲームを持ってきた。立ち上がって『デッド・シー』をドライブにセットしたのは、間違いなく俺だ。サムの足が心配で、立ったり座ったりは俺が引き受けてたから。俺はCDの献辞は見なかったし、目にするタイミングはサムにもなかったはずだ」

それが本当ならマークスの気持ちは楽になるだろうが、実際はそうではなかったとセイディは確信していた。

「その件だけじゃないんだろうけど、でも……」マークスが続けた。

「その件だけじゃない。［イチゴII］のこともある。サムはいつでも手柄を独り占めしようとする。でも、さっきも言ったけど、これはサムの問題でさえないのかも。私は自分が作りましたって胸を張れるゲームを作りたいだけで、サムと話し合って了解をもらいたいわけじゃない。私はまだ二十六歳なんだよ、マークス。この先一生、ちょっと何かしたくなるたびにサムと交渉しなくちゃいけないなんて、おかしいよね」

電話が鳴って、マークスが出た。物件探しを依頼している不動産業者からだった。クラウネリーナのセイディの賃貸契約はまもなく期限を迎える。そこで二人はヴェニスの物件の交渉を依頼していた。アボットキニー大通りの東側に位置する、灰とも紫ともつかない色をした、風雨でだいぶ傷みの進んだ下見張りの二階建ての家だ。ロサンゼルスのほとんどの不動産と同様、一九二〇年代の建築で、手すりのない階段は危なっかしく、フランス戸だらけで、床は幅広の板張り、リビングルームの天井はA形をしていて教会のように見える。（実際、悟りと解脱の境地に至る道のりで南カリフォルニアに数多く出現したカルトのうちの一つが、その家を拠点にしていた時期があった。）住めなくもないぎりぎりの老朽化具合が人を惹きつける家だった。前庭のヤシの木を高さ一〇メートルのブーゲンビリアが絞め殺しにかかっている。敷地を取り巻くフェンスはところどころで四十五度の角度にかたむいている。屋根は近いうちに修繕が必要になりそうだ。不動産物件簿では〝ボーホーの夢〟というキャッチフレーズがついていた――〝ボーホー〟本来の〝ボヘミアン向け〟との意味合いというより、〝修繕費がかかりそうなわりに強気の売値設定〟の暗喩だろう。マークスは不動産業者とやりとりしたあと、受話口を手で覆ってセイディのほうを振り返った。

「提示額をもう少し上げられないかって」

物件探しをするなかで、セイディとマークスはいくつかの家を買い逃していた。カリフォルニアの不動産売買は短期決戦だ。だから、いちいちがっかりしなくなっていたし、特定の物件に思い入れを抱かないようにもなっている。「すてきな家だよね」セイディは言った。「でも、ほかにも物件はいくらでもある。マークスしだいかな」

「俺は気に入ってる」マークスは言った。「あれこそ俺たちの家だって気がしてる」

「それなら」セイディは言った。「提示額を少しだけ上げてみて、なりゆきにまかせよう」

数日後、売買契約が成立した。

そして二カ月後、杭がまっすぐに直され、錠前が交換され、膨大な書類に署名がされて、二人は新居に引っ越した。

「きみを抱き上げて入るべきかな（花婿が花嫁を抱いて新居に入ると縁起がよいとされている）」

「結婚したわけじゃないから、自分の足で歩いて入る」セイディは言った。

玄関の鍵を開け、家のなかを通り抜けて、小さな裏庭に出た。季節は秋だった。三本ある実のなる木のうち、二本がちょうど果実をつけていた。冬柿とグアバだ。

「セイディ、見ろよ。柿の木だ！　俺の一番好きな果物だよ」マークスは丸々とした橙色の柿の実をもぎ、シロアリ駆除済みのウッドデッキに腰を下ろすと、さっそくかぶりついた。汁が顎を伝った。

「すごい幸運だよな」マークスは言った。「家を買ったら、俺の一番好きな果物の木がついてきたわけだから」

サムはよくこんなことを言っていた。マークスほど運のいい人間をほかに知らない。恋愛でも、仕事でも、外見でも、人生でも恵まれている。しかしセイディは、マークスという人を知るにつれて、マークスはなぜ運がいいのか、サムは本当には理解していないのではないかと思い始めた。マークスが運がいいのは、すべての物事を幸運の結果と見るからだ。もともと好きな果物は柿だったのか、新しく買った家の裏庭に柿の木があったから好きな果物が柿になったのか。誰にも本当のところはわからない。ただし、マークスがこれまで柿の話をしたことがなかったことだけは確かだ。この人を好きにならずにいられるわけがない。セイディはあらためてそう思った。「食べる前に洗ったほうがよくない？」

「うちの木だよ。俺の手垢以外、汚れなんてついてないさ」マークスは言った。

「鳥はいるでしょ」

「鳥くらい平気だよ、セイディ。きみも食べてごらんよ」マークスは立ち上がり、柿をさらに二つもいだ。一つは自分に、もう一つはセイディに。家の横手の蛇口でさっと実を洗い、一つをセイディに差し出した。「食べて。冬柿は一年おきにしか実をつけない」

セイディは一口かじった。優しい甘さが口に広がった。果肉は、桃とカンタロープの中間のような歯触りだった。セイディのお気に入りの果物も、これからは柿——だろうか。

3

むかしむかし、偉大なるシミュレーター〔メープルワールド〕外の世界で、サンフランシスコ市長が同性婚を認め、市庁舎で結婚式と結婚証明書の発行を開始するよう指示を出した。バレンタインデーの数日前というタイミングだった。サイモンとアントは〔カウンターパート・ハイ——ジュニア・イヤー〕開発の大詰めを迎えていた。二人とも興味深い政治判断だと思いつつも、自分たちに直接関係する問題として結婚について話し合ったことはなかった。たとえ結婚したいと考えていたとしても、仕事を一休みするには最悪のタイミングだった。〔CPH3〕のテストプレイは予定を大幅に超過していたし、今回から追加された要素が多すぎて、ゲームはバグだらけだった。公表されている発売日にどうにか間に合わせようと、二人は一日十八時間ペースで働いていた。

「だけどさ、行ったほうがいいと思う？」サイモンが言った。朝の四時、アントの運転でアパートに帰る車中だった。帰ると言っても、シャワーを浴び、着替えをし、うまくいけば一時間か二時間の仮眠を取るだけだ。

「行くって、どこに？」アントがあくびまじりに訊く。

「サンフランシスコ」

「何しに？」

「結婚しに」

「結婚する気があるなんて知らなかったな」

「これまでは結婚って選択肢がなかったろ」サイモンは言った。「選択肢がないうちは、自分がそれを欲しがってるなんて気づきようがない」

「ゲームを完成させるのが先だ。それ以外のことを考えるのはそのあとだ」

「そうだな。そりゃそうだ」

午前八時、二人はアンフェア・ゲームズに戻る車中で大渋滞にはまっていた。

「トーシュルスパニックを感じる」サイモンが言った。このときハンドルを握っていたのはサイモンで、アントは助手席で睡眠不足を少しでも補おうとしていた。

「よせ」アントは目を閉じたまま言った。「二時間しか眠ってないときにドイツ語はやめてくれ」

「結婚証明書の授与がいつまた停止されるかわからないよな」サイモンは言った。「ワームホール・ロマンス・ゲームなんか作ってる間《ま》に、現実世界で結婚するチャンスを完全に逃しちまうかも」

「寝かせてくれよ、サイモン」

「わかったよ。寝てろよ」

二分後、アントは片方の目を開いた。「サイモンが伝統にこだわるタイプとは知らなかった。次は白い杭垣《くいがき》のある家がほしいとか言い出しそうだな」

「サンタモニカかカルヴァーシティの一軒家って意味で言ってるなら、はずれてはいないな。ウェストハリウッドと会社を車で行ったり来たりするのにはもううんざりだ」

午前三時、アントの運転で帰宅の途についた。

「僕はどうやらサンフランシスコに行きたいらしい」サイモンが打ち明けるように言った。そう思っている自分に腹を立てているような調子だった。「一緒に来てくれるか、アントニオ・ルイス?」

二人が出会ったのは六年前、大学一年生のときのキャラクター・アニメーションの授業だった。当初、アントはサイモンに何も感じていなかった。筋骨隆々のランプの精霊みたいな見かけだ、自分のタイプじゃないなと思っただけだった。外見だけではない。サイモンは不愉快な奴でもあった。教授の間違いを指摘し、アメリカのアニメ映画をひとまとめにして見下し、ドイツ語の長ったらしい単語を乱発し、誰も知らない映画を引き合いに出し、リーフブロワーみたいな声で笑った。

二週目の授業で、サイモンは二十秒アニメの最初の作品を発表した。『ジ・アント』は、意地悪そうな子供が拡大鏡をアリ《アント》にかざしているところから始まる。カメラはアリをクローズアップで映し出す。アリは革ジャケットを着て、人をバカにしたように目を回してばかりいる、粋がった〝意識高い系〟だった。アリは実存について熟慮の末に出した自分なりの結論を気取った口調で語り出すが、やがて派手に燃え上がる。クラスの誰も好意的な感想を述べなかった。アントはこれほどセンスのいい学生作品は初めて見たと思ったが、相互評価の時間に発言するのは苦手だった。授業が終わってから、サイモンを呼び止めた。「すごくよかった」

「ありがとう」サイモンは応じた。「ちなみにあのキャラクターのモデルはきみだよ」

アントはうんざり顔で目を回し、革ジャケットのファスナーを上げた。「反応に困るな」

「最後の燃えるところはともかく、それ以外の部分はそうだ。セクシーなアリ」サイモンは微笑んだ。これまで見えなかったえくぼができた。アントは思った——うわあ、笑うとチャーミングだな。

マークスに頼んで一緒にサンフランシスコに行ってもらうことにした。証人が必要だった場合に備えてというのもあったが、一緒なら、ゲーム開発の最終段階で抜け出してもマークスに叱られずにすむだろうという魂胆もあった。マークスが行くと決まると、セイディも一緒に来ると言い出した——だって、誰かが写真を撮らなくちゃ。さらに、ほかの全員が行くうえに、市政という観点でも歴史の観点からも画期的なイベントを見逃すわけにはいかないと、メープルタウンの町長も参列を表明した。

五人は火曜の朝の飛行機でサンフランシスコに飛んだ。市庁舎に着いてみると、カップルの列は建物をぐるりと取り囲んで伸びていて、時間がたつごとにその列はさらに長くなった。肌寒い小雨の天気ではあったが、大人の音楽フェスといった雰囲気——コーチェラではなくニューポート・ジャズ・フェスティバルのような静かな盛り上がり——と、交通裁判所の目の回るようなあわただしさが入り交じっていた。結婚証明書の発行は予告なしに停止されてしまうのでは、警察や弁護士、同性愛嫌悪の活動家が集まってきて何もかもをぶち壊すのではと、サイモンはしきりに不安がっていた。「トーシュルスパニック」サイモンはまたそう言った。

「ふむ」サムが言った。「聞こうじゃないか」

「こいつをいい気にさせないでくださいよ」アントが言った。

「トーシュルスパニックって何だ？」サムは訊いた。

「〝閉まるゲートの恐怖〟って意味です」サイモンが答える。「時間切れが迫ってるんじゃないか、チャンスを逃すんじゃないかって恐怖。文字どおりに解釈すれば、ゲートが閉まり始めてて、このまま二度と入れなくなりそうだって恐怖です」

「わかる」サムは言った。「その感覚は僕にもつねにあるから」

雨が本降りになり、サムとセイディが雨傘の調達に行くことになった。毎日が晴天のロサンゼルスっ子一同は誰一人、傘を持ってこようなどとは思いつかなかったのだ。市庁舎のすぐ前の露店の傘は売り切れていて、グローヴ・ストリートまで歩くしかなかった。次に見つけた露店はいまにも壊れそうな中古か盗品らしき傘しか置いていなかった。友達の結婚式なんだ、もっとましな傘じゃないと。二人はそう言い合った。さらに七〇〇メートルほど先のスポーツ用品店に入ると、ゴルフの観客向けのやたらに大きな傘があった。このころにはサムもセイディもずぶ濡れになっていて、こんなことなら七〇〇メートル手前のおんぼろ傘で手を打っておくべきだったと二人の意見が一致した。お互い、どうしていつも適当なところで妥協できないんだろうねと冗談を言い合った。しかたなく巨大なゴルフ傘を三本買った。そのうちの二本を差して市庁舎までいま来た道を戻った。

三十秒ほど歩いたところで、直径一・五メートルもある巨大な傘を二つ広げていては歩道を並んで歩けないとわかった。セイディは、傘を閉じてこっちの傘に入ってとサムに言い、腕をサムに差し出した。腕を貸してくれるのは和解の申し出だとサムは解釈し、〔マスター・オブ・ザ・レヴェルズ〕の一部を見せてもらったよと切り出した。「彩度を思い切り下げたカラースキームがいいね。モノクロともまた違って、すごく格好いい。みごとだ」

「ありがと」セイディは言った。「そう言ってもらえてうれしい。あれだけけなされたあとだし」

「けなしたわけじゃない」サムは言った。「だいいち、僕の意見なんて関係なかったわけだろ？　僕が何を言おうとあのゲームを作るつもりでいた。現に作ってる。それでよかったんだ」

「じゃあ、〔マスター・オブ・ザ・レヴェルズ〕はアンフェア・ゲームズ史上最悪のアイデアだとは思わないってこと？　これ一本で会社がつぶれるようなことにはならないと思う？」

サムはうなずいた。

四時間後、サイモンとアントはその日に式を挙げた二百十一組目のカップルになった。結婚式のあとは全員が空腹を訴え、近所で見つけた点心の店に行き、せいろで運ばれてくる料理を腹いっぱい詰め込んだ。マークスは法外な値のついた安シャンパンをボトルで注文し、サムと同じく長々しいスピーチをぶつのが好きなサイモンが乾杯の音頭を取った。「僕らの結婚式のために休暇を取ってくれた、友人であり同僚である三人に感謝します。僕らの〔CPH〕をプロデュースしてくれていることにも。やっぱり〝ドッペルゲンガー・ハイ〟ってタイトルにしておくべきだったたって、みんな思ってると思いますけど」

「見解の相違を認めろ！」マークスが言った。

「僕が一番好きなドイツ語は〝ドッペルゲンガー〟だとみんな思ってると思いますけど」サイモンは続けた。「違います。〝ツヴァイザムカイト〟です」

「もう一つのタイトル候補は〝ツヴァイザムカイト・ハイ〟だったんですよ」アントが口をはさむ。

「やめとけって言いました」

「ありがたや」サムが小声で言った。

「〝ツヴァイザムカイト〟は、大勢と一緒にいるときに感じる孤独を指します」サイモンは向きを変えて夫の目をのぞきこんだ。「きみと出会う前、僕はいつもそれを感じてた。家族といても、友達といても、元ボーイフレンドと一緒にいても。いつもそうだったから、生きるってのはそういうものなんだと思ってた。生きるっていうのは、人は根本的に孤独だって事実を受け入れることなんだと」サイモンの目が潤む。「僕はこういう不愉快な人間だし、ドイツ語にせよ結婚にせよ、きみにいろんなことを押しつけちまってるよな。僕に言えるのは、きみを愛してるってことと、結婚してくれてありがとうってことだけだ」

アントがグラスを掲げた。「ツヴァイザムカイトに」

八月に「カウンターパート・ハイ3」が発売になったとき、サイモンとアントはもう婚姻関係になかった。カリフォルニア最高裁判所がサンフランシスコ市の結婚証明書の発行停止命令を出し、それに基づく結婚はすべて無効とされたからだ。これでショックを受けたのは、意外なことに、サイモンよりもアントのほうだった。サイモンにしてみれば、トーシュルスパニックは杞憂《きゆう》でなかったことが証明されただけのことで、この時代のアメリカの社会情勢を思えば、法律上の婚姻関係が無効とされたことにさほどの驚きはなかった。特別なときのためにとだいぶ前に買ってあったコカインをほんの少しやっただけで、すぐに仕事に戻った。「ごめんよ。期待させた分、よけいにがっかりさせることになっちまって」サイモンは、今日は仕事は休むと言ったアントにそう声をかけた。

アントは毛布を頭からかぶった。まず頭に浮かんだのは、ロサンゼルス選出の議員に電話で訴えようということだった。州都サクラメントでデモに参加しよう、新聞に怒りの投書をしよう、論説記事を寄稿しようとも考えたが、結局、自分はデモ向きではなく、デモを組織する気概もなく、そもそも政治的な発言をするタイプでもないという事実を受け入れた。

アントは一週間も会社に出てこなかった。セイディは家まで様子を確かめに行った。「結婚したくらいで何も変わらないと思ってたんです」アントは言った。「実際には大違いだった。いまはだまされたような気分です」

会社に戻ったセイディは、マークスとサムを自分のオフィスに招集した。「〈メープルワールド〉でも結婚できるようにしようよ」

「結婚って制度を信奉してないんじゃなかったの？」マークスが言った。「デジタル世界の無邪気な住人にわざわざ前時代的な制度を押しつけたくなった理由は何？」

「〈メープルワールド〉でしか結婚を認められない人がいると思うから」セイディは答えた。「せっかく自分たちの好きなようにできる世界があるのに、現実の世界の不公平を正さないなんてもったいない」

サービス開始から三年、結婚制度はほかのいくつかの新機能とともに〈メープルワールド〉にひっそりと導入された。現実世界と同様に、〈メープルワールド〉内で結婚すると、二人の所有財産やメープルドル資産を一つに合併できる。〈メープルワールド〉での結婚は、成人二名の合意によって成立すると定義された。身体の性別にもジェンダーにも一言も触れていなかった。〈メープルワールド〉の住人の大半は男女という二種類の区別にこだわっていなかったし、そもそも人間でさえない者も少なくなかったから、性別やジェンダーを要件に盛りこんだところで意味はなかった。メイヤー・

メイザーのようにリベラルな人間もたくさんいたが、エルフやオーク、モンスター、異星人、妖精、バンパイアなど、自然界に存在しない外見を持つノンバイナリーの住人もいた。

ある雨降りの一〇月の朝、［メープルワールド］で開催された〈スペシャル・メープルワールド・イベント〉で、アントニオ・ルイスとサイモン・フリーマンは二度目の結婚式を挙げた。このときはサムとセイディは傘を買いに行かずにすんだ。プログラマーが前の晩のうちに傘を追加してくれていた。

結婚式に本物らしさを与えるため、サムはあらかじめ現実世界で聖職叙任を受けた。サイモンとアントの結婚式を執り行ったメイヤー・メイザーは、ほかにも結婚を希望する者がいれば名乗り出てほしいと呼びかけた。その日の店じまいまでに、二百十一組が式を挙げた。

数週間のうちに、五万人が［メープルワールド］のメンバーシップを解約し、二十万人が新たにユーザー登録した。

ヘイトのメールは即座に始まった。主にサムに対して殺害予告がEメールと郵便の両方で相次いだ。信憑性の高い爆破予告が届き、アンフェア・ゲームズ全社員が午後いっぱい社屋から退避する騒ぎもあった。［メープルワールド］は政治に口出しすべきではないとして、反同性愛団体が［メープルワールド］をボイコットした。サムが人権が関わる深刻な問題をもてあそび、販売促進の材料に使ったとして、人権団体からもボイコットされた。新聞や雑誌は署名入り特殊記事で、メイヤー・メイザー支持を表明し、あるいは不支持を表明した。（『ニューズウィーク』――〈ゲームは政治的立場を鮮明にすべきか？　メイヤー・メイザーはすべきとの立場〉。）サムはテレビのトーク番組にゲスト出演し、文明批評家マーシャル・マクルーハンの次のような言葉を引用した――「人間の遊びは、人間について多くを明らかにする」。

マークスはボディガードを雇った。それからの数週間、ロシア人の元ウェイトリフティング選手、オルガがサムのあとを忠実について回った。

サムは、たとえ卑劣なヘイトメールであっても、自分宛に届いたメールや手紙にできるかぎり返事を書くようにしていた。セイディがオフィスに行くと、サムはデスクで「親愛なるシナとユダヤの混血のホモ・ラヴァーへ」という書き出しの手紙に返事を書いていた。

「わざわざ〝親愛なる〟って書くあたりがちょっとかわいい」セイディは言った。それから手紙を床に放り捨てた。心が痛んだ。結婚制度導入を言い出したのは自分なのに、「メープルワールド」の顔はサムだという理由から、サムがその割を食っている。

しかし、サムはヘイトメールにむしろやる気をかき立てられた。ゲーム内結婚にまつわる経験を経て、「メープルワールド」を通じて政治色をいっそう鮮明にした。それを政治的な声明とはとらえず、望ましい統治のありかたと考えていた。また、大いに有効なプロモーションの手段とも見ていた。ユーザーが銃器店を開くのを禁止し、武器の売買も禁じた。環境保護を推進し、ムスリムのメープルタウニー団体によるイスラム文化センター建設を後押しした。イラク戦争や海底油田掘削に反対する大規模デモを組織した。タウンホール・ミーティングを開き、メープルタウンとアメリカが抱える問題について住人と対話した。議論を呼ぶ問題についてサムが立場を明らかにするたびに、ヘイトメールとアカウントの解約届が殺到する。それでもメープルタウンの人生は続き、その外の世界の人生も続いた。

4

〈マスター・オブ・ザ・レヴェルズ〉の最初のプレイを終えるなり、サムはセイディに電話をかけ、感想を伝えたいからいまから行ってかまわないかと訊いた。労働者の日の連休中のことで、セイディはハンコックパークの祖母の家にいた。自分の家に帰るよりサムの家に行くほうが近かったから、セイディのほうがサムの家に行くことになった。

サンセット大通りを車で走り、〝ハッピー・フット・サッド・フット〟の看板の下を通り過ぎて（〝ハッピー・フット〟側が一瞬見えたが、すぐに〝サッド・フット〟になるタイミングだった）、サムの家がある通りに折れた。サムはロサンゼルスに引っ越してきたとき暮らし始めた家にいまも住んでいた。

「で？」セイディは促した。「感想を聞かせて」

「最悪の気分だ」サムはそこで間を置いた。「このゲームをきみ一人で作らせたのが悔しい」サムは照れ隠しのように微笑んだ。「すごくいいよ、セイディ。これぞアートだ。きみのこれまでの作品で最高の出来だ」

「そう言われるとは思ってなかった」セイディはうれしくて頬が熱くなった。サムにどう思われるか、自分がまだ気にしているとは意外だった。

「どうして？」

「だって、サムの目には自分のアイデアが形になったものしか見えないのかと思ってたから」

セイディを含めたアンフェア・ゲームズの全員が、〔マスター・オブ・ザ・レヴェルズ〕をどう売り出すべきか、頭を悩ませていた。すばらしいゲームではあるが、どうにも衒学《げんがく》的すぎる。〔マスター・オブ・ザ・レヴェルズ〕のストーリーは、クリストファー・マーロウの死に何らかの関わりがあった複数のキャラクターの視点に切り替わりながら進む。マーロウの恋人、ライバル劇作家、マーロウ殺害の謎をリサーチ中の二一世紀のシェイクスピア研究家、クリストファー・マーロウ自身。そしてもう一人、〝王室祝宴局長官《マスター・オブ・ザ・レヴェルズ》〟（兼検閲官）。〔マスター・オブ・ザ・レヴェルズ〕は、インタラクティブな推理ものであり、アクションアドベンチャーものでもあった。セイディはエリザベス女王時代のイングランドを丹精こめて再現し、殺人とその謎解きに加えて、セックスの要素も盛りこまれていた。

　熟慮の末、ゲームの性格をありのままに前面に押し出すことにした。プレスリリースのキャッチフレーズはこうだ――〈〔カウンターパート・ハイ〕のアンフェア・ゲームズと、〔イチゴ〕と〔メープルワールド〕のクリエイターでゲームの未来の予言者であるセイディ・グリーンが新たに送り出す、斬新なアドベンチャーゲーム。〔マスター・オブ・ザ・レヴェルズ〕はこれまでのゲームと何もかもが違います。ミステリーであり、ラブストーリーであり、悲劇でもあるこの新作を、ゲームは芸術たりうると信じるすべてのゲーマーに贈ります〉。

　あいにく、アンフェア・ゲームズ、〔イチゴ〕、〔メープルワールド〕というキーワードを並べたのが裏目に出て、ゲーム専門ジャーナリストは〔マスター・オブ・ザ・レヴェルズ〕もまたサムの作品と思いこんだ。加えて、新作の宣伝ツアーのスケジュールを組み始めたところで、サムが表に出たほうが宣伝効果が高そうだと誰もが気づいた。メイヤー・メイザーのキャラクターとゲーム内結婚制度を巡る騒動のおかげで、サムの知名度はセイディに比べてはるかに高くなっていた。見方によっては「マスター・オブ・ザ・レヴェルズ」はサムのゲームでもある。サムの会社がプロデュースしているし、パッケージにはサムの名前があり、セイディはサムのパートナーだ。マーケティング部は、セイディとサムをそろって宣伝ツアーに送り出すという話をまずマークスのところに持っていった。マークスは、二人が嫌がるかもしれないと答えた。ところが意外にもサムは、それで「マスター・オブ・ザ・レヴェルズ」が売れるなら自分は喜んで引き受けると言った。

マークスは次にセイディの意向を確かめた。セイディは強く反発した。「心がせまいと思われるだろうけど、サムのゲームだと思われたくないから」

「誰もそんなこと思わないさ」マークスは言った。「絶対だ。誰もそうは思わない。サムも、自分はプロデューサーにすぎないとはっきり言うし、あのゲームはきみの頭脳の産物だ」

一一月、サムとセイディは全国を飛び回り、ゲームカンファレンスや販売店を巡って「マスター・オブ・ザ・レヴェルズ」を宣伝した。サムは約束を守って手柄を横取りしなかったが、ジャーナリストはやはりセイディよりサムの話を訊きたがった。「これはメイザーにうかがいたいんですが」とジャーナリストは質問の前に断った。「ゲームは政治的であるべきでしょうか」腹の立つことに、インタビュアーの四人に一人はサムとセイディは恋人同士だと決めつけた。そうではないと聞くと、ジャーナリストはみな当惑したような顔をした。ゲーム業界に、妻でもなく恋人でさえない女と組んで仕事をする男が本当にいるのか？　しかしセイディは冷静さを失わなかった。作品がすべて――そう自分に言い聞かせた。長く記憶に残るのは作品だ。しかしまずはその存在を世間に知らせないかぎり、作品はあっというまに忘れ去られてしまう。

ツアー四日目、セイディはウィルス性胃腸炎にかかった。朝、起き抜けに嘔吐し、昼食後にも嘔吐し、夕食後にも嘔吐した。が、それ以外のときはだいじょうぶ、ゲームの宣伝に支障はないと言い張った。ラスヴェガスのブッフェで食べたカキにあたったのだろうと思った。「海のない土地のブッフェで出された生のカキを食べるなんて無謀だったかも」セイディはサムにそう言った。

二日後、ダラス＝フォートワース国際空港からテキサス州グレープヴァインに車で向かう途中、セイディは停めてとサムに頼んだ。また吐きそうだった。

最近植えられたばかりらしいサルスベリの陰で吐いたあと、そのほうが車に酔わないですむだろうから自分に運転させてと言った。「サムの運転はのろいし」

「セイディ」サムは言った。「妊娠したって可能性はない？　僕の勘定が正しければ、吐くのは三日間でもう七度目だ。カキが原因なら、こんなに長引かないよな」

「ううん、昨日まではカキだったけど、今日のは車酔い」セイディは言い張った。「つわりで吐くのは朝だよね。私は一日中吐いてるわけだから」

ホテルに向かう途中でドラッグストアを見つけた。「ゲータレードと車酔い予防薬を買ってくる」ついでに妊娠検査薬も買った。

グレープヴァインの宿は、いやな予感をさせるほどかわいらしい民宿風のホテルだった。七室ある部屋のそれぞれにテキサスの歴史上の人物の名前がついている。ホテルを手配した旅行業者は、シングル二つではなく、手違いで〝パーカーとバロウズ〟のスイートルーム一室を予約していた。「別のホテルを探そうか」サムが小声で言った。

「いいよ、ここで。だって、テキサスのスイートルームだよ」セイディはささやき返した。「テキサスのものは何から何まで巨大なはずでしょ」

しかし〝パーカーとバロウズ〟は、拍子抜けするほどこぢんまりしていた。小さな寝室が一つ、小さなリビングルームが一つ、そこにソファベッドが一台。そして動線を考えると邪魔でしかない位置に、小さなバスルームが一つ。「最初に入ったハーヴァードの寮がこんなだったな」サムが言った。

部屋に落ち着いて三十分後、セイディはバスルームに入り、空き箱と、スティックを差したグラスを持って出た。「ごめん。こんなもの見たくないよね。でもバスルームの洗面台はせまくて何も置いておけないの。足つきのシンクが一つあるだけ。このホテル、すごくかわいい。見る人全員を殺したくなっちゃう。それに、史上最悪の旅行の連れでごめん」サムは笑った。セイディはソファにサムと並んで腰を下ろした。テレビをつけたらやっていた番組――無人島のツリーハウスで暮らす一家を描いた遠い昔のディズニー映画『スイスファミリーロビンソン』――をそのままながめ、妊娠検査薬の結果が出るのを待った。

先に変化に気づいたのはサムだった。「青い線が二本って、どっち?」そう言いながら空き箱を手に取って説明書きを確かめたが、その意味するところをあらかじめ知っていたセイディは、バスルームに行ってまた吐いた。今回は、どちらかといえば精神的な原因のほうが大きかったが、つわりもそれに便乗した。歯を磨いてからソファに戻り、サムの隣に元どおり座った。コーヒーテーブルに置いてあったセイディの携帯電話が鳴っていた。マークスの名前が画面に表示されているのがサムにも見えた。セイディは留守番サービスに転送されるにまかせた。「木の上で暮らしたい」セイディは言った。「いまだけそうしてもいい?」セイディはサムの肩に頭をもたせかけた。サムは動かず、何も言わなかったが、セイディからはまだ酸っぱいような苦いようなにおいがかすかにしていた。「ゲームストップ本社に行くまで二時間あるね。もし寝ちゃったら、起こして」セイディは言った。

翌月、一二月にはニューヨークに飛んで各誌のインタビューをまとめてこなした。そのうちの一つが『ゲーム・ストーリー』の写真撮影だった。『ゲーム・ストーリー』はサムとセイディを表紙に起用する予定で、大見出しは〈「マスター・オブ・ザ・レヴェルズ」――メイザーとグリーンに裏話を聞く〉だった。撮影はエリザベス女王時代のきらびやかな衣装でとあらかじめ打ち合わせがすんでいた。セイディはエリザベス一世に似せたメイクを施された。サムはウィリアム・シェイクスピアだ。あまりに滑稽で、セイディもサムも笑いが止まらなかった。六十代のイタリア系のカメラマンはゲームに詳しくないようで、二人が何者なのかも知らなかった。

「ご夫婦だよね？」カメラマンが言った。

「彼女は結婚って制度を信奉してないんです」サムが言った。

「そのとおりです。信奉してません」

「子供ができるとまた変わるよ」カメラマンが言った。

「よくそう言いますよね」セイディは言った。

写真撮影が完了するなり、セイディは衣装を脱いでバスルームに走った。

サムがダブレットを脱ごうとしたとき、広告会社の担当者の携帯にメッセージが届いた。「アンフェア・ゲームズって、本社はヴェニスでしたよね。友達からのメッセージなんですけど、ヴェニスのＩＴ会社で乱射事件が起きてるそうです。会社に連絡して、誰も外に出ないよう言ってあげたほうがよさそうですよ」

「怖いな。どの会社ですか」サムは訊いた。ロサンゼルスのシリコンビーチ周辺のどの会社が災難に遭ったにせよ、自分には関係ないできごとだと思った。アンフェア・ゲームズはゲームスタジオであってＩＴ会社ではない。

「いまのところＩＴ系としか」広告会社の女性は言った。

「マークスに電話してみます」サムは言った。「何があったのか知ってるかもしれない」

サムが携帯電話を取り出すと、この十五分のあいだにマークスから七件の不在着信があった。すぐかけ直してみたが、留守電サービスに転送された。会社の固定電話も試したが、西海岸はもう朝のはずなのに、誰も出なかった。

セイディからマークスに連絡してもらおうと、サムは女性用トイレに入った。セイディが吐いている音が聞こえた。個室のドアをノックした。「セイディ?」

「サムソン、なんで女性用のトイレにいるわけ?」

セイディが個室から出てきた。つわりにすっかり慣れ、立ち直るのも早くなっていた。トイレにまでついてきて何よと茶化そうとしたが、サムの表情に気づいて口をつぐんだ。

5

二〇〇五年、アメリカ人は一年に平均で四百六十通のテキストメッセージを送信した。テキストメッセージは、相互通行の会話ではなく電報のように扱われ、書かれていた。初期のテキストメッセージのその簡潔さはどこか詩的だった。

セイディとマークスが交際期間中に交わしたテキストメッセージは二十数通にすぎなかった。その必要がなかった。会社で、あるいは家で、だいたいいつも一緒にいたからだ。

セイディがマークスにかけた最初の電話は即座に留守電サービスに転送された。そこでテキストメッセージを送った。

無事？

一分後、返信があった。

愛してるよ。みんな無事だ。

ほんの子供だ。いま話してる。ＴＯＨ。

セイディの手は震えていた。画面をサムに見せた。「この〝ＴＯＨ〟って？　何の略だかわからない」

「馬を馴らす者（Tamer of Horses）」サムは答えた。

Ⅶ

N
P
C

きみは飛んでいる。

眼下に、田園生活の市松模様が広がっている。ジャージー種の乳牛が二頭、一面のラベンダーの野原で草を食み、尾を振り回して、いるのかいないのかわからないハエを追い払っている。シャンブレー織のワンピースを着た女が一人、自転車で石の橋を渡っていく。女はベートーヴェンの『皇帝』の第二楽章を口ずさんでいる。ブレトン帽をかぶった男が一人、自転車とすれ違い、同じ曲を口笛で鳴らし始めた。上空からは見えないハチの巣からハチの羽音が聞こえる。橋の下の谷で、インク色の髪をした少年が、荒々しい目をした牝馬に角砂糖をやっている。りんごの木立は秋の訪れを辛抱強く待っている。老いた男が、池で泳ぐティーンエイジャー二人を陰から見つめている。男の欲念が匂ってくる。それはラベンダーの香りよりも強くて、きみは考える——人間は欲深い。鳥でよかった。いちご畑では、白い花と艶やかな実が仲よく揺れている。

いちごの誘惑には勝てたためしがない。きみはさっそく降下する。

翼を持つ動物であるきみは、飛べない動物からときおり、どうしたら空を飛べるのかと尋ねられる。ニュートン物理学と、協調した翼の羽ばたきと、天候と、解剖学の組み合わせだというのがきみの定番の返答だ。とはいえ、飛ぶ仕組みについて、飛んでいるあいだは考えないのが一番だ。それがきみの哲学だ――空に身をゆだねて眺めを楽しむのみ。

目指す地点に来た。きみは小さなくちばしでいちごをくわえる。実をむしり取ろうとしたとき、引き金のかちりという音が聞こえた。

「おい止まれ、泥棒め！」

銃弾が、きみのはかない小鳥の骨を撃ち砕く。

タンポポの綿毛が強い風に散るように、茶色と淡い鳶《とび》色の羽毛がぱっと散る。いちごに血のしぶきがかかる。赤に赤。しかし四原色を見分けられるきみの目に、二種類の赤は違う色として映る。きみは土の上に落ちる。誰の耳にも感知できないくらいかすかな音とともに着地し、きみにしか見えないような土埃の小さな雲が広がる。

またも銃声。

さらにもう一発。

翼がぱたぱた動いている。きみはそれを飛ぼうと試みる動きと解釈する。死に伴う不随意の痙攣とは考えない。

何時間かのち、きみは気づく。誰かに手を握られている。それはきみには手があるということ、きみは鳥ではないということ、そしてきみは最高にすてきなドラッグ、たとえばLSDでハイになっているに違いないことを意味する。LSDの経験は一度もないが、ゾーイからはいつも一緒にやろうよ、完璧なガイドを知っているからと誘われていた。一瞬、胸の奥でいくつもの悲しみがせめぎ合う。空を飛べない悲しみ、ゾーイとLSDを試さなかった哀しみ、そして
きみは死にかけている。

違う。それは少し違う。きみが表したかったのは、生きるものすべては死ぬと知っていることから

来る人間らしい悲嘆だ。死にかけてはいない。生まれてこの方いつも死に向かっていたにせよ。繰り返す。きみは死にかけてはいない。

きみは三十一歳だ。リュウとエイラン・リーのワタナベ夫妻の一人息子だ。父母はそれぞれ投資家とデザインを教えている教授だ。生まれたのはニュージャージー。二種類のパスポートを持っている。カリフォルニア州ヴェニスのアボットキニー大通りにあるアンフェア・ゲームズで働いている。デスクの上のネームプレートにはこうある。

馬を馴らす者
マークス・ワタナベ

いくつもの人生があった。馬を馴らす者になる前は、フェンシングの選手、チェスの高校チャンピオン、俳優だった。アメリカ人で、日系で、コリア系で、その三つすべてであるというのは、その三つのいずれにもなりきれないということでもある。自分では、世界市民のつもりでいる。

いまのきみは病院の住人だ。機械が代わって呼吸をしている。電信音が規則正しい間隔で鳴って、きみはまだ生きていると知らせている。

きみは目覚めていない。かといって、眠ってもいない。

周囲で起きているすべてが見え、そして聞こえる。

すべては思い出せない。記憶喪失というわけではないが、なぜ病院にいるのか、なぜ完全に目を覚まさないのか、すぐには思い出せない。

記憶力はいいほうだと自負している。会社では、いつもみながこういう。「マークスに訊いてみろよ。マークスならきっと覚えてる」そのとおり、たいがいのことは覚えている。ひととおりのことを覚えている。人の名前や顔、誕生日、歌の歌詞、電話番号。それ以上のことも覚えている。脚本まるごと、詩、性格俳優の名前、意味が曖昧な言葉の使い分け、小説のなかの長い一節。誰かの両親の、子供の、ペットの名前も覚えている。都会の通りの名と位置、ホテルの部屋の間取り、ビデオゲームの各レベル、過去の恋人たちの傷痕、間違ったことを口にしてしまったとき時計が指していた時刻、誰かが着ていた服。初めて会ったときのセイディの服装を覚えている。黒いタンクドレス、その下にキャップスリーブの白いTシャツ、ウェストに赤いフランネルのベルト、バーガンディ色をしたラグソールのオクスフォードシューズ、バラが一輪プリントされたストッキング地のソックス、あの年の春は誰もがかけていたレンズが黄色いサングラス。髪は真ん中で分けて編み込みスタイルにしていた。

「マークスね?」セイディは手を差し出した。「セイディです」

「きみのことはもうよく知ってるよ。きみのゲームを二つプレイしたから」

セイディは黄色いサングラスの上の縁越しにきみをじっと見つめた。「ゲームをプレイすれば、作った人間のことがわかると思うの?」

「もちろん。僭越《せんえつ》ながら、それ以上の方法はないと思ってる」

「じゃあ、私の何を知ってる?」セイディは訊いた。

「頭がいい」

「サムの友達だから、それくらいは推測がつくよね。こっちもあなたは頭がいいんだろうってわかる。私のゲームをプレイして、具体的に何がわかった?」

「ちょっぴり意地が悪い。きみのその頭には個性的で風変わりなアイデアが詰まってる」

セイディはあきれ顔で天を仰いだのかもしれないが、サングラスの色が濃くて判別がつかなかった。

「あなたもゲームを作る人?」

「いや。プレイ専門だよ」

「じゃあ、あなたのことを知りたかったらどうすればいいの？」

記憶とは、健康な頭脳を持った人間が一生涯プレイし続けるゲームだ――きみはずいぶん前にそう悟った。そして記憶のゲームの勝敗を分ける基準は一つだけだ。記憶の形成を偶然にまかせるか。それとも、意識して記憶に刻みこむか。

さて、これが始まったとき、きみはどこで何をしていた？


シャーロットとアダムのワース夫妻と面談していた。

白人、純朴そうな顔。ロサンゼルスは初めて。背が高くがっしりとして、顔色がよく、西部開拓時代の植民者かフォーク歌手のようだ。二人を見て、きみはサムとセイディを思い出す。サムとセイディを長身にし、ユタ州出身の元モルモン教徒にしたら、この二人になるだろう。

ワース夫妻は〈アワー・インフィニット・デイズ〉という仮タイトルのついた企画の売りこみに来ている。（いつか回想記を書くことがあったら『すべてのタイトルは仮タイトル』というタイトルにすると、きみはよく冗談を言っていた。）〈アワー・インフィニット・デイズ〉は終末を迎えた世界を舞台にしたアドベンチャー・シューティング・ゲームだ。女の主人公とその幼い娘が終末後の砂漠を旅する。生き残ったほかの人々や、神出鬼没の（ワース夫妻呼ぶところの）〝砂漠のバンパイア〟から身を守らなくてはならない。女は記憶をなくしていて、まだ六歳の娘が失われた記憶の代わりだ。娘は、西海岸に行けばきょうだいや父親に再会できると信じているが、六歳の子供の記憶は果たして信用できるのだろうか。

「記憶喪失なんて、ゲームの設定にありがちですよね」シャーロットが申し訳なさそうに言う。「でも、このゲームではそれをうまく活かせると思うんです」

「実を言うと、〔イチゴ〕の第一作がヒントになりました」アダムが言う。「子供の記憶や理解力に頼らなくてはゲームをクリアできない。斬新な発想でした」

「グリーン／メイザーに早く会ってみたいです」シャーロットが言う。「二人とも大ファンなので」

「彼女、あの〔ボース・サイズ〕までお気に入りなんですよ」アダムが言う。

「あのとかまでとか言わないで。私の一番のお気に入りなんだから。マイアランディングは天才にしか作れない。ローズ・ザ・マイティのコスプレもしました」

「誰もシャーロットだとは気づきませんでしたよ」

「セイディ・グリーン信者と言っていいかも」

「メイザーではなく？」きみは愉快になって訊く。

「二人とも最高のクリエイターですけど、私が作りたいのは、セイディ・グリーンのマイアランディングと〔ボース・サイズ〕、セイディ・グリーンの〔ソリューション〕なんです」シャーロットは言う。「〔マスター・オブ・ザ・レヴェルズ〕の発売が待ちきれない」

「〔ソリューション〕か」きみは言う。「マニアックだな。よほどのファンなんですね」

それはファンサービスのための寸劇にすぎないとしても、きみはこの夫妻に好感を抱く。きみに会うのに――つまりきみから何かを引き出したくて来るのに――アンフェア・ゲームズにどんなゲームがあるか、事前のリサーチ一つせずに来る者がいかに多いことか。

ワース夫妻に訪問の礼を言い、セイディとサムがニューヨークから戻ってきたら、〔アワー・インフィニット・デイズ〕の企画書を見せて意見を聞きますからと約束した。来週末までにはかならずご連絡します。きみはシャーロットとアダムを見る。ゲームの企画を実現するのにどれだけきみの力を必要としているか、ひしひしと伝わってくる。すでに何社からも断られたに違いない。二人の目に悲壮感が見える。生活費はどんな仕事で稼いでいるのだろう。成功という新たな支柱が手に入らなかったら、二人の関係はあとどのくらい持ちこたえるだろう。（成功は人間関係を破綻させるとよく言われるが、成功できなくても同じくらい短期間で破綻するものだ。）きみの仕事の何が楽しいといって、アーティストにこう言えるところだ。なるほど、なるほど。こいつはいけそうだ。うちで一緒にやりましょう。職業倫理に反するとしても、アンフェア・ゲームズは「アワー・インフィニット・デイズ」の制作資金を出しますといまここで言ってしまおうかときみは考える。この二人は好感が持てる。この人たちが作るゲームをプレイしてみたい。話を聞いただけでわかる。

エレベーターまで見送りに出ようとしたとき、雷鳴に似た音が聞こえる。車が鉄板を踏んだような音、近所で解体用の鉄球が建物の横腹にめりこんだような音。

大きな音だが、深刻な事態を心配するほどではない。

銃声に似ていた。しかしロサンゼルスはふだんから意味のない騒音にあふれている。それで知られた街だ。

きみは銃声だとは考えない。

くぐもった怒鳴り声も聞こえている。すぐ下の階のロビーからなのか、それとも屋外からなのか、判別がつかない。

ワース夫妻に向かって微笑み、笑い声を立て、二人を落ち着かせようと言う。「ビデオゲーム業界は毎日が修羅場ですから」

きみのつまらない冗談にワース夫妻は笑い、つかの間、すべてが日常に戻る。「コンセプトアートを預かっていただけますか。パートナーお二人にも見ていただけるように」シャーロットが訊く。

それに答えようとしたとき、机上の電話が鳴る。受付係のゴードンからだ。「もしもし、マークス。メイザーに会いたいという人が受付にいらしてます」

きみの耳は、ゴードンの声に緊張を聞き取る。「何かあったのか？」

「え……と、その、話せません」ゴードンが言う。「用件はメイザーに直接話すそうです」

「わかった。ちょっと待ってくれ」きみはワース夫妻のほうに笑顔を向ける。声をひそめ、電話口に小声で言う。「こっちから質問をする。イエスかノーで答えてくれ。警察に通報したほうがよさそうか」

「イエス」ゴードンが答える。

「来客は銃を持っているか」

「イエス」

「人数は？　複数か」

「イエス」

「怪我人はいるか」

「ノー」

受話器から、誰かの怒鳴り声が聞こえる。「さっさと電話を切れって！　ホモ大好き野郎を下りて来させろよ」

「メイザーは留守だが、アンフェア・ゲームズのＣＥＯがいまからロビーに下りて用件を聞くと伝えてくれ。メイザーと話をするのと同じだと」

「わかりました」ゴードンがまごついた様子で答え、言われたとおりのことを誰かに伝える。

「心配するな、ゴードン」きみは受話器を置く。

振り向くと、ワース夫妻がこっちを見つめて指示を待っている。「何かできることはありますか」アダム・ワースが訊く。「アワー・インフィニット・デイズ」のキャラクターと同じく、夫妻は差し迫った終末の到来に覚悟ができている。

きみは状況を説明し、警察への通報を頼む。アダム・ワースが受話器を持ち上げる。

オフィスを出ようとしたとき、アントがきみを見つける。「何かあったんですか」

きみはわかっているかぎりのことを伝える。アントは一緒にロビーに下りると言う。「一人で行かせたら、あとで僕がセイディに殺されちまいますよ」

「きみにはこの階でやってもらいたいことがある」アントに、メンテナンスに連絡して建物の電力供給を切ってもらうよう頼む。それでエレベーターを使えなくなる。もう一つ、階段の閉鎖も頼む。全社員を落ち着かせ、誰も一階に下りないように伝えてくれと言う。全社員を屋上に誘導して、非常口をロックしておけと指示する。

「だけどマークス、あなたはどうしてもロビーに下りなくちゃだめですか」

「誰かと話せば気がすむだろう。きっと苦情が言いたくて来ただけさ。興奮した相手をなだめた経験なら過去にもある」

アントが言う。「どうかな、警察を待ったほうがいいんじゃないですか。あなたに何かあったら、セイディとサムの両方に僕が殺されます」

「だいじょうぶだよ、アント。それにゴードンを一人で放っておくわけにいかない。苦情の内容がどうであれ、アンフェア・ゲームズへの苦情だ。受付係のゴードンじゃなく」

アントはきみをハグする。きみは階段に向かう。「気をつけてくださいよ、マークス」アントが言う。

シャーロット・ワースの声が追いかけてくる。「マークス、武器は持たなくて平気？」熱心なゲーマーならではの疑問だ。ゲーマーたる者、戦闘が予想される場に飛びこむ前にインベントリーを開き、武器の状態を確認すべし。

「武器？」きみは訊き返す。銃など持っていない。脅威から身を守らなくてはならない場面とは無縁の安穏とした人生を送ってきた。その特権のおかげで、きみはたぶん向こう見ずだ。「話し合いをするだけです。話を聞いてやればそれで気がすむ種類の相手ですよ、きっと」

ロビーに下りていく前に、自分のオフィスをもう一度だけさっと見回す。何かを忘れている気がする。ゲームのなかでは、場違いなアイテムが謎を解く答えである場合がほとんどだ。やがてワース夫妻の企画書が入った紙ばさみに目を留める。シャーロットがデスクに置いたままにしたものだ。きみは付箋に走り書きする。〈Sへ、感想を聞かせてくれ――Mより〉。

紙ばさみをアシスタントに手渡し、階段を駆け下りていく。いま思い出したいのはここまでだ。セイディが病室に来た。

「奥様ですか」医師が尋ねる。

「はい」セイディが嘘をつく。

きみは笑ってしまいそうになる。だってセイディは結婚が嫌いなはず――結婚という制度を信奉していないはずだから。それがなぜなのかは謎だ。セイディの両親は結婚から三十七年後のいまも幸せに暮らしている。祖父母となると、それ以上の歳月だ。結婚に抵抗を感じるとしたら、きみのほうだ。きみの両親は、セイディの両親が幸福な結婚生活を維持してきたと同じくらいの歳月、不幸な結婚を続けている。最後に両親がそろっているところを見たのがいつだったか、思い出せない。大学に入学した年に帰省してみると、二人は東京の別々のアパートで暮らしていた。

「あれ、お父さんは?」きみは母親にそう尋ねた。

すると母親は投げやりに答えた。「会社に歩いて行けるところに住みたいんですって」

あれから十年以上がたつが、二人はいまだ離婚していない。その理由もやはりきみには謎だ。

去年、きみはセイディにプロポーズした。セイディのお父さんにあらかじめ許しをもらった。指輪を買った。そしてひざまずいて結婚を申しこんだ。

「自分が誰かの妻になるなんて、想像もできない」セイディは言った。

「きみが俺の妻になるんじゃない。俺がきみの夫になるんだ」きみは言った。

セイディはその言い分に納得しなかった。断られるとは思っていなかったきみは、理由を尋ねた。するとセイディは、すでに家を共同所有しているのだから、結婚する必要はないと言った。仕事のパートナーと結婚したくない。結婚なんて時代遅れの制度、女を捕らえる罠だ。いまの姓が気に入っている。

「俺もきみの姓は好きだよ」きみは言った。「きみの名前を愛してる」

しかしいま、病室に来たセイディは、自分はきみの妻だと申告した。もしもしゃべれるなら、きみはこう言うだろう。「きみと結婚するには昏睡に陥るだけでよかったのか。そんな簡単なことなら、もっと早くに知りたかった」


正確を期すなら、きみは昏睡に陥ったわけではない。

薬で昏睡状態に置かれている。

医師の会話の断片を寄せ集めると、きみは三発撃たれた。ももに一発、胸に一発、肩に一発。その三カ所のうちもっとも厄介なのは、胸に当たった一発だ。その一発は、肺と腎臓と膵臓を貫いた。弾丸はいま、きみの腸のどこかでくつろぎながら、きみの体力が摘出手術に耐えられるレベルに回復するのを待っている。医師によれば、生きているのが奇跡だ――大半の人間と同じく、きみの体にもやはり冗長性がビルトインされている。しかしきみの膵臓は、悲しいかな、ひとりぼっちだ。外傷を受けてきみの肉体はショック症状に陥った。きみがいま昏睡状態にあるのはそのためだ。きみは若くて健康だ。あるいは、きみは若くて健康だった。だから、回復の可能性は、日によって変動するものの、〝高い〟〝平均よりは高い〟〝悪くはない〟のどれかだ。きみはそれに慰めを見出す。

セイディが帰っていき、看護師が来て、ベッドにぶら下がって耐久力を競っている排泄物と栄養のバッグを交換する。看護師はきみの体をスポンジで丁寧に拭き清める。きみは世話をされていることに小さな喜びを覚える。

きみはアンフェア・ゲームズのロビーにいる。

黒ずくめの服を着て赤いバンダナで顔の下半分を隠した白人の若い男が、小型の銃を受付係のゴードンの頭に突きつけている。やはり黒ずくめの別の白人の男——こちらの銃は大型で、バンダナは黒だ——は大きな銃をこちらに向けている。「おまえは誰だ?」赤バンダナがわめく。

こいつらはなぜさっさとエレベーターで二階に上がらなかったのかときみは首をかしげる。できるだけ大勢に損害を与えようとするものではないのか? ゴードンは——若くて、童顔で、粘土で作ったボールみたいなゴードンは——いったいどうやって侵入者をロビーに引き留めておけたのか。ハロウィーンのゴードンの仮装を思い出す。ピカチュウのコスチュームに手を加えて、本物の火花を散らしていた。

〔ドゥーム〕のようなゲームで使った経験がある銃は別として、きみはおよそ銃には詳しくない。〔ドゥーム〕をプレイするときも、きみの好む武器は銃ではない。チェーンソーやロケットランチャーなど、より残虐な武器のほうがわくわくする。小さいほうの銃はピストル、大きいほうはアサルトライフルだろうと見当をつける。

「こんにちは、マークス・ワタナベです。ここの社長です」念のため暴漢二人に手を差し出す。二人はその手を見て困ったような顔をする。そこできみは軽く頭を下げる。「ご用件をうかがいましょう。ゴードンによると、メイザーに会いにいらしたとか。あいにくメイザーは不在です」

赤バンダナがわめく。「信じるもんか! どうせ嘘だろう!」

「嘘じゃない。メイザーは不在です。新作のプロモーションでニューヨークに出張中です。私が代わってご用件をうかがいます」

「建物んなかを見せな」赤バンダナが言う。「ちびのカマ野郎がほんとにいねえか、自分の目で確かめる」

「わかりました」きみはアントが全員を屋上に避難させる時間を必死に稼ごうとする。「それはかまいませんけど、一つお願いが――」

「お願いなんか聞いてやるかよ」

「どうしてメイザーに会いたいのか教えてください。何か私でできることがあるかもしれませんから」

　黒いバンダナの男の話し方はいくらかぎこちない。「怪我人は出したくないんだよ。メイザーと話をさせろってだけでさ。銃を撃ちまくってめちゃくちゃにしてやるつもりなら、とっくに上の階に行ってるさ。メイザーにここに下りてこいって言ってんだよ」

「電話してみましょう」きみは提案する。サムの番号を呼び出す。しかしサムは電話に出ない。セイディと写真の撮影中なのだろう。きみは冷静な声を心がけながらメッセージを残す。「マークスだ。手が空いたら電話してくれ」

　若い男の二人組をさりげなく観察する。バンダナのせいで、年齢がわからない。きみと同年代か、少し年下か。二人を怖いとは思わないが、二人が持っている銃は怖い。

「すぐかかって来ますから」きみは気軽な調子で言う。「メイザーの電話を待つあいだ、ゴードンを自由にしてやってもらえませんか」

「この野郎」赤バンダナが言う。「それで俺らに何の得があるんだよ」

「ゴードンは何の権限も持っていない」きみは言う。「NPCです」二人組はゲーマーだ。それで意味がわかるはずだ。

「NPCはおまえだろ」赤バンダナが言う。

「前にもそう言われたことがありますよ」きみは言う。


きみはサンシメオン郊外のホテルにいる。

セイディは眠っている。そこできみは一人でバーに下りていく。サムがいた。きみの友人、ふだんは一滴たりとも酒を飲まない友人は、酒を飲んでいる。

サムに、座っていいかと確かめる。サムは肩をすくめる。「好きにしろよ」きみは隣のスツールに腰かける。

「どうしてこうなったのかわからない」きみは力なく言う。「こんなことになるなんて、二人とも思ってなかったんだ」

「言い訳なんかこれっぽっちも聞きたくないね」サムは酔っている。しかし声にはまだ酔った感じではなく、ただ棘《とげ》と悪意があるだけだ。「おまえとセイディのあいだにあるものは、僕とセイディのあいだにあるものとはまるで違う。だから、いままでと何も変わってないんだよ。ファックなら誰とだってできる」サムは言う。「ゲームを作るのは、そうはいかない」

「俺はおまえたち二人と一緒にゲームを作ってる」きみは指摘する。「『イチゴ』ってタイトルを考えたのは、俺だぞ。始まりから完成まで、ずっと一緒だった。俺は何もしてないなんて言わせない」

「そうだな、おまえは確かにいたな。けど、おまえである必要はない。代わりはいくらでもいる。おまえは馬の使い手だ。NPCなんだよ、マークス」

ノンプレイヤーキャラクター《NPC》とは、ゲーマーには操作できないキャラクターのことだ。言うなればAIが動かすエキストラで、その存在がゲーム内の世界に本当らしさを加えている。NPCは頼りになる相棒だったり、しゃべるコンピューターだったりする。子供、親、恋人、ロボット、だみ声の小隊長、あるいは悪役《ヴィラン》だったりもする。しかしサムは侮辱としてその概念を持ち出した──きみは重要な人物ではないと言い、さらにきみは退屈で、何一つ新しいことができないと言っているのだ。だが、NPCがいなければ、ゲームが成立しないこともまた事実だ。

「NPCがいなくちゃゲームは成り立たない」きみは反論する。「なんちゃってヒーローだけになっちまう。誰ともしゃべらず、やることもなく、ただうろうろするだけのヒーローだけに」

サムはグレイグース・ウォッカのお代わりを頼み、飲みすぎだ、もうやめておけときみは言う。

「指図するなよ、僕の親父でもないくせに」サムが言う。

バーテンダーがきみを見た。きみはビールを頼む。

「おまえなんか、知り合わなきゃよかった」サムが言う。「ルームメートにならなきゃよかった。セイディに紹介なんかしなきゃよかった」呂律《ろれつ》が怪しくなり始めている。

「セイディはおまえの所有物じゃないだろう」

「僕のものさ。僕のものだ。おまえはそう知ってたのに、それでもセイディを追い回した」

「そんなことはない。人間は互いの所有物じゃない」

「違う？　何で違う？」

「サム」

「結婚するのか？」サムが訊く。〝結婚〟を〝人殺し〟のように発音して。

「いまのところその予定はない」

「結婚の何がそんなにいいんだよ。セックスの何がそんなにいいんだよ。子供を作ったりおままごとをしたりするのの何がそんなにいいんだよ。一緒に仕事をしてる相手が自分のものじゃないって、いったいどうしてだよ」

「人生と仕事は別のものだからだ」きみは言う。「その二つは同じじゃない」

「僕にとっては同じだ」

「セイディにとっては違うかもしれないだろ」

「そうだな、その二つは別のものかもしれない」サムはつぶやくように言った。「僕はだめな奴なんだよ、マークス。こんなにだめで臆病な人間じゃなかったら、セイディのホテルの部屋に上がっていくのは僕だっただろうに。僕が馬鹿だから。あんなに時間があったのに」サムはマホガニー材のカウンターに額を押し当て、静かに泣き始めた。「僕は誰からも愛されないんだ」

「俺はおまえを愛してるよ、サム。おまえは一番の親友だ」きみは酒代を精算し、サムを支えて部屋に連れていく。サムはバスルームに入ってドアを閉めた。まもなく、嘔吐している音が聞こえてくる。

　きみはサムのベッドに腰を下ろす。テレビをつけ、医療ドラマの再放送をながめる。脳腫瘍の患者がいて、実験的な手術を受けないかぎり、まもなく死ぬことになる。しかし実験的な手術を受けた患者は結局のところ死んでしまう。おかしなものだな、ときみは思う。人は医者にかかるのを嫌がるくせに、医療ドラマを観るのは大好きだ。

　サムはなかなか出てこない。そこできみは呼びかける。「サム？」

応答がなく、きみはバスルームに入る。サムは備えつけの洗面キットのはさみを手に鏡の前に立っている。髪のざっと半分を切り落としたあとだ。

「ゲロがついた」サムは言う。「洗っても落ちなくてさ。だから切った。こうなったら全部剃っちまいたいけど、酔っ払っててできない」

　きみは黙ってはさみを受け取り、髪の残り半分を切り落とす。次にサムの電気シェーバーを使い、できるかぎり短く刈りこむ。

「誰がNPCだって？」きみはからかうように言う。「コントローラーを握ってるのは俺だ。クエストに挑むのは俺だ」

「〝頭のおかしいルームメートをバスルームで見つけました。愚かしい絶望感から、ルームメートは髪を半分切り落としていました。どうしますか〟」サムがインタラクティブフィクションの口調を真似て言う。それから刈りこまれた頭を掌でなでた。「これ、セイディには黙ってて」

「なあサム、さすがに気づくと思うぞ」きみは両手でサムの頭を引き寄せ、てっぺんにキスをする。


きみはアンフェア・ゲームズのロビーにいる。

「ゲームはよくやるんですか」時間稼ぎの意味もあるが、純粋に知りたくて、きみはそう尋ねる。

「ちょっとな」赤バンダナが答える。

「どんなゲームを？　ああ、心配しないで。職業上の関心です。世の中の人がどんなゲームをやるのか知りたいだけですよ」

二人組は、〔ハーフライフ2〕〔ヘイロー2〕〔アンリアル・トーナメント〕〔コールオブデューティ〕と答える。受付デスクに隠れるようにして座ったゴードンが言った。「シューティング系ばかりだ」

「おまえの意見なんか誰も訊いてねえよ、このボケ」赤バンダナが言う。

何年も前、きみは暴力とゲームの関係を討論する場にパネラーの一人として招かれた。パネラーのなかでもっとも事情に通じていたのは、肘当てつきのコーデュロイのジャケットを着た男で、まさにそれをテーマにした著作もある人物だった。彼によると、ゲーマーの全員とは言えないまでも大半は、暴力描写のあるゲームをプレイすることと、実際に暴力行為に及ぶことの区別はちゃんとついているし、暴力の衝動をゲームで発散している若者のほうが心の健康状態が向上するくらいだと話す。きみは専門家ではないが、これだけは事実として知っている――ビデオゲームの武器を使って殺された人間は過去に一人もいない。

電話を確かめる。サムに伝言を残してからすでに五分が過ぎていた。

きみは受付デスクの下のミニ冷蔵庫を開ける。「フィジーウォーター、飲みます？　パワーバーもありますよ」

赤バンダナは首を振ったが、黒バンダナは水を受け取る。水を飲もうとバンダナを持ち上げた拍子に、顔が見えた。思った以上に若い。いまにも爆発しそうな赤いニキビがいくつもあり、髭もまばらだった。

「メイザーにどんな不満があるんです？」きみは言う。「いま聞いたかぎりでは、うちのゲームは一つもやったことがないみたいだけど」

「〔メープルワールド〕だよ」黒バンダナが言う。

「こいつにしゃべるなって」と赤バンダナ。

「なんでだよ？　どうせすぐにわかることだ」黒バンダナが言った。「こいつの女房がな、〔メープルワールド〕のなかで女と結婚したんだよ。で、こいつを捨ててその相手と……」

「よせよ」赤バンダナが相棒に言う。「こいつには関係ねえだろ」

「で、サムのせいだと」

「サムって？」赤バンダナが訊く。

「メイヤー・メイザー」

「そうさ、悪いのはメイザーだ。だからこうして復讐に来た」その口調は、翻訳がいまひとつなビデオゲームのキャラクターのようだった。

きみは黒バンダナに目を向ける。「きみは？　きみはどうしてここに？」

「正しいと思えないからだよ」黒バンダナは言う。「小さい子供も〔メープルワールド〕をやる。俺は差別主義者じゃねえが、同性愛がどうのって話を子供にまで押しつけんのはどうなんだよって話だよ」黒バンダナは、同調しているかどうか確認するようにこちらを見る。きみはどちらともつかない表情を保つ。「それとさ、こいつとは幼稚園からの親友なんだよ。だから来ないわけにいかなかった」

きみはうなずく。二人組の話しぶりは、そういう事情があるなら、銃を持ってゲームスタジオに押しかけ、ゲームのクリエイターを撃たせろと要求するのは当然とでもいうようだ。釣り旅行に来たかのよう、ラスヴェガスで羽目を外す花婿の付き添い人のようだ。家を出る前にバンダナを選んでいる二人の姿が目に浮かぶ。どこかの会社で銃をぶっ放すのにふさわしいバンダナはどれかと迷っている姿。「で、これからどう――？」きみは訊く。

「メイザーをぶち殺す」赤バンダナが答える。

「しかし、メイザーは不在です。とすると、今日のところは家に帰るのがよさそうに思いますが」

「バカ言ってんじゃねえよ」赤バンダナが言う。銃口をきみの頬に押しつける。「何ぐずぐずやってんだよ。早くオフィスを見せろよ」銃口が背中に移動し、きみは先頭に立って階段を上る。二階は、よかった、静まり返っているようだが、非常口を開けて廊下に出るとき、きみは思わず息をひそめる。

二階は無人だった。内心の安堵を気取られないよう用心した。

「おまえ、嘘ついたな」赤バンダナが言う。「社員はどこだよ」

みな慰安旅行に出かけていると、きみは言い訳する。「こっちだ。サムのオフィスはすぐそこです」

「おまえはこの会社で偉いんだよな。なのになんで慰安旅行に行ってねえんだよ」赤バンダナが訊いた。

「誰かが残って砦を守らないと。ほら、私はＮＰＣだし」

バンダナ二人組は、サムのオフィスの棚のものを叩き落としていった。「イチゴ」の記念品がそこらじゅうに散らばる。「大嫌いなんだよ、あのゲーム」赤バンダナが言う。「あの主人公、男のくせにワンピースなんか着やがって」

電話が鳴る。赤バンダナが、おまえ出ろよときみに言う。警察からだ。会社の前で待機している。交渉人も来ている。赤バンダナと話がしたい。しかし、受話器を渡す前に、きみは送話口を手で覆い、赤バンダナに言う。「警察と話す前に要求を整理したほうがいい」赤バンダナの明るい茶色の目に恐怖が浮かぶのが見えた。「まだ誰も怪我していない。それはきみたちに有利に働くはずです。ほしいものを手に入れて、元の生活に戻ったほうがいい。メイザーを撃ち殺したくても、今日はできませんよ」

赤バンダナは受話器を受け取るが、そのまま電話を切る。それから泣き出した。バンダナをむしり取って涙を拭う。このとき初めて、男の顔が見えた。子供みたいな年齢だ。頭を剃った夜のサムのようだった。あまりにも無防備で、こんな状況なのに、きみは手を差し伸べてやりたくなる。

「だいじょうぶ」きみは言い、赤バンダナを抱き寄せようとする。それが間違いだった。男は両手できみを壁に向かって突き飛ばす。

「触るんじゃねえよ、このホモ」

「おい、ジョシュ」黒バンダナが言う。

「俺の名前を言うな」赤バンダナが言う。

ちょうどそのとき――いったい何を考えていた?――アントが階段を下りてくる。オフィスに入ってくる。両手を上げていた。「マークス」大きな声で呼びかける。「アントです。だいじょうぶですか」

赤バンダナが銃口をアントに向けた。

「そいつがメイザーか?」赤バンダナが言う。「嘘ついたのか?」きみのほうを向く。「メイザーは初めからいたってことか？」

「彼はメイザーじゃない」きみは言う。「また別の社員です。名前はアントニオ・ルイス」

「俺にはメイザーに見えるがな」赤バンダナが食い下がる。アントがサムだと本気で勘違いしているようだ。この日アントは、不運なことに、〔メープルワールド〕の〝サマター〟と同じように赤い格子縞のシャツを着ていた。二人とも痩せた体つきで髪が黒く、オリーブ色がかった肌をしているが、顔は大して似ていない。人種さえ違う。だが、きみは気づく。銃を持った男にとって、いま自分が見ているのが誰だろうと関係ない。

もしかしたら、アントをサムと勘違いしたわけではないのかもしれない。アントの見た目が気に入らない、それだけのことかもしれない。ソフトモヒカンのヘアスタイルにぴちぴちのジーンズ。ゲーム会社のリベラル思想を体現しているかのようだ。

あるいは、撃てれば誰でもよかったのかもしれない。

赤バンダナの指がトリガーへと動く音が聞こえた。きみはアントと銃口のあいだに飛び出す。「ジョシュ、撃つな」きみは言う。

手遅れだ。赤バンダナは五発すべてを撃ちきる。一発がアントに当たった――どこに当たったかはわからない。

三発はきみに当たる。

頭の
ぴゅん
なかで
ぴゅん

葬儀をぴゅん感じたぴゅん

最後の一発、その一発を、赤バンダナは自分の頭を撃ち抜くのに使う。「おい、なんで、ジョシュ」黒バンダナの声。「なんでだよ？　何でそんなこと？　ちょっとびびらせてやるだけだったはずだよな」黒バンダナはがくりと膝をつき、手を組んで、主の祈りを唱え始める。

数秒後、きみは意識を失う……

きみの電話が鳴る。セイディからだ。

ときに、セイディは妊娠している。きみは赤ん坊がほしいと思っていたが、彼女の体のことだ。きみは彼女の意向に従おうと決める。きみたちは子供ができた場合のデメリットを話し合う。仕事に、人生に、どんな影響が及ぶか。きみはゲームプロデューサーだから、あるゲームをプロデュースすべきか考えるときと同じように、スプレッドシートを作成した。長所と短所を書き出す。作業の配分を考え、予想される障害を挙げる。コスト、利益、スケジュール、成果物。

その成果をノートパソコンで彼女に見せる。「私たちの仮想の子供の名前が〝表1.xls〟？」セイディは言い、スプレッドシートの名称を〝グリーン・ワタナベ2006年夏のゲーム〟に書き換えた。

セイディはそのシートを印刷し、次の日だったかその次の日に、産みたいと宣言した。「タイミングがいいときなんてないけど、今回はタイミングがいいとも言える」セイディは言った。「〔マスター・オブ・ザ・レヴェルズ」はもう完成した。春のあいだに拡張パック、夏には赤ちゃん。順調にいけば、マークスのたまごっちよりましな人生を歩めそう」

きみとセイディは、おなかの赤ん坊を〝たまごっち・ワタナベ・グリーン〟と呼び始める。


きみは病院にいる。

廊下の先のほうでボランティアの合唱隊が歌っているようだが、何の曲なのかはわからない。歌声が近づいてくるにつれ、どうやらジョニ・ミッチェルの曲らしいとわかる。聴いた誰もが自殺を考えたくなるような歌。病院でボランティアの合唱隊に歌われると、ますます陰気に聞こえる。曲のタイトルが思い出せず、きみは不安になる。曲のタイトルを思い出せないことなんてないのに。

いつのまにか病室にクリスマスのストリングライトが出現していて、星形のランプが瞬いている。誰が飾ったのか不思議だ。親しい人はみなユダヤ教徒か仏教徒、無神論者、不可知論者だから。

クリスマスか。つまりきみは三週間、眠り続けている。

クリスマスか。つまりきみはワース夫妻に連絡しそこねた。

クリスマスか。つまり「マスター・オブ・ザ・レヴェルズ」の販売と配信はもう始まっている。

クリスマスか。つまりセイディは妊娠三カ月だ。

きみの両親が来ている。二人がそろうことはめったにないから、容態はよほど深刻なのだときみは察する。

思い出した。曲のタイトルは『リヴァー』だ。

母親はベッドサイドに置いた椅子に座っている。いちごと鳥がプリントされたワンピースを着ている。鮮やかな色の折り鶴を長い針で糸に通している。何をしているのかわかった——日本の千羽鶴を作っているのだ。誰かのために鶴を千羽折れば、病気が回復する。

父親の姿は見えないが、やがて床に座っているとわかる。父親が鶴を折り、母親が糸を通している。これこそ夫婦だ。

しばらくして、父親が帰っていく。母親は鶴に糸を通し続けるが、父親がいないと、折り鶴がすぐになくなってしまう。糸を通すより早く鶴を折らなくてはならない。

サムが来て、自己紹介する。「マークスのお母さんですよね」

「アナよ」母親が言う。

「うちの母の名前と同じです」サムが言った。「母親の名前が同じだなんて、マークスは一度も言ってなかった。まさか同じ名前だなんて思っていませんでした」

きみの母親が説明する。「韓国語の本名はエイランというの。アメリカでは、周囲からアナって呼ばれてる」

「〝アナ・ワタナベ〟ですね」

「ワタナベは夫の姓よ。私はアナ・リー」

「うちの母親の名前もアナ・リーでした」サムが言う。

「私とあなたのお母さん、似てる?」

「いいえ、全然」サムが答える。「マークスと一度もこの話にならなかったのが不思議です」

「話すほどのことじゃないと思ったんじゃないかしら。〝リー〟はありふれた姓だし、〝アナ〟もそうだから」きみの母親は、テキスタイルのこととなると情緒的だが、それ以外で感情に流されることはない。「もしかしたら、マークスは知らなかったのかも」

サムはベッドに近づき、きみの顔をのぞきこむ。「マークスはいつも何だって知ってました」サムの亡くなった母親の名前を聞いたとき、これは運命だときみは思った。その日から、サムはきみのきょうだいになった。名前とは運命なのだ――そう信じる人にとっては。

サムが母親に向き直る。「そろそろ鶴がなくなりますね。折り方を教えてください。手伝います」母親が手本を見せ、サムは病室の床に座って鶴を折る。

きみはまだ生きている。

セイディがきみの髪をブラシでときながら、〈マスター・オブ・ザ・レヴェルズ〉はアメリカのベストセラー一位になっていると話す。「みんなゲームが気に入ったわけじゃないよ、きっと。私たちに同情してるだけ」

謙虚であろうとして言ってるなら、そういうのはもうやめようときみは言いたくなる。人はただの同情から六〇ドルも遣ったりしない。次の瞬間、きみの意識は唐突に飛び立ってしまう。

きみはまだ生きている。

「アントが退院したって」サムが言う。「もうだいじょうぶだ」

よかった、ときみは思う。

「さっきまでゴードンが来てたんだ。ラベンダーの花束を持って」

花束は見えないが、たしかに香りがしているような気がする。自己本位なきみが心のどこかから顔を出してこう考える――ゴードン一人をロビーに残して、自分はほかの社員と屋上に行けばよかった。ビデオゲームは人を暴力に走らせたりしない。しかし、自分もヒーローのように行動できるという誤った考えを植えつけることはあるかもしれない。きみの意識は、またも唐突に飛び立ってしまう。

まだ生きている。

目を覚ますと、真夜中だ。誰かが病室にいる。赤褐色の髪が見えた。鉛筆が紙をこする音が聞こえている。

ゾーイだ。何を書いているのだろう。

「映画の音楽」きみの疑問が聞こえたかのように、ゾーイが答える。「くだらないホラー映画なんだけど、これだっていうものがなかなか書けなくて。頭ではこういう音楽にしようって思うんだけど、それが合ってるのかどうか、自信がない。打楽器と金管楽器だけで構成したいんだけど、高校のマーチングバンドみたいになっちゃいそうでしょ？　ここまで書いた分をいったん捨てて、ゼロからやり直したほうが早いかも。ギャラは三〇セントくらい。しかも後払い。ちゃんと払ってもらえたら御の字。映画のタイトルは『血の風船』だって」ゾーイはうんざり顔をする。『『血の風船』。きっとコケると思う」ゾーイはきみに微笑みかける。「マークス、ちゃんとよくなってよね。あなたがいない世界でなんて、絶対に生きていけない」きみの手を握り、頬にキスをする。「絶対に無理。やってみるまでもなく無理。心の底から愛してるよ、マークス」

俺も心の底から愛してる。

元カノと友人関係を築くコツは、相手を愛するのをやめないことだ。関係の一つの段階が終わりを迎えたとしても、そこからまた新たな関係が始まると信じることだ。愛とは定数であり、同時に変数でもあると知っておくことだ。


きみの命は尽きかけている。

数時間、数日、あるいは数週間。医師がきみの両親と話す声が聞こえる。おそろしく落ち着き払った声で、きみは、世界市民であるマークス・ワタナベは、まもなく死ぬだろうと告げている。

きみはゲーマーだ。だからこう信じている。〝ゲームオーバー〟は解釈の一つにすぎない。プレイヤーがゲームをやめないかぎり、ゲームは続く。ライフはかならずもう一つある。どんなに悲惨な死を迎えようと、それで幕切れではない。毒を食らおうと、酸の容器に転落しようと、首を刎ねられようと、百発撃たれようと、〝リスタート〟をクリックすれば、また最初に戻ってプレイできる。次はさっきの失敗を避けよう。次は勝ってクリアできるかもしれない。

誰もが知っていることだ。

きみは自分の肉体を感じる。血液は泥のようだ。それが循環系を巡る速度ときたら、ラッシュアワーの州間高速一〇号線なみだ。心臓は自力で鼓動してはいない。脳は

動きが

のろくなっていく。

時間を追うごとに、脳は

どこかへ

飛んでいく。

まもなく、きみはきみでなくなる。きみの定義は、あらゆる存在と同じく、文脈によって異なる。

きみは馬を馴らす者だ。

きみの三十一歳の誕生日に、サムが新しいネームプレートをきみのデスクに置く。

馬を馴らす者

マークス・ワタナベ

それを見てきみは笑う。「どうでもいいことだけどさ」きみは言う。「翻訳によっては〝調馬《ホース・ブレ》師《カー》〟なんだぜ」

「いいんだよ、これで」サムが言う。

初めてきみを〝馬を馴らす者〟と呼んだとき、サムは侮辱のつもりでそう言った。しかし歳月がたつうちに、そのニックネームは親愛の情のこもったもの、仲間内のジョークに変わっていた。だから、きみは受け入れる。それがきみだ。

子供のころのきみは、将来自分がビデオゲームのプロデューサーになるとは夢にも思っていなかった。この職業に就くことになったのは、どうしようもないほど受け身な性格ゆえだろうかと考えたことは一度だけではない。ビデオゲームのプロデューサーになったのは、サムとセイディがビデオゲームを作りたかったから、ちょうどそのころ自分は暇だったから、それだけなのか。ゲームを作りたがっているその二人を愛していたからか。自分の人生のどこまでが、空に向けて振られる巨大な多面サイコロで決まったものだったのか。とはいえ、どんな人の人生もそんなものではないのか。死を前にして、これまでの選択の一部であれ自分の意志でしたと言える人がいるだろうか。それに、自ら望んでビデオゲームのプロデューサーになったわけではないとしても、きみは優秀なプロデューサーだった。

「アワー・インフィニット・デイズ」のことを考える。プレイしてみたかったと思う。きみはゲームの問題点を先回りして見つけ出せる。ワース夫妻が問題を解決する手伝いをしてやりたい。たとえば、バンパイアかゾンビか、どちらかをあきらめたほうがいい。神話は一つに絞るべきだ。それか、自分たちでまったく新しいものを生み出す。あるいは……

しかし、それはもうきみが解決すべき問題ではない。

サムはきみの一方の手を握り、セイディはもう一方を握っている。両親も来ているが、友人たちの後ろに控えている。それもそうか。家族がきみの家族であるように、セイディとサムもきみの家族なのだから。両親の後ろで、千羽の折り鶴が病室に彩りを添えている。

「マークス、もういいんだよ」セイディが言う。「もうがんばらなくていい」

脳が肉体から切り離されていくなか、きみは考える。この馬たちがきっと恋しくなるだろうな。


きみは桃の果樹園にいる。

絵に描いたように完璧な一日だ。高校の同級生、スワンが遊びに来ている。スワンの知り合いに、フレズノ郊外のマスモト家族農園の桃のうち一本のサポーターになっている人がいた。その知り合いは、友達と一緒にその木の実をみんな収穫して持って帰ってかまわないと言ってくれているが、農園に入れるのは土曜の午前中だけだ。

「桃の木のサポーター？」きみは訊く。

「ふつうの桃の木じゃないんだってさ」スワンは言う。「その木になる実は柔らかすぎて、小売店に出荷できない。マスモト一家は、収容所から解放された直後の一九四八年から農園を所有してる。木の里親になるには、申込書と一緒に短いエッセイまで提出しなくちゃいけなかったらしいよ」

きみはゾーイにこの話をし、ゾーイはぜひ行きたいと言う。ゾーイはセイディを誘い、セイディはアリスを誘う。きみはサムを誘い、サムはそのときつきあっていたローラを誘う。きみはさらにサイモンとアントにも声をかけた。二人は〔ラブ・ドッペルゲンガーズ〕にかかりきりで、たまには息抜きも必要だろうと思ったからだ。ロサンゼルスを午前六時に出発し、九時三〇分にはフレズノに着く。たった三時間ほどの距離なのに、別世界に来たようだ。

桃はありえないほど大きくて、羽毛のようにふわふわしている。輸送という仕打ち、食料品店の陳列棚という屈辱に耐えられるようにはできていない。ゾーイが一つを味見し、花を食べてるみたいと言う。ゾーイはその実をきみに渡し、きみも一口かじって、桃を飲んでいるみたいだと言う。きみは次にサムに渡し、サムは桃そのものというより桃のことを歌った歌のようだと言う。

一同のたとえ話や比喩は、そこからどんどん滑稽なものになっていく。

「イエスに出会ったよう」

「子供のころあると信じてたものが実際にあるとわかったとき」

「『スーパーマリオ』のマッシュルームを食べたみたい」

「赤痢から全快したかのよう」

「クリスマスの朝みたい」

「ハヌカの八日間を全部合わせたよう」

「オーガズムみたい」

「何回もイったときみたい」

「最高の映画を観たときのよう」

「最高の本」

「最高のゲーム」

「自分のゲームのデバッグが終わったとき」

「青春そのものの味」

「長患いから解放された日」

「マラソンのゴール」

「これでもう死ぬまでほかのことをしなくてすみそう。この桃の味を知ったから」

最後に味見をしたのはセイディだ。そしてなぜか桃は——桃の残骸は——きみの手に戻ってきて、きみはそれを桃の木のほうに掲げる。セイディはせっせと収穫作業を進めていた。

大きな麦わら帽子をかぶったセイディは、はしごを登っていき、一番上の段に柳編みのバスケットを置く。いかにもはつらつとして健康そうで、そのまま雇用促進局のポスターのモデルになれそうだ。

セイディはきみを見下ろして微笑む。前歯のあいだの小さな隙間がのぞいた。「覚悟はいい？」

「もちろん」


きみはいちご畑にいる。

きみは死んだ。

画面にプロンプトが表示される。〈ゲームを初めからやり直しますか？〉

イエス、ときみは考える。当然だよな。もう一度やれば、次は最後までプレイできるかもしれない。

ふいにきみは生き返る。新品のきみ。羽毛が生えそろい、骨は折れておらず、温かな血が全身にみなぎっている。

前回よりゆっくりと飛ぶ。だって、何一つ見逃したくない。乳牛。ラベンダー。ベートーヴェンを口ずさむ女。どこか遠くのハチ。悲しげな顔つきの男、池で泳ぐカップル。舞台に出ていく直前の鼓動の音。肌をくすぐる袖のレース地。リヴァプール訛を真似してビートルズの曲をきみに歌い聞かせる母親。「イチゴ」の初めての通しプレイ。会社の屋上。ヘーフェヴァイツェン・ビールの味がするセイディの唇。きみの両手のなかのサムの丸い頭。一千羽の折り鶴。レンズが黄色いサングラス。究極の桃。

これが世界だ。

いちご畑の上空にさしかかる。罠《トラップ》だと、きみはもう知っている。

だから、今回はそのまま飛び続ける。

Ⅷ

終わらない日々《アワー・インフィニット・デイズ》

1

マークスが死ぬところをサムが初めて見たのは、一九九三年の一〇月だった。マークスは大学の小劇場で上演される『マクベス』にバンクォー役で出演が決まっていた。「場面設定はこうだ」マークスは説明した。「俺は息子のフリーアンスと一緒にマクベスの屋敷で開かれる宴会に向かっている。俺たちは馬から降りる。といっても小劇場だし、本物の馬は出ないと思うけどね。俺はたいまつをともす。そうしないと俺の居場所がわからないものな。たいへんだ、暗殺者が三人近づいてくるぞ！　三人が襲ってくる。俺は下手人どもを呪って、華々しく死ぬ――おお、謀られた！　とか何とか叫びながら」マークスは声をひそめる。「監督は無能だ。演出なんかできっこない。しょぼい演技と思われたくなきゃ、俺が自分で振りつけを考えるしかない。だからサム、暗殺者の役を頼む。俺がバスルームから出てきたところを不意打ちしてくれ」マークスは、第三幕第三場を開いたペーパーバック版の『マクベス』を渡した。

寮の同じ部屋で暮らし始めてまだ二十三日目で、サムはまだマークスとさほど親しくなく、殺すふりなどできそうになかった。台詞の読み合わせにつきあうのでさえ気まずい。他人のドラマ、他人の人生に巻きこまれるなんてごめんだった。ルームメートのことをできるだけ知らずにすませたかったし、自分のこともできるだけ知られずにすませたかった。

何より知られたくないのは、体の障害のことだった。といっても、サムは他人を〝障害者〟と考えることはあっても、自分をその一人に勘定していなかった。自分は単に〝足にちょっとした不調がある〟だけだ。サムの体は、確実に動かせるのは基本の四方位のみの旧式なジョイスティックのようなものだった。障害に気づかれたくなければ、障害に気づかれやすい状況を回避すればいい——凹凸のある地面、初めての階段、そしてアナログの世界で飛んだり跳ねたりすること。サムは遠回しに断った。「芝居は苦手なんだ」

「芝居じゃない」マークスは言った。「人殺しの真似をするだけだ」

「授業の予習がまだまだ残ってる。水曜が締め切りの課題もあるし」

マークスはいらだったように目を回した。ソファからクッションを取る。「このクッションがフリーアンスだ」

「フリーアンスって?」

「俺の幼い息子。フリーアンスは無事に逃げる」マークスはクッションをドアのほうに投げた。「逃げろ、フリーアンス。逃げろ、逃げろ、逃げろ!」

「暗殺した相手の息子を逃がしちまうなんて間抜けな暗殺者だね」サムは言った。「逃げる《フリー》からフリーアンス?」

「バンクォーは宴会《バンケット》に行く途中で死ぬからバンクォーなのか? いい質問だな、サム」

「きみを殺す武器は何?」

「ナイフかな。剣かな。台本には書いてなかったと思う。彼は——シェイクスピアは複数の合作って話もあるから、彼らは、か——曖昧な書き方をするから参考にならないんだよ。〝彼らは襲いかかる〟とかしか書いてない」

「武器によって、襲い方がだいぶ違うと思うけど」

「武器の選択は任せる」

「きみはどうして反撃しないの？　戦士とか騎士とか、そういうんじゃないの？」

「襲われるなんてまるで予期してないからさ。そこできみの腕の見せどころだ。まかせたよ」マークスは陰謀の仲間に向けるような笑顔を見せた。「な、頼むよ。俺の一番の見せ場だ。格好よくやりたい」

「最後の出番でもあるわけだね。死ぬんだから」

「いや、亡霊になってまた登場する。台詞はないけどね。宴会の場面に亡霊として現れる」マークスは言った。「いや、どうかな。俺が出るのかもしれないし、空っぽの椅子を置くだけかもしれない。どれだけマクベス寄りの視点で演出されるかによる」

「バンクォーって重要な役？」サムは訊いた。「『マクベス』はよく知らなくてさ」

「主人公の親友って役回りだ。主役じゃない。〝白痴の語る物語。何やら喚《わめ》きたててはいるが、何の意味もありはしない〟ってわけじゃないが、それなりに見せどころがある。何と言っても名前のある役だよ！　死ねる！　亡霊になれる！　まだ一年生だから、主役を張る機会はこの先いくらでもあるだろう。まあ、昔からマクベスをやってみたかったし、俺が卒業する前にまた誰かが『マクベス』を上演するとは思えないから、残念と言えば残念だが」

　それから一時間ほどかけて、マークスは多彩な死に様を迎えた。ソファに倒れこむ。膝をがくりとつく。共用のリビングルームをよろよろ歩きながら、体のあちこちをつかむ——喉、腕、手首、美しく豊かな髪。台詞をささやいてみたり、大声で叫んでみたりした。後者はあまりに真に迫っていて、マークスに何かあったのかと監督生が様子を確かめに来たくらいだった。気づくと、サムは足のことをほとんど意識していなかった。暗殺者の台詞を言うのは楽しかった。ドアの陰に隠れ、マークスを背後からクッションで襲ったり、マークスの首を絞める真似をするのも愉快だった。サムがかならず右足に体重をかけることにマークスは気づいたかもしれないが、知らぬ顔をしていた。

「なかなかの役者ぶりだよ。芝居の経験があるのか？」マークスは訊いた。

「ないよ」サムは答えた。その話はそこまでにするつもりだったのに、褒められたことがうれしくて、考えるより先についこう続けていた。「うちの母親はプロの俳優だった。ときどき読み合わせを手伝わされた」

「へえ、いまはどんな仕事をしてるの？」

「いまは……もう死んだ」

「気の毒に」

「もう何年も前の話だ」サムは言った。知り合ってまもない容姿端麗な人物に、自分にも母親がいたと認めるくらいは何でもないが、その母親がなぜ死んだのかを打ち明けるとなると……「ところで」サムは話題を変えた。「一般論として、人間以外の生きた動物を舞台に出すのはあまりいい考えじゃない」

「たしかに」

「学生演劇に限らず。きみは前に言ってたよな――」

「ああ、言いたいことはわかるよ、サム」マークスは言った。「次の学期はきみもオーディションを受けてみろよ」

サムは首を振った。

「いやか？」

「僕は、その……きみもたぶん……」サムは口ごもった。「この部屋でやるくらいならいいけど、人前に出るのは苦手なんだ。もう一回やる？」

マークスと友達になった瞬間がいつだったか、この日だと指さすことはできない。だがサムは、二人の友情はその夜から始まったと考えてよさそうだと思った。

マークスとの友情が合計で何日続いたか、計算するには始点となるデータポイントが必要だ。サムはマークスの死のリハーサルをしたその夜を始点と定めて計算すると、多少の誤差はあるにしても、四千八百七十三日という答えが出た。ほかのことでは数値化すればそれだけで心が慰められたが、これに関してはその数字の小ささにかえって苦しくなった。マークスはサムの人生にあれほど大きな位置を占めていたのに。念のために二度も計算し直した。合っている。四千八百七十三日だ。眠れないとき、サムはよく頭のなかだけでそういう初歩的な算数をした。

四千八百七十三。十七歳の子供の貯金の最高額。タイタニック号の乗客数の二倍。住民全員が顔見知りの小さな町の人口。一九九〇年のインフレ調整後のノートパソコン一台の価格。十歳代の若いゾウの体重。僕が母さんと一緒にいた期間プラス半年。

十五歳のとき——自分だけでなく他人の内面に思いをいたすようにはなったが、運転免許はまだ取れない年齢——娘の死をどうやって乗り越えたのかと祖母に尋ねたことがある。仕事があり、体の悪い孫息子の世話があり、自分の悲しみだって克服しなくてはならなかっただろうに、祖母が内心のつらさを顔に出すことはほとんどなかったし、その話をすることもなかった。サムが参加した数学コンテストが終わってサンディエゴから帰る車中のことで、サムは自分が好きでがんばっているわけではないことで誰よりよい成績を収めた直後とあって有頂天だった。

自動車事故で死にかけた経験があるのに、サムは祖母の運転で遠出するのを楽しみにしていた。夜、車のなかで、祖母とよく深い会話をした。ボンチャとドンヒョンは交代で送迎役を務めてくれたが、サムは祖母の運転のほうが好きだった。祖母のほうが車を飛ばすおかげで、三分の二の時間で目的地に着いた。

「おじいちゃんとおばあちゃんはどうやって乗り越えたか？」ボンチャはサムにそう訊かれて当惑顔

をした。しばらく考えてからようやく答えた。「朝、ベッドから出た。仕事に出かけた。病院に行った。家に帰った。ベッドに入った。次の日も同じことを繰り返した」

「でも、つらかったでしょ」サムは納得しなかった。

「直後が一番つらかったわね。だけど日がたつにつれて——日が積み重なって月になって、年になるうちに、少しずつ立ち直っていって、やがてさほどつらいと思わなくなった」ボンチャは言った。

祖母の答えはそれで終わりかとサムが思い始めたとき、ボンチャはまた口を開いて続けた。「たまにアナと話もした。それで少し気が楽になった」

「幽霊と話をしたってこと？」サムの祖母は、世界中の誰より幽霊など見そうにない人だった。

「サム、バカなこと言わないの。幽霊なんてこの世にいませんよ」

「そうだよね。でも母さんと話した。幽霊なんかじゃない母さんと。母さんが返事をしたことはあった？」

ボンチャは目を細めてサムの表情を探るように見た。孫息子は自分に愚かしいことを言わせようとしてそんなことを尋ねているのではないと察して、ようやく答えた。「あったわよ。おばあちゃんの心のなかで返事をしてくれた。あんたのお母さんのことならよく知ってたから、おばあちゃんがお母さんの役も演じたの。おばあちゃんのお母さんやおばあちゃんともそうやって話したのよ。いとこの家の前の湖で溺れてしまった幼なじみのユナとも。幽霊なんて存在しない。でもここは」——ボンチャは自分の頭を指さした——「幽霊屋敷かな」そう言ってサムの手をそっと握り、不器用に話題を変えた。「そうだ、サムもそろそろ車の運転を練習しておかなくちゃね」

暗闇に隠れて、サムは自分で車を運転するのは少し怖いんだと正直に打ち明けた。

2

乱射事件の七十二日後、そしてマークスの葬儀の二日後、サイモンからサムに電話があった。「まだ気持ちの整理がつかないと思いますけど」サイモンはそう切り出した。その年、サムとの会話を誰もがそう始めた。「でも、オフィスはどうします？　アントもだいぶ回復したし、事件のとき、俺たちは〔CPH4〕のプレイテストとデバッグを始めたところでした。そろそろ再開しないと、どう考えても八月のリリースに間に合いません——それ以前に、〔CPH4〕は予定どおり八月に出すんですよね？　あと、みんな転職を考えたほうがいいのか不安に思い始めてるんですが、どう答えていいかわからなくて……差し出がましいことを言うようですけど、今後についてそろそろ知りたいかなと」

言うまでもなく、会社経営の実務面はすべてマークスが引き受けていた。サムとセイディは、クリエイターなのだ！　二人の仕事は、遠大な計画、将来の展望を描くことなのだから！　請求書が処理され、オフィスに電灯がともり、観葉植物が枯れずにいたのは、マークスあってのことだった。交渉ごともマークスがこなしていた。もちろんサムも、マークスがしていたのはそれだけだと思っているわけではない。誰もわざわざ口に出さないだけで、役割分担が成立していた——サムとセイディがサムとセイディでいられるように、マークスはマークスでいた。しかしマークスは、もういない。

こういうとき、マークスならサイモンに何と言うだろう。「電話をくれてありがとう、きみの言うとおりだ。セイディと相談してみるよ」サムは言った。「今日のうちにまた連絡する」

サムはセイディに電話した。セイディは電話に出ず、サムはメッセージを送った。〈オフィスはどうしたらいいだろう？〉五分後、セイディから返信があった。〈サムの好きにして。〉

辛辣な言葉を返したくなった。セイディはおそらくベッドにもぐっているだろう。サムだって同じようにしたかった。ドラッグでハイになりたかった――一年くらい脳をシャットダウンしてくれるような、だがサムを殺しはしないようなドラッグがあれば、それをやりたい。

風見鶏のように心の風向きを読んだのか、足の痛みがぶり返していた。痛みを和らげるいつもの対策はどれも無力だった。痛みはいつも、サムが眠りの一番深いところに到達した瞬間、サムの愚かなヒトの脳が夢に対して一番無防備になった瞬間を狙ってやってくる。このころ夢に出てくるのはたいがい、サムがうっかり忘れた些細な仕事だった――夢のなかでサムはケネディ・ストリートのアパートに戻っていて、「イチゴ」のあるセクションのバグに対処するのを忘れていたのを思い出すとか。四〇五号線を車で走っていて、ブレーキをかけようとした瞬間、足がないことに気づくとか。サムは汗びっしょりになって飛び起きる。もうないはずの足がうずき、恐怖とやましさが心にまとわりついている。あまりの痛みに、それきり眠れなくなる。一二月以来、一度に二時間以上眠れたためしがなかった。

それでも、セイディとは違って、サムはかかってきた電話には出た。メールに返信した。人と会った。

セイディに宛てて強い調子のメッセージを打ちこみ、送信ボタンを押そうとしたが、気づくとさっきと同じようにこう考えていた。マークスなら何と言うだろう。マークスなら、いったん立ち止まってセイディの状況を思いやるだろう。セイディのおなかには子供がいる。仕事上のパートナーを失っただけでなく、人生のパートナーも失ったのだ。サムとは違って、セイディは近しい人を失い、悲嘆の底に突き落とされた経験がこれまでなかった。いまはセイディのほうがつらい思いをしているだろう。マークスなら、いまやらなければならないことを淡々とこなすだろう。

二カ月半前にマークスが撃たれて以来、サムはアボットキニー大通りのオフィスに一度も行っていなかった。この日、ついに行くしかなくなって、それなら一人で行こうと決めた。なかでどんな光景が待っているかわからない。アシスタントや祖母、ローラ、サイモンに、それを言ったら犬のチューズデイにだって、恐怖を味わわせたくなかった。一緒に行ってもらうとしたらセイディだ。オフィスに行ってみると連絡はしたものの、一緒に来てほしいと言うのははばかられた。セイディのほうも、一緒に行くとは言わなかった。

オフィスのエントランス前に、仮ごしらえの祭壇があった――メイヤー・メイザーやイチゴのぬいぐるみ、セロファンにくるまれたしおれたカーネーションやバラ、至るところに結びつけられた支援の意を表すサテンのリボン、数週間どころではなく何十年もそこで風雨にさらされていたかのようなメッセージカード、ゲームの箱、キャンドル。銃による犯罪が起きた現場にかならず出現する善意の無意味な山。〈私たちは味方だよ〉〈愛してます〉〈ここで起きたことを決して許さない〉。それを前にしても、サムは何も感じなかった。ぬいぐるみのメイヤー・メイザーの顔を蹴飛ばしてやりたくなっただけだ。祭壇をまたぎながら、サムは頭のなかにやることリストを作った。（1）祭壇を撤去。鍵を差しこんだ。この鍵では開かないのではと一瞬心配になったが、抵抗なく回った。リストに項目を追加した。（2）錠前を交換、（3）防犯対策を検討。

屋内はふだんより少しひんやりしていた。空気はこもった感じではあったが、サムの鼻には、人が殺された現場のにおいどころか、何のにおいもしなかった。ロビーに入る。美術館の誰もほとんど出入りしない一室のようだった。センスよくデザインされた小さなプレートにこんな風に紹介されているのが見えるようだ――〈カリフォルニア州ヴェニスのゲーム制作会社　二〇〇五年〉。ロビーの観葉植物は枯れかけていた。（4）観葉植物。

　ステルスゲームのキャラクターのように、ゆっくりと用心深くロビーを横切る。木の柱に弾痕が一つ。（5）弾痕を埋める。

　一番被害が大きかったのはマークスが撃たれた現場で、おぞましい血の痕が床にいくつもできていた。鏡面仕上げのコンクリートにマークスの血が染みこんでいる。そもそも磨き直しの時期を逸していたうえ、時間がたちすぎていて清掃は簡単ではなさそうだ。それでもサムは拭き取ろうと試みた。弱い洗浄剤から始めて、だんだん強いものにした――水、窓ガラス洗浄スプレー、ヨード洗浄剤、水垢落とし、漂白剤。染みは深くまで浸透してしまっている。プロに頼んで磨き直してもらったほうがいい。（6）床の磨き直し。

　剝がれた警察の黄色いテープが垂れ下がっていて、場違いな華やいだ雰囲気を与えている。サムはテープをくず入れに投げこんだ。

　次にマークスのオフィスに行った。アンフェア・ゲームズの経営はまかせきりにしていたとはいえ、祖父母が店を切り盛りしているのを間近で見ていたから、最低限の実務の知識はあった。マークスのファイルを調べて、保険会社の担当者の名前と連絡先を探した。電話してみると、保険契約に大量射《マスシュー》殺《ティング》事件による損害を補償する規定はなく――死者二人で大量射殺事件？――したがって修繕費はおそらく保険ではまかなえないだろうと言われた。「写真は撮っておいてください、ミスター・メイザー。支払い請求の受け付けはしますから」

　いつもの清掃会社の名前と、最初にここに移ってきたとき床の仕上げを依頼した業者の名前もわかった。その支払いに備え、会計事務所の名前も調べた。担当の会計士は、ケンブリッジ時代の一九九七年からずっとアンフェア・ゲームズの顧問だったらしいが、これまでは会計士と話す用事がなかった。「どうも、初めまして。おそろしい事件でしたね。お仕事に戻られるようで安心しました」会計士は言った。「そろそろ現金が不足し始めたところでしたから」

「え、そうなんですか」サムは言った。

「去年の一〇月にアボットキニー大通りのその建物を現金で購入したでしょう。かなりの出費でした。ただ長期で見れば、購入して正解だったと思えるはずですよ」

　これまで生きてきて初めて、サムは先のことは考えたくないと思った。

　マークスのオフィスを出て、自分のオフィスに入った。「イチゴ」関連商品の『ゲルニカ』スタイルの虐殺の跡があった。胴体と分離されて転がったおかっぱ頭、ぽっちゃりした手足、子供らしいまん丸の目、波、舟、サッカージャージを着た胴体。サムは陶製のイチゴの頭を床から拾い上げた。デンマークでの発売を記念した販促アイテムで、対《つい》の胴体があって、二つで貯金箱になっていたはずだ。サムはひびの入った頭を見つめ、身震いをした。犯人の二人組が本来殺そうとしたのは、サムだった。サムを殺したかったが、果たせなかったためにイチゴの関連商品を壊し、マークスを代わりに殺したのだ。

　マークスの病室の情景が蘇る。セイディが前置きもなしにサムにわめき散らした。犯人の狙いはサムだった。狙いはサムだった。サムだった。セイディは拳でサムの胸を何度も殴りつけた。サムは止めようとしなかった。もっと強く。もっと。翌日だったか、翌週だったか、あるいは翌月だったか、セイディは謝った。だがその謝罪は、サムに殴りかかってきたときのリアリティを欠いていた。

　サムはイチゴの頭をくず入れに放りこんだ。オフィスを出て、鍵をかけた。死んだイチゴ博物館を片づけようという気になれなかったし、記念品があふれたオフィスはもう必要なかった。記念品が何を証明してくれるというのだ？　彼らはゲームを作った。そのゲームの販売を促進し、誰もほしくない安ぴかの玩具で金を儲けようとした人々がいた。

やることリストに書き加える。（7）メイザーのオフィスの片づけ。マークスのオフィスに戻った。ポケットのなかで携帯電話が鳴った。セイディからだった。張り詰めた小さな声だった。「いまオフィス？　ひどい？」

「さほどでもない」

「どんな様子か言って」

「そうだな――とくに話すほどのこともない」

「正直に話してよ。行って驚きたくない」

「前とあまり変わってないよ。壊されたのは主に僕のオフィスだ。イチゴの貯金箱は元どおりに直せそうにない。床にいくらかダメージがある。柱に穴が一つ」

セイディの側に一拍の間があった。「〝ダメージ〟じゃわからない。〝ダメージ〟って何のこと？」

「血だ」サムは言った。「コンクリートに染みてる」

「大きさは？」

「どのくらいかな。一番大きいやつで幅五〇センチとかそのくらい」

「マークスが出血多量で死んだ場所に、幅五〇センチの血痕が残ってるってことね」

「そう、そういうことだ」サムは虚無感に襲われた。心の天邪鬼《あまのじゃく》な部分は、マークスはその床に倒れたまま出血多量で死んだわけではないと言い返したがっている。マークスは病院で、十週間後に死んだのだと。しかし、枝葉末節を議論する気力はない。「床の仕上げをしてくれた業者と連絡がついた。きれいになるよ」

「染みが消えるのはいやかも」セイディが言った。

「そのまま残しておきたいの？」

「ううん。でも消しちゃうのはいや。マークスを消しちゃいたくない」

「落ち着けよ、セイディ。あの染みはマークスじゃない。あれは――」

セイディがさえぎった。「マークスが死んだ場所だよ」

「でも――」

「マークスが殺された場所」

「みんなのことを考えろよ。でかい血痕を見ながら仕事するなんて、つらすぎるだろ」

「そうだね、つらすぎる」セイディが言った。

「大きな絨毯を敷くのは？　マークスはキリムの絨毯が好きだった」

「全然笑えない」

「ごめんよ。笑えないよな。疲れてるんだ。まじめな話、社員に仕事に戻ってもらいたいだろ？」

「わからない」

「来て自分の目で見てみないか」サムは期待をこめて言った。「どうしたらいいか、二人で相談しよう。車で迎えに行くよ」

「断る。見たくないよ、サム。見たいわけないじゃない！　いったいどうしちゃったのよ？」

「わかった、わかったよ」

「とにかく何とかして」

「何とかしようとしてるところだよ、セイディ」沈黙が続いた。セイディの息遣いは聞こえていた。まだ電話を切ってはいない。

「そう考えると、目も当てられない惨状を考えると、会社を移転したほうがよくない？」セイディが言った。「床がきれいになったとしても、そこのオフィスでまた仕事がしたいと思う人っているのかな」

「移転する余裕があるかどうかわからない」サムは言った。「どのプロジェクトもスケジュールから遅れてるし、社員の給与を三カ月払い続けてるのに入金はほとんどないし、仕事もまるで進んでいない。サイモンとアントに大急ぎで［CPH4］を完成させてもらわないと間に合わないし、［マスター・オブ・ザ・レヴェルズ］の拡張パックも一二月には出さなくちゃならない」

「アントは仕事に戻る気なの？」

「ああ。サイモンによれば」

「勇気あるね」セイディの声には皮肉めいた響きがあって、新たな議論を吹っかけようとしているのだとサムは察した。「会社を引っ越せないのは、引っ越すのが面倒くさいから？　どうしても引っ越そうって言ったら？」

「セイディ。僕は事実をそのまま述べてる。さっき会計士と話した。疑うなら、自分で電話してみろよ」

「サムはほら、自分の都合に合わせて現実のほうを歪めるのが得意だから」

「僕の都合？　どんな？　僕はみんなに仕事に戻ってもらえる環境を整えたいだけだ」

「ほんとにそうなの、サム？　ほかに動機があるんじゃない？」

「僕は会社をたたみたくない。それだけだ。マークスだってそう望んだはずだ」

「マークスはもう何も望まないよ」セイディは言った。「だからね、サム、好きなようにすればいいよ。どうせいつも自分の都合に合わせるんだから」

「セイディ、自分で何言ってるかわかってる？」

「さあ、どうかな」電話は切れた。
（8）セイディ……
セイディのためにいまのサムができるのは、セイディが仕事に復帰する気になるまで、会社を守っておくことだ。

長い一日のように思えたが、実際にはまだ午前一一時で、床の業者が来るまで二時間もある。サムはマークスのオフィスの硬いオレンジ色のソファに体を横たえて目を閉じたが、眠れるわけではなかった。

マークスのオフィスの固定電話が鳴り出し、誰からなのか、マークスにかかってきた電話をさばける精神状態なのか、サムは考える間もなく反射的に電話を取った。

「よかった！　ついに誰か出てくれた！」女性の声が言った。「留守電はいっぱいでもう新しいメッセージを録音できないんです。メールを送ろうかとも考えたんですけど、マークスのアドレスしか知らないから……」

「メイザーです。どちら様？」サムはいらいらと訊いた。

「メイザー？　うわ、初めまして。電話ですけど、お会いできて光栄です」

「どちら様？」サムは繰り返した。

「あ、すみません！　シャーロット・ワースって言います。夫とゲームの企画書を持ってマークスに会ったとき、ちょうど……ちょうど……えっと、マークスは企画書を検討してみると言ってくれました。その話は聞いてらっしゃいます？　終末後の世界を舞台にした、母親と娘のストーリーなんですけど。母親は記憶を失っていて、娘はイチゴみたいな子供で、荒野にバンパイアがうようよしているんですけど、そのバンパイアは実はバンパイアじゃなくて、説明がむずかしいんですけど――」

サムはさえぎった。「僕にわかるわけないだろう」

「いまはタイミングが悪いのはわかってます。でも、〈アワー・インフィニット・デイズ〉の――というのがゲームのタイトルなんですけど――オリジナルのコンセプトアートをマークスに預けたままになっていて、できればお返しいただきたいんです」

「僕にわかるわけないだろう」サムは繰り返した。

「もし見かけたら……」シャーロットは言った。「それか、どなたかに探してもらっていただけませんか。黒い紙ばさみです。表紙に〈AW〉ってイニシャルがあります。Aは夫のアダムのイニシャルです」

「いや、ほんとにもう勘弁してくれ」サムは言った。「マークスが死んだんだ。おたくのご主人の紙ばさみなんか探す時間はない。探したいとも思わない。おもしろくもないゲームの売りこみを聞く暇もない」

「ごめんなさい」シャーロットがいまにも泣き出しそうな声で言った。それを聞いて、サムはますます腹が立った。さっきの電話のセイディの態度はひどかった。それでも泣かなかった。なのに、どこの誰ともつかないこの女に泣く権利があるというのか。「タイミングがよくないのはわかってます。でも、コンセプトアートを返していただきたいだけなんです。お願いですから――」


サムは電話を切った。

ハーヴァード＝ラドクリフ演劇クラブ一九九三年秋公演『マクベス』の演出家は、マークス演じるバンクォーの幽霊を宴会の場面に出さないと決めた。マクベス役の俳優は、細長いテーブルにぽつんと一つ空いた椅子を――マクベスにしか見えない透明人間のマークスを見つめたあと、ディナーロール――夜ごとにアダムズ寮の食堂からくすねてきたもの――を空っぽの椅子に投げつけた。「俺はディナーロールにされたんだよ、サム！」マークスは不満げに言った。「なんたる侮辱！」それでも初演の夜までにマークスは演出家の判断と折り合いをつけて、サムにこう言った。「暗殺の場面でいい演技をして観客に鮮烈な印象を残せば、宴会の場面でも僕が舞台にいるように感じてもらえるよな」

サムの携帯電話が鳴った。床磨きの業者が早く着いたらしい。サムはロビーに下りて鍵を開けた。

サムが床の染みを見せると、業者はいそいそと作業を始めた。「前に鏡面仕上げをしたのを覚えてますよ。五年前、いや六年前だったかな。すてきな空間だ。明るくて。青白い肌と赤い髪をした女の子に入れてもらったな。何の会社でしたっけ？　ＩＴ系でしたよね」

「ビデオゲームの制作会社です」

「楽しそうだ」

サムは答えなかった。

「これ、何があったんです？」

「あっと、すみません」サムは電話がかかってきたふりをしてその場を離れた。「はい、メイザーです。いま、床を掃除してもらってるところで」即興でぎこちない芝居をした。「はい。はい」気づくと目の前に弾痕の開いた柱があった。修理業者は明日来ることになっていたが、穴を見ているうち、これはこのままにしておくほうがいいのではないかという気がしてきた。床の血痕と違って、そこまで生々しくない。穴はきれいに左右対称な正円だった。木材は奇跡的にささくれておらず、穴の縁《へり》は少し黒っぽく変色していて、初めからそこにあった木の節のように見えなくもない。何も知らない第三者は、まさかサムのパートナーの死を象徴するものだとは気づかないだろう。

それは単なる穴だった。

3

〔マスター・オブ・ザ・レヴェルズ〕の拡張パックのリリースは、オリジナルの発売から一年後、一二月の予定だったが、四月末になってもまだ本格的な作業は始まっていなかった。セイディがプロジェクト責任者に選んだモリは、セイディのことでサムに不平を言うのを控えていたが、作業が遅々として進まないのは、セイディに実質上まったく連絡がつかないせいだとついに認めた。

「状況は理解できます」モリは言った。「いまはつらいでしょうから」

「セイディ抜きで進められる？」サムは尋ねた。

モリはしばし熟考してから答えた。「できなくはありません。でも、セイディがいたほうがいい」

サムはその気持ちがよくわかった。「僕から話してみるよ」

表向き、セイディは自宅勤務していることになっていた。電話しても出ないとわかっていたから、サムはメッセージを送った。メッセージは言葉の数が少ないためにかえって回りくどいやりとりになりがちで、サムはうんざりし始めていた。セイディはサムのメッセージの半分、それも肝心なほうの半分を無視して返信してくることがある。〈〔レヴェルズ〕拡張チームがきみの指示を待ってる。〉

〈今日の午後にでも話す。〉三十分後セイディから返信があった。

〈会社に来るってこと？〉

〈電話する。〉

〈作業が進まなくて困ってるようだ。〉サムはメッセージを送った。

セイディの返信はなかった。

アンフェア・ゲームズの業務を正式に再開した日、本当はセイディとそろって〝聖クリスピンの祝日の演説〟式に「僕らは屈しない」と社員を鼓舞するスピーチをしたかった。セイディもその提案に同意したが、サムは過大な期待を抱かないよう用心した。これで仕事を再開できるかもしれない。セイディが仕事に復帰するかもしれない。

社員が全員そろう予定の一時間前にオフィス前で待ち合わせた。錠前を交換し、防犯システムも更新したから、サムがいないとセイディがなかに入れない。

セイディは約束の時刻の一分前に現れ、サムは胸をなで下ろした。セイディは黒いジャージー素材のワンピースを着ていて、サムの目にも初めておなかの丸みが見て取れた。妊婦を見ると、人はついそのおなかに触るという行動でプライバシーを侵害してしまいがちだが、意外にもこのときサムはそうしたい衝動に駆られた。だが、セイディにそんなことはできない。サムは手を振った。セイディも手を振って通りを渡ってきた。よし、これで二人がオフィスにそろう。これが新しい始まりだ。僕らはもうだいじょうぶだ。

「やあ、久しぶり」サムは手を差し出した。

セイディはその手を握ろうとしたかに見えた。が、顔をしかめた。肩をわずかに丸め、鼻で息をして、建物の壁のほうを向いた。表情は見えなかった。「ちょっとだけ待って」セイディは言った。

息遣いが乱れ、速くなっている。セイディはサムに向き直ったが、サムの目を見ようとしなかった。額にうっすら汗が浮いている。「無理」

「なかに入ろう」サムは鍵を開けた。「だいじょうぶだ。なかに入れば気分も落ち着くよ」

「サム一人でやって」

「セイディ、きみが……」いつもと同じ理由で、サムはどうしてもきみが必要なんだと言えなかった。

「みんなきみに会いたがってる」そこで間を置く。「無理な頼みだってわかってる。でも僕らの会社だ。僕らとマークスの会社なんだよ。社員は僕らが頼りだ。何も話したくないなら、きみは何も言わなくてかまわない。とにかくなかに入って、みんなと会ってくれ。アントはもう来てるよ」

セイディの顔は青ざめ、体は震えていた。「ごめん、サム。できそうにない。私――」前触れもなく、セイディは歩道に吐いた。建物の壁に手を置いて体を支えた。爪の先が煉瓦《れんが》にこすれる音が聞こえた。

「つわり」セイディは言った。「お産が近づくにつれてどんどんひどくなってる気がする。産科の先生は、いいかげんに終わるはずだって言うんだけど」ワンピースにも、顔にも、戻したものがついていた。サムは何をしてやればいいのかわからなかった。「オフィスには入れない」セイディは言った。妊娠六カ月の身だ。力ずくで入らせるわけにはいかない。「わかった」サムは言った。「また今度にしよう」家まで送っていきたかったが、社員が待っている。スピーチをしなくてはならない。「車、運転できそう？」

「歩いてきた」

道を渡っていくセイディの後ろ姿を見送ってから、サムは一人でアンフェア・ゲームズのオフィスに入った。セイディのゲロを片づけてくれとアシスタントに頼んだりしたくないが、かといっておそるおそる出社してきた社員が最初に目にするものがそれというのも気の毒だ。サムは戸棚からモップとバケツを取り出し、腕まくりをした。

歩道の掃除をしながら、アンフェア・ゲームズの傷ついた社員を前にどんな話をしようかと考えた。セイディがいない理由を説明したほうがいいだろうか。セイディも同席を希望していたのだが、と話を始めるべきか。それとも、社員がそれぞれに結論を出すにまかせるのがいいか。マークスなら何と言うだろう。

おいサム、むずかしく考えすぎだよ。人は慰められれば安心するものだ。それにはっきり言って、みんな前に進みたがってる。オフィスは安全だから戻ってきてくれと言え。自分の仕事がいまはちっぽけなものに思えても、それがいつどこで暴力事件が起きるかわからないこの世界にあって、いまも価値があると言ってやれ。

サムは歩道に水を撒き、嘔吐物を側溝に流した。

何か具体的なエピソードから始めるといいな。たとえば俺のおもしろおかしいエピソードとかさ。復帰してくれた社員に感謝を伝えろ。本心からの感謝だ。それだけで十分なはずだよ。おまえは何でも必要以上にむずかしく考えすぎる。昔からそうだった。


翌朝、セイディからメッセージが届いた。〈産休を前倒しで取得したいと思います。〔レヴェルズ〕チームとは電話でやりとりして、自宅から監督します。〉

〈了解〉。サムはそう返信した。うまく行きっこないと思ったが、同意するしかない。

それが一月前のことだった。サムはまたセイディにメッセージを送った。〈ちゃんと顔を見て話をしたい。いまから行っていい？〉

〈話なら電話で。〉

〈電話したらちゃんと出てくれるって約束してよ。〉

返信はなかった。

サムは電話をかけた。

セイディは出なかった。

セイディの心のなかで何が起きているのか、サムには理解できなかったし、深く考えているゆとりもなかった。とにかく〔マスター・オブ・ザ・レヴェルズ〕拡張パックの開発作業を進めてもらいたい。少なくとも、セイディに作業の指揮を執ってもらいたい。マークスが死んで三カ月が過ぎた。そのあいだにサムからセイディに要求したのはそれ一つだった。

〔マスター・オブ・ザ・レヴェルズ〕の拡張パックの開発は、セイディがオリジナルの着想を得た直後から始まっていた。〔マスター・オブ・ザ・レヴェルズ〕開発には〔ボース・サイズ〕と同等の資金がかかっていた。同じゲームエンジンを使った追加コンテンツの売上が上乗せされてようやく採算が取れると見込まれていた。オリジナルの〔マスター・オブ・ザ・レヴェルズ〕は『ハムレット』の舞台制作を中心にストーリーが展開していた。拡張パックでは代わって『マクベス』が主眼になる予定だった。さまざまな事情を考慮すると、拡張パックはオリジナルの発売から一年以内に出す必要がある。

サムはセイディの家に車で行き、玄関をノックした。応答がなく、さらに力を入れてノックした。次に名前を呼んだ。「セイディ！」

マークスとセイディがここを購入して以来、サムはこの家に敵意を向けてきた。不動産業者のウェブサイトに掲載されていた情報をマークスから見せられたときは、幽霊でも出そうなみすぼらしい家だと思っただけだった。しかし購入が決まったと聞いて（二人の交際が公になってまもなくのことだった）、この家のストーカーになった。ネット上のページを何度のぞき見したかわからない。今度のテストに出るよと言われたかのように、間取り図や室内写真を食い入るように見つめた。クレセント・プレース一三一二番地の間取り図なら、きっと死ぬ瞬間までそらで描けるだろう。周辺環境や立地を考えたら高すぎる買い物だと思った。二人は親友だというのに、資産価値が下がるのが楽しみだとさえ思った。売買契約が成立して数カ月後、不動産情報と写真が不動産業者のウェブサイトから消えてしまうと、サムはパニックにとらわれた。次にまぎれもない喪失感を覚えた。セイディとマークスに初めて夕食に招かれたとき、まるで有名人に会うように気負って出かけたが、行ってみて拍子抜けした。実物は、チャーミングな家だった。マークスとセイディの家なのだ――チャーミングでないわけがない。

どの窓もカーテンが引かれていたが、寝室に使っているはずの部屋に明かりがついているのが見えた。セイディはいるのだ。

「セイディ！」もう一度声を張り上げた。

数分後、玄関が開いた。いつもどおりのセイディだったが、おなかは大きくふくらみ、顔が青かった。

「何？」セイディが言った。

「なかで話せる？」

セイディがドアを大きく開ける。といってもサムがぎりぎりすり抜けられる程度だった。屋内の空気はこもっていて、どこかからかすかにペンキのにおいがしていた。

「ペンキを塗り直してるの？」サムは訊いた。

「アリスがね。赤ちゃんの部屋の壁を塗ってる」

セイディはサムをリビングルームに案内した。不潔な感じではないが、鉢植えの植物は枯れかけていた。

「で？　話って何？」

「［レヴェルズ］チームが、拡張パックの作業が止まって困ってる」サムは言った。

「電話するって言ったよね」

「今年中のリリースを逃すと、エンジンをアップグレードしなくちゃならなくなる。技術が進んで、時代遅れに――」

セイディが割りこむ。「ゲームの仕組みは知ってるよ、サム」

「出産予定日より前に作業を完了できると安心だ」

「そうだね」

「ほかの誰かにまかせようか？　大まかなところを教えてもらえるなら、僕が指揮してもいい」

「私のゲームだよ、サム。拡張パックもちゃんと完成させる」

「でも、みんなもわかってくれると思うよ。事情が事情だから」

「サムには都合がいいものね。私の作品に指紋をつけるチャンス。自分のゲームですってあとで言いやすくなる」

「セイディ。そういう話じゃないだろ。手伝わせてくれって言ってるんだ」

「役に立ちたいなら、放っておいてくれるのが一番」

「僕だって放っておけるものならそうしたいさ。だけど、誰かが会社を経営していかなくちゃならない」

セイディはセーターの袖口に手を引っこめた。「どうして？　もうどうだってよくない？」

「何を言い出すんだよ。僕らの会社なんだぞ」サムは立ち上がった。その瞬間、その場に倒れこみそうになった。幽霊の足が、心臓のように脈打っている。それでも座らず、表情にも言葉にも出さず、代わりに痛みと睡眠不足を燃料にして怒りを煽り立てた。「きみにはもうつきあってられないよ。これほどつらいのは自分だけだと思ってる？　僕より自分のほうが苦しんでる気でいるの？　出産を控えた人間は自分が世界中で初めてだとでも思うわけ？　自分以外に大事な人を失った人間はいないとでも？　自分は悲しみのパイオニアだとでも思うの？」

セイディが身を乗り出す。激しい口論の予兆を感じてサムは身がまえた。残酷なことを言われて、セイディが同じように残酷なことを言い返そうとしているのがわかる。しかし、その反撃は不発に終わった。驚いたことに、セイディは顔を伏せて泣き出した。

サムはその様子を見つめた。だが、セイディのところに行こうとはしなかった。「いつまでもめそめそしてるなよ、セイディ。会社に出てこいって。悲しみは自分で乗り越えるしかないんだよ。それしかない。つらい経験を仕事に注ぎこめばいい。それでできあがったものはいっそう人の心を打つだろう。でも、まずは仕事に参加してくれないと。僕と話をしてくれないと。これからずっと僕を無視し続けるわけにはいかないんだ。僕らの会社だってそうだよ。これまで築き上げてきたものだってそうだ。マークスが死んだからって、すべてが終わったわけじゃない」

「あそこには行かれないよ、サム」

「そっか、きみは僕が思ってたより弱い人間だったんだな」サムは言った。

太陽が沈んでいく。空気が一気にひんやりとする。ロサンゼルスの沿岸の街はどこもそうだ。「そうだよ」セイディは小さな声で言った。「サムは昔から私を買いかぶってたんだよ」

サムは玄関に向かった。「会社に来いよ。いや、来なくたっていい。きみの好きにすればいいさ。とにかく〔レヴェルズ〕の開発作業を終わらせてくれ。きみのゲームなんだよな？　僕との関係を終わらせてでも作りたかったゲームのはずだ。一二月より前に起きたことを一つでも覚えてるならな。ちゃんと終わらせるのが義理じゃないのか。それが僕に対する義理、マークスに、きみ自身に対する義理だ。ゲームのためを考えたら、そうするはずだ」

「サム」玄関を出ようとしたサムに、セイディが言った。「もうここには来ないで」

サムの言うとおりだとセイディが認めることはなかった。ときおりぎこちない文面のメッセージを送ってくる以外、連絡さえしてこなかった。オフィスにも一度も来なかったが、空いているパソコンを一台、自宅に運ばせた。それでもモリとは頻繁に連絡を取り合った。開発作業の大半をセイディが自分でこなしたと、サムはモリから聞いて知った。〔マスター・オブ・ザ・レヴェルズ拡張パック：スコットランド篇〕はセイディの出産の前週に完成し、予定どおり発売された。

いい出来だとサムも知ってはいたが、噂で聞いたにすぎなかった。サムが初めて自分でプレイしてみたのは、何カ月もたってからだった。

4

ナオミ・ワタナベ・グリーンは七月に生まれた。母親が取り組んでいたゲームと同様、スケジュールどおりだった。

見舞いに行って歓迎されるかどうか、サムは不安だった。かならず歓迎してもらえるとわかっていない場所に出かけていくのは、昔から苦手だった。それに、セイディの子に会ってみたいともとくに思わなかった。どんな赤ん坊でも怖い——その非の打ちどころのなさに気後れしてしまう。セイディの赤ん坊の場合は、マークスの面影を見てしまうのではと怖かった。

会いに行けよ。頭のなかのマークスが諭《さと》すように言う。悪いことは言わないから。

サムはマークスの助言に従わなかった。

それでもセイディのためにやれるだけのことをした。仕事に没頭した——気分が乗らなかろうと、痛みがあろうと。どうにも好きになれないアリスに電話をかけて、セイディの様子も尋ねた。セイディの家の前を車で通り、明かりがついていることを確かめた。ただし、それ以上は近づかなかった。来ないでとセイディに言われていたからだ。意味のないことばかりかもしれない。それでもサムにできるのはそこまでだった。

5

〔カウンターパート・ハイ――シニア・イヤー〕のデバッグが完了した日、サイモンがサムに言った。

「パーティを開くりっぱな理由ですよね、メイザー」

パーティのことなどまったく頭になかったとサムは正直に認めた。

「マジですか。ああ、マークスがいればなあ。その顔は、なんでパーティなんかって思ってますね？

そうだな、まずはゲームが完成したからです。それに、僕らはこの一年を乗り切ったじゃないですか。殺されかけて、二度と立ち直れないかもしれないところまで追いつめられた。でも、僕らはりっぱに立ち直った！　それ以上の理由が要ります？」

ほかの多くの物事と同様、パーティもやはり主としてマークスの管轄で、サムは企画した経験などなかった。マークスは、パーティ専門のプランナーを雇えとアドバイスした。いいか、サム。何でもかんでも自分で抱えこむことはないんだよ。

新作の〔カウンターパート・ハイ〕のエンディングは卒業式であることから、プランナーが提案したテーマは〝卒業式の夜〟だった。ゲストには角帽とガウンか、高校時代の服を着てきてもらう。〝隠し部屋〟には酒やアルコール入りのフルーツパンチ。記念撮影コーナー。卒業アルバムにサインするためのテーブル。ちょっと幼稚ではとサムは思った。「世間は子供じみたノリを喜ぶんですよ」

プランナーは請け合った。

サムはセイディも招待したが、来ないのはわかりきっていた。アリスによれば、セイディは〝いっぱいいっぱい〟だ。「産後鬱がかなり深刻。そうでなくても鬱だったわけだし」アリスはそう言っていた。大学時代にそうしたように、サムは今度もまたセイディの家に毎日行ってやりたくなった。しかしセイディはもう大人だ。子供もいる。サムのほうも大人で、会社を経営していかなくてはならない。しかも一人で。

マークスの死から四百十三日後、アンフェア・ゲームズ社は〈カウンターパート・ハイ――シニア・イヤー〉の発売記念パーティを開催した。

ロイヤルブルーの角帽とガウンをまとったサイモンは、初めはかなり高揚していたが、例によってその反動でがくりと落ちこみ、景気づけにコカインを少量やった。そしてマークスに才能を見出されたときの思い出に浸った。「実績っていうほどのものはなかった。まだ大学生だったし。企画書だってお粗末そのもので。ゲームの内容をくどくど二〇〇ページも説明したあとに、コンセプトアートがほんの二、三ページくっついてるだけ」

「タイトルもお粗末だったよな」アントが横から言った。アントはベビーブルーのタキシードを着て、〈プロム・キング〉と書かれた飾り帯を着けていた。

「そうそう。サムに秒で却下された」サイモンが言った。

「秒ってことはなかったよ」サムも角帽とガウンを着けていた。色は真紅とゴールドだ。パーティ・プランナーは、衣装を用意してこなかった客のために、ガウンがずらりと並んだラックを入口に用意していた。「で、本人たちはどう思う？　マークスはどうして仮タイトル〈ラブ・ドッペルゲンガーズ〉をうちで作ろうって思ったんだろう」

「さっぱりわかりませんよ」サイモンが答えた。「俺がマークスなら、俺たちになんか制作資金を出さない。絶対に断る」

「けど、マークスの判断は正しかったわけだよな、その後のことを考えると。何と言ってもうちの最大のベストセラーだ」サムは言った。「マークスはどんな風に言ってた？　どこを見てこれは行けると思ったんだろうな。それをぜひ知りたい」

サイモンはしばし考えこんだ。「まずは僕らの企画書に目を通してみるって言いましたね。おもしろそうだって。それからこう言いました。これははっきり覚えてます。〝どんなゲームになるのか、きみたち自身の口から説明してもらえないか〟」

それからの数時間、サムは会場を歩き回って招待客と歓談した。それが与えられた役目であるかのように──実際、そうだったわけだが。真夜中が近づき、人の相手をするのに疲れて、どこかで一休みしようと思った。自分やマークスのオフィスに行くには、会場をまた突っ切らなくてはならない──そこで待ちかまえているジャーナリストやゲーマー、社員、お祝いに駆けつけたほかのゲーム会社の人々の海に突っこんでいかなくてはならない。そこで、会場から一番遠いセイディのオフィスに行くことにした。先客がいた。アントがデスクの椅子に座っていた。

「おい、プロム・キングがこんなところで何してる？」サムは声をかけた。

「王はちょっと疲れました」アントが言った。「それに、コカインをやってるときのサイモンにはうんざりだから」二人は二階の一番広いオフィスを使っている。しかし、サイモンと距離を置きたいときはよくこうしてセイディのオフィスに避難しているのだと、アントはばつが悪そうに言い訳した。一方のサムは、銃撃事件以来、セイディのオフィスには一度も来ていなかった。

アントはセイディのデスクにあった紙ばさみを開いて、なかのコンセプトアートをめくっていた。

「これ、二人の新作の企画か何かですか」

「いや」サムは言った。「初めて見た」

「けっこういい感じですよ」アントが言った。

サムは椅子を引き寄せてアントの隣に座った。二人はページをめくっていった。終末後のアメリカ南西部のどこかを描いた絵やストーリーボードだ。絵は鉛筆と水彩で描かれている。

最初のページにタイトルがあった。〔アワー・インフィニット・デイズ〕。崩れかけた石を模した文字から野草が伸びて花が咲いている。

聞き覚えのあるタイトルだ。なぜだろう。

アントが文章を読み上げた。「第一日から第百九日。乾期。雨は一年以上、一滴も降っていない。湖は干上がり、海面は低下し、真水は容易には手に入らない。干魃《かんばつ》がもたらした疫病がアメリカ全土で流行して、市民の五人に四人が命を落とし、地球上の動植物の多くが死に絶えた。生き延びた人々の大半は〈砂漠のバンパイア〉となった。疫病と脱水の影響で脳内化学物質が変化したせいだ。一部のバンパイア〈パーチド〉は凶暴だ。〈ジェントル〉はおとなしいが、記憶を失っている。ジェントルは前触れもなくパーチドに変貌することがある。その逆も起きる」

サムは笑った。「だろうな」

アントはページをめくって次の絵を見た。〝食事中〟の女の砂漠のバンパイアを丁寧に描いた水彩画だ。バンパイアは一人の男性に飛びかかろうとしている。長い吻《ふん》のような舌を男性の鼻の穴に押しこんでいた。キャプションにはこうある。〈人体の六〇パーセント近くは水で構成されている。心臓と脳は七三パーセント。肺は八三パーセント。皮膚は七四パーセント。骨は三一パーセント。砂漠のバンパイアの狙いは人間の血ではない。人体に含まれる水分だ。〉

「なかなかおもしろいコンセプトだ」アントが言った。またページをめくる。ダリの絵画のようにシュールな美しさを持つ砂漠。一人の幼い少女と母親がキャラメル色の砂に足跡を残しながら横切っていく。母親は銃を、娘はナイフを持っている。〈自分たちが置かれた状況を言葉で表現できない場面もあるとはいえ、この六歳の娘は記憶の番人《キーパー》だ。それゆえ〝キーパー〟と呼ばれている。ゲームはママとキーパーの二つの視点を切り替えながら進んでいき、プレイヤーは両方のキャラクターの操作をマスターしなければ、きょうだいと父親が待つとキーパーが信じる〈海岸〉にはたどりつけない。〉

「絵の腕前はかなりのものだね」サムは言った。「しかし、設定はずいぶんありきたりだ」

「ええ、でも何か惹かれるものがあります」アントはそう力をこめた。「この絵を見てると、なんだか……うまく言葉にならないな。なぜか心がざわざわするというのか」

アントは次のページをめくった。キーパーとママがバンパイアに反撃している場面だ。キャプションはこうだ。〈第二百八十九日。〝記憶はさいなむ〟。夢を見るとき、人は旧世界の夢を見る。雨の記憶。バスタブ、石鹼の泡、清潔な肌、プール、スプリンクラーのしぶきを駆け抜けた夏、洗濯機、彼方の海。夢幻かもしれない記憶の数々。〉

次の絵。キーパーは油性ペンでふくらはぎに線を引いている。無数の線の列が並んでいる。〈日を数えていなくては、何日生き延びたかわからなくなる〉。

「たしかに、何か惹かれるものがあるな」サムは言った。「家に持って帰ってゆっくり見てみよう」紙ばさみを閉じてデスクから持ち上げた。その拍子に緑色の付箋が剝がれてひらひらと床に落ちた。マークスの筆跡があった――きっちり等間隔に並んだ小さな文字。すべて大文字だ。〈Sへ、感想を聞かせてくれ――Mより〉。

それで思い出した。事件後初めてオフィスに来た日、電話をかけてきた女性がいた。「これの持ち主がわかった気がする」サムは言った。「チームなんだ。女性とその夫のチーム」

「その二人と会うことになったら、僕にも教えてください」アントが言った。「面談に立ち会いたいんです。なんだか「イチゴ」を思い出しませんか」

サムは紙ばさみを脇にはさんだ。「セイディとはよく話してる?」

「ときどき」アントが答える。「もっと話したいんですけどね。赤ちゃんがまたかわいいんですよ。髪の毛がふさふさして。セイディとマークスの両方に似てる」

赤ん坊はみんなかわいいさ。「そのうち仕事に復帰すると思うか?」

「さあ、わかりません」

「あれほどゲームが好きなんだ。このまま永遠にゲームを作らずにいるとは思えないよな」サムは、アントにというより自分に言い聞かせるようにつぶやいた。

「僕は転職を考えることがありますよ」アントが言う。「ビデオゲームは好きですけど、撃たれてまで続けるような仕事なのか」

「でも、こうして復帰したじゃないか」

アントは肩をすくめた。「仕事よりいいものってあります?」少し考えてから続けた。「仕事より悪いものってあります?」

サムはうなずいた。一瞬、アントを見つめる。サイモンとアントは、サムのなかではいまも初めて会ったころの若者のままだ。マークスが〈ラブ・ドッペルゲンガーズ〉をプロデュースすると決めたとき、二人はまだ子供みたいな年齢だった。だが、アントはもう子供ではない。彼の目を見ると、まるで自分の目を見ているようだった。試練を乗り越えた者の目、これからもまた試練を課されるだろうと知っている者の目。サムは、マークスがよくそうしていたのを思い出して、アントの腕にそっと手を置いた。「まだちゃんとお礼を言ったことがなかったね。ゲームを完成させるために復帰してくれたことに心から感謝してる。勇気のいる決断だっただろう」

「実を言えば、サム、〈カウンターパート・ハイ〉が救いだったんですよ。この世界から逃れる先があって救われたんです」アントはためらってから続けた。「〈CPH〉の作業をしてると、リアルな世界よりもゲームの世界のほうがリアルに感じられる瞬間がありました。ゲームの世界のほうが好きだった。完璧にしようと思えば自分でできるから。僕の手で完璧に作り上げた世界だから。現実の世界なんて昔から、でたらめに燃え広がるごみ火災みたいなものでしょう。現実世界のコードは、僕には逆立ちしたって書き換えられない」アントは自嘲気味に笑ってから、サムを見つめた。「あなたはどうなんです、最近は」

「疲れてる」サムは言った。「振り返ると、この一年は人生で最悪から二番目の年だった。いや、三番目かな」

「僕にとっては最悪の一年でしたよ」アントは言った。「それを思うと、あなたは過去によほど悲惨な一年を経験したんですね」

「まあね」

パーティ会場に戻ろうとしたところで、サムが言った。「ああ、そういえば。セイディの話ですけど、夜はゲームをやるって言ってました。きっとPCゲームだろうな。もしかしたら携帯ゲームかも。レストランがテーマのゲームとか言ってたこともあります。開拓時代の西部を舞台にしたゲームの話も出たような。軽めのゲーム。セイディは〝頭を使わなくてもできるちょろいゲーム〟って言ってました。そういうゲームをやってると慰められるって。何が言いたいかっていうと、セイディは完全にゲームと縁を切ったわけじゃなさそうだってことです」

サムはアントが言ったことを少し考えてみてからうなずいた。「そうだアント、『アワー・インフィニット・デイズ』っていうタイトルはどう思った？」

「いいんじゃないですか。モンタナ州の田舎町じゃ売れないでしょうけど」

そのとき、DJが大きな声で呼びかけた。「よし、みんな屋上に上がってくれ！」一昨年の一二月、同じ指示はまったく別の意味を帯びた。全員を屋上に集めるのはデリカシーがなさすぎるだろうか。

サムとパーティ・プランナーはさんざん迷った。最後はサムが決断を下した——屋上を事件の記憶と切り離すには、それが一番だろう。アボットキニー大通りの社屋で一番気持ちのいい場所は、屋上だ。マークスは屋上をとくに気に入っていた。

「行くか」サムは言った。

アントがサムの手を取った。二人は人の流れに乗って階段を上った。

「さあ、全員で角帽を投げるぞ。カウント3で。3……2……1……」

サムは角帽を、アントは王冠を高々と投げ上げた。

「カウンターパート高校二〇〇七年卒業クラス、卒業おめでとう！」

「卒業だ」サムは言った。

「卒業だ！」サムが叫んだ。

ＤＪが『エヴリバディズ・フリー（トゥ・ウェア・サンスクリーン）』をかけた。一九九九年、作家のカート・ヴォネガットがＭＩＴで行ったという触れこみの卒業祝いのスピーチをバズ・ラーマンが音楽に乗せて読み上げるという風変わりな〝曲〟だが、実際にはカート・ヴォネガットはスピーチを行ってはおらず、『シカゴ・トリビューン』紙のメアリー・シュミッチというコラムニストが書いたものだった。そんないわくつきの曲とは知らないサムとアントは、壁にもたれ、首を伸ばして、はるか彼方に横たわる海を見つめた。

「知ってました？」アントが言った。「僕、大学の最後の一年をまるっと休んだんですよ。〔カウンターパート・ハイ〕を作るのを優先して」

「僕もさ」サムは応じた。「僕の場合は〔イチゴ〕だったけど」

午前二時三〇分、パーティはお開きになった。夜はちゃんと眠る街、ロサンゼルスのパーティとしては遅いほうだ。サムはぐずぐず居残ろうとするゲストにようやくお引き取りを願い、戸締まりをして、車で帰途についた。いつものように、セイディの家の前を通った。ちょっと回り道をするだけのことだ。二階の窓に明かりがついているのが見えた。客用の寝室だ。おそらくあれが子供部屋だろう。車を降り、玄関に歩いていく自分の姿が思い浮かぶ。だが、現実には一度もそうしたことがない。この晩は、家の前に車を停めてセイディにメッセージを送った。

〈パーティで会えなくて残念だった。信じられるかい？ 僕、人間嫌いのサム・メイザーがパーティを開いたなんて。でも、みんな楽しそうにしてくれていた。〉

返信はなかった。サムはもう一通メッセージを送った。

〈新しいゲームのプロデュースを考えてる。きみが好きそうなゲームだ。『イチゴ』と『デッド・シー』を足して二で割ったような感じかな。資料を家に届けてもかまわない？ マークスもプロデュースを考えてたみたいなんだ。〉

〈サム〉セイディから即座に返信があった。〈私には無理。〉

∵

サムがワース夫妻と会った日は雨降りだった。

アシスタントから、ワース夫妻がロビーにお見えですと連絡が来た。サムはこっちから下りていくよと言った。

「また足を運んでくださってありがとうございます」サムは言った。「お返事がこんなに遅くなってしまってすみませんでした。マークスと話をしてから、一年半くらいたちましたか」

「もっと長かったように感じます」アダム・ワースが言った。

「でも、あっという間だった気もします」シャーロットがすかさず言った。

一方が言いかけたことをもう一方が引き取って完結させる。二人の様子を見て、サムは息の合ったパートナーがいたころが懐かしくなった。

自分のオフィスに二人を案内し、紙ばさみをアダムに返した。「あなたのですよね。ずいぶんお待たせして本当に申し訳なかった。いい出来映えです。もう何度も見返して――」

シャーロットが早口で言葉をはさんだ。「ほかにもアイデアがあるんです。その、それがお気に召さなかったなら」

「いやいや、僕はこの企画が気に入ってるんです。ただ、ちゃんと理解できてるかまだ自信がなくて」サムは言った。「どんなゲームか、お二人の口から説明してもらえませんか」

6

マークスが撃たれてから五百三日目のその日、シャーロットとアダムのワース夫妻は〈アワー・インフィニット・デイズ〉開発に着手した。

二人の到着に備えて、サムは前夜のうちにセイディのオフィスの片づけをし、私物をまとめて自分のオフィスに運びこんだ。午後にはアシスタントの一人がセイディの自宅に届ける手はずになっている。これでアンフェア・ゲームズからサムのパートナー二人のオフィスがなくなった。

サムはワース夫妻の様子を確かめようと二人のオフィスをのぞいた。アダムはいなかったが、シャーロットはデスクについていた。ノートパソコンにゲームの画面が表示されていた。「〈スコットランド篇〉で確かめておきたいシーンがあって」シャーロットはそう説明した。「セイディ・グリーンの血の描写がすばらしいんです。気のせいかもしれませんけど、人によって微妙に血の色が違うし、粘度も違うように見えるんですよね。血にキャラクターを与えるなんて、小さなことですけど、何度でもつい見入ってしまって」

「まだプレイしていないんだ」サムは言った。

「ほんとに？」シャーロットが言った。「すごいゲームですよ。オリジナルよりだいぶグロいですけど。劇場の虐殺のレベルなんて、あんなに血だらけで、ぞくぞくするような場面、ほかにプレイしたことがありません」

「そのレベルの批評はどこかで読んだな」サムはオフィスを出ようとした。「邪魔はこのくらいにしておこう」

「待って」シャーロットが呼び止めた。「まだプレイしていないなら、これも見たことないですよね。ちょっと待ってください。隠し要素《イースターエッグ》があるんです。イースターエッグなんだと思います」

「セイディはイースターエッグを嫌う」サムは言った。ゲーム世界のリアリティをぶち壊してしまうとセイディは考えていた。

「ネタバレはいやなタイプですか」

「いや」たとえ謎や結末を先に明かされてしまっても、ゲームが楽しめなくなることはないとサムは考えている。肝心なのは、ゲームのなかで何が起きるかではなく、それが起きるに至る過程だ。〔マスター・オブ・ザ・レヴェルズ拡張パック：スコットランド篇〕の内容はすでに知っている。ロンドン中の俳優が一人、また一人と殺されていく。プレイヤーは主宰する劇団の運営を維持しながら、俳優殺しの謎を解かなくてはならない。

「あ、ここです」シャーロットが画面をサムのほうに向けた。「劇場で大量殺人が起きた直後、マクベス役の俳優が殺されます。プレイヤーは劇団の主宰者で、公演を予定どおり続けるのか、中止するのか、決断を迫られます。観客の入りは悪いだろうと警告されますけど、予定どおり公演を続けるのが最良の選択に決まっています。ショーは続けなくてはならない《ショー・マスト・ゴー・オン》ですからね。ここで主演俳優として、次の三人から選ばなくちゃなりません。（１）マクベスの代役として稽古をしてきた、バンクォー役の〝華はないが確かな演技をする〟俳優。（２）〝もっとギャラを上げろとやかましい、ペストにかかっているかもしれない〟リチャード・バーベージ。（３）〝どこから来たかわからない旅の一座に属する、実力のほどが不明な〟俳優」

「一番を選ぶのが無難だろうね」サムは言った。「今回の舞台を一番よく理解してるだろうし、どのみち虐殺事件が起きた翌日に現場となった劇場に足を運ぶ観客なんておそらくいない。でも、二番と三番もおもしろそうだ」

「私はしつこいタイプですから、全部のパターンをプレイしてみました。イースターエッグは、三番に隠されてました」シャーロットは三番目の選択肢をクリックした。「ほかの二つを選んだときは、お芝居を見てもいいし、飛ばしたいなら飛ばせます。俳優だけが入れ替わった同じカットシーンの使い回しですから。でも、我らがクリエイター、セイディ・グリーンは、この三番に別の場面を忍びこませたんです。というわけで、その場面がこれです。ちょっと見てみてください」

シャーロットは画面をサムのほうに向けた。

白人の国、エリザベス女王時代のイングランドという設定なのに、舞台には整った顔立ちをしたアジア系の俳優がマクベスの衣装を着て立っている。妻が死んだという知らせを聞いた直後の場面で、有名な独白〝トゥモロー・スピーチ〟が始まる。

何年も前、新しく設立する会社の名前をどうしようかと三人で話し合ったとき、マークスは〝トゥモロー・ゲームズ〟という社名を提案したが、サムとセイディは〝変に前向きすぎる〟と言って即座に反対した。するとマークスは、自分が好きなシェイクスピアの台詞にちなんだ名前で、少しも〝前向き〟な内容ではないと言った

「シェイクスピアの引用じゃない社名候補はないわけ？」セイディが茶々を入れた。

自分の主張の正しさを証明せんと、マークスはキッチンチェアに飛び乗って〝トゥモロー・スピーチ〟を暗誦した。

明日、また明日、そしてまた明日と、

記録される人生最後の瞬間を目指して、
時はとぼとぼと毎日歩みを刻んで行く。
そして昨日という日々は、阿呆どもが死に至る塵《ちり》の道を
照らし出したにすぎぬ。消えろ、消えろ、束の間の灯火！
人生は歩く影法師。哀れな役者だ、
出番のあいだは大見得《おおみえ》切って騒ぎ立てるが、そのあとは、ぱったり沙汰《さた》止み、音もない。
白痴の語る物語。何やら喚きたててはいるが、
何の意味もありはしない。

「すっごく陰気」セイディは言った。

「ゲーム会社なんてやめよう。三人で心中だ」サムが冗談を言った。

「それに」セイディが言った。「ゲームとどう関係するの？」

「一目瞭然だろ？」マークスが言う。

サムとセイディの目にはちっとも瞭然ではなかった。

「ゲームとは何か」マークスは言った。「〝明日、また明日、そしてまた明日〟だ。無限の生まれ変わり、無限の贖罪《しょくざい》の可能性だよ。プレイを続けてさえいればいつか勝てるという希望だ。敗北は一時《いっとき》のものだ。永遠に変わらないものなどこの世にないんだから」

「よくがんばりました、ハンサム君」セイディは言った。「次に行こう、次」

サムはカットシーンを終わりまで見た。教えてくれてありがとうとシャーロットに言い、自分のオフィスに戻ってドアを閉めた。

サムが出て行くなり、シャーロットはくよくよ考え始めた。イースターエッグの存在をメイザーに教えたのは間違いだっただろうか。共通の経験を分かち合おうとしただけなのに。メイザーほどの衝撃を受けたわけではなくても、マークスの死は、シャーロットとアダムの心に深い傷を残した。〈スコットランド篇〉でマークスの姿を見つけたとき、その傷は多少なりとも癒やされた。ただ、イースターエッグの話を持ち出した陰に、新しいボスに自分の有能さを印象づけたいという動機があったことも確かだ。自分のゲームの知識の深さと広さをメイザーに見せたかった。〈アワー・インフィニット・デイズ〉を採用したのは正解だったと思ってもらいたかった。

何を考えていたのか。ぶしつけもいいところだ。メイザーのことはまだほとんど知らない。今日がこの会社での初日なのだ。アダムからも、きみは会ったばかりの相手になれなれしくしすぎると注意されることがある。

アダムが戻ってきたとき、シャーロットはデスクで頭を抱えていた。「どうした？」

「私って馬鹿」さっきのことをアダムに話した。

「たしかに、ちょっとまずかったかもな」アダムは言った。「だけど、礼を言われたんだろう？」

「まあね。でもほかには何も言わなかった。礼儀上お礼を言っただけかも」

アダムは少し思案してから言った。「いや、メイザーが心にもないことを言うとは思えないな」

オフィスでデスクについたサムは、セイディが作ったゲームにマークスが出てきたとき芽生えた感情がいったい何なのか、つかみかねていた。単なる心の痛みではない。悲しみでもなければ、幸福感やノスタルジア、思慕、愛でもない。何よりサムの胸を震わせたのは、セイディの声だった。ゲームを通じ、時間と空間を超えてサムに語りかけてきた、セイディのまっすぐで澄みきった声。たとえばシャーロット・ワースのような第三者は、カットシーンのあの俳優がマークスであることには気づくだろうが、セイディが語りかけている相手は、サムだ。長い沈黙の月日を経て、セイディの声はふたたびサムに届いた。そして思った。そうか、胸に芽生えたこの感情は、きっと希望だ。

封をしていない箱が一つ。セイディのお気に入りのゲーム、いつも手近な棚に並べていたゲームが詰まった箱。そのてっぺんに、九〇年代に再販された〈オレゴン・トレイル〉があった。サムはプレイしてみようと思い立った。

西部開拓時代の小さな危険に満ちたゲームの世界に没頭した。幌馬車の部品はいくつ買う？　着替えは何組？　いかだで川を渡るか、それとも水位が下がるのを待つか。肉の大半は腐ってしまうとわかっていても、バイソンを射殺して食料にするか。ガラガラヘビに咬まれた傷は、どのくらいで治る？　目的地のオレゴンではいったい何が待っている？

子供のころの自分たちが、このしごく単純なゲームにあれほど夢中になった理由がいまでもわかる。サムの病室のベッドに並んで寝そべり、一つのプレイヤー名を二人で使って、重量七キロもあるノートパソコンを受け渡ししながら一緒に課題を一つひとつ解決する。そんな午後をいくつ過ごしたことだろう。

だけど、もしシングルプレイヤーゲームじゃなかったら、もっと楽しかっただろうな。サムはふと思った。「ねえ、セイディ」誰もいないオフィスに向かって言った。「〈オレゴン・トレイル〉をオープンワールドのMMORPGとして作るっていうのはどうかな」

それならやってみたい。頭のなかのセイディが答える。でも、サムが作りたいのは〈オレゴン・トレイル〉そのもの？　それとも、〈ザ・シムズ〉とか〈どうぶつの森〉とか、〈エバークエスト〉の西部開拓時代スチームパンク版みたいなものを考えてる？

サムはそれだとうなずいた。

シンプルにしたいね。シンプルなゲームのほうがサムのよさが出るから。私はいつもゲームをややこしくしすぎる。〈メープルワールド〉のエンジンが使えそう。使わない理由はないよね。あれが時代遅れになる前に、あと一つか二つは新しいゲームを作れると思う。

「待って、メモを取るから」サムは言った。

この二年、サムはクリエイティブな仕事をほとんどしていなかった。セイディなしでゲームを作った経験はない。セイディが一人でゲームを作ると言い出したとき、彼女が並べた理由を甘んじて受け入れはしたが、だからと言って自分がセイディなしでゲームを作ろうと思ったことは一度もない。

オフィスのドアに鍵をかけた。スケッチブックを取り出した。鉛筆を削った。

「どんな場面から始まる?」サムは訊いた。手の動きがおぼつかない。紙に何かを描くのは久しぶりだった。

列車が到着する。セイディが言った。

「ふう、懐かしいな、こういうの」サムは言った。

列車から旅行者が一人、降りてくる。大地は霜でうっすら覆われていて、旅行者の足の下で霜が崩れるかすかな音がする。地面に目をこらすと——氷の隙間から顔をのぞかせているのは、新芽? もしかして、クロッカスの白いつぼみ? ああ、もうじき春が来る。画面にテキストボックスが表示される——〈旅人よ、ようこそ〉。

IX

パイオニアたち

入植者、フォグランド高地で目撃さる

旅人が現れたのは、早春のころだった。大地は氷が解けて結晶シリコンの輝きを帯びていた。旅人は漆黒の髪を編んでお下げにし、借り物のような丸い銀縁の眼鏡をかけていた。服は黒ずくめだ。シルエットの美しいベルベット地のオーバーコートが体の線を隠し、遠くから見るかぎりでは、おなかに赤ん坊がいるとはわからない。

『フレンドシップ・ミラー』紙の編集長兼記者に名前を尋ねられて、旅人はエミリー・B・マークスと自己紹介した。フレンドシップは仮名と偽名の町だ。それが本名だと思いこむような間違いは誰も犯さない。

編集長が手を差し出し、二人は握手を交わした。「お連れ合いはいつ合流される予定ですかな、ミセス・マークス」編集長はエミリーの腹部を意味ありげに見やって尋ねた。

「ミス・マークスです。私は独身ですし、結婚の予定はありません」エミリーは答えた。

「お言葉ですが、この町では、あなたのようにお若くて美しい女性にいつまでもお相手が見つからないということはまずありませんな」編集長は言った。「この地の暮らしは厳しい。どれほど独立心旺盛

な住民でも、伴侶がいたほうが何かと都合がよいと実感するものです。どちらに落ち着かれる予定ですかな。うかがっても差し支えなければ」

エミリーは、フレンドシップ北西端の一角に土地を選んであると答えた。「高い崖の上と聞いています。海のそばの」

「フォグランド高地？　石がお好きであることを願いますよ！　私の記憶にあるかぎり、フォグランド高地で農場を経営した住民は一人もいません。その近くに住んでいるのは――」編集長は記憶の糸をたぐるような目をした。「ワイン商人のアラバスター・ブラウンくらいか。アラバスターは過去に十何回も結婚して――」

「町の噂話には興味がありません」エミリーは言った。「会話をスキップ」

「気が向いたら、高地に向かう前に町の掲示板を一度のぞいてみてください。フレンドシップ町内の最新情報が掲示されていますから」編集長は町のニュースやサービス情報がシェアされる小さな家を指さした。「このあとすぐ、あなたが町の仲間に加わったニュースを掲示しておきましょう」

「そういう情報公開はオプトアウトできます？」エミリーは聞いた。

その質問は彼の能力を超えていたらしく、編集長はあっさり無視した。「フォグランドのあなたの地所は、あのアラバスター・ブラウンのぶどう畑よりさらに町から離れている。私があなたなら、ミス・マークス、もっと町に近い土地が売りに出るのを待って移りますよ。子育てにはヴァーデント盆地のほうが――」

「会話をスキップ」エミリーは、まずは馬を手に入れようと、厩舎への道順を尋ねた。説明を聞き、厩舎への道のりを半分ほど歩いたところで、また編集長に呼び止められた。「どうぞ」半分に切ったフランスパンがどこからともなく現れた。赤いソースを塗り、脂っこい細切りチーズを散らしてある。

「新生活を祝した贈り物です」

「どうもありがとう」エミリーは言った。「これは何？」

「パネム・エト・カゼウム・モルスと私は呼んでいます。祖父母が故国で料理をもとに――」

「会話をスキップ」

エミリーがもらったパンをインベントリーに追加しているあいだに、編集長の姿は消えていた。

住民女性、石を贈る

フォグランド高地の土地を選んだのは一人静かに暮らしたかったからだが、それにしてもこれほど町から遠く離れた不便な場所とは思っていなかった。空気は冷たく湿っていて、土は塩気を含んでいる。霧の晴れ間はまずなく、陽の光が射すことはめったになかった。起きている時間のすべてを生きるために使わなくてはならなかった。商人から種を買い、岩ばかりの硬い土に蒔《ま》き、作物に水をやり、空色の雌馬ピクセルに乗って町とのあいだを幾度となく往復する毎日だった。

町ではときおりほかの住民とすれ違った。初対面の住民もささやかな贈り物をくれた。カブ一つ、チーズの塊一つ。贈り物は、フレンドシップの暮らしに溶けこんだ伝統で、こちらもお返しをしないわけにはいかない。エミリーは近隣の人々に石を贈るようにした。エミリーの農場では石ならいくらでも採れる。

苦労の末に初めてにんじんを収穫できたとき、エミリーは思わず涙ぐんだ。にんじんをごしごし水洗いし、白い皿に載せた。玄関ポーチの階段に腰を下ろし、にんじんをつくづくながめ、その夏最初のホタルを目で追った。にんじんは食べなかった――あまりに愛おしすぎた――が、感動を詩に託さずにいられなかった。

にんじんそのものよりも
にんじんの概念から
養分を得る
そんな季節がある

しかし、悲しいかな、見せる相手もいないのに、詩など書いて何の意味がある？　エミリーは一番近い隣人の家まで思いきって遠出した。アラバスター・ブラウンは留守だった。エミリーは玄関先に詩を置き、重しの石もその上に置いて、フレンドシップの伝統にならって短い手紙を添えた。〈隣のマイア農場ミズ・エミリー・B・マークスより、ささやかな贈り物を捧げます。〉

数日後、ライラック色の目とライラック色の髪をしたオーバーオール姿の人物が訪ねてきた。「なるほど、石をいただきましたよ」アラバスター・ブラウンは言った。「眼鏡の女性が方々《ほうぼう》で石を贈っているという噂は聞いていましたがね。石のように質素な贈り物をする勇気ある人間は、ここいらではめったにお目にかかれない。ありがたく私のコレクションに加えましょう。ところで、あらかじめ言っておきますがね、ミス・マークス、石なんぞで私をたぶらかそうという魂胆なら、私はこれまでに十二回も結婚していて、金輪際、再婚する予定はありませんよ」

「結婚相手を探しているわけじゃありません」エミリーは言った。「一番近くの隣人はあなたなので、お友達になれたらと思っただけです」

「ならけっこう。この町の住人は人を見れば誰かとくっつけようとするものでね。財産の合併にはまったくうんざりだ。かならずまた分割することになるわけですから。しかも分割のたびに、合併前よりかならず財産が減る」アラバスターはポケットに両手を突っこみ、地面に唾を吐いた。「さて、ワインを注いでいただけませんかね。煙草をやりながら、おたくの身の上話でも聞きましょう」

「私、妊娠中です」エミリーは言った。

「いやいや、身の上話を始めるのは、ワインを注いだあとに」

「いえ、妊娠中はふつう煙草もお酒もやらないと言いたかったんです」

「おたくの故郷《くに》ではそうなんでしょう。すぐにわかりますよ、ここでは誰が何をやろうと何の影響もない。一日を乗り切る分のハートさえあればだいじょうぶ。生きていくのに必要なのはそれだけだ」

「影響がないなら、煙草やお酒をやるのはなぜ？」エミリーは訊いた。

「理屈っぽいお人だな。七番目の妻がそんな感じだった。不埒《ふらち》で情けない現実の奴隷」アラバスターが言った。「酒を飲み、煙草を吹かす理由は、ほかのどこの町とも変わりませんよ。終わらない日々を何かで埋めなくてはならんのです」

その夜、別れを言う前にエミリーは、贈り物は石ではないのだと打ち明けた。「贈り物は、石の下にあった詩のほうです」

「詩」アラバスター・ブラウンは笑った。「あれは何だろうと不思議でしたよ。にんじんの広告かと思っていた。私は人の気持ちがわからないと何人かの妻に言われたが、それが我々の友情の妨げとならないことを祈りますよ」

カードとゲームを売る書店

アラバスター・ブラウンは変わり者ではあったが、エミリーにとっては話し相手になってくれる数少ない住人のうちの一人で、二人はまもなく互いの家をたびたび行き来するようになった。

「ここの暮らしに私は向いてないみたい」エミリーは打ち明けた。「にんじん一本を育てるのに何ヵ月もかかってしまって、本を読む暇すら持てない。畑仕事以外に何か生計を立てる手段はないのかしら」

「かならず農場を経営しなくてはいけないわけではないよ」アラバスターは助言した。

「え、そうなの？」

「ここいらではみんな農場を持ってるし、みんな農業から始める。おかげでフレンドシップでは、農産物が有り余っている。それより町中に店を開いたらどうかな」アラバスターは言った。「隙間市場を開拓して、必需品と物々交換すればいい。私はそれでワイン造りを始めたんだ。ここに来る前にどこで何をしていたかなんて、誰も気にしない。ここでは何にだってなれる」

「農場主か商店主の範疇に入るかぎりは、ですね」エミリーは言った。

妊娠五ヵ月のとき、エミリーは書店を開こうと決めた。フレンドシップには書店が一つもないし、書店なら本を読む時間を増やして農作業の時間を減らせる。農具を購入したときの半額で売り払い、使い道のない土地をアラバスターに貸すことにした。手もとに残ったゴールドの大半を使って町に小さな店を建てた。店名は〈フレンドシップ・ブックス〉とした。

開店当日、『フレンドシップ・ミラー』の編集長が取材に来た。「読者も知りたがっていると思います。あなたが、えーと……」編集長は記憶をたぐった。「……書店、でしたか。今回、書店を開いた背景を聞かせてください」

「ときどき詩を書くし、読書が大好きなので」エミリーは言った。

「ええ、いいえ、あなたはそうなんでしょう」編集長は言った。「しかし、フレンドシップ町民の日々の暮らしや悩みとそれがどう関係するんでしょうか」

「バーチャルな世界の存在は、リアルな世界での問題解決に役に立つと思います」

「"バーチャル"とは?」

「本物と見分けがつかないくらいそっくりってこと。あなたもその一例ね」

「あなたの話はいつも謎々みたいですね」編集長は言った。

妊娠六カ月め、フレンドシップにこれまで書店がなかった理由をエミリーは悟った。ここでは本を読む習慣が皆無なのだ。農作業と贈り物に忙しく、町民には余暇らしい余暇がない。時間ができたとしても、その時間を使って蠟燭《ろうそく》の灯りのそばで『ウォールデン』に読みふけろうとは考えない。

妊娠七カ月め、書店は閉店の危機にあった。本を読む習慣がない人々を読書家に宗旨替えさせようという伝道師のごとき熱意はエミリーにはない。この調子では、フレンドシップでの暮らしそのものをあきらめることになりそうだった。そんなとき、少し手を広げてグリーティングカードを売ったらどうかと助言したのはアラバスターだった。「本だけでなく、グリーティングカードも店に並べたら」

「その程度で何か変わるかしら」エミリーは素っ気なく訊き返した。「この町の人はグリーティングカードなんか買うかしら」

「買うと思うよ。キャベツが収穫期を迎えただの、誰それの誕生日だの、祝い事はいくらでもあるから」そこで初めて思いついたかのようにアラバスターは続けた。「ゲームも置いたらよさそうだ。読書は面倒だが、娯楽を売れば儲かると噂で聞いたことがある」

エミリーは店名を〈フレンドシップ・ブックス＆カード＆ゲーム〉と変え、カードとゲームも仕入れるようにした。ボードゲームとカードは、本よりいくらか売れ行きがよかった。ハートの残量はいつも不足気味ではあったが、どうにか生活していけるようになった。

ある晩、訪ねてきたアラバスターは、玄関前の階段で気を失っているエミリーを見つけた。アラバスターは彼女を揺り起こした。「赤ん坊に何か?」

エミリーは首を振っただけで、ものも言えない様子だった。

「栄養失調だな。ハート残量が低下しすぎたようだね」アラバスターは自分のインベントリーから〈パイオニア・エイド〉缶を取り出した。「さあ、飲んで」

「頭のなかにだけ存在する痛みがあるの」〈パイオニア・エイド〉でいくらか体力を取り戻したエミリーは言った。「物心ついたときからずっとある痛み。その痛みが出るともう何もできなくなってしまって、これ以上生きていけないって思ってしまうの」

アラバスターはエミリーの顔をしげしげと見た。「原因はその眼鏡だろうね。きみの顔には小さすぎる。検眼士に相談するといい」

「フレンドシップに検眼士がいるの？」

「いるさ。ドクター・ダイダロスと言ってね、きみの店の数軒先に店をかまえている。これまで気づかなかったとは、驚きだな」

新しい検眼士、風変わりな物々交換に同意する

翌朝、エミリーはドクター・エドナ・ダイダロスを訪ねた。店はアラバスターが言っていたとおりフレンドシップ・ブックス&カード&ゲームの三軒先にあった。先客がいたため、エミリーは店内を見て時間を潰した。眼鏡のほかに、色とりどりのガラス製品が並んでいた。奇妙な置物もあれば、実用的なガラス製品もあった。エミリーはクリスタルガラスの小さな馬を手に取ってためつすがめつ見た。

「ひひひーん」馬のいななきに似た声がふいに聞こえて、エミリーはぎくりとした。声の主は検眼士

のドクター・ダイダロスだった。「その子、あなたが気に入ったみたいね」

「ドクター、この彫刻は私の馬ピクセルに気味が悪いほどそっくり」エミリーは言った。「まったく同じ空色をしてるの」

「あなたの馬をモデルにしたからよ。馬本人は名前を教えてくれなかったけど。いつもあなたの店の前で待ってるでしょ。あなたの馬と私は、もうすっかり仲よしなのよ」ドクター・ダイダロスは言った。「ピクセル、で合ってる？　綴りはP－I－X－E－L？」

「いいえ。P－I－X－E－Lです。あなたはすばらしいアーティストなのね、ドクター・ダイダロス」エミリーは褒めた。ガラスの動物が並んだ棚に馬をそっと返す。

「彫刻は趣味」ドクター・ダイダロスは言った。「本業は、ご存じのとおり、レンズの製作。いらしたのは、それでよね」

エミリーはドクター・ダイダロスを見つめた。二人は似たような服装をしていた。フレンドシップの商店主はみなまるで制服のように似た服を着ている――黒いスカート、白いブラウス、黒いネクタイ。ドクター・ダイダロスはエミリーより背が低く、青白い肌はわずかに緑青のような色を帯びていた。くるくるした巻き毛は、コミックのキャラクターのような青みがかった黒で、丸い眼鏡の奥の丸い目は大きくてエメラルド色をしていた。この人の似顔絵を描くには、円がいくつあっても足りなさそう。「あなたの目、以前知っていた人にそっくりだわ」エミリーは言った。「お生まれはどちら？」

「それはこの町で決してしてはいけない唯一の質問じゃないかしら」ドクター・ダイダロスは言った。

「そうだった！　私もあなたも、フレンドシップに来た日に生まれたんだったわね！」

ドクター・ダイダロスはエミリーを奥の検眼室に案内し、視力を計測したあと、細い懐中電灯の光でエミリーの目を照らした。

「馬の名前の由来を訊いてもかまわない？」ドクター・ダイダロスが言った。「ピクセルなんて名前は初めて聞いた」

「二つの言葉を合わせた私の造語なの。妖精《ピクシー》と車軸《アクセル》を合わせてピクセル」エミリーは答えた。「敏捷《びんしょう》で足が速いから」

「ピクセル」ドクター・ダイダロスが繰り返す。「すてきな意味があったのね。小さな絵と関係がある名前かと思ったけど」

「私が作った言葉なの」エミリーは言った。「でも、第二の意味を定義してくれてかまわない」

「ありがとう」ドクター・ダイダロスが言う。「こんな風かしら。ピクセル。定義1、名詞。足の速い動物。定義2、名詞。スクリーン上の画像の最小単位」

「〝スクリーン〟って？」エミリーは訊いた。

「私が考案した、土地の長さを測る単位。便利だから、もっと広く使ってもらえるようにしたいわ。たとえば、あなたのフォグランド高地にある家は、アラバスター・ブラウンの家から三スクリーンの距離にある、とか」

エミリーとドクターは、秘密を共有したかのように笑顔を見交わした。

事実、秘密を共有していた。その秘密とは、共通の母語を話す相手を見つけたとき湧き上がる喜びだ。

「アラバスターとお友達なの？」

「噂で聞いてる程度かしら」ドクター・ダイダロスは言った。「あなたがいまかけてるこの眼鏡、度数がまるで合ってないわ。あなたの視力に合わせて作ったものとは思えない。デフォルトの度数を変更せずに見た目だけで選んだような代物よね。眼鏡はそんな風に作るものじゃないわ。妊娠中は視力が変わることを考えに入れても、やはり新しく作り直さないと」ドクター・ダイダロスはためらった。

「おなかに赤ちゃんがいるのよね？」

「いいえ」エミリーは言った。「どうしてそう思うの？」

「あら、ごめんなさい！　勝手に決めつけちゃいけないわね」

エミリーは笑った。「妊娠八カ月なの。フレンドシップではどういう意味を持つかわからないけど」

「時間の流れが違うから？」

「そうよ、あなたも知ってると思うけど」

「二日もらえれば――」

「この世界の二日ってことね」

「二日もらえれば、新しい眼鏡を作れる。もうじき全部のピクセルがちゃんと見えるようになるわ」

「それ、〝ピクセル〟の正しい語法なのかしら」エミリーは揚げ足を取るように言った。

「そう思うけど。この文脈では、全部のピクセルがちゃんと見えるというのは、視力がよくなるという意味」

「第三の定義ができたようね。おいくらですか」

ドクター・ダイダロスは交換条件を提示した。「あなたのお店の看板によれば、ゲームも扱ってるんでしょう。しばらく前から碁というゲームがほしいと思ってたのよ。チェスの中国版と呼ばれることもあるゲームでね。子供のころ乳母とよく遊んだから、またやってみたいと思って。碁はご存じ？」

名前は聞いたことはあるが、プレイしたことは一度もなく、販売されている版《エディション》も見たことがない。「仕入れられるか調べてみるわね。ちょうどいい気分転換にもなりそう。数週間かかるかもしれないけれど、それでもよければ」

「この世界の数週間ってことね」ドクター・ダイダロスは言った。

通常の仕入れルートではドクター・ダイダロスの碁は手に入らなかったが、『古代の娯楽と遊び』という本が見つかった。必要な道具の説明が載っていた――縦横十九マスの碁盤、三百六十一個の碁石(黒を百八十一個、白を百八十個)。エミリーは、碁盤を自分で作ることにした。セコイアの木を切り倒し、それを削り出して碁盤を作った。秘密の抽斗を設けて碁石を入れられるようにし、側面に眼鏡とドクター・ダイダロスの名前の流麗な彫刻を施した。

次に店を訪ねるとドクター・ダイダロスは患者の相手はしておらず、まだ形らしい形のない小さなガラスの彫刻を作っているところだった。意外にも、作ってきたものをドクター・ダイダロスに渡すとき、エミリーは丸裸にされたような気恥ずかしさを感じた。「もしよかったら、碁石をガラスで作ってもらえないかしら」

ドクター・ダイダロスは手を止めて碁盤を上下左右から眺めた。「よくできてる。こんなすてきな碁盤は誰も持っていないだろうし、碁石を作るというあなたの提案も気に入ったわ。どうかしら、黒い石はガラスで、白いほうは石で作るというのは。あなたの土地には石がたくさんあると聞いてる」エミリーは石を集めてくると約束し、ドクター・ダイダロスは手を差し出した。「これで取引成立ね」

「でも、釣り合わない取引よね、ドクター・ダイダロス」エミリーは申し訳ない気持ちになった。「あなたにばかり負担を押しつけてる」

「完璧に釣り合った取引なんてないわ」ドクター・ダイダロスはそう反論した。「それに、いい気晴らしになりそう」

「それ、何を作ってるの？　眼鏡ではないみたいだけれど」

「フレンドシップで一番奉仕の精神に富んだ住民を表彰する賞品になる予定」ドクター・ダイダロス

は言った。

「フレンドシップで一番奉仕の精神に富んだ住民を決める基準は何？」

「その人がした贈り物の数じゃないかしら」

「この町らしいわね」エミリーは首を振った。「贈り物の伝統はどこかうさんくさいと思ってた。何か下心があるんだろうとにらんでた」

「ミス・マークス、ずいぶんとシニカルな見方をするのね。たかがガラスの置物一つで、一年間ずっと奉仕の精神を発揮し続けられると思う？」ドクター・ダイダロスは彫刻を仕上げた。「自分の才能を卑下するわけではないけれど、この程度のものがそこまでの原動力になるとは思えないわ」できあがったハートの置物をエミリーに差し出す。「ほら、まだ温かいのよ」

ドクター・ダイダロスにはうまく説明できなかったが、そのクリスタルガラスのハートに心を揺さぶられ、エミリーは涙を流せるものなら泣きたい気分になった。

その夜、エミリーは一篇の詩をしたためた。

おお、透き通ったハートよ
鼓動しない美しき心臓よ
これほどの美が
何も招かない
はずもなく

翌朝、ドクター・ダイダロスの店のポーチにその詩を置き、石を詰めた袋を重しとした。

ドクター、ゲーマーを求む

妊娠九カ月を迎えたころ、エミリーはフレンドシップ掲示板で次のような広告を見つけた。

ゲーマー求む。戦略ゲーム〝碁〟の対戦相手として、頭脳明晰な人物を希望。初心者には基本から指導します。太平洋沿岸標準時火曜午後八時ヴァーデント盆地の私宅まで来られたし。

火曜の夜、エミリーはピクセルに乗ってヴァーデント盆地に出かけた。理屈の上では、馬に乗るのはますます困難になっている。妊娠中の乗馬は控えたほうがいいとどこかで読んだ気がするが、その常識は自分に当てはまらないという確信があった。

行ってみると、ドクター・ダイダロスが玄関先で待っていた。「ようこそ、旅の人」ドクター・ダイダロスが呼びかける。エミリーが来たことにも、広告に応じた者がほかに一人もいないことにも驚いていないようだった。

ドクターの家は、赤い筒瓦の屋根が載ったスペイン風だった。漆喰《しっくい》の壁にブーゲンビリアが這い、前庭に細いヤシの木が二本立っていた。「このあたりには珍しい家と植物ね、ドクター」

ドクターはエミリーを書斎に案内した。壁紙は波を描いた東洋風だった。エミリーに紅茶を注ぎ、碁のルールを説明した。「ルールは簡単。相手の石を自分の石でぐるりと包囲するの。その単純さに無限の複雑さが隠されてるのよ。数学者やプログラマーが碁を好むのは、それだから」ドクター・ダイダロスは白い石をエミリーに渡し、自分は黒い石を取った。

「〝プログラマー〟って?」エミリーは訊いた。

「プログラマーというのは、考えうる結果を占う人、見えない世界を見る人のこと」

「まあ。あなたの故郷《くに》にはそういう人が大勢いるの？」

「いるわ。私は迷信深い人たちに囲まれて育ったの」ドクター・ダイダロスはここで口ごもった。「でも、碁を知った経緯はまた別。昔、数学をかじったことがあってね。才能はまるでなかったけれど」

エミリーは三連敗した。それでも、ゲームを重ねるごとに勝利に近づいた。「そろそろフォグランドに帰らなくちゃ。一晩に三度も負けたらもう十分」

「送っていくわ」ドクター・ダイダロスが申し出た。「だいぶ遠いから。一一スクリーンくらいありそうだし、迷路みたいな道よ。それに私、馬で来てるから」

「妊娠中に馬に乗って、不安じゃない？」

「全然」

「来週の火曜も来てくれる？」

「お天気がよければね、ドクター・ダイダロス」エミリーは言った。「エドナって呼んでもかまわないかしら。いっそエドとか。これからもお友達としておつきあいするなら、毎回ドクター・ダイダロスって言うのは長ったらしくて面倒だわ」

〔パイオニアーズ〕プレミアム会員にアップグレードしませんか。
広告フリーで遊べます。

「ダイダロスのほうがいいわ」ドクターは言った。

「音節が二つ減るわね。一応の勝利と言えそう」

秋から冬にかけて、二人は碁の対局を続けた。エミリーは着々と腕を上げ、一二月には初めてダイダロスに勝利した。

このころにはエミリーのおなかははちきれんばかりに大きくなっていて、ダイダロスは家まで送っていくと言って聞かなかった。

「それにしても、フォグランド高地に住もうなんて、いったいどうして?」ダイダロスが訊いた。

「私には合ってるから」

「ずいぶんそっけない答えね。あなたのことをもっと知りたい」ダイダロスは言った。「碁で自分を負かした相手についてもっと知りたいと思うのは自然なことよね」

「ダイダロス、これは経験から言うんだけど、近しい間柄だからこそ、プライバシーを尊重すべきなのよ」

ダイダロスはそれ以上深追いせず、二人はしばらく無言で歩き続けた。「長いあいだ、私は安楽な人生を送っていた」エミリーは言った。「ほかの誰よりつらい目に遭ったなんて言ったら嘘になる。好きなことを仕事にしていたし、それなりに優秀だと周囲からも認められてた。だけど、パートナーが死んでしまって、いまは自分の仕事がいやでたまらないし、ずっと落ちこんだままなの。落ちこんでるなんてものじゃないかも。絶望のどん底にいた。大好きだった祖父のフレッドも少し前に死んでしまった。人生って負けてばかりのものなんだって思えてきて。きっとあなたももう知ってると思うけど、私は負けるのが大嫌いなの。フレンドシップに来たのは、前に住んでた場所にもういたくなかったから。肉体があることさえいやになったから」

「〝パートナー〟というのは? 夫とか、妻とか?」

「そう。そういう相手」

「人生の伴侶？」

「そう」

牧草地に差しかかった。柵の奥でアメリカバイソンが十数頭、草を食んでいる。牧草地の前に立て看板があった――〈バイソンを撃たないで〉。

「この牧草地、初めて見た気がする」エミリーは言った。柵に近づいて手を差し出し、バイソンに手のにおいをかがせた。「子供のころ、〔オレゴン・トレイル〕でバイソンの死骸をたくさん見かけて、猛烈に腹が立ったのを覚えてる。バイソンは動きが遅くて簡単に撃てるから、みんなやたらに殺すのよ。で、肉は無駄に腐るだけ」

「そうね」

「外の広い世界はひどく残酷に思えるときが多いから、バイソンが保護される世界に暮らせてほっとしてる」エミリーはドクターのほうを向いた。しかしここはもうフォグランドとの境界線に近いあたりで、濃いもやに包まれている。互いの顔はほとんど見分けられない。

「ミス・マークス、一つ提案したいことがある」

「聞くわ」

「それで役に立てるなら、私はあなたのパートナーになりたい」ダイダロスは言った。「死んでしまったパートナーの代わりを務めるには不甲斐ない人間だってことはわかってる。でも、私たちはどちらも独身でしょう。きっと助け合えると思うの。碁の楽しみを分かち合えるのと同じように、悲しみだってきっと分かち合える」ダイダロスはエミリーの手を取り、片方の膝をついた。「プロポーズさせて。フォグランドの家を引き払って、ヴァーデント盆地で一緒に暮らしてください」

「結婚しようってこと？」

「これに名前をつける必要なんてない」ダイダロスは言った。「あなたが名前をつけたいなら、つけてもかまわないけれど」

「結婚じゃないなら、何？」

「いつまでも続く碁。休まずプレイし続ける碁」

それまでエミリーには結婚を望まない理由がいくつもあった。結婚は時代遅れの制度、女を捕らえる罠だというのがその一つだった。ここに来る前の人生では二度、結婚の申し込みを断ったが、いまなら別の道に足を踏み出せそうな気もした。エミリーはアラバスターに相談した。

「ヴァーデント盆地の土壌はここよりも肥沃《ひよく》だが、人が多くていやになる」アラバスターは嘲《あざけ》るように言った。「あんな土地に本当に住みたいのか？　朝から晩までカブの贈り物を断り続けることになるぞ」

「アラバスター、ヴァーデント盆地で暮らすメリットを話し合いたくて来てるんじゃないの」

「だったら何が心配なんだ？」

「ダイダロスのこと、そこまでよく知ってるわけじゃないのよ。碁では何度も対戦してるけど、それだけ。ファーストネームで呼ぶのさえ許してもらえてない」

「私なら心配しないね。大事なのは、一緒に遊びたいと思える相手を見つけることだよ。何にせよ、この世界の結婚は手続きにすぎない。財産を合併して、結婚がうまくいかなければ、財産を分割するだけのことさ。私はそれを――」

「十二回も繰り返したのよね」

「そう、だからこれ以上やるつもりはない」

「何カ月か前に言ってたことと一八〇度違ってない？　あのときは、財産の合併と分割がどんなに面倒くさいか、延々と話してたわよね」

「財産の合併には喜びもある。そうでないなら、誰も結婚などしなくなるはずだろう？　〝喜び〟という表現は強すぎるかもしれないな。そう、〝おもしろみがある〟とでも言おうか。それでストーリーに新たな展開が生まれる」アラバスターはエミリーのいまだ大きくなり続けているおなかを凝視した。「何カ月になった？」

「たぶん、十一ヵ月。自分でもよくわからない。もうじきフォグランドから町まで坂を転がって行けそうよ」

「きみは十一ヵ月よりもっと長くここに住んでいる気がするな。来たときにはもうおなかが大きかった。おなかの子は、きみが結婚するのを待っているとは考えられないか？」

「考えられない。私の子がそんなに保守的なはずがない」エミリーは答えた。

「それなら、きみの子供の意思よりも大きな力が働いているのかもしれないな。生物学よりもっと大きな力」

「どんな力の話？」

「アルゴリズム」アラバスターの目は室内を飛び回った。スパイされているのではと疑っているかのように。それから声をひそめた。「見えざる力だよ。〝アル＝フワーリズミー〟。我々全員の人生を導く力」

「迷信深いのね」

「そうかもしれない。しかし、未婚で子を産むのをアルゴリズムが許さないのだとしたら？」

「もう、やめてよ。フレンドシップがそんな保守的な倫理観で凝り固まった町だなんて信じられないもの。だいたい、この世界のルールを作ったのは誰なの？」

それなのに、その晩、エミリーは鮮明な夢を見た――ピクセル化された赤ん坊がエミリーのピクセル化された子宮から出られずにもがいている夢だった。そんな古くさい考えを彼女の頭に植えつけたアラバスターを恨みたくなった。

それからの数週間、ダイダロスのプロポーズの返事を宙ぶらりんにしたまま、エミリーはダイダロスを完全に避けた。店への通勤時間はいっそう長く感じられた。おなかが重くて、いつもハートをすぐに使い果たしてしまった。

ある日、ついにダイダロスが店を訪れたが、プロポーズの件はおくびにも出さなかった。「贈り物があるのよ、エミリー」ダイダロスは言った。「〝ジジー・ポータル〟。フレンドシップ内の移動がぐんと楽になる」

ダイダロスは、エミリーの店と家を結ぶポータルをインストールしてくれていた。これで通勤は一瞬ですむようになる。ポータルはくすんだ緑色をしていて、横に金色の点が三つペイントされていた。

∵

エミリーは三つの点を見つめた。「数学の〝ゆえに〟記号の上下逆さまバージョン？」

「逆さまにすると、〝なぜなら〟記号になるのよ。あなたの家より私の家のほうが町に近いでしょ。いつか結婚を承諾してくれるとしても、通勤に便利だからという理由でそうしてほしくなかったから」

その夜、エミリーはアラバスターにポータルを見せた。アラバスターはポータルに入り、瞬時にまた現れた。「使える」アラバスターは高らかに言った。「ワインを飲みたいな。ケチらずにたっぷり注いでくれよ」エミリーはワインをデカントし、二人はそろってポーチに出た。

「エミリー、その変わり者のドクターはロマンチックな人だね」アラバスターが言った。

「みたいね」

「愛とは、結局のところ何ものだ？」アラバスターが言った。「進化のための競争を忘れてまで他人の人生の旅路を楽にしてやりたいと願う不合理な欲求でないとしたら、いったい何だ？」

結婚告知

ミズ・エミリー・B・マークスとドクター・エドナ・ダイダロスは、当方を司式者、親交のある少数の参列者を立会人として、結婚の儀を執り行った。立ち会ったのは、空色の雌馬ピクセル、ワイン商のアラバスター・ブラウン氏ら。ミズ・マークスの花嫁のブーケは、ドクター・ダイダロスが製作した手吹きガラスの花十二本だった。式の途中で雪が舞い始めたが、妊娠二十四カ月のミズ・マークスは、寒さを感じないと言った。結婚に至る数カ月、二人は碁で対戦してきた。ミズ・マークスによると、結婚の決め手となったのは、対局のために冬季に一七スクリーンの距離を移動せずにすませたかったからとのこと。

ミズ・マークスへの結婚記念の贈り物として、ドクター・ダイダロスは、自宅に雌馬を模したトピアリーガーデンを造った。その理由を尋ねられたドクターは、次のような謎めいた発言をした。「ゲームを作るのは、やがてそれをプレイする人を想像することだから」

誕生告知

エミリー・B・マークスとドクター・エドナ・ダイダロスは、第一子ルド・クイントゥス・マークス・ダイダロスの誕生を発表した。ドクター・ダイダロスによると、男の赤ちゃんは健康で、一七平方ピクセルの大きさだという。

ドクターと妻の幸福な（つまり退屈な）暮らし

結婚と息子の誕生ののちも、エミリーとダイダロスはそれぞれの自宅を維持し続けた。ドクターが二人の家を行き来できるポータルを新たに設置したおかげで、財産の合併を急がずにすんだ。赤ん坊のルド《L》・クイントゥス《Q》は、二つの家を行き来する生活に順応した。

ＬＱは不気味なほど上機嫌な子供だった。泣くこともむずかることもない。長時間、親がついていなくても何の心配もなかった。同年代の子供との交流を求めず、一人ぼっちでも満足している様子だった。二歳になるころには、八歳の子供と同じ体格で同じ言動をするようになっていた。本当に手のかからない子供で、エミリーには人間というより人形のように思えることもあった。「あの子を育てるのはにんじんより簡単」エミリーはそう言った。

フォグランド高地の家は海に近かった。ＬＱが泳げる年齢になると、エミリーはさっそく泳ぎを教えた。ＬＱはあっというまに上達し、海に行くたびにもっと遠くまで泳ぎたいとせがんだ。「ハートの残量を絶えずチェックしておくこと。残量が半分を切る前に引き返しなさい」エミリーはそう言い聞かせた。

「はい、ママ」ＬＱは答えた。

ＬＱとエミリーはいつもきっかり二スクリーン沖まで泳ぎ、引き返した。

「海は何スクリーンあるの？」ＬＱは言った。

「九か一〇スクリーン」

「どうしてわかるの？」

「向こう端まで泳いだことがあるから」

「向こう端には何があるの」

「霧みたいなものがあって、その奥には壁のような虚空がある。実際に突き当たったら、ああ、ここがおしまいなんだなとわかる」

LQはうなずいた。「すごく怖いの、ママ？」

「いいえ。怖いものじゃないのよ。ただ海が終わってるというだけ」

「見てみたいな」LQが言った。

「どうして？」

「わからない。まだ見たことないから」

「一度にもっとたくさん泳げるようになったらね。もっとハートが増えてから」

その夜、LQを寝かしつけてから、エミリーはそのやりとりをダイダロスに話した。「どう思う？」

「自分が暮らす世界の境界を知りたがるのは自然なことだと思う」ダイダロスは言った。「あの子の探究心を大事に育ててやるべきじゃないかしら。あの子は強いから、大きな怪我をする心配もない。さて、碁を始めましょうよ」

ほぼすべての点で平凡な結婚生活だった。そこに碁の対局がめりはりをつけた。それどころか、エミリーは碁盤をはさんで座っているときにこそダイダロスとの深い絆を感じた。

アラバスターにこう打ち明けた。「仕事と海水浴と碁だけの人生なんてつまらない」

「きみがつまらないというその生活こそ」アラバスターは言った。「世の中の人間が幸福な暮らしと呼ぶものだよ」

「そうね」

アラバスターは溜め息をついた。「それこそがゲームなんだよ、エミリー」

「ゲーム？」

アラバスターはライラック色の目をぎょろりと回した。「きみは幸せな一方で、退屈している。新しい気晴らしが必要だ」

「以前はエンジンを構築してたって話、あなたにしたことあったかしら」エミリーは言った。

「いや、聞いていないと思う」

「昔ね、太陽の光を生み出せるエンジンを作ったの。そのあと、霧を生み出せるエンジンも作った」

「すばらしい。エンジンというものがプロメテウスのように新しいものを創り出せるとは知らなかったよ。ひょっとしたら、またエンジンを作ってみるといいかもしれないね」

スペシャル・イベント——猛吹雪がフレンドシップを襲う

三月の終わりごろ、ダイダロスは、植民地小学校の眼科検診でエイデティックの崖に行くことになった。「行くだけで丸一日かかる距離よね。そんなに眼鏡がほしいなら、向こうが来ればいいのに」

「児童は三十人もいるのよ、エミリー」ダイダロスは言った。「考えてみて。視力が悪くて困ってるのがLQだったら、どうする？」

「お人好しね」

ダイダロスが出発した直後に吹雪が始まった。エミリーはそう心配しなかった。フレンドシップで悪いことが起きるとしても、せいぜいハートの残量がゼロになるくらいのものだ。ダイダロスが吹雪で身動きが取れなくなったとしても、いつかはハートの残量が復活して、自力で帰ってくるはずだ。

吹雪から三日が過ぎてもダイダロスは帰ってこなかった。雪が解け始めるのを待って、エミリーはLQをアラバスターに預け、馬でエイデティックの崖を目指した。小学校を訪ねると、ダイダロスは来ていないと言われた。

四日目、ダイダロスの馬だけがヴァーデント盆地の厩舎に帰ってきた。

エミリーは編集長と相談し、投稿を避けたい気持ちを抑え、フレンドシップ小屋の掲示板にダイダロスの情報を求める告知を出してもらった。「ミス・マークス」編集長は言った。「世の中には、何も言わずに姿を消してしまう人もいます。もう少し――」

「会話をスキップ」

五日目、エミリーはふたたび捜索に出た。前回は通らなかった道を重点的に捜した。すると南西部に広がる未開のフレンドシップに来た。ここの土地は安価だが乾いて痩せている。牧場や鶏小屋、外来植物の養苗場、ピアノ販売店、スパ、小さな遊園地、旧式なテクノロジーを集めた博物館、調馬師の厩舎、ゲームセンター、カジノ、爆発物倉庫など、町の中心部で開くには規模が大きすぎたり、時代錯誤だったり、美観を損ないかねなかったりする店や施設が集まっていた。エミリーが声をかけたなかにダイダロスを見たという人はいなかった。ゲームセンターで会ったシアサッカー地のスーツ姿の男から、洞窟を調べてごらんと言われた。吹雪に遭遇してそこに避難する住人がたまにいるらしい。「ただ、入口を見つけるのがむずかしいよ。絶えず移動していると言う人もいる」

エミリーは山の裾野に沿って一周した。太陽はすでに沈んでいたが、空はまだ明るかった。完全に真っ暗になるまでは捜索を続けようと決めた。黄昏の光がついに消えてしまう寸前、エミリーがあきらめかけたころに、か細い声が聞こえた。「ここよ」

「いま行く！」エミリーはピクセルの向きを変え、いま来た道を慎重に戻った。岩のあいだに奇妙なきらめきを帯びた場所がある。馬を降り、星雲のような輝きを通り抜けて洞窟に足を踏み入れた。瀕死のダイダロスがいた。右手が黒く変色していた。吹雪が到来した直後、怯えた馬に振り落とされたのだという。そのあと洞窟に逃れて吹雪をやり過ごした。「手を怪我しちゃったみたい」ダイダロスはそれだけ言って意識を失った。

エミリーはつきっきりで看護した。まもなく、たとえ命は助かっても、右手は切断するしかなさそうだとわかった。ダイダロスは、右手を失うくらいならいっそ死んでしまいたいと言ったが、両手を残せば死んでしまうのよとエミリーは言った。切断は免れない。

体の回復にはさほど時間はかからなかったが、心はそうはいかなかった。ダイダロスはすっかり意気消沈し、外出はおろか、自分の寝室から出るのさえ嫌がった。しばらくはルド・クイントゥスと口を利かず、顔すら見ようとしなかった。

「この町でまさかこんなことが起きるなんて」エミリーは言った。

「私のことはもう忘れて」ダイダロスは言った。「いまの私は何の価値もない人間なの。もう二度とレンズを作れない」

「あなたを見捨てるなんて絶対にできない」

「だったら、私がいなくなるわ。海の終わりまで泳いで、二度と戻らないことにする」

「ほかに誰と碁をやれというの」エミリーは、ベッドのそばのテーブルに碁盤と碁石を置いた。

「碁なんてやりたくない」ダイダロスは言った。それでもエミリーが白い石の最初の一つを盤に置くのを見て、ダイダロスは黒い石を打たずにいられなかった。それから毎日、午後から碁を打つたびに、エミリーは碁盤を少しずつベッドから遠ざけた。そうするうちにダイダロスは生きる気力を取り戻したものの、やはり家からは一歩も出ようとせず、検眼士の仕事も再開しなかった。

数週間後、エミリーはダイダロスに一つ提案をした。「もうすぐクリスマスじゃない？　あなたのために碁盤を作るのはすごく楽しかったことを思い出したの。それで、フレンドシップのほかの人たちのためにいろんなゲームを作ったらどうだろうって思いついた。片方の手がなくても、あなたならコマくらい作れるはずよ——レンズほど精密に仕上げる必要がないでしょうから。ＬＱだってもう大きいから、手伝える。私は盤作りを担当する。クリスマスシーズンに碁のセットを売りましょうよ。

どう思う？」

「子供扱いされてる気がする」ダイダロスは言った。「でも、やってみようかしら」

二人はダイヤモンドゲーム、チェッカー、チェス、碁のセットを製作した。彫刻入りの盤や手吹きの一点もののコマは、まさしく芸術品だった。二人はゲーム制作会社を〈ダイダロス＆マークス・ゲームズ〉と名づけた。ゲーム販売は大きな成功を収め、在庫はすべて売り切れた。

「ゲームを作るのってやっぱり楽しい」エミリーは言った。

「前も作ってたの？」ドクター・ダイダロスが訊く。

「子供のころ、きょうだい二人とね。どんなゲームかは、あなたに説明してもわかってもらえないと思うけど」

「一例を聞かせて」

「たとえば、海にさらわれた子供のゲーム」

「ボードゲームではなさそうね」ドクター・ダイダロスは言った。

エミリーはダイダロスの碁盤を指さした。「あの盤が世界で、格子の一つひとつがそのなかに存在する小さな世界だって想像してみて。碁石は一人の人間を象徴してる」

「そのメタファーにならうと、プレイする人の手は何を象徴するの？」ダイダロスが訊く。

「右手は行方不明の子供。左手は神」

ダイダロスはテーブル越しに手を伸ばしてエミリーに触れた。ああ、じかに触れられたらいいのに。

「愛してる」ダイダロスは言った。「気持ちを言葉で伝えるのは苦手なの。言葉では足りないように思えてしまうから」

クリスマスの朝、ダイダロスとＬＱは、二人で作った特別なボードゲームをエミリーに贈った。盤は道のような形をしていて、ガラスのコマは小さな幌馬車だ。多面体のサイコロとトランプ一組もついていた。盤の横に二人の息子の名〈ルド・クイントゥス〉の文字が彫りこまれていた。「それがこのゲームのタイトルでもあるの」

エミリーは〔ルド・クイントゥス〕の遊び方を尋ねた。

「簡単だよ、ママ」LQが言った。「ママは農園主か、商人か、銀行家になる。マサチューセッツを出発して、カリフォルニアまで行くんだ。トランプには道中のいろんな課題が書いてあるんだよ」

「どうして〔ルド・クイントゥス〕?」

「僕の名前だからに決まってる!」LQが答えた。「それに、お母さんに教わったよ。ルドはラテン語で〝ゲーム〟って意味なんだ」

息子にその名をつけたのはダイダロスだった。奇妙なことに、エミリーはルド・クイントゥスという名の意味に思いを巡らせたことがなかった。「クイントゥスはどういう意味?」エミリーはそう尋ねたが、答えを待つまでもなくわかった気がした。

「〝第五の〟という意味」一拍置いて、ダイダロスが言った。「第五のゲーム」

パイオニアチャット

daedalus84とのプライベート・チャットを開始します。

EMILYBMARXX:あなたなの?

DAEDALUS84:そう、きみの最愛の妻、ドクター・エドナ・ダイダロスよ。

EMILYBMARXX:もうやめて。サムソン、あなたなんでしょ? たまには正直に答えてよ。

DAEDALUS84:……そうだ。

EMILYBMARXX：どうやって私を見つけたのよ。
DAEDALUS84：見つける？　この世界はきみのために作ったんだ。〔パイオニアーズ〕は〔メープルワールド〕の期間限定拡張パックだ。〔オレゴン・トレイル〕に似た雰囲気にした。きみが好きだろうと思ったから。
EMILYBMARXX：私を罠に引っかけようとしたわけね。
DAEDALUS84：違うよ。そんなんじゃない。マークスが死んだあと、昔を、きみを思い出すようなゲームを作りたいと思った。この〔パイオニアーズ〕も、きみと一緒に作れたらいいなと思ったけど、断られるかもしれないと思った。エミリー・B・マークスというキャラクターはきみだとわかって、友達にならずにはいられなかった。きみはずいぶん寂しそうだったから。フレンドシップのはずれにたった一人で暮らしてたろう。
EMILYBMARXX：そうかもしれないけど、実名や何かは個人情報だよね。それに、私と結びつかないメールアドレスで会員登録した。だけど、サムはそれもとっくに知ってたんでしょ。私のＩＰアドレスから割り出したの？
DAEDALUS84：そうだ。
EMILYBMARXX：私のことは放っておいてって言ったよね。私の意思を一つとして尊重してくれないの？
DAEDALUS84：きみのことが心配だったんだ。
EMILYBMARXX：私をだました。
DAEDALUS84：だましてなんかいないよ。
EMILYBMARXX：私のプライバシーを侵害した。見知らぬ他人のふりをした。
DAEDALUS84：そんなことはしていない。僕は僕としてふるまった。変えたのは、名前とプロフィールの細かいところだけで、僕だってことはとくに隠さなかったよ。きみだって、きみだということを隠さなかったじゃないか。きみはずいぶん前から気づいてたんだと思うよ。認めたくなかっただけで。

EMILYBMARXX：フレンドシップはもう引き払うしかない。当然だよね？

DAEDALUS84：マークスは死んだ。それを悲しんでるのはこの世できみ一人だけじゃない。あいつは僕の友達だった。僕の仕事のパートナーだった。僕らの会社だった。どれも僕ら二人ともに起きたことなんだ。

EMILYBMARXX：……

DAEDALUS84：きみが恋しいんだよ、セイディ。きみと一緒に人生を歩みたいんだ……以前の僕は間違ってた。悲しみや苦しみを一人で抱えこむのは高潔でも何でもない。

EMILYBMARXX はチャットから退出しました。

エミリーはフレンドシップの見慣れた風景のなかを歩いた。あれほど美しく、心慰められる眺めだったのに、いまは薄っぺらなまがい物にしか見えない。

ピクセルに乗り、丘を下ってアラバスターの家に行った。

アラバスターが玄関を開け、エミリーを招き入れた。まもなくフレンドシップを引き払うことになりそうだとエミリーは打ち明けた。「エドナは、本人が言っているような人ではなかったのよ」

「ここでは誰だってそうじゃないかな」アラバスターが言った。

「私が前にいたところで知っていた人物だったの。ゲームがだいなしになってしまったわ」

アラバスターはうなずいた。「しかし、こう考えたらどうだろう」アラバスターは言った「この世界でも、もう一つの世界でも、遊び相手はめったに見つからない」

エミリーはアラバスターを、ライラック色の目とライラック色の髪を見つめた。「サム？」

「サムって誰だ？」アラバスターが訊き返す。

「あなたもサムなの？」

アラバスターはエミリーの前にひざまずいた。「セイディ」

エミリーの姿はアラバスターの家から瞬時に消えた。

画面にテキストボックスが表示された。

〈エミリーはフレンドシップから退出しました。〉

少年、終わりにたどりつく

何日か、何カ月か、あるいは何年かが過ぎ、エミリーはLQの様子を確かめたくてふたたびログインした。エミリーがいないあいだにLQは三歳成長して、十一歳のたくましい少年になっていた。

「ママ、どこにいたの？」LQが訊く。「お母さんと心配してたよ」

「泳ぎに行かない？」エミリーは誘った。

エミリーとLQはいつもどおり二スクリーンの距離を泳いだ。このまま泳ぎ続けてもいいかとLQが尋ね、エミリーは少し迷ってから答えた。「そうね。もうずいぶん大きくなったものね」

二人は泳ぎ続け、海の終わりまで行った。

「海の終わりはすごく静かだね」LQが言った。

「そうね、静かで穏やかね」

「ママ」LQが言う。「どうしよう。帰りの分のハートが足りないよ」

「だいじょうぶよ、LQ。あなたはリアルじゃないもの、絶対に死なないから」

町の商店主の遺言書が開封される

○八年の猛吹雪の際、ダイダロスの捜索の途中、エミリーは未開のフレンドシップである農場を見つけていた。氷でうっすらと覆われた看板にはこうあった。〈調馬師《ホースブレーカー》〉。その下の一回り小さな看板にはこう書かれていた。〈ブラシかけ、蹄鉄つけ、調教、そのほか馬に関するさまざまなサービス。どんな気性の馬もおまかせください〉。そのときはもっと急を要する謎解きを抱えていたから、立ち寄らずに通り過ぎた。
数カ月後、ダイダロスとの連絡を完全に断ったあとも、その看板が頭のどこかに引っかかっていた。農場の名前は、若いころのエミリーが知っていた場所、あるいは、ひょっとしたら、かつて見た夢を連想させた。フレンドシップを最後に訪れた日、あのゲートの奥に何があるのか確かめようと思い立った。あの看板にさほどの意味がなかったとしても、フレンドシップに永遠の別れを告げる前に、せめてピクセルにブラシをかけてもらっておこう。

地図の縮尺を拡大して探したが、〈調馬師《ホースブレーカー》〉は載っていなかった。曲がりくねった道路を何度も無駄に行ったり来たりしたあげく、ようやく目指す農場を見つけた。太陽がいよいよ地平線に沈もうというころ、ピクセルに乗ってゲートをくぐった。

果樹の木立を抜け、石畳の長い小道をたどり、厩舎や牧草地を過ぎた奥の奥に、まるで教会のようなA形をした白い家があった。ピクセルから降りて呼び鈴を鳴らした。白いカウボーイハットの男がドアを開けた。六十代くらいで、フレンドシップのほかの住人よりずいぶん年を取っていた。馬に乗って人生を過ごしてきた人物らしく、O脚ぎみだ。背筋はぴんと伸びている。帽子の下の豊かな頭髪は暗い灰色だ。父親のリュウに似ているとエミリーは思った。NPCは帽子を持ち上げて挨拶した。

「ハウディ、旅の人。馬に関するご用ですかな」

エミリーは、馬に蹄鉄をつけてもらいたいのだと言った。素材や値段を相談し、やがて話がまとまった。NPCは手を差し出し、エミリーは彼の頬にキスをした。

「そんなことをしても値引きはしませんよ」NPCが言った。

「会いたかった」エミリーは言った。

「参ったな、照れちまいますよ」

「『イーリアス』の一番好きな一節は？」

「『イーリアス』って何です？」NPCはそう言ったあと、ふっと動きを止め、帽子を脱いだ。何かに取りつかれたかのように、一瞬のうちに別人に変わった。「その女たちの中で歎《なげ》きの音頭をとったのは、白い腕《かいな》のアンドロマケで、勇猛ヘクトルの頭を抱いていうには、〝旦那様、あなたは若くしてお亡くなりになり、わたしを寡婦《やもめ》にして屋敷に残して行っておしまいになる。二人とも運に恵まれぬあなたとわたしとが産んだ子はまだあのように幼く……そしてヘクトル、あなたは御両親に身も世もあらぬ歎きと悲しみとをおかけになったのですし、ことに誰よりもわたしには、辛い苦しみが残されることになるのでしょう。あなたは今はの際《きわ》に、床からわたしに手を差し伸べて下さることもなかったし、いつまでも心に残る一言をいっても下さらなかった、わたしが昼も夜も涙にくれながら、いついつまでも忘れずに思い出せるような一言を」暗誦を終えると、NPCは一礼してからカウボーイハットを頭に載せた。

「会えてよかった」エミリーは言った。

「またいつでもどうぞ」

NPCとのやりとりは物足りなかったが、どんなNPCとのやりとりもそんなものだと思い直した。

それでも、〈調馬師〉と会えていなかったら、セイディは、エミリーの身辺整理をきちんとしておこうと思わなかったに違いない。

〔パイオニアーズ〕に、サムは斬新な機能を導入した。ゲーマーはこの世界から引退できるのだ。サムはゲーマーが――〔メープルワールド〕で何年も暮らしていたような住人でさえ――ある日突然、消えてしまうのがいやだった。ある日、もう二度とログインしないと突然決めることだってあるだろう。それなら、ゲームの世界から完全に引退できる仕組みがあったほうが健全ではないかというのがサムの考えだった。どんなによくできたMMORPGでも、ゲーマーにはいつかそこを離れる日が訪れる。別のゲーム、別の世界に――場合によってはリアルの世界に――移っていく。だから〔パイオニアーズ〕設計に当たり、この世界で可能な儀式のカテゴリーに、離婚、遺言、葬儀などを加えた。

編集者がエミリーの遺言書を開封して読み上げた。「愛する息子ルド・クイントゥスは海の終わりを探しに泳いでいってしまいました。彼の探検の旅はこの先何年も続くことでしょう。私は人間の女のアバターにすぎません。LQの行方がわからなくなって以来、私は胃腸の病気で苦しんできました。LQなしではもう生きていきたくないと体が伝えてきているとしか思えません。したがって、フレンドシップを去ることを決めました。友人のアラバスター・ブラウンに、私が所有する農場と店、そしてそこにあるすべての所有物を遺贈します。妻のドクター・ダイダロスには、所有する馬ピクセルと、ピクセルを模したガラスの置物を遺贈します。フレンドシップで過ごした歳月、そしてドクター・ダイダロスと過ごした歳月を悔やんではいません。ドクター・ダイダロスの欺瞞《ぎまん》――それが何かは本人がよく知っているはずです――に怒りを感じていますが、それでも私は、彼女と碁の対戦をして過ごしたたくさんの夜を懐かしく思い出すことでしょう。この町に初めて来たときの私は、それまでにないほどハートの残量が尽きかけていました。フレンドシップの町の退屈さと、そこで顔見知りになった住人の優しさが、私に人生を与えてくれました。このように穏やかな場所、バイソンの群れが安全に通行できる場所に来られたことをうれしく思っています」

編集者は遺言書を折りたたんだ。「彼女の話は最後まで謎々みたいなことばかりだ」

フレンドシップ墓地にエミリーの墓石が建てられた。そこにはこう刻まれていた。

エミリー・マークス・ダイダロス

1875-1909

彼女は赤痢で死んだ

X 荷と溝

1

「なあセイディ、正直に認めろよ。心のどこかではあいつだって気づいてたんだろうに」ドーヴが言った。

ある年齢になると――セイディの場合は三十四歳――自分が住んでいる町を訪れた旧友と食事をしているだけで日々が過ぎていく時期が来る。ドーヴとセイディは、シルヴァーレーク地区にあるクリフズ・エッジでブランチをとっていた。まるでツリーハウスのようなレストランだ。『指輪物語』のエントを思わせる巨大なイチジク科の木が店の真ん中にそびえ、それを階段状に取り巻く木のデッキにテーブルが設置されている。この店のウェイターはそろってふくらはぎの筋肉がおそろしくよく発達し、バランス感覚に優れていることで有名だ。クリフズ・エッジでウェイターとして働くと、プラットフォーム・ゲームのただ上ったり下りたりするだけの退屈なレベルのキャラクターの気分が味わえるのではとセイディは昔から思っている。ドーヴは話しながら巨木が気になったらしく、手を伸ばして太くなめらかな枝の一本をつかんだ。「ここは俺がこれまでに行ったうちで一番カリフォルニアっぽい店だな。絶対に雨が降らないと信じてるらしい」

「だって降らないもの」セイディは言った。

「この木が先にあって、そこにレストランを作ったんだと思うか」ドーヴが訊く。

「そうとしか考えられないと思うけど」

「木を移動してきた可能性だってあるだろう」ドーヴが食い下がる。

「これだけの大木だよ。こんな大きな木を移植するなんて、想像できない」

「セイディ、ここはカリフォルニアだ。砂漠だぞ。こんなところに木が生えてるほうがおかしい。ツリーハウスみたいなレストランを夢見る奴がいたとして、カリフォルニアなら実現できる。まったく、カリフォルニアってのは最高だな」

「カリフォルニアは嫌いなんだと思ってた」

「俺がいつ嫌いだなんて言った？」

「別れたとき。いまでもはっきり覚えてる。カリフォルニアがいかにこの世の終わりみたいなところか滔々と並べ上げて、私はそこで非業の死を遂げることになるんだみたいなことをさんざん言われた」

「まあな、俺は大嘘つきだからな。きみを行かせたくなかったんだよ。そうだ、木の話、ウェイターが次に来たら訊いてみよう」ドーヴはいった。「あのときアンフェア・ゲームズを移転したマークスは賢かった。俺に思慮分別のかけらでもあったら、あのときをきみを追って来て、ひざまずいて、俺を捨てないでくれとすがりついただろうにな」

「あなたはひざまずいて懇願するタイプじゃないでしょ」セイディは言った。

注文を取りに来たウェイターに、ドーヴは巨木の来歴を尋ねた。ウェイターは、この店で働き始めたのは最近だから自分はわからないが、支配人に訊いてみると約束した。

「ともかく」ドーヴは言った。「もっと前にサムだと気づいたんだろうに」

「気づいてたとも言えるし、気づいてなかったとも言える。実際に起きた事件を再現する番組を観てるときみたいな感じ。刑事につい哀れみの目を向けちゃうじゃない？　これだけいろんな手がかりが犯人はそいつだって指さしてるのに、どうして気づかないんだろうって。でも視聴者は、事件の結末をあらかじめ知ってて観てる。でも、リアルタイムでそこに居合わせたら気づかないかもしれない。真っ暗ななか、そこら中が血痕だらけだったりしても」

「しかしゲームなんか世の中にごまんとあるのに、なんでまた〈パイオニアーズ〉みたいなぬるくて退屈なゲームをわざわざ選んだ？」

「ドーヴと違って私はあらゆるジャンルのゲームをやるし、〈パイオニアーズ〉には私好みの要素がそろってた」

「どんな？」

「オープンワールドで、他者とコミュニケーションを取りながら資産を築いていくシミュレーションゲームだって聞いてたから。〈オレゴン・トレイル〉や〈ザ・シムズ〉、〈牧場物語〉と似た系統のゲームだって。だからやってみようと思ったの。サムは、私ならすぐに引っかかると思ってただろうな」

「きみは昔から〈オレゴン・トレイル〉に子供じみた執着を抱いてたよな」

「そうだよ、ドーヴ。あなたには理解不能なゲームでも、私は大好きってことはいくらでもありえるの」

「とすると、サムはたった一人のゲーマーを誘い出すためにMMORPGを一つ作ったってわけか。やるな。クレイジーだが、実にいいね」

「サム本人は、子供のころよく二人でプレイしたゲームが懐かしかったからだって言ってるけどね」

「ファーミングシミュレーターや育成ゲームは時代を超えた定番だ」

「ほんとそう。〈パイオニアーズ〉はビジネスとしてもそこそこ成功したはず」セイディは一息入れてから続けた。「正直に認める。マークスが死んで、そのあとにもいろいろあって、まさにサムが作ったみたいなゲームを求めてたのは事実。サムは私が登録するかどうか、ずっと監視してたんだと思う。で、私が登録したのを見て、プレイを続けさせるために、いろんなキャラクターを創り出した」

「どういうストーリーが用意されてた？」

「笑っちゃう。べたべたのロマンスだった。私はちょっと暗い過去を持った妊娠中の女、エミリー・マークスで、サムは――驚くなかれ！――ドクター・エドナ・ダイダロスだった。職業は町の検眼士」

「そりゃまたずいぶんとセクシー《ホット》な設定だな」

「セクシーっていうよりおセンチで悲しいロマンス」

「ドクター・ダイダロスときたか！　セイディ、どうしてサムだと気づかなかった？（ギリシャ神話の人物ダイダロスは発明家で建築家。クレタ島の迷宮の設計者でもある）」

「一つ言い訳すると、〝彼〟じゃなくて〝彼女〟だった」

「どうして女のキャラクターにしたんだろうな」

「目くらましのためとか？　それとも、ウォルト・ホイットマンみたいな話かも。〝誰のなかにも大勢の人がいる〟。ねえ、ドーヴはいつも自分と同じ性別のキャラクターをプレイする？」セイディは経験から知っていた。選択肢があるかぎり、ドーヴはかならず女のキャラクターを選んでプレイする。

「時間はかかったけど、最後にはサムだって気づいた。もしかしたら最初から気づいてたのかもしれないけど、ずっと気づかないふりをしてたの。いま思えば、わかりやすいヒントをあちこちにちりばめてた。エドナが途中で片方の手を切断することになったり」

「西部開拓時代の暮らしは過酷だった」

「残酷なくらいにね」セイディは言った。「もう二度とレンズは作れないって嘆いてたな」

ドーヴは笑った。「これだからゲームはやめられない。で、これからどうするんだ」

「サムとはまだ絶交したまま」

「きみが一方的に絶交してるだけだろうに」

「そうね、言いたいのはそういうことかも」

「セイディ。いったいなんでだ？」

「だまされたから」もちろん、そんなわかりやすい話ではない。

「セイディ・グリーンの基準に従えばな」

「私を手錠でベッドにつないだ男がよく言うわ」

「俺が言いたいのはまさにそこだ。俺はきみを手錠でベッドにつないだ男なのに、それでも俺がロサンゼルスに来れば、きみはこうして俺とブランチを食う」ドーヴは言った。「あのときときみはもう俺の生徒じゃなかった。それは確かだ」

「私の基準って？　それがサムと私が絶交してることに何の関係があるの？」

「セイディ、きみはいくつになった？」

「三十四」

「そういう青臭いことからはさすがに卒業していい年齢だ。高い基準ってのは若者の特権だよ。中高年は――」

「あなたみたいな中高年」セイディは口をはさんだ。

「そう、俺みたいな中高年な」ドーヴはうなずいた。「俺は四十三だ。りっぱな中高年だ」そう言って拳で胸を叩いた。「だが、まだまだセクシーだぞ」

「まああってところね」

ドーヴは力こぶを作った。「ほら、触ってみろよ、セイディ。これが〝まあまあ〟か？」

セイディは笑った。「遠慮しとく」そう言いながらも、触ってみた。

「大したもんだろ？　二十年前よりまじめに筋トレしてる」

「それはおめでとう、ドーヴ」

「高校時代のジーンズをいまでも穿けるんだぜ」

「女子高校生とデートするにはいいかもね」

「女子高校生となんかつきあったことは一度もない」ドーヴは言った。「自分も高校生だったときは別として。大学生となら経験豊富だ。大学生はいいな。何人でもつきあいたい」

「それでよく大学をクビにならないよね」

「俺は偉大な教師だからだよ。誰からも尊敬されてるからだ。きみもその一人だった。中高年の話題に戻すと――」

「生きていれば避けて通れない妥協の連続で疲れきった哀れな人たちのこと？」

「できればこの現実を受け入れたほうがいい。きみにとってサムほど大切な人間はこの先も決して見つからない。つまらん恨みつらみは忘れて――」

「つまらん恨みつらみなんかじゃないってば、ドーヴ」

「じゃあ、その誰に言わせても当然の不平不満は忘れろ。謎に包まれたドクター・ダイダロスに連絡して、彼と仲直りの握手を――」

「彼女だってば」

「彼女と仲直りの握手を交わして、ゲームを作り、プレイするという、命がけの大仕事に戻るんだな」

　ウェイターが来て、料理をテーブルに並べた。「支配人によると、そこの木は七十年以上前からここに立っているそうです」立ち去る前にそう言った。

「なるほど、答えが出たな」ドーヴが言った。「木が先にあって、それに合わせてレストランを建設したわけだ。これで解決だ」ドーヴは自分のシャクシューカにホットソースをかけた。

「どうしてホットソースが要るってわかるわけ？　まだ味も見てないのに」

「俺は自分をよく知ってるからね。俺は何かとホットなのが好きなんだよ。で、いまは毎日何してる？」

「とくに何も」セイディは答えた。「子供の保育園の送り迎え。正気を保つ努力」

「心配だな。きみは仕事をすべきだ」

「わかってる。そのうち仕事に復帰する」セイディは話題を変えた。「ところで、ロサンゼルスにはどんな用で？」

「いつもどおり、商談がいくつか」ドーヴが答える。「ディズニーに雇われてる映画監督が、〈デッド・シー〉の映画化に関心を示してる」ドーヴはフォークを置き、手で自慰行為の動きをした。「ま、実現はしないだろうな。それと、離婚の手続きだ」

「それは残念ね」

「しかたないさ」ドーヴは言う。「俺はろくでもない人間だ。俺なら俺とは結婚しない。今回は子供がいなかったのが幸いだ。子供がいると、離婚が面倒になる」

「これからどうするの？」

「イスラエルに帰る。息子に会う。テリーはもう十六歳だ。信じられないよな。あとは、新しいゲームを作るかな」ドーヴはシャクシューカを口に運んで咀嚼し、次に卵の黄身と赤いソースをパンに塗りつけた。「ああ、そうだ。それを訊かなくちゃな。いま取りかかってるゲームがないなら、一学期だけでいい、ＭＩＴで俺の代わりに講義を担当してみないか。ちょっとでも興味があるなら、大学に推薦する」

「ちょっと考えさせて」セイディは言った。

「ああ、考えてみてくれ」

「あなたのゼミに登録したとき、不思議だった。どうして大学で教える気になったのか」

「教えるのは最高に楽しいからだよ」

「そうなの?」

「そうさ。子犬が嫌いな奴がいるか? それに何年かに一人、セイディ・グリーンが現れて、クソ脳味噌を吹っ飛ばされる」ドーヴは首をのけぞらせ、椅子を後ろにかたむけた。「どかーん」

セイディの頬が熱くなった。ドーヴに褒められると、いまでもくすぐったいような気持ちになる。

「ドーヴは汚い言葉を使いすぎ」

ブランチを終え、セイディはハリウッドヒルズの盆地にあるホテルまでドーヴを車で送っていった。ドーヴは車を降りる前にセイディの頬にキスをした。「俺はもう中高年だし、時代の変化に追いついていけてない。女の気持ちなんかまるきりわからないらしいしな。何てったってバツ2だ。しかし、これだけは言える。誰かのために世界を一つ作り上げるなんて、俺にはロマンチックな行為に思える」ドーヴはそう言って首を振った。「サム・メイザーか。まったく、どうしようもないロマンチストだな」

2

ゲーム制作上級ゼミは週に一度、木曜の午後一時から四時まで行われる。セイディは、十六年前、自分が学生の一人としてゼミに参加していたころと同じ講義スタイルをそのまま引き継いだ。週ごとに、八名いるゼミ生のうち二人が新たなゲームを制作して発表する。ミニゲームでもいいし、長いゲームの一部でもかまわない。時間の制約もあるから、とにかく実行可能な形式でプログラミングできていればそれでいい。全員でプレイし、批評し合う。一学期のあいだに一人二ゲームずつ制作する。セイディがゼミ生だった時代との違いは、半数が女子である――少なくとも女子としてふるまっている――ことだった。

ゼミの初日、セイディは学生に期待していることを説明した。「どのプログラミング言語を使ってもかまわない。でも、言語に関してアドバイスが必要ならいつでも相談してください。ゲームエンジンを使っても使わなくてもどちらでもかまわない。ただ、自分でエンジンを構築するとどれだけの時間と労力がかかるかは知っておいてください。制作するゲームのジャンルも好きに選んでかまわない。特定のジャンルだからよいゲームだとか、よくないゲームだとか、そういうことはないから。気軽に遊べるゲームは低級なものと見られがちだけれど、そういうゲームのなかに優れたものはいくらでもあります。私はあらゆるジャンルのゲームをプレイします。携帯電話向けにもすばらしいゲームを作れるし、PCやゲーム機向けにだって作れるはずです。提出するゲームがすみずみまで完璧に仕上がっていなくても気にしないこと。批評は正直に、かつ互いに敬意をもって行うこと。新しいゲームを人に見せるのは、とても勇気が要る行為です。私の場合、ゲーム開発者として、成功した作品より失敗した作品のほうが多かったと思います。みなさんの年ごろだったときにはまだ、自分が将来、そんなにたくさん失敗することになるなんて知りませんでした。初っぱなからこんなことを言ったら、絶望的な気分にさせちゃうかもしれないけど」セイディはそう言って笑った。「でも、みなさんもかならず失敗します。でも、失敗していいんです。私は失敗を許すといまのうちから言っておきます。このゼミでは、段階評価ではなく、合格または不合格で評価されます。だから、不合格のラインよりもほんのわずかでも合格寄りの評価を取ることを目標にしてください」

セイディのジョークに一同は笑った。どんな講義も、初日の出だし何分かで学生の信頼を得られるか否かが決まる。セイディは、自分は敵ではないと学生にわかってもらうことに成功した。

黒っぽい髪に黒っぽい目をしたデスティニーという女子学生が発言した。「先生は〈イチゴ――海の子供〉をこのゼミで作ったんでしたよね」

「日本語のタイトルを覚えててくれたのね。すごい。あれはパートナーのサムと――」

「メイザーですね?」デスティニーはセイディの経歴を万全に予習しているようだ。「メイザーもこのゼミにいたんですか。たしかハーヴァードの学生だったと思いますけど、ハーヴァードとＭＩＴは単位交換を認めてるんですよね」

「メイザーはこのゼミは取ってなかった。ゲームの設計や開発に関して、メイザーは完全に独学だったの。私が〈イチゴ〉を作ったのはこのゼミを修了してから。ゼミに提出したのは、もう少し単純なゲームだった。一学期に二ゲームを一人で作るのはなかなかたいへんだから」

デスティニーはうなずいた。「〈イチゴ〉はいまでも大好き。子供のころ一番好きなゲームでした。〈イチゴⅢ〉の計画はないんですか」

「そういう話が出たこともあったけど、たぶん、このまま作らないと思う」セイディは答えた。「デスティニーの最初の質問に答えるわね。私がこのゼミに提出したゲームの話。タイトルは〈ソリューション〉。批判も我慢して受け入れてと一方的に押しつけるだけじゃずるいから、同じような年齢のとき作ったものをせめてみなさんに見せようと思いました。グラフィックスは古くさいけれど、試しにプレイして、感想を聞かせてください。ただし、忘れないでね。私はまだ十九歳だったし、一九九四年に、四週間と資金ゼロという条件でできることはこれが限界だった。ああ、それから、祖母の経験に基づいたゲームだということもあらかじめ話しておいたほうがいいかな」

セイディはメールで「ソリューション」へのリンクを学生全員に送信した。学生はノートパソコンを開き、若かりしセイディのゲームをプレイした。セイディも二レベルほどやってみた。技術は時代遅れだが、コンセプトはいまも色褪せていないと感じた。

学生たちが「ソリューション」の秘密を理解し、あちこちから憤慨の声が上がり始めた。無理もない。一時間が経過したところで、セイディはここまでと宣言した。

「感想を聞かせて」セイディは言った。「率直に発言してください。私に遠慮しないでね。じゃあ、まずはゲームの見た目から」

ゲームのあらゆる側面に厳しい指摘が相次いだ。セイディは情けは無用と率直な発言を促した。自分のゲームを擁護し、一九九四年時点の制約を説明するのは楽しかった。おおよそのところ、学生たちはモノクロのグラフィックスを高く評価した。ベレー帽をかぶった男子学生が、一九九四年のゲームはすべてモノクロだったのかと質問した。男子学生の名前はハリーといった。セイディは〝ベレーのハレー〟と韻を踏んでその学生の名前を記憶してあった。ドーヴにならうつもりはない。初回の講義で全員の名前を覚える意気込みだった。

「いいえ、ハリー」セイディは質問に答えた。「一九九四年にもカラーのゲームはあった。私がモノクロにしたのは、そのほうが見栄えがすると思ったから。あれから一つ学んだことは、リソースが不足しているときこそゲームの演出にこだわるべきだということ。制約も、やりようによっては味方につけられます」

「やっぱりそうですよね」ハリーが言った。「一九九四年のゲームはみんなモノクロだったと本気で思ったわけじゃないんです。モノクロが流行ってたのかなと思っただけで」セイディは学生名簿にこうメモした――〈モノクロのハリー〉。

「このゲーム、すごくおもしろいと思いました」デスティニー（海のデスティニー）が発言した。

「着想がいいし、政治問題を取り上げているところもいい。一つ気になるところがあるとすれば、虚無主義が強すぎるところです。この工場の製品が何かがわかってしまうと、そこからは……」デスティニーは適切な言葉を探した。「……その、同じ退屈な作業の繰り返しになってしまうというか。ゲームの別の場面に進めるとか、何か変化があるとよかったと思います」

「実を言うとね、デスティニー。ほかの人からもさんざん同じことを言われたの。鋭い指摘だし、もしもっと時間があったら、あなたがいま言ったように、別の展開を用意したと思う。でも、限られた時間のなかでゲームを仕上げなくちゃいけないことはいくらでもある。つねに完璧を目指していたら、何も作れなくなってしまう。

メイザーと私は子供のころからの大親友で、二人でプレイするのが大好きだった。パーフェクトなプレイに異様なほどこだわってたの。どんなゲームにも、ミスも倫理的な妥協も最低限で、最速のペースで、最高のスコアでクリアする方法があるとか。一度も死なず、リスタートせずにクリアできるはずだとか。たとえば「スーパーマリオ」だとしたら、コインを一枚でも取りそこねたら、クッパに一度でもやられたら、それだけで頭からやり直してた。そのころは二人ともずいぶんと完璧にこだわってたけど、時間ならいくらでもあった。ゲームを開発するようになってからも長いあいだ、私はその考え方をそのまま仕事に持ちこんでた。でも、完璧にこだわると、一歩も前に進めなくなる。

このゼミも同じで、みなさんも仕上がりに一〇〇パーセント納得できるわけじゃない作品を提出することになるはずです。でも、それでいいの。私を驚かせてほしい。何かすごいものを見せてほしい。でも同時に、とにかくまずは手を動かしてください」

穴だらけの「メープルタウン」のロゴ入りシャツを着たジョジョという名前の学生が挙手した。（メープルタウン在住のジョジョ——セイディは名簿にそうメモした。）「すてきなシャツ」セイディは言った。

ジョジョは、このシャツを着てきたのは単なる偶然だというようにうなずいた。あるいは、自分よりも偉大な力に命じられたように。「質問があります。当時のゼミ生の反応はどうでしたか」

「それ、訊いてくれてよかった」セイディは言った。「非難囂々《ごうごう》だった。一人なんか、私の退学処分を大学に求めたくらい」

「このゲームを理由に？」

「そう。ナチス呼ばわりされたら誰だって不愉快に思うから。当時の教授からはそう言われた。それって、たぶんすごくいいアドバイスね。それ以来、私はプレイヤーをナチス呼ばわりするゲームは一度も作らなかった」

セイディのジョークに教室が沸く。

「四時ね。今日はここまで。続きはまた来週。ジョジョ、ロブ、一番手はあなたたちにまかせる。作ったゲームを日曜の夜までに全員にメールして。次回の講義の前にみんなが試せるように」

ほかの学生が出ていったあとも、デスティニーは教室に居残った。「あの、いいですか。もう一つ質問があったんですけど、みんなの前で訊くのはどうかと思って」

「どうぞ、何でも訊いて」セイディは言った。「オフィスまで一緒に来てもらえる？　娘をシッターに見てもらってて、五時までの約束なの」

「え、お子さんがいるんですか。すてき。ゲーム業界の人はみんな子供がいないと思いこんでました。残業だらけだから」

「業界も少しずつ変わってきてるの」セイディは言った。「それ、私は会社を経営する側だったから……」

「なるほど。とすると、先生は社長の席に座ってるだけでいいってこと？」

「そうよ。実際に作業するのは男の人たち」セイディは冗談を言った。

「ちょっと自分語りしていいですか。このゼミを担当してもらえて感激してます。この学部には女子も非白人もまだまだ少ないし、先生のゲームはどれも大好きなんです。〔イチゴ〕だけじゃなくて、みんなプレイしました。〔マスター・オブ・ザ・レヴェルズ〕。あれが一番のお気に入りです。ほんと、先生はすごいです」

「でも？」

セイディのオフィスの前まで来ていた。ドア脇のプレートはまだ〈ドーヴ・ミズラー〉のままだった。「ここが私のオフィス」セイディは言った。「みんなの前でしたくなかった質問というのは？」

「先生に気まずい思いをさせたくなくて」デスティニーが言った。「〔ソリューション〕をプレイして、ほんとにすごいなと思いました。でも――」

「でも、とてもじゃないけど〔イチゴ〕のレベルには届いてないと思います。すみません、気を悪くしないでください。本心からあなたを尊敬してます、グリーン教授」

「気にしないで、本当のことだから。それに、あのゲームを持ってきた理由もそこにあるのよ。私だって初心者のころはあんな程度だったと知ってもらいたかったから」

「質問というのは、〔ソリューション〕みたいなゲームのわりとすぐあとに〔イチゴ〕を作ったわけですよね。そこからここにどうやって一足飛びに来られたのか。どうすればそんなことができるのか、どうしてもわからなくて」

「話せばすごく長くなる」デスティニーの目に浮かんだ表情。見覚えがあった。野心だけは十分以上にあっても、目標にはとても手が届きそうにない、その気持ちが痛いほどわかる。「一言では答えられない」セイディは言った。「少し考えてから返事をしてもかまわない？」

その夜、セイディは一九九六年当時の自分を思い出してみた。あのころセイディを突き動かしていたものは三つあった。どれも他人への思いやりにあふれているとは言いがたい動機だった。（1）ゲーム制作で名を成し、セイディ・グリーンがMITに合格できたのは、曲線でできた女の体をしていたからではないと世の中を納得させたかった。（2）セイディを捨てたのはもったいなかったとドーヴに思い知らせたかった。（3）セイディと仕事ができる自分はラッキーだと、二人のうちの天才プログラマーはセイディであり、優れたアイデアを持っているのはセイディだとサムにわからせたかった。だが、デスティニーにどう説明したらいいだろう。一九九六年にゲーム制作の腕前が飛躍的に向上したのは、利己心と、怒りと、自信の欠如の権化だったからだなどと、どう説明できる？　セイディはネガティブな感情を原動力に、偉大なクリエイターになった。優れた芸術を生み出すのは、だいたい幸福な人間ではない。

セイディはデスティニーの疑問をサムに投げかけてみたいと思った。サムは何についてもかならず答えを持っている。世界を——少なくともセイディを——より美しく、よりよいものに見せるような光で照らすこと。それがサムの才能の一つだ。サムに連絡してみようかと考えたのは初めてではなかった。ケンブリッジに戻って以来、通りに敷かれた玉石の一つひとつがサムとマークスとの記憶を蘇らせた。それでも、ここまでこじれてしまった。二人の関係を電話一本で修復できるとはとうてい思えない。サムが生きていることは知っている。アンフェア・ゲームズから送られてくる社内グループメールで、サムの名前をしょっちゅう目にしている。しかし「パイオニアーズ」を最後に、直接の連絡は一度もしていなかった。

「パイオニアーズ」をダウンロードしたとき、開発者が誰なのかなんて気にしていなかったし、ゲームの内容にも特段の期待を抱いていなかった。産後で、頭がぼんやりしていて、鬱状態にあって、孤独だった。そういうとき世の中の人が食べることに慰めを求めるように、ゲームに慰めを求めた。気軽なゲームを選んでプレイした。自分と、絶えず何かを要求してくる生まれたばかりの小さな生き物の世話をしつつ、なかば上の空でもプレイできるようなゲーム。西部開拓時代のシミュレーションゲームを一つ、どこかの島の村を舞台にした育成ゲーム、レストランで給仕をするゲーム、ホテル運営のゲーム、魔法の花々のゲーム、遊園地のゲーム。たくさんのゲームを渡り歩いたあげくに〔パイオニアーズ〕にたどりついた。

〔パイオニアーズ〕を始めてすぐ、ほかのどのゲームよりも夢中になった。その世界は初めから居心地がよく、どこか懐かしく思えたが、それは当然だった。〔パイオニアーズ〕はセイディが構築したエンジンを使って開発されたのだから。ほかのプレイヤーがみな並はずれて理知的なように思えたが、それはきっと〔パイオニアーズ〕が自分と同じような人々、三十代で、一九八〇年代のゲームに郷愁を感じるような人々を惹きつけるからだろうと考えた。

ガラスのハートを吹いているダイダロスを初めて見た日、まさかサムだろうかと疑った。しかし、あえて確かめなかった。このゲームをもっとプレイしたいという気持ちが、知りたい気持ちに勝っていたからだ。セイディは、だましたと言ってサムを責めたが、実のところ、自分で自分をだましていたのだ。あの素朴で美しい世界がどれほどかけがえのない存在であるか、認めるのは気恥ずかしかった。

一年半後、ようやく笑い話としてブランチの席でドーヴに話せたとき、どうやら自分はもうサムに腹を立てていないようだと思った。サムに優しい気持ちを抱いた。共感さえ芽生えた。サムはあのゲームを彼女のために作った。が、自分のためでもあったに違いない。マークスが死んで、サムはどれほど孤独だっただろう。セイディはアンフェア・ゲームズの経営の大半をサムに押しつけてしまった。セイディは会社に顔を出すことさえしなかった。サムに感謝を伝えたこともない。

春学期が始まって数週後のある日、セイディはハーヴァード・ブックストアの地下にある古本売場を訪れた。娘に買ってやる絵本を探していると、きっと店員が並べる棚を間違えたのだろう、『マジック・アイ』の本が目にとまった。遠いあの日、地下鉄駅でサムと会ったときのことを思い出した。『マジック・アイ』は子供向けの絵本ではないが、セイディは四歳のナオミに買ってやることにした。寝る前に、セイディとナオミは一緒に『マジック・アイ』をめくった。「見えた！」ナオミが言った。

「何が見えた？」

「鳥。ほら、そこ。あたしの周りを飛んでる。すごい！　別のをやってみていい？　ママ、この本一番好きかも」

二週間後、ナオミは二十九種類ある『マジック・アイ』のエクササイズをすべて複数回終えて、別の遊びに気持ちが移っていた。

セイディは『マジック・アイ』をサムに送ることにした。簡単な手紙を同封しようと思ったが、気が変わった。送り主が誰か、サムにはわかるはずだ。

∵

アントがボストンに出張で来た折に、セイディはゼミに彼を招いた。〈カウンターパート・ハイ〉シリーズ第七作が発売されたばかりで、ゼミの学生の大半がのめりこんでいた。この世代の『ハリー・ポッター』のようなものだ。〈イチゴ〉よりはるかに人気が高く、〈メープルワールド〉とは異なるファン層を獲得していた。〈CPH〉は、それをプレイした記憶がある世代にとって、青春そのものを思い起こさせる遊びだった。

授業のあとセイディはアントを夕食に誘い、ゲーム業界の知り合いの噂話で盛り上がった。誰々がセクハラで告発された。誰々はまたも薬物リハビリ施設に入所している。あの会社は破産寸前らしい。

あのゲームの続篇はまさしくクソゲーだ、オリジナルに熱狂したわけではないどこか外国のプログラマー集団に下請けに出された結果に違いない。

過度に個人的な話題、地雷になりかねない話題を二人とも慎重に避けていた。しかしデザートが運ばれてきたところで、セイディは尋ねた。「サムは元気？」『マジック・アイ』を送ってから二週間か三週間たっていたが、サムはまだ何も言ってきていない。

「いつもどおりだと思いますよ。〔パイオニアーズ〕は年末でサービス終了らしいです」

「かわいそうな〔パイオニアーズ〕」

「サムはどうしてあんなゲームを作ろうと思ったんですかね。当時、社内でもトップシークレットだったんですよ。プレイしてみました？　ずいぶんとレトロで、よくわからないゲームです」

「ううん、やったことない」セイディは嘘をついた。

「メイヤー・メイザーも〔メープルワールド〕の町長を辞職したんですよね。次の町長は選挙で決めるらしいですよ」

「それは賢いやり方ね」

「誰が当選しても、肩書きだけの町長になるんじゃないかな。サムは拡張現実《AR》で何かやろうとしてますけど、中身はよく知りません。あ、先週、お父さんが亡くなったそうです」

「芸能エージェントのジョージ？」セイディが知るかぎり、サムは父親と交流がない。

「いえ」アントが言った。「Kタウンのピザ店の」

「えっ。まさかドンヒョン？　サムのおじいちゃんだけど」

「その人です。たしかガンで。しばらく前から闘病中だったはずです。サムはしょっちゅう休みを取ってましたし。どうしてかな、ずっとお父さんだと思ってましたよ」

セイディとアントはレストラン前で別れた。アントはセイディを抱き締め、こう言った。「毎日、マークスのことを思い出します」

「私も」

「マークスほど僕らを信じてくれた人はほかにいませんでした。僕らはそこいらの大学生だった。でもマークスは、見どころがあるって信じてくれたんです」

「私とサムだってそこらの大学生だった」

「あのとき救えていれば」アントは言った。「あの日のことを何度も何度も頭のなかで再生するんです。僕が二階に下りていかなかったら。一人でロビーに下りていこうとするマークスを引き留めていたら。もし――」

セイディはアントを黙らせた。「それはあなたがゲーマーだから。どうすればそのレベルをクリアできただろうって考えずにはいられない。私の脳も、うっかりすると同じようなことを始めようとする。でも、あなたにはどうしようもなかったのよ、アント。あのゲームはどうやってもクリアできなかったの」

あれから五年、セイディはようやくマークスの名前を聞くたびに涙ぐまずにすむようになっていた。何かの本に、意識についてこんなことが書かれていた。ヒトの脳は、大切な相手のAIバージョンを長い歳月をかけて構築する。データを収集し、大切な人の仮想のモデルを脳内に作り上げる。その人が死んでしまったあとも、脳は仮想の人物の存在を疑わない。その人物はある意味でまだ存在しているからだ。それでも月日とともに記憶は薄れ、一年、一年とたつごとに、その人物の生前に作ったAIバージョンも影が薄くなっていく。

マークスのディテール――彼の声、手の感触、その手のしぐさ、彼の正確な温度、衣類にしみこんだにおい、歩いていく後ろ姿、階段を駆け上がっていく後ろ姿――を自分が忘れていくのがわかる。やがて記憶に残っているのは、たった一つのイメージだけになるのだろう――遠くの鳥居の下で、帽子を手に、彼女を待っている男のイメージだけが残るのだろう。

帰宅したのは一一時半ごろだった。シッターに謝礼を渡し、タクシーを呼んで見送った。ナオミはとっくにベッドに入っていたが、それでもやはり寝顔を確かめに行った。セイディは寝ているナオミを見守るのが好きだった。

セイディは母性にあふれたタイプではない。ただ、それは他人には言わないほうがいいことだ。セイディは一人きりの時間や空間がなくてはいられない。それでも、娘のことは愛している。娘の人格を美化してはいけないと自分に厳しく言い聞かせている。ありもしない個性が娘にはあると思いこんでしまいたくない。有能なゲームデザイナーは、プロジェクト開始当初の着想にこだわりすぎると、作品が持つ可能性の芽を摘むことになりかねないと知っている。ナオミはまだ一人の人間でさえないとセイディは思う。これも他人には言わないほうがいいことだ。セイディの知り合いの母親には、自分の子はこの世に生まれ出た瞬間からその子の完成形だったと言う人が大勢いる。セイディの考えは違う。言葉を持たない人間が人間と言えるのか。趣味や嗜好、経験をいっさい持たない人間を人間と呼べるのか。それに、成長したあと、自分は両親から生まれた瞬間にすでに完成されていたと信じたがる人がどこにいる？　セイディには、自分がようやく一人の人間になったのはつい最近だという自覚がある。子供は完成形で生まれてくると考えるのは不合理だ。いまのナオミはまだ、いつか完全三次元のキャラクターとなる人物を鉛筆で描いたデッサンにすぎない。

セイディはナオミの顔にマークスの面影を探さないよう自分を訓練してきた。ときどき、思いがけずサムの面影が見えることがある。ナオミの半分はアジア人、もう半分は東欧系ユダヤ人だ。人種の背景としては、セイディやマークスよりもサムに近い。

ナオミの寝室のドアを閉め、自分の寝室に行った。

サムに電話してみよう。カリフォルニアはまだ午後八時三〇分だ。電話番号は以前と変わっていなかった。サムは電話に出ず――いまどき電話に出る人はいない――セイディはメッセージを残した。「私です」いったんそう言ってから、〝私〟だけではわからないかもしれないと気づき、「セイディです」と言い直した。「ボストンでアントと食事をしました。知ってるかどうかわからないけど、いまはボストンに住んでるの。ドンヒョンのこと、聞きました。おじいちゃんがサムをどんなに愛していたかはよく知ってる。世界一親切で優しい人だったね」

サムから折り返しの電話はなかった。

その翌日か翌々日、セイディはピザ店に電話をかけ、ドンヒョンの葬儀の日程を尋ねた。電話に出た若い男性は、今週末が葬儀ですと答えた。どちらさまですかとは訊かれなかった。Kタウンの全員がドンヒョンの友達なのだから。

3

すべての人に望まれるのはビデオゲームの死だとサムは思う。つまり、華々しくてすみやかな死だ。病気になって一年近く過ぎたころ、ドンヒョンの二五セント硬貨はついに尽きた。ガンは手始めに肺を冒し、まもなくほかの臓器に、全身に転移して祖父の命を奪いにかかった。あれほど頑丈で堂々としていた祖父を、ガンは機能不全の細胞の弱々しい集合体に変えてしまった。サムはアンフェア・ゲームズの経営から一時身を引いて祖父の看護に専念した。そうするのが当然だ。ドンヒョンは、世話が必要な孫のために何年も費やしたのだから。

サムはドンヒョンが苦しむ姿をそばで見守った。体のここが、そこが、病に奪われていった。ついにはそれ以上取るものがなくなって、ドンヒョンの命は果てた。

サムの気持ちは揺れ続けた。ドンヒョンがビデオゲームのようには死ななかったおかげで、サムは最期を看取ることができた。命が尽きるまでに時間がかかったおかげで、祖父はサムに、いとこに、サムの祖母に、伝えておきたいことをすべて伝えられた。しかしその僥倖《ぎょうこう》と、祖父の苦しみは果たして釣り合っていたのか。サムにはわからない。

人生最後の数週間、ドンヒョンはほとんど言葉を発しなかった。無言でいる時間が増えていた。だから、ドンヒョンがふいにベッドで半身を起こしてサムの手を取ったとき、サムは驚いた。「サムソン。おまえは幸運だ」ドンヒョンは澄み切った声で言った。「もちろん、悲劇も経験したな。だが、よい友達にたくさん恵まれた」

「そうかな」

四十年暮らしてきた陽当たりのよいクラフツマン・スタイルの家で最期を迎えられるようにと、ドンヒョンは退院を許されて自宅に戻っていた。いつもピザのにおいをさせていた祖父の体からいろんな医薬品のにおいしかしなくなっていて、それがサムの心をかき乱した。

「そうさ。マークスとセイディ。二人ともおまえを愛してくれた」

「たった二人が〝たくさん〟?」

「友情が深ければな」ドンヒョンは言った。「それにローラ。あの子はどうした?」

「結婚したよ。いまはトロントに住んでる」サムは一呼吸置いた。「僕も誰かと、おじいちゃんとおばあちゃんみたいな関係を築ければよかったんだけど」

「おまえは別の宝を持っている。私が生まれたのとは別の世界に生まれた。私とおばあちゃんのような関係は、おまえには必要がないのかもしれない」ドンヒョンはサムの頬をそっとなでた。そこで咳の発作が始まり、止まらなくなった。

「マークスは死んだ」サムは言った。

「知っている」ドンヒョンが言う。「頭はまだしっかりしている」

「マークスは死んで、セイディには子供がいる。僕はその子に会ったことさえない」

「いつか会えるさ」ドンヒョンは言った。

「僕が言いたいのは、子供を持つといろいろあるってことだ。それに僕は子供のことがよくわからない」

「おまえの仕事はゲーム作りだろう」ドンヒョンが指摘する。「子供についていくらかは知っているはずだ」

「まあね、でもやっぱり違うよ。子供が好きじゃないのは、自分が子供だったころ子供でいるのがいやだったからだと思う」

「おまえはまだ子供みたいに若い」ドンヒョンが言った。

「セイディはいまボストンに住んでる」サムは言った。「それもあって……」

「遊びに行けばいい」

「向こうは来てもらいたくないと思ってるだろうな」

「いまはボストンくらいすぐに行けるじゃないか」

「飛行機で六時間くらいかかるよ。昔と変わってない」

「渋滞のときヴェニスからエコーパークに行くより早い」

「そんなわけないよ」

「ロサンゼルスの渋滞をネタにした昔ながらのジョークを言っただけだ」

「そっか。ごめん」

「おもしろいジョークだったのに」

「最近は何一つおもしろいと思えなくてさ」

「冗談だろう?」ドンヒョンは笑い、それがきっかけでまた咳の発作に襲われた。「いまは何を聞いてもおもしろい」そう言って目を閉じた。「セイディと話したら、いつでもピザを食べにおいでと伝えてくれ。サムの友達ならいつ来ても店のおごりだ」

「伝えとく」サムは言った。ピザ店は二年前にオーナーが交代し、店名も変わっていた。

「愛してるよ、サミー」ドンヒョンは言った。

「僕も愛してるよ、おじいちゃん」これまでずっと、〝愛してる〟と口にするのに抵抗を感じてきた。大切な相手に愛情を示すのは傲慢なことに思えた。しかしいまは、この世で何より簡単にできることの一つだと思う。愛しているのに、愛していると伝えなくてどうする? 誰かを愛したら、相手がうんざりするまで愛していると何度でも伝えるのだ。その言葉にもはや意味がなくなるまで。理由などいらない。とにかく何度だって伝えるのだ。


葬儀はコリアン文化センターで執り行われた。ドンヒョンの親族や友人のほか、Kタウンの商店主やレストラン経営者が多数参列した。サムと祖母に感謝と弔意を伝える人の列は何時間も途切れなかった。

時間が過ぎるにつれ、サムは目の焦点をぼかし、その場にいないわけではないが、かといっているわけでもない状態に意識を切り替えた。それは子供のころの長い入院生活で編み出したテクニックだった。肉体とともにそこにありながら、同時に肉体を離れてさまよう。人の顔に視線を向け、足を運んでくださってありがとうございますと機械的に繰り返す一方、そうとは気づかれないように遠くを凝視した。コリアン文化センターの奥の壁が〈マジック・アイ〉のポスターであるかのように。地下鉄駅でそれを見ているかのように。

一度だけ、サムの目は一つの物体を認めた。平面で構成された世界のなか、その一人だけが３Ｄで浮かび上がった。セイディだった。

もう五年も会っていなかった。ふいに現れた実物は、まるで幻のようだった。

二日か三日前に電話をもらっていたが、まさか来るとは思っていなかった。

セイディが小さく手を振った。

サムも手を振った。

セイディが何か言ったが、遠くて聞こえない。

聞こえたかのように、サムはうなずいた。

セイディは立ち去った。

二週間後、ドンヒョンの遺言状が開封された。予想どおり、資産のほぼすべてをボンチャに相続させるという内容だった。一つだけ目立つ例外があった。〈何年もピザ店に置いていた［ドンキーコング］マシンをセイディ・グリーンに遺贈する。愛情と、孫のサムソンとセイディの長年にわたる友情に対する感謝の意をこめて。〉

セイディの番号に電話をかけるのは何年ぶりだろう。すぐには電話がつながらなかったが、その日の夜、セイディのほうからかけ直してきた。サムは葬儀に来てもらった礼を言った。「でも、本題はそれじゃないんだよ。ドンヒョンの遺言にきみの名前があった」

「え、私？」

「［ドンキーコング］をきみにもらってほしいって」

「それほんと？」セイディの声は、子供っぽい興奮を隠しきれていなかった。「『ドンキーコング』って大好き！　好きなだけ遊べるって聞いたとき、サムがうらやましかったよ。だけど、どうして私に？」

「どうしてって」サムは答えた。「ほら、おじいちゃんは僕らのことを自慢に思ってたから。僕らのゲームを誇らしく思ってた。ドンとボンの店にずっとポスターを貼ってた。

それにきみは——きみも知ってると思うけど、子供のころの僕のたった一人の友達も同然の存在だったから……だからおじいちゃんは……もしきみがいなかったら僕は乗り越えられなかっただろうとか、そんな風に思ってたんじゃないかな。たしかに、僕は何もかも投げ出してたかもしれない。だからおじいちゃんはきみに感謝してたんだ」

セイディはしばし迷ってから言った。「だめ。もらえないよ。サムがもらうべきだと思う」

「僕？　僕はいらないよ。『ドンキーコング』好きはセイディだろ。きみの希望を言ってよ。いらないなら、おばあちゃんのうちに置いておいてもいいし。大げさじゃなく、重量一トンくらいありそうだからね」

「こっちに運ぶ手配をする」セイディは言った。「絶対にほしい。クラシックだもの。二、三日待ってもらえる？　たぶん、MITのオフィスに置くことになると思う」

「超一流の大学に自分のゲーム機を置いてもらえるなんて、おじいちゃんもきっと喜ぶよ」

「ところで、元気にしてる？」セイディが訊く。

「まあまあかな。最近思ったんだけど……いろいろ考えると、ビデオゲームの死が一番だ」

「すみやかで、美しくて、すぐにでも生き返れるような死」

「ビデオゲームのキャラクターは決して死なない」

「しょっちゅう死んでるよ。死なないわけじゃない」

「そっちは最近はどんなことしてるの？」

「子育て。大学の講義。それくらいかな」

「ドーヴみたいに学生と寝たり？」

「ううん」セイディは言った。「正直言って、二十代の相手と寝たがるなんて理解できない。十代なんてなおさら。でも、これはぜひとも言っておかなきゃいけないと思うんだけど、ドーヴは偉大な教師だった。どうして弁護したくなるのかわからないけど」

「教えるのは楽しい？」

「楽しい。そうだ、初日にメープルタウンのシャツを着てきた学生がいた」

「どう思った？」

「それ、〈メープルワールド〉は私の失敗の灰から生き返った不死鳥だからって意味？」

「まあね」

「その学生はそこまで知らなかった。賛辞のつもりで着てきてくれた。あの世代は〈メープルワールド〉は私のゲームだと思ってるの」

「だって、あれはきみのゲームだ。そうだろう？」

「私よりサムのゲームだよ」セイディは言った。「世間ではそれで定着してると思う。私は誰が作ったゲームかってことをさんざん気にしてきたけど、現実には、誰が何を作ったかなんて誰も覚えてない」

「ネット上には真実を知ってる人がきっといるよ」

「うわ、それってとんでもなく甘い考え」セイディは言った。「ネット上には真実を知ってる人がかならず存在するだなんて」

「このところ落ちこんでてさ」サムは打ち明けるように言った。「こういうのってどうやって乗り越えればいいんだろう」

「仕事は効くよ」セイディが言う。「ゲームも効く。でもどん底まで落ちて這い上がれそうにないときは、特定のイメージを頭のなかで再生し続ける」

「どんな?」

「ゲームをプレイしてる人たちを想像する。私たちが作ったゲームのこともあるけど、どんなゲームだってかまわない。絶望を感じてるときは、人がゲームをやってるところを想像すると——世界がどんなに悲惨なところになっても、ゲーマーは決していなくならないって考えると、希望が湧いてくる」

セイディの話を聞くうち、サムの脳裏に何年も前のある冬の午後の地下鉄駅の情景が描き出された。大勢の通勤客や通学客がサムの行く手をふさいでいた。あのときのサムには彼らは通行の邪魔としか思えなかったが、それは思い違いだったのかもしれない。地下鉄の駅で秘密の絵を目撃できるかもしれないという程度の期待に、人はなぜ興奮して身を震わせるのか。だがそれを言うなら、街路表示すらない道を真夜中にたどってみようと思い立つのはなぜなのか。もしかしたらそれは、遊びを求める心ゆえではないのか。もしそうであるなら、それは、すべての人のなかに、生まれた瞬間から決して成長しない一面があることを示しているのではないか。人を絶望から守るのは、遊びを求めるその心なのかもしれない。

「そういえば、『マジック・アイ』の本が届いたよ」サムは言った。

「で……?　やってみた?」

「いや」

「ちょっとサム。なんでよ。やってみてよ。ほら、本を持ってきて」

サムは本棚の前に行き、『マジック・アイ』の本を下ろした。

「見えるまで、電話を切らずにいるからね。うちの五歳の子でも見えたんだよ。一緒に練習しよう」

「絶対に無理だって」

「本を顔のすぐ前に近づけて」セイディが指示する。「鼻にくっつくくらい」

「わかった。わかったよ」

「目の焦点がどこにも合ってない状態にしてから、本をゆっくり遠ざける」

「見えなかった」

「もう一度やってみて」セイディは命令口調で言った。

「セイディ、僕には無理だって」

「あれは無理、これは無理って、サムはそればっかり。いいからもう一回やって」

サムはもう一度試した。セイディにはサムの息遣いだけが伝わってきた。

「サム？」一分近くが過ぎていた。

「見えた」サムが言った。「鳥だ」震え声だったが、泣いているせいなのかどうか、セイディにはわからなかった。

「当たり。鳥だよ」

「見えたら次はどうする？」

「その次の画像を見るに決まってる」

紙がこすれるかすかな音が聞こえた。

「一緒に新しいゲームを作ろう」ふいにサムが言った。

「やめて、サム。それはいや。だって私たち、お互いを傷つけるだけだよ」

「そんなことはない。そうじゃないときだってあったろ」

「サムだけのせいじゃない。私のせい。マークスのこともある。いろんなことがありすぎたんだと思う。自分がゲームデザイナーなのかどうかももうわからなくなってる」

「セイディ、そこまでバカなことを言える奴はきみくらいのものだね」

「あらありがとう」

「だいたい、きみがゲームデザイナーじゃないわけがないだろう。ともかく、次を作ろうと誘わずにいられなかった。いつだって誘わずにいられない。気が変わったら知らせてよ」

ナオミがセイディの寝室にやってきて、大きな声で宣言した。「寝る時間だよ！」セイディはゲームを考案していた。七日連続でセイディより先に〝寝る時間〟を宣言できたら、ナオミにご褒美が出る。子供の無邪気を利用したペテン、賄賂と言われても反論はできないが、五歳の子供をベッドに入れるには効果抜群だった。「誰とお話ししてるの？」ナオミが訊いた。

「お友達のサム。ごあいさつする？」

「しない」ナオミが答える。「知らない人だもん」

「わかった。先にお部屋に行っててちょうだい。ママもすぐに行くからね」セイディは電話口に戻った。「子供を寝かしつけなくちゃ。おやすみ、ドクター・ダイダロス」

「おやすみ、ミズ・マークス」

∵

アーケード版「ドンキーコング」は重量一五〇キロほどあった。運搬するには専用の木箱を作る必要があり、その分がさらに三〇キロほど加わった。郵便番号９００２６の街から０２１３９の学園都市への運送費用は、およそ四〇〇ドルと見積もられた。上階のオフィスに運び上げるところまで依頼すると、コストはさらにかさむ。

近場で探せば、もっと安価に中古の〔ドンキーコング〕を見つけられるだろう。それなら運送費も大幅に節約できる。しかし、それと思い出の詰まったマシンは別物だ。たとえば、ロサンゼルスのKタウンのウィルシャー大通り沿いにあったドンとボンのニューヨークスタイル・ピザの店でハイスコアを出した人物のイニシャルが〈S・A・M〉だったことを記憶しているマシンは、この世で一つだけだ。

ケンブリッジに届いた〔ドンキーコング〕はちゃんと起動したが、ハイスコアのデータは消えてしまっていた。初期のマシンのメモリーの動作は、安定していてしかるべきものなのに、安定とはほど遠かった。バックアップ電池が装備されていたのだとしても、だいぶ以前に切れてしまっていたのだろう。

ドンヒョンの〔ドンキーコング〕に表示されたハイスコアのリストは空っぽだったが、〈S・A・M〉のイニシャルはかすかに読み取れた。あまりに長い期間そこに表示されていたおかげで、モニターに焼きついていた。

4

ドンヒョンの死から一年たつかたたないかのころ、ニューヨークとパリに拠点を置くゲーム会社〈レーヴジュー〉から、〔イチゴ〕シリーズ第三作の制作に関してサムとセイディに連絡が来た。レーヴジューはすでに何本か大ヒットゲームを出していた。一番有名なのは、ジェンダーを区別しないサムライの集団を主なキャラクターとした、ステルスゲームと障害物を越えながら町中を駆け回るパルクール・スタイルを組み合わせた〔サムライのコード〕だった。セイディとサムは二人ともこのゲームが気に入っていたから、ニューヨークの彼らのオフィスで話を聞くことにした。

ゲーム業界ではだいたいそうだが、レーヴジューのプロジェクト・チームは若かった。セイディの印象では、サムとセイディは会議室に集まった誰より少なくとも五歳は年上だった。ついこのあいだまでは自分がその場の最年少だったのに、とセイディは思った。

レーヴジュー側は、チーム全員が〔イチゴ〕の〝熱狂的ファン〟なのだと言い、オリジナルの様式や情緒をそのまま引き継ぎつつ、現在の技術の力をフルに生かしたゲームを作りたいのだと説明した。チームのリーダーは、つい昨日大学を卒業したばかりといった生真面目な雰囲気のフランス人女性、マリーだった。〔イチゴ〕について語るときのマリーの声は、感極まったようにうわずった。「ぜひお伝えしたいんです。〔イチゴ〕は私にとって大切なゲームです。でも、十代のなかばごろに初めてプレイして以来、〔イチゴ〕のストーリーは未完だと思い続けてきました」マリーは言った。「何よりもまず、イチゴが成長した姿を見たいんです」

マリーの提案では、〔イチゴⅢ〕のイチゴはサラリーマンになっている。妻と幼い子供がいる。娘が行方不明になって、イチゴはサラリーマンの殻を脱ぎ捨てて娘を捜しに行く。ふたたび背番号15のジャージーを着て、冒険の旅に出るのだ。ゲームのストーリーは、イチゴのパートと娘のパートの二段構えになる。マリーはイチゴをピーター・パンのようなキャラクターとイメージしており、〔アンチャーテッド〕や〔風ノ旅ビト〕のような感情に訴えかけてくる没入型のゲームにしたいと考えていた。

「どうしてもうかがいたいことがあります」マリーは言った。「〔イチゴ〕の第三作を作らなかったのはなぜですか。あれほどすばらしいゲームなのに。お二人はすばらしいデザイナーなのに」

マリーの同僚、アクアマリン色の眼鏡をかけた男性が、二人の代わりに答えた。「おそらくですが、ほかのお仕事で忙しかったんですよ」よく見ると、この眼鏡の男性はセイディやサムと同年代のようだった。

レーヴジューが主導する形での『イチゴ』続篇の制作にゴーサインを出すなら、セイディとサムはエグゼクティヴプロデューサーとしてプロジェクトに参加し、ゲームは二つの会社の共同制作となる。セイディとサムは助言はするが、実際の制作は大半をレーヴジューのチームが担う。

その日の会議の終わりに、マリーは二人にZipドライブを渡した。マリーとチームが作った『イチゴⅢ』のサンプルレベルが入っているという。「まだ完成ではありません」マリーは言った。「約束します。もし『イチゴ』新作の制作をまかせていただけるなら、我が子のように大切に扱います」

ホテルに戻るタクシーのなかで、サムがセイディに尋ねた。「どう思う？　あのチームにまかせてみる気になった？」

「まだわからない」セイディは答えた。「でも、信用できそうな会社だと思った。マリーともうまくやれそうだし、マリーが話した内容にも好感が持てた。『イチゴ』は来年、十六年周年を迎える。古いゲームのライセンスを他社に譲渡するのは珍しいことじゃないよね。でも、私たちのゲームを別の人が作ると思うと、ちょっと妙な感じ」

「たしかに妙な感じだ」サムがうなずく。

「でも、私は慎重になりすぎてるのかな。やってよかったと思うかもしれないよね。レーヴジューに第三作を作ってもらえば、古い二作をアップデートしたうえで再販して、ファン層を広げるチャンスにもなる」

サムはうなずいた。

「おなか空いて死にそう。何か食べながら相談しようよ」セイディは言った。

会うのは本当にしばらくぶりだ。初めは、まるで接待の席の会話のように話がはずまなかった。サムあるいはセイディが次の話題を探すあいだ、長い沈黙が何度も訪れた。

「インタラクティヴフィクションか何かを作ってるって聞いたけど」サムが言った。

「ああ、まあね」セイディは答えた。「ちょっと試してみてるところ。ドーヴのゼミで一緒だった人とばったり会ってね、彼女、アメリカ市場向けのノベルゲームを作ってるんだって。そのアドバイザーになってくれないかって誘われて、それくらいならって思ったの。開発期間が短くて、あれこれ悩む暇もなくて、いまの私にはちょうどいいかなって。サムは？」

「僕は拡張《A》現実《R》で何かできないかと思っていろいろ試してる。ＡＲのゲームはまだむずかしい。でもいつか誰かがやるだろうし、そうなったら世の中はもう、ＡＲゲーム以外には見向きもしなくなるだろうから」

「そうかな」セイディは言った。「人がゲームをやるのはキャラクターがいいからだよ。使われてる技術は関係ない。最近、何かおもしろいゲームはあった？」

「『バイオショック2』」サムは答えた。「世界観がいい。ビジュアルも悪くないよ。いかにもアンリアル・エンジンっぽい。『Ｈｅａｖｙ Ｒａｉｎ』は視点がおもしろかったな。『Ｂｒａｉｄ』は最高だ。プレイしてるあいだ、ずっと妬ましかったよ。こういうの、僕らが作りたかったなと思って。もうやってみた？」

「これからやろうと思ってる。でも子供がいるとなかなか時間を見つけられなくて。ナオミはＷｉｉがお気に入りでね、とくにスポーツ系のゲーム。一緒にいくつかやったよ」

「写真、ある？」

セイディは携帯電話を取り出した。サムは画面に表示された写真を見てうなずいた。

「マークスに似てるね。きみにも似てる」

「大学のゼミに連れていったことがあってね、学生にはイチゴそっくりだって言われた」

「昔は僕がそっくりって言われてたな」

「覚えてる。言われるたびにむかついた」

「でも、僕もすっかりおじさんだ」

「まだそこまで年寄りじゃないよ」

「三十七歳だよ」サムが言う。「レーヴジューの誰より年上だった」

「私も同じこと考えた。自分について、ね」

食事を終えてエレベーターに向かう途中でサムが言った。「まだこんな時間だ。〈イチゴⅢ〉のサンプルを一緒にやってみようよ」

「やってみたほうがいいと思う？」

「やらないわけにいかないよ。イチゴに義理がある」

二人でサムの部屋に行った。サムがノートパソコンでゲームを起動し、サムが十二歳でセイディが十一歳だったあのころのように、パソコンを仲よく受け渡ししながらサンプルをプレイした。

最初のレベルは、レーヴジューのチーム一同とサムとセイディのアバターを含む群衆シーンで終わっていた。

サムはノートパソコンを閉じた。「まだ制作の初期段階なのに、ビジュアルの完成度が高いね。サウンドもしっかりしてる」サムは肩をすくめた。「かなり力《りき》が入ってる。いい作品になりそうだ。文句のつけようがない。きみはどう思った？」

「まったく同じ」セイディは少し思案してから続けた。「でも、ちょっと退屈だったかな。この時点でそう言うのは不公平だよね。まだ完成じゃないし、私たちは訴求対象じゃなさそうだし」

「うん、きみの言うとおりだと思うよ」サムはセイディのほうを向いた。「最近よく思うんだ。最初の［イチゴ］を作るのは簡単だったなって。あのころの僕らは機械みたいだった――これ、次はこれ、その次はこれってどんどん進んだ。若くて何も知らなければ、ヒット作が簡単に作れる」

「私もそう思う」セイディは言った。「いまの私たちが持ってる知識と経験は――かならずしも役立つとはかぎらない」

「気が滅入るよな」サムは笑った。「あの苦労は何だったんだって話だものな」

「もう一つ別バージョンの私たちがどこかにいて、その私たちはきっとゲームを作っていない」

「代わりに何してる？」

「友達をやってるだけ。きっとリアルが充実してるよ！」

サムはうなずいた。「〝リアルが充実〟。うん、世の中にはそういうものがあるって聞いたことはある。規則正しい睡眠を取って、起きてる時間の一分一秒まで架空の世界のことであれこれ悩んだりしない人生」

セイディはミニバーでグラスに水を注いだ。その後ろ姿を見て、サムは思った。ゲーマーは三つ編みを垂らした後ろ姿を見れば即座にララ・クロフトだとわかるが、セイディにはそういう一目見てわかる特徴はないな。

「試してみようかな」サムは言った。「〝リアルが充実〟ってやつ」

「私はそれなりに充実してる」セイディが言う。「そんなにいいものじゃない。お水、飲む？」

サムはうなずいた。「一つ訊いてもいい？　ずっと訊きたかったことなんだけど」

「やめてよ、何か深刻な話？」

「僕らが一緒にならなかったのはどうしてだと思う？」

セイディはサムと並んでベッドに腰を下ろした。「サミー。私たちはずっと一緒だったよ。わかってるよね。正直なところ、私の一番大切な一部はずっとサムのものだった」

「でも、つきあうって意味では？　きみとマークスやドーヴとの関係みたいな」

「どうしてわからないんだろう。恋愛は……ありふれてる」セイディはサムの表情を探るように見つめた。「サムと愛を交わそうとするより、サムと一緒にゲームを作るほうがよかったから。真の創作のパートナーは、めったに見つからないから」

サムは自分の手を見つめた。長年ゲームをプレイして右の人差し指にできたたこを凝視する。「僕が貧乏だからだと思った。貧乏じゃなくなってからは、僕に魅力を感じないからだと思った。僕は半分アジア人だし、体に障害があるから」

「ひどいな、そんな人間だと思われてたんだ。それはサムの側の問題で、私の問題じゃないな」

「そうだね、きっとそうだ」

「まだ眠くない」セイディは言った。「久しぶりに子供から解放されて、ハイになってるのかも。散歩でも行かない？」

「いいね」

コロンバスサークルのホテルから北の方角――アッパーウェストサイドに向けて歩き出した。三月の終わりで、空気はまだ冷たかったが、春の気配が確かに感じられた。

「昔、母さんとこのあたりに住んでた」サムが言った。

「私と知り合う前の話ね」

サムはうなずいた。「そう。僕らがまだお互いを知らないころがあったなんて信じられればね。僕には信じられない。母さんがニューヨークを離れたきっかけは話したっけ」

「ううん、聞いてない」

「ビルから女性が飛び下りて、僕らの足もとに、ぴしゃん！　落ちてきた」

「死んじゃったの？」

「ああ。母さんはその人が助かったようなふりをしてたけど、僕はもう見ちゃってたからね。そのあと十年くらい、その人の夢を見てうなされた」

「そんな話、初めて聞いた。サムのことは何もかも知ってるつもりでいたのに」

「何もかもじゃないさ」サムは言った。「きみに隠したことだってたくさんある」

「どうして？」

「きみにはこういう風に見てもらいたいっていう自分像があったからかな」

「なんだか不思議な感じ。だってサムが私のゼミの学生だったら、心の傷を勲章みたいに見せびらかしてるだろうから。いまの若い世代って、何一つ隠そうとしないのよね。ゼミの子たちも、しじゅうトラウマの話ばかりしてる。そのトラウマをいかにゲームに反映させるか、とか。自分の一番の個性はトラウマだと本気で思ってるみたい。バカにしてるみたいに聞こえると思うけど——まあ、そういう気持ちもなくはないけど——そういうつもりで言ってるわけじゃない。私たちの世代とはまったく別物なの。倫理観が高くて、少なくとも私は黙って我慢してきたような性差別とか人種差別を見れば、真っ向から批判する。反面、ユーモアが通じないようなところがある。世代間のギャップを厳然たる事実みたいに語るのってどうかと思う。自分がいままさにそれをやっちゃってるけど。だって、こじつけじゃない？　世代が同じだから、考えてることも同じだなんて」

「最大の個性がトラウマだとしたら、その子たちはどうやって乗り越えるんだろうな」

「乗り越えないんだと思うよ。というより、乗り越える必要がないのかな。よくわからない」セイディは一拍置いて続けた。「大学で教えるようになって、私たちはラッキーだったんだと思うようになった。あの時代に生まれてラッキーだった」

「どのへんが？」

「もう少し早く生まれてたら、ゲームを作るのはあんなに簡単じゃなかった。コンピューターはそう簡単に手に入らなかっただろうから。フロッピーディスクをジップロックの袋に詰めて、ゲーム販売店に製品を車で届けに行ってたような世代だったってこと。かといって、もう少しあとに生まれてたら、パソコンだけじゃなく、インターネットや何かのツールにも楽にアクセスできてただろうけど、そのころにはゲームははるかに複雑になってた。ゲーム業界はプロしかいない場所だった。あんな風に何から何まで自分たちでやれていなかった。私たちの資金力じゃ、オーパスと契約できるようなゲームはきっと作れなかった。イチゴを日本人の設定にはしなかっただろうし。自分たちは日本人じゃないから。それに、ネットが普及して、私たちとまったく同じことをやってる人が大勢いて、私たちはそのなかに埋もれてたと思う。あのときの私たちには大きな自由があった──クリエイティブな面でも、技術の面でも。誰からも制限を受けなかったし、私たち自身も制約を設けなかった。私たちにあったのは、ありえないくらい高い基準と、自分たちならすごいゲームを作れるっていう根拠のない自信だけだった」

「セイディ、どんな時代に生まれたとしても、僕らはゲームを作ってたはずだよ。どうしてそう思うか、わかる？」

セイディは首を振った。

「ドクター・ダイダロスとミス・マークスも、やっぱりゲームデザイナーになったから」

「あの二人が作ったのは碁盤でしょ。別物だよ。それに、〈パイオニアーズ〉での自分の役回りをサムは知ってたわけだから、その理屈は成り立たない。サムがあらかじめ指で天秤をかたむけてた」

「きみだってゲームのなかの役回りを知ってたじゃないか」

「知ってたとも言うし、知らなかったとも言う。でも、あのゲームをプレイして、何らかのトラウマ──また同じキーワードが出たね──を解消できたのは確か。うまく説明できないけど。あのころは誰に何を言われても響かなかった。ひどい鬱で、しかも赤ちゃんを抱えてて。あのフリーダでさえ——ああ、フリーダが懐かしい——私に愛想を尽かした。よくこう言われたよ。〝私《マイン》のセイディ、よくないことは誰にだって起きるの。いいかげんにしなさい〟。でも〔パイオニアーズ〕をプレイしたあとは、何かあってもそれまでほど落ちこまなくなった。〔パイオニアーズ〕の何がよかったって、私は一人きりじゃないんだと思えたこと。なのにまだちゃんとお礼を言ってなかったね」セイディはサムの顔をまっすぐに見た。いまでもやはり自分のそれのように見慣れた顔だった。「ありがとう、サム」

　サムは彼女の肩に腕を回した。「〝第五のゲーム〟の種明かしをきっかけにきみが僕の正体を暴いた理由がわかる気がするんだ。聞きたい？」

「聞きたくないって言ってもどうせ話すんでしょう」

「きみのなかのゲームデザイナーの血が騒いだんだと思う。これしかないという結末を予見したから。ゲームの序盤から中盤までを書いたのは僕だ。結末を書いたのはきみだ」

「それも一つの見方だね」セイディは言った。「どう、そろそろ戻ったほうがよさそう？」

「いや、まだ平気だよ。もう少し歩こう」

　二人は九九丁目とアムステルダム・アヴェニューの交差点まで来ていた。サムは外壁に非常階段がついたアパートの一つを指さした。「母さんと住んでたのはあそこだ。七階の部屋。一九八四年当時は治安の悪い界隈だったけど、いまはさほどでもないみたいだな」

「いまのニューヨークには治安の悪い地域なんてないから」

　セイディはそのアパートを見上げた。窓の奥からこちらを見つめている子供のサムを想像した。セイディの娘と同じく、完全無欠で傷一つないサム。しかし、サムが心の傷を隠していたことをいまのセイディは知っている。もしもその傷を負っていなかったら、サムはセイディを巻きこんであれほどがむしゃらにゲームを作ろうとしただろうか。サムが二人分の野心を抱いていなかったら、セイディはゲームデザイナーになっていただろうか。子供のころに心に傷を負っていなかったら、サムはその野心を抱いていただろうか。何とも言えない。ゲームはセイディのものだった。しかし同じくらいサムのものでもあった。二人の共作だった。二人がそろっていなかったら、ゲームは存在していなかった。二十年近くかかって、セイディはこのトートロジーをようやく理解した。

大学で教えるようになって、そして母親になって、自分は年を取ったと痛感した。しかしこの夜、まだ自分は年老いてなどいないと気づいた。年を取ったのなら、こんなにたくさんの間違いをするはずがない。まだ年老いてなどいないのに、自分を年寄り呼ばわりするのは、ある意味で未熟な証拠だ。

アパートの上の夜空を見上げた。深く青いベルベットの夜、空の低いところで輝く月は、作り物のようにみごとな球体に見えた。「このエンジンは誰が作ったんだろう」

「よくできてるよな」サムが言う。「神の光の演出もいい。ただ、月はちょっときれいすぎる。大きさも不釣り合いだ」

「どうしてあんなに大きくて、低い位置に描いたのかな。それに、テクスチャが足りない感じ。パーリンノイズを上げたほうがいい。もう少し凹凸感を出さないと、リアルに見えない」

「でも、意図してこうしたのかもしれないよ」

「それはあるかもね」

セイディのボストンへの帰りの便は、サムのロサンゼルス行きより一時間早かったが、二人は一緒のタクシーで空港に向かうことにした。時間をつぶそうと、サムは搭乗ゲートまでセイディを見送りに行くことにした。これから旅に出る人にありがちだが、セイディはどこか気もそぞろといった風だった。セイディに言いたいことは山ほどあるのに、空港は騒々しくて、話をするのに向いていない。

ゲートに着いたときには、セイディの便の搭乗はすでに始まっていた。

「じゃあ、ここで」セイディは言った。

「そうだね」

列の最後尾につくセイディを目で追ううち、次にセイディに会えるのは何年先になるかわからないのだとサムは思い当たった。「セイディ」サムは呼びかけた。「伝えておきたいことがある。きみはもっとゲームを作らなくちゃ。僕と一緒でも、一人でも。やめるなんてもったいなさすぎる」

セイディは列を離れてサムのところに戻ってきた。

「完全にやめたわけじゃない。まあ、ずいぶん長いあいだ一つも作ってなかったけど。少し前からあれこれ試し始めたところ。すごいゲームになるって自分で思えないものを作っても意味がないものね」

「まったくだ。でも、きみに時間のゆとりができたら、また一緒にゲームを作りたい」

「やめておいたほうがよくない？」

「かもね」サムは笑った。「それでもやってみたいんだ。やってみたい気持ちをどうしてもあきらめられそうにない。この先もずっと、顔を合わせるたびに言い続けるよ。一緒にゲームを作ろうって。頭の片隅で、何かがそう言い続けろって叫んでる」

「それ、狂気の定義じゃない？　〝狂気とは、同じ事を繰り返しながら、異なる結果を期待することである〟」

「ゲームキャラクターの人生の定義でもあるな」サムは言った。「無限にやり直しがきく世界。初めからやり直せば、次はクリアできるかもしれない。それに、僕らの出してきた結果は悪いものばかりじゃなかった。僕はきみと作ったものをどれも愛してる。僕らは最高のチームだった」

サムは手を差し出した。セイディがその手を握った。そしてサムを引き寄せると、頬にキスをした。

「愛してるよ、セイディ」サムはささやいた。

「わかってるよ、サム。私も愛してる」

　セイディは列に戻っていった。もう少しで順番が来るというところで、肩越しに振り返った。「サム。いまもゲーム、やるよね？」その声は軽やかで、セイディの目はいたずらっぽくきらめいていた。プレイ開始の合図だとサムは瞬時に悟った。ゲームのタイトル画面と同じで、見間違いようがない。

「もちろん」サムは急いで、そして勢いこんで言った。「もちろんやるよ」

　セイディはパソコンバッグのファスナーがついた外ポケットから小型のディスクを取り出した。仕切りのロープ越しに手を伸ばし、サムの手にそのディスクを置く。「暇があったらやってみて。作り始めたばかりで、全然だめだけど。少なくともいまのところはね。サムなら、何をどうしたらよくなるかわかるんじゃないかと思って」

　セイディはバッグのファスナーを締め、ゲート係員に搭乗券を差し出した。

「どうやって連絡すればいい？」

「メッセージを送って。メールでもいい。それか、ケンブリッジに来ることがあったら、大学のオフィスに寄って。かならずオフィスで待機してる時間帯がある。火曜と金曜の二時から四時」

「わかった」サムは言った。「ロサンゼルスから飛行機でたった六時間だ。ヴェニスからエコーパークに行くより早い」

「オフィスには『ドンキーコング』もある。旧い友人は無料で好きなだけプレイできるよ」

　ボーディング・ブリッジに消えるセイディを見送ったあと、サムはディスクを確かめた。ゲームのタイトルは『ルド・セクストゥス』[6]。ラベルに手書きの文字が並んでいた。いつどこで目にしても、セイディの筆跡は見分けられる。

著者あとがきと謝辞

秘密のハイウェイは存在しない。少なくとも、私の知るかぎりは。それでも、LA通のライドシェア・ドライバーに当たったり、それなりの期間LAで暮らしたことがある人とパーティに参加したりすれば、秘密のハイウェイの話題が出ることがあるかもしれない。

サムと同じく、私もかつて〝ハッピー・フット・サッド・フット〟から坂を上ってすぐの家に住んでいたことがある。ハッピー・フット・サッド・フットの回転看板は二〇一九年に撤去されてしまったが、シルヴァーレーク地区のとあるギフトショップに行けばいまでも見られると聞いている。街の反対側、ジョナサン・ボロフスキーが製作したヴェニスの〝クラウネリーナ〟は、何年か前にレストアされて、現在は一日に数時間だけ足を動かす姿が見られるらしいが、私はまだ目撃したことがない。ネッコ・ウェハーロールの工場がケンブリッジから撤退して久しいが、給水塔はいまもあって、パステルカラーにペイントされている。

私が知るかぎり、シェリー・スミスとトム・バッチェイが製作した『マジック・アイ』シリーズのポスターが、地下鉄ハーヴァード・スクエア駅に掲示された事実はない。ついでに言えば、私には『マジック・アイ』の隠し画像がどうも見えないようだと何年も思っていたが、いまは見える。

脳は故人のＡＩバージョンを保持するとセイディが考える場面で引き合いに出されている意識に関

する本とは、ダグラス・ホフスタッター『わたしは不思議の環』で、紹介してくれたのはハンス・カノーザだ。

マクベスがバンクォーのいない椅子に向かってディナーロールを投げる描写のもとになったのは、二〇一八年のロイヤル・シェイクスピア・カンパニーの公演『マクベス』で、監督はポリー・フィンドレー、マクベスを演じたのはクリストファー・エクルストンだった。

フレンドシップの〝調馬師〟が暗誦した『イーリアス』の一節は、アルフレッド・ジョン・チャーチの一八九五年翻訳版から引用した。

私の両親は二人ともコンピューター関連の仕事をしていて、私は物心ついたころからのゲーマーであるとはいえ、一九九〇年代から二〇〇〇年代のゲームカルチャーやゲーム開発者を取り巻く状況を考察したり理解したりするうえで、以下に挙げる書籍に大いに助けられた。『血と汗とピクセル：大ヒットゲーム開発者たちの激戦記』（ジェイソン・シュライアー著、グローバリゼーションデザイン研究所）、David Kushner 著 *Masters of Doom : How Two Guys Created an Empire and Transformed Pop Culture*、Steven Levy 著 *Hackers: Heroes of the Computer Revolution*（とりわけシエラ・オンラインに関する記述）、Dylan Holmes 著 *A Mind Forever Voyaging: A History of Storytelling in Video Games*、Tom Bissel 著 *Extra Lives*、Harold Goldberg 著 *All Your Base Are Belong to Us: How Fifty Years of Video Games Conquered Pop Culture*。James Swirsky と Lisane Pajot 監督のドキュメンタリー映画 *Indie Game: The Movie*、Shannon Sun-Higginson 監督の同じくドキュメンタリー映画 **GTFO** も参考になった。また本書の執筆を終えたあとに Bounthavy Suvilay 著 *Indie Games* を読んだ。ゲームがどこまでアートになれるか、興味のある方はぜひこの美しい本を手に取ってみてほしい。

のちにネットミームとして大流行した「あなたは赤痢で死にました」というフレーズは、サムやセイディがプレイしたはずの、そして私が子供のころにプレイした、一九八五年版の〔オレゴン・トレイル」には出てこない。二人（と私）が一九八〇年代に目にしたのは「あなたは赤痢に感染しました」というフレーズと、その後、キャラクターが赤痢から回復できずに死んだ場合に表示される「あなたは死にました」だろう。このあたりのことや、〔オレゴン・トレイル〕にまつわるほかのファクトについては、一九八五年版のデザイナー・チームを率いたR. Philip Bouchardが書いた*You Have Died of Dysentery: The Making of the Oregon Trail Game*に詳しい。加えて、〔パイオニアーズ〕の着想源として、エリック・バローネ〔オレゴン・トレイル〕〔スターデューバレー〕、江口勝也／野上恒／宮本茂／手塚卓志〔どうぶつの森〕、和田康宏〔牧場物語〕、ウィル・ライト〔ザ・シムズ〕、ブラッド・マッケイド／ジョン・マッケイド／ジョン・スメドレー／ビル・トロスト／スティーヴ・クローヴァー〔エバークエスト〕を参考にした。ここでは主にデザイナーの名前を挙げたが、本書の読者ならご存じのように、ゲームやゲームの要素を考案したのが誰なのかは、開発の現場に居合わせないかぎりわからない。それでも一つ、確かに言えるのは、私はバーチャルなバイソンを計五頭以上殺し、広大な荒れ地からピクセルの石を取り除いてきたことだ。

ドーヴが一九九六年一月に〔メタルギアソリッド〕のベータ版を手に入れたとは考えにくいし、一九八八年の八月にセイディが〔キングズクエスト4 覇者への道〕をプレイした事実もおそらくないだろう。本書には、たとえ発売年月が多少食い違っていても、ストーリーにもっともはまると私が考えたゲームに言及している場面が複数あることをお断りしておきたい。たとえば〔キングズクエスト4〕は、当時、女性を主人公としたゲームがまだ数少ないなかでもヒットした一本であり、また偶然にも私が初心者のころお気に入りだった一本でもある。

『トゥモロー・アンド・トゥモロー・アンド・トゥモロー』は働くことについての小説だ。ここで自分の仕事仲間に感謝を捧げないとしたら、それはあまりに迂闊《うかつ》というものだろう。この本がいまの形に仕上がったのは、仕事仲間からもらった着想、スキル、疑問、批評、挑発、励まし、ユーモア、手紙、電話、Zoom会議、メッセージ、パワーポイントのプレゼン、そしてたまの軌道修正のおかげだ。アメリカ版の編集者ジェニー・ジャクソン、文芸エージェントのダグラス・スチュワートに、とりわけ大きな感謝を捧げたい。スチュワート・ゲルワーグ、デイナ・スペクター、ベッキー・ハーディ、ローラ・ヒッチバーガー、ブラッドリー・ギャレット、ダニエル・ブコウスキー、シルヴィア・モルナー、マリア・ベル、キャスピアン・デニス、ノーラ・レイチャード、カトリーナ・ノーザン、エミリー・リアドン、ジュリアンヌ・クランシー、ワイク・ゴドフリー、アイザック・クラウスナー、アヴィタル・シーゲル、ブライアン・オー、ダリア・チェルチェック、エリー・ウォーカー、キャシー・ポリーズ、タヤリ・ジョーンズ、レベッカ・サール、ジェニファー・ウルフに、この場を借りてお礼を申し上げる。

『トゥモロー・アンド・トゥモロー・アンド・トゥモロー』はまた、愛についての小説でもある。私が一番好きな人間であり、潔く負けを認めない人ではあるにせよ一番のゲーム仲間であるハンス・カノーザにありがとうと伝えたい。両親には毎度感謝を捧げている気がするけれど、今回もそうさせてほしい。私はすばらしい父と母に恵まれた。二人の名は、リチャード・ゼヴィンとエイラン・ゼヴィンだ。

私の著作は、飼っていた犬によって時代が分けられる。『トゥモロー・アンド・トゥモロー・アンド・トゥモロー』は、エディー&フランク時代に始まり、レイア&フランク時代に完成を見た。いい子だね、みんな。

ホメロス「イリアス」
——『イリアス』岩波文庫（松平千秋訳）
シェイクスピア「マクベス」
——『新訳 マクベス』角川文庫（河合祥一郎訳）

解説

書評家
石井千湖

ガブリエル・ゼヴィンはブッキッシュな作家だ。代表作『書店主フィクリーのものがたり』は、小さな島で書店を営む偏屈な――それでいてチャーミングな男の話だった。目次には実在する名作の題名が並び、内容とも密接に結びついている。文学の知識をひけらかしているわけではなくて、登場人物にとって本は生きるために必要不可欠なものになっているのだ。喜びも悲しみも、本とともにある。

本書『トゥモロー・アンド・トゥモロー・アンド・トゥモロー』は、ゼヴィンの十作目の小説だ。タイトルは、シェイクスピア『マクベス』の名台詞から来ている。エピグラフにはエミリー・ディキンソンの詩。書物との関わりは感じさせるが、読者ではなく創作者を主人公にしている。

『トゥモロー・アンド・トゥモロー・アンド・トゥモロー』は、セイディとサムの四半世紀以上にわたる関係を描いてゆく。作中の記述から考えると、ふたりが出会ったのは一九八六年。十一歳の少女セイディは、姉を見舞うため病院に来ていた。十二歳の少年サムは、交通事故で重傷を負って、セイディの姉と同じ病院に入院していた。サムの保護者は、ロサンゼルスのコリアンタウンでピザ屋をやっている祖父母だった。ユダヤ系のセイディの家は、高級住宅街のビヴァリーヒルズにあった。対照的な家庭環境で育ったふたりをつなぐのは、一九八五年に日本でリリースされ、いまだにグローバルな人気を博しているゲーム〔スーパーマリオブラザーズ〕だ。ポップカルチャーとしてのビデオゲームの歴史と、やがてゲームデザイナーになるセイディとサムの青春が重なり合う。

ちなみに、この解説を書いているわたしは一九七三年生まれ。ふたりとほぼ同世代だ。スーパーマリオの爆発的ヒットはリアルタイムで目撃している。ところが、わたしはスーパーマリオをプレイしたことが一度もない。家にファミコン（ファミリーコンピュータ）。一九八三年に発売された任天堂の家庭用ゲーム機）はなかった。半世紀生きてきて、遊んだゲームの本数は片手で足りる。ゲーム文化にかなり疎いので、この作品を楽しめるかどうか少し不安だった。もし同じような心配をする人がいたら、杞憂だったと伝えたい。

まず引き込まれるのは、セイディが病院のゲーム・ルームでスーパーマリオをプレイする少年（＝サム）を見つけるくだりだ。サムはセイディがまだできない技を使い、最初のステージのボスを倒す。そのあとのやりとりがいい。

セイディのほうを見ないまま、少年が言った。「この自機《ライフ》の残り、やる？」

セイディは首を振った。「ううん、いい。すごく上手だね。あなたが死ぬのを待ってるよ」

少年はうなずいた。少年がプレイを続け、セイディはそのプレイを見続けた。

「さっきの。ごめん、あんな言い方して」セイディは謝った。「あなたがほんとに死んじゃうんだとしたら、ごめん。ほら、ここは子供の病院だし」

少年はマリオを操り、コインがざくざく取れる雲の上のボーナスステージ目指してツタを登っていった。「ここは世界だからさ、誰だってみんな死ぬんだよ」

「そうだね」

「でもぼくはまだ死なない」
「ならよかった」

子供には似つかわしくないハードボイルドな会話だ。子供だからこその率直な会話でもある。セイディは、ガンを患い死が間近に迫っているかもしれない姉に、理不尽な怒りをぶつけられたばかり。サムはシングルマザーだった母親と死別し、足の骨を二十七カ所も折って動けない。生の儚さを知り、孤独を深めていたという点で、ふたりは似た者同士だった。プレイヤーとしてお互いを自然に尊重できていたこともよかったのだろう。セイディとサムは最高の遊び友達になった。セイディがサムにあることを隠していたせいで、ふたりの交友は途絶えてしまうのだけれど。

彼らにとって一緒にゲームをプレイした時間は、かけがえのないものだった。おそらく大人になったセイディの視点で、こんな述懐が挿入されている。

> 誰かと一緒にゲームをするリスクは決して小さくない。自分を解放し、さらけ出し、傷つく覚悟が必要だ。犬で言えば、寝転がって腹を見せるようなもの――〝傷つけたりしないよね、その気になれば傷つけられるってわかってるけど〟。人の手を口でくわえても咬まない犬と同じだ。信頼と愛がなければ一緒にプレイはできない。

誰かと同じヴィジョンを共有しながら、自分を解放することができる。ここにゲームならではの素晴らしさがあらわれている。サムがセイディのために迷路を描いていたというエピソードにも心摑まれる。自分の問いを作品にして、相手に渡し、解いてもらうこと。それがふたりのコミュニケーションとゲーム制作の原点になっているのだ。

大学時代にセイディとサムは再会し、セイディはサムに大学のゼミの課題として作った〔ソリューション〕というゲームを渡す。

セイディの祖母の体験をもとにしたという〔ソリューション〕は、文字で読むだけでもかなりダークな内容だ。セイディと同じゼミの学生が〈プレイする人の人格を否定するような不愉快なゲーム〉と批判したのもわかる。セイディの数少ない理解者のひとりがサムだ。サムは〔ソリューション〕の意図を汲み取り、高く評価した上で、細かく分析して改良点も考える。そして、セイディと一緒にゲームを作りたいと思う。ふたりは紆余曲折を経て、海に流された子供が家に帰るまでを描いたゲーム〔イチゴ〕を完成させ、〈アンフェア・ゲームズ〉という会社も立ち上げる。

シェイクスピアの『あらし』やジョイスの『ユリシーズ』、葛飾北斎の『冨嶽三十六景　神奈川沖浪裏』など、さまざまな文学やアートの要素を取り入れた、主人公の性別を限定しない言葉の物語〔イチゴ〕は、知的好奇心を刺激すると同時に感情も揺さぶるゲームだ。〈自分を解放し、さらけ出し、傷つく覚悟〉を持っているふたりだからこそ、世界の見方が変わるゲームを生みだすことができるのである。ただし、商品化するときにはどんな天才クリエイターも、現実に直面しなくてはならない。お金の問題、ゲームの買い手である大衆に支持されるかどうか。なんとか妥協点を見つけて〔イチゴ〕は大ヒットするものの、セイディとサムの関係はおかしくなる。

最高のパートナーなのに、愛し合っているのに、うまくいかない。ふたりの関係を象徴しているのが、エピグラフに引用されているエミリー・ディキンソンの詩だ。

That Love is all there is,（愛こそすべて）
Is all we know of Love;（それこそ人が愛について知るすべて）

It is enough, the freight should be（愛さえあれば足りる）
Proportioned to the groove.（その荷が溝と釣り合っているのなら）

この詩は、セイディが大学に入って最初に作ったゲーム〔エミリー・ブラスター〕に出てくる。アメリカを代表する詩人の作品をゲームにするという発想に驚いたけれども、ディキンソンの詩はゲームと相性がいいのかもしれない。たとえば現実でも、二〇〇五年三月にサンフランシスコで『ゲーム開発者会議』が行われた。「WIRED」の記事によれば、『ザ・シムズ』の制作者ウィル・ライト氏、『ブラック&ホワイト』のデザイナーのピーター・モリニュー氏、『トム・クランシーシリーズ スプリンターセル』の主任デザイナーのクリント・ホッキング氏が、ディキンソンの詩のゲーム化についてディスカッションしたという。ディキンソンの詩に対する酷評から着想したものなど、大物クリエイター三人が発表したアイデアはどれもユニークだ。

セイディも負けていない。〔エミリー・ブラスター〕は、画面のてっぺんから落ちてくる詩の断片を、画面の最下部を左右に移動する羽根ペンの先から発射されるインクの弾で撃ち落とし（!）、エミリー・ディキンソンの詩を完成させるという内容だ。〔ソリューション〕と比べてもゼミでの評価は散々だったのだが、サムは楽しんでプレイする。

作中でサムも指摘しているとおり、〈愛こそすべて〉ではじまる詩は謎めいている。〈荷〉と〈溝〉は何をさすのか。〈荷が溝と釣り合っている〉とはどんな状態なのか。本書全体が、この四行で終わる短い詩の投げかける問いへの答えを、セイディとサムと一緒に模索するゲームになっている。小説でしか表現できないゲームだ。

荷とセットになる溝といえば、荷車の車輪がつくる跡、わだちを思い浮かべる。わだちは荷車が通ったあとにしかできない。荷が愛の負担ならば、溝は愛の記憶なのかなと考える。溝は愛の残す傷跡、とも解釈できそうだ。

ゲームの世界でふたりきりで生きられたなら、荷と溝は釣り合っていたのだろう。身体の存在を意識しなくていいから。サムの足が不自由なことも、セイディが女性であることも、重荷にはならない。対等なプレイヤーとして、愛と信頼を与え合うことができる。でも、現実にある身体は重すぎるし、大好きなゲームも仕事にすれば責任をともなう。ふたりはお互いを愛する以上に深く傷つけてしまう。

時代の価値観も周囲の人間関係も激変するなかで、セイディとサムの荷と溝が釣り合うのかどうか、最後まで予断を許さない。悲しい出来事も起こるけれど、ふたりの作るゲームの豊かさが、出会ったことの尊さを証明している。愛という荷は重くても、運ぶこと自体に喜びがあるのだと思う。くっきりと刻まれたわだちは美しい。

参考資料

Beth Mowbray, "Q&A: Gabrielle Zevin, Author of 'Tomorrow, and Tomorrow, and Tomorrow,'" The Nerd Daily, July 10, 2022.
https://thenerddaily.com/gabrielle-zevin-author-interview/

ウィル・ベディングフィールド「ゲームでの自分こそが最高かつ本当の自分：ガブリエル・ゼヴィン最新作『Tomorrow, and Tomorrow, and Tomorroow』」（「Wired Japan」二〇二二年九月十三日）
https://wired.jp/membership/2022/09/13/gabrielle-zevin-q-and-a-tomorrow-and-tomorrow-and-tomorrow/

「大物クリエーター、詩人をテーマにしたゲーム作りに挑戦」（「Wired Japan」二〇〇五年三月十六日）
https://wired.jp/2005/03/16/%E5%A4%A7%E7%89%A9%E3%82%AF%E3%83%AA%E3%82%A8%E3%83%BC%E3%82%BF%E3%83%BC%E3%80%81%E8%A9%A9%E4%BA%BA%E3%82%92%E3%83%86%E3%83%BC%E3%83%9E%E3%81%AB%E3%81%97%E3%81%9F%E3%82%B2%E3%83%BC%E3%83%A0%E4%BD%9C%E3%82%8A%E3%81%AB%E6%8C%91%E6%88%A6/

訳者略歴　上智大学法学部国際関係法学科卒，英米文学翻訳家　訳書『フィフティ・シェイズ・オブ・グレイ』ジェイムズ，『インヴェンション・オブ・サウンド』『ファイト・クラブ〔新版〕』『サバイバー〔新版〕』パラニューク（以上早川書房刊）他多数

トゥモロー・アンド・トゥモロー・アンド・トゥモロー

2023年10月10日　初版印刷
2023年10月15日　初版発行

著者　ガブリエル・ゼヴィン

訳者　池田《いけだ》真紀子《まきこ》

発行者　早川　浩

発行所　株式会社早川書房
東京都千代田区神田多町2－2
電話　03－3252－3111
振替　00160－3－47799
https://www.hayakawa-online.co.jp

印刷所　株式会社亨有堂印刷所
製本所　大口製本印刷株式会社

Printed and bound in Japan

ISBN978-4-15-210273-7　C0097

乱丁・落丁本は小社制作部宛お送り下さい。
送料小社負担にてお取りかえいたします。